Buch
Die Lady: Beth Ridgeway – eine platinblonde, blauäugige Schönheit. Eine Frau, die die Männer vor Leidenschaft erbeben läßt. Einzig ihr Ehemann Nathan begehrt sie nicht...
Der Wilde: Rafael Santana – attraktiv, dunkelhaarig und arrogant. Sohn einer immens reichen texanischen Familie, der als Kind von den Komantschen gekidnappt und zum jungen Krieger erzogen wurde. Beth hält ihn für grausam und gefühllos, für einen Mann, der Frauen zum Vergnügen benützt und quält. Sie weist ihn schroff ab. Rafael hingegen hält Beth für sehr gewöhnlich, für kokett und treulos. In seinen Augen ist sie nur eine egoistische Herzensbrecherin.
Doch als sie sich bei einem großen Ball in New Orleans durch eine Fügung des Schicksals näher kennenlernen, springt der Funke über...

Autorin
Shirlee Busbee gelang bereits mit ihrem ersten Roman *dem Feuer verfallen* der Sprung in die Bestsellerlisten. Ihre weiteren Romane setzten diese Erfolgslinie konsequent fort.
Die Autorin lebt mit ihrer Familie in Kalifornien.

Im Goldmann Verlag liegen von Shirlee Busbee
folgende Titel vor:

Dem Feuer verfallen. Roman (8974)
Stürmische See. Roman (9132)
Wie eine Lilie in der Nacht. Roman (9720)
Lodernde Herzen. Roman (9462)
Umarmung um Mitternacht. Roman (9732)

Shirlee Busbee
Flammen der Sehnsucht

ROMAN

Aus dem Amerikanischen
übertragen von Helga August

GOLDMANN VERLAG

Deutsche Erstveröffentlichung

Die Originalausgabe erschien unter dem Titel
»While Passion Sleeps« bei Avon Books, New York

Der Goldmann Verlag
ist ein Unternehmen der Verlagsgruppe Bertelsmann

Made in Germany · 3/91 · 1. Auflage
Copyright © der Originalausgabe 1983
by Shirlee Busbee
Copyright © der deutschsprachigen Ausgabe 1991
by Wilhelm Goldmann Verlag, München
Umschlaggestaltung: Design Team München
Umschlagillustration: Daeni/Schlück, Garbsen
Druck: Elsnerdruck, Berlin
Verlagsnummer: 9685
SK · Herstellung: Heidrun Nawrot
ISBN 3-442-09685-5

NIE ZUVOR

Bei Rafaels erster Bewegung war Beth, ehrlich erschrocken und zugleich beinahe schwindelig vor gefährlicher Erregung, zurückgewichen.

»K-kommen Sie nicht näher«, stammelte sie, als er langsam auf sie zukam.

»Oh doch, das werde ich«, sagte er in sanftem, drohendem Ton, während sich seine Arme um ihre nackten weißen Schultern schlossen. »Ich habe sogar vor, sehr viel näher zu kommen, Engländerin. So nahe, wie ich eben kann.«

Sein Mund lag warm und fordernd auf ihren Lippen, und Beth versuchte unwillkürlich, sich ihm zu entwinden. Als Rafael ihren Widerstand spürte, zog er sie noch fester an sich. Er küßte sie lange, endlos lange, und Elizabeth erfuhr, daß es Küsse und Küsse gab. Dahinschmelzend drängte sie sich ihm entgegen, ihre weichen, jungen Brüste berührten seine Brust – und sein Kuß wurde leidenschaftlicher, und entsetzt und freudig erregt zugleich spürte Elizabeth, wie sich seine Zunge zwischen ihre Lippen drängte und die Süße ihres Mundes suchte...

PROLOG

Die Geschichte beginnt

»Hast du vor, heute noch mit ihr zu reden?« fragte Melissa Selby den Mann, der seit weniger als einem Jahr ihr Ehemann war.

Lord Selby, dessen blaue Augen gleichgültig auf die frostige, für England im Februar so typische Winterlandschaft hinaussahen, antwortete in gelangweiltem Ton: »Meine liebe Melissa, wir sind nur aus dem einen Grund mitten im Winter von London nach Maidstone gereist, um mit meiner Tochter zu sprechen. Also werde ich mein Gespräch mit ihr wohl kaum lange hinauszögern.« Er ließ seinen Blick durch den langgestreckten, unpersönlichen Raum gleiten, in dem sie bei ihrem Nachmittagstee saßen, und lächelte zynisch: »Glaube mir, meine Liebe, mir liegt ebenso viel wie dir daran, diese Angelegenheit zu klären.«

Zufrieden mit seiner Antwort rührte Melissa in ihrer Teetasse aus edlem chinesischem Prozellan und fragte beiläufig: »Glaubst du, daß sie Schwierigkeiten machen wird?«

Lord Selby lachte böse auf und erwiderte: »Wenn sie klug ist, wird sie es nicht tun. Elizabeth war immer ein sehr gehorsames Mädchen, und wenn ich ihr die unerfreulichen Alternativen vor Augen halte, wird sie deinem Kandidaten mit Sicherheit mehr als freundlich begegnen. Er wird um ihre Hand anhalten?«

Nachdenklich erwiderte Melissa: »Er sollte es. Schließlich bekommt sie von dir eine großzügige Mitgift ... und soviel ich weiß, hat er ziemlich dringende Spielschulden.«

»Kommt sein Vater nicht dafür auf? Du sagtest doch, er komme aus einer reichen Familie.«

»Hm, ja, aber er wurde offensichtlich auf diese Reise nach England geschickt, damit er lernt, auf eigenen Füßen zu stehen. Ich glaube, er wird mehr als glücklich sein, Elizabeth zu heiraten und sie mit nach Amerika zu nehmen, wenn du anklingen läßt, wie groß das Vermögen sein wird, das sie erhält, wenn sie heiratet.« Ihre Stimme bekam einen unsicheren Klang, wie immer, wenn sie auf seine langverstorbene erste Frau zu sprechen kam. »Es ist ein Jammer, daß Elizabeth soviel Ähnlichkeit mit ihrer Mutter hat, obwohl man sie als auf primitive Art attraktiv bezeichnen könnte.«

Lord Selby kannte ihre Abneigung gegen Elizabeth und ihre tote Mutter und warf seiner neuen Frau einen spöttischen Blick zu. »Ja, als Anne in ihrem Alter war, sah sie Elizabeth sehr ähnlich, aber du hast nichts zu befürchten – meine Verliebtheit erlosch schon in den ersten beiden Monaten unserer Ehe.« In nachdenklichem Ton fügte er langsam hinzu: »Es hätte wirklich genügt, sie zu verführen – sie war nur die Tochter eines Gutsbesitzers –, anstatt sie in meiner jugendlichen Naivität gleich zu heiraten. Mein Gott, wie töricht von mir!«

Melissa nickte. »Nun, dann ist ja alles geklärt. Soll ich ihm heute eine Nachricht schicken?«

»Hm, ja, warum nicht? Je früher sie sich kennenlernen, um so früher wissen wir, ob sie ihm gut genug gefällt, daß er um ihre Hand anhält.« Lord Selby runzelte nachdenklich die Stirn und fuhr fort: »Es muß nicht unbedingt der Wahrheit entsprechen, aber es heißt, er habe ein Verhältnis mit Charles Longstreet, und falls Mr. Ridgeways Interessen tatsächlich in diese Richtung laufen, will er vielleicht überhaupt keine Frau.«

Melissa verzog das Gesicht. »Wie ekelhaft! Aber ich glaube, wir haben nichts zu befürchten. Ich habe des öfteren gehört, daß Mr. Ridgeway auch deshalb nach England gereist ist, um eine Frau zu finden. Und ich würde meinen, daß ein junges, anpassungsfähiges Geschöpf wie Elizabeth genau ist, was er sucht. Sie wird keine Ansprüche an ihn stellen, und er kann sein Leben weiterhin so leben, wie es ihm gefällt.« Verächtlich fügte sie hinzu: »Es wird Jahre dauern, bis das dumme Kind erkennt, daß ihr Ehemann im Bett keine Verwendung für sie hat.«

Als der steif-formelle Diener dem »dummen Kind« mitteilte, daß ihr Vater sie in der Bibliothek zu sprechen wünsche, machte sich Elizabeth mit einem seltsamen Gefühl böser Vorahnungen auf den Weg dorthin. Noch nicht ganz siebzehn und ebenso blond und hübsch wie sanftmütig, fürchtete Elizabeth schon immer die Besuche ihres Vaters, und sie war beinahe dankbar für die Jahre, die sie in einem Internat für junge Damen hatte verbringen müssen. Dort zumindest war sie vor seinen boshaften Bemerkungen und sarkastischen Ausbrüchen verschont gewesen.

Und seit er im vorigen Jahr Melissa geheiratet hatte, war es noch schlimmer geworden. Ihre seltenen Besuche erfüllten sie mit Angst –

ihr Vater begegnete ihr mit kalter Gleichgültigkeit, und Melissa bemühte sich nicht, ihre Abneigung gegen sein einziges Kind zu verbergen.

Als sie die Bibliothek betrat, stellte sie erleichtert fest, daß ihr Vater allein war – wenn er und Melissa sich darin abwechselten, sie zu quälen, war alles noch schwerer. Entschlossen, sich nicht mehr als sonst von ihm einschüchtern zu lassen, hob Elizabeth ihr kleines, rundes Kinn und sagte höflich: »Guten Tag, Vater. Hattest du eine angenehme Reise?«

Lord Selby betrachtete sie von oben bis unten und stellte einmal mehr fest, wie sehr sie ihrer Mutter ähnelte ... vielleicht noch ein wenig hübscher, wie er widerwillig zugab, als er ihren weichen, vollen Mund und die großen veilchenblauen Augen betrachtete. Trokken sagte er: »Ist dir aufgefallen, daß Winter ist? Daß die Straßen entweder schlammige Sümpfe oder Eisbahnen sind und daß es sogar in den feinsten, mit angewärmten Ziegelsteinen ausgestatteten Kutschen eiskalt ist?«

Sein Ton und seine verächtlichen Worte trieben ihr die Röte ins Gesicht, doch Elizabeth nickte nur.

In beißendem Ton fügte er hinzu: »Dann sollte dir auch klar sein, was für eine dumme Frage das war!«

Elizabeth schwieg. Nichts, was sie tat, fand seinen Beifall.

Ein gelangweilter Ausdruck breitete sich auf Lord Selbys Gesicht aus, als er sagte: »Setz dich, Elizabeth. Ich habe dir etwas Wichtiges zu sagen.«

Plötzlich war ihr Mund trocken, und ihr Herz schlug ein bißchen schneller, während sie tat, wie geheißen, und sich auf einen der beim Schreibtisch stehenden Stühle setzte.

Lord Selby stand hinter dem Schreibtisch und hielt den Blick auf ihr Gesicht geheftet, als er ohne Umschweife erklärte: »Melissa und ich sind zu dem Schluß gekommen, daß es an der Zeit ist, uns um deine Zukunft zu kümmern. Sie hat einen gutaussehenden jungen Mann für dich ausgesucht, der dir ausgezeichnet gefallen wird. Er wird wahrscheinlich in ein paar Tagen hierherkommen, um dich kennenzulernen.«

Mit kalkweißem Gesicht starrte Elizabeth ihn an, sie konnte einen spontanen Widerspruch nicht zurückhalten. »Aber – aber ... ich bin noch nicht einmal siebzehn! Ich hatte gehofft, daß man mir noch eine Saison Zeit gäbe, um —«

»Um einen Ehemann zu finden?« fragte ihr Vater sarkastisch.

Elizabeths Augen sprühten Funken, und sie erwiderte aufgebracht: »Vielleicht, vielleicht auch nicht! Ich weiß nicht, ob ich überhaupt heiraten möchte. Zumindest nicht sofort! Ich habe noch mein ganzes Leben vor mir, warum wollt ihr mich in die Ehe drängen?«

Trotz der Härte seiner Augen antwortete Lord Selby in beinahe sanftem Ton: »Laß mich dir ein paar Dinge erklären, mein Kind. Du bist nicht dumm, und ich glaube, du kannst verstehen, was ich dir zu sagen habe.«

Elizabeth blickte zur Seite und biß sich auf die Lippen, damit ihr keine unbedachten Worte, die sie später bereuen würde, entschlüpften.

In kühlem Ton fuhr Lord Selby fort: »Schenke mir also freundlicherweise deine Aufmerksamkeit.« Elizabeths schmerzerfüllter Blick hing an seinem Gesicht, doch er blieb ungerührt. »Ehrlich, Elizabeth, du erinnerst mich an eine Ehe, die ich nie hätte eingehen dürfen. Jedesmal, wenn ich dich sehe, sehe ich Anne, und das ist, ehrlich gesagt, ermüdend. Um so mehr jetzt, wo du nicht mehr in der Schule bist und Melissa und mir ständig zwischen den Füßen herumläufst, wenn wir zu Hause sind.« Ein boshafter Zug lag auf seinem Gesicht, als er fortfuhr: »Melissa mag dich nicht, das weißt du. Deine Gegenwart scheint ihr schrecklich unpassend. Und jetzt, wo sie möglicherweise schwanger ist, ist es vordringlich, mit allen Erinnerungen an meine unselige erste Ehe aufzuräumen. Verstehst du das?«

Elizabeth verstand sehr gut. Melissa hatte sich nie bemüht, ihre Abneigung zu verbergen, und jetzt, wo sie vielleicht Lord Selbys Kind in sich trug, würde sie noch eifersüchtiger und gehässiger sein. Sie würde sicher nicht wollen, daß ihr Kind mit dem Annes verglichen und ihre Ehe durch irgendeinen Schatten der Vergangenheit getrübt wurde.

Den Schmerz und die Verzweiflung, die sie empfand, verbergend, antwortete Elizabeth hölzern: »Ja, ich verstehe.«

Lord Selby lächelte, als hätte sie eine kluge Bemerkung gemacht. »Das hatte ich auch erwartet. Also, dieser junge Mann kommt aus Amerika. Er stammt aus guter Familie und gilt als gutaussehend.« In plötzlich sehr spöttischem Ton fügte er hinzu: »Ich kann dir fast garantieren, daß er dich nicht mißhandeln und nicht zu viele Ansprüche an deinen Körper stellen wird.«

Elizabeth schoß die Röte ins Gesicht, und sie wünschte, der Boden unter ihren Füßen möge sie verschlingen ob einer so obszönen Bemerkung. Sie war eine gut erzogene junge Dame, trotzdem wußte sie, worauf ihr Vater anspielte, und sie fand es – so wie jede wohlerzogene junge Dame von 1836 – ungeheuer empörend. Doch sie zwang sich, gelassen zu bleiben, und entgegnete leise: »Aber was ist, wenn wir nicht zusammenpassen? Was ist, wenn ich ihn nicht mag?«

»Aber du wirst ihn mögen, meine Liebe, insbesondere dann, wenn ich dir die Alternative vor Augen führe.« Seine Stimme hatte einen harten Klang, als er fortfuhr: »Dieses Mal haben wir dir einen netten jungen Mann ausgesucht. Wenn du ihn ablehnst, könnte der nächste Mann, den wir wählen, womöglich nicht so nett sein. Würde es dir gefallen, mit dem Herzog von Landsdown verheiratet zu werden?«

Der Herzog von Landsdown war berüchtigt für seine Grausamkeit und Häßlichkeit, und so war es kein Wunder, daß Elizabeth schreckensbleich zurückwich.

Lord Selby beobachtete sie ungerührt. »Ich sehe, daß du mich verstehst. Du wirst Nathan Ridgeway mögen! Ich werde dir ein ansehnliches Vermögen mit auf den Weg geben, du brauchst also keine Angst zu haben, daß ich dich ohne einen Penny vor die Tür setze ... zumindest jetzt nicht. Aber wenn du Mr. Ridgeway abweist, könnten meine väterlichen Gefühle womöglich erlöschen.« Er starrte in Elizabeths versteinertes weißes Gesicht und erklärte ohne Umschweife: »Wir wollen dich hier nicht haben. Seit deiner Geburt habe ich dir alles gegeben, was du brauchst, aber jetzt will ich, daß du aus meinem Leben verschwindest. Du wirst ein Vermögen bekommen und einen netten Ehemann, und wenn du klug bist, wirst du es annehmen und zufrieden damit sein. Die Alternativen sind nicht sehr erfreulich. Selbst wenn ich dich weiterhin bei uns leben ließe, würdest du kaum mit deinem Leben zufrieden sein, denn du würdest stets eine Außenseiterin in der Familie sein, die Melissa und ich gründen wollen. Du würdest einfach nur geduldet sein, und falls du auf die törichte Idee kommen solltest, deinen Weg allein gehen zu wollen – überleg es dir gut, Elizabeth.« Brutal endete er: »Heirate diesen jungen Mann und verschwinde aus unserem Leben.«

Unfähig, ihre Empörung zu verbergen, starrte Elizabeth ihn an.

ERSTER TEIL

Die kindliche Braut

FEBRUAR 1836

1

Die Hochzeit war vorüber. Oben in dem großen, ziemlich düsteren Raum, den sie ihr Leben lang kannte, starrte die frischgebackene Mrs. Nathan Ridgeway, geborene Elizabeth Selby, in erwartungsvollem Staunen auf den breiten, edlen Goldreif an ihrem schlanken Finger. Sie war verheiratet! Verheiratet mit einem Mann, den sie kaum kannte! Einem Mann, der sie in beängstigend kurzer Zeit von England und allem, was ihr vertraut war, fortbringen würde.

Amerika ist so weit weg von Maidstone, dachte sie erschauernd. Weit weg von den sanft gewellten Tälern und Wäldern von Kent. Aber das wollte sie doch, oder? Ein neues Leben beginnen – ein Leben voller Wärme und Liebe? Zumindest geliebt und umsorgt zu werden? Endlich einmal mehr sein als nur eine unliebsame Erinnerung an eine Ehe, die in den Augen ihres Vaters seines stolzen Titels und großen Reichtums unwürdig war.

Verletzlichkeit lag um ihren Mund, ihre veilchenblauen Augen waren umwölkt, als Elizabeth ihr Spiegelbild in dem Drehspiegel anstarrte und sich wie so oft in ihrem Leben wünschte, daß ihre Mutter lebte und nicht bei ihrer Geburt gestorben wäre. Sie hatte so viele Fragen, was es bedeutete, eine Frau zu sein ... und sie hatte niemanden, an den sie sich wenden konnte. Ganz gewiß nicht an ihren Vater oder Melissa!

Aber ihre Ehe würde eine gute Ehe werden, dachte Elizabeth in einer plötzlichen Gefühlsaufwallung, und ihre kleinen Hände ballten sich zu Fäusten. Nathan liebte sie! Und sie, nun, sie würde ihn eines Tages auch lieben. Sie respektierte ihn bereits jetzt, und mit der Zeit würden auch sie die wunderbaren, geheimnisvollen Gefühle, über die sie in den ihr zugänglichen Romanen gelesen hatte, überkommen und sie in die herrliche Welt der Leidenschaft und Zärtlichkeit entführen. Sie und Nathan würden einander lieben, ein Leben lang.

Doch ihre Gedanken verschafften ihr kaum Erleichterung, und sie konzentrierte sich grimmig auf die simple Aufgabe, die winzigen Perlenknöpfe an den enganliegenden Ärmeln ihres Hochzeitskleides aufzuknöpfen. Es war ein herrliches Kleid aus schwerem milchigweißen Satin, und mit dem mit Hunderten winziger Perlen besetzten Tüllschleier, durch den ihre Locken nur schwach hindurchschimmerten, hatte sie wie ein überirdisches Wesen ausgesehen, als sie vor knapp einer Stunde langsam den Gang der Familienkapelle entlanggeschritten war.

Schließlich hatte sie es geschafft, ohne fremde Hilfe aus dem herrlichen, extravaganten Brautkleid zu schlüpfen. Das Kleid bedeutete ihr nicht viel. Es gehörte, ebenso wie die ganze Feier, zur unerläßlichen Zeremonie der Hochzeit des einzigen Kindes Lord Selbys.

Und Elizabeth war ein Kind, ein einsames, hübsches, von Dienstboten aufgezogenes Kind, das seinen Vater nur von seinen seltenen Aufenthalten auf »Drei Ulmen« her kannte, wenn er und seine aristokratischen Freunde die riesigen Räume erfüllten. Alles, was sie vom Leben und der Welt außerhalb von Maidstone wußte, hatte sie in Büchern gelesen. Bücher waren ihr einziger Trost, in Büchern konnte sie sich verlieren und mit ihnen die langen, einsamen Stunden verträumen.

Natürlich hatte sie ein angemessenes Institut für junge Damen besucht, aber extrem schüchtern, wie sie war, hatte sie dort nur eine einzige Freundin gewonnen.

Stella Valdez war das krasse Gegenteil von »Beth«, wie Stella sie liebevoll nannte. Groß und dunkelhaarig, mit stets lachenden schwarzen Augen, offen und direkt, zwei Jahre älter als Elizabeth und voller Selbstbewußtsein, war Stella all das, was Elizabeth gern gewesen wäre. Sie besaß eine Familie, die sie liebte, und ein äußerst warmherziges Wesen, und so hatte sie das kleine, blasse Mädchen unter ihre Fittiche genommen. Und während der ganzen aufregenden Zeit in Mrs. Finches Institut für junge Damen hatte sie sich schützend vor die zurückhaltende, sanfte Elizabeth gestellt und sie gegen die gelegentlichen Gehässigkeiten einiger anderer Mädchen abgeschirmt. Aber dann hatte Stella die Schule verlassen und war zu ihrer Familie in der mexikanischen Provinz Coahuila zurückgekehrt, und von da an hatte Elizabeth die verbleibende Zeit, bis ihr Lehrgang beendet war und sie die für eine junge Dame erforderlichen Eigenschaften besaß, nur noch erduldet.

Auch ihr ganzes Wissen über die Liebe stammte aus den heimlich ergatterten Romanen, die sie und Stella in ihrem winzigen Zimmer im Institut gelesen hatten. Wie so viele junge Mädchen träumte sie von einer aufregenden Romanze, einem großen, schwarzhaarigen, gefährlichen Fremden, der mit einem Donnerschlag in ihr Leben einbrechen und sie an einen fernen Ort entführen würde, wo sie für immer glücklich sein würden.

Elizabeth fröstelte. Würde auch ihr Ehemann, der so ganz anders als der Mann ihrer Träume war, eines Tages zu dem Schluß kommen, daß er vorschnell geheiratet hatte? Würde er sie in Amerika verlassen?

Sie biß sich auf die Lippe und wünschte sich plötzlich, daß ihr Vater und Melissa sie nicht zu dieser Heirat gezwungen hätten. Jetzt, wo die Ehe geschlossen war, fragte sie sich, ob es richtig gewesen war, einen Mann zu heiraten, den sie nur Achtung entgegenbrachte.

Nathan Ridgeway war ohne Zweifel ein gutaussehender junger Mann. Und wie Melissa mit kalt glitzernden Augen mehr als einmal bemerkt hatte, war er – trotz seiner amerikanischen Herkunft – ein reicher junger Mann mit guten Beziehungen.

Und so hatte Elizabeth wie viele andere junge Mädchen einer bösen Stiefmutter, einem Vater, der nur wenig Interesse für sie bekundete und wollte, daß sie aus seinem Leben verschwand, und einem netten, gutaussehenden Bewerber um ihre Hand schließlich nachgegeben und all ihre Zweifel, Träume und Bedenken beiseite geschoben. Was sonst hätte sie tun sollen?

Im Jahre 1836 saß Wilhelm IV. auf dem englischen Thron; seine knapp siebzehnjährige Nichte wurde auf die königlichen Pflichten vorbereitet, die sie eines Tages übernehmen würde. Frauen wurden noch immer fast vollkommen von den männlichen Mitgliedern ihrer Familie beherrscht. Die Rolle einer Frau war simpel – Ehefrau und

Mutter. Alles andere war für eine junge Dame wie Elizabeth unvorstellbar. Und für sich selbst aufkommen konnte sie ganz gewiß nicht – sie hatte lediglich die Ausbildung in Mrs. Finches exklusivem Institut genossen. Unglücklicherweise hatte Mrs. Finche sich mehr auf den gesellschaftlichen Schliff als auf Bildung konzentriert. Elizabeth besaß zwar oberflächliche Geographie- und Sprachkenntnisse und konnte recht gut lesen und schreiben, aber viel mehr hatte sie einem Dienstherrn nicht zu bieten. Und die einzig mögliche Stellung für sie wäre die einer Gouvernante oder Gesellschafterin gewesen.

Eine Anstellung als Gouvernante konnte sie vergessen, das wußte sie. Ihr Alter sprach gegen sie, und wenn sie sich nur Gedanken über ihr Äußeres machte, sagte ihr ihr gesunder Menschenverstand, daß sie in keiner Weise wie eine Gouvernante aussah – und es auch niemals tun würde! Nicht mit ihren von langen schwarzen Wimpern umrahmten, unschuldigen Augen, der geraden, kleinen Nase, einem weichen, vollen, sinnlichen Mund und einer silberblonden, sanftgelockten Haarmähne.

Elizabeth stand vor dem hohen Spiegel und betrachtete sich gleichgültig. Nein, man würde ihr nie eine Gouvernante abnehmen, nicht mit diesem Gesicht und dem schlanken Körper – einem noch nicht vollentwickelten Körper –, die hochangesetzten Brüste erst ein köstliches Versprechen, die Hüften noch jungenhaft schmal. Trotz ihrer geringen Größe war klar zu sehen, daß sie eines Tages eine unglaublich schöne Frau sein würde, deren Gesicht und Körper die bewundernden Blicke der Männer auf sich ziehen und Ziel ihrer erotischen Träume werden würden.

Jetzt jedoch entdeckte Elizabeth nichts an ihrem unschuldigen Kindergesicht und ihrem fast mager zu nennenden Körper, was Nathan Ridgeway dazu hätte ermuntern können, ernsthaft um ihre Hand anzuhalten. Aber er hatte es getan, und sie hatte seinen Antrag angenommen – der breite Goldreif an ihrem Finger war ein Beweis dafür!

Schließlich fiel ihr wieder ein, daß unten Gäste auf sie warteten und sie sich anziehen mußte, und sie läutete nach dem Mädchen.

»Sie haben geläutet?« sagte die kurz darauf erschienene Mary Eames. »Ich nehme an, ich soll Ihnen beim Ankleiden helfen.« Sie eilte zu dem mit Schnitzereien verzierten Mahagoni-Kleiderschrank hinüber, wo ein wunderschönes eisblaues Taftkleid bereithing.

Geschickt stülpte Mary das Kleid über Elizabeths Kopf und zog gekonnt den weiten Rock zurecht. Es dauerte nur einen Augenblick, bis das Kleid zugeknöpft war, und nachdem sie auch den üppigen Spitzeneinsatz des tiefausgeschnittenen Mieders zurechtgezogen hatte, widmete Mary sich Elizabeths Haaren. Sie steckte ihr das lange, schwere silberblonde Haar am Hinterkopf zu einem hohen griechischen Knoten zusammen und zupfte ein paar Strähnen heraus, die ihr Gesicht in schmeichelhaften Löckchen umgaben.

Dann reichte sie Elizabeth lange weiße Handschuhe und einen indischen Fächer aus geschnitztem Elfenbein und drängte sie zur Tür. Mit einem aufmunternden Lächeln sagte sie schließlich: »Wenn ich eine persönliche Bemerkung machen darf, Miss – ich meine, Madam – Sie waren eine ausgesprochen schöne Braut, und wir Dienstboten wünschen Ihnen und Mr. Ridgeway alles Glück der Welt.«

Elizabeth spürte eine Woge der Wärme in sich aufsteigen, und sie fragte sich, ob ihre eigene Schüchternheit sie daran gehindert hatte, eine herzlichere Beziehung zu den Dienstboten ihres Vaters zu entwickeln – bis jetzt waren sie immer zurückhaltend gewesen. Doch dann war der Augenblick vorüber, und es war zu spät, der Vergangenheit nachzutrauern. Sehr aufrecht und mit einem tapferen Lächeln auf den weichen rosigen Lippen ging sie langsam zu dem prachtvollen, geschwungenen Treppenaufgang hinüber, der nach unten führte. Sie würde nie mehr in diese Räume zurückkehren – für sie begann ein neues Leben! Einen Augenblick schloß sie die Augen und sandte ein letztes Stoßgebet zum Himmel, daß ihre Entscheidung, Nathan Ridgeways Heiratsantrag anzunehmen, sich als richtig erweisen möge.

Unten in dem großen, für den festlichen Anlaß mit riesigen, mit weißen Nelken und Gladiolen gefüllten Blumenkübeln geschmückten Ballsaal gab es noch andere, die sich fragten, ob diese Ehe wirklich das Beste für Lord Selbys einziges Kind sei. So tuschelte die Herzoginwitwe von Chatham mit ihrer Busenfreundin, der sanftmütigen Lady Alstair: »Was weiß man eigentlich wirklich über diesen jungen Mann, außer daß er ausgezeichnete Manieren hat? Ich würde meine Tochter sicher nicht mit einem Mann verheiraten, über den ich so wenig weiß. Und das Kind ist noch so jung! Ich hätte angenommen, daß Melissa ihr wenigstens eine Saison gewähren würde, ehe sie sie so mir nichts dir nichts verheiratet.« Sie verdrehte bedeutungsvoll die Augen. »Natürlich muß es demütigend sein, eine so junge Stieftochter zu haben – und eine so hübsche noch dazu! Ich glaube, man darf Melissa gar keinen Vorwurf daraus machen, daß sie diese Heirat betrieben hat. Und was Selbys Verhalten betrifft – es ist allgemein bekannt, daß er seine erste Ehe bedauert und das Kind ignoriert hat. Wenn Elizabeth ein Junge gewesen wäre...« Einen Augenblick schwiegen die beiden Damen, als sie darüber nachdachten, wie anders Elizabeths Leben verlaufen wäre, wenn sie wirklich der Sohn gewesen wäre, den ihr Vater sich wünschte. Schließlich fuhr die Herzogin fort: »Das Kind tut mir so leid. Aufgezogen von Dienstboten und die meiste Zeit ihres Lebens in diesem Internat. Selby hat sich sehr an ihr versündigt. Man stelle sich vor, das eigene Kind zu ignorieren! Das arme kleine Ding hat nie ein Familienleben gehabt – immer nur Hausangestellte und Lehrerinnen. Niemand, der sich wirklich um sie kümmerte.«

»Eine Schande!« murmelte Lady Alstair voll Anteilnahme. »Selbst wenn er sich wirklich wegen der Herkunft ihrer Mutter schämte, so ist das noch lange kein Grund, seine eigene Tochter so herablassend zu behandeln.«

»Da bin ich ganz deiner Meinung, meine Liebe! Aber du kennst ja Selby – ich bin noch nie einem kälteren, stolzeren Mann begegnet.« Die Herzogin beugte sich dichter zu ihrer Freundin hinüber und flüsterte: »Sieh dir doch nur seine Ehe mit Melissa an. Sie ist achtundzwanzig, die Blüte ihrer Jugend ist also längst vorbei, und man kann sie vielleicht als attraktiv, aber sicher nicht als schön bezeichnen. Aber sie ist die Tochter eines Herzogs und damit eine angemessene Braut für Selby. Er will unbedingt einen Erben.«

Lady Alstair sah zu Melissa hinüber, die sich am hinteren Ende des imposanten Raums mit ein paar Londoner Bekannten unterhielt, und fragte: »Glaubst du, daß sie schwanger ist?«

»Mit ziemlicher Sicherheit – um so mehr Grund für sie, die kleine

Elizabeth mit einem Amerikaner zu verheiraten. Melissa will nicht, daß ihre eigenen Kinder sich Selbys Vermögen mit einer Halbschwester teilen müssen. Ich hoffe nur, daß Selby sie wenigstens finanziell gut versorgt hat.«

Darüber machte sich auch Nathan Ridgeway Gedanken, als er Elizabeth langsam die Treppe herunterkommen sah. Er würde nicht tatenlos zusehen, wenn man Elizabeth um ihr Vermögen brachte, nur weil ihr Vater eine habgierige, egoistische Frau geheiratet hatte. Trotzdem ging er Elizabeth mit einem fröhlichen Lächeln auf den Lippen entgegen.

»Wie schön Sie aussehen, meine Liebe. Ehrlich, ich bin heute der glücklichste Mann der Welt«, sagte er mit gesenkter Stimme.

Ein Teil ihrer Bedenken löste sich auf, als Elizabeth in sein edel geschnittenes Gesicht sah. Nathan Ridgeway war mit seinen großen grauen Augen, einer hübschen, männlichen Nase und einem vollen, wohlgeformten Mund ein entschieden gutaussehender junger Mann. Nur ein äußerst kritischer Beobachter würde bemerkt haben, daß er seinem Gegenüber nicht in die Augen sehen konnte und sein Kinn einen Anflug von Schwäche verriet. Er hatte helles Haar, war fast einen Meter achtzig groß, ein schlanker Mann mit einem wohlgeformten Körper, der durch seine Koteletten wesentlich älter als seine tatsächlichen sechsundzwanzig Jahre aussah.

Mit einem scheuen Lächeln – Elizabeth war noch immer sehr befangen ihrem frischgebackenen Ehemann gegenüber – starrte sie auf ihre unter dem voluminösen Taftrock hervorlugenden Slipper herunter und murmelte: »Ich hoffe, ich habe Sie nicht zu lange warten lassen?«

Nathan umschloß sanft ihre Hand, beugte sich zu ihr hinunter und sagte leise: »Ich könnte gar nicht zu lange auf Sie warten, meine Süße.«

Ihr Inneres weitete sich wie eine Blüte unter der Wärme seiner Worte, und eine Woge der Zuneigung durchschoß ihren Körper. Sie *hatte* die richtige Entscheidung getroffen, und eines Tages würde sie in der Lage sein, Nathans Liebe mit ähnlichen Gefühlen zu erwidern.

Sie waren ein schönes Paar, als sie so nebeneinander standen:

Nathan, der Elizabeth um etwa einen Kopf überragte, beide jung, beide schlank und beide von atemraubender Blondheit. Und mehr als eine der älteren Damen bekam feuchte Augen, als sie sie beobachtete. Ihre ganze Zukunft lag vor ihnen, und was für eine herrliche Zukunft: Elizabeth, zur Zeit Lord Selbys einziges Kind, das ein riesiges Vermögen erben würde; Nathan, der jüngste Sohn eines reichen Plantagenbesitzers aus Natchez, hatte bereits jetzt Hunderte Morgen fruchtbaren Landes am Ufer des Mississippi als Hochzeitsgeschenk von seinem Vater erhalten. Und im »Oberen Natchez«, auf dem Steilufer des Flusses, wurde ein herrliches Haus für sie errichtet. Auch an anderen Hochzeitsgeschenken würde es dem Paar nicht fehlen – Kristall, Silber, Porzellan, Wäsche, aller möglicher kostbarer Krimskrams waren seit Tagen hereingeströmt.

»Meine Gratulation, Ridgeway«, unterbrach eine knarrende Stimme hinter dem Paar ihre Versunkenheit.

Elizabeth drehte sich langsam um, registrierte vage, wie Nathan plötzich ihre Hand losließ, als habe er sich daran verbrannt, und wie sein ganzer Körper zu erstarren schien, als er sich zu dem dunkelhäutigen, stämmigen Mann umdrehte.

Steif erwiderte er: »Danke, Longstreet. Ich habe nicht erwartet, dich hier zu sehen.«

»Wirklich nicht?« fragte der andere leichthin. »Hast du geglaubt, ich würde mir die Hochzeit meines . . . *lieben* Freundes entgehen lassen?«

Elizabeth spürte die seltsame Spannung, die plötzlich in der Luft lag, und sah, irritiert vom seltsamen Ton von Longstreets Stimme, den sie nicht einordnen konnte, von einem zum anderen. Ihr erster Eindruck von Mr. Longstreet war nicht sehr günstig. Er jagte ihr fast ein bißchen Angst ein mit seinen eiskalten blauen Augen und den fast häßlich zu nennenden Zügen. Bemüht, das plötzliche unbehagliche Schweigen zu brechen, fragte sie leise: »Wollen Sie mich nicht vorstellen, Mr. Ridge – ich meine, Nathan? Ich glaube, Sie haben mir noch nichts von Mr. Longstreet erzählt.«

»Noch nichts von mir erzählt?« sagte Longstreet mit hartem Auflachen. »Wie seltsam! Vor noch nicht einmal sechs Wochen schwor er mir in London unsterbliche . . . hm . . . Freundschaft.«

»Sprich leise, du Narr! Alle starren zu uns herüber«, knurrte Nathan, in dessen grauen Augen plötzlich ein wachsamer Ausdruck lag. Als er Elizabeths erschrockenen Blick bemerkte, sah er sie gequält an. »Entschuldigen Sie uns für einen Augenblick, meine Liebe? Longstreet ist nicht ganz bei sich.«

Ohne auf ihre Zustimmung zu warten, packte Nathan Longstreet am Arm und dirigierte ihn energisch in den Garten hinaus. Mehr als nur verwirrt über diesen Wortwechsel, starrte Elizabeth ihnen nach, fragte sich, wie ihr Mann zu einem so seltsamen Freund gekommen war. Mr. Longstreet hatte sich, so fand sie, fast eifersüchtig benommen...

Dieser Gedanke rief ihre größten Befürchtungen wieder wach. Außer daß er aus einer angesehenen Familie stammte und ihr Vater ihm erlaubt hatte, um ihre Hand anzuhalten, wußte sie kaum etwas über Nathan Ridgeway. Wenn sie an die letzten Monate zurückdachte, mußte sie sich eingestehen, daß seine Werbung ziemlich kühl gewesen war. Doch da sie vollkommen unerfahren war und wenig über die Beziehungen zwischen Mann und Frau wußte, wußte sie eigentlich selber nicht, wie sie auf diese Idee kam – sie hatte nur das untrügliche Gefühl, daß irgend etwas in ihrer Beziehung fehlte. Ganz sicher war es keiner dieser aufregenden Leidenschaften, über die sie in den Romanen gelesen hatte, und Nathan ähnelte auch in keiner Weise dem schwarzhaarigen feurigen Helden ihrer Träume. Dann jedoch sagte sie sich fast ein wenig schuldbewußt, daß Nathans Werbung korrekt gewesen war, und schob den Wunsch, daß er hätte versuchen sollen, Zärtlichkeiten mit ihr auszutauschen, entschieden beiseite. Solche Gedanken waren vulgär und unschön. Junge Damen aus gutem Hause jammerten solch unwichtigen Dingen wie heimlichen Küssen und Umarmungen nicht nach!

Melissa hatte Elizabeth wenig über die Pflichten einer Ehefrau gelehrt, nur, daß sie »ihrem Ehemann zu gehorchen habe und es damenhaft erdulden müsse, wenn er seine elementaren Bedürfnisse stille«.

Ärgerlich über ihre eigene Unzufriedenheit und weil sie sich etwas wünschte, was sie nicht einmal in Worte fassen konnte, blickte sie sich in der Hoffnung, einen freundlichen Blick aufzufangen, im

Saal um. Darin war sie erfolgreicher, denn die Herzoginwitwe von Chatham und Lady Alstair kamen auf sie zugerauscht, und sie wurde herzlich an den mächtigen Busen der Herzogin gedrückt und von Lady Alstair umarmt.

»Mein liebes, liebes Kind!« rief die Herzogin mit fröhlichem, aufmunterndem Lächeln. »Sie waren eine wunderschöne Braut. Ich freue mich für Sie und bin glücklich, daß Sie einen so erfolgreichen Start ins Leben haben.«

»Wirklich, liebe Elizabeth, Sie können sich glücklich schätzen«, pflichtete Lady Alstair ihr bei, während sie ihre wäßrigen blauen Augen über Elizabeths zierliche Gestalt wandern ließ. »Mr. Ridgeway ist ein tadelloser junger Mann, und man muß Ihnen zu Ihrer Heirat gratulieren. Ich wünsche Ihnen viel Glück, meine Liebe.«

»Hat dich dein Bräutigam schon verlassen, Elizabeth?« mischte sich in diesem Augenblick Lord Selby ein, der gerade an ihnen vorbeiging. Seine Augen huschten zu der offenen Tür hinüber, wo man Nathan und Charles Longstreet ins Gespräch vertieft sehen konnte.

Verlegen wie immer in der Gegenwart ihres Vaters warf Elizabeth ihm einen mißtrauischen Blick zu. Er schenkte ihr so selten Beachtung, daß sie nicht sicher war, ob er echtes Interesse bekundete oder nur so daherredete. Dieses Mal jedoch schien er mehr als nur ein wenig interessiert zu sein, denn seine Augenbrauen zogen sich finster zusammen, während er zu Nathan hinübersah. »Das können wir nicht zulassen!« sagte er schließlich. »Entschuldigen Sie mich, meine Damen, aber ich habe vor, meine Tochter wieder mit ihrem Mann zu vereinen. Komm, Elizabeth, Nathan sollte sich schämen, dich schon heute zu vernachlässigen.« Damit ergriff er sanft Elizabeths Arm und ging mit ihr energischen Schrittes durch den Raum.

Es war ein seltsames Gefühl für Elizabeth, so neben ihm her zu gehen. Soweit sie sich erinnern konnte, war es das erste Mal, daß ihr Vater sie berührte, und das ausgerechnet zu einem Zeitpunkt, wo er nicht mehr über sie zu bestimmen hatte. Während sie in sein kaltes Gesicht hinaufsah, fragte sie sich verwundert, ob dieser Fremde wirklich ihr Vater war. Selbst mit seinen fast vierzig Jahren war Jasper Selby noch immer ein unglaublich gutaussehender Mann –

über einen Meter achtzig und von athletischem Körperbau. Kein Wunder, daß Anne sich vor achtzehn Jahren in ihn verliebt hatte. Er hatte goldbraunes Haar, von jener Farbe, die nie zu verblassen schien, sondern im Lauf der Zeit nur ein wenig heller wurde, wenn anstelle der blonden Haare Silbersträhnen traten. Und sein Gesicht gewann eher noch durch die leichten Furchen in seinen Wangen, Zeugen eines zügellosen Lebens, und die seine strahlenden blauen Augen umgebenden Lachfältchen.

Unbewußt seufzte Elizabeth auf. Ihr ganzes Leben lang hatte sie sich verzweifelt gewünscht, ihren Vater zu lieben, aber sein unnahbares Wesen machte es unmöglich. Wie konnte man jemanden lieben, der nie da war? Einen Vater lieben, der deutlich zu verstehen gab, daß er nichts mit seiner Tochter zu tun haben wollte. Zumindest, rief sie sich schuldbewußt in Erinnerung, hatte er sich nicht völlig von ihr abgewandt und sie nicht mittellos auf die Straße gesetzt.

Selby hörte ihr unterdrücktes Seufzen und sah auf sie herunter. »Ist irgend etwas nicht in Ordnung, Elizabeth?«

Verwirrt darüber, daß er es überhaupt bemerkt hatte, sagte sie schnell: »Nein, nein, Vater, es ist alles in bester Ordnung.«

»Dann wollen wir hoffen, daß das auch so bleibt«, erwiderte Selby in gelangweiltem Ton und unterband damit jede weitere Unterhaltung.

Nathan sah zufällig auf, als die beiden auf ihn zukamen, und er murmelte seinem Freund fast ängstlich etwas zu. Sofort drehte Longstreet sich zu ihnen um und sagte mit einem seltsamen Unterton in der Stimme: »Ah, Lord Selby, man muß Ihnen zu der Vermählung Ihrer Tochter gratulieren. Sie war eine wunderschöne Braut, und ich bin sicher –«, er warf Nathan einen spöttischen Blick zu, »– daß der liebe Nathan ein vorbildlicher Ehemann sein wird.«

»Wie ungeheuer scharfsinnig von Ihnen, das zu bemerken«, entgegnete Lord Selby höhnisch. »Aber Sie kennen Nathan ja recht gut, nicht wahr?«

Longstreets Blick war hart, als er eine Verbeugung andeutete und antwortete: »So ist es. Haben Sie etwas dagegen, Sir?«

»Keineswegs, vorausgesetzt, Ihre ... hm ... Freundschaft stört die Ehe meiner Tochter nicht. Ich bin sicher, Sie verstehen, was ich meine.«

Das taten die beiden jungen Männer offensichtlich, doch Elizabeth starrte vollkommen verwirrt von Nathans gequältem, bleichem in Longstreets finsteres Gesicht.

»Wollen Sie mir drohen, Selby?« knurrte Longstreet.

Selbys Augenbrauen hoben sich. »Ich bitte Sie, Sir! Wie kommen Sie nur auf diese absurde Idee? Ich wollte nur sagen, daß ich es nicht zulassen werde, daß meine Tochter in einen Skandal verwickelt wird. Ihre Freundschaft mit Nathan interessiert mich nicht, solange Sie diskret sind. Habe ich mich verständlich ausgedrückt?« fragte er mit gefährlich leiser Stimme.

Wieder verbeugte sich Longstreet. »Durchaus, Sir. Und ich halte Ihre Ansichten für leicht übertrieben. Nathan und seine Braut werden in Kürze abreisen, und selbst für mich dürfte es unmöglich sein, in dieser kurzen Zeit einen Skandal auszulösen.«

Lord Selby nickte finster. »Gewiß. Ich wollte mich nur vergewissern, daß Sie die Situation richtig verstehen.«

»Dessen können Sie versichert sein«, murmelte Longstreet spöttisch.

Nathan hatte während der eigenartigen Unterhaltung geschwiegen, war Elizabeths Blick ausgewichen. Sie war völlig verwirrt und wünschte, ihr Vater hätte nicht ein so ungerechtfertigtes Interesse an Nathans Freundschaft mit Longstreet gezeigt. Die ganze Sache bedrückte Nathan offensichtlich sehr, wie Elizabeth voll Mitgefühl erkannte.

Getrieben von dem seltsamen Bedürfnis, ihn zu schützen, ließ sie den Arm ihres Vaters los, stellte sich entschlossen neben ihren Ehemann und drückte seine Hand. »Nathan und ich danken für deine Bsorgnis, aber deine Befürchtungen, daß Mr. Longstreets Freundschaft mit Nathan uns irgendwelche Probleme bereiten könnte, Vater, sind unangebracht. Nathan würde mit niemandem befreundet sein, der kein Gentleman ist.«

Es war schwer zu sagen, wen ihre Worte am meisten verblüfften. Sicher war Elizabeth selbst überrascht, wie mutig sie mit ihrem Vater sprach, und ihr Vater war sprachlos, daß seine sonst so schüchterne Tochter plötzlich soviel Selbstbewußtsein zeigte. Auch Nathan war irritiert, doch er fing sich schnell und murmelte erleichtert: »Jetzt, wo wir alle verstanden haben, worum es geht, sollten wir das Thema wohl fallen lassen. Schließlich ist es unser Hochzeitstag.«

Lord Selby bedachte ihn mit einem leicht verächtlichen Lächeln. »Eben, und es wäre gut, wenn Sie sich daran erinnerten!« Mit einem Blick auf Longstreet fügte er hinzu: »Ich schlage vor, wir entfernen uns, Longstreet. Die Jungvermählten wollen offensichtlich allein sein.«

Einen Augenblick zögerte Longstreet, als wolle er noch etwas sagen, aber Lord Selby kam ihm zuvor: »Mein lieber Longstreet, ich verstehe ja, daß Sie traurig über Nathans bevorstehende Abreise sind, aber alles hat einmal ein Ende. Jetzt kommen Sie, lassen wir die Kinder allein.«

Danach hatte Longstreet keine andere Wahl mehr, und er tänzelte hinter Lord Selby her durch den überfüllten Ballsaal. Danach senkte sich ein bedrücktes Schweigen über Elizabeth und Nathan, bis Elizabeth schließlich unsicher fragte: »Nathan, gibt es irgend etwas, was ich wissen sollte? Ich meine, ist Mr. Longstreet kein anständiger Mann?«

Seine Lippen preßten sich zusammen, und er erwiderte mit ungewohnter, plötzlicher Gehässigkeit: »Nein, Mr. Longstreet ist kein anständiger Mann! Bei Gott, ich wünschte, ich wäre ihm nie begegnet!«

Verwirrt über seinen strengen Ton und seine Worte selbst, fragte Elizabeth: »Aber warum sind Sie dann mit ihm befreundet?«

Er warf ihr einen seltsam dramatischen Blick zu und murmelte erregt: »Weil ich ein Narr bin und weil ich nicht anders kann.«

2

Mehr sagte Nathan nicht zu diesem Thema, doch von diesem Augenblick an spürte Elizabeth, daß mit Sicherheit etwas nicht stimmte, und sie wurde von Minute zu Minute unruhiger.

Schließlich waren die prunkvollen Feierlichkeiten vorüber, die letzten Gäste gegangen. Ihre Reisetaschen und Koffer waren auf die Kutsche geladen worden, die sie zum Bahnhof bringen sollte. Sie würden in spätestens einer Stunde aufbrechen, und Elizabeth war, trotz all ihrer Bedenken, froh, das kalte, elegante Haus zu verlassen, in dem sie aufgewachsen war. Sie würde es wahrscheinlich nie wiedersehen, und sie bedauerte es nicht. Sie war hier unglücklich gewesen und wollte all die häßlichen Erinnerungen hinter sich lassen. Trotzdem spürte sie ein seltsames Ziehen in der Magengegend beim Gedanken, daß sie – wenn sie durch die mit Messingscharnieren versehene Doppeltür hinausgegangen war – alle Bande zerschneiden würde, die sie mit ihrem Vater, »Drei Ulmen« und England verbanden. Sie würde nur noch Nathan haben, und Nathan war noch immer ein Fremder für sie.

Elizabeth starrte in den im trüben Licht der hereinbrechenden Dämmerung liegenden Garten hinaus, als einer der Diener ihr mitteilte, daß ihr Vater sie in der Bibliothek zu sprechen wünsche. Leicht irritiert machte sie sich auf den Weg zu dem von Büchern gefüllten, nach Leder duftenden Raum.

Ihr Vater saß mit gleichgültiger Miene hinter seinem Schreibtisch, Nathan auf einem roten Lederstuhl mit hoher Rückenlehne. Stille herrschte im Raum; außer dem Ticken einer auf dem grauen Marmorkaminsims stehenden Uhr war nichts zu hören. Der sanfte Schein der Gaslampe verlieh dem Raum eine intime Atmosphäre.

Als sie eintrat, erhob sich Nathan und schob ihr den neben dem seinen stehenden Stuhl zurecht. Sie warf ihm einen schnellen, prüfenden Blick zu und erkannte sofort, daß er schreckliche Qualen litt. Als er stumm blieb und den Blick weiter von ihr abgewandt hielt, sah sie ihren Vater fragend an.

Lord Selby lächelte grimmig. »Dein Mann hat gerade eine schwere Enttäuschung erlebt, und ich muß zugeben, daß das zum Teil meine Schuld ist. Es scheint ihm nicht zu gefallen, daß ich das Geld, das du von mir bekommst, von einer Bank in Natchez treuhänderisch verwalten lasse.«

»Ich fürchte, ich verstehe nicht ganz«, gestand Elizabeth verwirrt.

»Es ist ganz einfach, meine Liebe«, erklärte Nathan in beleidigtem Ton. »Ihr Vater ist ein sehr mißtrauischer Mann. Er ist der Meinung, daß ich nicht fähig bin, Ihr Geld zu verwalten.«

Selby gab ein häßliches Lachen von sich. »Sie, mein junger Draufgänger, sind nicht einmal in der Lage, Ihre eigenen Geschäfte zu erledigen, geschweige denn die Elizabeths.«

Nathan bemühte sich nicht zu verbergen, wie gedemütigt er sich fühlte, und sprang auf. Er ballte die Hände zu Fäusten und stieß heftig hervor: »Sir! Ich bleibe nicht länger hier und lasse mich von Ihnen beleidigen!«

»So, das wollen Sie nicht? Aber Sie werden es! Jetzt setzen Sie sich, Ridgeway, und ich werde es meiner Tochter erklären. Ich hoffe, sie besitzt genügend Verstand, um zu verstehen, was ich sage.«

Elizabeths Wangen röteten sich, und sie starrte auf ihre im Schoß gefalteten Hände herunter. In diesem Augenblick haßte sie ihren Vater beinahe – haßte ihn wegen der Art und Weise, wie er Nathan behandelte und sich über ihre Intelligenz lustig machte.

Einen Augenblick herrschte Stille im Raum, dann murmelte Lord Selby, übertrieben aufseufzend: »Darf ich um eure Aufmerksamkeit bitten?« Er hielt inne und fuhr, als keines der beiden etwas sagte, fort: »Von der Höhe der Summe, um die es hier geht, will ich nicht reden, weil dir das wenig sagen würde. Aber sie ist ausreichend, würde ich sagen. Ein Vermögen, das dir deinen gewohnten Lebensstandard erhalten wird ... ganz egal, wieviel Kinder ihr haben solltet. Aber da Nathan selbst ein ziemlich reicher Mann ist, dürfte das nicht so wichtig sein.« Er warf Nathan einen verächtlichen Blick zu und schloß: »Hoffe ich jedenfalls.«

Nathans Gesicht wurde weiß, und er würgte hervor: »Wie freundlich von Ihnen, Sir!«

Seinen Schwiegersohn ignorierend, sah er wieder seine Tochter an und fuhr fort: »Ich habe abgemacht, daß das Bankhaus Tyler und Deering in Natchez dein Vermögen bis zur Vollendung deines dreißigsten Lebensjahres verwaltet. Sie werden sämtliche Rechnungen bezahlen und alle Ausgaben, bis auf die Kleinigkeiten, genehmigen. Außerdem wirst du ein Taschengeld erhalten, mit dem du dir deinen Flitterkram selbst kaufen kannst. Aber alles muß von ihnen bewilligt werden. Das schließt auch deine Schneiderrechnungen ein.

Wenn sie es für richtig halten, wird das Geld, wenn du dreißig bist, Nathan zur Verwaltung übergeben. Dann«, schloß er zynisch, »dürfte er auch einigen seiner teuren Hobbys entwachsen sein.«

Falls Lord Selby seinen Schwiegersohn hatte demütigen und lächerlich machen wollen, so hätte er keinen besseren Weg wählen können. Es war das Übelste, was er dem jungen Mann hätte antun können, und Elizabeth erkannte das sofort. Sie war plötzlich sehr müde und sagte ruhig: »Ist das alles, Vater? Dann ist es, glaube ich, an der Zeit, daß Nathan und ich uns auf den Weg machen. Ich glaube, du hast erreicht, was du wolltest.«

Jetzt war es an Nathan, verwirrt zu sein. Verwirrt und ein bißchen überrascht, daß die gewöhnlich so scheue und zurückhaltende Elizabeth so kühl reden konnte, noch dazu mit ihrem Vater. Auch Elizabeth selbst war überrascht, doch eine tief in ihrem Inneren brennende Wut auf ihren Vater war in ihr hochgestiegen, und mit ihr kam der Mut zu einem Wortgefecht mit ihm. Mit trotziger Miene wartete sie auf seine Antwort.

Lord Selby lächelte, kein sehr schönes Lächeln, und murmelte: »So, so, aus der kleinen Maus ist also eine fauchende Katze geworden. Vielleicht tut die Ehe dir gut.«

In einer ihr selbst fremden Aufwallung neigte Elizabeth hochmütig den Kopf und stand auf. »Danke, Vater. Nathan und ich danken dir für deine guten Wünsche, und ich wünschte, wir hätten etwas mehr Zeit für dich, aber ich glaube, die Kutsche wartet auf uns. Entschuldigst du uns also bitte?«

Es war ein kühler Abschied, und auch, als »Drei Ulmen« bereits weit hinter ihnen lag, hatte Elizabeths Wut sich noch nicht gelegt. Als sie am Bahnhof ankamen, zitterte sie am ganzen Körper, und sie wandte sich fast ängstlich an Nathan: »Sind Sie mir böse, weil ich so mit meinem Vater gesprochen habe, Nathan? Ich wollte mich nicht einmischen, aber ich war außer mir vor Wut.«

Nathan seufzte erschöpft auf. Dann tätschelte er sanft ihre Hand und sagte müde: »Nein, meine Liebe. Im Gegenteil, ich bin Ihnen sogar dankbar für Ihre Worte. Aber im Augenblick möchte ich nicht darüber sprechen. Vergessen wir es vorerst, meine Liebe, und reden wir morgen oder übermorgen weiter darüber.«

Es war nicht das, was sie hören wollte, doch als das gehorsame Kind, das sie immer gewesen war, gab sie sich damit zufrieden. Außerdem würde dies der Anfang eines völlig neuen Abenteuers für sie sein, und sie beschloß in diesem Augenblick, es zu genießen... ganz gleich, was geschah!

Als sie das elegante Abteil erster Klasse betrat, das sie für ihre Reise nach Portsmouth hatten reservieren lassen, erkannte Elizabeth zu ihrer großen Freude die stämmige Gestalt von Mary Eames, die damit beschäftigt war, ihre Nachtkleidung auszupacken. Ihr Gesicht spiegelte ihre Freude wider, als sie neugierig fragte: »Mary, was machst du hier?«

»Nun, hm, Miss... hm... Madam, das weiß ich im Augenblick selber nicht! Seit heute nachmittag ging alles drunter und drüber, so daß ich nicht weiß, wo mir der Kopf steht«, erwiderte Mary, und ihre warmen blauen Augen blitzten auf. »Erst heute nachmittag kam Ihrem Mann der Gedanke, daß Sie gar kein Mädchen haben. Er meinte, es wäre besser, wenn Sie eine Zofe hätten, die Ihnen vertraut ist, als eine völlig fremde einzustellen.«

Mit freudestrahlendem Lächeln rief Elizabeth: »Wie nett von ihm! Die Vorstellung, absolut niemanden um mich zu haben, den ich kenne, hat mir schon Angst eingejagt.« Und da Mary Eames schon immer eine ihrer Lieblingsdienerinnen war, fügte sie ungestüm hinzu: »Außerdem, keine andere wäre mir lieber gewesen.«

»Das freut mich zu hören, Miss!« erwiderte Mary mit breitem Lachen, und ihre blauen Augen ruhten liebevoll auf Elizabeths Gesicht. »Ich bin sehr glücklich, daß ich hier bin. Und ich kann Ihnen gar nicht sagen, wie aufgeregt ich bin, Sie auf dieser Reise bedienen zu dürfen.«

Elizabeth bekam einen Schreck. »Aber du kommst doch mit nach Amerika, oder? Du mußt doch nicht mehr nach Maidstone zurück?«

Ein zufriedenes Lächeln breitete sich auf Marys Gesicht aus. »Nein, Miss, wenn Sie mich haben wollen, bleibe ich bei Ihnen. Mr. Ridgeway sagte, wir sollten es Ihnen überlassen, aber er fragte mich, ob ich etwas dagegen hätte, England zu verlassen und in Amerika zu leben. Lustig, daß er gewußt hat, daß Sie mich bitten würden mitzukommen!«

Die Bahnreise verlief ohne Zwischenfälle – Elizabeth schlief allein in ihrem gemütlichen Abteil, während Nathan sich in den Rauchsalon für Männer begab, wo er bis zu ihrer Ankunft in Portsmouth blieb. Dort wurden sie schnell zu dem hübschen Hotel befördert, wo sie die nächsten beiden Tage bleiben würden, ehe sie an Bord des Schiffes gingen, das sie nach Amerika bringen würde. Und dort setzten Elizabeths Zweifel ein.

Es lag nicht an dem, was Nathan tat, sondern eher an dem, was er nicht tat. Als sie einsam in ihrem Zugabteil geschlafen hatte, hatte sie sich nicht viele Gedanken darüber gemacht; als sie jedoch feststellen mußte, daß Nathan für sie getrennte Hotelsuiten gebucht hatte, war sie verständlicherweise verwirrt. Auch wenn das Ehebett für sie noch eine Art Mysterium war, so war sie doch nicht so naiv, nicht zu wissen, daß es ziemlich seltsam war, wenn ein Bräutigam es mied, mit seiner Braut zu schlafen. Unglücklicherweise war sie zu schüchtern und zu verwirrt, um ihm deshalb Fragen zu stellen, und aus demselben Grund wagte sie es auch nicht, sich Mary anzuvertrauen. Vielleicht, so sagte sie sich nachdenklich, wartete er, bis sie auf dem Schiff und endlich auf dem Weg nach Amerika waren.

Abgesehen davon, daß er während dieser Tage in Portsmouth das Ehebett mied, war Nathan alles, was seine junge Braut sich nur wünschen konnte, während er sie durch die betriebsame Hafenstadt führte und ihr die Sehenswürdigkeiten zeigte. Er verwöhnte sie über alle Maßen, kaufte ihr kleine Schmuckstücke, teures Parfüm und Puder und kostbare Juwelen. Sie fühlte sich geschmeichelt und freute sich über die Geschenke, aber nachts, wenn sie allein in ihrem jungfräulichen Bett lag, hätte sie sie alle gern hergegeben, wenn Nathan sie in die Arme genommen und ihr gezeigt hätte, was körperliche Liebe ist.

Doch erst am Nachmittag, bevor sie mit der Abendflut hinausgelten, erkannte sie, warum Nathan auf seine ehelichen Rechte verzichtete. Sie saß allein an ihrem Tisch in der Teestube des Hotels und genoß eine köstliche Tasse Earl Grey, während Nathan letzte Reisevorbereitungen traf, als einer der an einem hinter ihr stehenden Tisch sitzenden Männer etwas sagte, was ihre Aufmerksamkeit erregte.

»Ich habe vorhin Charles Longstreet gesehen.«

»Dieser Knabenschänder! Ich dachte, er treibt sich in London herum. Ich möchte wissen, was ihn ausgerechnet nach Portsmouth führt.«

»Ich glaube, man sollte lieber wer statt was fragen! Ich sah ihn eben mit diesem Amerikaner, diesem Ridgeway, und selbst ein Blinder hätte gemerkt, daß Longstreet verliebt in den jungen Mann ist.« Der Mann gab ein häßliches Lachen von sich und fügte hinzu: »Und dieser Ridgeway wies ihn ab.«

Elizabeths Gesicht wurde weiß, und sie stellte mit zitternder Hand ihre Teetasse ab. Worauf um alles auf der Welt spielten sie an? Ein absurder Gedanke nach dem anderen schoß ihr durch den Kopf, und keiner ergab einen Sinn. Sie wußte nur, daß sie über etwas gesprochen hatten, das sie hätte verstehen sollen, aber es gelang ihr nicht.

Ohne erkennbaren Grund war sie von Unbehagen und Angst erfüllt, und sie brachte es nicht fertig, länger an ihrem Tisch sitzen zu bleiben. Hatte sie Angst davor, doch etwas zu hören, was sie verstehen konnte? Doch sie wollte nicht über das Gehörte nachdenken und eilte wie ein verschrecktes Reh in ihr Zimmer. Und dort in der Geborgenheit ihres Zimmers brachen die dumpfen Ahnungen wieder über sie herein, und sie wünschte sich, mehr vom Leben zu wissen.

Mit brennenden Augen starrte sie aus ihrem Hotelfenster auf die unendliche Weite des Ozeans hinaus. In wenigen Stunden würden sie an Bord des Schiffes gehen, das sie fort von England bringen würde. Sollte sie sich von einem sicher nur boshaften Gerede ihre Ehe und ihre Zukunft zerstören lassen? Für einen Augenblick trat »Drei Ulmen« vor ihr Auge, und die Erinnerung an Melissas abweisende Haltung und die kalte Gleichgültigkeit ihres Vaters kehrte zurück. Nein! Sie konnte nicht dorthin zurückkehren! Ihre Zukunft war bei Nathan. Nathan, der sie liebte und sich um sie sorgte. Sie mußte daran glauben und die häßliche Unterhaltung vergessen.

In diesem Augenblick betrat Nathan mit einem warmen, zärtlichen Lächeln auf den Lippen den Raum. »Nun, mein Liebes, bist du bereit für die lange Reise nach Amerika? Ich weiß, die Reise wird ermüdend für dich sein, aber wenn wir in New Orleans sind, wirst du feststellen, daß es die Mühe wert war.«

Als er sie näher betrachtete, bemerkte er sofort ihre Unruhe, die sie nicht verbergen konnte, und fragte besorgt: »Ist irgend etwas nicht in Ordnung, Liebes?«

Beim herzlichen Klang seiner Stimme zog sich ihr Herz schmerzhaft zusammen. Diese Männer waren verrückt, Verrückte, die häßliche, böse Halbwahrheiten verbreiteten, sagte sie sich energisch. Und dann brach sie, weil sie noch immer ein weltfremdes, naives und verwirrtes Kind war, plötzlich in hysterisches Schluchzen aus und warf sich in Nathans Arme.

Ehrlich erschrocken und erstaunt über Elizabeths offensichtliche und unerklärliche Verzweiflung schloß Nathan seine Arme um ihren schlanken Körper. »Still, meine Liebste, beruhige dich doch«, murmelte er leise in ihre blonden Locken hinein. »Was beunruhigt dich? Bist du unglücklich, weil du deine Heimat verläßt? Bitte nicht – ich werde dich glücklich machen, das verspreche ich.« Und beinahe grimmig fügte er hinzu: »Ganz gleich, was passiert.«

Beschämt darüber, daß sie sich so hatte gehen lassen, stieß Elizabeth hervor: »Liebst du mich, Nathan? Liebst du mich wirklich?«

Sie spürte, wie er sich versteifte, und sie umklammerte seine Schultern. »Sag die Wahrheit, ich flehe dich an! Liebst du mich?«

Ihren Blick suchend, schob Nathan eine widerspenstige Locke, die ihr in die Stirn gefallen war, zurück. »Was ist los, meine Liebe? Du weißt, daß ich dich liebe. Ich würde dich nicht geheiratet haben, wenn ich dich nicht mehr als jede andere Frau der Welt liebte.« Mit belegter Stimme fuhr er dramatisch fort: »Du bist meine Hoffnung für die Zukunft. Und wenn ich feststellen sollte, daß ich nicht ... mit dir kann, dann bin ich wirklich verdammt.«

»Was nicht kann, Nathan?« stieß Elizabeth mit zitternden Lippen hervor.

Nathan zog sie enger an sich, ein gequälter Ausdruck lag auf seinem Gesicht, als er mit kaum hörbarer Stimme sagte: »Glücklich sein. Wenn ich mit dir nicht glücklich werden kann, dann verdiene ich es wahrscheinlich nicht besser.«

Einen Augenblick sah er in ihr Gesicht hinunter, dann beugte er langsam den Kopf und küßte sie innig. Elizabeth erwiderte seine Zärtlichkeit, war nur zu gern bereit, seinen Worten zu glauben. Sie hatte keinen Grund, es nicht zu tun, und sie drängte sich ihm leise aufseufzend entgegen.

Nathans Arme schienen sie leidenschaftlicher zu umfangen, während sein Mund zärtlich über ihre Lippen glitt. Es war ein zärtlicher Kuß, und Elizabeth bedauerte es, als er zu Ende war. Aber nur zu bald hob Nathan den Kopf. Mit weichem Gesichtsausdruck fragte er leise: »Fühlst du dich jetzt besser? Hast du keine Angst mehr, ob ich dich liebe oder nicht?«

Ein zitterndes Lächeln trat in ihre Augen, als sie scheu erwiderte: »O ja, ich meine, nein!« Er lachte über ihre Unentschlossenheit, und sie sagte schnell: »Ach, du weißt schon, wie ich es meine.«

»Allerdings, meine Liebe.« Er ergriff Elizabeths Hände, hob sie an seine Lippen und küßte sie sanft. »Vertrau mir, mein Liebes. Alles wird wunderbar werden. Vertrau mir!«

3

Trotz der tröstlichen Unterhaltung mit Nathan war die Fahrt über den dunkelblauen Atlantik nach New Orleans eine enttäuschende Zeit für Elizabeth. So wie im Hotel in Portsmouth hatte Nathan auch auf der »Belle Maria« zwei getrennte Unterkünfte für sie gebucht, und Elizabeth schlief Nacht für Nacht allein, ebenso jungfräulich wie am Tag ihrer Geburt.

Sie brachte es nicht fertig, mit Nathan über dieses Thema zu sprechen, doch die Frage lag ihr ein Dutzend Mal auf den Lippen. Warum? Warum kam er nicht zu ihr ins Bett?

Sie wußte wenig über die Ehe, aber sie wußte trotzdem, daß die ihre äußerst seltsam verlief. Nathan war nett zu ihr, kümmerte sich liebevoll um sie und bemühte sich, sie auf der langen, ereignislosen Seereise zu unterhalten. Doch sie kamen einander nicht näher. Nathan schien in sie vernarrt zu sein, doch sie hatte das Gefühl, ihn auch jetzt noch nicht besser zu kennen als an dem Tag, als er ihr den Heiratsantrag gemacht hatte. Er war höflich, er war freundlich, und er war besorgt um sie - aber er war kein Liebhaber.

Es lag in Elizabeths sanftem Wesen, sich selbst die Schuld an diesem Mißstand zu geben, und der Gedanke, daß es an Nathan liegen könnte, kam ihr gar nicht erst. Sie machte sich bittere Vorwürfe, weil sie noch immer Jungfrau war.

Wenn ich doch, dachte sie unglücklich, nur schöner wäre, weiblicher und nicht solch eine dünne, kindliche Bohnenstange! Wenn ich doch nur mehr vom Leben wüßte, mehr darüber, wie man einen Mann fesselt! Sie war überzeugt davon, daß es ihre eigene Unzulänglichkeit war, die ihren Mann von ihr fernhielt. Hin und wieder dachte sie daran, mit Mary über ihre Probleme zu reden, doch ihre Scheu hielt sie davon ab. Es war ein zu peinliches Eingeständnis, als daß man es seinem Mädchen hätte machen können.

Schließlich jedoch brachte sie den Mut auf, mit Nathan darüber zu reden. »Hm ... ja, natürlich, ich weiß, es muß dir seltsam vorkommen, meine Liebe, aber ich hielt es für das Beste, noch zu warten«, murmelte er mit gequältem Lächeln. »New Orleans ist eine wunderbare Stadt, und ich dachte, daß wir es mehr genießen könnten, wenn wir ... unsere Flitterwochen dort beginnen.«

Wieder ließ sie sich beruhigen, und sie bewunderte sogar seine Umsicht, und so war sie in der Lage, sich wieder auf die Zukunft zu freuen. Doch ihre Ängste wegen seines Mangels an Leidenschaft schwanden nicht.

Und ein zusätzliches Problem waren ihre Träume, wilde, erotische Träume, die sie mit glühenden Wangen aufwachen ließen. Allzu oft, wenn sie nachts wach lag und den gegen das Schiff plätschernden Wellen lauschte, trieben ihre Gedanken ziellos dahin, und sie verlor sich in Vorstellungen, die ihr manchmal Angst einjagten. Sie war eine verheiratete Frau, wenn auch nicht im wahren Sinne des Wortes, und sie sollte nicht von einem großen schwarzhaarigen Teufel träumen. Aber sie tat es. Er schien jede Nacht zu ihr zu kommen. Sein Gesicht konnte sie nie ganz sehen, es lag immer im Schatten oder war nur im Profil zu sehen, aber sie kannte es so gut wie ihr eigenes, und es verfolgte sie. Die Träume waren immer irgendwie furchterregend, und morgens konnte sie sich nie genau daran erinnern, was passiert war, aber sie wußte, daß sie schreckliche Angst gehabt hatte. Am genauesten erinnerte sie sich an einen harten Mund auf ihren Lippen und seltsame, beängstigend köstliche, von harten, unsanften Händen ausgelöste Empfindungen.

Doch trotz all dieser Ängste und Ungewißheiten, die sie verfolgten, wurde Elizabeth von New Orleans bezaubert. Die feinen, mit kunstvollen Gittern versehenen Balkone im Vieux Carré, das unglaublich vielfältige Warenangebot auf dem Französischen Markt und die zahllosen Läden, die Theater und anderen Vergnügungsstätten dieser betörenden, zauberhaften Stadt, die sich am Ufer des Mississippi erstreckte, erfüllten sie mit Freude und Bewunderung.

Seltsamerweise überraschte es Elizabeth nicht, daß Nathan wieder getrennte Suiten gebucht hatte und ihr mit leicht gerötetem Gesicht eine weitere Verschiebung vorschlug, bis sie in die »Freuden der Ehe« (seine Worte) eintauchten. Allmählich gewöhnte sie sich an den Gedanken, daß ihre Ehe aus irgendeinem unerklärlichen Grund anders als die meisten anderen war und daß sie, wenn Nathan den Zeitpunkt für gekommen hielt, die ... hm ... Freuden der Ehe kennenlernen würde. Sie zerbrach sich den Kopf nicht allzu sehr über diese erneute Verschiebung, denn sie begann sich inzwischen zu fragen, ob »es« vieleicht so schrecklich war, daß Nathan ihr diesen schlimmen Augenblick ersparen wollte.

Trotzdem dachte sie immer wieder an die Geborgenheit und Intimität des Ehebettes, und an ihrem zweiten Abend in New Orleans brachte sie das Gespräch auf dieses Thema. Nach einem wunderschönen Tag voll aufregender Streifzüge durch die Stadt bereiteten sie sich auf das Schlafengehen vor, und Elizabeth dachte voll Schrecken an ihr großes, einsames Bett. Und so fragte sie ihn schließlich, ob sie nicht wenigstens im selben Bett schlafen könnten – sie brauchten sonst überhaupt nichts zu tun, wenn er es nicht wollte.

Es war ein schrecklicher Augenblick. Elizabeth schämte sich ihrer Kühnheit, und Nathans Gesicht wurde rot vor Verlegenheit. Sie starrten sich mehrere Sekunden lang stumm an, dann schien ein Ruck durch Nathan zu gehen, und er sagte mit nervösem Lächeln: »Aber natürlich werde ich in deinem Zimmer schlafen, mein liebes

Kind. Ich wollte nur deine Intimsphäre wahren, und...« Er zögerte, schluckte mühsam und schloß: »Und wenn du möchtest, daß ich bei dir in deinem Bett schlafe, so sehe ich keinen Grund, diesen Augenblick hinauszuzögern.«

Daß Nathan mindestens ebenso nervös wie sie, wenn nicht gar noch nervöser war, war klar zu erkennen, und Elizabeth war fast versucht, ihre Worte zurückzunehmen. Es war ein schweigsames Paar, das dieses Schlafzimmer betrat, und eine zunehmend verängstigte Elizabeth, die sich bis auf ihr feines Brautnachthemd entkleidete und ins Bett schlüpfte. Mit weit aufgerissenen Augen beobachtete sie Nathan, der sich unendlich langsam auszog, bis er nur noch sein Leinennachthemd anhatte. Er blies schnell die Kerzen aus, und in der Dunkelheit hörte Elizabeth, wie er sich weiter auszog. Ihr Herz schlug ihr bis zum Hals hinauf, und ihr Mund war trocken, während sie darauf wartete, daß ihr Mann zu ihr ins Bett kam.

Als er es tat, blieb er zunächst eine Weile regungslos liegen. Dann streckte er mit fast spürbarer Nervosität die Hand nach Elizabeth aus.

Zärtlich zog er sie an sich und begann, sie zart zu berühren. Seine Lippen waren warm und weich, aber Elizabeth spürte instinktiv, daß er nicht von Leidenschaft erfüllt war. Und dieses Gefühl wurde mit der Zeit noch stärker. Wieso sie das wußte, wußte sie selbst nicht, sie wußte nur, daß Nathans zaghafte, unsichere Zärtlichkeiten halbherzig waren, als täte er es nur, um ihr eine Freude zu machen; er wollte leidenschaftlich sein – aber er konnte es nicht! Eine ganze Weile spielte er an ihren Brüsten herum, während der Druck seiner Lippen härter wurde. Elizabeth versuchte, seine Zärtlichkeiten zu erwidern, doch Nathans zaghafte, unentschlossene Liebkosungen erregten sie nicht, sondern ließen sie nur noch unsicherer und verängstigter werden, so daß sie unfähig war, die nicht unangenehmen Empfindungen, die die Berührung seiner Hände in ihr weckten, zu genießen. Während die Minuten vergingen und Elizabeth verwirrt und ängstlich neben ihm lag, nicht wußte, was als nächstes geschehen würde, was sie tun sollte oder was er tun würde, wurden Nathans Zärtlichkeiten beinahe hektisch, und Elizabeth hatte das seltsame Gefühl, daß er von wütender Frustration erfüllt war, während sein Körper sich an sie preßte. Der ihre leistete keinen Widerstand, doch das schien ihn nicht zu befriedigen. Es schien ihn eher noch mehr in Wut zu bringen, denn seine Bewegungen wurden immer schneller, seine Hüften stießen wild gegen die ihren, die Wärme seines Körpers drang durch ihr Nachthemd hindurch, seine Hände zogen sie fest an sich.

Erst da schien Nathan das Nachthemd zu bemerken, und er zog es ihr mit einem unterdrückten Brummen zum Hals hinauf. Als er ihre nackte Haut berührte, schrak sie ängstlich zusammen. Aber es änderte sich nichts. Er setzte seine hektischen Zärtlichkeiten fort, bis Elizabeth sich fragte, ob es das war, was Melissa gemeint hatte, als sie sagte, sie müsse es erdulden, wenn ihr Mann seine elementaren Bedürfnisse befriedigte. Und auch Nathan schien es nicht sehr zu genießen.

Nach mehreren Minuten unveränderter Bemühungen legte Nathan mit einem gequälten Seufzer seine feuchte Stirn an Elizabeths Wange und murmelte mit erstickter Stimme: »Vielleicht kann ich es morgen besser, Liebes. Ich glaube, ich bin ziemlich erschöpft von der Reise. Denk nicht zu schlecht von mir, Liebes, weil ich dich heute nacht nicht zur Frau gemacht habe. Ich liebe dich, und mehr als alles andere will ich dich glücklich machen. Bitte glaube mir das, liebste Elizabeth.«

Ihr Herz zog sich mitfühlend zusammen, und sie erkannte die Bedeutung der Tatsache nicht, daß Nathan, obwohl er sie im Arm gehalten hatte, keinerlei Erregung gezeigt hatte. Sie küßte ihn mit unbeholfener Zärtlichkeit auf die Stirn und sagte verlegen: »Es macht mir nichts aus, Nathan. Es ist schön, dich einfach nur hier neben mir zu haben. Es war nicht schön, an all den fremden Orten immer allein zu schlafen.«

Nathan zog sie fest an sich und sagte leise: »Du bist so lieb und gut zu mir, Elizabeth. Es gibt wahrscheinlich nicht viele Frauen, die soviel Verständnis haben wie du. Vielleicht werde ich morgen abend in der Lage sein, dich zu ... Nun, wir werden sehen, was morgen abend geschieht. Für den Augenblick laß uns beide schlafen.« Seine Lippen glitten zärtlich über ihre Wange, und er fügte hinzu: »Auch ich muß zugeben, daß es sehr schön ist, dich bei mir zu haben.«

Seine Worte stellten Elizabeth zufrieden und verwirrten sie zugleich. Wozu würde er morgen vielleicht in der Lage sein? Doch für den Augenblick war sie glücklich, daß sie und Nathan den ersten Schritt zu der ersehnten Vertrautheit getan hatten.

Doch die nächste Nacht wurde zu einer Wiederholung der ersten, bis Nathan schließlich mit kaum hörbarer Stimme sagte: »Es ist sinnlos. Elizabeth. Ich dachte, ich könnte mit dir ... Longstreet scheint recht zu haben – ich bin ... ich bin ... nicht fähig, eine Frau zu lieben! O Gott, was soll ich nur tun?«

Elizabeth fühlte, wie ihr ganzer Körper erstarrte. Sie setzte sich auf und fragte langsam: »Ich verstehe nicht, was du meinst, Nathan. Was hat Longstreet mit uns zu tun?«

Mit niedergeschlagener Stimme murmelte Nathan: »Alles und nichts. Ich hätte dir das alles vor unserer Hochzeit sagen sollen – dir die Möglichkeit geben sollen, mich abzuweisen. Aber ich war so sicher, so hundertprozentig sicher, daß ich meine Beziehung zu Longstreet vergessen könnte. So sicher, daß ich bei einer so lieben und warmherzigen Frau wie dir wie jeder andere Mann sein könnte. Daß ich meine Ausflüge in die dunkle Seite der Leidenschaft würde vergessen können.« Bitter fügte er hinzu: »Es scheint, daß ich mich schrecklich geirrt habe.«

Elizabeth saß wie eine kleine, zu Eis erstarrte Statue in der Mitte des Bettes, ihre Gedanken überschlugen sich, gingen wirr durcheinander. So vieles, was Nathan gesagt hatte, ergab keinen Sinn, doch plötzlich erinnerte sie sich wieder an diese besondere Unterhaltung, die sie in Portsmouth mitangehört hatte. Was hatte dieser Mann gesagt? Irgend etwas wie: »Longstreet ist verliebt in den jungen Mann.« Voller Angst, ohne zu wissen, warum, fragte sie: »Willst du es mir jetzt sagen? Würde es dir helfen, mit mir darüber zu reden? Ich würde versuchen, dir zu helfen, Nathan.«

Er drehte sich zu ihr herum, ergriff eine ihrer eiskalten Hände und sagte müde: »So etwas läßt sich nicht durch Reden lösen. Gut, ich werde es dir erklären, meine Liebe ... und wenn du mich dann verlassen willst, werde ich es verstehen.«

Das Letzte, was Elizabeth gewollt hätte, war, ihren Ehemann zu verlassen. Auch wenn sie ihn nicht liebte, so mochte sie ihn doch und war ihm zutiefst dankbar. Er könnte ihr gestehen, ein Mörder zu sein, und sie würde ihn nicht verlassen, ganz einfach, weil er gut zu ihr gewesen war und sich um sie gesorgt hatte – etwas, was niemand sonst in ihrem kurzen Leben getan hatte. Flüchtig dachte sie an die kalte Atmosphäre in »Drei Ulmen«, an ihre boshafte Stiefmutter und ihren gleichgültigen Vater, und sie erschauerte. Nathan hätte ihr schon körperlich weh tun müssen, damit sie sich wünschte, dorthin zurückzukehren.

Trotzdem, als er ihr zögernd und weinend seine intimen Beziehungen zu Männern, insbesondere zu Charles Longstreet, gestand, war sie entsetzt und abgestoßen. Daß sich zwei Männer lieben konnten, lag jenseits ihres Vorstellungsvermögens. Sie wußte ja nicht einmal, was zwischen Mann und Frau in der Intimität ihres Schlafzimmers vorging. Da war der Gedanke, daß zwei Männer dasselbe tun könnten, nahezu unvorstellbar. Und Nathans Geständnis, daß er unfähig zu sein schien, eine Frau zu lieben, vergrößerte noch ihren Schmerz und ihre Verwirrung.

Das meiste von dem, was Nathan Elizabeth in jener Nacht erklärte, ergab keinen richtigen Sinn, aber wenn sie älter gewesen wäre, erfahrener, wenn sie mehr über Liebe und Leidenschaft gewußt hätte, wäre ihre Entscheidung vielleicht anders ausgefallen. So jedoch war sie, erfüllt von jugendlicher Zuversicht, sicher, daß es ihnen, wenn sie es nur wollten, mit der Zeit gelingen würde, eine normale Ehe zu führen. Vieles von dem, was Nathan ihr erzählt hatte, erfüllte sie mit Abscheu und Entsetzen, auch wenn sie die volle Bedeutung nicht erfassen konnte; trotzdem fiel ihre Entscheidung zwischen einer Rückkehr nach »Drei Ulmen« und Nathan mit seinem verschämten Geständnis zugunsten ihres Mannes aus.

Es gelang ihr nicht, das Gefühl, hintergangen worden zu sein, oder ihre tiefe Wut darüber, daß er ihre und seine Zukunft aufs Spiel gesetzt hatte, zu verbergen. Aber Elizabeth war dazu erzogen worden, die Unbilden des Lebens zu akzeptieren, und sie neigte eher dazu, ein unfreundliches Schicksal zu erdulden als dagegen anzukämpfen.

Ihre Entscheidung, bei ihrem Mann zu bleiben, war keine leichte gewesen, und sie hatte sie auch nicht über Nacht getroffen. Was Nathan ihr erzählt hatte, war ein Schock für sie gewesen, und mehrere Tage lang war ihr Verhältnis gespannt. Sie versuchten zwar, sich so zu benehmen, als sei nichts geschehen, unternahmen weiterhin ihre Streifzüge durch New Orleans und speisten in vornehmen Restaurants, aber die Erinnerung an das Gespräch jener Nacht hing wie eine drohende Wolke über ihnen. Sie unternahmen keine Versuche mehr, die Ehe zu vollziehen, und Elizabeth stellte fest, daß sie sich jetzt vor Nathans Zärtlichkeiten, die sie einmal herbeigesehnt hatte, fürchtete.

Doch sie war sicher, daß sie mit der Zeit darüber hinwegkommen würde, und sie versuchte, nicht zuviel darüber nachzudenken. Sie mußten beide bestrebt sein, eine gute Ehe zu führen, und obwohl sie sich von den Vorkommnissen noch immer leicht benommen fühlte, sah sie doch optimistisch in die Zukunft. Die Zeit, so dachte sie voll Zuversicht, würde ihre Probleme lösen, und in ein paar Jahren würden sie mit einem Lächeln über ihre eigene Dummheit an diese Zeit zurückdenken.

Nathan war sehr erleichtert über Elizabeths Entscheidung, ihn nicht zu verlassen, und war – beschämt über seine eigene Unzulänglichkeit als Ehemann – nur zu gern bereit, den Vorfall zu vergessen und wie Elizabeth darauf zu hoffen, daß sie eines Tages ganz normal miteinander würden leben können.

Sie beschlossen, nicht mehr allzu lange in New Orleans zu bleiben, und Elizabeth wußte selbst nicht, ob sie deshalb froh oder traurig sein sollte. Einerseits würde sie froh sein, endlich in Natchez zu sein und ihr neues Leben richtig zu beginnen. Andererseits wollte sie die verbleibenden Tage in New Orleans voll und ganz genießen. Sie würde nicht in Trübsal verfallen. Die Zeit würde alle Probleme lösen.

Der Französische Markt beeindruckte Elizabeth am meisten. Als sie wieder einmal mit Mary fasziniert über den von Leben pulsierenden, exotischen Platz schlenderte, drang plötzlich eine vertraute Stimme an ihr Ohr.

»Beth! Beth Selby, bist du es wirklich, Schätzchen?«

Beim Klang dieser geliebten Stimme wirbelte Elizabeth herum, und ein strahlendes Lächeln trat auf ihr Gesicht. »Stella! O Stella, sag mir, daß ich nicht träume! Wie herrlich, dich zu sehen, aber was um alles auf der Welt machst du hier?« rief sie freudig, und ihre veilchenblauen Augen blitzten.

»Dasselbe könnte ich dich fragen. Ich wollte meinen Augen nicht trauen, als ich dich eben sah«, erwiderte Stella, während sie auf Elizabeth zueilte.

Stella hatte sich kaum verändert, wie Elizabeth feststellte, während sie ihrer Freundin aus Mrs. Finches Institut entgegensah, einer hochgewachsenen Persönlichkeit mit lustig unter feingeschwungenen Augenbrauen tanzenden dunklen Augen. Stella Valdez war genauso, wie Elizabeth sie in Erinnerung hatte. Sie trug zwar nicht mehr diese schreckliche Schuluniform, aber das warme Lächeln um den großzügigen Mund und die heisere Stimme mit dem leicht gedehnten Tonfall waren die gleichen. Einen Augenblick sahen sie sich prüfend an, und Elizabeth empfand noch immer die alte Scheu gegenüber Stellas lebenssprühender Persönlichkeit. Diese überschäumende Lebensfreude zeigte sich auch in dem modischen Hut aus orangefarbener Seide, der keck auf ihren dichten, glänzendschwarzen Haaren saß, und ihrem lebhaft türkis-gelb gemusterten Kleid. Es war eine aufsehenerregende Kombination, aber Stella hatte schon immer Farben geliebt und farblose, langweilige Kleidung verabscheut, wie Elizabeth sich lächelnd erinnerte.

Stella war keine schöne, jedoch eine äußerst attraktive junge Frau – ihr Mund war eine Spur zu breit, ihre Nase beinahe männlich, und sie besaß ein erstaunlich eckiges Kinn. Aber sie besaß etwas, was wesentlich dauerhafter war als Schönheit – einen geraden, fürsorglichen Charakter und einen stark ausgeprägten Sinn für Freundschaft sowie ein lebhaftes, aufgeschlossenes Wesen. Und während sie so zusammen standen und sich Anekdoten aus der letzten Zeit erzählten, fiel ihr der wehmütige Ausdruck in Elizabeths veilchenblauen Augen auf, als diese über ihre Ehe und ihren Mann sprach.

Der Französische Markt war kein geeigneter Platz für ein vertrauliches Gespräch, und so entließ Stella Mary und führte Elizabeth in ein elegantes Haus in der Esplanade Avenue, wo sie bei Verwandten wohnte. Ein paar Minuten später saßen sie in einem hübschen, mit Fliesen ausgelegten Innenhof, in dessen Mitte fröhlich ein Springbrunnen plätscherte und wo ein schwarzer Diener ihnen schweigend frischgebrühten, starken Kaffee servierte.

Als der Diener sich entfernt hatte, ließ Stella Elizabeth ein paar Schluck Kaffee trinken, ehe sie beiläufig fragte: »Bist du wirklich glücklich, meine Liebe? Ich will dich nicht ausquetschen, aber wenn ich an meine eigenen Flitterwochen vor gerade einem Jahr zurückdenke, so strahlst du nicht die Zufriedenheit aus, die ich erwartet hätte.«

»O Stella, daß du deine Finger immer in offene Wunden legen mußt!« rief Elizabeth traurig. »Du hast immer gemerkt, wenn mich etwas bedrückt hat.«

Stellas dunkle Augen blickten sanft und aufmunternd, als sie drängte: »Also dann, Süße, erzähl es mir.«

»Das kann ich nicht! Nicht, weil ich es nicht möchte...«, erwiderte Elizabeth hilflos.

Stella sah in das bekümmerte Gesicht Elizabeths und sagte nachdenklich: »Die ersten Monate sind manchmal recht schwierig, weißt du. Insbesondere, wenn man sich vor der Hochzeit noch nicht so gut kannte.« Lächelnd fügte sie hinzu: »Ich kannte Juan Rodriguez von Kindheit an, und fast ebenso lange wußte ich, daß ich ihn heiraten wollte. Vielleicht hatten wir deshalb keine Anpassungsprobleme. Vielleicht wird es auch bei dir besser, wenn du Nathan länger kennst.«

Elizabeth drängte die ihr plötzlich in die Augen schießenden Tränen zurück und sagte mit erstickter Stimme: »Meine Ehe ist nicht so, wie ich es erwartet habe. Nathan und ich können nicht...« Sie brach ab; sie war ungeheuer erregt und wollte ihre Sorgen wirklich nicht dem ersten freundlich gesonnenen Zuhörer anvertrauen – selbst wenn die liebe Stella dieser Zuhörer war!

Aber Stella ließ ihr keine Zeit zum Nachdenken. »Was kannst du und Nathan nicht, Süße? Meinst du nicht, du solltest mir die Wahrheit sagen? Also, jetzt entspann dich und trink deinen Kaffee und vertrau dich Madre Stella an, hm?«

Elizabeth zögerte, wollte ihr so gerne ihr Herz ausschütten, wollte jedoch ebenso wenig Nathan hintergehen. Sie war sicher, daß Stella es verstehen würde, aber würde Nathan es auch verstehen, wenn er je erfuhr, daß sie über ihre intimsten Eheprobleme mit jemandem gesprochen hatte? Sie glaubte es nicht, und da sie wußte, wie ihr selbst zumute sein würde, wenn Nathan mit jemand anderem darüber reden würde, hielt sie es für das Beste, sich Stella nicht anzuvertrauen.

Doch Stella ließ sich nicht mit lahmen Ausreden abwimmeln, und erst als Elizabeth fast verzweifelt den Fonds erwähnte, den ihr Vater angelegt hatte und wie gedemütigt sich Nathan deshalb fühlte, hörte Stella auf, sie zu bedrängen. »Das ist es also!« rief sie triumphierend. »Du dumme kleine Gans! Deshalb brauchst du dir doch keine Sorgen zu machen! Dein Vater wollte wahrscheinlich nur deine Interessen schützen, und es ist nur zu verständlich, daß es deinem Mann nicht gefiel. Ich bin sicher, daß sein Ärger mit der Zeit verblassen und keines von euch mehr daran denken wird.« Plötzlich kam Stella ein böser Gedanke, und sie fragte ängstlich: »Nathan macht dir das doch nicht zum Vorwurf, oder? Ich meine, er ist deshalb doch nicht häßlich zu dir, oder?«

»Aber nein!« rief Elizabeth, ehrlich überrascht. »Er ist furchtbar nett zu mir. Nathan hat nie mit mir darüber gesprochen.«

»Dann hör auf, dir Sorgen zu machen, Kleines, und genieße deine Ehe.«

Danach schweifte die Unterhaltung auf Allgemeinplätze ab, bis Elizabeth fröhlich sagte: »Jetzt aber genug damit! Sag mir, wie lange du noch hier in New Orleans bist.«

Stella verzog das Gesicht. »Leider fahren wir schon übermorgen nach Santa Fé. Aber mach nicht solch ein trauriges Gesicht, meine Liebe, bis zu unserer Abreise möchte ich soviel wie möglich mit dir zusammen sein. Wenn wir uns doch nur früher begegnet wären oder gewußt hätten, daß wir hierher kommen werden – wie viele Schwätzchen wir hätten halten können!«

»O nein! Wenn ich daran denke, daß wir nur so kurze Zeit zusammen sein können!« rief Elizabeth aufrichtig betrübt.

»Wir haben diesen ganzen Nachmittag und auch noch morgen. Und vergiß nicht ... zumindest sind wir auf demselben Kontinent! Ich bin sicher, daß wir uns ab und zu in Natchez oder Santa Fé besuchen können.« Stellas Augen blitzten, als sie hinzufügte: »Ich würde auch lieber in Natchez wohnen. Es soll eine schrecklich aufregende Stadt sein.«

»Du weißt wahrscheinlich mehr darüber als ich, denn Nathan redet nicht viel darüber. Gefällt dir Santa Fé nicht?« fragte Elizabeth neugierig.

»Natürlich gefällt es mir. Aber Santa Fé ist kaum mehr als eine Grenzstadt – die Komantschen belagern noch immer unsere Haustüren, und nur im Frühjahr, wenn die Handelskarawanen eintreffen, ist einmal etwas los. Sicher haben auch wir viele Sehenswürdigkeiten, aber mit Natchez können wir uns nicht vergleichen.«

»Ich verstehe«, sagte Elizabeth langsam und dachte insgeheim, daß sie viel lieber in einer kleineren Stadt an der Siedlungsgrenze als in einer Hafenstadt wie Natchez leben würde.

Für Elizabeth war es der schönste Nachmittag seit Wochen, und die beiden Frauen unterhielten sich so angeregt, daß keine von beiden die länger werdenden Schatten bemerkte. Erst als Stellas Mann den Hof betrat, wurde ihr Redefluß gebremst. Während Stella die beiden miteinander bekanntmachte, betrachtete Elizabeth ihn prüfend, und sie konnte sich gut vorstellen, wie sehr der schlanke, zurückhaltende Spanier der lebhaften Stella gefallen mußte.

Anders als Stella, die nur Halbspanierin war, war Juan ein reiner Kastilianer, von seinen dichten schwarzen Haaren bis zu der formvollendeten Verbeugung, mit der er Elizabeth begrüßte. Er war nicht viel größer als seine Frau, und auf den ersten Blick schien er auch nicht besonders gut auszusehen. Doch wenn man in seine strahlenden schwarzen Augen mit dem leicht belustigten Funkeln sah oder seinen schön geformten Mund und die hakenförmige Nase betrachtete, wurde man sich seiner Ausstrahlung bewußt. Zwischen ihm und seiner Frau herrschte eine unbekümmerte, herzliche Vertrautheit, und Elizabeth erkannte, daß die beiden sich sehr lieben mußten. Das gefiel ihr und verstärkte plötzlich wieder ihren Wunsch, daß sie und Nathan eine ähnlich gute Beziehung hätten.

Juan wußte alles über Stellas Schulfreundin Elizabeth Selby, und er begrüßte sie herzlich und mit aufrichtiger Freude. Anfangs fühlte sich Elizabeth etwas befangen gegenüber diesem höflichen Fremden, doch dank Juans unaufdringlichem Charme taute sie bald auf, und nach wenigen Minuten plauderte sie mit ihm, als sei er ein guter alter Bekannter. Sie unterhielten sich über alles Mögliche, bis Juan, sicher nicht nur aus reiner Höflichkeit, fragte: »Könnten Sie und Ihr Mann es einrichten, heute abend mit uns zu speisen? Die Einladung kommt zwar ein wenig plötzlich, aber wir sind nicht mehr lange hier, und ich weiß, das Stella bis zu unserer Abreise möglichst jede wache Minute mit Ihnen verbringen möchte.« Seine Augen blitzten auf, als er hinzufügte: »Und ich selbst habe auch nichts dagegen, noch eine schöne Frau an meinem Tisch zu haben.«

Stella pflichtete ihm eifrig bei, und sie ließ nicht locker, bis Elizabeth eingewilligt hatte, Nathan eine Anfrage ins Hotel zu schicken, ob er einverstanden damit wäre. Plötzlich jedoch schlug Stella die Hände zusammen und rief ärgerlich: »O Gott, hast du vergessen, daß heute die Soiree bei den Costas stattfindet?«

Juan schüttelte lächelnd den Kopf. »Nein, querida, ich habe es nicht vergessen, aber eine kurze Nachricht wird unsere Gastgeberin sicher veranlassen, auch die Ridgeways einzuladen.«

»O nein!« murmelte Elizabeth. »Ich kann mich fremden Leuten doch nicht so aufdrängen. Es wäre schrecklich unhöflich.«

»Unsinn!« widersprach Stella. »Margarita Costa wird sich freuen, eine alte Freundin von mir kennenzulernen. Sie ist kein bißchen arrogant. Im Gegenteil, sie ist die liebenswerteste Person, die ich kenne. Ihr Mann ist genauso, und sie würden es uns nie verzeihen, wenn wir euch nicht mitbrächten. Also komm, sag, daß ihr mit uns speisen und hinterher den Ball besuchen werdet. Bitte!«

»Aber werden die Leute, bei denen ihr wohnt, nichts dagegen haben?« fragte Elizabeth ausweichend.

Juan lachte. »Kaum. Mein Onkel und meine Tante sind bis morgen nicht in der Stadt, und wir können heute abend mit dem Haus machen, was wir wollen. Und selbst wenn sie hier wären, würden sie sich freuen, endlich Stellas ‹Beth› kennenzulernen. Ihr Ruf ist Ihnen vorausgeeilt, müssen Sie wissen.«

Was anders konnte sie tun, als zuzustimmen? Und so schrieb sie eine kurze Nachricht für Nathan, in der sie ihn über die Einladung zum Dinner und die anschließende Soiree informierte. Mit dem gleichen Dienstboten, der Elizabeths Zeilen an Nathan überbringen sollte, schickte Stella eine Nachricht an Doña Margarita. Kaum eine halbe Stunde später kehrte der Diener mit zwei Antwortschreiben zurück – Doña Margarita bestand darauf, daß Stella ihre Gäste mitbrachte, und Nathan drückte sein Bedauern darüber aus, daß er bereits andere Pläne für den Abend habe, aber nichts dagegen habe, wenn Elizabeth den Abend mit ihren Freunden verbrachte. Der Gedanke, die Soiree ohne ihn zu besuchen, brachte Elizabeth fast dazu, doch noch abzusagen, aber das ließ Stella nicht zu.

»Sei nicht albern, Süße! Juan wird es Spaß machen, uns beide auszuführen, und es ist auch in keiner Weise unschicklich. Also, jetzt widersprich mir nicht länger – du weißt, wie wütend mich so etwas macht!« schloß sie in gespielt drohendem Ton.

Und das kann ich nicht zulassen, dachte Elizabeth amüsiert.

4

Auf Stellas beharrlichem Drängen hin kehrte Elizabeth an diesem Abend nicht mehr ins Hotel zurück. Man schickte eine weitere Nachricht ins Hotel, und wenig später erschien Mary Eames mit Elizabeths Garderobe und ein paar anderen Sachen in dem Haus an der Esplanade Avenue.

Das Dinner verlief mehr als angenehm, und Elizabeth genoß die üppigen, scharf gewürzten kreolischen Speisen. Als sie sich dann, satt und vollkommen entspannt durch Stellas Herzlichkeit und Juans stillen, unaufdringlichen Charme, zurücklehnte, brannte sie fast darauf, ihre erste Soiree zu besuchen.

»Deine erste Soiree!« hatte Stella ausgerufen, als sie vor dem Essen bei einem sehr trockenen Sherry im Hauptsalon saßen und sie ihr dieses Geständnis machte. »Dann wollen wir hoffen, meine Liebe, daß es ein Abend wird, den du nicht so schnell vergißt. Ich bin sicher, daß mehrere junge Männer da sind, die dich nicht vergessen werden«, hatte sie lachend gesagt. »Du siehst aus wie ein Engel.«

Das stimmte. Mary Eames war der Meinung, daß ihre Herrin

unbedingt ein paar eigene Freunde finden müsse, und sie übertraf sich selbst, als sie Elizabeth bei den Vorbereitungen für die Ballnacht half.

In ihrem hochmodischen, leuchtendrosa, von zarten lila Schattierungen durchzogenen Kleid glich Elizabeth wirklich einem Engel. Einem irdischen Engel allerdings, denn ihre weichen weißen Schultern und die vielversprechenden kleinen Brüste, die sich verführerisch über dem tiefausgeschnittenen, mit Spitzen besetzten Mieder erhoben, hatten ganz und gar nichts Überirdisches an sich. Ihre schmale Taille wurde durch das makellos sitzende Kleid noch betont, und die bei jedem Schritt schwingenden Röcke waren eine einzige Provokation. Ihr silberblondes Haar war in der Mitte gescheitelt und am Hinterkopf hochgesteckt, während sich im Nacken kleine Löckchen ringelten. Noch nicht ganz zufrieden mit der Wirkung, hatte Mary ihr als Krönung der Frisur ein mit Amethysten besetztes Goldband ins Haar gewunden. Schminken brauchte sie Elizabeth für diesen Abend nicht, denn ihre Wangen waren von einem roten Hauch überzogen, ihre großen Augen glühten vor freudiger Erregung, und ihre seidenweiche schneeweiße Haut schimmerte wie Alabaster.

Wie viele andere Familien in New Orleans gingen sie, geleitet von einem eine Laterne tragenden Diener, zum Haus der Costas. Elizabeth genoß die weiche, warme Juninacht, die von schwachem Jasminduft erfüllt war.

»Hm, ist das schön«, sagte sie. »Ist das immer so?«

»Leider nicht«, erwiderte Juan lächelnd. »Nur zu bald beginnt die unangenehme Jahreszeit, und die meisten Kreolen werden aus der Stadt auf ihre Plantagen umziehen. Im Winter regnet es ununterbrochen, trotzdem besitzt die Stadt auch dann einen gewissen Zauber, der einen diese Unbilden der Witterung vergessen läßt.«

»Kommen Sie oft hierher?«

»Nicht so oft, wie ich es möchte«, murmelte Stella mit leisem, neckendem Unterton in der Stimme.

Juan sah sie forschend an. »Dir gefällt Santa Fé nicht?«

»Du weißt, daß das nicht stimmt! Ich würde nur gerne öfter nach New Orleans kommen«, gestand sie.

»Nun, ich werde sehen, was sich da machen läßt«, entgegnete er nachdenklich.

Alle Räume des Hauses der Costas waren hell erleuchtet, der Fußboden war, wie immer im Sommer, mit kühlen Matten ausgelegt. Elizabeth bewunderte die stille, vornehme Eleganz der Inneneinrichtung des Hauses. Sie zeugte von über Generationen gewachsenem Reichtum – der beherrschende Kamin im Hauptsalon mit seinem kunstvoll gearbeiteten Sims und dem darüber hängenden, riesigen, mit einem Rahmen aus Blattgold versehenen Spiegel sowie die imposanten Dimensionen des Raumes waren ein Beweis dafür. Die Möbel waren aus Rosenholz gefertigt – edle, mit Seide und anderen kostbaren Stoffen bespannte Stücke –, an den Wänden hingen Ölgemälde der verschiedenen Vorfahren der Costas, und in einer Ecke stand ein ausgesprochen schönes Wandregal, das mit herrlichem Porzellan und mit Nippsachen gefüllt war – all das ein Beweis, daß dies nicht nur ein Herrenhaus, sondern auch ein Zuhause war.

Für die Soiree waren die Schiebetüren, die die beiden Salons trennten, aufgeschoben worden, aber am meisten faszinierte es Elizabeth, wie die Costas einen Teil des Innenhofs vor dem Salon in einen Ballsaal verwandelt hatten. Wände waren errichtet, eine Zeltplane war aufgespannt worden, und der Boden war mit gestrichenen Dielen ausgelegt, so daß alles wie ein Teil des Hauses wirkte. Es war so geschickt gemacht, daß es Elizabeth anfangs gar nicht auffiel, doch Stella machte sie darauf aufmerksam, daß das in New Orleans üblich sei, wenn sich die Gästeliste als zu groß für die Innenräume eines Hauses erwies.

Margarita Costa, eine rundliche schwarzhaarige Schönheit mit der cremigen Haut der Kreolinnen, war genauso sympathisch, wie Stella gesagt hatte. Nachdem Elizabeth ihr vorgestellt worden war, hatte sie sie herzlich umarmt und gerufen: »Ah, petite, endlich lerne ich Stellas englische Freundin kennen! Ich freue mich riesig, daß Sie gekommen sind. Aber wo ist Ihr Mann? Ist er nicht mitgekommen?«

Es war ein peinlicher Augenblick, aber Stella und Juan unterbrachen schnell das unbehagliche Schweigen, das Margaritas ganz natürlicher Frage folgte. Für eine Kreolin bedeuteten Mann und Familie alles, und trotz der plausiblen Erklärung war klar zu erkennen, daß Margarita es mißbilligte, daß ein Ehemann seine junge Frau so kurze Zeit nach der Hochzeit allein ließ. Aber der Augenblick ging vorüber, und Elizabeth gewann schnell ihre Haltung wieder, während sie immer mehr Leuten vorgestellt wurde. Sogar ihr fiel auf, daß eine ganze Reihe dunkeläugiger junger Männer darum baten, ihr vorgestellt zu werden, und Stellas amüsierte Feststellung: »Siehst du, ich habe dir gesagt, daß die Herren dich für einen Engel halten würden« bestätigte, daß sie tatsächlich die Königin des Balls war.

Für ein schüchternes, unsicheres junges Mädchen, das seinen ersten gesellschaftlichen Auftritt erlebt, war das ein berauschendes Gefühl. Bei keinem der vielen Tänze war sie ohne Partner, und stets schien ein beflissener junger Mann an ihren Fersen zu kleben, der ihr eine Limonade oder Champagner oder eine andere Erfrischung anbot. Ihre Wangen waren gerötet vor freudiger Erregung, und ihre großen Augen leuchteten wie veilchenblaue Sterne, als sie sich schließlich ihren Weg an Stellas Seite bahnte und unnachgiebig alle Aufforderungen für den Walzer, der sich gerade formierte, ablehnte. Mit erstaunlicher Gewandtheit entließ sie ihre hartnäckigsten Verehrer, erklärte, daß sie nicht mehr tanzen wolle – zumindest im Augenblick nicht.

Während sie dem letzten Abgewiesenen nachsah, stellte Stella amüsiert fest: »Du hast sein Herz gebrochen, querida! Und ich frage mich, wieviele Duelle du heute abend ausgelöst hast. Der junge Étienne Dupré sah ausgesprochen wütend aus, als du dich entschiedest, die letzte Quadrille mit Léon Marchand zu tanzen.«

»O Gott, Stella! Sie werden sich wegen so etwas doch nicht duellieren ... oder?« fragte Elizabeth, ehrlich erschrocken.

Stella lachte. »Ein Kreole duelliert sich schon wegen eines Streits über die Größe des Mississippis oder einfach nur aus reiner Freude daran, meine Liebe. Aber kümmere dich nicht darum.«

Ein paar Minuten lang unterhielten sie sich, und Elizabeth war froh, den überwältigenden männlichen Aufmerksamkeiten zu entgehen, die ihr den ganzen Abend über zuteil geworden waren. Es war eine angenehme Erholungspause, in der sie sich zum ersten Mal seit ihrer Ankunft etwas ausruhen konnte. Es war zwar ungeheuer angenehm, soviele Komplimente gemacht zu bekommen, aber irgendwie war es auch anstrengend. Nicht gewöhnt an den Charme und die schnelle Entflammbarkeit der Kreolen, war sie froh, ihren hartnäckigsten Verehrern für eine Weile entfliehen zu können.

Wie sehr sie selbst mit ihrer hellen Schönheit unter all den dunklen Schönen auffiel, war ihr gar nicht bewußt, während sie die Anmut und Schönheit der Kreolinnen bewunderte. Während sie eine besonders auffallende, feurige Schöne anstarrte, begann sie sich zu wünschen, auch so glühende schwarze Augen und so glänzendschwarze Haare zu haben.

Plötzlich umklammerte Stella ihren Arm und riß sie aus ihrer Versunkenheit. Als Elizabeth ihre Freundin erschrocken ansah, bemerkte sie, daß diese angestrengt zum anderen Ende des Ballsaals hinüberstarrte. »Válgame, Dios! Ich möchte wissen, was er hier zu suchen hat!« rief Stella.

»Wer?« fragte Elizabeth, leicht beunruhigt durch die offensichtliche Erregung ihrer Freundin.

»Rafael Eustaquio Rey de Santana y Hawkins!« Stellas Lippen verzogen sich zu einem seltsamen Lächeln, als sie hinzufügte: »Bekannter als Rafael Santana... oder Renegade Santana, je nachdem, mit wem man spricht.«

Elizabeth wußte nicht, warum dieser Mann Stella derart beunruhigte, als sie sich bemühte, das Objekt von Stellas Erregung über die Weite des Ballsaals hinweg ausfindig zu machen. Als sie in der neben der Tür stehenden Gruppe lachender junger Männer nichts Ungewöhnliches entdeckte, wollte sie sich schon wieder Stella zuwenden, als ihre forschenden Augen an dem arroganten Blick eines hochgewachsenen Mannes hängenblieben, der lässig an der Wand neben der Tür lehnte.

Er war ganz in Schwarz gekleidet – eine schwarze Samtjacke, die eine breiten Schultern umspannte, und enganliegende Hosen, die auf beinahe schon unanständige Weise seine muskulösen Beine zeigten. Er war mit Sicherheit der größte Mann im Raum und überragte die meisten um mindestens einen halben Kopf. Die Männer neben ihm schienen ihn nicht zu interessieren, und Elizabeth gewann den seltsamen Eindruck, daß ihn sehr viele Dinge nicht interessierten. Sein Haar war schwarz, so schwarz, daß es im Licht der Gaslampen fast blau wirkte, seine Haut war dunkel – einen Hauch dunkler als die jedes anderen Mannes im Raum –, und sein blütenweißes Hemd betonte noch seinen dunklen Teint. Sein Gesicht war schmal, von seltsam grausamer Schönheit – dichte schwarze Augenbrauen wölbten sich über tiefliegenden Augen; eine kräftige, hakenförmige Nase erhob sich arrogant über einem vollen Mund, der sowohl Leidenschaft als auch Grausamkeit verriet.

Wieder erschauerte Elizabeth, fürchtete sich, ohne zu wissen, warum. Niemals hatte ein Mann sie so wie er angesehen; er schien sie mit den Augen auszuziehen, und sein Mund verzog sich zu einem spöttischen Lächeln, während sie unter seinem Blick voll unverhohlener Bewunderung errötete.

Schnell wandte Elizabeth die Augen ab und starrte auf ihre Schuhe hinunter. Sie würde ihn nicht noch einmal ansehen. Sie würde es nicht! Statt dessen wandte sie sich an Stella: »Er soll aufhören, mich so anzustarren! Es ist entnervend und äußerst unhöflich!«

Stella lachte grimmig auf. »Höflichkeit ist Rafael nicht so wichtig. Er ist der unhöflichste, arroganteste und unverschämteste Mann, dem ich je begegnet bin! Und unglücklicherweise kenne ich ihn schon sehr lange – und was noch schlimmer ist, er ist ein entfernter Verwandter von Juan.«

Elizabeth schluckte mühsam, und sie fragte mit gepreßter Stimme: »Er ... er wird mir doch nicht vorgestellt werden wollen, oder?«

»Wenn du Rafael kennst und siehst, wie er dich mit den Augen verschlingt, kannst du ziemlich sicher sein, daß er es will. Und da ich dir die Peinlichkeit ersparen will, halte ich es für das Beste, wenn wir uns von den Costas verabschieden und nach Hause gehen.«

Enttäuscht und erleichtert zugleich hatte Elizabeth sich gerade zum Gehen gewandt, als Stella ihr warnend zuflüsterte: »Er kommt auf uns zu!«

Elizabeth warf einen kurzen, beinahe ängstlichen Blick über ihre Schulter und sah Rafael Santana mit langen Schritten direkt auf sich zukommen. Sie wußte, daß es keinen Sinn hatte, davonlaufen zu wollen, und so blieb sie mit einem gequälten Lächeln auf den Lippen stehen.

Seine Augen blitzten in kalter Belustigung auf, er wußte sehr wohl, daß sie aufgebrochen waren, um ihm aus dem Weg zu gehen. »Stella, amiga, wie schön, dich hier zu sehen«, sagte er, und seine Stimme, der ein leichter fremder Akzent anhaftete, hatte den Klang warmen, dunklen, rauhen Samtes.

Die stets zielgerichtete Stella verschwendete keine Zeit mit höflichem Geplänkel. »Tatsächlich?« erwiderte sie säuselnd und fuhr, ohne auf eine Antwort zu warten, fort: »Was bringt dich nach New Orleans? Ich dachte, du wärst sehr beschäftigt mit Mr. Houstons großer, neuer Republik Texas.«

Rafael lächelte grimmig. »Aber das bin ich auch! Houston will einen Anschluß von Texas an die Vereinigten Staaten, und er hat verschiedene Botschafter entsandt, die ihn in dieser Sache unterstützen sollen. Ich bin zufällig einer von ihnen.«

»Du?«

Ihre unverhohlene Skepsis ließ ihn leise auflachen. »Ja, kleine Stella, ich. Du vergißt, daß sich in meiner Familie mehrere sehr angesehene Persönlichkeiten befinden. Eine von ihnen ist zufällig ein sehr einflußreicher Mann in dieser anständigen Stadt. Wir haben die gleichen Vorfahren, und er ist, nebenbei gesagt, ein Vetter von mir. Er ist auch ziemlich gut mit Präsident Jackson bekannt, und Houston dachte, ich könnte meinen Vetter vielleicht davon überzeugen, daß eine Eingliederung von Texas in die Union für alle Beteiligten von Vorteil sein würde.«

»Und ist es dir gelungen?« fragte Stella neugierig.

Rafael gab eine ausweichende Antwort und wechselte das Thema. »Ist Juan auch hier? Ich habe ihn noch nicht gesehen.«

»Hast du ihn etwa gesucht?« fragte Stella scharf. »Oder warst du zu sehr damit beschäftigt, alle jungen Frauen im Raum in Verlegenheit zu bringen und zu ihren Müttern laufen zu lassen?«

Ein spöttisches Lächeln zuckte um seine Lippen. »Vielleicht. Ich wußte zwar, daß du in New Orleans bist, aber nicht, daß du diese Soiree besuchen würdest.«

Trotz seiner höflichen Unterhaltung mit Stella und obwohl er sie noch kein einziges Mal angesehen hatte, spürte Elizabeth, die stumm und mit gesenktem Blick neben Stella stand, genau, daß er sich ihrer Gegenwart genauso bewußt war wie sie sich der seinen. Sie konnte seine gespannte Aufmerksamkeit beinahe fühlen, und sie hatte den Eindruck, als wolle er sie dazu bringen, ihn anzusehen. Es war ein seltsamer, stummer Kampf zwischen ihnen, und sie hielt eigensinnig ihre Augen gesenkt. Biest! dachte sie, während ihre Stimmen an ihr Ohr drangen, und mit einer ihr selbst fremden Koketterie lächelte sie einem in ihrer Nähe stehenden jungen Mann strahlend zu.

Das war ein Fehler. Er schien auf unheimliche Weise ihre Gedanken zu erraten und sagte unvermittelt zu Stella: »Würdst du uns bitte bekanntmachen? Du bist zwar sehr schön, aber im Augenblick gehört meine Aufmerksamkeit deiner Freundin.«

Erstaunt sah Elizabeth ihn an, und das war wiederum ein Fehler, denn nachdem ihr Blick dem seinen erst einmal begegnet war, konnte sie ihn nicht mehr von den kältesten Augen, die sie je gesehen hatte, abwenden. In ihnen war keinerlei Gefühl, nur eine furchterregende Leere, die sie frösteln ließ.

Stella unterbrach das unbehagliche Schweigen, indem sie in leicht verärgertem Ton sagte: »Ich hätte es wissen sollen! Also gut – Elizabeth Ridgeway, darf ich dir Rafael Santana vorstellen? Er ist ein Schuft und ein Teufel, und ich kann dir nur aufrichtig empfehlen, ihm aus dem Weg zu gehen.«

Ein hastig unterdrückter, ärgerlicher Funke blitzte in den kalten grauen Augen auf. »Danke. Deine freundlichen Worte haben ihr Interesse viel mehr geweckt, als ich zu hoffen gewagt hätte«, bemerkte er trocken, und Elizabeth, sonst das sanfteste Wesen der Welt, verspürte das übermächtige Bedürfnis, ihm eine Ohrfeige zu geben.

Doch Stella zuckte nur die Achseln. »Das wird dir nicht viel nutzen, denn ich halte es nur für fair, dich zu warnen. Sie ist nicht nur die Tochter eines englischen Lords, sondern auch verheiratet und sehr verliebt in ihren Mann.«

Seine grauen Augen sahen Elizabeth plötzlich eindringlich an, dann sagte er langsam: »Nun, irgendwie bezweifle ich das. Und außerdem, wann hat mich ein Ehering je abgehalten?«

Stella hätte beinahe vor Wut mit dem Fuß aufgestampft. »Hörst du jetzt auf? Du willst nur provozieren. Ich habe dich vorgestellt, und jetzt würde ich es begrüßen, wenn du einen Brunnen fändest, in dem du dich ersäufen kannst.«

Darüber mußte Rafael laut lachen, aber das Lachen drang nicht bis in seine kalten silbergrauen Augen. »Ich würde dir ja gerne den Gefallen tun, aber unglücklicherweise ist mein Leben im Augenblick zu schön, um über so etwas nachzudenken. Vielleicht beim nächsten Mal, liebe Stella, aber jetzt möchte ich den Walzer mit der Kleinen mit dem Engelsgesicht tanzen.«

Und damit griff er, ohne auf Zustimmung oder Ablehnung zu warten, nach Elizabeth und zog sie auf die Tanzfläche. Überrumpelt und ein paar Tanzrunden lang ein wenig außer Atem, hielt Elizabeth ihren Blick auf seine mit Diamanten besetzte Krawattennadel geheftet. Sie war sich seiner auf ihrer Taille liegenden warmen Hand nur zu bewußt, der Hand, deren Druck stärker als nötig war, und der Tatsache, daß er sie enger an sich zog als üblich, und sie wünschte sich, sie hätte den Mut, ihn wegen der Freiheiten, die er sich nahm, zu tadeln. Während die Sekunden verstrichen, wurde sie sich seiner mehr und mehr bewußt – des schwachen Duftes nach Brandy und Tabak, der von ihm ausging, seines schlanken, sehnigen Körpers, der sie so mühelos herumwirbelte – vor allem aber seiner körperlichen Nähe. Sie spürte seinen über ihr Haar streichenden Atem und seine feste, warme Hand, und die Empfindungen, die ihr Blut plötzlich in Wallung brachten, ließen sie leise schwanken.

»Wollen wir in völligem Schweigen tanzen, querida?« fragte er schließlich. »Ich bewundere zwar Ihr seidiges Haar, aber ich würde viel lieber Ihre Augen bewundern . . . und Ihren Mund.«

Sie blickte auf, und wieder war sie verloren in diesen grauen Augen, doch dieses Mal waren sie nicht ausdruckslos – jetzt stand ein unergründliches Flackern in ihren Tiefen, und Elizabeth wandte mit wild hämmerndem Herzen schnell den Blick ab. »Sehen Sie mich nicht so an«, sagte sie aufgewühlt. »Es ist unhöflich.«

Er gab ein seltsames, bitteres Lachen von sich und murmelte: »Ich bin niemals höflich, wie Sie wissen. Und spielen Sie nicht die Naive – Sie wissen ganz genau, was in mir vorgeht.«

Seltsamerweise wußte sie es wirklich, und ihre Wangen röteten sich vor Verwirrung. Seine Augen sagten ihr nur zu deutlich, daß er sie gern küssen würde, daß er es tun würde, wenn sie allein wären, und daß er dafür sorgen würde, daß sie es waren, wenn sie nicht aufpaßte. »Bitte, bitte, bringen Sie mich zu Stella zurück«, stieß sie hervor. »Ich möchte nicht länger mit Ihnen tanzen.«

»Warum? Weil ich so direkt bin? Oder wegen Ihres Mannes, den Sie angeblich so sehr lieben?« fuhr er sie an.

»W... wegen beidem, glaube ich«, stammelte sie, und ihr wurde plötzlich bewußt, daß sie nicht mehr an Nathan gedacht hatte, seit sie das Haus der Costas betreten hatte.

»Lügnerin!« entgegnete er kühl. »Sie sehen nicht wie eine verliebte Frau aus, Sie sehen aus wie eine schlafende Jungfrau, die darauf wartet, geweckt zu werden.«

»Das ist nicht wahr!« erklärte Elizabeth schnell. »Ich liebe meinen Mann sehr, und ich glaube nicht, daß Sie das etwas angeht.« Und würdevoll fügte sie hinzu: »Ich halte es für das Beste, wenn wir das Thema wechseln.«

»Das glaube ich Ihnen gern, Engländerin, aber ich finde es ausgesprochen amüsant.«

»Benehmen Sie sich allen Frauen gegenüber so?« fragte sie hitzig. »Kein Wunder, daß Stella Sie ungehobelt nannte.«

Wieder lächelte Rafael, und es war kein schönes Lächeln. Mit wieder ausdruckslosen Augen sagte er gedehnt: »Wußten Sie nicht, daß ich mich ständig bemühe, dem Ruf, den man mir anhängt, gerecht zu werden?« Er lachte wieder dieses bittere Lachen und fügte hinzu: »Die Leute würden denken, ich wäre nicht ganz bei Trost, wenn ich nicht versuchte, mir die schönste Frau im Saal zu kapern. Sie erwarten es, und ich versuche, ihnen den Gefallen zu tun.«

Elizabeths Augen suchten die seinen. »Das könnte sogar stimmen... aber Sie müssen irgendwann einmal etwas getan haben, das Ihnen diesen Ruf eingebracht hat.«

»Das habe ich allerdings. Ich kam auf die Welt.«

»Seien Sie nicht albern! Deshalb würden die Leute nicht schlecht von Ihnen denken.«

»Nein?« höhnte er. »Auch dann nicht, wenn ich Ihnen sage, daß meine Großmutter eine Halb-Komantschin war, die mit einem amerikanischen Trapper zusammenlebte? Und daß ihre Tochter, meine Mutter, es wagte, in eine angesehene Gachupin-Familie einzuheiraten?«

»Ich verstehe nicht, was das damit zu tun hat. Sie können nichts für Ihre Herkunft. Ich glaube, Sie messen dem zuviel Bedeutung bei«, erwiderte Elizabeth steif.

»Wie wenig Sie doch von den Menschen wissen . . . vor allem von meinem spanischen Großvater Don Felipe. Er hat mir nie verziehen, daß ich geboren wurde, insbesondere, nachdem aus der zweiten Ehe meines Vaters keine Söhne, sondern nur Töchter hervorgingen.«

»Und deshalb«, vermutete sie instinktiv, »betrafen Sie ihn.«

»Warum nicht?« fragte er mit hochgezogenen Augenbrauen.

»Weil es nicht sehr schön ist«, entgegnete Elizabeth ernst. »Sie sollten nicht so – nachtragend sein.«

Er lachte auf. »Aber ich bin es, chica. Ich bin so nachtragend, wie man nur sein kann.«

Daß er sich über sie lustig machte, gefiel ihr nicht, besonders deshalb, weil sie ernsthaft versucht hatte, ihm zu helfen. Ihre veilchenblauen Augen blitzten in plötzlicher Wut auf, und sie fauchte ihn an: »Und ich verstehe auch, warum! Es macht Ihnen Spaß, ein Grobian und so ungehobelt wie möglich zu sein! Sie dürfen versichert sein, Mr. Santana, daß ich Ihnen in Zukunft aus dem Weg gehen werde.«

»Wollen Sie mir drohen, Engländerin?« fragte er sanft und senkte den Kopf, und sie hatte das untrügliche Gefühl, daß er sie gleich küssen würde.

Ihr Herz hämmerte wie wild in ihrer Brust, während sie sich, so weit sie konnte, zurücklehnte. »Nein, nein, natürlich nicht!« murmelte sie und fügte in einer Aufwallung von Wut hinzu: »Und ich wünschte, Sie würden mich nicht ›Engländerin‹ nennen! Mein Name ist Mrs. Ridgeway, und es wäre gut, wenn Sie sich daran erinnerten!«

Das gefiel ihm nicht, sie sah es an der Art, wie er die Lippen zusammenpreßte. Doch als der Walzer zu Ende ging, zuckte er nur die Achseln und lieferte sie kurz darauf bei Stella ab. Spöttisch sagte er: »Muchas gracias, Mrs. Ridgeway! Und, Stella, amiga, du brauchst dich nicht mehr aufzuregen. Ich habe dir dein Lämmchen zurückgebracht – unversehrt.«

»Aber nur, weil es dir gerade so paßte!« erwiderte Stella trocken. »Und vielleicht«, fügte sie boshaft hinzu, »weil deine Frau hier ist!«

Bei dem Wort »Frau« spürte Elizabeth, wie ihr Herz schwerer schlug, obwohl sie nicht verstand, warum die Tatsache, daß er eine Frau hatte, sie derart bewegen sollte. Sie war selbst verheiratet und sollte keine romantischen Gefühle für einen anderen Mann hegen, doch sie stellte fest, daß es ihr ganz und gar nicht gefiel, daß er eine Frau hatte. Sei keine Närrin, sagte sie sich. Was spielt es für eine Rolle, wenn er verheiratet ist? In einer Woche oder zwei bist du in Natchez und wirst ihn wahrscheinlich nie wiedersehen. Rafael erwiderte nichts auf Stellas provozierende Worte, sondern lächelte nur aufreizend und schlenderte davon. Während sie ihm nachsah, befahl Elizabeth ihrem rebellischen Herzen: Vergiß Rafael Santana!

Bald darauf brachen Stella und sie auf. Stella machte sich auf die Suche nach Juan, während Elizabeth in die Garderobe ging, um ihre Mäntel zu holen. Während sie unter der Vielzahl von Kleidungsstücken danach suchte, hörte sie hinter sich die Tür zuklappen, und sie wirbelte herum.

Als sie Rafael Santana lässig in der Tür lehnen sah, erstarrte sie. Doch sie zwang sich zur Ruhe und fragte in hochmütigem Ton: »Was machen Sie da? Öffnen Sie sofort die Tür!«

Er sah sie unentwegt an, seine rauchgrauen Augen wanderten langsam über ihr Gesicht. Seine Stimme klang sehr ernst, als er unvermittelt sagte: »Ich will Sie wiedersehen. Wollen Sie sich mit mir treffen?«

Elizabeth schluckte. Was er da wollte, war ungeheuerlich, das war selbst ihr bei all ihrer Unerfahrenheit klar. Eine verheiratete Frau verabredete sich nicht mit einem anderen Mann. Sie tat, als habe sie ihn falsch verstanden, und erwiderte nervös: »Ich bin bis morgen bei Stella – ich glaube nicht, daß sie etwas dagegen hätte, wenn Sie uns besuchten.«

»Querida«, murmelte er, »ich möchte Sie allein sehen, und das wissen Sie genau! Also sagen Sie mir, wo wir uns sehen können.«

»Warum?« stieß sie hervor, versuchte Zeit zu gewinnen, wünschte, daß jemand hereinkäme und diese Begegnung störte; zugleich hatte sie schreckliche Angst, daß genau das passieren könnte.

»Ich glaube, Sie wissen, warum«, erklärte er ohne Umschweife, während er sich beinahe wütend von der Tür abstieß.

Elizabeth wich zurück; sie hatte jetzt echte Angst, zugleich war sie von einer gefährlichen Erregung erfüllt. »K-K-kommen Sie nicht näher«, stammelte sie, während er langsam auf sie zuging.

»O doch«, murmelte er, während sich seine Hände um ihre schmalen weißen Schultern schlossen. »Ich habe vor, sehr viel näher zu kommen, Engländerin. Genauso nahe, wie ich es eben kann.«

Wie hypnotisiert starrte sie in diese gnadenlosen grauen Augen, sah hilflos, wie er seinen Kopf beugte. Dann schloß sie ergeben die Augen, um dieses harte Gesicht nicht mehr sehen zu müssen.

Sein Mund lag warm und fordernd auf ihren Lippen, und Elizabeth unternahm nur einen zaghaften Versuch, sich ihm zu entwinden. Als er ihren Widerstand spürte, zog er sie enger an sich, vertiefte seinen Kuß. Er küßte sie lang, endlos lange, und Elizabeth erfuhr, daß es Küsse und Küsse gab. Später mußte sie sich beschämt eingestehen, daß er sie, abgesehen von den allerersten Sekunden, zu nichts gezwungen hatte.

Seine Hände glitten zu ihrer Taille hinunter, zogen sie enger und enger an sich, und plötzlich wußte sie, daß sie das den ganzen Abend über ersehnt hatte. Auch Rafael schien es ersehnt zu haben, denn als sie in seine Arme sank und ihre weichen jungen Brüste seine Brust berührten, wurde sein Kuß leidenschaftlicher, und sie spürte entsetzt, wie sich seine Zunge in ihren Mund drängte.

Niemand hatte sie jemals so geküßt, und hilflos stöhnte sie leise auf, als eine unerwartete schmerzhafte Freude ihre Lenden durchschoß, während Rafael sie leidenschaftlich küßte. Wie trunken in eine neue Welt körperlicher Empfindungen eintauchend, unternahm sie keinen Versuch, ihn zurückzuhalten, als er den Kopf senkte und zärtlich die weiche Haut über ihrem Seidenkleid küßte, und sie wies ihn auch nicht zurück, als seine Hand ihre Brust umschloß und er sanft mit dem Daumen ihre Brustwarzen streichelte. Wieder fand sein Mund ihre Lippen, seine Zunge drängte sich hungrig in ihren Mund, und der letzte Rest von Verstand, den Elizabeth noch besaß, schwand dahin. Das war es, wonach sie sich so lange gesehnt hatte – jemand, der sie begehrte! –, und in diesem Augenblick vergaß sie alles – Nathan, eheliche Treueschwüre, ihre Umgebung, alles bis auf den hochgewachsenen, dunklen, gefährlichen Mann, der sie in den Armen hielt und dessen Mund sie Leidenschaft und Verlangen lehrte.

Rafael war es, der sich schließlich von ihr losriß. Verloren in ihrer Welt traumhafter Empfindungen starrte Elizabeth ihn verwirrt an, als er abrupt zurücktrat. Ihre vor Erregung dunklen Augen hingen an seinem Gesicht, und Rafaels Lippen kräuselten sich. Schweratmend stieß er hervor: »Ich glaube, jetzt wissen Sie, warum ich Sie allein sehen möchte.«

Kalt, eisig kehrte die Vernunft zurück, und beschämt über das, was sie getan hatte, wirbelte Elizabeth herum und stieß hervor: »Ich glaube, Sie haben vergessen, daß wir beide verheiratet sind... und zwar nicht miteinander!«

Rafael stieß einen unterdrückten Fluch aus, dann riß er sie herum, so daß sie ihn ansehen mußte. »Zum Teufel damit! Was hat das mit uns zu tun? Sie lieben Ihren Mann nicht... lügen Sie mich nicht an, indem Sie etwas anderes behaupten! Meine Frau wurde mir von meinem Großvater ausgesucht, und sie will mich ebenso sehr wie ich sie. Also sagen sie mir, wem wir wehtun, wenn wir uns begehren!«

Störrisch flüsterte sie: »Es ist nicht richtig!«

»Richtig!« knurrte er. »Was hat das mit uns zu tun, Engländerin? Ich will Sie, und vor einer Minute wollten Sie mich. Ich lasse mich nicht abweisen, nur weil Sie finden, daß es nicht richtig ist.«

»Erwarten Sie etwa, daß ich glaube, daß Sie sich plötzlich in mich verliebt haben?« stieß Elizabeth hitzig hervor.

Seine eben noch glühenden Augen waren wieder ausdruckslos und eiskalt. »Sie lieben?« fragte er höhnisch. »Nein, ich liebe Sie nicht – ich liebe niemanden! Aber ich begehre Sie, und ich habe festgestellt, daß das meist genauso gut ist wie Liebe.«

Geschockt und nicht einmal sicher, was sie getan hätte, wenn er gesagt hätte, daß er sie liebe, senkte Elizabeth die Augen. »Gehen Sie«, sagte sie mit bebender Stimme. »Ich will Sie nie wiedersehen.

Sie sind ein gefährlicher Mann, Mr. Santana, und ich halte es für das Beste, wenn Sie zu Ihrer Frau gehen und *ihr* sagen, daß Sie sie begehren.«

Ein seltsam trauriger Ausdruck lag um seinen Mund, als er hervorstieß: »Wenn ich das täte, würde sie laut schreiend zu ihrem Priester rennen. Consuela erduldet das Ehebett nur – sie genießt es nicht und unternimmt auch keinen Versuch, die Tatsache, daß sie mich schrecklich abstoßend findet, zu verbergen.«

Mit gequältem Lächeln fügte er hinzu: »Ja, ja, dieses Komantschenblut. Für Consuela ist es unter ihrer Würde, mit mir verheiratet zu sein.«

Das Lächeln verschwand, und mit einer verletzlichen Geste rieb er sich den Nacken, fuhr dann in verändertem, fast ein wenig verwirrtem Ton fort: »Auch wenn Sie etwas anderes gehört haben sollten, Engländerin – ich mache so etwas nicht mit jeder Frau. Sie sind sehr schön, und ich –«

Er kam nicht dazu weiterzusprechen, denn in diesem Augenblick flog die Tür auf und stieß krachend gegen die Wand. Eine Frau, in deren schwarzen spanischen Augen unverhohlener Haß glühte, stand in der Tür. Sie blickte sich schnell um und begann zu schreien: »Wußte ich es doch! Daß du mir so etwas antust!«

Rafaels Gesicht war fast weiß vor Wut, als er auf sie zustürzte und sie ins Zimmer zerrte. Sie sträubte sich wie eine Wilde, doch Rafael hielt sie mühelos fest. Seine Stimme war wie ein Peitschenhieb, als er sie anherrschte: »Hör auf, Consuela, ehe du eine Szene machst, die sogar du bereuen wirst!«

»Ha, ha! Sag mir, was du hier mit dieser Frau machst!« verlangte sie hitzig, ihre dunklen Augen brennend auf Elizabeth geheftet.

»Hörst du auf zu schreien, wenn ich es dir sage?« fragte er resigniert.

Sie nickte finster, wand sich aus seinem schwächer werdenden Griff. Sie bedachte Elizabeth, die wie erstarrt in der Mitte des Raumes stand, mit einem hochmütig-stolzen Blick. »Sie sind ein armes, blasses kleines Ding, nicht wahr?« sagte sie verächtlich. »So blaß und zart, daß Sie fremde Ehemänner verführen müssen!«

»Das ist nicht wahr!« stieß Elizabeth mit zitternder Unterlippe hervor. Es war falsch gewesen, sich von Rafael küssen zu lassen, aber sie hatte ihn ganz sicher nicht verführt. Beschwörend sah sie ihn an.

Er schenkte ihr einen beruhigenden Blick und sagte in eisigem Ton zu Consuela: »Laß sie da raus, hörst du! Sie hat nichts getan, und wenn du ein Ventil für deine Wut brauchst, dann nimm mich. Sie ist unschuldig, und ich lasse nicht zu, daß du sie mit deiner bösen Zunge beleidigst.«

Consuela schniefte; was er sagte, gefiel ihr ganz offensichtlich nicht. »Bah! Mir ist es egal, was du tust – aber ich lasse mich von dir nicht beleidigen! Wenn du deine kleinen putas haben willst, bitte, aber halt sie mir vom Leib!«

»Wenn du sie weiter beleidigst, werde ich dir deinen langen weißen Hals, auf den du so stolz bist, aufschlitzen, Consuela«, murmelte Rafael in gefährlich leisem Ton.

»Ha! Ich habe fast erwartet, daß du mir drohen würdest – was sonst kann man von einem Wilden wie dir erwarten? Es ist eine Schande, daß ich mit dem edelsten spanischen Blut in den Adern von einem Ehemann wie dir derart erniedrigt und gedemütigt werden muß!«

Während Elizabeth die beiden schweigend beobachtete, gewann sie den Eindruck, daß Consuela Rafael diese Worte häufig an den Kopf warf, und er tat ihr leid. Als er das Mitleid in ihren Augen bemerkte, begann es in seinem Gesicht zu arbeiten.

»Nicht!« sagte er leise. »Sehen Sie mich nie wieder so an!«

Sofort senkte Elizabeth die Augen. Schlagartig wurde ihr klar, daß er Mitleid und jeden, der es ihm entgegenbrachte, haßte.

»Was um alles auf der Welt geht hier vor?« fragte Stella von der Tür her. »Ich habe ewig auf dich gewartet, Elizabeth. Hat der Diener unsere Sachen nicht gefunden?«

»N-nein, ich. Hier sind sie«, erwiderte Elizabeth unsicher und fragte sich, wieviel Stella wohl mitbekommen hatte.

Consuela warf Stella einen giftigen Blick zu, und da sie mit ihrer großen Nase und dem dünnen Mund ohnehin keine besonders schöne Frau war, ließ sie das fast häßlich aussehen. »Ich hätte wissen müssen, daß sie eine Freundin von Ihnen ist«, sagte sie gehässig.

»In diesem finsteren Land scheint es niemand zu geben, der nicht gewöhlich und ohne jede Moral ist.«

»Wie, bitte, darf ich das verstehen?« fragte Stella leise, und ihre dunklen Augen wurden schmal vor Wut.

»Als ob Sie das nicht wüßten!« entgegnete Consuela böse.

»Sie haben sie wahrscheinlich dazu ermuntert, mich zu erniedrigen.«

Stella lächelte süß. »O nein, Señora, das tun Sie oft genug selbst – darin brauchen Sie gewiß keine Unterstützung von mir! Aber bitte lassen Sie Beth aus dieser Auseinandersetzung heraus.«

»Wenn wir in Spanien wären«, begann Consuela wütend, aber Rafaels wütendes »Basta ya!« brachte sie zum Schweigen.

Er sah Stella gereizt an und bat: »Bitte, Stella, amiga, bring die Kleine weg.« Er fügte hinzu: »Es tut mir leid, daß das passiert ist.«

Rote Flecken der Wut standen auf Consuelas farbloser Haut. »Du entschuldigst dich bei ihnen? Und was ist mit mir? Bin ich nicht deine Frau? Müßte sich nicht jeder hier im Raum bei *mir* entschuldigen? Ich bestehe darauf!«

»Hör auf, Consuela!« fauchte Rafael. »Mach das alles nicht noch schlimmer, als es bereits ist.«

»Und wenn ich mich nicht füge, wirst du – mich töten? Das würdest du doch liebend gern, oder?« spuckte sie ihm entgegen. »Ich frage mich, warum du nicht schon längst einen deiner dreckigen Wilden angeheuert hast, um mich loszuwerden?«

Seine grauen Augen waren fast schwarz vor Wut, als Rafael Consuelas Handgelenk packte. »Das werde ich vielleicht auch tun«, erwiderte er brutal. »Es wundert mich, daß ich bis jetzt noch nicht auf diese Idee gekommen bin.« Dann schleuderte er sie, als könne er ihren Anblick nicht länger ertragen, von sich und stürzte aus dem Raum.

5

Was in den nächsten Stunden, bis sie in einem zarten Nachthemd, das silberblonde Haar in zwei Zöpfen auf ihrer Brust liegend, mit einer Tasse heißer Schokolade auf dem Bett im Haus an der Esplanade Avenue saß, geschah, wußte Elizabeth später nicht mehr. Stella war bei ihr, saß ebenfalls mit einer Tasse Schokolade auf Elizabeths Bett.

»Willst du darüber reden?« fragte sie ruhig.

Elizabeth lächelte vage. »Da gibt es nicht viel zu reden. Mr. Santana folgte mir in die Garderobe, und seine Frau fand uns dort. Den Rest kennst du.«

Ohne Elizabeth anzusehen, fragte Stella vorsichtig: »Hatte Consuela Grund, derart in Rage zu geraten?«

Ein schuldbewußter Ausdruck trat auf Elizabeths Gesicht, und sie gestand: »Ich vermute es. Mr. Sanatana hat mich geküßt, aber wie sie das wissen konnte, weiß ich nicht.« Mit betrübter Miene fügte sie leise hinzu: »Es war falsch, ich weiß, aber ich bin noch nie jemandem wie ihm begegnet, Stella. Ich hätte ihn nicht aufhalten können, aber das Schrecklichste ist, daß ich es auch gar nicht wollte!« Sie seufzte leise auf. »Ich muß eine zügellose Frau sein – warum sonst würde ich einem völlig Fremden so viele Freiheiten erlauben?«

»Ich bezweifle, daß du Rafael Santana irgend etwas erlaubt hast«, erwiderte Stella trocken. »Ich kenne Rafael, Süße, und ich weiß, daß du keine Chance hattest, wenn Rafael sich vorgenommen hatte, dich zu küssen. Es tut mir leid für dich, insbesondere daß Consuela diese häßliche Szene inszeniert hat. Morgen wird sie die Geschichte jedem, der sie hören will, erzählen, und das werden leider nicht wenige sein. Und da ich weiß, was für ein Biest sie ist, wird sie die Geschichte sicher nach Belieben ausschmücken. Ich hoffe nur, daß dein Mann sich nicht veranlaßt sieht, Rafael zu einem Duell zu fordern. Das würde der ganzen häßlichen Affäre die Krone aufsetzen.«

Elizabeths Unterlippe begann zu zittern, und sie wußte, daß sie in der nächsten Sekunde wie ein kleines Kind weinen würde. Qualvoll schluckend, versuchte sie, ihre wachsende Verzweiflung zu verbergen, und murmelte unglücklich: »O Stella, es ist alles ein so schreckliches Durcheinander! Ich möchte nicht zum Gegenstand des Geredes werden, und ich möchte auch nicht, daß Nathan sich wegen mir duelliert! Und ich würde alles dafür geben, daß Mr. Santana mir nicht gefolgt wäre! Aber mehr als alles wünsche ich mir, daß Nathan bei mir gewesen wäre und wir das gleiche gelöste Verhältnis zueinander hätten wie du und Juan.«

Stella lächelte sie liebevoll an. »Nimm es nicht so schwer, Süße. Du und Nathan werdet noch zueinander finden. Alles, was ihr braucht, ist Zeit. Und was Consuela betrifft, so laß uns hoffen, daß Rafael sie davon abhalten kann, einen Skandal auszulösen. Wenn es irgend jemand kann, dann er.« Stella zögerte, fuhr dann in leicht besorgtem Ton fort: »Wenn Juan und ich doch nur nicht schon übermorgen abreisen würden! Wenn wir weg sind, wird nur noch Rafael Consuelas bösen Lügen widersprechen können. Denn was wir gewiß nicht wollen, ist, daß sie einen derartigen Skandal macht, daß er dir bis Natchez folgt.«

Alarmiert stammelte Elizabeth: »A... aber warum sollte sie das tun? Sie haßt Rafael, das habe sogar ich gemerkt. Warum sollte sie die Tatsache, daß ihr Mann andere Frauen anziehender als sie findet, hinausposaunen? Wenn ich Nathan in einer verfänglichen Situation anträfe, würde ich sicher nicht zum Gespött für die Klatschtanten werden wollen.«

»Wie die meisten Frauen. Aber dazu müßtest du Consuela Valadez de Santana verstehen«, erwiderte Stella trocken. Sie wollte das Thema damit beenden, aber Elizabeth drängte zaghaft: »Bitte, sprich weiter – ich würde gerne wissen, warum er so eine Frau geheiratet hat. Wie konnte er sie jemals lieben?«

Stella verzog den Mund. »Das, meine Kleine, ist das Hauptproblem. Rafael und Consuela wurden von ihren Familien miteinander verheiratet. Es ist eine lange Geschichte, und ich will nur das Wesentliche erwähnen. Rafael und seine Mutter Doña Faith wurden von Komantschen entführt, als Rafael etwa zwei Jahre alt war.«

Elizabeths Entsetzensschrei ließ Stella innehalten. »Sei nicht so entsetzt, Süße – die Komantschen nehmen immer wieder Menschen gefangen, und Frauen und Kinder werden regelmäßig entführt.

Nun, wie dem auch sei, es vergingen zwei Jahre, bis ein Halb-Komantsche nach San Antonio kam und von Doña Faiths Tod berichtete. Sie sei vor einem Jahr gestorben, aber er habe den Jungen gesehen; das Kind sei gesund und von einer Komantschen-Familie adoptiert worden.«

»Und was geschah dann?« fragte Elizabeth mit großen Augen. »Was haben sie unternommen, nachdem sie wußten, daß Doña Faith tot war, Rafael aber noch lebte?«

»Nichts. Ich glaube, und das tun eine Menge anderer Leute auch, daß Don Felipe direkt froh über die Situation war, denn er verschwendete keine Zeit und begab sich unverzüglich auf die Suche nach einer angemessenen Frau für Rafaels Vater Don Miguel. Ich sollte vielleicht hinzufügen, daß aus dieser Ehe, sehr zu Don Felipes Verdruß, nur Töchter hervorgingen.«

»Und?« drängte Elizabeth, die mehr über Rafael erfahren wollte, ungeduldig.

»Ich vermute, daß Don Felipe, nachdem er die Gewißheit hatte, keinen männlichen Erben zu bekommen, sich wieder an seinen von den Komantschen entführten Enkelsohn erinnerte. Ich weiß nicht, wie er es angestellt hat, aber er machte Rafael schließlich ausfindig und ließ ihn von seinen Männern zurückholen. Es war riskant und gefährlich, aber Don Felipe war versessen darauf – sein spanischer Stolz verlangte nach einem männlichen Erben, selbst wenn dieser von Komantschen großgezogen worden war.«

Ihre Stimme war voller Mitgefühl für den kleinen Rafael, als Elizabeth fragte: »Und Rafael? Was empfand er? War er froh darüber, wieder zu seiner Familie zu kommen?«

Widerstrebend mußte Stella zugeben: »Nach allem, was ich gehört habe, war Rafael damals nicht viel mehr als ein Tier, und es dauerte fast drei Jahre, bis sie ihn auf der Familien-Ranch buchstäblich ›gezähmt‹ hatten und Don Felipe glaubte, ihn unbesorgt zur weiteren Ausbildung nach Spanien schicken zu können. Und während er in Spanien war, arrangierte sein Großvater mit Consuelas Familie die Vermählung der beiden. Beide mußten sich dem Druck ihrer Familien beugen – unglücklicherweise für sie beide!«

Elizabeth runzelte nachdenklich die Stirn und fragte: »Woher weißt du das alles? Ich kann mir nicht vorstellen, daß das alles allgemein bekannt war.«

Stella lächelte. »Nun, da irrst du dich gewaltig! Jeder in San Antonio kennt Rafael Santana! Aus irgendeinem Grund war er schon immer ein beliebter Gegenstand von Gerüchten – sogar schon vor seiner Geburt!«

»Es muß schwer für ihn sein zu wissen, daß die Leute, ganz gleich, was er tut, über ihn reden werden«, meinte Elizabeth ernst.

»Nicht Renegade Santana! Es scheint ihn keinen Deut zu kümmern, was die Leute sagen! Das erste, was er tat, als er aus Spanien zurückkehrte, war, daß er ein Jahr bei den Komantschen untertauchte! Er schloß sich dem alten Abel Hawkins, seinem Großvater mütterlicherseits, an und jagte wilde Pferde, bis Abe vor ein paar Jahren starb.« Ein kleines Lächeln trat auf Stellas Gesicht. »Dafür bewundere ich ihn fast. Alles, was er besitzt – bis auf das, was er von Abe geerbt hat –, hat er selbst verdient, und zu Don Felipes größtem Ärger weigert er sich, das Leben zu führen, das Don Felipe für seinen Erben für angemessen hält.« Stellas Lächeln wurde breiter. »Als Rafael sich den gegen Mexiko rebellierenden Texanern anschloß, glaubte jeder, der alte Mann werde vor Wut sterben.« Ihr Lächeln erstarb, und sie fuhr in ernstem Ton fort: »Daß Rafael sich den Texanern anschloß, war für viele überraschend, die Texaner inbegriffen.«

Elizabeths Hände spielten mit dem Saum des Bettuches, als sie bewußt gleichgültig fragte: »Und wie paßt Consuela in sein Leben?«

Stella verzog das Gesicht. »Überhaupt nicht! Sie leben seit Jahren getrennt. Ihre Ehe war schon vor Jahren beendet, als sie aus Spanien zurückkehrten, und danach wurde alles noch schlimmer. Rafael geht ihr aus dem Weg, und das mit gutem Grund – sie ist ekelhaft!«

Elizabeth runzelte die Stirn. »Aber warum ist sie dann jetzt mit ihm in New Orleans?«

»Sie ist zwar hier – aber nicht mit ihm! Und ich wette, daß Don Felipe dahintersteckt.« Auf Elizabeths fragenden Blick hin fügte Stella hinzu: »Er will einen Urenkel, und wie soll er einen kriegen, wenn Rafael und Consuela nie zusammen sind?«

Errötend fragte Elizabeth: »Ist es Rafael denn egal, daß er seinen Großvater ärgert?«

»Er legt es geradezu darauf an! Es macht ihm Spaß zu sehen, wie sein Großvater außer sich vor Wut gerät, wenn er von seinen jüngsten Schandtaten erfährt. Zwischen den beiden herrscht ein so erbitterter Haß, daß ich mich häufig frage, wie das alles enden wird. Wenn Rafael nicht Don Felipes einziger männlicher Erbe wäre, würde ich um sein Leben fürchten.«

»Sein eigener Großvater würde ihn doch nicht umbringen! Das kann ich nicht glauben, Stella. Sicher übertreibst du da.«

»Du kennst Don Felipe nicht, und falls Don Miguel doch noch einen Sohn bekommt, ist Rafaels Leben keinen Heller mehr wert. Manchmal frage ich mich, wer ihn mehr haßt – seine Frau oder sein Großvater.«

»Will Consuela vielleicht deshalb Lügen über mich verbreiten? Um ihm wehzutun?«

Ein nachdenklicher Ausdruck lag auf Stellas Gesicht, als sie langsam erwiderte: »Teilweise, ja. Und zum anderen, um dich in Rafaels Augen herabzusetzen.«

»Mich herabsetzen?« rief Elizabeth. »Warum sollte sie das tun? Insbesondere, wo sie ihn ohnehin nicht mehr will?«

»Das ist ja das Verrückte. Sie will Rafael nicht mehr, und sie macht auch keinen Hehl daraus, daß sie es nicht ertragen kann, von ihm berührt zu werden. Deshalb verzeiht sie ihm oft seine Bettgeschichten – auch das ist allgemein bekannt. Manchmal könnte ich Rafael erwürgen, weil er seine Affären so offen zur Schau stellt. Letztlich jedoch ist es so, daß er – obwohl Consuela Rafael selbst nicht will – doch ihr Mann ist und sie eine länger dauernde Beziehung zu einer anderen Frau nicht duldet. Irgendeine puta oder Hure kann sie verdauen, aber mit einer Frau, die Rafael etwas bedeutet, würde sie nicht einverstanden sein. Und – ich gebe es ungern zu, Süße – obwohl Rafael dauernd irgendwelche Affären hat, so bist du doch das erste unschuldige Mädchen, mit dem er seine Spielchen treibt. Gewöhnlich hat er Affären mit älteren, verheirateten Frauen, die genau wissen, worauf sie sich einlassen. Normalerweise interessiert er sich nicht für so junge und offensichtlich unerfahrene Mädchen wie dich.« Mit finsterer Miene fuhr Stella langsam fort: »Und das ist es, was mir Sorgen macht. Wenn Consuela glaubt, daß es mit dir anders ist, daß Rafael sich von mehr als nur körperlichem Verlangen zu dir hingezogen fühlt, dann wird sie alles tun, um nicht nur dich zu vernichten, sondern auch jedes Interesse Rafaels an dir zu zerstören. Verstehst du jetzt, warum ich mir Sorgen mache?«

Mit weitaufgerissenen, ein wenig ängstlichen Augen nickte Elizabeth und murmelte mit bebender Stimme: »O Gott, wie sehr ich mir wünsche, ich wäre nie zu dieser Soiree gegangen – aber am meisten wünsche ich mir, daß du nicht wegfährst! Was soll ich nur tun, Stella?«

»Beruhige dich, Beth«, versuchte Stella sie aufzumuntern. »Ich habe wahrscheinlich übertrieben, und du hast nichts zu befürchten. Rafael wird Consuela sicher beruhigen, und wenn wir Glück haben, werden die Vorfälle des heutigen Abends kein Nachspiel haben. Und falls das Schlimmste eintritt, kannst du dich immer damit trösten, daß du und Nathan in Kürze New Orleans verlassen und all das hinter euch lassen werdet. Denn wenn Consuela auch eine böse Zunge hat, so hat sie letztlich doch nicht viel zu sagen.«

»Ich hoffe es«, meinte Elizabeth düster.

»Ich auch. Also, dann schlaf gut, Beth, wir sehen uns morgen früh.«

Als sie am nächsten Morgen um kurz nach zehn bei schönem, sonnigem Wetter aufwachte, ließ Elizabeth sich viel Zeit beim Ankleiden, und so war es schließlich schon nach elf, als sie nach unten ging und sich auf die Suche nach Stella begab. Als sie das Eßzimmer betrat, teilte ihr eine Dienerin mit, daß Mr. und Mrs. Rodriguez ausgegangen seien und in Kürze zurückkommen würden. Ob sie inzwischen etwas heiße Schokolade und frische Croissants haben wolle? Und das wollte Mrs. Ridgeway in der Tat.

So genoß sie gerade den köstlichsten Blätterteig, den sie je gegessen hatte, als Stella etwa eine halbe Stunde später zurückkam.

»Du bist ja früher auf, als ich dachte!« rief sie. »Ich dachte, du würdest bis zum Nachmittag schlafen. Hast du alles bekommen, was du wolltest?«

»O ja! Aber warum sollte ich so lange schlafen, wo du offensichtlich schon lange auf bist?« erwiderte Elizabeth lächelnd.

»Ich hatte etwas zu erledigen«, sagte Stella geheimnisvoll, und ihre braunen Augen funkelten belustigt.

Elizabeth ahnte sofort, was Stella zu erledigen gehabt hatte, und sie fragte ängstlich: »Hängt es mit dem gestrigen Abend zusammen?«

»Ja. Du brauchst dir keine Sorgen mehr zu machen. Ich habe Margarita Costa unter dem Vorwand, einen Handschuh bei ihr verloren zu haben, aufgesucht, und wir haben uns ein wenig über Consuela unterhalten. Ich glaube, du hast wirklich nichts zu befürchten! Consuela scheint gestern abend nichts gesagt zu haben, und wenn sie es wirklich vorgehabt hätte, so hätte sie es gestern tun müssen. Margarita war ganz begeistert von dir, und das wäre sie sicher nicht gewesen, wenn Consuela irgendwelche Gerüchte in Umlauf gesetzt hätte.« Selbstzufrieden lächelnd fügte Stella hinzu: »Ich habe ihr auch zu verstehen gegeben – in aller Höflichkeit natürlich –, daß Consuela Santana dich aus irgendwelchen Gründen nicht mag und daß sie Gerüchte, die Consuela möglicherweise verbreiten würde, ignorieren solle. Margarita kann Consuela ohnehin nicht leiden. Sie wird dir sicher zur Seite stehen, falls Consuela nach unserer Abreise doch noch ihr Gift verspritzt.«

»O Stella, du bist so gut zu mir. Ich werde dich sehr vermissen. Ein Jammer, daß wir nur so kurze Zeit zusammen sein können.«

Stellas Züge wurden weich. »Ich weiß, Kleines, ich weiß. Aber keine Sorge, Juan und ich werden in ein paar Jahren zurückkommen, und wer weiß, vielleicht kannst du ja auch einmal nach Santa Fé kommen.«

Mit dieser Hoffnung im Herzen fiel Elizabeth der Abschied am nächsten Tag nicht ganz so schwer. Nathan, der einen Termin beim Schneider abgesagt hatte, begleitete sie. Stella fand ihn nicht besonders aufregend, aber sie merkte, daß Nathan seine junge Braut mochte, und das gab ihr die Hoffnung, daß sich für Beth doch noch alles zum Guten wenden würde.

Auf dem Rückweg zum Hotel aßen sie und Nathan in einem hübschen kleinen Restaurant zu Mittag, das Nathan entdeckt hatte.

Im Hotel angekommen, sah Nathan auf seine Uhr und rief überrascht: »O Gott, es ist schon nach zwei, und ich habe um halb drei einen Termin wegen eines Reitpferdes, das mich interessiert. Ich weiß, du mußt mich für einen sehr gleichgültigen Ehemann halten, aber würde es dir sehr viel ausmachen, wenn ich dich heute nachmittag allein lasse und —«, fügte er ein wenig schuldbewußt hinzu, »den größten Teil des Abends?«

Beinahe froh darüber, ein paar Stunden für sich zu haben, entgegnete Elizabeth nur zu bereitwillig: »Nein, geh nur, Nathan. Ich werde später vielleicht mit Mary eine Kutschfahrt durch die Stadt machen, doch im übrigen freue ich mich auf ein paar erholsame Stunden in meinem Zimmer. Wird es sehr spät werden bei dir?«

»Das weiß ich noch nicht. Dieses Pferd befindet sich in einem Gestüt, das ein ganzes Stück außerhalb der Stadt liegt. Es kann also sein, daß wir unterwegs zu Abend essen. Doch ich vermute, ich werde kurz vor Mitternacht zurück sein. Soll ich dich dann wecken?«

»Nein. Wir sehen uns dann morgen«, erwiderte Elizabeth ruhig.

Kurz darauf verließ Nathan das Hotel. Aus ihr selbst unerklärlichen Gründen froh darüber, ihn gehen zu sehen, nahm Elizabeth ihren hübschen Strohhut ab, setzte sich entspannt in einen Sessel und begann in einem Buch zu blättern, als sie von einem Diener in schwarz-goldener Livree gestört wurde. Anfangs hörte sie sich seine Worte nur höflich an, als er dann jedoch sagte, daß Consuela Santana sie am Nachmittag sehen wolle, wurden ihre Augen weit vor Verwunderung.

Was soll das? dachte sie verblüfft. Warum will sie mich sehen? Soll ich hingehen? Oder soll ich die Einladung ignorieren? Sie biß sich nervös auf die Lippe, während sie dem sich entfernenden Mann nachstarrte. Vielleicht ist es das Beste, wenn ich hingehe, beschloß sie schließlich.

Die Adresse, wo sie sich treffen sollten, kannte Elizabeth nicht, aber sie war fremd in New Orleans und machte sich keine Gedanken darüber. Sie hinterließ eine Nachricht für Nathan, in der sie kurz erklärte, daß sie von einer Dame, die sie am Abend zuvor bei der Soiree kennengelernt hatte, eingeladen worden sei. Mary sagte sie dasselbe, dann ließ sie sich – entschlossen, Consuela Santana davon zu überzeugen, daß nichts zwischen Rafael und ihr war – vom Hotelportier eine Kutsche rufen.

Falls der Kutscher überrascht war, daß eine Frau, die ganz offensichtlich eine Dame war, sich in eine Gegend fahren ließ, wo die Herren der Gesellschaft von New Orleans ihre schwarzen Geliebten hielten, so verriet sein Gesicht das jedenfalls nicht. Wer kannte schon die Launen der feinen Leute? Trotzdem zögerte er, als er vor einem hübschen, sauberen kleinen Haus vorfuhr. »Hm, möchten Sie, daß ich auf Sie warte, Madam?«

Beruhigt durch das gepflegte Aussehen des Hauses und der ganzen Gegend, lächelte Elizabeth ihm beruhigend zu. »Nein, das wird nicht nötig sein.« Mit einem bezaubernden Lächeln fügte sie hinzu: »Ich weiß nicht, wie lange ich bleiben werde, aber ich bin sicher, daß die Dame, die ich besuche, sich später um eine Kutsche für die Rückfahrt kümmern wird. Trotzdem vielen Dank.«

Der Mann zuckte die Schultern und trieb seinen trägen Braunen an. Als Elizabeth ihm nachsah, kamen ihr plötzlich Bedenken. Vielleicht hätte sie ihn doch warten lassen sollen. Dann jedoch straffte sie die Schultern und ging entschlossen auf die Tür des Hauses zu.

Auf ihr Klopfen hin wurde von einer strengblickenden Frau mittleren Alters geöffnet, und Elizabeth ließ sich, ein wenig nervös, in einen kleinen Salon führen. Der Raum war nicht sehr groß, aber er war geschmackvoll und teuer eingerichtet.

Auf dem Boden lag ein edler Wollteppich, goldgerahmte Spiegel schmückten die Wände. Kleine, edle Tische aus Sandelholz waren über den Raum verteilt, zwei hellrosa gepolsterte Stühle standen in hübschem Kontrast zu dem mit dunkelrotem Samt bespannten Sofa. Doch es war die auf dem Sofa sitzende Frau, die Elizabeth abrupt daran erinnerte, daß dies nicht nur ein Höflichkeitsbesuch war.

Unbewußt schlossen sich ihre Finger fester um ihre Handtasche, als Elizabeth höflich sagte: »Guten Tag, Señora. Es war sehr freundlich von Ihnen, mich einzuladen.«

Ohne den Blick von Elizabeth zu wenden, erwiderte Consuela ihren Gruß und bedeutete ihr, auf einem der dem Sofa gegenüberstehenden Stühle Platz zu nehmen. Elizabeths ohnehin nicht sehr großer Mut schwand rapide. Von der stillen, in ein dunkelrotes, mit schwarzer Spitze besetztes Kaschmirkleid gekleideten Gestalt ging etwas derart Einschüchterndes aus, daß Elizabeth sich vorkam, als stünde sie vor der Inquisition. Consuelas schwarzes Haar war in der Mitte gescheitelt und zu einem tiefen Knoten zurückgesteckt. Bis auf ein Paar Ohrringe und ein paar offensichtlich wertvolle Fingerringe trug sie keinen Schmuck.

Eine Zeitlang starrte Consuela Elizabeth schweigend an, bis sie schließlich sagte: »Es ist gut, daß Sie gekommen sind, Señora. Ich glaube, wir beide haben eine Menge zu besprechen, aber darf ich Ihnen vorher eine Erfrischung anbieten?«

Spontan wollte Elizabeth ablehnen, doch sie fürchtete, die andere damit zu brüskieren, und erwiderte daher fast überschwenglich: »O ja, das wäre sehr schön!«

Consuela griff nach einem silbernen Glöckchen, das auf einem in der Nähe stehenden Tischchen lag, und läutete. Unmittelbar darauf erschien ein Mädchen mit einem schweren Silbertablett mit frischgebrühtem englischem Tee, kleinen, mit Zucker bestäubten Küchlein und einer Karaffe Sangria für Consuela.

Ohne ein Lächeln erklärte Consuela: »Ich dachte, daß Sie als Engländerin gerne Tee trinken würden; wenn Sie jedoch meinen Sangria bevorzugen, bitte.«

Consuela schien es nicht eilig damit zu haben, das Gespräch zu eröffnen, und Elizabeth hatte schon die zweite Tasse des viel zu starken, fast bitteren Tees getrunken, als Consuela begann, über Belanglosigkeiten zu reden. Während die Zeit verging und Consuela noch immer nicht auf ihren Mann zu sprechen kam, wurde Elizabeth immer nervöser und verwirrter. Schließlich jedoch nahm sie all ihren Mut zusammen und brachte das Gespräch selbst auf den Punkt. Consuela unverwandt ansehend, sagte sie ruhig: »Ich möchte nicht unhöflich sein, Señora, aber ich glaube nicht, daß Sie mich hergebeten haben, um mit mir über die Reize von New Orleans zu reden.« Ein wenig ermutigendes Schweigen beantwortete ihre Worte, und Elizabeth hielt einen Augenblick irritiert inne, ehe sie sich mutig weiterwagte: »Ich bin der Meinung, wir haben lange genug um das, worum es uns beiden geht, herumgeredet – um Ihren

Mann.« Ernst fügte sie hinzu: »Bitte, Señora, glauben Sie mir, wenn ich Ihnen sage, daß nichts zwischen uns gewesen ist. Bitte glauben Sie mir, daß nichts geschehen ist, was – was Sie beschämen oder Ihre Ehre beflecken würde.«

Abgesehen davon, daß sie sich leicht versteifte, zeigte Consuela keine Reaktion. Ihr hochmütiges Gesicht war ausdruckslos, als sie in gleichgültigem Ton erwiderte: »Sie haben recht. Es ist Zeit, daß wir über den Grund unseres Treffens reden. Aber ehe ich es tue, noch etwas Tee?«

Ungeduldig lehnte Elizabeth ab; plötzlich war ihr schwindelig, und sie schwankte leicht. »Nein, danke. Ich fürchte, ich habe etwas gegessen, das mir nicht bekommen ist, und wenn ich noch mehr Tee trinke, wird es noch schlimmer.«

»Vielleicht«, entgegnete Consuela mit der Andeutung eines Lächelns.

Elizabeth starrte die andere benommen an; sie schüttelte den Kopf, als Consuelas Gestalt vor ihren Augen verschwamm und sie sie doppelt sah. »Was, was ... meinen Sie damit?« stammelte sie, und ihre Zunge schien wie in Watte gehüllt.

»Lediglich, daß der Tee, den Sie getrunken haben, mit Belladonna vermischt war. Und daß Sie gleich wissen werden, warum ich dieses Treffen arrangiert habe.«

Ihre Worte troffen derart vor boshafter Zufriedenheit, daß Elizabeth, die gegen einen erneuten Schwindelanfall ankämpfte, von Panik erfaßt wurde. »Warum?« würgte sie hervor.

Consuela hob ihre dünnen schwarzen Augenbrauen. »Warum, Señora? Ganz einfach, weil ich nicht will, daß Rafael von Ihnen träumt.« In beinahe zwanglosem Ton fuhr sie fort: »Er hat in den vergangenen Jahren viele Frauen gehabt, und sie haben mich nicht gestört. Es ist mir egal, mit wie vielen Huren er schläft, aber ich lasse nicht zu, daß er das Bild einer anderen Frau in seinem Herzen trägt.«

»Aber das tut er doch nicht!«

»Mag sein«, fuhr Consuela erbarmungslos fort. »Aber ich will sicher gehen. Ich habe viel über diesen Vorfall nachgedacht, den Sie und mein Mann herunterzuspielen versuchen.« Jetzt blitzten ihre

Augen vor Zorn, und sie stieß wütend hervor: »Rafael hat sich nie um mich bemüht! Nie! Und jetzt will er, um sich mein Schweigen zu erkaufen, damit ich Ihnen keine Probleme mache, mich nach Spanien begleiten – etwas, wogegen er sich trotz meiner Bitten jahrelang gesträubt hat. Ich frage mich, warum. Und wissen Sie, zu welchem Schluß ich gekommen bin, Sie farblose kleine Maus?« Consuela gab ein häßliches Lachen von sich. »Ich bin zu dem Schluß gekommen, daß er Sie schützen will. Sie haben an etwas tief in seinem Inneren gerührt, was niemand zuvor je geschafft hat – nicht einmal ich, seine Frau! Aus diesem Grund kann ich Sie nicht wie die anderen Frauen ignorieren. Deshalb muß ich etwas tun, um Ihnen Ihren Glorienschein zu nehmen, damit Sie ihm nicht mehr bedeuten als all die anderen Frauen, die er gekannt hat.«

»Sie irren sich, Señora!« stieß Elizabeth entsetzt hervor. »Wir sind uns an jenem Abend nur einmal begegnet, und da nur ganz kurz in der Garderobe – ich bedeute ihm nichts, nichts. Sie müssen mir glauben.«

»Pah! Da bin ich anderer Meinung! Und ich habe vor, etwas dagegen zu unternehmen.«

Ob es die Droge war, die sie so apathisch machte, oder ihre eigene Unfähigkeit, es mit so zielgerichteter Grausamkeit aufzunehmen, wußte Elizabeth nicht. Jedenfalls glaubte sie, sich in das Unvermeidliche fügen zu müssen, und fragte benommen: »Haben Sie keine Angst vor dem, was ich tun könnte, wenn ich von hier fortgehe? Was mein Mann tun könnte?«

Consuela lächelte, und irgendwie jagte das Elizabeth mehr Angst ein als alles, was sie bis dahin gesagt hatte. »Sie werden nichts darüber sagen – und falls Sie dumm genug wären, es doch zu tun, wer würde Ihnen glauben? Wer würde Ihnen glauben, daß eine Frau wie ich sich wegen einer so faden, lächerlichen kleinen Kreatur wie Ihnen Sorgen macht? Im übrigen habe ich meine Vorkehrungen getroffen«, sagte sie selbstgefällig. »Ihr Mann war so leicht aus dem Verkehr zu ziehen. Ich nahm an, daß er, wie die meisten jungen Männer, sich für Pferde und fürs Spielen interessiert, und ich behielt recht – wie die Tatsache, daß er so leicht wegzulocken war, um sich ein Pferd anzusehen, beweist. Ich brauchte nur einem entfernten

Verwandten von mir gegenüber, der nichts von meinen Plänen weiß, zu erwähnen, daß Señor Ridgeway vorhat, solch ein Pferd zu kaufen. Wann sie sich auf dem kleinen gesellschaftlichen Parkett von New Orleans begegnen würden, war nur eine Frage der Zeit.« Die Freude über ihre eigene Schlauheit ließ Consuela weiterprahlen: »Und der Diener, der Ihnen die Nachricht überbrachte! Ha! Er wird nichts sagen – nicht, wenn ihm sein Leben lieb ist . . . und das seiner Verwandten in Spanien!« Wieder lächelte Consuela, ein katzenartiges, zufriedenes Lächeln. »Verstehen Sie jetzt? Ich habe alles bis ins Letzte geplant. Meine Diener wissen, wie gefährlich es ist, mich zu hintergehen. Wenn Sie also so dumm sein sollten, darüber zu reden, wie könnten Sie es beweisen? Wer würde Ihnen glauben? Sie sind hier eine Fremde, eine Fremde, die sich hier für kurze Zeit aufhält. Ich jedoch habe Verbindungen zu den angesehensten Familien von New Orleans. Ihre Freundin Stella Rodriguez würde Ihnen vielleicht glauben, aber sie ist jetzt schon weit weg von hier. Ich habe an alles gedacht, da können Sie sicher sein.«

Niedergeschmettert, mit vor Entsetzen weitaufgerissenen Augen stieß Elizabeth hervor: »Was haben Sie mit mir vor?«

»Ich werde lediglich dafür sorgen, daß Rafael rechtzeitig hier eintrifft, um Sie nackt in den Armen von Lorenzo vorzufinden. Natürlich habe ich es Lorenzo überlassen, was er letztlich mit Ihnen macht. Vielleicht gefällt es Ihnen sogar, von Ihm geliebt zu werden – schenkt man seinen Worten Glauben, tun das die meisten Frauen.«

»Sie Schlange!« schleuderte Elizabeth ihr hilflos entgegen. »Das werden Sie nicht schaffen. Ich werde schreien und mich wehren, und Rafael wird wissen, daß ich es nicht freiwillig tue.«

Consuela sah sie mitleidig an. »Ihnen wird die Kraft fehlen, um sich zu wehren, und was das Schreien anbelangt, ich glaube, Lorenzo wird es gelingen, Sie so lange ruhig zu halten, bis Rafael erkennt, was für eine Schlampe Sie sind. Und wenn Sie hinterher schreien und protestieren, wird es so aussehen, als suchten Sie im nachhinein nach einer Entschuldigung für sich.«

Mit niederschmetternder Klarheit erkannte Elizabeth, daß Consuela recht hatte. Im Augenblick war sie nicht in der Lage, sich gegen irgend jemanden zu wehren – das Belladonna machte ihre Glieder bleischwer. Aber sie würde es versuchen, und sie versuchte unbeholfen aufzustehen. Es war ein nutzloses Unterfangen, das ihr nur noch deutlicher zeigte, wie recht Consuela hatte.

Niedergeschmettert und von Panik erfüllt, sank sie wieder in ihren Stuhl zurück.

»Sehen Sie!« höhnte Consuela. »Sie sind nicht in der Lage zu kämpfen! Alles wird laufen, wie ich es geplant habe.«

Ehe Consuela weiterreden konnte, betrat ein gutgekleideter junger Mann den Raum und durchmaß ihn mit der Armut und Arroganz eines Konquistadors. Auf seinem klugen Gesicht mit dem schmalen, lächelnden Mund lag ein Anflug von Grausamkeit, als seine schwarzen Augen gierig über Elizabeths Körper wanderten. »Bei Gott, Consuela«, stieß Lorenzo Mendoza hervor, »wenn ich das Geld nicht brauchte, würde ich das auch umsonst tun. Sie ist wunderschön! Ich sollte dir dankbar für diesen Nachmittag sein. Wie blond sie ist! Es wird ein Vergnügen sein, mit deiner Freundin zu schlafen.«

Consuelas Gesicht zeigte ihren ganzen Abscheu für seine Worte, und sie entgegnete gleichgültig: »Es interessiert mich nicht, was du mit ihr machst. Du mußt lediglich dafür sorgen, daß Rafael euch bei seiner Ankunft in einer eindeutigen Situation antrifft.« Sie erhob sich und fügte hinzu: »Ich werde jetzt gehen, damit du Zeit für die Vorbereitungen hast. Aber mach nicht zu lange, denn ich werde gleich nach meiner Ankunft zu Hause einen Streit mit Rafael provozieren und ihm sagen, was für ein Idiot er ist, wenn er an ein Paar englische Augen glaubt, und daß ich beweisen kann, daß sein Gringo-Flittchen nichts als eine gewöhnliche Ehebrecherin ist. Ich nehme an, daß er unverzüglich herkommen wird.«

»Mach dir keine Sorgen – das einzige Problem könnte sein, daß Rafael ankommt, nachdem ich mein Vergnügen hatte! Sie ist viel zu bezaubernd, als daß ich ihr lange widerstehen könnte. Also sag ihm so schnell wie möglich, wo er uns finden kann.«

»Pfui! Da zeigt sich wieder deine niedrige Herkunft – du bist ein widerliches Tier, Lorenzo!« schimpfte Consuela, während sie in königlicher Haltung zur Tür ging.

»Das stimmt, aber genau deshalb hast du mich ja auch ausgesucht. Ein anderer würde bei dieser Niederträchtigkeit vielleicht nicht mitspielen«, erwiderte Lorenzo gelassen, doch seine sich verengenden Augen verrieten seine Wut.

Consuela sah ihn drohend an. »Bring mich nicht auf die Palme, Lorenzo! Wir kennen beide deinen Appetit auf Frauen, und wir wissen beide, daß du für Geld alles tust.« Damit stürmte sie aus dem Raum und ließ die vollkommen verängstigte Elizabeth mit dem Mann allein.

Langsam drehte sich Lorenzo zu ihr um, und seine schwarzen Augen schienen sie auszuziehen. »Ah, meine Kleine, hab keine Angst«, sagte er beruhigend, während er auf sie zuging. »Ich werde sehr behutsam mit dir umgehen, und es wird dir gefallen, du wirst sehen.«

»Nein! Bitte, Señor, tun Sie mir das nicht an! Bitte!« flehte Elizabeth mit sich hysterisch überschlagender Stimme. »Bitte nicht. Ich flehe Sie an, nehmen Sie mir nicht meine Ehre.«

Ein erwartungsvolles Lächeln kräuselte seine Lippen. »Es tut mir leid, aber auch wenn du dich sträubst, werde ich dich bekommen. Du bist viel zu begehrenswert.« Damit streckte er die Arme aus und zog sie mühelos an sich.

Er war ein feingliedriger Mann, dessen schlanker Körper die tigergleiche Kraft verbarg, die Elizabeth in ihrem Bemühen, sich ihm zu entwinden, nur zu bald erkannte. Die Droge behinderte sie, doch auch ohne sie hätte Lorenzo den Kampf gewonnen. Seine Arme umschlossen sie mit furchterregendem Druck. »Sei still, oder ich muß dir wehtun«, schimpfte er, während er sie schnell aus dem Zimmer zum hinteren Teil des Hauses trug.

Die Angst vor dem, was kommen würde, verlieh ihr die Kraft der Verzweiflung, ihre Hände hämmerten hilflos gegen seine Brust und seine Schultern. Aber schließlich wurde sie vom Belladonna besiegt, als sie Lorenzo doppelt sah und sie wieder einen Schwindelanfall erlitt. Ihr Kopf war wirr, und plötzlich plapperte sie wilde, zusammenhanglose Sätze. Sie wußte genau, was passierte – und trotzdem fühlte sie sich wie in einem Traum, in einem Alptraum.

Ohne auf ihren zappelnden Körper und ihre wild um sich schlagenden Arme oder ihr wirres Gerede zu achten, trug Lorenzo sie zu einem Schlafzimmer im hinteren Teil des Hauses. Unsanft ließ er sie auf das breite Bett fallen und begann, ihr die Kleider vom Leib zu reißen. Und nur allzubald lag Elizabeth nackt, wie eine Stoffpuppe ausgebreitet und zu keinem vernünftigen Gedanken fähig, da. Ihr silbernes Haar lag wie eine seidene Fahne auf der roten Bettdecke, und ihre elfenbeinfarbene Haut schimmerte in dem schwach erleuchteten Raum, während sie sich fieberhaft auf dem Bett hin- und herwarf.

Während er ihren zuckenden Körper betrachtete, wuchs Lorenzos Erregung, und seine Augen wanderten hungrig über ihren Körper, ihre kleinen, vollkommen geformten Brüste mit den rosafarbenen Brustwarzen, ehe sie mit wachsender Erregung an dem gelockten goldenen V zwischen ihren Beinen hängenblieben. Ihre Schönheit nahm ihm den Atem, die schlanke Taille und die sanft gerundeten Hüften, und er entledigte sich hastig seiner Kleider; jeder Gedanke an Consuelas Plan und das baldige Auftauchen Rafaels war vergessen.

Elizabeth war sich seines festen, harten Körpers, der sich gegen den ihren preßte, vage bewußt. Sie konnte nicht mehr logisch denken, die Ereignisse des Nachmittags traten in den Hintergrund, und sie sank in einen Traum, in dem Rafael bei ihr war, sie küßte und seine Hände ihren Körper liebkosten. Das war soviel erregender und schöner als die heimliche Umarmung in der Garderobe, denn sie waren beide nackt, und keiner dachte an seinen Ehepartner – es gab nur sie beide, Rafael und sie, und es gab keine Schranken zwischen ihnen.

Lorenzo war berauscht von ihrer Reaktion, sein Körper brannte darauf, sich in ihrer schlanken, seidigen Wärme zu verlieren. Doch gerade dieses Verlangen hielt ihn zurück, als er bewußt diese schmerzhafte Süße verlängerte, den köstlichen Augenblick hinauszögerte. Mein Gott, ist sie schön, dachte er wieder, als seine Augen ihr gerötetes Gesicht, ihre weitaufgerissenen Augen und den leise bebenden Mund in sich aufsaugten, ehe sie besitzergreifend zu ihren kleinen Brüsten, den sich sinnlich unter seinen Händen bewegenden Hüften und den wunderschönen Beinen mit den unglaublich schmalen Fesseln hinuntergeglitten. Und er spürte eine Leidenschaft in sich aufsteigen, die selbst ihn überraschte.

Elizabeth war verloren, verloren in einem Taumel der Gefühle. Sie wollte mehr als die zunehmend fordernder werdenden Küsse und Berührungen seiner Hände – sie wollte mit jeder Faser ihres Körpers, daß er sie zur Frau machte, wollte den Gipfel der Leidenschaft erleben, und sie stöhnte: »Bitte, bitte, nimm mich. Jetzt, jetzt!«

Bei ihren Worten durchschoß eine brennende Erregung seinen Körper, und er war schnell über ihr, zwischen ihren seidenweichen weißen Schenkeln. Begierig wölbte sie sich ihm entgegen, und dann, und dann ... nichts!

Sie schrie auf vor Enttäuschung, als eine Woge kalter Luft ihren Körper überzog und ihr deutlicher als Worte sagte, daß Rafael plötzlich nicht mehr über ihr war. Verwirrt sah sie, wie Raf – Nein! Es war nicht Rafael, der sich mit wutverzerrtem Gesicht vom Boden erhob, es war ein Fremder – während Rafael sich mit geballten Fäusten und wütendem Gesicht über dem kleineren Mann aufbaute.

Benommen und verständnislos sah und hörte sie, wie Lorenzo schimpfte: »Vergib mir, amigo, ich wußte nicht, daß sie dir gehört. Sie hätte es mir sagen sollen, doch vor allem hättest du besser auf sie aufpassen sollen. Es kommt nicht oft vor, daß eine deiner Frauen mir den Vorzug gibt, und du wirst verstehen, daß ich ihrer Einladung nicht widerstehen konnte.«

Rafaels Kiefer mahlten, als er leise hervorstieß: »Treib es nicht zu weit, Lorenzo!«

»Pah! Sie ist nur eine Frau – ich werde sie mit dir teilen, wenn du willst.«

»Verschwinde!« herrschte Rafael ihn an und bedachte den nackten Mann mit einem vor Wut sprühenden Blick. »Verschwinde, ehe ich mich vergesse und deine giftige Zunge ein für alle Mal zum Schweigen bringe!«

Lorenzo zuckte die Achseln und begann, sich mit gleichgültiger Arroganz langsam anzuziehen. »Sie ist sehr gut im Bett, amigo. Sie mag es besonders, wenn du ihre Brustwarzen –« Er konnte den bewußt provozierenden Satz nicht mehr beenden, denn Rafael konnte seine Wut nicht länger bezähmen und stürzte sich auf ihn.

Es war ein häßlicher Kampf. Rafael, dem Consuelas höhnische Worte noch immer im Kopf herumschossen, schien wie von Sinnen. Er hatte ihr nicht geglaubt, als sie schrie: »Du Idiot! Du hältst sie für rein und unschuldig! In diesem Augenblick ist sie mit Lorenzo zusammen, ich kann dir die Adresse geben, und du kannst dich selbst davon überzeugen, was für eine puta sie wirklich ist. Geh! Geh hin, und du wirst sehen, daß ich recht habe! Lorenzo hat sich damit gebrüstet, wie schnell sie ins Bett zu kriegen war.« Er hatte ihr nicht geglaubt, wollte ihr nicht glauben. Doch irgendein Teufel hatte ihn hierher getrieben, hatte ihn das Haus betreten und leise zu dem Schlafzimmer im hinteren Teil des Hauses gehen lassen, und – er würde nie Elizabeths »Jetzt, jetzt!« vergessen. Sie war tatsächlich so eine Schlampe, wie Consuela behauptet hatte, und er fühlte sich auf lächerliche Weise wütend und zutiefst betrogen. Daß Lorenzo dieser andere Mann war, hieß nur noch mehr Öl aufs Feuer schütten, und als er an ihre unschuldigen Worte dachte, mit denen sie sich gestern abend geweigert hatte, ihn wiederzusehen, schien die Wut in ihm zu explodieren, und er schlug wie von Sinnen auf Lorenzo ein.

Plötzlich jedoch war er der ganzen Sache müde, ließ von Lorenzo ab und drehte sich um, doch in diesem Augenblick stürzte sich dieser von hinten mit einem Messer in der Hand auf ihn.

Elizabeth, die die Szene hilflos und entsetzt beobachtet hatte, sah das Messer und schrie laut auf; sie rettete damit Rafael das Leben, der instinktiv herumwirbelte, Lorenzos Arm abfing und ihn mit einem vernichtenden Schlag niederstreckte.

»Hau endlich ab!« zischte er und sah verächtlich zu, wie Lorenzo sich vom Boden hochrappelte, in seine Kleider stolperte und aus dem Raum wankte. Danach herrschte Stille, bis Rafael sich langsam zu Elizabeth umdrehte, die – noch immer benommen von der Droge – auf dem Bett lag.

Sie ist wirklich wunderschön, dachte er kalt, als er das zerzauste silberblonde Haar sah, das bis zu ihre Taille herunterfiel, und die vollkommenen, provozierend durch die Haare schimmernden Brüste. Halb saß, halb lag sie auf dem Bett, ihre veilchenblauen Augen waren noch vom Belladonna getrübt, doch für Rafael waren es Spuren der Leidenschaft. Und während er auf ihre nackte, glänzende elfenbeinfarbene Haut starrte, fühlte er wider seinen Willen Erregung in sich aufsteigen – Erregung, vermischt mit Wut und einem Gefühl bitterer Enttäuschung! Sie war ein Flittchen mit dem Gesicht eines Engels, die an eine Saite tief in seinem Inneren gerührt hatte, ein Flittchen, das einmal mehr bewies, daß alle Frauen im Grunde ihres Herzens Lügnerinnen und Betrügerinnen waren.

Ohne zu wissen, was sie tat, streckte Elizabeth ihm ihre Arme entgegen, wollte, daß er zu ihr kam, daß alles wieder so würde wie vor diesem schrecklichen, verwirrenden Streit, und Rafaels Lippen verzogen sich angewidert. Kaum hatte sie den einen Mann gehabt, da wollte sie schon den nächsten. Hure! Eine Hure mit dem Gesicht und dem Liebreiz eines Engels.

Er war wie betäubt vor Enttäuschung, als er auf die Tür zuging, um diesen Raum zu verlassen, ehe er gewalttätig und häßlich zu ihr wurde. Aber Elizabeth rief leise: »Geh nicht fort!« Und plötzlich war es ihm egal – sie war ein Flittchen, also ... warum sollte er nicht nehmen, was sie ihm anbot, warum nicht diesen lilienweißen Körper benutzen, der neue, fremde Gefühle in ihm erweckt hatte?

Es waren kalte, berechnende Gedanken, die Gedanken eines Komantschen. Er wollte sie bestrafen, ihr wehtun, damit dieser Nachmittag sich in ihrer Erinnerung von all den anderen unterschied, die sie mit ihren wechselnden Liebhabern verbracht hatte oder noch verbringen würde. Und doch, als er sie berührte, geschah etwas zwischen ihnen, das er nicht erwartet hatte.

Es stimmte, er wollte ihr wehtun, und trotzdem empfand er eine unerklärliche, seltsame Zärtlichkeit, die er nicht unterdrücken konnte. Anstatt sie kalt und brutal zu nehmen, sehnte er sich in dem Augenblick, als er sie grob an sich zog, nach mehr, viel mehr.

Wie unter einem inneren Zwang suchten seine Lippen auf brutale, fordernde Weise ihren Mund, und Elizabeth gab ein leises Seufzen des Schmerzes von sich. Und er konnte nicht anders, sein Mund wurde sofort sanft, er küßte sie mit einer sehnsüchtigen Zärtlichkeit, und mit diesem Kuß steigerte er Elizabeths bereits erwachtes Verlangen.

Die Droge nahm ihr die Hemmungen, und Elizabeth gab sich hilflos seinem Mund und seinen streichelnden Händen hin. Ihre

Arme umschlangen hungrig seinen Hals, ihr nackter Körper wölbte sich ihm einladend entgegen. Sich dessen, was sie tat, in ihrer Unerfahrenheit gar nicht richtig bewußt, bot sie ihm ihren schlanken jungen Körper an, während ihr Mund sein unverhohlenes Verlangen aufnahm, ihre Hüften sich verführerisch an ihn drängten.

Mit einem leisen Aufstöhnen der Lust vergaß Rafael alles außer der herrlichen warmen Haut unter seinen Händen. Sein Mund glitt von ihren Lippen über ihre Schultern zu ihren Brüsten hinunter, während er sich hastig die Kleider vom Leib riß. Mit einem Seufzer der Befriedigung glitt er, jetzt nackt wie sie, neben sie und zog sie hungrig an sich.

Elizabeths elfenbeinfarbener kleiner Körper harmonierte vollkommen mit Rafaels mächtigem, sehnigem Körper, und seine Hände glitten leidenschaftlich über ihre seidige Haut, berührten, streichelten und erregten sie, bis sie glaubte, glühende Lava in den Adern zu haben. Ein sehnsuchtsvoller, suchender Schmerz, wie sie ihn noch nie erlebt hatte und der von Rafaels forschenden Fingern noch verstärkt wurde, schien zwischen ihren Schenkeln zu wachsen, bis sie – halb von Sinnen vor Verlangen nach mehr – lustvoll aufstöhnte.

Als er ihre kleinen Laute der Lust hörte, wurde Rafaels Verlangen beinahe unerträglich. Langsam, diesen Augenblick bewußt hinauszögernd und ihn gleichzeitig herbeisehnend, glitt er zwischen ihre Schenkel und drang in sie ein.

Er erkannte ihre Jungfräulichkeit nicht, hielt sie für eine erfahrene Frau, und so bemühte er sich nicht, wie er es sonst vielleicht getan hätte, das zärtliche Liebesspiel fortzusetzen. Als er das zarte Häutchen durchstieß, fühlte Elizabeth einen scharfen, brennenden Schmerz. Sie versteifte sich und wollte sich ihm entwinden, versuchte in plötzlicher Angst, ihn mit beiden Händen von sich zu stoßen.

Rafael spürte das schwache Hindernis und die Veränderung ihres Körpers, der eben noch so hingebungsvoll unter ihm gelegen hatte, und für den Bruchteil einer Sekunde fragte er sich, ob er nicht einem schrecklichen Irrtum erlegen sei. Dann jedoch erkannte er, wie unmöglich das nach allem war, hielt es für einen Anflug von Scheu oder weiblicher Koketterie. Seine Hände glitten unter ihren Hüften und zogen sie unsanft an sich, und dann begann er, sich wieder zu bewegen, hungrig, drängend, den unmittelbar bevorstehenden Höhepunkt herbeisehnend.

Als der erste Schock des Schmerzes vorüber war, spürte Elizabeth ihre vorherige, fiebrige Erregung zurückkehren. Seine unter ihren Hüften liegenden Hände preßten sie an sich, erregten sie aufs neue, bis sie das überwältigende Verlangen verspürte, sich noch enger an ihn zu pressen, seinen Stößen entgegenzukommen. Ein unglaublicher Taumel der wildesten Gefühle erfaßte sie, während er sich weiter auf ihr bewegte, und ihr Körper wand sich wie in Ekstase unter dem seinen.

Rafael war nicht sanft, allerdings auch nicht brutal, aber er war ungeheuer wütend und enttäuscht, nahm sie wie eine erfahrene Frau, für die er sie hielt. Und weil er so wütend und zugleich von einem seltsamen, bitteren Schmerz darüber, daß er sie in Lorenzos Armen vorgefunden hatte, erfüllt war, war er auch nicht der einfühlsame, verführerische Liebhaber, der er sein konnte. Er ergriff einfach von ihrem Körper Besitz, gab all seine angestaute Wut und Leidenschaft an ihn weiter.

Elizabeth kannte den Unterschied nicht. Sie war zu berauscht von den köstlichen Gefühlen, die ihren Körper durchströmten, während Rafael tief in sie eindrang, um an irgend etwas anderes denken zu können. Und dann, gerade in dem Augenblick, als dieser köstliche Schmerz zwischen ihren Schenkeln beinahe unerträglich wurde, erschauerte er, und es war vorüber, sein Körper glitt von ihr herunter.

Wie betäubt starrte sie in sein dunkles, wütendes Gesicht. Noch immer voll Verlangen nach etwas, das sie nur erahnen konnte, schlossen sich ihre Arme unbewußt um seinen Nacken, und sie murmelte: »Bitte, bitte...«

Einen langen Augenblick starrte Rafael in das schmerzhaft schöne Gesicht, die großen veilchenblauen, von dichten Wimpern umrahmten Augen, den vollen, einladenden roten Mund, und voller Wut spürte er, wie neues Verlangen in ihm aufstieg. Du gemeine Hexe, dachte er böse. Eine Hexe mit dem Gesicht eines Engels. Und trotzdem begehrte er sie – por Dios, wie er sie begehrte!

Wütend über sich selbst, packte Rafael sie bei den Haaren, zog ihr Gesicht näher zu sich heran und fauchte: »Nein! Ich teile meine Frauen mit niemandem! Sie gehören Lorenzo, und Sie finden es offenbar langweilig, nur einen Mann im Bett zu haben. Ich will keine Frau, die nicht mir, und zwar mir allein, gehört.«

Sie hielt seinem Blick stand und fragte heiser: »Und wäre ich die einzige Frau in Ihrem Bett?«

Ein seltsames Lächeln trat auf sein Gesicht. »Vielleicht. Ich glaube, Sie sind hübsch genug, um mich zu fesseln.« Dann verblaßte sein Lächeln, und er schüttelte den Kopf. »Nein, Engländerin, es würde nicht funktionieren. Wenn ich dumm genug wäre, Sie zu meiner Geliebten zu machen, würden Sie mich früher oder später betrügen. Außerdem«, schloß er mit einem Anflug von Belustigung in seinen Augen, »würden Ihnen die Orte, an die ich Sie bringen würde, nicht gefallen.«

Aus irgendeinem unerklärlichen Grund reizte es sie, sich mit ihm zu streiten. »Wie können Sie das wissen – wenn Sie mich nicht mitnehmen?«

Er schüttelte den Kopf. »So nicht, querida. Ich lasse mich von Ihnen nicht dazu bringen, etwas zu tun, was wir später bereuen würden. Bleiben sie hier, wo Sie hingehören.«

Elizabeth wollte nicht locker lassen und murmelte beinahe trotzig: »Und wenn ich es nicht tue?«

Seine grauen Augen wurden schmal, und ein leicht grausamer Zug kräuselte seine Lippen. »Wollen Sie mit mir streiten, Engländerin? Wenn Sie dumm genug wären, meinen Rat nicht zu befolgen, würden Sie es bereuen, das kann ich Ihnen versprechen! Bleiben Sie hier, wo Sie sicher sind, niña, aber seien Sie versichert, daß ich Sie so behandeln werde, wie Sie es verdienen, wenn ich Ihnen unter ähnlichen Umständen noch einmal begegne.«

Mit katzenhafter Anmut stieg er aus dem Bett und zog sich, ohne Elizabeth anzusehen, schnell an. Als er angekleidet war, kam er zum Bett zurück und sah auf die in dem zerwühlten Bett liegende Elizabeth hinunter.

Elizabeth wußte, daß er gleich gehen würde, wußte, daß er gleich aus ihrem Leben verschwinden würde, doch sie wünschte sich – obwohl sie verheiratet war – verzweifelt, daß er bei ihr bleiben ... oder sie mitnehmen möge. Tränen standen in ihren Augen, und ihr Mund zitterte, als sie zu ihm aufsah.

Ein kurzes Schweigen trat ein, während Rafaels Augen an ihrem Gesicht hingen, als wolle er es sich für immer einprägen. Dann zog er mit leisem Aufstöhnen ihren Kopf zu sich heran und küßte sie mit rauher Zärtlichkeit.

»Adios, Engländerin«, murmelte er mit belegter Stimme; dann ließ er sie abrupt los, drehte sich auf dem Absatz um und ging hinaus. Er blickte nicht zurück, sah nicht die blutbefleckten Laken, die ihre verlorene Jungfräulichkeit verrieten und die die Lügen, die man ihm aufgetischt hatte, vielleicht hätten in Frage stellen können. Unglücklich und abgestoßen zugleich verließ er den Raum, und seine grauen Augen waren kalt und leer.

Schmerzerfüllt sah Elizabeth ihn gehen, eine kleine Träne rann über ihre Wange. Dann sank sie unglücklich in die Kissen zurück und starrte mit blinden Augen ins Leere. Sie mußte eingenickt sein, denn sie kam erst wieder richtig zu sich, als sie sanft an der Schulter gerüttelt wurde. Benommen starrte sie in das Gesicht einer Frau, und als sie Consuelas Mädchen erkannte, kam mit einem Schlag die Erinnerung zurück.

Elizabeth setzte sich auf; sie spürte einen leichten Schmerz zwischen ihren Beinen und starrte entsetzt auf die blutbefleckten Laken. Entsetzen, Angst und Schmerz sowie Wut und tiefes Bedauern überkamen sie, als ihr die volle Bedeutung dessen, was geschehen war, klar wurde.

Apathisch und niedergeschlagen ließ sie sich von dem schweigsamen Mädchen abseifen und ankleiden. Und ohne recht wahrzunehmen, was um sie herum geschah, fand sie sich in einer Kutsche wieder, die sie zu dem Hotel zurückbrachte, wo sie vor, wie ihr schien, Ewigkeiten aufgebrochen war.

Verwirrt sah sie sich in ihrer Suite um, und ihr Blick blieb an der Nachricht für Nathan hängen. Langsam ging sie darauf zu und zerriß sie in kleine Fetzen. Niemand, so sagte ihr ihr müder Kopf, niemand würde ihr glauben. Wäre der leise Schmerz zwischen ihren Beinen nicht gewesen, hätte sie es ja selbst nicht geglaubt – daß Rafael Santana ihr die Unschuld genommen und es nicht einmal bemerkt hatte. Und irgendwie machte das alles nur noch schlimmer.

Lange, lange Zeit lag Elizabeth erschöpft auf ihrem Bett. Tausend Gedanken gingen ihr durch den Kopf – Consuela, Lorenzo und vor allem die gedankenlose Art, in der Rafael Santana sie genommen hatte. Sie machte es ihm zum Vorwurf und auch wieder nicht. Er hatte sie für Lorenzos Geliebte gehalten und hatte nicht wissen können, daß sie noch Jungfrau war, und trotzdem ...

Was soll ich Nathan sagen? fragte sie sich benommen. Er verdiente keine beschmutzte Ehefrau.

Ihr Kopf dröhnte, und sie warf sich ruhelos auf dem Bett hin und her. Sie würde es ihm sagen müssen, aber wenn sie es tat, würde er dann ihre Schänder zum Duell fordern? O mein Gott, er konnte getötet werden! Aufstöhnend vergrub sie ihr Gesicht in den Kissen. Und dann kam ihr der fürchterlichste aller Gedanken – sie könnte Rafaels Kind in sich tragen. O Gott, nein!

Schließlich beschloß sie, Nathan zumindest einen Teil der Wahrheit zu sagen. Es war nicht zu vermeiden. Noch immer unter Schock stehend, sah sie keinen anderen Ausweg. Im selben Augenblick jedoch wußte sie, daß sie – auch wenn sie ihrem Mann die nackten Tatsachen gestand – niemals die Namen der Beteiligten verraten würde. Das schien ihr die einzige Möglichkeit zu sein, ein Duell zu vermeiden. Sie hätte es nicht ertragen, wenn Consuelas Komplott den Tod ihres Mannes oder den Rafaels verursacht hätte.

Wenig später hörte sie Nathan zurückkommen, und ehe sie der Mut verlassen oder sie ihre Meinung ändern konnte, verließ sie ihr Schlafzimmer und ging zu Nathans Suite hinüber.

Erst da kam ihr der Gedanke, daß ihr Mann sie durchaus auf die Straße setzen oder ihr nicht glauben oder es ihr zum Vorwurf machen könnte. Zitternd vor Entsetzen, blieb sie einen Augenblick stehen. Doch sie *mußte* es ihm sagen – er hatte ein Anrecht, es zu erfahren. Es dauerte mehrere Sekunden, bis sie ihren schwindenden Mut wiedergefunden hatte und bereit war, diesen bedeutungsvollen Schritt zu tun. Es wäre so viel leichter, dachte sie gequält, nichts zu sagen. Aber ich kann nicht mit dieser Lüge leben, entschied sie schließlich. Sie würde es ihm sagen, und wenn er sie auf die Straße setzte, so hatte sie es mehr als verdient. Vielleicht bin ich ja wirklich ein Flittchen, dachte sie unglücklich.

Vor Nathans Tür angekommen, holte sie noch einmal tief Luft und klopfte schnell an, ehe sie sich weitere Gedanken machen konnte. Auf seine Antwort hin öffnete sie langsam die Tür und trat ein.

ZWEITER TEIL

Schicksalhafte Reise

JANUAR 1840

6

Der Januar 1840 begann düster, naß und unangenehm. Elizabeth saß in ihrem gemütlichen Büro im hinteren Teil des Hauses und starrte in den schon den ganzen Morgen fallenden Nieselregen hinaus. Durch den Regen würde sich die Frühjahrspflanzung verspäten, dachte sie finster. Dank ihrer überraschend geschickten Führung hatte Briarwood den Kurssturz von 1837 und die darauffolgende, dreijährige Depression wahrhaft unbeschadet überlebt.

Die Plantage war zu ihrem Lebensinhalt geworden. Das hübsche Haus mit den weißen Pfeilern und das weite, fruchtbare Land waren ein stetiger Ansporn für sie. Jeder wache Augenblick galt der Sorge um die Plantage, und ihrer eisernen Entschlossenheit war es zu verdanken, daß aus den vielen Morgen brachliegenden Landes üppige Zuckerrohr-, Weizen-, Hafer- und Gerstenfelder geworden waren.

Diese vier Jahre waren nicht leicht für sie gewesen. Nach außen hin führten Nathan und sie eine gute Ehe, und niemand, der ihren freundschaftlichen Umgangston miterlebte, würde je auf die Idee gekommen sein, daß Elizabeth allein schlief und Nathan impotent war. Falls er noch immer gelegentlich männliche Geliebte hatte, so ging er dabei äußerst diskret vor. Elizabeth vermutete, daß es der Fall war, denn sie wußte, daß er sich häufig in der Silver Street in Natchez aufhielt.

Sie hatten wiederholt Versuche unternommen, ihre Ehe zu vollziehen, doch Nathan hatte sich jedesmal als nicht fähig erwiesen. Elizabeth hatte es, solange sie konnte, erduldet. Als sich die Nächte in New Orleans dann jedoch zu oft wiederholt hatten, verbannte sie ihn sanft aber bestimmt aus ihrem Bett. Das war vor etwa zwei Jahren gewesen. Sie bemühte sich sehr, keinen Groll gegen Nathan zu hegen, sich nicht von ihm hintergangen zu fühlen, aber manchmal, wenn sie allein in ihrem Bett lag und an die Nächte voll Schmerz und Qual dachte, in denen Nathan wieder und wieder versucht hatte, sich als Mann zu beweisen, konnte sie das Gefühl des Elends, das sie überflutete, nicht beiseite schieben.

Es war entsetzlich schwer für sie gewesen, ihm die Vorfälle jenes schrecklichen Nachmittags in New Orleans zu gestehen, aber sie hatte sich dazu gezwungen, ihrem Mann zu erklären, daß ein anderer Mann sich das genommen hatte, was rechtlich ihm zugestanden hätte. Nathan war entsetzt darüber gewesen, daß man sie so mißhandelt hatte, hatte sie tröstend in die Arme genommen und versucht, sie von dem schrecklichen Gefühl der Scham zu befreien und die endlich vergossenen Tränen zu trocknen.

Erst als sie einigermaßen ihre Fassung wiedergewonnen und aufgehört hatte zu weinen, hatte Nathan das gesagt, wovor sie am meisten Angst hatte. Er hatte sie eindringlich angesehen und verlangt: »Elizabeth, mein Liebes, du *mußt* mir die Namen dieser gemeinen Männer nennen. Ich habe vor, sie zum Duell zu fordern, sie zu töten für das, was sie dir angetan haben. Und dieser wahnsinnigen Frau, wer sie auch sein mag, kann ich nur einen qualvollen Tod wünschen. Bitte sag mir ihre Namen – ich muß deine Ehre rächen.«

Benommen hatte sie gemurmelt: »Wenn du mich magst, Nathan, dann flehe ich dich an, es auf sich beruhen zu lassen.« Intuitiv wußte sie, daß es nur eine Möglichkeit gab, ihn davon abzuhalten, und sie fügte hinzu: »Willst du die Schande auf mich laden, die ein Duell mit sich bringen würde? Willst du, daß es sich herumspricht, daß ein anderer Mann mit deiner Frau intim war? Bitte, ich flehe dich an, erspar mir das!« Es war ein schwerwiegendes Argument, und während er in ihre tränennassen veilchenblauen Augen sah, hatte Nathan gewußt, daß er genau das tun würde, was Elizabeth wollte. Er wollte ihr nicht noch mehr Kummer bereiten, und so ließ er sich widerstrebend umstimmen.

Glücklicherweise hatte sich Elizabeths Angst wegen einer Schwangerschaft als unbegründet erwiesen, und nachdem das einmal feststand, dachte sie nie mehr bewußt an die Geschehnisse von New Orleans, und es gelang ihr mit der Zeit, Rafael Santana und alles, was mit New Orleans zusammenhing, aus ihrem Kopf zu verbannen. Jene Zeit und jene Ereignisse waren mit ihrer Jugend, ihren Träumen und ihrer Sehnsucht nach Liebe verschwunden.

Seltsamerweise erreichten sie und Nathan nach den ersten ungeheuer schwierigen Monaten einen gewissen Grad der Zufriedenheit mit ihrer seltsamen Ehe. Nachdem er ihr seine geheimen Ängste wegen seiner Impotenz anvertraut hatte, fühlte Nathan sich sehr erleichtert, und Elizabeth fühlte sich frei wie nie zuvor.

Nach außen hin schienen die Narben jenes Nachmittags und Nathans erfolgloser nächtlicher Liebesbemühungen verheilt zu sein, doch anstatt das Leben einer jungen, verliebten und geliebten Ehefrau zu führen, widmete Elizabeth sich voll und ganz der Aufgabe, das einfache, neuerbaute Briarwood in ein Heim zu verwandeln, das zum Gespräch in Natchez wurde. Und wie sie es tat – die weitläufigen Räume und die verschwenderische Einrichtung erweckten den Neid der Damen von Natchez, und die Gärten konnten durchaus mit Brown's Gardens, der in der Nähe von Natchez gelegenen Plantage von Andrew Brown, konkurrieren.

Die harte Arbeit in jener ersten Zeit war das einzige, was Elizabeth davor bewahrte, in Selbstmitleid zu verfallen. Die Arbeit und ihre Bücher. Es bestand nur noch wenig Ähnlichkeit zwischen der jungen Frau, die sich jetzt, im Januar 1840, selbst »Beth« nannte, und der schüchternen Elizabeth, die an jenem Abend im Jahre 1836 in so jämmerlicher Verfassung zu ihrem Mann gegangen war. Die Vorfälle jenes Nachmittags hatten mehr bewirkt, als ihr nur ihre Jungfräulichkeit zu nehmen – sie hatten ihr ihre jugendliche Unbekümmertheit genommen und einen Panzer um sie herum aufgebaut, den kein Mann je durchbrechen würde.

Auch körperlich hatte sie sich verändert. Ihr Körper hatte eine Schönheit entfaltet, die in jener Nacht nur ein Versprechen gewesen war. Sie war noch immer sehr schlank, doch jetzt war ihr Körper voll entwickelt – kleine, feste, hochangesetzte Brüste, eine schmale Taille und weibliche, sanft gerundete Hüften. Auch ihr Gesicht war reifer und noch schöner geworden, und durch ihre erfolgreiche Arbeit auf Briarwood hatte sie ein gewisses Maß an Selbstbewußtsein entwickelt.

Heute jedoch, an diesem trüben Januarmorgen, war sie von einer gewissen Unzufriedenheit erfüllt, einer Unzufriedenheit, die in den letzten Monaten stetig gewachsen war. Ihr leidenschaftliches Bedürfnis, all diesen hochmütigen Baumwollkönigen zu beweisen, daß sie sich geirrt hatten, war verflogen, die Herausforderung, aus dem unbebauten, brachliegenden Land eine ertragreiche Plantage zu machen, war verflogen, und auch die Freude, aus Briarwood ein mustergültiges Heim zu machen, war verflogen.

Gewiß träumte sie nicht mehr von der großen Liebe, doch sie war erfüllt von einer unbestimmten Sehnsucht. Wonach sie sich sehnte, hätte sie nicht sagen können, sie wußte nur, daß sie mehr wollte, als die ihr verbleibenden Jahre in diesem Zustand aus Resignation und Lethargie zu verbringen. Sie sehnte sich nach Abenteuern und neuen Horizonten, neuen Herausforderungen, ja Gefahren. Alles war besser als dieses eintönige Dahinvegetieren.

Flüchtig wanderte ihr Blick zu Stellas auf dem Schreibtisch liegendem Brief hinüber, und sie verzog das Gesicht. Wahrscheinlich war sie deshalb an diesem Morgen in so deprimierter Stimmung. Stellas Brief war voll Begeisterung für die Hazienda und die vier Monate zurückliegende Geburt ihres zweiten Kindes, und Beth vermutete, daß sie ganz einfach neidisch auf Stellas Glück war. Wenn sie an das Kind dachte, empfand sie einen Stich im Herzen – sie würde nie ein Kind haben –, und ein Anflug von Groll auf Nathan überkam sie.

Doch dieses Gefühl war bald wieder verschwunden, denn in mancherlei Hinsicht war sie Nathan dankbar – er war gut zu ihr, und er ermutigte sie, Dinge zu tun, die sie sich selbst nie zugetraut hätte; er bestärkte sie in ihren Entscheidungen, wenn sie einmal an diesen und an sich selber zweifelte.

Plötzlich wütend über sich selbst, weil sie sich einer so rührseligen Stimmung hingab, steckte sie Stellas Brief entschlossen in eine der Schreibtischschubladen. Weg damit, denk nicht mehr daran, sagte sie sich grimmig. Aber die Sehnsucht, die der Brief in ihr geweckt hatte – die Sehnsucht, Stella und das Kind zu sehen –, ließ sich nicht vertreiben, und plötzlich kam ihr der Gedanke, daß es wirklich keinen Grund gab, warum sie ihre Freundin nicht besuchen sollte und ... und über die alte spanische Route durch San Antonio nach

Durango in Mexiko und dann Richtung Norden nach Santa Fé zu reisen.

Sie hatten jetzt einen zuverlässigen Aufseher in Briarwood, sie besaß das Geld für die Reise, und es gab keinen zwingenden Grund für sie, in Natchez zu bleiben. Je länger sie darüber nachdachte, desto besser gefiel ihr diese Idee, Stella und das Kind zu besuchen und die weiten Prärien zu sehen, vielleicht sogar einen wilden, abenteuerlich aussehenden Komantschen zu Gesicht zu bekommen! Der Gedanke jagte ihr einen Schauer köstlicher Erregung über den Rücken, und schuldbewußt gestand sie sich ein, daß sie noch immer von Abenteuern träumte.

Ein leises Klopfen an der Tür unterbrach ihre Gedanken. Sie drehte sich um und sah Nathan mit einem warmen Lächeln auf den Lippen hereinkommen. »Ich störe dich doch nicht, meine Liebe?« murmelte er.

Elizabeth erwiderte sein Lächeln. »Nein, ganz und gar nicht.«

»Nun, ja – ich dachte, ich fahre vielleicht mit dem Einspänner in die Stadt und bleibe den Tag über im Mansion House. Es ist so langweilig hier, wenn es regnet. Und im Mansion House werde ich zumindest ein paar Leute finden, die auch nach einem Zeitvertreib bis zum Abend suchen. Vielleicht gehen wir noch ein bißchen aus.«

Elizabeth warf ihm einen schnellen Blick zu. »Wieder in die Silver Street, Nathan?« fragte sie trocken.

Er wurde rot, sagte dann aber abwehrend: »Aber Beth, du weißt doch, daß ich . . .«

»Es ist schon gut, Nathan«, erwiderte Elizabeth, die keine Lust hatte, über das für sie beide unangenehme Thema zu sprechen.

Nathan hatte sich in den vergangenen vier Jahren nicht sehr verändert. Er war jetzt fast dreißig, doch abgesehen davon, daß er um die Leibesmitte ein wenig fülliger geworden war, sah man ihm das nicht an. Ein fast demütiger Ausdruck stand in seinen grauen Augen, als er murmelte: »Wenn du nicht willst, daß ich gehe, Beth, bleibe ich natürlich hier.«

Da sie wußte, daß er es wirklich tun würde, weil er stets aufrichtig bestrebt war, ihr eine Freude zu machen, schüttelte sie den Kopf. »Geh nur und amüsier dich.«

Zögernd fragte er: »Und was hast du heute vor?« »Ich weiß es nicht«, erwiderte Beth. »Du hast recht. Es ist langweilig hier, wenn es regnet.«

Und übergangslos platzte sie heraus: »Hättest du etwas dagegen, wenn ich verreisen würde, Nathan? Ich würde gerne Stella besuchen. Ich habe sie seit Jahren nicht gesehen, und sie hat wieder ein Kind bekommen. Sag, daß du nichts dagegen hast.«

»Du willst Stella Rodriguez besuchen?« fragte er ungläubig. »Aber sie lebt doch in Santa Fé!« sagte er in einem Ton, als läge Santa Fé auf einem fernen Planeten.

Elizabeth lächelte. »Nathan, Santa Fé ist doch nicht so weit entfernt. Es befindet sich immerhin auf demselben Kontinent.«

»Das weiß ich!« erwiderte er in leicht beleidigtem Ton. »Aber es liegt in der Mitte von Gott weiß wo! Und es ist so unzivilisiert! Ich weiß, Stella ist deine Freundin, und sie fehlt dir, aber wie kannst du auch nur daran denken, sie zu besuchen? Nein, das ist absolut kein Thema.«

Seinem Blick standhaltend, murmelte sie ruhig: »Nathan, ich möchte zu ihr fahren. Und wenn du mir keinen zwingenden Grund nennen kannst, der dagegen spricht, werde ich es tun.«

»Ich verstehe. *Meine* Wünsche interessieren dich nicht«, fauchte Nathan und spielte erregt mit der schweren goldenen Kette seiner Taschenuhr.

»Du weißt, daß das nicht stimmt, Nathan«, widersprach Beth, und ihre Augen blitzten amüsiert auf. »Ich würde nicht länger als sechs Monate weg sein, und es würde mir soviel bedeuten.«

»Sechs Monate! Du willst Briarwood sechs Monate allein lassen? Du willst wirklich auf sechs Monate Natchez verlassen und monatelang in dieser gottverdammten Gegend bleiben, die nur von Wilden, Schlangen und Büffeln bewohnt ist? Ich kann es nicht glauben! Bitte sag, daß es nicht dein Ernst ist.«

»Unglücklicherweise doch. Demnach wäre es dir lieber, wenn ich nach England führe?«

»England! O ja, laß uns dorthin fahren, Liebes. Ich bin sicher, daß es dir gefallen würde. Nun – wir – wir könnten deinen Vater und deine Stiefmutter und ihr Kind besuchen«, rief Nathan begeistert. »Wir könnten den Kanal überqueren und nach Frankreich fahren. Ich weiß, daß dir Paris gefallen würde, Beth.«

Beim Gedanken an ihr letztes Treffen mit ihrem Vater preßte Beth die Lippen zusammen. »Ich habe keine Lust, nach ›Drei Ulmen‹ zu fahren, Nathan, und ich habe kein Interesse daran, Melissas Sohn zu sehen. Irgendwann werde ich vielleicht einmal nach Paris fahren, aber dieses Jahr möchte ich nach Santa Fé!« Sie wußte selbst nicht, warum sie so störrisch an dieser Idee, die ihr gerade erst gekommen war, hing. Aber je mehr Nathan widersprach, desto fester wurde ihr Entschuß. Und es war so ungewohnt für sie, daß er ihr etwas abschlug, daß es sie irritierte. Was kümmerte es ihn, wenn sie die strapaziöse Reise in den wilden Südwesten auf sich nehmen wollte? Wenn sie bereit war, den Mangel an Komfort in Santa Fé auf sich zu nehmen? Er hatte hier in Natchez doch alles, konnte seine Tage im Mansion House bei seinem Mint-Julep verbringen, die Nächte durchspielen und seinen besonderen Vorlieben in der Silver Street nachgehen.

Doch damit tat sie ihm Unrecht, denn nach einer Weile setzte er sich auf einen beim Schreibtisch stehenden Stuhl und sagte unglücklich: »Du bist also entschlossen zu fahren, meine Liebe? Ich kann dich mit nichts umstimmen?«

»Schau nicht so traurig, Nathan«, neckte Beth ihn sanft. »Ich werde Mary und ein paar andere Dienstboten zu meinem Schutz mitnehmen, und alles wird gutgehen. Du wirst sehen.«

»Vielleicht ist es gar nicht schlecht«, sagte er schließlich finster. »Wann willst du fahren? Wir können nicht so einfach packen und mir nichts, dir nichts aufbrechen.«

Erstaunt starrte Elizabeth ihn an. »Was?« rief sie erstaunt. »Du willst mitkommen?«

Jetzt schien Nathan fast beleidigt. »Natürlich komme ich mit! Du glaubst doch nicht, daß ich dich schutzlos in die Wildnis gehen lasse! Es könnte alles Mögliche geschehen! Ich könnte kein Auge zutun, wenn ich dich nicht in Sicherheit weiß. Für was für ein Monster hältst du mich eingentlich, Beth? Ich hätte überhaupt keine Freude, wenn du weg bist.«

Sie war gerührt, und sie starrte ihn mit feuchten Augen an. »Nathan, das ist wirklich nicht nötig! Bist du sicher, daß du es gern tust?«

»Natürlich tue ich es nicht gern! Warum würde ich sonst wohl die ganze Zeit versuchen, es dir auszureden?« brummte Nathan mürrisch. »Aber wenn du darauf bestehst, dich in dieser unerforschten Wüste herumzutreiben, dann muß ich dich begleiten.« Mit der Miene eines Märtyrers fragte er: »Wann willst du fahren? Ich brauche mindestens zwei Wochen für meine Vorbereitungen.«

Für Beth verliefen die nächsten Tage in hektischer Geschäftigkeit. Als erstes schrieb sie einen Brief an Stella, in dem sie ihre baldige Ankunft ankündigte, und als sie den Brief versiegelte, sandte sie ein Stoßgebet zum Himmel, daß er sein Ziel vor ihrer Ankunft erreichen möge.

Der Aufseher von Briarwood erhielt genaue Instrukionen, was während ihrer Abwesenheit zu tun war. Die Dienstboten, die sie begleiten sollten, wurden ausgewählt, Unterkünfte auf dem Dampfer, der sie nach New Orleans bringen sollte, gebucht, ebenso Hotelzimmer in New Orleans und ein Platz auf dem Postschiff nach Galveston in der Republik Texas.

Alle Vorbereitungen sind getroffen, dachte Beth glücklich, als sie drei Wochen später ihr Nachthemd anzog. Morgen würde die lange, gefährliche Reise nach Santa Fé beginnen, und sie war beinahe krank vor Aufregung. Wenn es doch schon morgen wäre, dachte sie, während sie sich ruhelos im Bett hin- und herwarf. Morgen beginnt das Abenteuer.

Am nächsten Morgen jedoch lief alles schief. In ihrem Bestreben, die letzten Sachen für die Reise so schnell wie möglich einzupacken, stolperte Mary Eames über einen der Koffer, die von einem unachtsamen Diener oben an der breiten, gewundenen Treppe stehen gelassen worden waren; sie stürzte die vielen Stufen hinunter und brach sich ein Bein.

Beth erwog, die Reise zu verschieben, bis Mary wiederhergestellt war, doch nachdem der Arzt das Bein geschient hatte, überzeugte Mary sie davon, daß es absurd sei, soviel Aufhebens um sie zu machen. »Seien Sie nicht dumm! Alles ist vorbereitet, die Buchungen, das Gepäck, alles! Es ist meine eigene Schuld, daß ich nicht mit Ihnen kommen kann. Und ich sehe keinen Grund, warum Sie meinetwegen all Ihre Pläne über den Haufen werfen sollten. Fahren Sie nur. Ich werde schon zurechtkommen, und abgesehen davon – Sie könnten mir auch nicht helfen.«

Hin- und hergerissen zwischen dem Wunsch, wie geplant zu verreisen, und dem starken Bedürfnis, Mary zur Seite zu stehen, schwieg Elizabeth eine Weile. Dann fragte sie ängstlich: »Macht es dir wirklich nichts aus, wenn wir ohne dich fahren?«

»Wirklich nicht. Charity hat mir immer bei Ihrer Garderobe geholfen, und sie kann mich sicher als Ihr Mädchen vertreten. Sie können ihr ja ein zweites Mädchen zur Seite stellen, aber bitte, verschieben Sie meinetwegen Ihre Reise nicht.«

Sie wußte, daß Mary recht hatte, und so verschwendete sie keine Zeit mehr, und die ganze Reisegesellschaft – zehn eifrige junge Sklaven, zwei kichernde Negermädchen, Nathans beide persönliche Diener, zwei Wagen und die Kutsche mit Nathan und Elizabeth – fuhr drei Stunden nach der ursprünglich geplanten Zeit von der von Eichen umsäumten Auffahrt von Briarwood los. Elizabeths Gesicht glühte vor Aufregung, und ihre blauen Augen blitzten vor Abenteuerlust, als die Kutsche losrollte.

Sie sah sich nicht um. Sie fuhr in den Westen – in den Westen zu Stella, in den Westen, um ihre Träume Wahrheit werden zu lassen.

7

Sie blieben nur eine Nacht in New Orleans, und am Morgen des letzten Montags im Januar wurde Elizabeth vom sanften Geplätscher der gegen das Postschiff, das sie nach Galveston brachte, anrollenden Wellen geweckt. Sie war froh darüber, daß sie nicht länger in New Orleans geblieben waren – so hatte sie keine Zeit, an ein Paar spöttische graue Augen zu denken oder sich zu fragen, ob Rafael Santana sich noch an das Mädchen erinnerte, das er damals so skrupellos genommen hatte.

Charity erwies sich als sehr anstellig und half ihrer Herrin geschickt beim Ankleiden, als diese sich für ihren Ausgang an Deck zurechtmachte. Elizabeth war sich des atemberaubend schönen Anblicks, den sie bot, nicht bewußt, als sie über das Deck zur Reling hinüberging und auf die Weite des fast türkisfarbenen Golfes von Mexiko hinaussah. Ich fahre tatsächlich nach Santa Fé, dachte sie mit wachsender Freude.

»Guten Morgen, Liebes«, erklang plötzlich Nathans Stimme neben ihr und ließ sie herumwirbeln.

»O Nathan, hast du mir einen Schrecken eingejagt!« rief sie.

»Das tut mir leid, Beth. Ich dachte, du hättest mich kommen hören«, erwiderte er geistesabwesend, und seine leicht verquollenen Augen verrieten die in der letzten Nacht am Spieltisch verbrachten Stunden.

»Hast du viel verloren heute nacht? fragte Elizabeth resigniert.

Nathan verzog das Gesicht. »Genügend, aber kein Grund zur Besorgnis, meine Liebe.« Er hielt einen Augenblick inne und fragte dann zögernd: »Hättest du etwas dagegen, wenn uns ein junger Mann beim Frühstück Gesellschaft leisten würde?«

Elizabeth starrte ihren Mann ungläubig an.

Nathan erkannte sofort, in welche Richtung ihre Gedanken gingen, und sagte beschwichtigend: »Sieh mich nicht so an, Beth. Du glaubst doch nicht, daß ich einen jungen Mann an unseren Tisch bitten würde, mit dem ich . . .« Entsetzt darüber, daß sie ihn für fähig hielt, sie mit einem seiner Liebhaber zusammenzubringen, brach er ab.

Nach einer Weile fuhr er in steifem Ton fort: »Sebastian Savage stammt aus New Orleans und reist zufällig auch nach San Antonio. Wir lernten uns gestern abend kennen, und da er dasselbe Reiseziel hat wie wir, hielt ich es nur für höflich, ihn einzuladen. Wenn du etwas dagegen hast, werde ich die Einladung wieder rückgängig machen, obwohl –«, brummte er bedrückt, »ich nicht wüßte, wie ich ihm meinen plötzlichen Sinneswechsel erklären sollte.«

Beschämt wegen ihres Mißtrauens sagte Elizabeth schnell: »Nein, nein, das brauchst du nicht, Nathan. Und . . . bitte entschuldige, ich hätte wissen müssen, daß du so etwas nicht tust.«

Ein gequälter Ausdruck lag in seinen Augen, als Nathan entgegnete: »Ich weiß, es war nicht leicht für dich, Beth. Aber bitte glaube mir, Liebes, daß ich dir nie absichtlich wehtun würde.«

Elizabeth berührte sanft seinen Arm. »Verzeih mir, Nathan. Laß uns nicht mehr darüber reden – ich freue mich, Mr. Savage kennenlernen zu dürfen.«

Nathan ließ sich nur zu gern ablenken und sagte eifrig: »Er wird dir gefallen, da bin ich sicher. Er ist nicht viel älter als du und, wie ich finde, sehr lebhaft und lustig. Ich glaube, du wirst dich in seiner Gesellschaft sehr wohlfühlen.«

Elizabeth lächelte. »Vielleicht. Aber sag mir, was ihn nach San Antonio führt – besucht er Freunde, oder will er sich dort niederlassen?«

»Ich glaube, von beidem ein bißchen. Er scheint einen Vetter oder irgendwelche entfernte Verwandte zu haben, die er besuchen will, und ich glaube, sein Vater hat ihm geraten, sich nach einer Möglichkeit umzusehen, sich in dieser Gegend niederzulassen.«

»Ich verstehe«, erwiderte Elizabeth ohne besonderes Interesse. Doch nachdem sie ihn bei sich bereits als einen jener charmanten, verwöhnten Söhne reicher Eltern eingestuft hatte, fühlte sie sich erstaunlicherweise, als sie ihn wenig später kennenlernte, unwiderstehlich von ihm angezogen.

Wer wäre das nicht gewesen? Sebastian Savage war ein außergewöhnlich gutaussehender, charmanter, junger Mann – so charmant, daß nur wenige Frauen ihm widerstehen konnten. Er war über einen Meter achtzig groß, besaß den sportlichen Körper eines Naturburschen, grüne, von dichten Wimpern umrahmte Augen und dichtes, schwarzes, lockiges Haar. Aber auch die meisten Männer mochten ihn, denn er war immer für einen Spaß zu haben und ganz einfach ein netter Kerl. Seine wenigen Widersacher schimpften über sein aufbrausendes, hitziges Temperament und seine unbekümmerte Bereitschaft, auch die kleinste Auseinandersetzung mit einem morgendlichen Duell »unter den Eichen« in New Orleans auszufechten.

Doch von all dem wußte Elizabeth nichts, und so war sie sehr von ihm angetan. Und Sebastian ... Nun, der arme Sebastian verliebte sich auf den ersten Blick in dieses silberblonde Wesen mit den veilchenblauen Augen – etwas, was er, wie sein Vater Jason Savage trocken zu bemerken pflegte, mit schrecklicher Regelmäßigkeit tat.

Doch sehr zu Sebastians Leidwesen blieb Elizabeth seiner unverhohlenen Verliebtheit gegenüber kalt. Sie sah in ihm nur den netten, unterhaltsamen Gefährten. Er war zwei Jahre älter als sie, doch je länger sie ihn kannte, umso mehr wurde er für sie zu einer Art jüngerem Bruder oder altem Freund.

Während das Schiff über den Golf von Mexiko auf Galveston zudampfte, hatten sie viel Zeit, sich miteinander zu unterhalten und sich besser kennenzulernen. Auch Nathans Angewohnheit, nach endlosen beim Glücksspiel und kühlen Rum-Drinks verbrachten Nächten spät aufzustehen, trug ein übriges dazu bei, daß Elizabeth und Sebastian viel sich selbst überlassen waren.

Von Elizabeths Seite aus war es eine unschuldige Beziehung. Sebastian war ein charmanter Bursche, der sie viel zum Lachen brachte und sie in heitere Stimmung versetzte, wie sie sie noch nie erlebt hatte. Er erinnerte sie eher an einen halbwüchsigen Jungen, der sich seines Charmes und Witzes durchaus bewußt war, den man aber nicht ernst nehmen konnte. Daß mehr als eine junge Dame an Bord das anders sah, entging Elizabeth nicht, doch sie wußte, daß Sebastian ihr Herz nicht würde schneller schlagen lassen können. Sie genoß seine Gesellschaft und konnte nicht umhin, sich geschmeichelt zu fühlen, weil ein Mann mit seinen Attributen ihre Gesellschaft so aufregend fand.

Sebastian war es, der Mrs. Ridgeway bei ihren Spaziergängen an Deck begleitete; Sebastian war es, der abends in dem großen Salon neben ihr saß und harmlose, nur auf ältere Damen und Kinder zugeschnittene Kartenspiele mit ihr spielte; Sebastian war es, der sie am Frühstückstisch unterhielt, während Nathan sich nach seinen durchspielten und durchzechten Nächten ausschlief. Also war es kein Wunder, daß Sebastian und Elizabeth enge Freunde wurden.

Die kurze Reise nach Galveston näherte sich ihrem Ende. Wie gewöhnlich waren Elizabeth und Sebastian auch am Vorabend ihrer Ankunft in der Hafenstadt allein, und sie unternahmen einen langen Spaziergang über das Deck. Immer wieder blieben sie stehen, starrten auf die sanft anrollenden Wellen, sprachen über dies und jenes.

Elizabeth sah besonders hübsch aus; ihre veilchenblauen Augen leuchteten vor Vorfreude, als sie über ihre Ankunft in Galveston sprachen. Ihr silberblondes Haar war mit einem roten Samtband zusammengebunden und fiel in vielen Löckchen herunter. Während Sebastian ihr bezauberndes Profil betrachtete, fragte er sich, wie schon so oft, wieder, wieso Nathan die Freuden des Spieltischs dem Liebreiz seiner wunderschönen, jungen Frau vorziehen konnte. Die Ridgeways mußten eine ausgesprochen seltsame Ehe führen, dachte er – insbesondere, wenn er an den hübschen jungen Mann dachte, der, seit er Nathan vor drei Tagen kennengelernt hatte, stets in dessen Nähe war. Es war ein dümmlicher Bursche namens Reginald Percy, und Sebastian glaubte, eine widerliche Art von Intimität zwischen den beiden zu spüren. Es war eine verdammt merkwürdige Situation. Er würde seiner Frau weiß Gott nicht erlauben, so nett zu solch einem Hallodri wie ihm zu sein, und gewiß würde er sie nicht stundenlang allein lassen, während er glückselig am Arm eines gertenschlanken jungen Mannes hing und die Nacht durchspielte. Wenn Elizabeth seine Frau wäre, würde er sie nie aus den Augen lassen, am liebsten nicht einmal aus dem Bett, dachte er mit einem kläglichen Grinsen auf den Lippen. Wieder wanderte sein Blick über Elizabeths schlanke Gestalt, und er seufzte auf. Sie ist so bezaubernd und nimmt absolut keine Notiz von mir als Mann, dachte er halb amüsiert, halb wütend.

Elizabeth erkannte Sebastians niedergeschlagene Stimmung nicht und murmelte leichthin: »Ich werde traurig sein, wenn ich Ihnen morgen adieu sagen muß. Ich habe Ihre Gesellschaft sehr genossen – und es wird mir komisch vorkommen, wenn ich Sie nicht mehr jeden Tag sehe.«

»Aber das werden Sie doch! Ich habe beschlossen, nicht in Galveston zu bleiben, sondern direkt mit Ihnen nach San Antonio weiterzureisen. Ich habe ihrem Mann gegenüber schon eine dementsprechende Andeutung gemacht, und er scheint nichts dagegen zu haben. Die Reise wird entschieden gefahrloser für uns alle sein, wenn ich mit meinen vier Dienern mich Ihrer Reisegesellschaft anschließe.« Und du, mein eiskalter kleiner Liebling, hast keine Ahnung, daß ich meine Pläne nur deinetwegen geändert habe.

»Wirklich?« rief sie erfreut, und ihre blauen Augen blitzten freudig auf. »Sie nehmen mich nicht auf den Arm?«

Sebastian tat beleidigt, doch der Schalk stand in seinen Augen, als er neckend erwiderte: »Aber Beth, wann hätte ich Sie jemals auf den Arm genommen?«

Elizabeth lachte ihn an. »Die ganze Zeit, mein Freund, die ganze Zeit! Seit wir uns zum ersten Mal begegnet sind, haben Sie nichts anderes getan. Und versuchen Sie nicht, es abzustreiten!« Plötzlich wurde ihr Gesicht ernst, und sie berührte seine starke, schlanke Hand. »Aber, Sebastian, es hat mir viel Spaß gemacht. Sie sind mir ein wirklich guter Freund geworden – den ich hoffentlich noch lange haben werde.«

In beinahe feierlichem Ton entgegnete er: »Keine Sorge, Beth. Ich habe nicht vor, aus Ihrem Leben zu verschwinden.«

Ein paar Minuten unterhielten sie sich noch über dies und das, dann meinte Sebastian, daß es vielleicht Zeit für Beth wäre, schlafen zu gehen. Kurz darauf verabschiedeten sie sich vor ihrer Kabinentür, und Sebastian machte sich auf den Weg zu seiner eigenen Kabine.

Nathan, der inzwischen entdeckt hatte, daß der junge, feingliedrige Mr. Percy die gleiche Neigung wie er selbst hatte, war es schließlich gelungen, ihn zu verführen. Und so zeigte er ihm – ohne auch nur einen Gedanken an seine Frau zu verlieren – sehr erfolgreich und gekonnt, was für ein perfekter Liebhaber er war... für Männer. Unbekümmert verbrachten sie die Nacht miteinander in Mr. Percys Kabine, die unglücklicherweise neben der von Sebastian lag.

Schlimmer noch, Sebastian hatte irrtümlich Mr. Percys Tabaksdose eingesteckt, und so wollte er sie ihm am nächsten Morgen gleich nach dem Aufstehen zurückbringen. Er klopfte an, und als er keine Antwort erhielt, versuchte er, am Türknauf zu drehen. Die Tür war unverschlossen, und so steckte er den Kopf in die Kabine. Der Anblick, der sich ihm bot, war selbst für einen so erfahrenen Mann wie Sebastian ein Schock. Nathan und Mr. Percy lagen zusammen im Bett, und daß sie miteinander intim gewesen waren, war an der Art, wie Mr. Percy seinen Kopf an Nathans weiße Schulter kuschelte und wie dieser seinen Arm um den jungen Mann schlang, klar zu erkennen. Aufs tiefste erschüttert und entsetzt zog Sebastian sich hastig zurück. Jetzt verstand er, warum es Nathan so wenig ausmachte, seine Frau der Gesellschaft eines anderen Mannes zu überlassen.

Aber da tat Sebastian Nathan Unrecht. Nathan konnte zwar eine Menge Dinge ignorieren, die ein anderer Mann nicht übersehen würde, aber er war auch ein Egoist. Und wenn er auch Elizabeth die Gesellschaft eines gutaussehenden jungen Mannes wie Sebastian gönnte und normalerweise diskret bei seinen kleinen Exkursionen war, so war er doch ständig auf der Hut vor jeglicher Bedrohung seines Glücks. Nachdem er sich an jenem besonderen Morgen zärtlich von Mr. Percy verabschiedet hatte und Elizabeths fröhlichem Geplapper lauschte, das sich meist um Sebastian drehte, erkannte er plötzlich, daß es vielleicht doch nicht so klug gewesen war, ihn seiner Frau vorzustellen. Sebastian sah ein bißchen zu gut aus, und Nathan wollte nicht, daß Elizabeth auf dumme Gedanken kam. Womöglich kam sie noch zu der Erkenntnis, daß ihre seltsame Ehe doch nicht so zufriedenstellend war und daß ein anderer Mann sie glücklicher machen könnte. Und wenn er die unbekümmerte, freundschaftliche Art sah, mit der die beiden miteinander umgingen, so gefiel ihm der Gedanke, daß Sebastian bis San Antonio mit ihnen reisen würde, plötzlich gar nicht mehr. Doch er konnte nichts dagegen tun und wünschte sich einmal mehr, daß er nicht auf Elizabeths verrückte Laune mit dieser Reise eingegangen wäre.

Der größte Teil des Tages verging mit der Landung in Galveston und der Zimmersuche für ihren kurzen Aufenthalt in der Stadt, ehe sie ihre Überlandreise nach San Antonio antraten. Nathan war froh, daß sie nicht lange in Galveston bleiben würden, denn sein erster Eindruck von der wichtigsten Hafenstadt der Republik Texas war nicht überwältigend. Sein ständiges vorwurfsvolles Gebrumm nahm Elizabeth viel von ihrer Freude an der Stadt. Doch das war nicht das einzige, was sie bedrückte, als sie durch die Stadt wanderten – plötzlich hatte sie einen hochgewachsenen schwarzhaarigen Mann zwischen zwei Häusern verschwinden sehen, und einen schrecklichen Augenblick war sie sicher gewesen, daß es Rafael Santana war.

Aber nicht so sehr das Auftauchen des dunkelhaarigen Fremden war es, was sie derart aufregte, sondern vielmehr ihre Reaktion darauf. Ihr Herz hatte wie wild gehämmert, und ihre Kehle war trocken geworden, und eine irre, freudige Erregung und Hoffnung waren in ihrem schlanken Körper explodiert. Doch sie hatte sich schnell wieder unter Kontrolle, kämpfte dieses Gefühl nieder. Was ist los mit dir? fragte sie sich wütend – es war nur irgendein Mann. Aber ein Mann, der dich an Rafael Santana erinnert, flüsterte es in ihrem Inneren, und Elizabeth wurde wütend, wütend darüber, daß sie die Sehnsucht ihres störrischen, wankelmütigen Herzens nach einem hochgewachsenen dunklen Mann nicht unterdrücken konnte. Und sie fragte sich, wieso sie – wenn sie so zufrieden mit ihrer Ehe war – so heftig auf den flüchtigen Anblick eines Mannes reagieren konnte, von dem sie nicht einmal sicher war, daß er derjenige war, den ihr Herz ersehnte. Und zum ersten Mal seit ihrer Entscheidung, trotz Nathans Impotenz und seiner heimlichen Affären mit Gleichgeschlechtlichen seine Frau zu bleiben, fragte sie sich, ob sie nicht über alle Maßen dumm gewesen war. Vielleicht war es für uns beide falsch, dachte sie unglücklich, und weil sie Nathan gegenüber Schuldgefühle wegen ihrer geheimen Gedanken hatte, zwang sie sich, seinen häßlichen Bemerkungen über die Stadt Aufmerksamkeit zu schenken.

Falls ihr aufgefallen war, daß Nathan während der wenigen Tage in Galveston ziemlich kühl zu Sebastian war, und sie den Anflug von Verachtung in Sebastians Verhalten Nathan gegenüber bemerkt hatte, so ließ sie sich das jedenfalls nicht anmerken. Sie war entschlossen, ihren Aufenthalt in der Stadt zu genießen, doch Nathans ständiges Genörgel verdarb ihr die Stimmung und nahm ihr schließlich die Freude an ihren Ausflügen durch die anziehende kleine Stadt. Sie hatte gewußt, daß das Land, durch das sie reisen würden, primitiv sein würde, und hatte fälschlicherweise, wie sie jetzt erkannte, angenommen, daß das auch Nathan klar gewesen wäre. Doch offensichtlich hatte er alles, was sie ihm dazu gesagt hatte, vergessen oder falsch verstanden, und sie seufzte unglücklich auf, als sie erkannte, daß sie die Hälfte ihrer Zeit damit verbrachte, Nathan zu besänftigen und ihn davon zu überzeugen, daß er die Reise in Wirklichkeit genoß. Eine schwierige, wenn nicht unlösbare Aufgabe, wie sie am Nachmittag vor ihrer Abreise traurig erkannte. Nathan hatte besonders giftige Bemerkungen über die Stadt, die Menschen und sogar die Landschaft gemacht, und Elizabeth war in ihr winziges Hotelzimmer geflohen, weil sie ihm sonst ein paar sehr wenig damenhafte Bemerkungen über sein Verhalten ins Gesicht geschleudert haben würde.

Ihre jämmerliche Verfassung war beiden Männern aufgefallen, und beide machten andere Dinge dafür verantwortlich. Nathan war wie immer überkorrekt; er erkannte, wenn auch ein wenig verspätet, daß seine Nörgelei Elizabeth die Freude an der Reise verdarb. Hinzu kamen leichte Gewissensbisse wegen seiner Affäre mit Reginald Percy, und so klopfte er reumütig an Elizabeths Tür.

Elizabeth hatte eigentlich keine Lust, Nathan zu sehen, dann jedoch entschloß sie sich zu einer offenen Aussprache und bat ihn herein.

Nathan ließ sie gar nicht erst zu Worte kommen. Er kam auf sie zu, ergriff ihre Hand und küßte sie flüchtig. »Meine Liebe«, sagte er zerknirscht, und seine grauen Augen baten um Vergebung, »ich war ein Ekel! Ich weiß, wieviel dir diese Reise bedeutet und daß du sie lieber ohne mich gemacht hättest . . . und was tue ich? Ich vermiese dir alles! Ich kann dich nur bitten, mir zu verzeihen, mein Liebling. Ich werde mich sehr bemühen, mich zu bessern und meine Gedanken für mich zu behalten.« Und er fügte hinzu: »Der alleinige Grund, warum ich mitgefahren bin, war, daß ich dafür sorgen wollte, daß dir nichts geschieht, und jetzt bereite ausgerechnet ich dir soviel Kummer. Glaub mir, das wollte ich nicht, und bitte glaub mir auch, daß ich von jetzt an alles tun werde, damit wir die Reise in guter Erinnerung behalten werden.«

Elizabeths Stimmung hob sich sofort, und sie kicherte leise. »Du warst wirklich ein Ekel, Nathan! Aber ich bin ungeheuer froh darüber, daß wir beide das Kriegsbeil begraben.«

Mit noch immer zerknirschter Miene brummte er: »Du bist viel zu gut zu mir, Beth. Du hättest mir schon viel früher die Ohren langziehen sollen. Ich bitte dich, erlaube mir künftig nicht mehr, mich so gehenzulassen.«

Elizabeth lächelte ihm schelmisch zu und gab ihm einen zärtlichen Kuß auf die Wange. »Also gut, nimm dich in acht. Wenn ich dich anschreie, so hast du selbst mir die Erlaubnis dazu gegeben.«

Als sie sich zum Dinner trafen, bemerkte Sebastian sofort die herzlich-vertraute Atmosphäre zwischen ihnen und zog seine eifersüchtigen Schlüsse. Als sie sich auch während des Essens immer wieder liebevolle Blicke zuwarfen, verließ ihn alle Hoffnung. Mit schmalen Augen beobachtete er, wie Nathan sich mit kleinen Scherzen an sie wandte, um sie zum Lachen zu bringen. Die Mahlzeit wurde zu einer einzigen Qual für ihn, und so entschuldigte er sich nach dem Essen ziemlich abrupt und lehnte es entschieden ab, mit ihnen einen kleinen Verdauungsspaziergang zu machen. Mit ausdrucksloser Miene sagte er ruhig: »Sie werden mich entschuldigen, wenn ich Sie nicht begleite? Ich habe für heute abend bereits andere Pläne.«

Das war eine Lüge, aber er brach sofort auf; er wußte nicht, ob er Nathan zum Duell fordern oder Elizabeth für ihre Koketterie erwürgen sollte. Fast außer sich vor Wut verließ er das Hotel, ging zu einer in der Nähe gelegenen Taverne und bestellte sich grimmig einen steifen Whisky.

Ein paar Minuten trank Sebastian schweigend seinen Whisky; auf den ersten Blick schien die Taverne bis auf ihn und den Barkeeper leer zu sein. Als er die Anwesenheit eines dritten Mannes bemerkte, versteifte er sich leicht.

Der Mann war nur ein dunkler, schemenhafter Umriß, denn er saß jenseits des Kerzenlichts. Seine staubigen schwarzen Stiefel und seine langen Beine waren deutlich zu sehen, ein dünner Rauchkringel zeichnete sich neben seinem Kopf ab, und die rote Glut eines Zigarillo glühte in dem Schatten auf. Sebastian hatte das ungute Gefühl, daß der andere ihn beobachtete.

Noch immer von Groll gegen Nathan und Elizabeth erfüllt, stand Sebastian nach wie vor der Sinn nach einer Auseinandersetzung, und er beschloß, daß er den Blick des Fremden nicht mochte. Mit angriffslustig vorgeschobenem Kinn begann er, auf den Mann im Schatten zuzugehen, als der Fremde spöttisch murmelte: »Noch immer so hitzköpfig, junger Mann?«

Als er die Stimme hörte und das dunkle, schmale Gesicht mit den rauchgrauen Augen, in denen ein zynischer Funke aufblitzte, sah, trat ein ungläubiger Ausdruck auf Sebastians Gesicht. »Rafael!« rief er aufgeregt. »Was zum Teufel machst du hier? Ich dachte, ich würde dich erst auf der Hazienda wiedersehen.«

8

Mit einem trägen Lächeln um den vollen Mund betrachtete Rafael Santana den begeisterten jungen Mann vor sich und nahm seinen dünnen Zigarillo aus dem Mund. »Ich halte mich nicht in der Nähe von San Antonio auf, Amigo, wenn Don Felipe auf der Ranch ist. Selbst du solltest das noch wissen!«

Die auf Sebastians Gesicht liegende unverhohlene Freude verblaßte ein wenig, und er verfluchte sich selbst, daß er vergessen hatte, daß das Verhältnis zwischen Rafael und seinem Großvater so freundschaftlich wie das zweier Vipern war, und auch, daß sein Vater ihm erzählt hatte, daß Don Felipe gerade einen seiner seltenen Besuche auf der in der Nähe von San Antonio gelegenen Familienranch machte. Kleinlaut murmelte er: »Ich hatte vergessen, daß dein Großvater dort ist.« Dann kam ihm ein unbehaglicher Gedanke; er schluckte nervös und fragte: »Er bleibt doch nicht, oder?«

Rafael lachte, kalte Belustigung stand in seinen grauen Augen. »Nein. Wenn du dir Zeit mit deiner Reise nach San Antonio läßt, wirst du ihn um ein paar Tage verpassen. Ich glaube, er fährt diesen Montag nach Mexico City.«

Die Mitteilung, daß es nicht zu einem Zusammentreffen mit dem sarkastischen Don Felipe kommen würde, stellte Sebastians gute Laune wieder her. Er grinste Rafael an und murmelte: »Welch ein Jammer!«

Rafael lachte und erwiderte trocken: »Du scheinst wirklich sehr enttäuscht darüber zu sein, daß du meinem ehrenwerten Großvater nicht begegnen wirst.«

Eine Weile unterhielten sie sich über alle möglichen Familienangelegenheiten. Erst als Rafael ihm vorschlug, mit ihm zu einem kurzen Besuch nach Houston zu reisen und von dort aus gemeinsam nach San Antonio und der Hazienda der Santanas zu fahren, nahm die Unterhaltung eine unangenehme Wende.

Sebastian lehnte den Vorschlag zögernd ab, und als Rafael ihn nach dem Warum fragte, sah er ihn verlegen an. »Wenn du es unbedingt wissen willst – es ist wegen einer Frau. Ich habe sie auf dem Postschiff von New Orleans kennengelernt, und da sie morgen nach San Antonio weiterfährt, will ich sie begleiten.« Seine Wut auf Elizabeth war verraucht, die alte Verliebtheit zurückgekehrt, und er stieß in beinahe ehrfürchtigem Ton hervor: »Sie ist ein Engel, Rafael, die schönste, die süßeste, die —«

»Verschone mich!« unterbrach Rafael ihn barsch. »Es gibt keine Frauen, die Engel sind, Amigo! Keine!«

Ein störrischer Ausdruck trat auf Sebastians Gesicht, und er erwiderte trotzig: »Doch, sie ist ein Engel! Und ich habe vor, sie zu heiraten.«

»Erwarte nicht, daß ich dir alles Gute dazu wünsche«, entgegnete Rafael angewidert. »Ich wünsche dir zwar auch nichts Schlechtes, aber für mich ist die Ehe nun einmal nichts anderes als ein vom Teufel für die Unverbesserlichen geschaffenes, ganz besonders schreckliches Fegefeuer.«

In Rafaels Worten lag so viel Erbitterung, daß Sebastian leicht zurückwich. Dann jedoch fiel ihm Consuela ein, und er dachte, daß Rafael wahrscheinlich guten Grund für seine Worte hatte. Rafael hingegen dachte, vielleicht ein wenig zu hart zu Sebastian gewesen zu sein, und sagte in ruhigerem Ton: »Wann und wo willst du heiraten – in San Antonio? Oder wirst du deshalb nach New Orleans zurückkehren?«

Sebastian rutschte unbehaglich auf seinem Stuhl hin und her, und Rafaels plötzlich mißtrauische Augen wurden zu schmalen Schlitzen, als er fragte: »Könnte es sein, daß die Dame nicht frei ist? Daß sie zu der Sorte Frau gehört, die sich erst von einem Ehemann trennen, wenn sie den nächsten gefunden haben?«

Mit vor Wut blitzenden Augen fauchte Sebastian: »Geh nicht zu weit, Rafael! Ich erlaube dir nicht, schlecht über sie zu sprechen!«

Ein nachdenklicher Ausdruck trat in Rafaels graue Augen. »Diese Frau bedeutet dir sehr viel, nicht wahr?«

Sehr förmlich antwortete Sebastian: »Ja, das tut sie. Sie ist verheiratet, aber ich glaube nicht, daß es eine glückliche Ehe ist. Und wenn ich die Möglichkeit dazu habe, werde ich etwas dagegen unternehmen.«

Rafaels dunkles Gesicht verriet nichts über seine Gedanken, als er sich in den Schatten zurücklehnte und sich geistesabwesend einen neuen Zigarillo anzündete. Was Sebastian ihm da gesagt hatte, gefiel ihm ganz und gar nicht, und er war sicher, daß es auch Jason nicht gefallen würde, daß sein jüngster Sohn sich mit solch einer Frau einließ – einer älteren, verheirateten Frau, die hinter reichen jungen Männern her war.

Ein unbehagliches Schweigen folgte Sebastians beinahe trotzigen Worten, und eine Zeitlang schlürften die beiden Männer stumm ihren Whisky. Schließlich konnte Sebastian das Schweigen nicht mehr ertragen, und er sagte mit einem Blick auf Rafaels verschlossenes Gesicht: »So habe ich mir unser Wiedersehen nach zwei Jahren nicht vorgestellt.«

Rafael zuckte die Achseln, dann plötzlich grinste er, und sein Gesicht wirkte viel jünger und zugänglicher. »Ich auch nicht. Ich glaube, wir beide sind einfach ein bißchen zu temperamentvoll. Laß uns diese Unterhaltung ganz einfach vergessen und uns als gute Freunde auf der Hazienda wiedersehen, hm? Bis dahin wirst du entweder das Herz deiner Angebeteten erobert oder erkannt haben, daß sie doch nicht der Engel ist, für den du sie hältst, und wir können uns als Freunde und nicht als Feinde wiedersehen.«

Sebastian stimmte ihm eifrig zu; seine Verehrung für den älteren Verwandten ließ ihn die angebotene, versöhnliche Hand nur zu bereitwillig ergreifen. Die gespannte Atmosphäre lockerte sich, und ihre alte freundschaftliche Verbundenheit kehrte beinahe sofort wieder zurück.

Nach einem weiteren kräftigen Schluck Whisky fragte Sebastian: »Du hast mir noch gar nicht gesagt, was du hier machst.«

Rafael verzog das Gesicht. »Erinnerst du dich an Lorenzo Mendoza, Consuelas Vetter?« Auf Sebastians Nicken hin fuhr er fort:

»Nun, Lorenzo betätigt sich als Agent für Mexiko – dessen bin ich mir ziemlich sicher und verschiedene andere Leute auch. Er reist häufig durch das Land der Komantschen und versucht, sie dazu zu bringen, sich Mexiko anzuschließen und dabei zu helfen, die letzten unserer Leute aus Texas zu verjagen. Ich verbringe den größten Teil meiner Zeit damit, ihm auf den Fersen zu bleiben und das, was er bewerkstelligt hat, ungeschehen zu machen.« Ein gequältes Grinsen trat auf sein Gesicht, als er hinzufügte: »Und das ist auch der Grund, warum eine Menge Leute glauben, daß ich selbst Geschäfte mit den Komantschen mache. Aber um auf Lorenzo zurückzukommen, er hat irgendwann bemerkt, daß ich ihn verfolge, und dieses Mal hat er große Anstrengungen unternommen, damit ich nicht herausfinde, wohin er gegangen ist. Und so habe ich keine Ahnung, wie viele Indianerbanden er aufgesucht hat und was sie ihm als Gegenleistung versprochen haben. Doch vor ein paar Tagen habe ich seine Spur aufgenommen, und da sie mich hierher anstatt nach San Antonio führte, bin ich ein bißchen neugierig geworden und möchte herausfinden, was ihn nach Galveston treibt.«

»Hast du es herausgefunden?«

»Hm, ja«, erwiderte Rafael gedehnt. »Ich weiß, daß er sich mit einem Burschen getroffen hat, der die Indianer mit Waffen versorgt – und deshalb will ich morgen nach Houston. Sam Houston hat ein paar eigene Agenten in der Republik eingesetzt, und ich glaube, diese Information könnte ihm nützlich sein. Sicher kann er etwas unternehmen, um das Klima hier in Galveston ungesund für unseren Freund zu gestalten. Wenn er das nächste Mal einen Handel abschließen will, wird Lorenzo es nicht mehr so leicht haben.«

»Warum zum Teufel entlarvst du ihn nicht einfach? Oder tötest ihn?« fragte Sebastian.

»Weil es besser ist, Amigo, zu wissen, wo die Schlange ist. Und für seine Geschäfte mit den Komantschen haben wir keine konkreten Beweise. Kannst du dir vorstellen, daß es mir gelingt, einen Komantschen herzuschleppen und ihn erklären zu lassen, daß Lorenzo ihm großen Reichtum versprochen hat, wenn er ihm hilft, die Amerikaner aus dem Land zu jagen? Lorenzo hat sich hinter seinem Vater verschanzt, und es gibt eine Menge angesehene Leute, die eine hohe Meinung von ihm haben – manche von ihnen halten mich für den Ruchlosen! Lorenzo würde alles wortgewandt abstreiten, und der Komantsche würde wahrscheinlich gehängt oder erschossen werden, weil er es gewagt hat, einen Weißen zu denunzieren.«

Auch Sebastian erkannte das Problem, und er erkannte Rafaels große Besorgnis hinter seinen unbekümmerten Worten. Wenn die Indianerstämme sich mit Mexiko verbündeten, konnte das den Untergang der Republik bedeuten. Die meisten Leute in Texas hielten diese Möglichkeit zwar für ausgeschlossen, einige Prominente jedoch, zu denen auch Sam Houston, der Expräsident, gehörte, befürchteten, daß dieser Fall eintreten könnte.

Es war eine verdammte Schande, daß die Vereinigten Staaten sich vor einigen Jahren geweigert hatten, Texas in ihren Staatenbund aufzunehmen und die Republik auf diese Weise in die augenblickliche Situation gezwungen hatten – einen unabhängigen Staat, der ums Überleben kämpft. Die Republik brauchte den Schutz und die Stabilität der Union, aber die freien Staaten des Nordens wollten keinen weiteren Sklavenstaat aufnehmen. Diese Ablehnung war ein äußerst bitterer Schlag für Texas, doch irgendwie gelang es der Republik, zu überleben.

»Wie akut ist die Bedrohung durch Mexiko im Augenblick?« fragte Sebastian schließlich laut.

Ein hoffnungsloser Ausdruck lag in seinen grauen Augen, als Rafael antwortete: »Nur zu akut. Die Republik konnte überhaupt nur überleben, weil Mexiko mit seinen eigenen nationalen Problemen beschäftigt war. Wir haben überhaupt nur eine Chance, wenn es uns gelingt, sie daran zu hindern, die Indianer gegen uns aufzuhetzen.«

Rafael zog tief den Rauch seines Zigarillo ein, blies dann eine Rauchwolke in die Luft und sagte ruhig: »Schon 1837 hat Mexiko seine Agenten zu den Indianern geschickt, zuerst zu den Cherokesen im östlichen Teil der Republik, und als sie dort keinen Erfolg hatten, jetzt zu den Komantschen.« Er hielt einen Augenblick inne und fuhr dann fort: »Wenn es Mexiko gelingt, die verschiedenen Indianerstämme zu einen, werden wir uns der bisher größten Gefahr als unabhängiger Staat gegenübersehen. Wenn uns die Indianer von Norden und die mexikanische Armee von Süden her angreifen, wird Texas kaum eine Überlebenschance haben.« Mit angespannter Miene beugte Rafael sich vor. »Die Antelopes, die Nord-Komantschen, scheinen sich, wie gewöhnlich, abzusondern und weigern sich, die mexikanischen Agenten anzuhören. Die Süd-Komantschen jedoch sind anders. Hast du übrigens von dem Treffen gehört, das im März in San Antonio stattfinden soll?«

Sebastian schüttelte den Kopf. Seinen Zigarillo ausdrückend, erklärte Rafael: »Wenn alles gutgeht, wird es ein historisches Ereignis werden – zum ersten Mal überhaupt haben die Komantschen selbst um ein Treffen gebeten, und Colonel Karnes hat zugestimmt, vorausgesetzt, die Komantschen bringen alle ihre weißen Gefangenen mit. Und da«, sagte Rafael grimmig, »dürfte es Probleme geben.«

»Wieso? Ich finde das nur ehrlich.«

Rafael verzog das Gesicht. »Das wäre es, aber nicht, wenn man mit Komantschen verhandelt. Die Süd-Komantschen, die Pehnahterkuh, sind der bei weitem größte aller Komantschenstämme, und ich fürchte, daß sie mehr von den Texanern erwarten, als sie bekommen werden. Und ich glaube auch nicht, daß die Bevölkerung von San Antonio die typische Arroganz der Komantschen schlucken wird, so wie es die Spanier und Mexikaner taten. Die Komantschen werden wie immer Geschenke verlangen und sich jeden ausgetauschten Gefangenen teuer bezahlen lassen. Und ich glaube nicht, daß sie alle Gefangenen mitbringen werden – sie werden immer nur einen mitbringen und ihn bestmöglich verkaufen.«

Sebastian stieß einen vielsagenden Pfiff aus, als ihm die ganze Problematik mit aller Deutlichkeit klar wurde – die wütenden Texaner, die die Freilassung ihrer Leute verlangten, und die Komantschen, die glaubten, sie – wie Spanien und Mexiko – wie eine gedemütigte, besiegte Nation behandeln zu können. Es würde zweifellos Ärger geben ... wenn es unter den Texanern nicht ein paar sehr kühle Köpfe gab.

Rafael gingen die gleichen Gedanken durch den Kopf, und er sagte leicht frustriert: »Dieses Treffen kann zu einem Desaster werden – für alle. Und wenn es nichts bringt, wird es die Komantschen direkt in die Arme der Mexikaner treiben.« Unvermittelt grinste er und fragte: »Bist du immer noch sicher, daß du dich in der Republik niederlassen willst?«

Sebastian erwiderte sein Grinsen. »Soll ich mir etwa einen Kampf entgehen lassen? Natürlich werde ich mich hier niederlassen!«

Danach schweifte die Unterhaltung ab, und sie sprachen bis zum frühen Morgengrauen über Sebastians Pläne und das Land, das Rafael ihm zeigen würde. Als sie sich verabschiedet hatten und Rafael langsam zu den Mietstallungen ging, begann die Komantschen-Frage ihn wieder zu beschäftigen. Das Treffen in San Antonio konnte soviel Gutes bringen, wenn es erfolgreich verlief, aber wenn nicht ...

Wenn doch nur Houston noch Präsident wäre, dachte er erbittert, als er sein Pferd sattelte. Houston machte sich Gedanken um die Indianer, aber Lama, der jetzige Präsident, glaubte, daß nur ein toter Indianer ein guter Indianer sei. Rafael befürchtete, daß er vorhatte, die Republik von den Indianern zu säubern – von allen Indianern und mit allen Tricks. Rafael strich sich müde über die Stirn und war nahe daran, sich ein paar Stunden Schlaf in Galveston zu gönnen, ehe er nach Houston ritt. Doch dann verwarf er den Gedanken, er war viel zu aufgewühlt, um erholsamen Schlaf finden zu können.

Das geplante Treffen zwischen den Komantschen und den Texanern lastete schwer auf ihm, als er langsam in die Morgendämmerung ritt. Er hoffte nur, daß es nicht an der gesamten Grenze zu einem blutigen Gemetzel kommen würde. Zu viele Menschen werden sterben müssen, dachte er bitter, sowohl Komantschen als auch Texaner.

9

Endlich in San Antonio, dachte Elizabeth. Die Reise war nicht sehr anstrengend gewesen, und sie war dankbar, als gegen Ende der zweiten Märzwoche die geduckten Lehmhäuser von San Antonio in Sicht kamen. Die Reise von Galveston nach San Antonio war eine Offenbarung für sie gewesen, und sie hatte entdeckt, daß sie auf viele der Annehmlichkeiten, die ihr ihr ganzes junges Leben lang so selbstverständlich gewesen waren, verzichten konnte. Manche allerdings vermißte sie sehr. Am meisten fehlte ihr ihr Bad, doch sie lernte, sich mit einem Topf warmem Wasser und einer hastigen Wäsche hinter einem der Wagen zu begnügen.

Nathan hielt Wort und beklagte sich kein einziges Mal mehr. Manchmal preßte er zwar angewidert die Lippen zusammen, und daß er seinem Verdruß Luft machte, als er eines Morgens dicht neben seiner Decke eine zusammengerollte Klapperschlange entdeckte, war verzeihlich. Keiner von ihnen fühlte sich sehr wohl, als ihnen eines Tages mehrere Stunden lang eine wilde Horde von Kiowas folgte. Während sie immer wieder, nervös und wachsam, verstohlen zu den bronzefarbenen, halbnackten kleinen Gestalten mit ihren Lanzen, Bogen und Pfeilen hinübersah, war Elizabeth ungeheuer froh darüber, daß Sebastian und seine Leute sich ihnen angeschlossen hatten.

Sebastian war eine willkommene Ergänzung ihrer Reisegesellschaft. Elizabeth war glücklich über seine Gesellschaft, und ein wenig mürrisch beschloß Nathan schließlich, sich Sebastians Geschick im Umgang mit den Duellpistolen zunutze zu machen, und bat ihn, ihm abends Schießunterricht zu geben. Von da an übte Nathan fleißig und schoß auf Ziele, die er nie zu treffen schien. Zu ihrer aller – und ihrer eigenen – Überraschung wollte auch Elizabeth schießen lernen, und zu ihrer Freude stellte sie sich sehr geschickt dabei an, traf all die Ziele, die Nathan verfehlte.

Die Reise durch die wilden Wälder zwischen Galveston und San Antonio war eine völlig neue Erfahrung für Elizabeth. Sie hatte buchstäblich nichts zu tun, als in der Kutsche zu sitzen und träumerisch auf die hohen Tannen zu starren, deren durchdringender Duft die Luft erfüllte. Tag für Tag wanderten ihre Gedanken ziellos umher, träge Gedanken, die bald vergessen waren, während ihre Karawane sich beständig auf ihr Ziel zu bewegte.

Wenn sie nachts im hinteren Teil des Wagens gemütlich in ihrem Bett lag, starrte sie in den von Sternen übersäten schwarzen Himmel hinauf und stellte staunend fest, wie sehr sich das doch alles von dem Komfort ihres weichen Bettes mit den seidenen Kissen zu

Hause unterschied. Während sie in der Dunkelheit lag und auf die nächtlichen Geräusche des Waldes, den fernen Schrei einer jagenden Eule, das gelegentliche Heulen eines fernen Koyoten oder den furchterregenden Schrei eines Pumas lauschte, fragte sie sich häufig, ob es wirklich klug gewesen war, diese Reise nach Santa Fé anzutreten. Man hatte ihnen geraten, zu warten und sich einer Handelskarawane anzuschließen, die Ende März oder Anfang April von Independence, Missouri, starten und von dort zu dem großen Treffpunkt von Council Grove im Indianerterritorium fahren würde. Da würden Dragoner zum Schutz der Wagen gewesen sein, und sie wären viel sicherer gewesen. Aber getrieben von irgendeinem inneren Zwang, hatte Elizabeth nicht warten und sich der Karawane nach Santa Fé anschließen wollen. Taub für alle Argumente Nathans in Briarwood, war sie entschlossen, die südliche Route zu nehmen, nach San Antonio und von dort nach Durango, tief im Inneren von Mexiko, zu reisen, am Rande der Great Plains entlang und dann der Route nach Santa Fé zu folgen, die die Spanier vor Jahren benutzt hatten. Sie wußte selbst nicht, warum sie so störrisch darauf beharrte, sie wußte nur, daß die Reise von ungeheurer Bedeutung für sie war, daß sie einmal in ihrem Leben ihre Träume realisierte.

Sie blieben nur drei Tage in San Antonio, gerade lange genug, um ihre Vorräte aufzufrischen und sich ein wenig von den Strapazen der Reise erholen zu können. Hier in San Antonio verließ Sebastian sie mit seinen Dienern, um zu seinen Verwandten zu reisen; er hatte sich mit jeder Meile, die sie zurücklegten, vor diesem Augenblick gefürchtet. Ich habe ja noch diesen Abend, dachte er finster, als sie sich für kurze Zeit in ihre Hotelzimmer zurückzogen.

Nathan freute sich auf Sebastians Abreise. Er fürchtete zwar nicht wirklich, daß Elizabeth sich in den jungen Mann verliebte, aber ... Im plötzlichen Bedürfnis nach Bestätigung murmelte Nathan, als er und Elizabeth auf ihr Zimmer zugingen: »Du magst Sebastian sehr, nicht wahr?«

»O ja! Er ist ein wirklich guter Freund für uns, und ich habe seine Gesellschaft sehr genossen. Er wird mir fehlen, wenn er uns morgen verläßt«, erwiderte Elizabeth aufrichtig, und ihre Augen umwölkten sich.

Nathan, wie immer bekümmert, wenn Elizabeth nicht ganz glücklich war, tätschelte ihre Hand. »Nun komm, mein Liebes. Es wird nicht das letzte Mal sein, daß du ihn siehst. Haben wir ihn nicht zu uns nach Natchez eingeladen?«

Elizabeth lächelte ihn an. »Das haben wir. Tut mir leid, wenn ich trüber Stimmung schien. Ich habe ihn einfach in der kurzen Zeit sehr liebgewonnen. Wahrscheinlich, weil er genau die Art Bruder ist, die jedes Mädchen sich wünscht.«

Sebastian würde laut aufgestöhnt haben bei diesen Worten, doch sie zerstreuten alle vagen Ängste Nathans. Fröhlich sagte er: »Also, nun sei nicht mehr traurig wegen seiner Abreise ... wir werden ihn wiedersehen, da bin ich ganz sicher. Fürs erste haben wir es sicher bis nach San Antonio geschafft, und ich muß gestehen, daß ich die Reise trotz meiner anfänglichen Bedenken in gewisser Weise genossen habe. Wenn die Reise nach Santa Fé weiterhin so problemlos verläuft, werde ich voll und ganz zufrieden sein. Und ich werde wahrhaft unausstehlich sein mit meinen Geschichten, wie wir in diesem fremden, wilden Land überlebt haben, wenn wir wieder in Natchez sind.«

Das entsprach nur allzu sehr der Wahrheit, und Elizabeth mußte unwillkürlich lachen. Sie konnte sich nur zu gut vorstellen, wie er es – genüßlich seinen Mint-Julep im Mansion House schlürfend – allen seinen Bekannten erzählen würde.

Das Hotel war schön. Es war neu und sehr amerikanisch, doch Elizabeth gefiel es, auch wenn es keine der Annehmlichkeiten bot, an die sie gewöhnt war. Es war sauber, auf zweckdienliche Weise gemütlich, und das Essen war heiß und reichlich. Elizabeth genoß es über die Maßen, nach wochenlangem Lageressen einmal wieder heißes, herzhaftes Chili guisado und flache, warme Tortillas vorgesetzt zu bekommen, die die Schärfe des Chili ausglichen. Dazu gab es die üblichen texanischen Beilagen: saftige, dicke Beefsteaks, lockere Biskuits und dampfenden, starken schwarzen Kaffee.

Sebastian war während des Essens ungewöhnlich still gewesen. Er wußte, daß dies für viele Monate, vielleicht sogar länger, sein letzter Abend mit Elizabeth war, und er war sehr niedergeschlagen. Erst als sie eine letzte Tasse Kaffee tranken, ehe sie sich für die

Nacht zurückzogen, kam ihm eine Idee, die ihm vielleicht noch ein paar Tage mit Elizabeth bescheren konnte. Mit vor unterdrückter Erregung glitzernden Augen beugte er sich über den Tisch und sagte eindringlich: »Mir ist gerade klargeworden, daß Sie auf Ihrem Weg nach Durango fast an der Hazienda del Cielo vorbeikommen. Cielo liegt etwa sechzig Meilen südlich von hier, und es würde Ihnen sicher Spaß machen, für einen oder zwei Tage dort Station zu machen. Ich weiß, daß mein Vetter Miguel Ihnen mehr als gern seine Gastfreundschaft anbieten würde – für jemanden, dessen nächster Nachbar so weit weg wohnt, sind Besucher immer sehr willkommen.«

Sehr beiläufig fügte er hinzu: »Falls Sie es tun würden, gäbe es keinen Grund für mich, morgen früh abzureisen – ich könnte meine Abreise um ein paar Tage verschieben und mit Ihnen weiterfahren. Ich weiß, daß Ihnen ein Besuch auf der Hazienda Spaß machen würde – bitte, sagen Sie ja!«

Elizabeth fand die Idee ungeheuer anziehend, aber sie wollte sich einem Fremden nicht aufdrängen, und außerdem mußte sie an Nathan denken. Wie stand er zu der Einladung?

Trotz des beruhigenden Gesprächs mit Elizabeth wollte Nathan kein Risiko eingehen – Sebastian sah einfach zu gut aus, als daß er ihm gestatten konnte, seiner Frau den Hof zu machen. Und da er annahm, daß Elizabeth dank ihrer angeborenen Höflichkeit automatisch ablehnen würde, glaubte er, die Einladung guten Gewissens ablehnen zu können. »Wir freuen uns über Ihr Angebot, Sebastian, aber ich fürchte, wir müssen es ausschlagen. Vielleicht auf dem Rückweg von Santa Fé?«

Das gefiel Sebastian nicht, aber er konnte nichts dagegen tun – zumindest zogen sie einen späteren Besuch in Erwägung. Mehr konnte er im Augenblick nicht erreichen, und so sagte er mit resigniertem Achselzucken: »Nun gut. Aber ich muß gestehen, daß ich tief enttäuscht bin. Besonders Ihnen, Beth, mit Ihrem Interesse an den frühen spanischen Entdeckern würde es sehr gefallen haben. Es ist eine sehr alte Ranch, eine der ältesten in dieser Gegend. Don Miguel sagt, es heiße, daß einer von Cabeza de Vacas Männern ein Vorfahr von ihm sei.« Ihm war klar, daß es hinterhältig war, einen so verlockenden Köder auszuwerfen, doch er tat es aus Verzweiflung.

Nathan wußte genau, worauf Sebastian hinauswollte, und das unverkennbare Interesse in Elizabeths Augen gefiel ihm nicht. »Wer, zum Teufel, ist dieser Vaca? Ich habe nie von ihm gehört.«

Elizabeths Augen waren groß vor Verwunderung, als sie rief: »Aber Nathan! Sag nicht, daß du noch nie von Cabeza de Vaca gehört hast. Er war einer der ersten, die Texas durchquerten. Er und seine Männer waren fast acht Jahre lang verschollen, und sie gehörten zu den ersten, die die sieben Goldstädte erwähnten. Du mußt von ihm gehört haben!«

»Ach so, dieser de Vaca!« erwiderte Nathan leichthin und gab sich überzeugend den Anschein, natürlich gewußt zu haben, worum es ging. »Ja, dieser de Vaca!« wiederholte er mit spöttischem Aufblitzen seiner Augen. »Er und drei andere erlitten vor der Küste von Texas – man vermutet im Jahre 1528 – bei Galveston Schiffbruch, und nachdem es ihnen gelungen war, den Indianern zu entfliehen, schlugen sie sich bis nach Culiacán in Mexiko durch.«

Begierig fragte Elizabeth: »Und wer von seinen Gefährten war Don Miguels Vorfahr?«

Sebastian verzog den Mund. »Jetzt haben Sie mich, Beth. Es ist nur eine Familienlegende, und ich bin nicht einmal sicher, ob sie der Wahrheit entspricht. Aber wenn sie wahr ist, kann es sich nur um ›Estevanico‹ handeln, der Araber oder Maure gewesen sein soll.«

»Wie aufregend!« stieß Elizabeth atemlos hervor. Sich an Nathan wendend, bat sie ungestüm: »O Nathan, laß uns dorthin fahren! Ich würde Sebastians Vetter so gern kennenlernen und mir die Hazienda ansehen! Ich bin sicher, daß es uns dort sehr gefallen würde.«

Es gab nur wenig, was Nathan Elizabeth abschlagen konnte, insbesondere, wenn sie ihn so wie jetzt mit vor Aufregung weitaufgerissenen Augen ansah, und so kapitulierte er schließlich. »Nun, wenn du es wirklich willst, Liebes, habe ich nichts dagegen.«

Elizabeth beugte sich zu ihm hinüber und gab ihm einen schnellen Kuß auf die Wange. »Ich danke dir, Nathan! Ich weiß, daß es dir auch gefallen wird.«

Sebastian war ungeheuer erleichtert über die Entwicklung der

Dinge, doch als er sah, wie Elizabeth ihren Mann küßte, geriet er in Wut, und so sagte er mit falscher Herzlichkeit: »Dann gehe ich also davon aus, daß wir gemeinsam am Freitagmorgen aufbrechen.« Mit einem schnellen Blick zu Elizabeth fügte er hinzu: »Ich bin sicher, Sie werden sich bei meinem Vetter und seiner Familie so wohl fühlen, daß Sie vielleicht länger als ein, zwei Tage dort bleiben wollen.«

In dieser Nacht schlief Elizabeth unruhig, wälzte sich ruhelos im Bett hin und her, während sie zum ersten Mal nach Jahren plötzlich wieder von jenem gefährlichen schwarzhaarigen Fremden träumte.

Am nächsten Morgen wachte sie mit einem Gefühl freudiger Erregung auf. Sie sprang aus dem Bett und lief zum Fenster hinüber. Das Hotel lag an der Haupt-Plaza von San Antonio, und ihr Blick blieb an einem mit Stroh beladenen und von zwei Ochsen gezogenen Wagen hängen, der langsam auf eine der Straßen zurollte, die von der Plaza ausgingen. Eine Frau in einem weiten roten Rock und einer tiefausgeschnittenen weißen Bluse, die einen Krug auf dem dunklen Kopf balancierte, erregte ihr Interesse, und sie lächelte, als sie einen kleinen Mexikanerjungen, dicht gefolgt von zwei komischen Kötern, um den Platz rennen sah.

Trotz der auf dem Platz herrschenden regen Aktivität lag eine schläfrige Stimmung über der Stadt. Die Häuser mit den dicken Mauern aus Lehm und ihren flachen roten Dächern schienen in der warmen Sonne zu dösen. Es gab nur wenige Bäume, aber hin und wieder hoben sich die Zweige einer riesigen Zypresse oder das sich weithin wölbende Laubwerk eines Baumwollbaums in kontrastreichem Grün von den blaßbraunen Mauern der Häuser ab. Der nur wenig Wasser führende San Antonio River und der San Pedro Creek wanden sich zu beiden Seiten der Stadt entlang, dahinter erstreckten sich weite, sanft gewellte Grasflächen. Es war ein friedliches Bild, doch Elizabeth spürte, wie ihre nächtliche innere Unruhe zurückkehrte, und plötzlich wurde ihr schmerzhaft bewußt, daß sie den Spaß an der Reise verloren hatte und von einem seltsamen Vorgefühl drohender Gefahr erfüllt war. Und in diesem Augenblick spürte sie auf unerklärliche Weise die dynamische Anwesenheit Rafael Santanas, konnte sie ihn beinahe mit seinen weitausholenden Schritten über die Plaza gehen sehen.

Sie hatte ihn so lange aus ihrer Erinnerung verdrängt, hatte sich fast selbst überzeugt, daß er gar nicht existierte, und jetzt, jetzt kehrte die Erinnerung an ihn ohne jede Vorwarnung zurück, und Elizabeth war wütend ... und entsetzt, als sie plötzlich erkannte, daß der teuflische Liebhaber aus ihren Träumen und Rafael Santana ein und dieselbe Person waren!

Sie hatte es wahrscheinlich schon immer gewußt, es nur nicht wahrhaben wollen, und sie wurde fast hysterisch bei dem Gedanken, daß sie bereits von seinen Küssen und seinem sich an sie pressenden, schlanken Körper geträumt hatte, als sie ihm noch gar nicht begegnet war. Zitternd tat sie einen tiefen Atemzug. Sie war natürlich verrückt. Der Mann in ihren Träumen hatte kein Gesicht gehabt, und sie benahm sich wie ein dummes Kind, wenn sie glaubte, Rafael Santanas Gegenwart zu spüren – er war wahrscheinlich meilenweit von San Antonio entfernt. Bei dieser Überlegung beruhigte sie sich ein wenig, und sie kämpfte grimmig das übermächtige Bedürfnis, von hier fortzugehen und so schnell wie möglich nach Briarwood zurückzukehren, nieder.

Falls Nathan und Sebastian bemerkten, daß Elizabeths Lächeln erzwungen war oder daß sie tiefe Schatten unter den Augen hatte, so erwähnten sie es jedenfalls nicht. Nathan zeigte einen so verwirrenden Drang, sich dicht an der Seite seiner Frau zu halten, daß Sebastian fast die Beherrschung verlor. Und Elizabeth schien so offensichtlich dankbar für Nathans Anwesenheit, begegnete ihm mit soviel Herzlichkeit, daß Sebastian sich für eine Weile entschuldigen mußte, damit er seine Eifersucht nicht zu deutlich zeigte. Er erkannte, daß es nicht so einfach sein würde, Elizabeths Herz zu erobern, wie er gedacht hatte.

Und so gingen Nathan und Elizabeth allein auf Entdeckungsreise durch die alte spanische Stadt, während Sebastian sich seiner Verzweiflung über seine unglückliche Liebe hingab. Natürlich führte ihr Weg sie zu der gegenüber der Stadt am kleinen San Antonio River gelegenen alten Mission von San Antonio de Valero. Die Mission trug seit Jahren den Namen »Die Pappeln« nach einer in der Nähe stehenden Pappelgruppe, und hier hatte General Santa Anna vor noch nicht einmal fünf Jahren die spanischen Verteidiger vernichtet, die entschlossen waren, Texas vor den mexikanischen Tyrannen zu bewahren. Traurig betrachtete Elizabeth die Ruine der Missionskirche, die lange vor dem schrecklichen Gefecht eingestürzt war. Das letzte blutige Gefecht hatte kaum neunzig Minuten gedauert, doch während dieser Zeit waren hundertachtzig heldenhafte Männer voller Ideale gestorben.

Nach tiefem, traumlosem Schlaf war Elizabeth am Donnerstag endlich in der Lage, ihre seltsame Stimmung abzuschütteln, und sie begann, ihren kurzen Besuch in San Antonio richtig zu genießen. Die Bewohner waren freundlich, und obwohl sie niemanden in der Stadt kannten, wurden sie während ihrer Ausflüge beinahe überschwenglich gegrüßt. Die meisten Bewohner waren Texaner, doch es gab noch immer einen großen mexikanischen Bevölkerungsanteil, und von allen wurden sie herzlich gegrüßt; die Frauen lächelten, und die Männer zogen entweder ihre riesigen Sombreros oder ihre breitkrempigen Texaner-Hüte.

Daß sie Fremde waren, war an ihrer modischen Kleidung klar zu erkennen. Elizabeths malvenfarbenes Seidenkleid mit dem enganliegenden Mieder, den weiten Röcken und den langen, schmalen Ärmeln war ein Beweis dafür. Nathan war ebenso elegant gekleidet: Sein helles Haar leuchtete unter einem grauen Zylinder auf, und sein zweireihiger, schmalgeschnittener taubengrauer Schoßrock paßte sicher besser nach Natchez als in die Grenzstadt San Antonio. Sein Spazierstock und seine strahlendweißen Handschuhe wiesen darauf hin, daß er nicht aus dieser Gegend stammte, und so war es kein Wunder, daß er viele neugierige Blicke auf sich zog.

Es ging auf Mittag zu, und Elizabeth wollte gerade vorschlagen, zum Mittagessen ins Hotel zurückzugehen, als sie von einem adlig aussehenden Herrn und seiner jungen Frau gegrüßt wurden. Beide waren gut gekleidet, die Frau in ein flatterndes braunes Seidenkleid und ihr Mann in einen gutsitzenden braungelben Rock und eine bestickte Seidenweste.

Doch das Paar ging nicht an ihnen vorbei, sondern blieb stehen, und der Herr sagte freundlich: »Uns ist nicht entgangen, daß Sie fremd hier sind, und wir möchten Ihnen unsere Hilfe anbieten, damit Sie sich hier wohl fühlen. Ich bin Sam Malverick, sowohl

Rechtsanwalt als auch Ranger, und das ist meine Frau Mary. Wollen Sie hier ansässig werden, oder besuchen Sie vielleicht Verwandte?« Der Mann war die Höflichkeit in Person, und Elizabeth mochte ihn auf Anhieb. Mary schenkte Elizabeth ein ruhiges, freundliches Lächeln, das Elizabeth ein wenig scheu erwiderte. Eine Weile machten sie höfliche Konversation, während der Nathan erklärte, daß sie sich nur kurze Zeit in San Antonio aufhielten, um dann nach Santa Fé weiterzureisen, wo sie Stella Rodriguez, eine Freundin seiner Frau, besuchen wollten. Bei der Erwähnung von Stellas Namen wurde die Unterhaltung plötzlich lebhafter, denn die Malvericks kannten Stella und ihre Familie. Und nach wenigen Minuten unterhielten sie sich, als wären sie uralte Bekannte. Sie hätten sich noch endlos weiter unterhalten, wenn Mary Malverick nicht plötzlich gesagt hätte: »Das ist ja lächerlich, auf der Straße zu stehen und zu plaudern! Kommen Sie doch zu uns nach Hause. Es liegt gleich dort drüben an der Ecke des Platzes. Sehen Sie die riesige Zypresse? Nun, dahinter steht unser Haus. Bitte sagen Sie, daß Sie kommen werden ... und auch zum Essen bleiben.«

Nathan und Elizabeth lehnten sehr höflich ab, aber Mary und Sam Malverick blieben hartnäckig. Und da Elizabeth die Unterhaltung gern fortgesetzt hätte und die Malvericks sehr nett fand und es Nathan ähnlich ging, saßen sie kurze Zeit später auf einem mit Chintz bezogenen Sofa in dem dreiräumigen Haus.

Der unerwartete Besuch bei den Malvericks erwies sich als äußerst angenehm und vergnüglich, und sogar Nathan war bald in eine lebhafte Diskussion über die Vorzüge und Annehmlichkeiten von Texas verwickelt. Elizabeth hatte Bedenken; sie dachte an die Kiowas, die sie gesehen hatten, und an Stellas Berichte über raubende und mordende Komantschen, und sie platzte heraus: »Aber was ist mit den Indianern? Ich habe gehört, daß sie regelmäßig Menschen umbringen.«

Sam Malverick runzelte die Stirn und gab widerstrebend zu: »Das ist leider wahr. Die Indianer, insbesondere die Komantschen, sind die größte Gefahr für uns – ganz abgesehen von der stets gegenwärtigen Bedrohung einer mexikanischen Invasion.« Er hielt inne, und als er sah, daß ihm die Aufmerksamkeit seiner beiden Gäste gehörte, fuhr er ernst fort: »Anfangs griffen die Komantschen uns nicht an, doch in den letzten Jahren wurden ihre Überfälle immer grausamer. Im Jahre 1838 nahm das Abschlachten derartige Ausmaße an, daß es im Bezirk Bastrop fast keine Siedler mehr gab. Es war schrecklich, ganze Familien wurden ausgelöscht. Schrecklich!« Dann entspannten sich seine Züge, und er fügte zuversichtlich hinzu: »Doch wir hoffen, daß diese gewalttätigen Überfälle vorbei sind – wenn alles gutgeht, wird das Grenzgebiet bald für alle Texaner sicher sein.«

Elizabeths Zweifel waren ihrem Gesicht deutlich abzulesen, als sie fragte: »Wie wollen Sie das anstellen? Es ist Ihnen in der Vergangenheit nicht gelungen – wieso glauben Sie, daß die Zukunft anders werden wird?«

Die Antwort gab Mary. Sie beugte sich in ihrem Schaukelstuhl vor und sagte ernst: »Normalerweise würde ich Ihnen beipflichten, Mrs. Ridgeway, aber vor nicht allzu langer Zeit ritt hier eine Gruppe von Komantschen durch, und sie gaben ihrem Wunsch nach Frieden Ausdruck. Unsere tapferen Texas Rangers waren bisher häufig in der Lage, diese verrückten Kerle in ihr eigenes Territorium zurückzuschlagen, und wir glauben, daß sie allmählich erkennen, daß wir Texaner uns nicht so einfach wie die Spanier und Mexikaner einschüchtern lassen. Colonel Karnes, der Kommandeur des südlichen Grenzgebietes, hat ein Treffen arrangiert, und alle hoffen, daß ein dauerhafter Frieden erreicht werden kann. Die Tatsache, daß die Komantschen selbst das Friedenstreffen verlangten, gibt uns allen neue Hoffnung.« Plötzlich trat ein nachdenklicher Ausdruck auf ihr Gesicht, und sie fügte hinzu: »Das einzige Problem wird sein, ob die Komantschen bereit sind, alle ihre weißen Gefangenen freizugeben. Wenn nicht, wird es keinen Frieden geben.«

»Gefangene?« fragte Nathan erstaunt. »Was zum Teufel wollen sie mit Gefangenen? Außerdem würde ich glauben, daß jeder Mann in der Lage sein sollte, diesen primitiven Wilden zu entfliehen.«

Auf Mrs. Malvericks Gesicht trat ein unbehaglicher Ausdruck, und sie entgegnete leise: »Sie nehmen nie männliche Gefangene, nur Frauen im gebärfähigen Alter und kleine Kinder.« Mit bedrückter Miene fuhr sie fort: »Sie benutzen die Frauen als Sklavinnen und zu anderen gemeinen Zwecken – sie zwingen diese unglücklichen Geschöpfe, ihnen Mischlinge zu gebären! Die gefangenen weißen Kinder werden meist in den Stamm aufgenommen, und sie wachsen in dem Glauben, Komantschen zu sein, auf.«

Elizabeth war entsetzt, und sie rutschte unbehaglich auf dem Sofa hin und her. Plötzlich war sie von Angst erfüllt, stellte sich selbst in den Klauen brutaler Wilder vor und die Demütigung, die das für sie bedeuten würde. Abscheulich! Ein unerträglicher Gedanke! Zugleich war sie auf schreckliche Weise fasziniert, und sie konnte nicht umhin zu fragen: »Und überleben sie?«

Die Malvericks wirkten erbittert, und Sam Malverick erklärte barsch: »Manchmal ja, manchmal nein. Über das Schicksal von vielen von ihnen haben wir nie etwas erfahren. Aber damit muß Texas in den letzten Jahren leben«, sagte er düster. »Trotz unserer Bemühungen, Verträge mit ihnen zu schließen, setzen sie ihre Überfälle fort. Die Rangers tun ihr Bestes, aber sie sind zu wenige, um gegen die grausamen, gnadenlos tötenden Horden eine Chance zu haben. Das *muß* einfach aufhören! Die Komantschen müssen lernen, daß wir Texaner hier bleiben werden und uns, was noch wichtiger ist, nicht wie die Spanier und Mexikaner einschüchtern lassen. Wir werden uns den Frieden nicht mit Geschenken erkaufen!« Wütend schloß er: »Dies ist unser Land, und wir werden uns nicht daraus vertreiben lassen!«

Beide Malvericks hatten das Gefühl, daß sie ihren Gästen ein zu düsteres und schreckliches Bild vom Leben in Texas entworfen hatten, und sie wechselten fast abrupt das Thema und schilderten nur noch die Vorzüge und Schönheiten des Landes.

Als die Ridgeways die Malvericks schließlich verließen, hatten sie das Thema Komantschen längst vergessen. In der Nacht jedoch hatte Elizabeth wieder einen schrecklichen Alptraum, in dem sie nackt und hilflos lüsternen Komantschen ausgeliefert war, die sie mit gierigen Augen anstarrten. Der Feuerschein zuckte über ihre grausamen Gesichter, als sie sie dichter und dichter umringten. Dann plötzlich waren sie verschwunden, und da war nur noch ein Komantsche: ein hochgewachsener, schlanker Komantsche mit einem blutigen Messer und grauen Augen ... ein Komantsche mit dem Gesicht Rafael Santanas!

10

Die Hazienda del Cielo lag in einer der schönsten Gegenden, die Elizabeth je gesehen hatte. Fast sechzig Meilen südwestlich von San Antonio lag sie in einer zerklüfteten, von Eichen bedeckten Berglandschaft mit malerischen grünen Tälern und einladenden blauen Flüssen, die von hohen Zypressen umsäumt waren. Während sie auf die Hazienda zufuhren, sahen sie große Viehherden mit den gebogenen, langen Hörnern, die sie als texanische Rinder auswiesen.

Sie hatten San Antonio am Tag zuvor bei Anbruch der Dämmerung verlassen, und die Fahrt zur Hazienda war ohne Zwischenfälle verlaufen. In Anbetracht ihrer jüngsten Alpträume war Elizabeth mehr als dankbar dafür, daß Sebastian und seine vier Diener noch bei ihnen waren. Es verlieh ihr ein Gefühl der Sicherheit, und sie dachte lieber nicht an die möglichen Gefahren – Gefahren durch raubende Indianer oder die zusätzliche Gefahr, daß eine Horde herumstreunender mexikanischer Bandidos, die das Land noch immer in Angst und Schrecken versetzten, sie entdecken könnten; diese Bandidos raubten, vergewaltigten und mordeten offensichtlich mit dem Segen von Mexico City.

Doch Nathan griff das Thema Indianer auf, und als sie über das, was die Malvericks ihnen erzählt hatten, diskutierten, mußte Elizabeth zugeben: »Vielleicht war diese Reise doch ein Fehler, Nathan. Sie ist gefährlich. Würdest du mich für verrückt halten, wenn ich zugäbe, daß ich den Spaß daran verloren habe?«

Er hielt sie nicht für verrückt, aber er war völlig überrascht und sehr erleichtert. Er wollte nicht einmal wissen, was sie zu diesem langersehnten Sinneswandel bewogen hatte und fragte begierig: »Heißt das, daß wir nicht mehr weiterreisen müssen? Daß wir nach Natchez zurückfahren können?«

Einen langen Augenblick lang dachte Elizabeth darüber nach, dachte an ihren innigen Wunsch, Stella und das kleine Kind zu sehen. Sie wünschte sich fast verzweifelt, Stella wiederzusehen, doch sie hatte Angst, und die Reise, die mit so vielen Hoffnungen und Träumen begonnen hatte, gab ihr nun das Gefühl drohender Gefahr. Sie holte tief Luft und sagte leise: »Ja. Wir können ein, zwei Nächte bei Sebastians Verwandten bleiben, dann fahren wir über San Antonio denselben Weg nach Hause zurück.«

Nathan war froh, überfroh sogar, und er unternahm keinen Versuch, es zu verbergen. Als sie anhielten, um die Pferde und Ochsen ausruhen zu lassen, konnte er sich nicht mehr beherrschen. Glücklich teilte er Sebastian die Neuigkeit mit. Seine Verwunderung stand deutlich in seinem hübschen, schmalen Gesicht, als Sebastian verblüfft sagte: »Nach Hause fahren? Sie wollen nicht weiter nach Santa Fé?«

»Nein«, antwortete Nathan zufrieden. »Beth will nicht weiterreisen. Doch wir nehmen Ihre freundliche Einladung auf die Hazienda gern an; danach fahren wir über San Antonio nach Natchez zurück.«

Sebastian sah Elizabeth eindringlich an und versuchte herauszufinden, was ihren unerwarteten Sinneswandel herbeigeführt hatte. Elizabeth hielt seinem Blick stand, doch sie schien verwirrt. Sie war solch eine Närrin, und sie wußte es, doch so groß anfangs ihre Freude auf diese Reise war, so groß war jetzt ihr Wunsch, so schnell wie möglich aufzubrechen und in die Geborgenheit von Briarwood zurückzukehren. Mit Mühe murmelte sie: »Ich weiß, Sie müssen mich für das wankelmütigste Geschöpf der Welt halten, aber mir ist einfach klargeworden, daß ich nicht weiterreisen möchte. Ich werde meiner Freundin in Santa Fé schreiben und ihr alles erklären.«

Dazu gab es nichts mehr zu sagen, auch wenn Sebastian gern weiter darüber diskutiert hätte. Doch er ließ den Augenblick verstreichen. Ob Elizabeth nun weiter nach Santa Fé fuhr oder nach Natchez zurückkehrte, in jedem Fall verschwand sie in den nächsten Tagen aus seinem Leben ... wenn es ihm nicht gelang, sie davon zu überzeugen, daß sie zu ihm gehörte. Sie muß von den Tändeleien ihres Mannes mit jungen Männern erfahren, beschloß er nachdenklich, muß erfahren, daß Nathan nicht der brave Ehemann ist, der er sein sollte. Würde sie dann nicht eher geneigt sein, das Heiratsangebot eines *richtigen* Mannes anzunehmen?

Während des letzten Teils der Reise war Elizabeth ziemlich niedergeschlagen; als sie jedoch um einen Bergkamm herum in ein weites grünes Tal einbogen und sie die Hazienda erblickte, war sie seltsam froh, Sebastians Einladung angenommen zu haben. Wie eine leuchtende weißgestrichene Festung lag die Hazienda am fernen Ende des grünen Tals, über den dicken Lehmmauern und den das Wohnhaus umgebenden Bäumen waren Teile des roten Daches zu sehen. Ein breiter, blauer, von Zypressen und Gummibäumen umsäumter Bach wand sich durch das Tal, die staubige Straße, die zur Hazienda führte, war von ausladenden Platanen beschattet.

Die äußeren Mauern, deren Simse mit dicken Eisennägeln besetzt waren, erhoben sich etwa zwölf bis fünfzehn Fuß hoch in die Luft. Elizabeth hatte das Gefühl, eine mittelalterliche Festung zu betreten, als das breite Eisentor am Eingang hinter ihnen zuschlug. Voller Unbehagen erkannte sie, daß diese Mauern der einzige Schutz vor den Greueln waren, denen die Leute hier sich täglich gegenübersahen. Wohin sie auch blickte – wie gepflegt und gefällig es auch aussehen mochte –, alles erinnerte sie daran, daß es Schutz vor plündernden und mordenden Indianern bieten sollte. Und plötzlich wurde ihr bewußt, wieviel Glück sie gehabt hatten, daß sie unversehrt bis hierher gelangt waren, und wie froh sie sein würde, Natchez zu erreichen, ohne einen Indianer zu Gesicht bekommen zu haben.

Tatsächlich waren es zwei Mauerreihen. Die äußeren Mauern bildeten eine stabile Schutzbarriere für die Lehmhütten der Landarbeiter und Vaqueros, die auf der Ranch arbeiteten und lebten. In den sie umgebenden mehreren Morgen Land lagen der Getreidespeicher, die Lagerhäuser, der Gemeinschaftsbrunnen und die Ställe. Die innere Mauer sollte – obwohl hoch und breit und leicht zu verteidigen – die Casa grande lediglich von den anderen Gebäuden abtrennen.

Am Tor der zweiten Mauer blieb die Kutsche stehen. Sebastian stieg schnell von seinem Pferd und verschwand durch das Tor. Während Elizabeth und Nathan langsam auf den Säulengang zuschlenderten, durch den Sebastian verschwunden war, sah Elizabeth sich interessiert um. Auf der anderen Seite des Torbogens lag eine andere Welt, und Elizabeth hielt freudig überrascht den Atem an. Es war eine Welt der Anmut und Eleganz, voll blühender roter Bougainvilleas, orange- und gelbfarbener Klettertrompeten, glitzernder Wasserfontänen und mit Fliesen ausgelegter Innenhöfe, wo dichtbelaubte grüne Bäume willkommenen Schatten spendeten. Die Wände des Hauses glänzten so weiß in der Sonne, daß Elizabeth die Augen weh taten.

Sie überquerten gerade den äußeren Hof und gingen auf die drei flachen Stufen zu, die ins Innere der Hazienda führten, als Sebastian, begleitet von einem gutaussehenden, schlanken Mann um die Fünfzig, in den Säulengang hinaustrat. Eine untersetzte, matronenhafte Dame, deren dunkles Haar von einer schwarzen Spitzenmantilla bedeckt war, folgte ihnen.

Ein breites, willkommenheißendes Lächeln trat auf das Gesicht des Mannes – ohne Zweifel Don Miguel –, und er rief fröhlich: »Sie sind also Sebastians Freunde? Kommen Sie, kommen Sie herein und erfrischen Sie sich! Die Hazienda steht zu Ihrer Verfügung – wir sind überglücklich, daß Sie sich von Sebastian überreden ließen, uns zu besuchen. Auf der Hazienda del Cielo sind Gäste immer willkommen, Sebastians Freunde jedoch ganz besonders.«

Es folgten die üblichen Höflichkeitsfloskeln, und erst als sie alle herzlich über eine Bemerkung Nathans lachten, sagte Sebastian fröhlich: »Ich glaube, ich habe vergessen, Sie miteinander bekannt zu machen, und ehe ich meine Manieren vollkommen vergesse, Doņa Madelina und Don Miguel, möchte ich euch meine Freunde Mrs. Elizabeth Ridgeway und ihren Mann Mr. Nathan Ridgeway vorstellen. Elizabeth und Nathan, darf ich Ihnen die bezaubernde Frau meines Vetters, Doņa Madelina Perez de la Santana, und meinen Vetter, Don Miguel Lopez de la Santana y Higuera vorstellen?«

Lächelnd fügte er hinzu: »Ich glaube, es wäre einfacher, wenn wir einfach Elizabeth und Nathan und Miguel und Madelina sagten.«

Madelinas Augen leuchteten auf, und sie murmelte erfreut: »Si, allzu viel Förmlichkeit wäre ein schlechter Dank für die Freundlichkeit, die deine Freunde dir während der Reise entgegenbrachten.«

Elizabeths Gesicht war weiß geworden, als sie den Namen Santana hörte, und sie rang verzweifelt um Fassung. Im Bemühen, sich normal zu benehmen, sagte sie in, wie sie hoffte, beiläufigem Ton:

»Aber Sebastian war es, der freundlich zu uns war. Er hat sogar seine eigenen Reisepläne geändert, um uns zu begleiten.«

Ihre Gedanken waren erfüllt von eisiger Angst. War es nur ein Zufall? Oder war sie blind und dumm in die Höhle des Löwen gestolpert? Sie schluckte und konnte nicht umhin, sich ängstlich umzusehen, als erwartete sie, den sie beobachtenden Rafael zu entdecken. Aber da war niemand in den Schatten, nur heller, warmer Sonnenschein und die herzliche Aufnahme durch Sebastians Verwandte. Doch trotz der Wärme des Tages war Elizabeth kalt; sie fragte sich voll Unbehagen, was sie tun würde, wenn sich herausstellte, daß diese netten Leute tatsächlich mit Rafael Santana verwandt waren.

Aber sie konnte wenig anderes tun, als zu lächeln und das hohe Glas kühlen Sangrias dankend entgegenzunehmen, das ihr in die Hand gedrückt wurde, nachdem sie das Haus betreten und in dem großen, eleganten Raum Platz genommen hatten, der auf den schattigen Patio hinausführte. Sie versuchte, sich zu entspannen, versuchte, sich an der Unterhaltung zu beteiligen, aber ihre sich überschlagenden Gedanken ließen ihr keine Ruhe. Solange sie nicht wußte, daß diese Santanas und Rafael nicht miteinander verwandt waren, würde es ihr unmöglich sein, irgend etwas anderes zu tun, als von Angst erfüllt dazusitzen.

Unbewußt kam Sebastian ihr zu Hilfe. Nachdem die ersten Wortgeplänkel verebbt waren, fragte er Miguel: »Ist Rafael schon gekommen? Auf unserem Weg hierher begegnete ich ihm in Galveston, und er sagte, daß wir uns hier treffen würden.«

Don Miguel lächelte. »Mein Sohn ist wie der Wind – man weiß nie genau, wo und wann er auftauchen wird. Aber sei versichert, daß er kommen wird, wenn er es gesagt hat.«

Das edle Kristallglas in Elizabeths Hand glitt ihr aus den Fingern, und nur der weiche Teppich bewahrte es vor dem Zerbrechen. Der Sangria ergoß sich über ihr gelbes Musselinkleid, und sie starrte benommen auf den immer größer werdenden rötlichen Fleck, während ihre Gedanken sich wild überschlugen. Ein Gedanke jedoch bohrte sich wie ein Speer in ihren chaotischen Kopf – Don Miguel ist Rafaels Vater! Unbewußt entrang sich ihren blassen Lippen ein leiser Seufzer der Verzweiflung, doch in dem Wirbel, den alle um ihr verdorbenes Kleid machten, fiel er niemandem auf.

Madelina schob die Männer sanft zur Seite und sagte schnell: »Laßt es gut sein, bitte. Kommen Sie, Señora Ridgeway, ich zeige Ihnen Ihre Zimmer. Eins unserer Dienstmädchen wird das Kleid sofort reinigen.« An ihren Mann gewandt, fügte sie hinzu: »Miguel, Amado, laß Pedro oder Jesus Señora Ridgeways Koffer in die goldene Suite bringen, damit sie sich umziehen kann.«

Wie eine schöne Schlafwandlerin folgte Elizabeth der kleinen, untersetzten Frau den schattigen Gang hinunter, der von den weit überhängenden Dachrinnen der Hazienda und anmutig geschwungenen Bogen gebildet wurde. Für Elizabeth schien es ein endloser Weg zu sein, doch sie war so erschlagen von der Tatsache, daß Rafael Santana der Sohn ihrer Gastgeber war, daß sie nicht klar denken konnte. Selbst als sie eine weitläufige, in Weiß und Gold gehaltene Suite betraten, waren ihre Gedanken noch immer dumpf und verworren. Doch als sie Madelinas besorgten Blick bemerkte, war ihr klar, daß sie etwas sagen mußte. Also zwang sie sich zu einem Lächeln und sagte lahm: »Ich glaube, die Reise von San Antonio hierher hat mich doch mehr mitgenommen, als ich dachte.«

Madelinas besorgter Gesichtsausdruck entspannte sich. »Si, es ist eine lange und oft unbequeme Reise«, sagte sie mitfühlend. »Möchten Sie sich bis zum Abendessen hinlegen? Soll ich Ihnen ein paar Erfrischungen bringen lassen?«

»O ja, Señora«, erwiderte Elizabeth eifrig.

Die ältere Frau lächelte freundlich und sagte: »Schön. Dann lasse ich Sie jetzt allein. Gleich wird sich eins unserer Dienstmädchen um Sie kümmern. Ihre eigenen Diener können sich, wenn es Ihnen recht ist, bis morgen ausruhen.«

Auf Elizabeths Nicken hin erklärte Madelina: »Damit dürfte für den Augenblick wohl alles geregelt sein. Jetzt machen Sie sich keine Gedanken mehr, sondern ruhen sich aus.«

Als Madelina gegangen war, verlor Elizabeth vollends die Fassung. Mit zitternden Beinen wankte sie zu einem Stuhl und setzte sich. Ich muß mich zusammenreißen, sagte sie sich energisch. Es gibt nichts, wovor ich Angst haben müßte – er ist nur ein Mann, er kann mir nichts tun – vielleicht erinnert er sich gar nicht mehr an mich!

Und plötzlich wurde ihr klar, daß sie auch Consuela wiedersehen würde, und bei diesem Gedanken begannen ihre Hände unkontrolliert zu zittern. O Gott! dachte Elizabeth entsetzt, ich kann ihr einfach nicht gegenübertreten, sie nicht höflich begrüßen . . . und dabei die ganze Zeit diese bösen schwarzen Augen auf mir spüren, die meine Demütigung mitangesehen haben! Und was war mit Consuelas Vetter Lorenzo? Würde er auch da sein?

Doch Elizabeth hatte keine Zeit, lange über ihr Dilemma nachzudenken, denn es wurde leise an die Tür geklopft. Einen Augenblick später wurde die schwere Tür aufgestoßen, und genau wie an jenem schrecklichen Nachmittag in New Orleans betrat Consuelas Mädchen Manuela mit einem verzierten Silbertablett den Raum. Elizabeth erstarrte, ihr Gesicht wurde weiß vor Entsetzen.

Manuela blieb zögernd stehen, starrte Elizabeth mit einem unergründlichen Blick an. Ein paar bedrückende Sekunden schwieg sie, dann sagte sie ruhig: »Sie haben nichts von mir zu befürchten, Señora. Ich gehorchte damals nur meiner Herrin, und ich werde auch mit niemandem darüber reden.« Als Elizabeth sich nicht rührte, sondern wie eine schöne, erstarrte Statue stehen blieb, sah Manuela sie mit eindringlichem Blick an und stellte das Tablett auf einen an der Wand stehenden Marmortisch. Langsam ging sie auf Elizabeth zu. Dann blieb sie wenige Schritte von ihr entfernt stehen und wiederholte in sanftem, aufrichtigem Ton: »Sie haben nichts von mir zu befürchten, Señora. Señora Consuela ist tot, und damit sind viele Dinge gestorben. Vertrauen Sie mir, ich werde Ihnen nicht weh tun. Sie ist tot, und die Vergangenheit liegt hinter uns.«

Elizabeth hörte kaum etwas anderes, als daß Consuela tot war. »Tot?« flüsterte sie fassungslos. »Wie ist das möglich? Sie war doch noch jung.«

Mit ausdrucksloser Miene antwortete Manuela: »Komantschen. Sie brach von hier auf – doch auf dem Weg zur Küste, wo sie an Bord eines Schiffes gehen wollte, wurden sie und ihre beiden Dienerinnen sowie die sechs Männer, die sie begleiteten, getötet. Sie hat gelitten, bevor sie starb. Por Dios, hat sie gelitten! Ich habe sie gewaschen und für die Beisetzung in der Familiengruft vorbereitet, und ich habe gesehen, was sie ihr angetan haben. Sie hat tausendmal mehr gelitten als Sie. Das ist zwar keine Entschuldigung für sie, aber vielleicht können Sie ein bißchen Mitleid mit ihr empfinden.«

Als Elizabeth stumm blieb, half Manuela ihr beim Umkleiden und drängte sie, den Sangria zu trinken. Noch immer benommen, tat Elizabeth wie geheißen.

Der Sangria wärmte sie, tat ihr gut. Er schmeckte gut, und sie ergriff geistesabwesend das Glas, das Manuela prompt nachgefüllt hatte. Zumindest, dachte Elizabeth fast hysterisch, werde ich nichts mehr fühlen, wenn ich genügend trinke. Ich werde nichts mehr fühlen, und vor allem werde ich nicht mehr denken können.

Manuela drängte sie sanft ins Schlafzimmer, drückte sie in einen mit weiß-goldenem Brokat bespannten Sessel. Dann schlug sie die goldene Satinbettdecke zurück und öffnete die Doppeltüren, die auf eine kleine Veranda hinausführten. Als sie Elizabeth ansah und bemerkte, daß diese nicht mehr ganz so blaß war, erklärte sie praktisch: »Ich habe Ihr Kleid Maria gegeben, sie wird sich darum kümmern. Doña Madelina bat mich, mich um Sie zu kümmern. Wenn Sie es allerdings wünschen, können Sie darum bitten, daß jemand anders Sie bedient.«

Elizabeth strich sich müde durch das Haar. »Nein«, sagte sie schließlich. »Das wird nicht nötig sein. Es würde nur Gerüchte ins Leben rufen. Außerdem wird mir morgen mein eigenes Mädchen wieder zur Verfügung stehen.« Sie konnte sich die hochgezogenen Augenbrauen nur zu gut vorstellen, wenn sie Manuelas Dienste ablehnte, und sie wollte keine schlafenden Hunde wecken. Und trotzdem, sie verspürte das unerträgliche Bedürfnis, alles über Consuelas Tod zu erfahren. Sie mußte es einfach wissen. »Erzähl mir mehr über Consuelas Tod, Manuela«, bat sie leise. »Warum ist sie weggefahren?«

Nach kurzem Zögern antwortete Manuela schlicht: »Señor Rafael sah sich gezwungen, sich von ihr scheiden zu lassen. Er ließ ihr die Wahl, nach Spanien zurückzukehren und selbst die Scheidung einzureichen oder hier zu bleiben und die Schmach auf sich zu nehmen, daß er sich von ihr scheiden ließ.« Manuelas Gesicht nahm einen angeekelten Ausdruck an. »Wie sie ihn angeschrien hat! Sie benahm sich wie eine Wahnsinnige – sie war so außer sich wegen seines Ultimatums, daß sie nicht einmal wartete, bis ihre persönlichen Sachen eingepackt waren. Sie ließ Lorenzo ein paar Männer zu ihrer Begleitung anheuern und war binnen drei Tagen mit zweien der jüngsten Mädchen abgereist. Ich sollte ihr mit dem Gepäck folgen.«

Resigniert schloß sie: »Zwei Tage nach ihrer Abreise wurden sie alle von den Komantschen getötet.«

»Ich verstehe«, sagte Elizabeth mit bewegter Stimme und fragte sich angewidert, ob Rafael wohl eben diese Komantschen aufgesucht und ihnen mitgeteilt hatte, wo genau sie seine Frau finden konnten. Ein Schauer durchlief sie bei diesem häßlichen Gedanken, sie wollte nicht glauben, daß er zu so etwas fähig war. »Und Señor Mendoza, was ist mit ihm?« flüsterte sie schließlich.

»Er hat seine eigene Ranch nicht weit von hier«, erwiderte Manuela und fügte mit mitleidiger Miene hinzu: »Ich glaube, ich sollte Sie darauf hinweisen, daß er für Don Miguel noch immer zur Familie gehört und daß er heute abend zum Dinner da sein wird.«

11

Manuela erwies sich als ausgezeichnete Zofe, denn sie hatte ein feines Gespür für Stoffe und Farben; sie war hilfreich, ohne unterwürfig zu sein. Sie war es auch, die das weite tiefrote Seidenkleid für Elizabeth aussuchte und ihr die glänzenden silberblonden Haare hoch oben auf dem Kopf zusammenband. Ein langes Löckchen ringelte sich schmeichelhaft an ihrem weißen Hals und den schmalen Schultern über dem tiefausgeschnittenen Mieder herunter.

Die beiden Frauen sprachen nicht mehr über Consuela oder das, was damals geschehen war, doch es ging Elizabeth nicht aus dem Kopf. Kurz bevor sie das Zimmer verlassen wollte, wandte sie sich an Manuela. »Weiß Rafael die Wahrheit über mich?« fragte sie.

Manuela biß sich auf die Lippen und wich Elizabeths Blick aus.

»Nein, Señora, er weiß es nicht. Doña Consuela drohte mir körperliche Strafe an, falls ich je darüber spräche – und nach ihrem Tod ergab es sich nicht mehr.« Sie sah Elizabeth unglücklich an und fügte hinzu: »Es würde nicht viel nutzen, es ihm jetzt zu sagen – er würde es nicht glauben, und Beweise gibt es nicht.« Sie sah zur Seite und fuhr leise fort: »Und ich möchte auch nicht, daß meine Rolle dabei ans Licht kommt, Señora. Ich habe große Angst, daß er mich hinauswerfen würde. Ich bin nicht mehr jung, Señora – ich wüßte nicht, wo ich hingehen sollte, und vor allem würde ich keine Arbeit haben.«

»Aber wenn du sagst, daß Consuela dich dazu gezwungen hat?« drängte Elizabeth heftig. Sie wollte unbedingt, daß Rafael die Wahrheit erfuhr, selbst nach all diesen Jahren noch.

Manuela schüttelte langsam den Kopf. »Ich würde es ja gern für Sie tun, Señora, ehrlich, aber ich habe Angst – bitte, verlangen Sie es nicht von mir!«

Elizabeth öffnete den Mund, um Manuela zu trösten, ihr zu sagen, daß sie sich um sie kümmern würde – als sie resigniert erkannte, daß es sinnlos wäre, wenn Manuela jetzt die Wahrheit sagte. Rafael würde Consuelas Exzofe wahrscheinlich nicht glauben, im Gegenteil, er würde wahrscheinlich sogar annehmen, daß Elizabeth sie bestochen hatte. Also gab sie sich für den Augenblick geschlagen. Außerdem, was spielte es für eine Rolle, was Rafael von ihr dachte, dachte sie trotzig. Nathan und sie würden die Hazienda del Cielo wahrscheinlich lange verlassen haben, wenn Rafael Santana die Szene betrat.

Ein leises Klopfen an der Tür ihres Wohnzimmers beendete ihre Unterhaltung. »Soll ich aufmachen, Señora?« fragte Manuela leise. »Wahrscheinlich ist es Ihr Mann. Er hat die Suite neben Ihnen.«

Elizabeth nickte, und einen Augenblick später schlenderte Nathan, der sehr elegant gekleidet war mit einem tiefroten Jackett mit schwarzem Samtkragen und schmalen schwarzen Pantalons, in den Raum. Er musterte seine Frau beifällig und murmelte: »O meine Liebe, wie schön du bist! Ich sehe, du hast dich wieder erholt. Es wäre schrecklich, wenn du gerade jetzt, wo wir wieder nach Hause fahren wollen, krank würdest.« Ein fürchterlicher Gedanke kam ihm, und er fügte entsetzt hinzu: »Wenn du krank würdest, müßten wir unsere Abreise womöglich verschieben.«

Elizabeth lächelte amüsiert. »Es geht mir schon viel besser, Nathan«, erwiderte sie sanft. »Ich glaube, die Reise von San Antonio hierher war etwas zu anstrengend für mich.«

Mit dieser Erklärung schien Nathan sich zufriedenzugeben, doch als sie zur Sala hinübergingen, sah er sie eindringlich an und meinte leise: »Es war doch nicht nur die Reise, Beth? Ich habe dein Gesicht gesehen – du sahst aus, als hättest du einen fürchterlichen Schock erlitten.«

Elizabeth starrte ihn wortlos an. Wenn Nathan erriet, in wessen Haus sie sich befanden, wenn er erkannte, wer Rafael war, konnte es zu einer Katastrophe kommen. Ein Duell würde die unvermeidliche Folge sein, und ein Angstschauer durchlief sie, als sie daran dachte, wie wenig geschickt Nathan im Umgang mit einer Pistole war. Sie mußte sein Mißtrauen mit allen Mitteln besänftigen. Also schenkte sie ihm ein unbekümmertes Lächeln und sagte leichthin: »Tatsächlich? Nun, das wundert mich nicht! Ich war völlig erschöpft, vollkommen durchgedreht von der Reise, und mir war so übel, daß ich fürchtete, ohnmächtig vor dir umzukippen – und das wäre schokkierend gewesen.«

Einen Augenblick schwieg er, blickte forschend in ihr Gesicht. »Das wäre es allerdings gewesen«, sagte er schließlich. Er schnippte einen imaginären Faden von seinem Ärmel und fügte ruhig hinzu: »Nun, dann sollten wir jetzt wohl zu unseren Gastgebern gehen.«

Ihr Unbehagen verbergend, stimmte Elizabeth zu. Hatte sie ihn überzeugt? Oder sein Mißtrauen verstärkt?

Als sie den Hauptsalon äußerlich gefaßt betrat, bemerkte sie Lorenzo Mendoza sofort, und das Herz sank ihr, als sie das Aufblitzen seiner Augen sah, als er sie wiedererkannte. Und noch etwas lag in seinen Augen, das sie dankbar dafür sein ließ, daß sie nicht allein im Raum waren.

Als sie einander vorgestellt wurden, streichelte Lorenzo sie mit den Augen, die an ihrem Mund hängenblieben, und sie wußte, daß er sie wiedererkannt hatte. Elizabeth bebte vor Wut. Wie konnte er es wagen, sie so anzulächeln? Ihre Augen glühten vor nie gekannter

Wut, während sie ihn trotzig anstarrte, ihn beinahe dazu herausforderte, über diesen widerwärtigen Nachmittag zu reden.

Doch Lorenzo hatte nicht die Absicht, über das, was vor vier Jahren in New Orleans geschehen war, zu sprechen. Er war kein Narr und wußte, daß seine Lage äußerst prekär war. Elizabeth brauchte nur ihren betörenden Mund zu öffnen, und er würde sich einem Duell gegenübersehen. Und was fast ebenso schlimm war – er würde seinen Gönner Don Miguel verlieren, denn es bestand wenig Zweifel, daß dieser einem Verbrecher wohl kaum weiter seine Gunst gewähren würde. Während er sich über ihre Hand beugte, flüsterte er: »Ich muß Sie allein sprechen, Señora.«

Don Miguel hatte sich abgewandt, um eine Frage seiner Frau zu beantworten, und Elizabeths Stimme ging in seiner Antwort unter, als sie zischte: »Sind Sie wahnsinnig? Ich habe Ihnen nichts zu sagen, und wenn Sie klug sind, vergessen Sie, daß Sie mir je begegnet sind.«

Seine schwarzen Augen waren kalt und berechnend, als er murmelte: »Genau dieser Meinung bin ich auch.«

In diesem Augenblick drehte Don Miguel sich wieder um, und sie hatten keine Gelegenheit mehr, über das, was ihnen beiden am meisten auf der Seele brannte, zu reden.

Ungeheuer erleichtert darüber, daß Lorenzo ebensowenig wie sie selbst über die Vergangenheit reden wollte, entspannte Elizabeth sich ein wenig. Aber nur ein wenig, denn ihr war nur allzu bewußt, daß Rafael jeden Augenblick auftauchen konnte.

Das Dinner war köstlich, die scharfen spanischen und mexikanischen Speisen angenehm heiß, die Unterhaltung, bei der Sebastian und überraschenderweise Nathan sich darin übertrafen, kluge und geistreiche Reden zu halten, leicht und lebhaft. Don Miguel war ein charmanter Gastgeber, der seine Gäste ohne Mühe unterhielt und der über eine Vielzahl von Themen sprach, die bewies, daß er – obwohl er und seine Familie meilenweit entfernt vom gesellschaftlichen Leben wohnten – ein Mann von Adel und Kultur war. Doña Madelina hatte wenig zu sagen, aber es war klar zu sehen, daß sie ihren Mann liebte und eine fürsorgliche, warmherzige Frau war.

An Lorenzo wollte Elizabeth lieber nicht denken. Während des ganzen Dinners vermied sie es, in seine Richtung zu sehen. Aber sie konnte ihn nicht aus ihrem Kopf verbannen, ebensowenig wie ihr das mit Rafael gelang. Nach dem Dinner überließen Beth und Doņa Madelina die Männer ihren Zigarren und ihrem Brandy und gingen auf den inneren Hof hinaus, um die milde Nachtluft zu genießen. In der Nähe des Springbrunnens setzten sie sich auf zwei mit weichen roten Polstern bezogene, ungeheuer bequeme Eisenstühle, und Doņa Madelina eröffnete die Unterhaltung, indem sie das Gespräch auf Stella Rodriguez brachte, über die sie bereits beim Dinner gesprochen hatten.

»Daß Sie Stellas Freundin sind!« hatte sie gerufen. »Ich erinnere mich noch, wie unglücklich sie war, als man sie nach England zur Schule schickte. Ihre Mutter ist Engländerin, müssen Sie wissen, und sie bestand darauf, daß Stella ihre alte Schule besuchte. So hieß es ab nach England für unseren Liebling Stella. Und jetzt ist eine ihrer Schulfreundinnen auf dem Weg zu ihr! Wie herrlich!«

Sebastian hatte ihnen offensichtlich nichts über ihre geänderten Pläne erzählt, und Elizabeth hatte gezögert, ihnen die Wahrheit zu sagen. Nathan jedoch hatte nicht soviel Zurückhaltung an den Tag gelegt und höflich erklärt: »Ja, es war eine wunderbare Idee, aber wir werden sie leider vergessen müssen... Wenn wir von hier wegfahren, werden wir nach Natchez zurückkehren – für Beth ist die Reise einfach zu anstrengend, und ich darf ihre zarte Gesundheit nicht gefährden. Natürlich würde ich lieber weiterreisen, aber Sie werden verstehen, daß ich es unter diesen Umständen nicht kann.«

Elizabeth hatte sich beinahe an ihrem Wein verschluckt und Nathan einen vielsagenden Blick aus einer Mischung von Belustigung und Zorn zugeworfen. Nathan hatte sie dümmlich angelächelt und schnell das Thema gewechselt.

Jetzt, wo sie mit Elizabeth allein war, griff Doņa Madelina das Thema erneut auf. »Welch ein Jammer, daß Sie nicht weiterfahren. Sie haben immerhin einen langen Heimweg vor sich.«

Elizabeth machte eine höfliche Bemerkung und fragte dann: »Hat Stella nicht hier in der Nähe gewohnt, bevor sie mit Juan nach Santa Fé zog?«

Dieses Thema war der sicherste Weg, um Doņa Madelina abzulenken. »O ja«, erwiderte sie sofort. »Die Hazienda del Torillo ist nur zwanzig Meilen entfernt von hier. Als Kind war Stella oft bei uns zu Hause – sie und meine zweite Tochter Maria sind gute Freundinnen. Wußten Sie übrigens, daß Stella mit uns verwandt ist?« fragte sie neugierig, plapperte dann weiter: »Zwar nur sehr entfernt – Maria heiratete Juans ältesten Bruder, und sie leben jetzt auf der Ranch der Rodriguez, kaum eine Tagesreise von hier entfernt.« Plötzlich kam ihr eine Idee, und sie sagte aufgeregt: »Aber natürlich! Ich werde morgen früh einen Reiter hinüberschicken und Maria und Esteban zu uns einladen. Ich bin sicher, daß Maria Ihnen gefallen wird und Sie sich beide über Stellas Eskapaden amüsieren werden – sie war schon immer ein frivoles Ding.«

»O nein, Doņa Madelina«, entgegnete Elizabeth hastig. »Wir wollen nur ein paar Tage bleiben. Ich hoffe, Sie verstehen das?«

Doņa Madelina lächelte freundlich. »Natürlich verstehe ich das, meine Liebe. Ich wünsche mir eben nur, daß Sie und Ihr Mann länger bei uns blieben – wir haben selten Gäste, und wenn wir welche haben, ist es wie in den Ferien. Egoistischerweise möchten wir diesen Zustand so lange wie möglich ausdehnen.«

Elizabeth schwieg einen Augenblick, wechselte dann das Thema. »Haben Sie nur die beiden Töchter, oder haben Sie noch mehr?«

»Wir haben fünf«, erwiderte Doņa Madelina stolz, über ihre Kinder sprach sie immer gern. »Die älteren sind verheiratet, haben ihre eigenen Familien – zwei von ihnen in Spanien.« Plötzlich wurde ihr Gesicht traurig. »Ich vermisse sie sehr, aber Don Miguel hat mir versprochen, daß wir ihnen im nächsten Jahr einen längeren Besuch in Spanien abstatten. Ich freue mich schon jetzt darauf.«

»Und die jüngste? Lebt sie nicht mehr bei Ihnen?«

Doņa Madelina preßte die Lippen zusammen. »Nein. Don Felipe, der Vater meines Mannes, war der Meinung, daß Arabela etwas für ihre Bildung tun müsse, und als er vor ein paar Wochen nach Mexiko fuhr, bestand er darauf, daß sie mitkam. Ich wollte es nicht, das dürfen Sie mir glauben, aber es ist schwer, Don Felipe von etwas abzubringen, was er sich in den Kopf gesetzt hat.«

»Vielleicht wird ihr Mexico City gefallen«, meinte Elizabeth liebenswürdig. »Vielen jungen Mädchen gefällt es, und ich bin sicher, daß ihr Großvater ihre Gesellschaft genießen wird.«

»Nun, das wage ich zu bezweifeln«, erwiderte Doṉa Madelina scharf. »Arabela ist uns eine stete Freude, aber sie ist so lebhaft! Sie mag sich nichts sagen lassen, und ich fürchte, Don Felipe wird zu streng mit ihr sein, und sie wird aufsässig werden. Mein Schwiegervater hat ihr bereits einen Heiratskandidaten vorgeschlagen, aber obwohl sie erst fünfzehn ist, hat sie sehr konkrete Vorstellungen von ihrer Zukunft – sie hat seinen Vorschlag rigoros abgelehnt. Sie ist sehr selbstbewußt!«

Doṉa Madelina seufzte resigniert. »Sie erinnert mich oft an ihren Halbbruder Rafael. Sie werden ihn vor Ihrer Abreise noch kennenlernen, und dann werden Sie verstehen, was ich meine. Er hat einen eisernen Willen, läßt sich durch nichts von seinen Plänen abbringen. Rafael macht mir ein bißchen Angst, aber Arabela hält mich für albern.«

In diesem Augenblick gesellten sich die Männer zu ihnen. Elizabeth hielt sich dicht an Sebastians Seite, um Lorenzo aus dem Weg zu gehen, doch als Sebastian in ein Gespräch mit Don Miguel und Nathan verwickelt wurde, stellte Lorenzo sie an einem Ende des Hofes, wo sie sich gerade eine besonders hübsche Palme ansah. »Ich muß mit Ihnen reden«, sagte er rauh.

Elizabeth schob trotzig das Kinn vor und sah ihn mit unverhohlener Verachtung an. »Und ich habe Ihnen gesagt, daß ich Ihnen nichts zu sagen habe!«

Ein häßlicher Ausdruck trat in seine Augen, und Elizabeth wich instinktiv vor ihm zurück, doch er hielt sie am Handgelenk fest und sagte drohend: »Nicht schreien – hören Sie zu!«

»Ich habe ja wohl keine andere Wahl, oder?« stieß sie hervor. »Es sei denn, ich würde eine Szene machen, die uns beiden leid tun würde.«

Sich zur Ruhe zwingend, sagte er leise: »Ich will Ihnen keinen Ärger machen, glauben Sie mir das bitte. Und ich habe nicht vor, irgend jemandem zu sagen, daß wir uns bereits kennen. Ich nehme an, das ist auch in Ihrem Interesse?«

Bitter erwiderte Elizabeth: »Ich werde das Thema kaum zur Sprache bringen! Aber Sie scheinen vergessen zu haben, daß Rafael kommen wird, und er dürfte wohl kaum den Mund halten.«

Lorenzo biß sich auf die Lippe. »Ich weiß«, gab er leicht nervös zu. »Ich habe vor zu verschwinden, bevor er ankommt – wir verstehen uns nicht allzu gut.« Er sah Elizabeth abschätzend an und murmelte: »Er weiß noch immer nicht, daß meine teure, verstorbene Base Consuela damals das Komplott geschmiedet hat – und irgendwie glaube ich nicht, daß er seinem Vater erzählen wird, daß er uns beide in einer verfänglichen Situation angetroffen hat. Also, wollen wir einen Handel abschließen, Sie und ich? Ich werde vergessen, daß wir uns je begegnet sind, und Sie tun dasselbe?«

Schon allein mit ihm zu reden, erfüllte Elizabeth mit Abscheu, doch sie hatte keine Wahl und entgegnete widerwillig: »Also gut, wir sind uns nie begegnet. Und ich bete zu Gott, daß wir uns nie wiedersehen werden.«

Die schwarzen Augen blitzten gefährlich auf, und seine Hand schloß sich schmerzhaft um ihr Handgelenk. »Ich nicht minder«, knurrte er.

Damit drehte er sich um, und bald danach suchten auch Nathan und Elizabeth ihre Räume auf. Elizabeth war psychisch und physisch erschöpft, und sie sehnte sich nach dem Schlaf des Vergessens. Ein bißchen erleichtert war sie allerdings doch, denn zumindest mußte sie nicht mehr befürchten, daß Lorenzo über die Ereignisse in New Orleans sprach. Wenn sie jedoch gewußt hätte, was Lorenzo vorhatte, als er von der Hazienda wegritt, wäre sie nicht so beruhigt zu Bett gegangen.

Es war eine dunkle Nacht, der zunehmende Halbmond spendete nur spärliches Licht, doch Lorenzo trieb sein Pferd an – er durfte keine Zeit verschwenden, denn ein langer Ritt lag vor ihm. Insbesondere, wenn er der Reise der Ridgeways ein klares Ende setzen wollte.

Auch er war über die Maßen erregt und wütend über Elizabeths Anwesenheit. Eine kalte, tödliche Wut brachte sein Blut in Wallung, als er daran dachte, wie leicht sie sein Ansehen bei Don Miguel – bei allen aristokratischen Familien, die in ihm einen ehrenwerten Gentleman sahen – zerstören konnte. Er war ein Gentleman, der in nur wenigen Jahren zu einem ansehnlichen Vermögen gekommen war, der aus guter Familie stammte und einen akzeptablen Schwiegersohn abgeben konnte. Er hatte sich all die Jahre zu eifrig, zu entschlossen um jedes junge spanische Mädchen im heiratsfähigen Alter bemüht, als daß er sich von Elizabeth seine Pläne zerstören lassen würde. Seine endgültige Wahl war auf Arabela de la Santana gefallen – nach Rafaels Tod würde er eines Tages Don Miguels Erbe sein. Beim Gedanken an die anderen Familienmitglieder trat ein grausames Lächeln auf sein Gesicht. Falls sie sich als hinderlich erwiesen, würde er sich um sie kümmern – die Komantschen ließen keine Zeugen zurück.

Nach Consuelas Tod wußten nur drei Menschen, was an jenem Nachmittag in New Orleans wirklich passiert war. Manuela stellte für Lorenzo schon lange keine Gefahr mehr dar. Sie war nur ein Dienstmädchen, und wer würde ihr mehr Glauben schenken als ihm? Außerdem hatte sie viel zuviel Angst vor dem, was auf sie zukommen konnte, wenn sie die Wahrheit jemals offenbarte, und deshalb hatte er nichts unternommen, um sie zum Schweigen zu bringen. Elizabeth Ridgeway hingegen war etwas anderes, und er würde kein Risiko eingehen. Sie konnte überraschend wieder in Texas auftauchen, oder ihre Wege konnten sich eines Tages anderswo kreuzen, wenn er es am wenigsten erwartete, und dieses Risiko wollte er nicht eingehen. Irgendwo zwischen San Antonio und der texanischen Küste würden die Ridgeways ihrem Schicksal begegnen, ihrem Schicksal in Gestalt einer mordenden Komantschenbande.

Elizabeth hatte keine Ahnung von Lorenzos tödlichen Plänen für sie, doch sie schlief ebenso schlecht, wie sie es getan haben würde, wenn sie sie gekannt hätte. Eine Ewigkeit lang lag sie müde in ihrem hübschen Bett, und ihre Gedanken schossen wild in ihrem Kopf herum, während sie sich erfolglos bemühte, einzuschlafen. Als der Morgen graute, schlüpfte sie schließlich aus dem Bett, zog ihren Morgenmantel über und wanderte in den verlassenen Innenhof hinaus in der Hoffnung, dort Ruhe zu finden.

12

Ist es schön hier im Hof! dachte sie erfreut, während sie sich auf den Rand des steinernen Brunnens setzte und ihre Hand durch das kühle Wasser gleiten ließ. Der rechteckige Hof war von den vier Mauern der casa grande eingeschlossen. Der vordere Teil der casa grande war zweistöckig; Elizabeth sah bewundernd zu den mit feinem Gitterwerk und blühenden Bougainvilleas geschmückten Balkonen hinauf. Die drei anderen Flügel des Hauses waren nur einstöckig, wirkten jedoch breiter, als sie wirklich waren, weil die Dächer weit überstanden, um die breiten, Kühlung bringenden Arkaden zu bilden. Die überhängenden roten Dächer wurden von anmutigen Bogen gestützt, die den bei spanischen Gebäuden vorherrschenden maurischen Einfluß verrieten. Von Elizabeths Platz aus sahen die Bogen wie geschwungene, mit rotem Samt drapierte Fenster aus.

Außer dem beruhigenden Plätschern des Brunnens war es still im Hof. Der Mond und die Sterne waren verschwunden, und jene leichte Frische lag in der Luft, die der Dämmerung vorausging. Nichts, nicht einmal die Dienstboten, rührte sich. Einmal jedoch glaubte Elizabeth, aus einem der in der Nähe der Hazienda liegenden Lehmhäuser das Krähen eines Hahns zu hören.

Später wußte sie selbst nicht mehr, warum sie sich umgesehen hatte. Hatte er ein Geräusch gemacht, als er den Hof betrat und sie dort sitzen sah? Oder hatte irgendeine Vorahnung sie dazu bewogen, in diese Richtung zu sehen? Was auch der Grund gewesen sein mochte: Als sie sich umdrehte, sah sie Rafael Santana in dem trüben Licht stehen und zu ihr herübersehen.

Er stand in den Schatten, mehr beunruhigend als wirklich, doch Elizabeth erkannte ihn sofort. Es war nicht seine Größe oder seine breiten Schultern, an denen sie ihn wiedererkannte, sondern die unheilvolle Ruhe einer tödlichen Gefahr, die von ihm ausging. Schweigend starrten sie sich über die Weite des Hofes hinweg an. Unfähig, sich zu bewegen oder einen Laut von sich zu geben, saß Elizabeth wie erstarrt da, während ihre Augen die Dunkelheit durchbohrten, um sich Gewißheit darüber zu verschaffen, daß es wirklich der Mann war, den ihre Instinkte so untrüglich wiedererkannt hatten.

Von ihrem Platz auf dem Brunnenrand aus konnte sie nur seine Umrisse erkennen, und den schwachen Tabaksduft, der über den Hof zog. Jeder Nerv, jeder Muskel, jede Faser ihres Körpers waren sich seiner Gegenwart im Schatten bewußt; all ihre Instinkte und Gefühle sagten ihr, daß sie fliehen sollte, doch sie war nicht in der Lage dazu, ihr Körper schien am Brunnen festgewachsen zu sein. Wie lange wird er dieses schreckliche Schweigen noch andauern lassen? fragte sie sich verzweifelt.

Die Spitze seines Zigarillo glühte auf und bildete einen Flammenstreifen, als er ihn achtlos wegwarf. Dann trat er aus dem Schatten unter dem Bogen hervor und war in dem fahlen Licht deutlich zu sehen.

Elizabeths erster Eindruck war, daß er sich in den vier Jahren nicht sehr verändert hatte; die grauen Augen waren noch immer leer, obwohl sie einen Anflug von Erstaunen in ihnen zu erkennen glaubte; das schmale Gesicht noch immer so gefährlich attraktiv und sein Körper mit den schmalen Hüften und den langen Beinen noch immer so männlich-kraftvoll wie in jener Nacht in New Orleans. Doch sie entdeckte eine wesentliche Veränderung an ihm – eine noch tödlichere Leere der Augen, einen noch zynischeren Zug um den arroganten Mund, und auch in seiner Kleidung lag eine entscheidende Veränderung.

Beide Male, als sie ihn gesehen hatte, war er im Stil eines Mannes von Reichtum und edler Abstammung gekleidet gewesen. Heute jedoch war das nicht der Fall. Der schwache, ein, zwei Tage alte Bart verdunkelte sein Kinn; die gut sitzenden Calzoneras saßen hauteng an seinen Schenkeln; dazu das blaue Kattunhemd im Stil eines Vaquero. Die schwarze, leicht verstaubte Chaqueta saß wie angegossen, und der breite Ledergürtel mit der hervorstehenden Pistole erhöhte seine Ähnlichkeit mit einem Desperado. Fast unbewußt registrierte sie den großem Sombrero, den er achtlos in der Hand hielt, und sein in der plötzlich aufgekommenen nächtlichen Brise leicht gekräuseltes Haar.

Ohne Hast begann er auf sie zuzugehen, seine Bewegungen waren von anmutiger, beinahe beleidigender Arroganz. Knapp einen Fuß von ihr entfernt blieb er vor ihr stehen, und seine Augen begutachteten sie schamlos, nahmen das zarte Nachthemd wahr, das erregte Auf und Ab ihrer kleinen Brüste, ihre von dichten Wimpern umrahmten, vor Wut und Trotz beinahe roten Augen.

Er ließ sich Zeit mit seiner unverschämten Begutachtung, unternahm noch immer keinen Versuch, die beinahe körperlich greifbare Spannung zwischen ihnen zu durchbrechen. Die grauen Augen wanderten mit überheblicher Trägheit über ihr Gesicht, verweilten einen langen Augenblick auf ihren Lippen, ehe sie zu ihrem weißen Hals hinunterwanderten, wo das schnelle Schlagen ihres Pulses deutlich zu sehen war, zuckten dann plötzlich auf fast beleidigende Weise über ihren ganzen Körper, ehe sie zu ihrem Gesicht zurückkehrten.

»Engländerin«, sagte er langsam, die einzelnen Silben langsam über seine Lippen rollen lassend, als würde er sie erst jetzt richtig erkennen.

Elizabeth schluckte mühsam, bemühte sich verzweifelt, irgendeinen Ton herauszubringen, um die Spannung zwischen ihnen zu lokkern. Aber ihre Zunge und ihr Kopf schienen wie erstarrt, und sie konnte nur, erbebend unter den wilden, widerstreitenden Gefühlen, die ihr Blut wild durchschossen, dastehen. Sie war darauf gefaßt gewesen, daß sie nervös und aufgeregt sein würde, aber sie war nicht auf die seltsame Erregung vorbereitet gewesen, die ihr Blut beim Strom der wilden Freude, dieses dunkle, arrogante Gesicht wiederzusehen, in Wallung brachte.

Beinahe geduldig wartete Rafael darauf, daß sie etwas erwiderte, doch als die Minuten verstrichen und Elizabeth, ihn wie hypnotisiert anstarrend, stumm blieb, murmelte er: »Haben Sie mir nichts zu sagen? Auch gut, schließlich habe ich Sie ja gebeten, sich von mir fernzuhalten, oder?«

Endlich fand sie ihre Stimme wieder und stammelte: »A-aber, ich, ich habe nicht . . .« Sie hielt nervös inne, holte tief Luft und sagte aufrichtig: »Ich hatte keine Ahnung, daß Sie hier sind! Das müssen Sie mir glauben! Wenn Sebastian Ihren Namen auch nur einmal erwähnt hätte, wären wir nicht —«

Mit der Schnelligkeit eines Panthers schoß Rafael auf sie zu und umschloß mit schmerzhaftem Griff ihren Oberarm. »Sebastian?« fauchte er. »Was hat Sebastian mit Ihnen zu tun?« Er begriff sofort, und seine Finger preßten sich noch schmerzhafter in ihre Haut, als er vorwurfsvoll sagte: »*Sie* waren es, der er auf dem Schiff begegnete! Natürlich, so muß es sein – sein Engel ist niemand anders als die kleine Schlampe, der ich vor vier Jahren in New Orleans begegnete. Was für ein unglücklicher Zufall für Sie, Engländerin!«

Elizabeth wollte protestieren, doch Rafael ließ ihr keine Chance. Er riß sie derb an sich und sagte in leise drohendem Ton: »Lassen Sie Sebastian in Ruhe, Engländerin! Lassen Sie Ihren Charme auf einen anderen los, der sich mit Ihrer Sorte Frau auskennt, aber lassen Sie diesen Jungen in Ruhe! Haben Sie verstanden?«

»Aber ich habe nicht –«, wollte Elizabeth widersprechen, aber sie kam nicht weit, denn Rafael schüttelte sie unsanft und fauchte: »Ruhe! Ich habe keine Lust und auch nicht die Geduld, mir Ihre Lügen anzuhören! Ich weiß nicht, was Sie im Sinn haben, aber eins weiß ich verdammt genau – Sie verschwinden von hier!«

Langsam wich der Schock über das Wiedersehen von ihr, und Elizabeth wurde plötzlich sehr wütend. Glaubte er etwa, ihr Befehle erteilen zu können? Ihre Augen sprühten vor Wut, und sie sagte mit erzwungener Ruhe: »Lassen Sie mich los, Sie arrogantes Biest!« Dann plötzlich verlor sie ihre gewohnte Selbstbeherrschung und fauchte: »Wie können Sie es wagen, so mit mir zu reden! Sebastian hat meinen Mann und mich eingeladen. Und, anders als Sie, waren Ihre Eltern äußerst liebenswürdig zu uns, und ich werde ihre Gastfreundschaft nicht verletzen, nur weil Sie es verlangen!« Ihr Atem ging in schnellen, wütenden Stößen, und sie schrie weiter: »Glauben Sie etwa, daß ich Sebastians Einladung angenommen hätte, wenn ich auch nur die leiseste Ahnung gehabt hätte, daß Sie mit ihm verwandt sind?«

Sie gab ein bitteres Lachen von sich. »Sie sind der Letzte, dem ich begegnen möchte! Ich verabscheue Sie, Rafael Santana! Sie sind ein eingebildeter, arroganter Teufel!«

Mit einem verächtlichen Lächeln auf den Lippen murmelte Rafael: »Wie gut Sie das machen, Engländerin! Alles, was Sie sagen, klingt so aufrichtig, daß ich – wenn ich es nicht besser wüßte – geneigt wäre, Ihnen zu glauben.« Er schüttelte sie grob und fügte hinzu: »Aber Sie vergessen, Querida, daß ich Sie genau kenne!«

»Sie kennen mich überhaupt nicht!« fauchte Elizabeth mit funkelnden Augen. »Und so, wie Sie sich bei den wenigen Malen, die wir uns begegnet sind, benommen haben, habe ich nicht den Wunsch, unsere Bekanntschaft fortzusetzen. Jetzt lassen Sie mich los, oder ich werde mich gezwungen sehen, eine für Sie ausgesprochen peinliche Szene zu inszenieren.«

»Peinlich? Mir? Engländerin, Sie müssen das Wenige, was Sie vor vier Jahren von mir kennengelernt haben, vergessen haben. Mir ist nie etwas peinlich. Wenn Sie schreien und die Hazienda aufwecken wollen, dann tun Sie es in Gottes Namen. Außerdem bin ich ziemlich neugierig auf Ihren Mann – er scheint ein Ihnen besonders ergebener Herr zu sein.«

Elizabeth biß sich unschlüssig auf die Lippen. Sie wollte eine Konfrontation der beiden Männer auf jeden Fall vermeiden, denn dann konnte es zu dem kommen, was sie am meisten fürchtete – einem Duell zwischen Nathan und Rafael. »Lassen Sie meinen Mann aus dem Spiel«, stammelte sie schließlich. »Sie haben kein Recht, etwas Schlechtes über ihn zu sagen. Er ist nicht ›ergeben‹. Er ist ein sehr guter Mann, ein Gentleman – etwas, was Sie nie sein werden.«

Seine grauen Augen blieben auf ihr Gesicht geheftet, als er spöttisch entgegnete: »Oh, wie Sie sich für ihn einsetzen! Wenn ich Sie nicht kennen würde, würde ich Sie bewundern, aber so kann ich Ihr Gerede nur als Trick betrachten.«

Echt verwirrt, wiederholte Elizabeth: »Trick? Ich fürchte, ich verstehe nicht, was Sie meinen.«

Rafael lächelte eisig. »Mich interessiert nur Sebastian, nicht Ihr Mann, also versuchen Sie nicht, das Thema zu wechseln.«

Elizabeth schwieg, denn ihr wurde voller Unbehagen bewußt, daß neue, beunruhigende Gefühle in ihr aufstiegen. Unfaßbarer-, vollkommen absurderweise wurde sie sich mehr und mehr seiner sinnlichen Ausstrahlung bewußt, seines schlanken, festen Körpers, der ihr so nahe war, und gegen ihren Willen erinnerte sie sich wieder daran, wie es war, als seine Hände ihre Brüste gestreichelt, sein Mund ihre Lippen geküßt hatte.

Rafael erkannte die unerwartete Veränderung sofort, und seine grauen Augen wanderten wieder und wieder zu diesem weichen Mund hinunter, während sein Körper sich der von dem dünnen Spitzenmantel umhüllten, seidigen Haut, die ihm so viele schlaflose Nächte beschert hatte, nur allzu bewußt war. Daß sie einmal die Macht besessen hatte, ihm so viele Probleme zu verursachen, versetzte ihn in Wut; daß sie es jetzt noch einmal wagte, in sein Leben zu treten, erhöhte diese Wut nur noch mehr. Daß sie die Frau war, der »Engel« aus Sebastians überschwenglichen Schwärmereien, erweckte heftige Gefühle in ihm, wie er sie nie zuvor erfahren hatte, und er war sich in dumpfem Zorn klar darüber, daß er eifersüchtig war. Wütend über sich selbst, drehte er ihr brutal den Arm auf den Rücken, zerrte sie grob an sich und herrschte sie an: »Hör auf, mit mir zu streiten, du kleine Schlampe! Deine Entschuldigungen interessieren mich nicht. Mir ist es verdammt egal, wie hart es für dich sein mag, aber du wirst verdammt noch mal mit deinem liebenswerten Ehemann noch heute von hier verschwinden.«

Ihren weichen Körper so eng an sich zu ziehen war sicher nicht das Klügste, was er tun konnte. Er war nicht unempfindlich gegen ihre Brüste, die verführerisch seine Brust berührten, ihre schlanken Beine, die sich gegen seine Schenkel preßten, und den süßen Lavendelduft, der sie umgab. Er spürte das schreckliche Verlangen in sich aufsteigen, diesen geschmeidigen, seidigen Körper unter sich zu haben, diesen süßen Mund zu küssen, der ihn verfolgt hatte. Seine grauen Augen waren dunkel vor Verlangen. Sein brutaler Griff lockerte sich, und sein Daumen begann, rhythmisch ihren Oberarm zu streicheln. Es ist Wahnsinn, dachte er wütend, wußte, daß er sie von sich stoßen sollte, war zugleich jedoch nicht in der Lage dazu. Mit einem unterdrückten Fluch warf er seine Bedenken über Bord und küßte sie.

Auch Elizabeth spürte Rafaels Stimmungswandel, und sie kämpfte ebensosehr gegen sich selbst wie er. Sie versuchte, sich ihm zu entwinden, doch er ließ den Sombrero fallen und packte ihre andere Schulter. Elizabeth konnte seinem hungrigen Mund, der den ihren erforschte, nicht entfliehen. Er erregte und entflammte sie ebensosehr, wie er sie in Wut brachte. Doch wie wenig sie sich auch unter Kontrolle hatte – sie begann sich wie eine kleine, in der Falle sitzende Wildkatze gegen ihn zu wehren, hämmerte wütend mit den Fäusten gegen seine Brust. Doch Rafael verstärkte nur seinen Griff, während sein Mund ihr Gesicht mit brennenden Küssen bedeckte.

»Engländerin, Engländerin«, murmelte er an ihrem Hals, während seine Zunge einer schwachen bläulichen Ader folgte, deren heftiges Pulsieren ihre eigene Erregung verriet. »Ich habe dich schon in New Orleans gewarnt, oder? Ich glaube mich zu erinnern, daß ich dir geraten habe, dich von mir fernzuhalten ... und daß ich dich, falls du es nicht tust, so behandeln würde, wie du es verdienst. Du scheinst mir nicht zugehört zu haben.«

Elizabeth erstarrte, ihr heftiger Widerstand erstarb. »Vielleicht könnten Sie mir einmal zuhören«, rief sie ungehalten. »Ich bin Ihnen nicht hierher gefolgt, und ich hatte keine Ahnung, daß Sebastian mit Ihnen verwandt ist. Glauben Sie im Ernst, daß ich nach dem, was vor vier Jahren geschehen ist, Ihre Nähe suchen würde?« Ihre blauen Augen waren voll Verachtung, als sie hitzig hinzufügte: »Für was für eine Idiotin halten Sie mich eigentlich? Ich bin nicht die Art Frau, für die Sie mich halten, und bin es auch nie gewesen. Ihre Frau hat damals dieses Komplott geschmiedet, damit Sie mich und Lorenzo in jener Situation antreffen! Und wenn Sie nicht so versessen darauf wären, mich für schlecht zu halten, könnte ich Ihnen genau erklären, was an jenem Nachmittag passiert ist.«

Zuerst schien Rafael ihr gebannt zuzuhören, und Elizabeth begann zu hoffen, daß dieses böse Mißverständnis endlich geklärt werden könnte. Doch als sie jenen häßlichen Nachmittag erwähnte, verschloß sich sein Gesicht, und ein böser Ausdruck kroch in seine Augen. Mit einem erbarmungslosen Lächeln auf den Lippen schüttelte er den Kopf. »So nicht, Engländerin. Dieses Thema ist so tot wie Consuela, und ich will nicht darüber diskutieren – nie mehr!«

Zitternd holte Elizabeth Luft, als ein schreckliches Gefühl der Niederlage sich in ihr ausbreitete. Er war so unversöhnlich, so entschlossen, ihr nicht zu glauben, daß ihr mit einem elenden Gefühl der Hilflosigkeit klar wurde, daß es sinnlos war, sich weiter zu bemühen – Manuela hatte recht gehabt, er würde die Wahrheit nie akzeptieren. Den unerklärlichen Drang zu weinen unterdrückend, sagte sie ruhig: »Also gut. Wenn Sie mir nicht zuhören wollen, mir nicht glauben wollen, dann haben wir wirklich nichts zu besprechen. Daher würde ich es begrüßen, wenn Sie mich in mein Zimmer zurückgehen ließen.«

»Gewiß. Ich wollte dir gerade vorschlagen, daß wir entweder in dein Zimmer oder in meins gehen, damit wir ungestört beenden können, was wir begonnen haben.« Ein spöttisches Lächeln lag um seinen Mund, als er hinzufügte: »Es gibt kaum etwas, womit ich meine Familie schockieren könnte, aber wenn sie aufwachen und mich in inniger Umarmung mit einer ihrer Besucherinnen vorfinden würden, könnte sie das doch ein wenig aus der Fassung bringen.«

Fassungslos und mit wachsendem Unbehagen starrte Elizabeth ihn an. »Sie meinen doch nicht – ich will nicht!« Sie riß sich zusammen und stieß hervor: »Señor, wenn Sie glauben, daß ich Ihnen die Freiheiten, die Sie sich in New Orleans genommen haben, gewähre, dann mißverstehen Sie die Situation! Ich beabsichtige, auf mein Zimmer zu gehen – allein! Ich wünsche und brauche Ihre Gesellschaft nicht!«

Rafael lächelte nur, ein Lächeln, das seine Augen nicht erreichte. »Nein, du mißverstehst die Situation! Ich war lange ohne Frau, und wenn ich daran denke, wie großzügig du deine Gunst verschenkst – was bedeutet da schon ein Mann mehr?«

Elizabeths letzter Rest an Selbstbeherrschung verschwand, und ehe sie über die Konsequenzen nachdenken konnte, schlug sie ihm mit der flachen Hand ins Gesicht. »Sie Tier!« schleuderte sie ihm ins Gesicht, und ihre veilchenblauen Augen sprühten vor Wut.

Sie war so unglaublich schön in ihrem Zorn, daß er nicht zurückschlug, wie er es normalerweise getan haben würde. Statt dessen nahm er sie mit einem unterdrückten Fluch in die Arme. »Ich finde, diese Unterhaltung dauert jetzt lange genug«, knurrte er. »Und ich hoffe bei Gott, daß Doña Madelina dich in der goldenen Suite untergebracht hat, denn dorthin gehen wir jetzt. Bete, Engländerin, daß dein Mann heute nacht nicht in deinem Bett schläft, denn dann hätten wir mit Sicherheit eine ergötzliche Szene.« Damit preßte er den Mund auf ihre Lippen, erstickte den Schrei, der in ihrer Kehle hochstieg. Elizabeth wehrte sich verzweifelt, doch sie war hilflos in seinen Armen gefangen. Ihre unterdrückten Schreie und ihre heftige Gegenwehr ignorierend, trug er sie mit beinahe trägen Bewegungen zur goldenen Suite. Keines von ihnen bemerkte den fassungslosen Sebastian, der wie angewurzelt in der Tür seines Zimmers stand.

Sebastian wußte selbst nicht, wovon er aufgewacht war. Mit der ihm angeborenen Neugier war er aus dem Bett gestiegen, hatte sich eine Hose angezogen und die Tür geöffnet. Als er in den Hof hinaussah, entdeckte er Rafael; Elizabeth bemerkte er erst, als Rafael sie wie eine Kriegsbeute in seinen Armen zur goldenen Suite trug. Vollkommen verblüfft stand er mehrere Sekunden da und mochte nicht glauben, was er sah.

Rafael betrat den Raum, knallte mit einem kraftvollen Stoß seiner Schulter die Tür hinter sich zu. Dann lehnte er sich gegen die Tür und ließ Elizabeths schlanken Körper an sich heruntergleiten. Unmerklich ließ der Druck seiner Lippen auf ihrem Mund nach, sein Kuß wurde sanfter, tat ihr nicht mehr weh.

»Engländerin, ich glaube, du hast mir gefehlt«, sagte er schließlich, als er den Kopf hob und sie mit vor Erregung fast schwarzen Augen ansah.

Elizabeth tat einen tiefen, zitternden Atemzug, ihre Gefühle waren in solch einem Aufruhr, daß sie nicht klar denken konnte. Entsetzt erkannte sie, daß Rafael noch immer Macht über ihren Körper besaß. Sie sehnte sich danach, seinen Körper zu spüren, seine sie bewußt erregenden Küsse stiegen ihr in den Kopf wie süßer Wein. Sie wußte, daß sie sich gegen ihn wehren sollte, wußte, daß sie – selbst jetzt noch – schreien und das Haus alarmieren sollte, doch tief in ihrem Inneren wollte sie es nicht – sie wollte ihn, und im Augenblick zählte nichts, als daß Rafael hier war und sie in seinen Armen lag.

Doch sie unternahm einen letzten Versuch. Ihre Stimme war kaum mehr als ein Flüstern, als sie sagte: »Rafael, bitte, tun Sie mir das nicht an. Bitte gehen Sie und lassen Sie mir meinen Stolz – es ist nicht viel, worum ich Sie bitte.«

Er zog spöttisch die Augenbrauen hoch. »Seit wann besitzen Huren Stolz?« höhnte er und dachte daran, wie er sie in Lorenzos Armen vorgefunden hatte. »Nein, Engländerin, ich werde dich nicht gehen lassen, und ich werde mich auch nicht davon abhalten lassen, deinen schönen Körper zu besitzen.« Sein Blick wurde hart, und er fügte hinzu: »Falls ich dir nach all deinen Liebhabern zuwider sein sollte, dann schließ die Augen und stell dir vor, ich wäre dein Mann.«

Elizabeths wütender Aufschrei wurde von Rafaels Mund erstickt, und sie kämpfte wütend gegen das verräterische Pulsieren ihres Blutes an, als Rafaels warmer Mund mit wachsender Leidenschaft über ihre Lippen wanderte. Sie wollte ihm widerstehen, wollte ihm wieder in sein arrogantes Gesicht schlagen, doch sie besaß keine Waffe gegen den Zauber, den er auf ihre erwachenden Sinne ausübte. Mit leisem Aufstöhnen schlossen sich ihre Arme um seinen festen Körper, und sie erwiderte seine Küsse hingebungsvoll.

Ohne seinen Mund von ihren Lippen zu lösen, hob Rafael sie wieder in seine Arme und trug sie ins Schlafzimmer. Mit seltsamer Zärtlichkeit legte er sie auf das breite Bett, um sich sogleich auf sie zu legen. Dann hob er sich schnell von ihr ab und begann, ohne die Augen von ihrem hübschen, geröteten Gesicht abzuwenden, sich auszuziehen.

Obwohl sie eigentlich wegsehen wollte, sah Elizabeth ihm, getrieben von einem inneren Zwang, dabei zu. Sie hatte noch nie einen nackten Mann gesehen, und sie mußte sich eingestehen, daß sie ungeheuer neugierig auf den männlichen Körper war – insbesondere auf *diesen* männlichen Körper.

Dank seines Komantschenblutes und seiner Erziehung war Nacktheit für Rafael etwas Selbstverständliches, und er stellte sich der Frau, die da auf dem Bett lag und ihn scheu ansah, mit fast arrogantem Stolz zur Schau.

Die Zeit schien stehengeblieben zu sein, während er sich auszog, doch als er wieder zu ihr ins Bett kam, erwachte Elizabeth sofort zu wilder Aktivität, und sie unternahm einen weiteren verzweifelten Versuch, ihm zu entfliehen. Als er voll Verlangen die Arme nach ihr ausstreckte, drehte sie sich plötzlich um, wild entschlossen, wenigstens die Tür zu erreichen und die ganze Hazienda zusammenzuschreien. Einen Augenblick glaubte sie, es geschafft zu haben, denn er war überrumpelt durch ihre unerwarteten wilden Bewegungen. Dann jedoch warf er sich wie ein Tiger auf sie. Mit ineinander verschlungenen Körpern rollten sie miteinander quer über das Bett.

Sie atmeten schwer, und ihr Atem verschmolz miteinander wie ihre Körper, bis Elizabeth sich schließlich Rafaels größerer Kraft unterwerfen mußte. Sein Körper preßte sie auf das Bett, mit einer Hand hielt er ihre beiden Hände über ihrem Kopf zusammen, während er mit der anderen ihr Kinn umfaßte und ihren Kopf zum Stillhalten zwang. Einen Augenblick verharrten sie regungslos, und seine grauen Augen starrten eindringlich in ihre weitaufgerissenen, trotzigen blauen Augen.

Eine endlose Sekunde lang erforschten Rafaels Augen ihr Gesicht, nahmen bewundernd ihre zerzauste Schönheit auf – die unglaublich blonden Locken, die sich in wilder Unordnung über die Kissen ringelten, die atemraubend blauen Augen mit den langen Wimpern, die schwach geröteten Wangen und den unwiderstehlichen, weichen rosigen Mund. Lange verweilten seine Augen dort, dann jedoch wanderten sie zu ihren festen kleinen Brüsten hinunter, die während ihres Kampfes entblößt worden waren. Der Morgenmantel und auch das dünne Nachthemd waren bis zu ihren Hüften nach oben gerutscht. Langsam senkte er den Kopf und berührte sanft mit den Lippen die zarte Haut zwischen ihren Brüsten, sog den Duft ihrer Haut in sich auf, ehe sein Mund unbeirrt ihre Brust fand. Trotz ihrer Entschlossenheit, ihn zurückzuweisen, erschauerte Elizabeths ganzer Körper vor Wonne, als er mit seinen weichen, forschenden Lippen ihre Brust berührte. Ihre sich verhärtenden Brustwarzen flehten ihn schamlos an, seine zärtlichen Berührungen fortzusetzen.

»O bitte, bitte, hören Sie auf!« flüsterte sie mit kleiner, entsetzter Stimme, wußte, daß sie im nächsten Augenblick die Kontrolle über sich verlieren würde, um sich dem demütigenden Verlangen hinzugeben, das bei Rafaels erstem Kuß von ihrem Körper Besitz ergriffen hatte.

Rafael hob den Kopf und sah sie kühl und abschätzend an. Plötzlich zuckte ein halb belustigtes, halb trauriges Lächeln um seinen vollen Mund, und er schüttelte den Kopf, das Lächeln verschwand, und wieder küßte er sie.

Es war ein zärtlicher Kuß, ohne Hast und doch suchend und fordernd, seine Zunge ein Feuerpfeil, der die Süße ihres Mundes erforschte. Er hielt ihre Hände mit einer Hand über ihrem Kopf fest, während die andere über ihren schlanken Körper wanderte und entschlossen ihren Morgenmantel und ihr Nachthemd öffnete, bis sie völlig nackt unter ihm lag.

Sein Kuß war Elizabeths Verhängnis, seine Lippen entflammten sie noch mehr, weckten gekonnt all die schlafenden Leidenschaften, die sie so lange im Zaum gehalten hatte. Trotzdem kämpfte sie dagegen an, versuchte verzweifelt, die heißen, sehnsüchtigen Empfindungen zu ignorieren, die ihren Körper plötzlich durchströmten. Flüssiges Feuer floß durch ihre Adern, und ihr Körper scherte sich nicht um die verzweifelten Signale, die ihr Kopf aussandte; ihre Brüste lechzten danach, wieder von Rafaels Mund berührt zu werden, und ihre Hüften drängten sich ihm unbewußt entgegen, während sie sich schamlos seinem Kuß hingab.

Sie kämpfte den stummen Kampf mit sich, solange sie konnte, aber Rafael war kein unbeholfener Liebhaber, kein im Dunkeln herumfummelnder Nathan. Er war ein erfahrener Mann, ein Mann, der, wenn er wollte, genau wußte, was einer Frau gefiel; er fühlte, daß Elizabeth sich darum bemühte, gleichgültig zu bleiben, und er riß bewußt eine Barriere nach der anderen nieder. Seine Lippen waren warm und fest, und sie schmeichelten, liebkosten und forderten, daß sie sich ergebe, während sie von ihrem weichen Mund über ihr Kinn zu ihren Ohrläppchen wanderten und er mit der Zungenspitze ihr Ohr erforschte, ehe er mit erneuter Leidenschaft zu ihrem Mund zurückkehrte. Ungeheuer zart begann er, mit einer Hand ihren Körper zu erforschen, umschloß zuerst eine ihrer Brüste, rieb mit dem Daumen rhythmisch über ihre Brustwarze, wanderte dann langsam über ihren Körper hinunter. Mit einem erstickten Laut gab Elizabeth den unfairen Kampf auf, ihr Körper verschmolz mit dem seinen, wollte nur noch von ihm besessen werden, um endlich wirklich zu erfahren, was es heißt, eine Frau zu sein.

Beim ersten Mal war sie von dem Belladonna benommen gewesen, und die Gefühle und Empfindungen, die sie jetzt erfuhr, waren in gewisser Weise alle neu, erschreckend und berauschend zugleich, und ihr Körper war von Verlangen und Angst zugleich erfüllt. Als Rafael dann zart und verführerisch über ihren flachen Bauch strich, die zarte Innenseite ihrer Schenkel suchte, war sie in keiner Weise auf die Explosion puren Verlangens vorbereitet, das sie durchschoß. Unkontrolliert zuckte ihr Körper unter den Berührungen seiner Hand hin und her, während sein Mund ihre Brüste liebkoste, seine freie Hand zärtlich zwischen ihre Schenkel glitt und das schmerzhafte Verlangen, das sich wie Feuer in ihrem Blut ausbreitete, noch mehr anschürte.

Als er sie endlich dort berührte, seine Finger zärtlich die zarte Haut auseinanderschob, stöhnte Elizabeth leise auf vor Lust. Jetzt wollte sie ihm nicht mehr widerstehen, wollte nur noch diesen geschmeidigen Körper berühren und erforschen, der so köstliche Gefühle in ihr auslöste, und ihre Hände bewegten sich ruhelos in seiner immer noch festen Umklammerung.

Rafael hatte nicht die Absicht, ihre Hände freizugeben. Der Komantschenjäger in ihm genoß die sinnliche Berührung ihres hin- und herzuckenden Körpers. Ein andermal, an einem anderen Ort würde er sich ihren Zärtlichkeiten vielleicht hingegeben haben, in diesem Augenblick jedoch wollte er sie erobern – wollte sie so verrückt vor Verlangen machen, wie sie es mit ihm gemacht hatte, wollte sie bestrafen und ihr zugleich Lust schenken.

Für Elizabeth war es ein köstlicher Schmerz, seine Lippen und Hände erregten sie auf nie erträumte Weise; trotzdem war sie hilflos in seinem eisernen Griff gefangen, konnte nur mit sich geschehen lassen, empfinden, ihn jedoch nicht berühren, nicht seinen Körper erforschen. Und sie war nicht in der Lage, ihn daran zu hindern, das mit ihr zu tun, was er wollte. Und als seine Finger zärtlich zwischen ihre Schenkel drangen, stöhnte sie, erschauernd vor Lust, laut auf.

Aber nicht nur Elizabeth erfuhr Lust bei dieser halben Vergewaltigung, auch Rafael war in einem Maß erregt, wie er es nicht für möglich gehalten hätte; trotzdem zwang er sich, sich zurückzuhalten. Sie war so unglaublich schön mit ihrem makellosen Gesicht, dem glänzenden Haar, dem schlanken, so vollkommen geformten Körper, der seidigen, warmen Haut, daß er sich wie ein Verhungernder nach ihr verzehrte.

Ihr Körper erzitterte wild unter den von Rafael erweckten Empfindungen köstlicher Lust, und sie flehte mit erstickter Stimme: »O bitte, bitte . . .«

Als Rafael ihr unkontrolliertes Stammeln hörte, legte er sich aufstöhnend auf sie. Ihre Arme zu beiden Seiten ihres Kopfes auf das Bett drückend, schob er mit den Knien ihre Beine auseinander und drang in sie ein.

Atemlos spürte Elizabeth ihn in sich, nahm seine heiße, harte Männlichkeit in sich auf. Einen langen Augenblick lag er regungslos auf ihr, sein Atem ging in schweren Zügen, als kämpfe er darum, sich unter Kontrolle zu behalten. Ein unterdrücktes Stöhnen entschlüpfte Elizabeth; sie wollte, daß er mit diesem schamlosen sinnlichen Ansturm auf ihren Körper fortfuhr. Unbewußt suchte ihr Mund voll Verlangen den seinen, und Rafael preßte beinahe brutal seine Lippen auf die ihren, während seine Zunge fieberhaft ihren Mund erforschte.

Langsam begann er sich auf ihr zu bewegen, und Elizabeth hob ihm instinktiv ihre Hüften entgegen. Als seine Bewegungen schneller wurden, paßte sie sich seinem Rhythmus an, bis ihre Körper einander in wachsender heißer Erregung begegneten. Ihr Kopf zuckte wild hin und her, in ihrer Hingabe wurde sie zu einer wilden Kreatur, ihr schlanker Körper zuckte und wand sich unter ihm, und sie gab tierähnliche Laute der Befriedigung von sich. Dann plötzlich, als sie glaubte, die beinahe schmerzhafte Lust in ihren Lenden keinen Augenblick länger ertragen zu können, wurde sie von einem derart intensiven Strom der Lust durchglüht, daß ihr ganzer Körper sich versteifte und sie in atemlosen Erstaunen die Augen aufriß. Eine Woge der höchsten körperlichen Empfindung nach der anderen überflutete sie, ihr Körper schien in tausend Stücke zitternder Lust zersplittert zu sein. Sie hörte sich tief und laut aufstöhnen, doch sie hatte keine Kontrolle mehr über sich, ebensowenig, wie sie das Zittern von Rafaels Körper kontrollieren konnte, als auch er schließlich den Gipfel erreichte und sich in ihr verströmte.

13

Noch immer vollkommen überwältigt, blieb Elizabeth regungslos liegen, als Rafael von ihr herunterglitt und sich mit dem Gesicht nach unten neben sie auf das Bett warf. Doch beinahe sofort streckte er wieder die Hand aus, packte mit eisernem Griff ihr Handgelenk und zog sie zu sich heran, als fürchte er, daß sie weglaufen könnte. Im Augenblick jedoch war Elizabeth viel zu verwirrt über die Reaktionen ihres Körpers, als daß sie mehr als einen schwachen Versuch, sich ihm zu entziehen, hätte machen können, einen Versuch, der leicht und auf fast beleidigend mühelose Weise von ihm zunichte gemacht wurde.

Stille lag über dem Raum, und Elizabeth starrte mit blinden Augen zu der weißen Decke hinauf, dachte darüber nach, wie schnell ihr ehemals geordnetes Leben um sie herum in Scherben gegangen war.

Am vergangenen Abend hatte sie zum ersten Mal während ihrer Ehe ihren Mann belogen, und jetzt, nur wenige Stunden später, hatte sie ihn körperlich betrogen. Den Gedanken, daß sie auch gelernt hatte, was es heißt, einen Mann körperlich zu lieben, verdrängte sie; sie wollte jetzt nur an Nathan und ihre sich rapide verschlechternde Beziehung zueinander denken. An Rafael, der nackt und beunruhigend vital neben ihr lag, wollte sie nicht denken; sie wollte nicht über die Macht nachdenken, die dieser Mann auf ihr gewöhnlich so ruhiges und ausgeglichenes Wesen ausübte.

»Woran denkst du?« fragte Rafael unvermittelt und riß sie mit einem Schlag in die Wirklichkeit zurück.

Sie war so tief in ihre unglücklichen Gedanken versunken gewesen, daß sie nicht bemerkt hatte, daß er seine Lage verändert hatte und sie jetzt, auf seinen Ellbogen aufgestützt, beobachtete.

Sie schluckte mühsam, ehe sie wahrheitsgemäß antwortete: »An meinen Mann.«

Das dunkle Gesicht erstarrte, und Elizabeth hatte den Eindruck, daß ihre Worte ihn in Wut gebracht, ihm sogar einen Schock versetzt hatten. Sein breiter Mund kräuselte sich verächtlich, und er sagte spöttisch: »Hast du Angst, er könnte hereinkommen und uns zusammen im Bett vorfinden? Oder hast du unsere Potenz verglichen?«

Heiße Wut überkam Elizabeth, und sie herrschte ihn an: »Da ist nichts zu vergleichen! Nathan Ridgeway würde mühelos jeden Vergleich mit Ihnen gewinnen! Jetzt verschwinden Sie aus meinem Bett – und ich werde mich bemühen, binnen einer Stunde das Haus zu verlassen.«

»Nein«, sagte er in ruhigem, gleichgültigem Ton und mit unergründlichem Blick.

Verwirrt stieß Elizabeth hervor: »Aber Sie sagten doch – Sie sagten, wir sollten sofort verschwinden! Sie verlangten es von mir!«

Sein Blick ruhte auf ihrem weichen Mund, als er mit heiserer Stimme murmelte: »Ich habe es mir anders überlegt.«

»Sie können es sich nicht anders überlegen!« beharrte Elizabeth wütend. »Sie dürfen es nicht!«

Rafael hob spöttisch eine Augenbraue und widersprach ruhig: »Ich kann es nicht nur, Engländerin, ich habe es getan!«

»Warum?« fragte sie und sah ihn wachsam an.

»Sagen wir, ich möchte dich im Auge behalten, bis Sebastian seine unselige Zuneigung zu dir überwunden hat.«

Mit störrischer Miene entgegnete Elizabeth: »Sebastian hat nichts damit zu tun. Außerdem können Sie mich nicht daran hindern wegzufahren! Sie können meinen Mann und mich nicht gegen unseren Willen hier festhalten.«

»Das vielleicht nicht«, sagte er langsam, und etwas in der Art, wie er sie ansah, jagte ihr einen Schauer freudiger Erwartung über den Rücken. Wütend über sich selbst versuchte sie, sich ihm zu entwinden, wollte unbedingt von ihm fort. Mehrere Sekunden lang sah Rafael ihren wilden Bewegungen unbeteiligt zu, dann schleuderte er ihr Handgelenk beinahe verächtlich von sich.

Sofort kroch Elizabeth von ihm weg und kauerte sich an die andere Seite des Bettes. Das offenstehende Nachthemd verbarg ihren Körper kaum, ihre glatte alabasterfarbene Haut und die festen kleinen Brüste boten sich Rafaels schmal gewordenen Augen verführerisch dar. Mein Gott, ist sie schön! dachte er und zog scharf die Luft ein, als er spürte, wie neues Verlangen in ihm aufstieg. Doch er bezwang den Impuls, wälzte sich von ihr weg und stand auf.

Schweigend begann er sich anzuziehen, und nachdem sie ihm eine Weile voll Unbehagen zugesehen hatte, fragte Elizabeth vorsichtig: »Was haben Sie vor?«

Sein Hemd in die Hose steckend, sah er sie über die Schulter hinweg an und sagte trocken: »Ich ziehe mich an. Oder sieht es so aus, als nähme ich ein Bad?«

Elizabeths Wangen röteten sich vor Wut. »Ich meinte, was Sie mit mir vorhaben?«

»Das weiß ich noch nicht«, erwiderte er unverbindlich, während er sich hinsetzte und seine Stiefel hochzog. »Ich glaube, es ist das beste, wenn du noch ein paar Tage hier bleibst, Engländerin. Ich lasse dich wissen, wenn ich die Zeit für gekommen halte, daß du meinen Eltern ade sagst.«

Von Wut geschüttelt, hob Elizabeth trotzig das Kinn und schleuderte ihm ins Gesicht: »Sie arroganter Teufel! Glauben Sie, daß ich auch nur eine Minute unter ein und demselben Dach mit Ihnen bleiben werde? Wie können Sie es wagen, mir Befehle zu erteilen? Sie können uns nicht daran hindern abzureisen, wann wir wollen.«

Mit katzengleicher Anmut und einem seltsamen Lächeln auf dem schmalen Gesicht kam Rafael schnell zu ihr herüber, und sie rückte, so weit sie konnte, von ihm weg. Rafael starrte sie einen langen Augenblick an, streckte dann die Hand aus und umfaßte ihr Kinn. Er sagte nur ein Wort. »Nein?«

Sie wußte inzwischen, daß es sinnlos war, mit ihm zu diskutieren, und schwieg.

»Ich glaube, wir verstehen uns«, murmelte er schließlich, als er merkte, daß Elizabeth nichts sagen würde. Er band sein Pistolenhalfter um, deutete eine spöttisch-formelle Verbeugung an und sagte kühl: »Adios, Engländerin. Und wenn du nicht willst, daß die ganze Hazienda erfährt, was zwischen uns passiert ist, wirst du bei unserer nächsten Begegnung so tun, als sähen wir uns zum ersten Mal ... zumindest heute zum ersten Mal.«

Seine unverschämten Worte waren fast mehr, als Elizabeth ertragen konnte; sie ballte die kleinen Hände zu Fäusten und starrte ihn mit haßerfüllten Augen an.

Einen Augenblick sah Rafael sie an, dann kräuselte ein schiefes Lächeln seine Lippen, als wüßte er, wie gern sie ihm die Augen auskratzen würde, und amüsierte sich darüber. Er kam schnell zu ihr herüber und küßte sie hart auf den Mund. Mit unerwartet heiserer Stimme stieß er hervor: »Du hast mir gefehlt, Engländerin.« Ehe sie sich von ihrer Überraschung erholen konnte, drehte er sich auf dem Absatz um und verließ den Raum. Dann ging er leise, und ohne gesehen zu werden, zu seiner eigenen Suite hinüber, die am Ende des Flügels lag, in dem sich auch Elizabeths und Nathans Zimmer befanden.

Bis auf die wenigen Male, wo die Ranch oder sein Vater seine Anwesenheit verlangten, war Rafael nur selten auf der Hazienda, selten in der Gegend. Für gewöhnlich wohnte er dann in einer kleinen, ein paar Meilen von der Hazienda enternten Hütte, die er sich vor ein paar Jahren selbst gebaut hatte – Don Miguel jedoch mochte die einfache Hütte ganz und gar nicht; er spürte, vielleicht zu Recht, daß Rafael damit eine Barriere zwischen sich und dem Rest der Familie errichten wollte, als wolle er ihre unterschiedlichen Lebensformen unterstreichen. Dennoch hatte Don Miguel – obwohl sie nur ein- oder zweimal im Jahr benutzt wurde – eine Suite für Rafael reservieren lassen. Und zu Don Miguels Freude und Überraschung benutzte Rafael diese Zimmer, vielleicht als Anerkennung für die Bemühungen seines Vaters, die Distanz zwischen ihnen abzubauen, wenn Don Felipe bei seinen kurzen Besuchen nicht anwesend war.

Wenn Sebastian nicht da gewesen wäre, wäre Rafael jetzt nicht hergekommen; er war viel zu beschäftigt mit dem Komantschenproblem, als daß er seine kostbare Zeit für den Besuch bei einer Familie verschwendet hätte, die, das wußte er, sehr gut ohne ihn auskommen konnte – so wie sie es fünfzehn Jahre lang während seiner Zeit als Gefangener der Komantschen getan hatte. Doch er hatte gewußt, daß Sebastian auf ihn wartete, und vorgehabt, ein paar Stunden zu schlafen und sich am Morgen mit Sebastian zu treffen.

Elizabeths Anwesenheit hatte allerdings jedem Gedanken an Schlaf ein Ende gesetzt, wie er sich eingestand. Noch immer lächelnd betrat er seine relativ schlicht eingerichtete Suite. Doch das Lächeln erstarb abrupt, als er Sebastian bemerkte, der, die Beine lässig auf eine Truhe gelegt, einen von Samuel Colts neuen und äußerst tödlichen Revolvern in der Hand hielt und direkt auf die Tür, in der Rafael stand, zielte.

Mit ausdrucksloser Miene blieb Rafael stehen und ergriff, verborgen in dem Schatten, mit der gewohnten Wachsamkeit eines die Gefahr witternden Tieres schnell sein Bowiemesser. Er glaubte nicht, daß Sebastian vorhatte, ihn kaltblütig zu erschießen, aber für den Fall . . .

Sebastian hatte offensichtlich auf ihn gewartet, und als Rafael im Dunkeln stehenblieb, sagte er in unverhohlen angriffslustigem Ton: »Entrez, mon ami. Und du tust gut daran, stehenzubleiben – meine Gefühle für dich sind im Augenblick alles andere als freundlich.« Er hielt inne, wartete auf Rafaels Reaktion und fügte hinzu: »Feindselig wäre die passendere Bezeichnung – oder mordlustig.«

Den Revolver nicht aus den Augen lassend, ging Rafael weiter vor, während sein Verstand kühl nach einem Weg suchte, die möglicherweise tödliche Situation zu entschärfen. Wenn es nicht Sebastian Savage, sondern irgendein anderer Mann gewesen wäre, würde er gewußt haben, was er tun mußte – einer von ihnen beiden wäre jetzt bereits tot, und das wäre nicht Rafael Santana gewesen!

Es gab nur einen Grund für Sebastians aggressives Verhalten, und Rafael fragte in verdächtig sanftem Ton: »Die Frau? Du hast uns vorhin gesehen?«

Sebastians voller Mund wurde schmal, die grünen Augen blitzten gefährlich, als er zischte: »Wie klug von dir! Hast du auch erraten, wer sie ist? Hast du sie deshalb verführt? Damit ich schlecht von ihr denke? Ich würde gern deine Erklärung hören, bevor ich dich mit einer Kugel zur Hölle schicke.«

Rafael war nicht in der besten Stimmung, und im Augenblick hatte er ganz und gar keine Lust dazu, Sebastians verletzten Stolz zu besänftigen. Tatsächlich war er bleiern müde nach dem anstrengenden mehrtägigen Ritt zur Hazienda; das Zwischenspiel mit Elizabeth war auch nicht gerade erholsam gewesen, und Sebastians Forderung nach einer Erklärung war das Tüpfelchen auf dem i. Die beständig auf sein Herz gerichtete Pistole ignorierend, herrschte er Sebastian an: »Ich gebe keine Erklärungen ab, Sebastian! Dir nicht und niemandem sonst! Wenn du also so wild entschlossen bist, mich zu töten – dann los! Aber sei versichert, du junger Narr, daß ich dich mitnehmen werde!«

Leicht verblüfft über Rafaels Heftigkeit nahm Sebastians Angriffslust schnell ab. »Es ist dir Ernst damit, nicht wahr?« stieß er schließlich hervor.

»Ich bluffe nie, Sebastian. Nie!« erwiderte Rafael mit harter Stimme. »Also erschieß mich oder leg das Ding weg.«

Sebastian rutschte unbehaglich auf seinem Stuhl hin und her und wünschte, er hätte länger nachgedacht, bevor er sich in eine Auseinandersetzung mit seinem vielbewunderten Vetter stürzte. Sein Gesicht war ein Spiegelbild seiner widerstreitenden Gefühle, als er schließlich den Revolver senkte und brummte: »Ich will dich nicht töten, aber ich finde, du solltest mir zumindest sagen, wie es dazu gekommen ist, daß ich dich und Beth in dieser Situation antreffen konnte.«

Rafael entspannte sich ein wenig, das Bowiemesser verschwand in seinem Gürtel. Geistesabwesend holte er einen dünnen Zigarillo aus seiner Jackentasche und zündete ihn an. Er inhalierte tief, stieß eine Rauchwolke aus und konterte: »Warum fragst du die Dame nicht selbst? Ich bin sicher, sie könnte dir eine befriedigende Erklärung geben.«

Sebastian war außer sich. »Du verdammter Bastard! Ich würde es nie wagen, über so etwas mit ihr zu reden!«

Plötzlich schien Rafael amüsiert. »Warum nicht? Es könnte sehr aufschlußreich für dich sein.« Sein belustigter Gesichtsausdruck verschwand so schnell, wie er gekommen war, und er sagte nachdenklich: »Ich bin es nicht gewohnt, mich irgend jemandem zu erklären, aber da Señora Ridgeway dir offensichtlich viel bedeutet, will ich eine Ausnahme machen.« Er hielt inne, wußte nicht recht, wieviel er verraten sollte oder wollte, und sagte schließlich gedehnt: »Ich würde sagen, daß zwischen uns ... alte Bande existieren, Bande, die deine bedauerliche Zuneigung zu ihr nicht nur in den Hintergrund drängen, sondern auch deinem Heiratsantrag wenig Aussichten auf Erfolg geben.« Kaum hatte er die Worte ausgesprochen, wurde ihm bewußt, wie plump er gewesen war, und er fluchte in sich hinein. Alles, was er erreicht hatte, war klar an Sebastians verschlossener Miene zu erkennen. Er war jetzt noch entschlossener, ihm das Gegenteil zu beweisen. Seine Worte sehr behutsam wählend, fuhr er ruhig fort: »Wir lernten uns vor vier Jahren kennen, als ich nach New Orleans kam, um mit Jason über den Anschluß der Republik an die Vereinigten Staaten zu reden. Du erinnerst dich doch noch daran, nicht wahr?«

»Willst du mir weismachen, daß du und Beth eine langjährige Beziehung habt – eine Beziehung, die begann, als sie noch nicht einmal siebzehn war und erst ein paar Wochen zuvor geheiratet hatte?« fragte Sebastian fassungslos.

Ohne es zu wissen, hatten Sebastians Worte Rafael einen Schock versetzt – er hatte gewußt, daß sie damals jung gewesen war, aber nicht so jung, und auch nicht, daß sie erst so kurze Zeit verheiratet gewesen war, wie Sebastian gesagt hatte. Plötzlich fragte er sich, ob er an jenem Nachmittag in New Orleans nicht einem schrecklichen Irrtum erlegen war. Doch er verwarf diesen Gedanken sofort wieder. Jetzt war nicht der Zeitpunkt, um über etwas nachzudenken, was vor vier Jahren geschehen war, außerdem änderte es sowieso nichts – egal, wie jung sie gewesen und wie kurz sie verheiratet gewesen sein mochte, sie war Lorenzos Geliebte gewesen. Er hatte es mit eigenen Augen gesehen, hatte ihre Lustschreie gehört, ehe er sie auseinandergerissen hatte. Die Erinnerung an diese Szene machte es ihm leichter, Sebastian ein völlig falsches Bild von seiner Beziehung zu Elizabeth Ridgeway zu geben. Dazu kam das starke Bedürfnis, natürlich zu Sebastians eigenem Besten, seinem Vetter klarzumachen, wie töricht diese Liebe zu einer verheirateten Frau war. Kühl fragte er daher: »Welchen Unterschied macht das? Seit wann kann jugendliches Alter oder ein frischangetrauter Ehemann Liebende trennen?«

Sebastian schluckte; er hatte das Gefühl, als täte sich der Boden unter seinen Füßen auf und er stürze in einen tiefen schwarzen Abgrund. Er hätte schwören können, daß Elizabeth nicht zu der Sorte Frau gehörte, die irgend jemandes Geliebte wurde; trotzdem hatte er sie in Rafaels Armen gesehen, hatte gesehen, wie Rafael sie in ihre Zimmer getragen hatte, und was noch schlimmer war, Rafael hatte selbst zugegeben, daß sie ein Verhältnis hatten, und das seit längerer Zeit. Traurig und mit einem elenden Gefühl im Magen sah er Rafael an, hätte ihn gern einen Lügner genannt, hatte dann plötzlich Angst, er könne doch die Wahrheit gesagt haben – daß sie seiner behutsamen Werbung widerstanden hatte, mußte nicht bedeuten, daß sie allen Männern gegenüber so kühl war. Doch er wollte es einfach nicht glauben und sagte eigensinnig: »Ich pfeife auf deine Worte, sie ist nicht die Art Frau! Ich mag ja jung sein und nicht deine Erfahrung haben, aber ich kann ein Flittchen durchaus erkennen – und genau das ist Beth Ridgeway nicht!«

Angelegentlich auf seinen Zigarillo hinunterstarrend, fragte Rafael beiläufig: »Wie erklärst du dir dann, was du heute nacht gesehen hast?«

Sebastian ballte die Fäuste, einen Augenblick sah es so aus, als wolle er sich auf Rafael stürzen. Es gab keine andere Erklärung für das, was er gesehen hatte, zumindest keine, die im Augenblick einen Sinn ergab. Doch selbst wenn Elizabeth seit Jahren Rafaels Geliebte war, änderte das nichts an seinen Gefühlen; sie bedeutete ihm zuviel, als daß er seine zärtlichen und liebevollen Gefühle für sie so einfach hätte verdrängen können.

Rafael wußte, daß er Sebastian einen bitteren Schlag versetzt hatte, und da er nicht wollte, daß ihre Beziehung zueinander allzu sehr abkühlte, ging er langsam auf ihn zu und legte ihm sanft die Hand auf die Schulter. »Es spielt doch gar keine Rolle, ob sie meine Geliebte ist oder nicht, Amigo«, sagte er ruhig. »Sie ist nicht die Richtige für dich. Möchtest du wirklich eine Frau haben, die du ihrem Mann wegnehmen mußt?« Er sah ihn eindringlich an und fuhr fort: »Falls es dir gelingt, sie ihm wegzunehmen, woher willst du wissen, ob ein anderer Mann dir nicht eines Tages dasselbe antut? Willst du mit diesem Gedanken leben, nie ganz sicher sein können, ob sie sich nicht von einem anderen verführen läßt? Irgendwie kann ich mir das nicht vorstellen.«

Alles was Rafael gesagt hatte, entsprach der Wahrheit, doch Sebastian wehrte sich dagegen, wollte seine Sehnsucht nach Elizabeths

Liebe nicht aufgeben. Gequält sagte er: »Vielleicht hast du recht, aber verlang nicht, daß ich aufhöre, sie zu lieben, nur weil sie deine Geliebte ist.« Seine grünen Augen waren schmerzerfüllt, er wandte den Blick ab und sagte mit erstickter Stimme: »Sie ist eine der schönsten Frauen, die ich je gesehen habe, und es fällt mir schwer zu glauben, daß sie ihren Mann seit Jahren betrügt.«

In Rafaels Gesicht war keine Regung zu erkennen, doch als er sah, wie unglücklich Sebastian war, hätte er Elizabeth den Hals umdrehen können. Er verabscheute die Rolle, die er spielen mußte, und er mochte Sebastian auch nicht anlügen, doch er mußte hart bleiben, um ihn vor diesem verlogenen Flittchen zu bewahren. Um einen möglichst unbekümmerten Ton bemüht, murmelte er: »Auch auf das Risiko hin, daß du mich zum Duell forderst, Amigo – ich halte deine Ansicht über die zweifellos wunderschöne Beth für falsch. Sie ist nicht der Engel, für den du sie hältst ... glaube es mir, ich weiß es!«

Sebastian warf ihm einen widerwilligen Blick zu und entgegnete hitzig: »Und ich glaube, du bist derjenige, der ein falsches Bild von ihr hat! Consuela hat dich dazu gebracht, alle Frauen zu hassen. Du kannst gar nicht mehr erkennen, ob eine Frau gut oder schlecht ist.«

Ein seltsam bitteres Lächeln spielte um Rafaels Mund, als er zugab: »Mag sein. Doch ehe wir uns wegen ihr prügeln, sollten wir wohl lieber das Thema wechseln.«

Widerwillig stimmte Sebastian ihm zu; er erkannte, daß eine weitere Diskussion über dieses Thema zu nichts führte. »In Ordnung«, sagte er schließlich. »Aber erwarte nicht, daß ich das alles mit einem Achselzucken abtue und alles so ist wie vorher.« Seine Stimme war haßerfüllt, als er ihm ins Gesicht schleuderte: »So nicht, Vetter. Du kannst die Frau haben, aber es wird mir nicht gefallen.«

»Verdammt, so hör mir doch einmal zu, Sebastian«, begann Rafael, hielt jedoch inne, als Sebastian wutentbrannt aus dem Zimmer stürmte und die Tür unnötig heftig hinter sich zuknallte.

Wut und Verzweiflung erfüllten Rafael, als er auf die geschlossene Tür starrte und ihm klar wurde, daß die tiefe Zuneigung, die Sebastian und er füreinander empfunden hatten, möglicherweise für immer zerstört war. Er überlegte, ob er ihm nachrennen und ihm sagen sollte ... aber was, um alles auf der Welt? Daß Elizabeth Ridgeway der »Engel« war, für den Sebastian sie hielt? Wohl kaum! Nicht, nachdem er sie in Lorenzos Armen gesehen und sie sich ihm wenig später selbst angeboten hatte. Er wäre ein schöner Freund, wenn er zuließe, daß Sebastian sich mit solch einer Frau einließ. Mit leeren Augen starrte er in den Raum. Dann ertrug er lieber Sebastians Haß.

Müder als je zuvor in seinem Leben ging Rafael in sein Schlafzimmer hinüber, setzte sich auf sein riesiges Bett mit den dekorativen Eisenpfosten, zog nachdenklich seine Stiefel aus und ließ sie achtlos auf den Boden fallen. Dann warf er sich auf das Bett und starrte lange Zeit zu der hohen Decke hinauf, ehe er die Hand ausstreckte und wütend an der Glocke zog, um einen Diener herbeizurufen. Mir ist es egal, wie spät es ist. Wenn sie nicht auf sind, dann müssen sie eben aufstehen, dachte er unvernünftig.

Nach nicht allzu langer Zeit wurde leise an die Tür geklopft. Ohne sich zu rühren, bellte Rafael: »Entrez!«

Unmittelbar darauf erschien ein Mexikaner undefinierbaren Alters in der Tür. Beim Anblick der dunklen schlanken Gestalt auf dem Bett trat ein breites Grinsen auf sein fettes braunes Gesicht, und er rief fröhlich: »Señor Rafael! Sind Sie endlich gekommen? Ich wollte meinen Ohren nicht trauen, als ich Ihre Glocke hörte.«

Rafael lächelte schwach. »Buenos dias, Luis. Ich weiß, es ist eine unmögliche Zeit, aber könntest du mir ein Bad richten? Ich fühle mich, als hätte ich allen Dreck der Republik an mir.«

»Si, Señor, selbstverständlich, für Sie tue ich alles.« Mit schelmischer Miene fragte er: »Soll ich Juanita wecken? Sie wollte unbedingt informiert werden, wenn Sie kommen.«

Rafael verzog das Gesicht und schüttelte den Kopf. »Luis, ich brauche ein Bad, keine Frau.«

In bemerkenswert kurzer Zeit saß er in einer Kupferwanne mit heißem Seifenwasser, ließ sich von Luis den struppigen Bart abnehmen, der ihm in den letzten Tagen gewachsen war. Danach schrubbte Rafael sich den ganzen Körper mit der langstieligen, rauhen Bürste ab, die Luis ihm reichte, wusch sich das wirre dunkle Haar und erhob sich anschließend in seiner ganzen Nacktheit aus dem Wasser. Sofort gab Luis ihm ein flauschiges weißes Handtuch, und Rafael sagte, während er sich abtrocknete: »Weck mich um eins, Luis, wenn du willst. Und sag Don Miguel, daß ich angekommen bin und bis dahin nicht gestört werden möchte.« Er hielt inne und fügte langsam hinzu: »Sag der Köchin, sie soll ein Proviantpaket für einen Zweitagesritt für zwei Männer herrichten. Und sorg dafür, daß zwei Pferde gesattelt sind, wenn ich aufwache.«

Mit trauriger Miene fragte Luis: »Sie wollen wieder weg? So schnell? Sie sind doch gerade erst angekommen, Señor.«

»Nur für zwei Tage, Luis. Ich habe etwas zu erledigen, das keinen Aufschub duldet. Und jetzt hinaus mit dir! Ach, und Luis, sprich mit niemandem darüber, hörst du?«

Verwirrt zuckte der kleine Mann die Schultern. »Si, Señor, wenn Sie es wünschen.«

Rafael lächelte. »Ich wünsche es. Zwei letzte Bitten habe ich noch – bring den Brief, den ich schreiben werde, so schnell wie möglich zu Sebastian. Die Nachricht an meinen Vater gib ihm erst am Abend.«

Die Briefe waren schnell geschrieben und versiegelt, und keine fünf Minuten später lag Rafael unter der Bettdecke. Irgendwie mußte er den Bruch zwischen ihm und Sebastian reparieren, und ihm schien der gemeinsame Ritt zu dem freien Land, das sich an die östliche Grenze der Hazienda anschloß, eine gute Gelegenheit dazu. Auf der Hazienda, in der Gegenwart all der anderen, konnte er sicher nichts erreichen, aber wenn sie allein unterwegs waren ... Vorausgesetzt, sein zu Recht verärgerter, hitzköpfiger Vetter zerriß seine Nachricht nicht und warf ihm die Schnipsel ins Gesicht.

Den Gedanken an Elizabeth Ridgeway schob er energisch beiseite. Zuerst Sebastian, dann die Engländerin ...

Sebastian zerriß Rafaels Nachricht nicht, obwohl das sein erster Gedanke war. Doch während er auf die energische Schrift hinunterstarrte, zögerte er und beschloß schließlich, die Einladung anzunehmen. Er hatte zuviel Achtung vor seinem älteren Vetter, als daß er in der Lage gewesen wäre, ihre gegenseitige Zuneigung beiseite zu schieben. Die Auseinandersetzung mit Rafael und die Erkenntnis, daß seine Liebe zu Elizabeth aussichtslos war, taten weh, doch wie Rafael wollte er es nicht zu einem endgültigen Bruch zwischen sich und seinem Vetter kommen lassen. Und so wollte er die versöhnliche Geste annehmen.

Elizabeth Ridgeways und Rafaels Beziehung ließ ihn seltsam unberührt, nachdem der erste Schock verflogen war – unberührt und ein wenig enttäuscht von Elizabeth. Trotzdem kämpfte er tief in seinem Inneren gegen diese Enttäuschung an, denn er hatte das untrügliche Gefühl, daß irgend etwas in Rafaels Geschichte nicht stimmte. Irgend etwas, das ihm die Antwort geben würde, wenn er es nur zu fassen bekam – und er war sicher, daß es nicht die Antwort sein würde, die Rafael ihm gegeben hatte. Eine Zeitlang überlegte er, ob er nicht tun sollte, was Rafael vorgeschlagen hatte – Elizabeth um ihre Version zu bitten. Doch obwohl er sonst nicht gerade feige war, konnte er sich nicht dazu durchringen, eine Erklärung von ihr zu verlangen. Weil er ihre Antwort fürchtete? Er wußte es selbst nicht genau.

Müde schob er den Gedanken an sie beiseite. Er konnte die Dinge nicht ändern, und irgendwie glaubte er, daß Elizabeths Antwort ihn nicht glücklicher machen würde.

Wenn Elizabeth gewußt hätte, daß Sebastian Zeuge ihrer beschämenden Begegnung mit Rafael geworden war, wäre sie vor Scham in den Boden gesunken. So jedoch lag sie, erfüllt von Wut und Reue, in ihrem Bett und quälte sich mit Selbstvorwürfen. Mit blinden Augen starrte sie ins Leere, hatte Angst davor, Nathan unter die Augen zu treten und, mehr noch, in Rafael Santanas eiskalte graue Augen zu sehen.

Doch ihr gesunder Menschenverstand sagte ihr, daß sie die Geborgenheit ihrer Suite irgendwann verlassen mußte. Und so zerbrach sie sich den Kopf nach einem Ausweg aus ihrem Dilemma. Seinem Befehl, die Hazienda nicht zu verlassen, offenen Widerstand entgegenzusetzen, kam ihr nicht in den Sinn. Im Augenblick schien es ihr viel wichtiger, dafür zu sorgen, daß es nicht zu einer Wiederholung der letzten Nacht kam, und die einzig sichere Möglichkeit dazu war, nicht mehr allein in ihrem Zimmer zu schlafen. Bei Nathan im Zimmer schlafen? Nein! Das würde mit zu vielen Erklärungen verbunden sein, Erklärungen, die sie nicht abgeben durfte, wenn sie nicht wollte, daß ihr Mann bei einem Duell ums Leben kam.

Blieb nur noch Charity, und so sprach sie Manuela, als sie mit ihr allein in ihrem Zimmer war, offen darauf an. »Rafael ist gestern nacht zurückgekommen. Von heute an werde ich mein Dienstmädchen hier bei mir schlafen lassen. Kümmerst du dich bitte darum, daß ein zweites Bett in mein Zimmer gestellt wird?«

Manuela erkannte Elizabeths Beweggründe für ihr Anliegen sofort, und sie nickte, ohne zu zögern. »Wird erledigt. Es kommt immer wieder vor, daß unsere Gäste einen Dienstboten bei sich schlafen lassen. Niemand wird sich darüber wundern, niemand braucht es zu erfahren.«

Elizabeth tat einen langen, zitternden Seufzer. »Das ist ja das Problem, und dabei brauche ich deine Hilfe – ich will, daß jeder erfährt, daß Charity in meinem Zimmer schläft.«

»Ich verstehe«, sagte Manuela langsam. »Also gut. Ich werde dafür sorgen, daß alle erfahren, daß die Señora Angst hat, in einem fremden Haus allein zu schlafen. Ich werde insbesondere dafür sorgen, daß Luis, Señor Rafaels Diener, es erfährt.«

Elizabeth schenkte ihr ein warmes Lächeln. »O Manuela, ich danke dir!«

14

Charitys nächtliche Anwesenheit in ihrem Schlafzimmer war ein schwacher Schutz vor Rafaels dunklem Charme, aber eine andere Möglichkeit war ihr nicht eingefallen. Natürlich hätte sie es Nathan sagen können, doch verständliche Gründe sprachen dagegen.

Nathan gegenüberzutreten, war leichter, als Elizabeth es sich vorgestellt hatte. Sie lächelte ihn betörend an und haßte sich zugleich wegen der Rolle, die sie spielen mußte. Vielleicht, dachte sie böse, bin ich ja wirklich eine Lügnerin, eine leichtfertige Ehebrecherin. Es war eine ausgesprochen ungerechte Beurteilung ihrer selbst, doch sie war zu durcheinander, um vernünftig denken zu können. Schuldgefühle verschlossen ihr die Kehle, wenn sie an Nathan dachte, und Scham überflutete sie bei dem Gedanken daran, wie leicht Rafael ihren Widerstand hatte überwinden können. Und voll grenzenloser Wut wurde ihr klar, daß sie keine Möglichkeit besaß, aus dieser tödlichen Spirale zu entkommen. Aber ich werde einen Ausweg aus diesem Schlamassel finden, schwor sie sich erbittert. Ich werde es!

Das mit Furcht und Angst erwartete Zusammentreffen mit Rafael verzögerte sich. Während sie beim Mittagessen saßen, erwähnte Don Miguel beiläufig, daß sein Sohn am frühen Morgen angekommen, aber gleich mit Sebastian zu einem kurzen Ausflug aufgebrochen sei. »Sie dürften zum Abendessen zurück sein«, fügte er hinzu, »für den Augenblick kann ich mich nur für ihre Abwesenheit entschuldigen.«

Elizabeth nahm seine Entschuldigung nur allzu bereitwillig an; sie wünschte sich insgeheim, daß Rafael sich bei seinem Ausflug den arroganten Hals breche und ihr erspart bleibe, dieses widerliche Spiel fortzusetzen. Daß sein Tod ihre unglückliche Gemütsverfassung steigern könnte, wollte sie sich nicht eingestehen.

Manuela schien wenig Zeit auf die Verbreitung der Nachricht verschwendet zu haben, daß Señora Ridgeway ungern, ohne ihr Dienstmädchen in der Nähe zu haben, schlafen mochte, und Don Miguel erklärte Elizabeth während des zweiten Gangs des Menüs, einer scharfen Chili-Suppe, mehrere Minuten lang sehr ernsthaft, daß sie nichts zu befürchten habe, solange sie auf der Hazienda sei — den Komantschen sei es noch nie gelungen, deren dicke Mauern zu erklimmen. Sie hatte ihm höflich zugehört und hätte ihrem freundlichen Gastgeber gern gestanden, daß es nicht der Feind außerhalb der Mauern war, den sie fürchtete, sondern der Feind in der Hazienda.

Nathan hatte keinerlei Kommentar abgegeben, als Don Miguel mit Elizabeth redete, doch sie spürte seinen eindringlichen Blick durchaus. Er sagte nichts, und erst als sie allein waren und einen kurzen Spaziergang durch den in üppiger Blüte stehenden Blumengarten an der Rückseite der Hazienda unternahmen, sprach er darüber. Sie betrachteten gerade ein atemberaubend schönes Arrangement roter Weihnachtssterne und zarter weißer Lilien, als er ruhig fragte: »Hast du vor irgend etwas Angst, Beth?«

»Nein! Natürlich nicht«, erwiderte sie schnell, zu schnell.

Einen Augenblick schwieg Nathan nachdenklich. Schließlich zuckte er die Achseln und bemerkte: »Nun gut, meine Liebe. Ich habe mich nur darüber gewundert, daß Charity bei dir schläft. Ich habe dich bisher nie launisch erlebt, und es kam mir irgendwie seltsam vor, daß es dir nichts ausgemacht hat, in einem offenen Wagen weit entfernt von jeder Zivilisation zu schlafen – daß du es aber jetzt, wo wir sicher hinter zwei dicken Mauerreihen sind und allen erdenklichen Schutz der Welt vor ... hm ... irgendwelchen Wilden dieses Landes haben, für erforderlich hältst, dein Mädchen bei dir schlafen zu lassen. Ziemlich merkwürdig, oder?«

Elizabeth wich seinem forschenden Blick aus und starrte auf die in der Ferne sich erhebenden Berge. Mit gepreßter Stimme sagte sie: »Ich weiß, es ist lächerlich, aber es beruhigt mich. Vielleicht bin ich doch nicht so mutig, wie du glaubst.«

»Vielleicht«, murmelte er, und seine grauen Augen waren ernst auf ihr Gesicht geheftet, als wüßte er, daß sie etwas vor ihm verbarg. Doch da sie in wenigen Tagen aufbrechen und diesen Ort verlassen würden, wollte er es jetzt nicht ergründen. Elizabeth würde es ihm sicher sagen, wenn sie die Zeit für gekommen hielt, und er wollte ihr gutes Verhältnis zueinander nicht trüben, indem er sie zu einem Geständnis zwang. In herzlichem Ton sagte er daher: »Also lassen wir das Thema. Ich schlage vor, wir machen jetzt Siesta. Ich glaube, um diese Zeit ist das hier üblich.«

Elizabeth stimmte bereitwillig zu, sie brauchte die Stille ihres Zimmers, um wieder etwas zur Ruhe zu kommen. Als sie sich später mit Don Miguel und Doña Madelina zum Abendessen trafen, eröffnete ihnen Don Miguel ziemlich ungehalten, daß er eine weitere Nachricht von Rafael erhalten habe, in der er ihm mitteilte, daß sie erst am nächsten Tag zurückkommen würden.

Als sie hörte, daß sie Rafael an diesem Abend nicht gegenüberzutreten brauchte, wußte Elizabeth nicht, ob sie vor Erleichterung lachen oder vor Wut auf den Boden stampfen sollte. Es erforderte nicht viel Intelligenz, um zu verstehen, warum Rafael so lange gewartet hatte, bis er seinen Vater wissen ließ, daß er und Sebastian über Nacht wegbleiben würden – wenn Elizabeth es früher erfahren hätte, hätte sie eine gute Möglichkeit gehabt, sofort aufzubrechen. Bis Rafael zurückgekommen wäre und festgestellt hätte, daß sie fort war, hätte sie mehrere Stunden Vorsprung gehabt. Dieser Teufel! dachte sie mit ungewohnter Heftigkeit.

Elizabeth hatte Rafaels Gründe, warum er nicht wollte, daß irgend jemand wußte, daß er über Nacht weg war, und warum er seinen Vater so spät informierte, richtig erkannt. Als er an diesem Abend mit Sebastian ihr Lager aufschlug, dachte er einen Augenblick amüsiert an Elizabeths vermutliche Reaktion darauf, ehe er sich wieder auf andere Dinge konzentrierte.

Nachdem sie die Hazienda verlassen hatten, verlief der Nachmittag relativ angenehm, und Sebastians Groll und Enttäuschung flauten etwas ab. Anfangs waren sie sehr förmlich zueinander gewesen, doch als sie sich vorsichtig miteinander unterhielten, kehrte die alte Vertrautheit allmählich zurück. Es war zwar nicht alles so, wie es einmal gewesen war, doch der Bruch zwischen ihnen war zumindest teilweise gekittet.

Daß sie beide gleichermaßen bestrebt waren, die Kluft zu überwinden, tat ein übriges dazu. Doch es würde seine Zeit brauchen, bis Sebastian seinen Schmerz überwunden hatte und mit dem Gedanken leben konnte, daß die Frau, die er mehr als alles andere auf der Welt zu lieben glaubte, nicht die reine Göttin war, für die er sie gehalten hatte, und daß ihr Herz einem Mann gehörte, den er sehr schätzte. Wenn ich Beth schon an einen anderen Mann verlieren soll, so tut es sicher weniger weh, wenn Rafael dieser Mann ist, dachte er unglücklich, während sie ihr Nachtlager aufschlugen – aber nicht sehr viel weniger!

Abgesehen von seinem Liebeskummer war Sebastian sehr angetan von ihrem nachmittäglichen Ausflug. Sie hatten die Hazienda kurz nach eins verlassen. Der wenige Proviant, den sie für den kurzen Ausflug brauchen würden, war sauber in den Satteltaschen verpackt. Seine schwere Jacke aus ungegerbtem Leder hatte Sebastian hinten über seinen Sattel gebunden, und Rafaels buntgestreiftem Umhang widerfuhr dasselbe Schicksal.

Obwohl sie in beständigem, ruhigem Trab dahingeritten waren, hatten sie hin und wieder angehalten, um ihre Pferde in den breiten, sauberen Wasserläufen trinken zu lassen oder ihre eigenen Beine für ein paar Minuten in der Nähe eines Wäldchens von Gummi- und Ahornbäumen auszustrecken. Das Wetter war herrlich; die Sonne schien, und die Luft war warm und enthielt mehr als nur einen Hauch von Frühling. Und die Landschaft, durch die sie ritten – herrlich, dachte Sebastian berauscht, während er auf die von Buschwerk überwucherten Berge und Täler starrte, die Myriaden von Eichen, Gummibäumen und Pinien, Ahornbäumen und Zypressen, die von Frauenhaar umsäumten Wasserläufe, die köstlichen klaren Quellen, die sich über Kalksteinfelsen ergossen, und die Felsblöcke aus Granit. Ganz gewiß wollte er ein großes Stück dieses herrlichen Landes besitzen.

Etwa eine Stunde vor Sonnenuntergang hatte Rafael sein Pferd gezügelt und auf eine hoch oben auf einer Anhöhe liegende Felsengruppe gezeigt. »Dort werden wir unser Lager für die Nacht aufschlagen. Es liegt abseits des Weges und sollte uns einen einigermaßen guten Schutz bieten für den Fall, daß plündernde Indianer oder mexikanische Bandidos in der Gegend sind.«

Sebastian hatte genickt und voll Unbehagen erkannt, daß er während des ganzen Nachmittags nicht ein einziges Mal an diese sehr realistische Gefahr gedacht hatte. Er war zu sehr mit seinen verletzten Gefühlen beschäftigt gewesen und damit, das herrliche, wilde Land zu genießen, durch das sie ritten; die beunruhigende Möglichkeit eines Angriffs durch feindselige Indianer oder Banditen kam ihm gar nicht in den Sinn. Leicht verärgert über sich selbst fragte er: »Glaubst du, wir könnten überfallen werden?«

Rafael warf ihm unter seinem schwarzen Sombrero hervor einen abwägenden Blick zu. »Wenn du hier in der Republik überleben willst, Amigo, mußt du immer auf einen Indianerangriff vorbereitet sein – überall und zu jeder Zeit.«

Mit diesen ziemlich beunruhigenden Gedanken hatten sie ihre Pferde von dem Weg gelenkt, über den sie bisher geritten waren, und waren in scharfem Galopp zu den Felsen geritten, die Rafael Sebastian gezeigt hatte. In der nächsten halben Stunde waren sie voll und ganz mit dem Aufschlagen des Lagers beschäftigt.

Als sie gegessen hatten, war die Sonne völlig verschwunden und die Abendluft empfindlich kühl geworden. Rafael hatte ein kleines Feuer gemacht, und nachdem sie ihren Hunger mit Tortillas und scharfem Pemmikan gestillt und heißen, starken, auf den glühenden Kohlen gebrauten Kaffee getrunken hatten, lehnten die beiden Männer sich entspannt gegen die dicken Felsbrocken, die ihren Lagerplatz umschlossen.

Sebastian saß neben dem glimmenden Feuer und schürte es mit einem langen Stock. Rafael saß etwas abseits und war in der sich verdichtenden Dunkelheit kaum zu erkennen. Er hatte seine langen Beine zu der Wärme des Feuers hin von sich gestreckt und sich mit der Schulter lässig gegen einen abgerundeten Felsen gelehnt. Er hatte seinen buntgestreiften Umhang noch nicht übergezogen, und seine schwarze Kleidung verschmolz mit den Schatten. Der tief ins Gesicht gezogene Sombrero verbarg sein Gesicht, und die Spitze seines dünnen Zigarillo glühte in der Dunkelheit auf.

Ein geselliges Schweigen umgab sie; keiner von beiden hatte im Augenblick das Bedürfnis, sich zu unterhalten. Der plötzliche Schrei eines Pumas jedoch ließ Sebastian zusammenfahren, und Rafael, der es bemerkte, murmelte lächelnd: »Nervös, Amigo?«

Sebastian verzog das Gesicht. »Ein bißchen. Du mußt zugeben, daß all das ziemlich neu für mich ist, und ich fürchte, ich habe deine Gelassenheit gegenüber einem möglichen Indianerangriff nicht.«

Rafael schüttelte ungeduldig den Kopf. »Keine Gelassenheit, Sebastian. Sagen wir eher, ich bin ständig auf einen Überfall vorbereitet, streiche diese Gedanken jedoch gleichzeitig aus meinem Kopf.« Er tat einen tiefen Zug aus seinem Zigarillo und warf ihn dann achtlos in das verlöschende Feuer. »Ich glaube nicht, daß wir heute nacht etwas zu befürchten haben«, sagte er ruhig. »Die Überfallsaison ist noch nicht in vollem Gang, und wir haben keinen Vollmond. Außerdem haben wir einen Lagerplatz, der sich recht gut verteidigen läßt.«

Sebastian sah sich prüfend um, registrierte die hochaufragenden, nackten Felsen hinter ihnen und das Gewirr von großen, übereinanderliegenden Felsblöcken, von denen ihr Lager fast vollständig umschlossen war.

Rafael, der ihn beobachtet hatte, meinte: »Eine der wichtigsten Regeln, wenn du hier draußen überleben willst und nicht mit einem großen Kontingent schwerbewaffneter Männer unterwegs bist, lautet: Schlag dein Lager nie in offenem Gelände auf.«

Beinahe trotzig brummte Sebastian: »Für dich gehört es schon zur zweiten Natur, an so etwas zu denken – ich fühle mich, so fürchte ich, auf den Straßen von New Orleans viel wohler und viel mehr in meinem Element als hier draußen.«

Rafael gab ein leises Lachen von sich. »Und ich, mein Freund, bin beinahe krank vor Unbehagen, wenn ich in New Orleans bin.« Mit verträumter Miene fügte er hinzu: »Die Berge, die weiten Prärien und all die unerforschten Territorien, selbst mit den dort lauernden Gefahren, sind viel mehr nach meinem Geschmack – glaube mir!«

Sebastian grinste ihn an. »Das war dir aber nie anzumerken – ich glaube mich im Gegenteil zu erinnern, daß mein Vater sagte, du erinnertest ihn an ein Chamäleon – ganz egal, in welche Situation du gerätst, du paßt dich deiner Umgebung sofort an.«

Rafael lächelte kurz. »Dein Vater ist ein sehr kluger Mann – vielleicht sogar zu klug, insbesondere dann, wenn man etwas zu verbergen hat.«

»Amen, Vetter, amen«, sagte Sebastian mit Nachdruck in der Erinnerung an so manche seiner Kindheitsstreiche und ihre Aufdeckung durch seinen Vater. »Ganz egal, was auch passiert, er weiß es!«

Eine Weile plauderten sie über Jason Savage, tauschten eifrig Geschichten und Geschichtchen aus Jasons wilder Jugend aus, die sie über die Jahre hinweg gehört hatten. Ziemlich unvermittelt fragte Sebastian dann: »Wie hast du das eigentlich mit dem Vollmond und der Überfallsaison gemeint? Ich dachte, die Indianer greifen zu jeder Zeit an.«

»Das tun sie auch«, antwortete Rafael ruhig. »Aber wie alle jagenden Tiere bevorzugen sie die Zeit des Vollmonds. Die Spanier nannten ihn den ›Komantschen-Mond‹. Und was die Saison betrifft – die meisten Überfälle machen sie im Frühling, wenn das Gras üppig und grün ist, dann den Sommer über, bis es Zeit für die herbstliche Büffeljagd ist.« Mit einem Lächeln um den ausdrucksvollen Mund murmelte Rafael: »Es ist ein unvergleichliches Leben. Man kann einen Indianer ebensowenig davon abbringen, zu plündern und zu überfallen, wie man einen Adler vom Fliegen abhalten kann.«

Leicht irritiert von Rafaels Lächeln stocherte Sebastian in den glühenden Kohlen herum. Dann wurde ihm plötzlich klar, warum ihm so unbehaglich zumute war, und er stieß hervor: »Hast du je –? Ich meine, als du ... Hast du mitgemacht bei –?«

Rafael machte Sebastians Gestammel ein Ende, indem er geradeheraus sagte: »Ja.«

Sebastian holte tief Luft. »Willst du damit sagen, daß du mit diesen mordenden Teufeln geritten bist und tatsächlich an Überfällen auf Weiße teilgenommen hast?« fragte er außer sich vor Empörung. »Wie konntest du so etwas tun?«

Ungerührt erwiderte Rafael: »Du vergißt, glaube ich, daß ich erst zwei Jahre alt war, als meine Mutter und ich von den Komantschen gefangengenommen wurden. Sie starb, ehe ich drei war, und mit ihr jede Erinnerung an ein anderes Leben. Die Hazienda, mein Vater, selbst Don Felipe – keiner von ihnen existierte mehr in meiner Erinnerung. Wie hätte ich da etwas anderes tun können?«

Sebastian blieb eigensinnig. »Nun, ich meine, du hättest instinktiv wissen müssen, daß du deine eigenen Leute angreifst. Hast du dich nicht ein einziges Mal gefragt, ob das, was du tust, richtig ist?« Mit erhobener Stimme fügte er hinzu: »Wahrscheinlich erzählst du mir als nächstes, daß es dir Spaß gemacht hat.«

Stille trat nach seinen Worten ein. Eine angespannte, bedrückte Stille, während der Rafael ohne Hast seine Zigarillo in den Mund steckte, sich vorbeugte und ihn mit dem glühenden Stock, mit dem Sebastian gerade in der Glut gestochert hatte, anzündete. Als er zu seiner Zufriedenheit brannte, sah Rafael Sebastian offen an.

Rafaels schmales, hartes Gesicht war in sich gekehrt, die grauen Augen kalt und fern. Und Sebastian verfluchte seine unbedachte Zunge, spürte die drohende Gefahr eines neuen Zerwürfnisses. Beinahe entschuldigend begann er: »Ich hätte das nicht sagen sollen. Es ist nur, daß ich —«

»Ich war zwölf Jahre alt, als ich zum ersten Mal bei einem Überfall dabei war, und, ja, es hat mir Spaß gemacht«, unterbrach Rafael ihn kühl. »Ich war dreizehn, als ich mein erstes Pferd stahl und meinen ersten Weißen skalpierte, und ein Jahr später vergewaltigte ich meine erste Frau und nahm meinen ersten Gefangenen. Als ich siebzahn war, hatte ich seit mehr als fünf Jahren mit den Kriegern an Überfällen teilgenommen – ich besaß fünfzig Pferde, hatte mein eigenes Wigwam aus Büffelhaut, drei Sklaven und mehrere Skalps an meiner Lanze und meinem Lieblingszaumzeug, die ich mit eigenen Händen genommen hatte.« Nicht die Andeutung von Scham oder Bedauern lag in seiner Stimme, und seine grauen Augen hielten Sebastians Blick fest. »Ich war ein Komantsche!« schleuderte er ihm fast stolz entgegen. »Einer der Nermernuhs, und ich habe so wie sie gelebt.« Plötzlich hatte seine Stimme einen leidenschaftlichen Klang, und für einen kurzen Augenblick hatte er die kühle Zurückhaltung abgelegt, in die er sich sonst hüllte. Als er sich dessen bewußt wurde, hielt er inne und fuhr dann in ruhigerem Ton fort: »Ich war ein junger Krieger in einer Bande von Antelope-Komantschen, den Kwerharrehnuhs, und mein Weg zu Ruhm und Ehre, zu meinem Recht, im Rat mitreden zu dürfen, zu meinem Recht, mir eine Frau zu nehmen, zu Reichtum, der ganze Sinn meines Lebens war, zu überfallen, zu vergewaltigen, zu rauben und zu töten. Zweifle nie daran, Sebastian, daß ich all das getan habe, daß ich es getan und genossen habe! Ich habe keine Gelegenheit ausgelassen, um meinem Namen noch mehr Ruhm und Ehre hinzuzufügen und meine Position innerhalb des Stammes zu erhöhen.« Ein zynisches Lächeln lag um seinen edel geformten Mund, als er hinzufügte: »Ich war damals sehr ehrgeizig, und ich genoß die Überfälle auf die Weißen, die es wagten, uns unser Land zu nehmen, und ich sehnte den Tag herbei, an dem ich genügend Ruhm und Ehre erworben haben würde, um meinen eigenen Angriff anzuführen, wo die Krieger meine Kommandos befolgten, weil sie wußten, daß ich sie zum Erfolg führen würde. O ja, ich habe all diese Dinge getan, und zwar ohne Reue. Ich war stolz auf meine Bravourstücke, stolz darauf, im Triumphzug mit meinen weißen Gefangenen ins Lager zurückzukehren – und, ja, auf die an meiner Lanze baumelnden Skalps derjenigen, die ich im ehrlichen Kampf getötet hatte und deren Pferde vor mir her galoppierten.«

Stumm und verlegen starrte Sebastian ihn an und wußte nicht, ob er entsetzt und empört über das Gehörte oder neidisch auf das wilde Leben war, das Rafael geführt hatte. Voll Abscheu mußte er sich eingestehen, daß er mehr über diesen Abschnitt im Leben seines Vetters erfahren wollte, über den sie nie gesprochen hatten. Auf eine geheimnisvolle, dunkle Weise sagte ihm dieses Leben zu, und er fragte sich unglücklich, ob er womöglich mehr als nur das Aussehen von seinem Vater geerbt hatte.

Rafael hatte den Blick abgewandt, als er aufgehört hatte zu reden, und rauchte stumm seinen dünnen schwarzen Zigarillo. Er fühlte sich ausgelaugt, heute abend hatte er zum ersten Mal mit jemandem über sein Leben bei den Komantschen gesprochen, und er stellte fest, daß dieses Gespräch Erinnerungen und primitive Gefühle zurückgebracht hatte, die er schon vor langer Zeit besiegt zu haben glaubte. Es war kein angenehmer Gedanke zu wissen, daß die Mordlust noch immer heiß durch seine Adern floß. Wie leicht könnte ich wieder umgedreht werden, dachte er grimmig, als er an die wilden, barbarischen Freuden jener Zeit zurückdachte. Neugierig auf seine Reaktion und zugleich seltsam ungerührt sah er zu Sebastian hinüber.

Sebastian starrte ihn noch immer an, doch auf seinem Gesicht lag nicht mehr das Entsetzen und die wütende Verachtung, die Rafael zu sehen erwartet hatte. Mit spöttisch hochgezogenen Augenbrauen fragte er zynisch: »Kein Kommentar? Sonst bist du immer so schnell mit Worten, daß mich dein Schweigen jetzt verwirrt. Suchst du noch nach den richtigen verächtlichen Worten, Sebastian?«

»Nein«, erwiderte Sebastian aufrichtig. »Mir ist nur klargeworden, wie dünn der falsche Glanz der Zivilisation doch ist. Was du mir erzählt hast, finde ich einerseits empörend, andererseits jedoch . . .«

»Andererseits spricht es alles Wilde und Ungezähmte in dir an«, schloß Rafael trocken. »Aber tröste dich, du bist nicht allein – mehr als einer der befreiten Gefangenen ist seinen sogenannten Rettern davongelaufen und, so schnell er konnte, zu den Komantschen zurückgekehrt.«

»Und warum hast du es nicht getan?«

Rafael lachte bitter auf. »Weil, mein Freund, mein Großvater alle Vorkehrungen getroffen hat, damit ich es nicht kann.«

»Bist du jemals zu den Komantschen zurückgekehrt?« fragte Sebastian neugierig.

»Gewiß«, erwiderte Rafael prompt. »Aber zu der Zeit, als ich es tat, hatten Don Felipe und seine Priester bereits gute Arbeit an mir geleistet, und so stellte ich fest, daß ich – obwohl mich die Komantschen als verlorenen Sohn wieder aufgenommen hätten – nicht mehr bei ihnen leben konnte. Ich wußte zuviel von der Welt – ich war, gegen meinen Willen, der spanische Enkelsohn geworden, den Don Felipe haben wollte.«

Sebastian hätte gern weitere Fragen gestellt, doch etwas in Rafaels Gesicht sagte ihm, daß dieser zu diesem Thema nichts mehr sagen wollte. Sebastian hatte recht, denn einen Augenblick später warf Rafael den Zigarillo in die Glut und sagte leise: »Ich glaube, wir haben lange genug über meine Indianervergangenheit gesprochen. Außerdem habe ich keine Lust, über etwas zu reden, das so lange zurückliegt und heute ohne Bedeutung ist.« Damit zog er beinahe ärgerlich seinen Sattel zu sich heran, schob ihn sich zurecht und legte seinen Kopf darauf. Er breitete den Umhang über sich aus, zog den schwarzen Sombrero bis über die Augen herunter und sagte mit Nachdruck: »Buenas noches.«

Sebastian wußte, daß es sinnlos war, weitere Fragen zu stellen, und folgte seinem Beispiel. Der Ledersattel war kein besonders bequemes Ruhekissen, und mit dem Kopf voller Gedanken an die Komantschen und Rafaels Jahre bei ihnen fiel es ihm schwer, einzuschlafen. Schließlich jedoch döste er ein, ohne ein einziges Mal an Elizabeth und seinen Liebeskummer gedacht zu haben.

Rafael tat sich etwas schwerer. Der Sombrero verbarg sein Gesicht, und so sah Sebastian nicht, daß er – auch wenn er sich den Anschein gab zu schlafen – hellwach war.

Es war ihm ungeheuer schwergefallen, Sebastians Fragen zu beantworten und über seine Zeit bei den Komantschen zu sprechen, nicht etwa quälender Erinnerungen wegen – diese Zeit war die glücklichste seines Lebens gewesen. Damals hatte es keine widerstreitenden Gefühle gegeben, keinen schwarzen Abgrund von Schuld, der sich auftat, wenn er daran dachte, daß er zu den Weißen gehörte, deren Gier nach Land durchaus das Ende für das stolze und freie Leben der Komantschen bedeuten konnte.

Beim Gedanken an sein Leben bei ihnen seufzte Rafael tief auf. Damals hatte er ein natürliches Leben gelebt, und er hatte dieses Leben geliebt: den Nervenkitzel der Büffeljagd, den Jubel über einen gelungenen Handstreich, die beinahe irre Erregung, die ihn erfaßte, wenn er einen Feind getötet hatte und dessen Frau unter ihm im Staub lag, während er ihr seinen Willen aufzwang. Rafaels Lippen kräuselten sich zynisch. O ja, er hatte das Leben eines Komantschen-Kriegers in jeder Beziehung genossen – selbst das Land war ihm ans Herz gewachsen, diese weiten, von immergrünen Büschen bedeckten Savannen, das Buschland und die Kalksteinplateaus in einem Meer von mannshohem Gras, das sich, so weit das Auge reichte, erstreckte. Es war unmöglich, diesen strahlendblauen Himmel über den sich scheinbar endlos erstreckenden, wogenden Grasebenen zu beschreiben. Und der Wind, der Wind, der ewig blies und die Stille wehklagend durchbrach. Wieder seufzte er, empfand plötzlich unerträgliche Sehnsucht nach diesem Land.

Als er erkannte, daß er nicht würde schlafen können, warf Rafael den Umhang zur Seite und setzte sich auf. Er stocherte in der fast erloschenen Glut und fand schließlich einen Funken, an dem er sich einen Zigarillo anzünden konnte. Er war unruhig, seine Gedanken kreisten um einen Teil seines Lebens, den er stets fest in sich verschlossen gehalten hatte. Beinahe mordlustig sah er zu dem laut schnarchenden Sebastian hinüber. Zum Teufel mit ihm! Wenn er diese Fragen nicht gestellt hätte ...

Mit blinden Augen starrte er in die schwach glimmende Glut. In Wirklichkeit, so erkannte er, bedrückte ihn nicht die Erinnerung an die Jahre bei den Komantschen, sondern die Erinnerung an die qualvolle Zeit, die auf seine Rückkehr in die Zivilisation folgte – in das Leben des Sohnes einer vornehmen spanischen Familie.

Selbst jetzt noch, fünfzehn Jahre danach, konnte er sich an die glühende Wut der ersten Tage erinnern, Tage, die er angekettet wie ein Tier in einem dreckigen, unterirdischen Gefängnis zugebracht hatte, das Don Felipe hatte errichten lassen. Es hatte keine Wärme und keine Sonne gegeben, nur Finsternis und Demütigungen. An seinem rechten Knöchel waren noch immer die Spuren dieser grausamen Einkerkerung zu sehen – er hatte wie ein wahnsinniges, wildes Tier darum gekämpft, sich von den Eisenketten zu befreien, hatte gekämpft, bis sein Knöchel nur noch eine blutige Masse aus Haut und Fleisch war. Und Don Felipe, dessen schwarzer Spitzbart und gezwirbelter Schnauzbart ihm das Aussehen eines Teufels verliehen, hatte ungerührt zugesehen.

Rafaels Hand zitterte leicht, und er stieß einen unterdrückten Fluch aus. O Gott, wie er seinen spanischen Großvater verabscheute!

Die Komantschen waren grausam gewesen, das mußte er zugeben, aber es war nicht die berechnende Grausamkeit seines Großvaters. Don Felipe hatte mit Freuden versucht, ihn zu zerbrechen, hatte sich an seinem Jammer geweidet, Tag für Tag, Stunde um Stunde.

Rafael lächelte erbittert, als er an die Bestrafungen dachte, an die Demütigungen, die der alte Mann ihm auferlegt hatte, um seinen Geist zu brechen und ihn zu einem Schwächling zu machen, der widerspruchslos gehorchte. Aber irgendwie, irgendwie war es ihm trotz allem gelungen, seinen Widerstand und seine Wildheit zu bewahren – trotz des bewußt knappen Essens, das ihn abmagern und fast nicht mehr in der Lage sein ließ zu stehen, trotz der kleinen, grausamen Gemeinheiten und Mißhandlungen, denen er Tag für Tag ausgesetzt war. Und als all das nichts bewirkte, zerbrach Don Felipe seinen Widerstand, indem er ihm androhte, seine beiden Mitgefangenen, Rafaels Adoptivvater Buffalo Horn und dessen Sohn Standing Horse, vor Rafaels Augen aufzuhängen.

Um ihr Leben zu retten, hatte Rafael das reine kastilische Spanisch gelernt, wie Don Felipe es verlangte; ihretwegen hatte er fleißig die Bücher und die von den Priestern seines Großvaters ersonnenen Lehrpläne studiert; ihretwegen hatte er sich die dem Erben eines stolzen und vornehmen Namens angemessenen Manieren beibringen lassen. Hätte Don Felipe seine Komantschenfamilie nicht bedroht, wäre Rafael lieber verhungert und hätte sein verfaulendes Fleisch lieber den Maden überlassen, ehe er auch nur einem einzigen Befehl gehorcht hätte.

Don Felipe hatte, entschlossen, sich von niemandem seine Pläne durchkreuzen zu lassen, Rafaels Vater in völliger Unkenntnis der Geschehnisse gelassen. Und erst zehn Monate später hatte Don Miguel in das unverhohlen feindselige Gesicht des Sohnes gesehen, den je wiederzusehen er nicht mehr geglaubt hatte.

Don Miguel war überglücklich gewesen, und selbst dem mißtrauischen Rafael war klar gewesen, daß die Gefühle des Mannes echt waren. Als er an die Tränen dachte, die in den Augen seines Vaters gestanden hatten, rutschte Rafael unbehaglich hin und her. Er hatte Don Miguels Liebe nicht gewollt, doch er war, auf seine Weise, dankbar dafür – die Gegenwart seines Vaters ließ die folgenden beiden Jahre erträglicher und manchmal sogar schön für ihn werden.

Doch es hatte auch viel Unerfreuliches gegeben, denn Rafael kämpfte noch immer gegen die sich mehr und mehr um ihn schließenden Gefängnismauern an. Er sehnte sich mit jeder Faser seines Herzens nach dem Hochland, nach der Freiheit, die er, solange er denken konnte, genossen hatte, nach dem Leben, das ihm auch heute noch das einzig lebenswerte zu sein schien. Aber nach einem verzweifelten Versuch, Buffalo Horn und Standing Horse aus ihrer grausamen Gefangenschaft zu befreien, hatte er diesen Gedanken mit einem Herzen voll schwarzer Wut fallenlassen. Don Felipes Rache war schnell und grausam gewesen – er hatte ruhig befohlen, Buffalo Horn auf einem Auge zu blenden, und dabei gleichgültig erklärt, daß beim nächsten Mal das andere Auge an der Reihe sei, und außerdem gäbe es da immer noch Standing Horse ... Rafael war gezwungen worden, der Blendung zuzusehen, und danach hatte es keinen Fluchtversuch mehr gegeben.

Der Zigarillo schmeckte ihm plötzlich nicht mehr, und Rafael schleuderte ihn mit einer heftigen Bewegung von sich. Aber Don Felipe hat nicht alle Gefechte gewonnen, dachte er erbittert. Voller

Schadenfreude dachte er an den Ausdruck auf dem Gesicht seines Großvaters, als er sich strikt geweigert hatte, nach Spanien zu gehen, wenn seine Adoptivverwandten nicht freigelassen würden.

Der glänzendschwarze Spitzbart hatte beinahe gezittert vor Wut, seine blasse olivfarbene Haut war von cholerischer Röte überzogen, und Don Felipe hätte fast einen Schlaganfall erlitten, als Rafael ihm kühl seine Bedingungen diktierte. Mit zwanzig war Rafael kein wildes Tier mehr, das verzweifelt versuchte, aus einer Falle zu entkommen. Groß, mit beinahe zynischen, eiskalten Augen, hatte er auf schmerzhafte Weise gelernt, sich die Spielregeln seines Großvaters zu eigen zu machen, und Don Felipe gefiel das ganz und gar nicht. Am Ende hatte der alte Mann, sich in ohnmächtiger Wut der Tatsache bewußt, daß Rafael dieses Mal hart bleiben würde, ihm einen Kompromiß angeboten. Schlecht gelaunt hatte er zugestimmt, daß Buffalo Horn freigelassen würde, wenn Rafael nach Spanien ging, aber Standing Horse würde er unter keinen Umständen freilassen. Es war eine Patt-Situation, bei der keiner der beiden Männer einen richtigen Sieg errungen hatte.

Rafael hatte Spanien gehaßt, die Priester in dem weitläufigen Kloster, in das man ihn zur weiteren Ausbildung gesteckt hatte, er haßte die Öde des Klosters selbst, haßte die herablassende Art der Spanier, denen er begegnete, aber am meisten haßte er Spanien, weil es seinen Großvater hervorgebracht hatte – und Consuela.

Die Freiheit für Standing Horse war der Preis für Rafaels Heirat mit Consuela Valadez y Gutiérrez gewesen. Wieder hatte Don Felipe getobt, weil sein Enkel es wagte zu feilschen, getobt, weil er zum ersten Mal in seinem Leben einem Mann begegnet war, der seine eigene stahlharte Entschlossenheit besaß. Es machte keinen Unterschied für Don Felipe, daß er jetzt einen Enkel besaß, der all das personifizierte, was man sich von einem Erben wünschen konnte – er konnte nie das Komantschenblut vergessen, das in Rafaels Adern floß. So erlangte auch Standing Horse die Freiheit wieder, und mit vierundzwanzig heiratete Rafael eine Frau, die ihn aus denselben Gründen wie sein Großvater verachtete.

Ein freudloses Lächeln entschlüpfte Rafael, während er auf das erloschene Feuer hinunterstarrte. Consuela und Don Felipe hätten heiraten sollen – da wären die richtigen Vipern miteinander vereint gewesen!

Wenn Consuela ihm auf halbem Wege entgegengekommen wäre, hätten sie ihre Ehe vielleicht erträglich gestalten können, denn in jenen ersten Tagen hatte Rafael sie nicht gehaßt. Er hatte sie nicht gemocht, doch tief in seinem Inneren lag vielleicht die leise Hoffnung begraben, daß er diese Frau, die zu heiraten man ihn gezwungen hatte, eines Tages würde lieben können. Am Anfang hatte sie ihm leid getan, denn Consuela hatte keine Wahl bei der Wahl ihres Ehepartners gehabt – die Familie Gutiérrez war überglücklich gewesen, ihre Tochter in die mächtige und reiche Santana-Familie einheiraten zu lassen, insbesondere, da ihre Tochter den Erben des Familienvermögens heiratete.

Rafael spürte einen leichten Krampf in der Wade. Er streckte die langen Beine aus und starrte in den sternenlosen Himmel hinauf, fühlte, wie mit der Stille der Nacht ein gewisser Friede in ihm einkehrte. Dios! Er mußte verrückt sein, hier zu sitzen und über Dinge zu grübeln, die vor einer Ewigkeit geschehen waren. Jetzt war alles vorüber, warum also ließ er sich von den Gespenstern der Vergangenheit verfolgen?

Allmählich drang die Kälte der Nacht in seine Glieder, und er spürte plötzlich, wie müde er war. Er legte sich hin und zog den Umhang um sich. Seltsam, dachte er schläfrig, wie das Nachdenken über die Vergangenheit ihn in gewisser Weise erleichtert hatte – als ob sie ihre Schrecken verloren hätte. Sein Haß auf Don Felipe war nicht kleiner geworden, aber der Schmerz und die Qual, die er in seinem Inneren verschlossen gehalten hatte, waren auf unerklärliche Weise verschwunden. Vielleicht, dachte er schläfrig, hat mir Sebastian unbewußt einen Gefallen getan, indem er mir diese Fragen stellte. Mit einem Lächeln auf den Lippen schlief er ein.

15

Der Ritt zurück zur Hazienda verlief geruhsam. Rafael hielt häufig an, um Sebastian auf die Vorzüge des Landes aufmerksam zu machen. Die Augen gegen die Sonne zukneifend, erklärte er: »Es ist gutes Land, Sebastian. Reichlich Wasser und genügend Gras, um beliebig viel Vieh zu ernähren. Und was den Getreideanbau betrifft – die Erde ist mehr als fruchtbar.«

Sebastian nickte eifrig, er hatte seine Entscheidung bereits getroffen. Sein junges Gesicht strahlte vor Begeisterung, und er gestand: »Ich wußte bereits gestern, daß ich es haben will. Es ist ein unglaublich schönes Land, Rafael, und ich kann es kaum erwarten, meinen Vater über meinen Entschluß zu unterrichten.«

Der kurze Ausflug hatte alles bewirkt, was Rafael sich in diesem kurzen Zeitraum erhoffen konnte – Sebastian war ihm gegenüber weicher und viel gelöster, und die alte Vertrautheit schien nahezu wiederhergestellt. Die Zeit war Rafaels bester Verbündeter, sie würde alle Wunden heilen.

Sebastian schwieg, während sie zur Hazienda zurückritten, doch mit jeder Meile, die sie dem Wiedersehen mit Elizabeth näher brachte, nahm sein Gesicht einen grimmigeren Ausdruck an. Und etwas nahm seit Rafaels Geständnis, daß Elizabeth seine Geliebte sei, mehr und mehr Gestalt an. Schließlich drehte er sich im Sattel zu Rafael um und sagte mißtrauisch: »Eure Beziehung muß sehr lose sein. Ihr könnt euch nicht allzu oft gesehen haben, da du die meiste Zeit über in Texas bist und Beth auf einer Plantage bei Natchez lebt.«

Ohne ihn anzusehen, erwiderte Rafael kühl: »Das stimmt ... aber wir haben uns oft genug gesehen.« Unvermittelt nahm seine Stimme einen harten Klang an, und er sagte böse: »Glaube mir, es war mehr als genug!«

Erstaunt über die Heftigkeit von Rafaels Stimme, sah Sebastian ihn an, war jetzt noch verwirrter. Warum um alles auf der Welt klang Rafael so, als haßte er seine Geliebte?

Rafael war ein wahrheitsliebender Mensch, und es widerstrebte ihm, Sebastian weiterhin anzulügen. Er mochte niemandem Rechenschaft schuldig sein und verfluchte die Lage, in die er geraten war – gefangen in einem Berg von Lügen und Halbwahrheiten in bezug auf die Engländerin. Im Augenblick haßte er sie ebenso sehr, weil sie Sebastian offensichtlich den Kopf verdreht hatte, wie wegen seines eigenen schmerzhaften Verlangens, sie wiederzusehen.

Es war später Nachmittag, als sie die Hazienda erreichten. Das Schweigen zwischen ihnen war etwas angespannt, als sie durch das Eisentor ritten. Nachdem sie ihre Pferde in den Stall gebracht hatten, gingen sie schweigend auf das Haus zu; keiner von ihnen schien dem anderen viel zu sagen zu haben, und trotzdem fürchteten sie sich vor dem Ende einer, in Anbetracht der unguten Umstände, recht erfreulichen Zeit. Kurz bevor sie, das Haus umgehend, von der Rückseite aus den Hof betraten, blieb Rafael stehen. Er sah Sebastian an und stieß wütend hervor: »Dies ist eine verdammt üble Situation, Amigo! Glaube mir, ich würde die Dinge ändern, wenn ich es könnte.«

Wer Rafael kannte, wußte, wie sehr er sich hatte überwinden müssen, um dieses Zugeständnis zu machen, und Sebastian kannte ihn. Ihm wurde mehr und mehr klar, daß Rafaels Verhältnis mit Elizabeth einfach einer dieser verteufelten unglücklichen Zufälle war ... für ihn. Rafael hatte nicht wissen können, daß er sich Hals über Kopf in eine Frau verlieben würde, die nicht ihm gehörte. Es war ganz einfach verdammtes Pech, erkannte Sebastian düster, daß die erste Frau, die er je hatte heiraten wollen, ausgerechnet diese sein mußte. Mit gepreßter Stimme murmelte er: »Vergiß es, Rafael! Ich kann nicht abstreiten, daß ich mich in sie verliebt habe, aber ich muß zugeben, daß sie mich in keiner Weise dazu ermuntert hat.« Gequält fügte er hinzu: »In diesen letzten Stunden ist mir schmerzlich klargeworden, daß Beth in mir nur einen Freund sieht – und es immer getan hat. Also denk nicht, daß sie ein falsches Spiel mit mir getrieben hat.«

Ein angespanntes Lächeln lag um Rafaels Mund, und seine Augen hatten einen eisigen Glanz, als er entgegnete: »Das erleichtert mich ungeheuer! Ich würde ihr ungern ihre hübsche Haut verderben, indem ich sie verprügeln müßte.«

Sebastian lächelte schwach, und im Bemühen, ihr altes Verhältnis wiederherzustellen, murmelte er: »Ich bin sicher, daß ich mit ihrer hübschen Haut, wie du es ausdrückst, etwas Besseres anzufangen wüßte, als ihr Prügel zu verpassen – selbst wenn sie sie verdient hat.«

Rafael brach in schallendes Gelächter aus. Mit einem belustigten Aufblitzen seiner Augen pflichtete er ihm bei: »Ich auch, Amigo, ich auch!«

Die Siesta war fast vorüber, als die beiden Männer zurückgekommen waren, und Elizabeth wußte nicht, daß sie wieder da waren, als sie sich für den Abend ankleidete. Doch dieses Mal war sie vorbereitet und darauf gefaßt, Rafael zu begegnen, als sie sich zu den anderen gesellte.

In gewisser Weise war es ein taktischer Fehler von Rafael gewesen, sie allein zu lassen, denn durch seine Abwesenheit hatte Elizabeth Gelegenheit, in Ruhe nachzudenken. Sie schnitt ihrem Spiegelbild eine Grimasse, während sie zusah, wie Charity letzte Hand an ihre Frisur legte. Doch Elizabeth war klar, daß es nur eine Möglichkeit für sie gab, nämlich seinem unverschämten Befehl, die Hazienda nicht zu verlassen, nicht Folge zu leisten. Es war zu gefährlich, hier zu bleiben, und ob Rafael heute abend da war oder nicht, Elizabeth war felsenfest entschlossen, ihren Gastgebern zu eröffnen, daß sie und Nathan beschlossen hätten, nach San Antonio zurückzukehren, und zwar sofort.

Nathan hatte ihren Plänen bereitwillig zugestimmt. Sie hatte eine unruhige Nacht verbracht, in der sie sich auf der Suche nach einer Lösung stundenlang im Bett herumgewälzt hatte, und die Flucht schien ihr der einzige Ausweg. Das einzig Vernünftige, was sie tun konnte, war, der Hazienda und Rafaels beunruhigender Gegenwart den Rücken zu kehren. Und da sie sich während dieser ganzen verhängnisvollen Reise so unvernünftig verhalten hatte, war sie felsenfest entschlossen, sie zumindest vernünftig zu beenden.

Elizabeth hatte sich mit großer Sorgfalt angekleidet, sagte sich jedoch wiederholt, daß sie es nur tat, um ihr Selbstbewußtsein aufzufrischen, und daß sie auf gar keinen Fall Rafael Santana gefallen wollte. Das Kleid, für das sie sich schließlich entschieden hatte, war eins ihrer Lieblingskleider, ein silberblaues Seidenkleid. Der Mode entsprechend war es sehr tief ausgeschnitten, ließ ihre nackten Schultern frei und bot einen verführerischen Einblick auf den Ansatz ihrer Brüste. Der seidene Stoff saß wie angegossen, hauteng bis zur Taille, ehe er in einem weiten, plissierten Rock bis zum Boden hinunterfiel. Sie trug wenig Schmuck, nur eine Brosche und ein goldenes Armband. Ihr silberblondes Haar fiel zu beiden Seiten ihres Gesichts in kleinen Löckchen herunter, und das Silberblau ihres Kleides verstärkte das Blau ihrer Augen, während ihr unschuldig-verführerischer Mund eine einzige rosige Einladung darstellte, der kaum ein Mann würde widerstehen können.

Wenig später ging sie mit Nathan in den Hof hinaus. Die Nachtluft war lau, und der süße Duft von Lorbeer und Zitronenblüten durchzog den Hof. So wie an den Vorabenden war Doṇa Madelina bereits da, saß auf ihrem Lieblingsstuhl, und Don Miguel, der neben dem Brunnen stand, unterhielt sich lebhaft mit ihr.

Elizabeth wählte einen Stuhl in der Nähe des Brunnens und plauderte angeregt mit ihrem Gastgeber, während sie an ihrem Sangria nippte. Unter anderen Umständen würde sie ihren Aufenthalt bei Don Miguel und Doṇa Madelina genossen haben. Sie waren beide so liebenswürdig und warmherzig, daß sie nichts lieber gewesen wäre als das, was sie angeblich war – eine Zufallsbekannte von Sebastian und nicht das häßliche Wesen, für das Rafael sie hielt. Sie mußte fröhlich und unbekümmert wirken, um sich den Anschein zu geben, sie amüsiere sich köstlich, und die ganze Zeit über mit der Lüge leben, mit dem Bewußtsein, wie leicht Rafael hereinschlendern und eine Szene machen konnte.

Don Miguel war besonders nett zu ihr; zwischen ihnen hatte sich eine herzliche Freundschaft entwickelt. Nachdem er am Abend zuvor von ihrem besonderen Interesse an den spanischen Entdeckern erfahren hatte, hatte er sie mit Geschichten über die ersten Entdekker und mit texanischen Legenden überhäuft. Plötzlich wurde die Unterhaltung von einer Stimme unterbrochen, die Elizabeth erstarren und ihr Herz wie wild hämmern ließ. »Guten Abend, mi padre«, sagte Rafael gedehnt.

»Ah, mein Sohn, es sieht dir ähnlich, zum unpassendsten Zeitpunkt aufzutauchen«, erwiderte Don Miguel ruhig, während er sich zu seinem Sohn umdrehte.

»Unpassend? Irgendwie wage ich das zu bezweifeln«, entgegnete Rafael. Langsam schlenderte er um sie herum, blieb vor Elizabeth stehen und sagte, sie mit kalten, harten Augen ansehend, in zynischem Ton: »Ich würde sagen, es ist ein äußerst passender Zeitpunkt ... Bitte stell mich der jungen Dame vor.«

Mit zitterndem Herzen begegnete Elizabeth seinem herausfordernden Blick. Dann hob sie trotzig das Kinn. Gelassen und in betont höflichem Ton sagte sie: »Guten Abend, Señor. Ihr Vater hat mir viel von Ihnen erzählt.« Die Worte blieben ihr fast im Hals stecken, als sie sich zu sagen zwang: »Ich habe mich darauf gefreut, Sie kennenzulernen.«

Rafael lächelte, aber es war ein kaltes Lächeln. Dann beugte er sich über ihre Hand und küßte sie auf die Innenseite. »Tatsächlich, Señora?« murmelte er leise. Seine Augen funkelten spöttisch, als er endete: »Nach einem so schönen Kompliment muß ich mich ja wohl von meiner besten Seite zeigen, nicht wahr?«

Elizabeth entzog ihm mit einem Ruck ihre Hand, und Don Miguel, der den unverschämten Kuß nicht bemerkt hatte, sah sie überrascht an. Hastig murmelte Elizabeth: »Ich fürchte, ich bin Ihren spanischen Charme nicht gewohnt.«

Don Miguels Miene entspannte sich. Er bat seinen Sohn, sich um ihren Gast zu kümmern, und ging zu Nathan und Madelina hinüber. Elizabeth sah ihm entsetzt nach, doch ihr Gesicht verriet nichts von ihrem inneren Aufruhr.

Trocken sagte Rafael: »Das hast du ausgezeichnet gemacht, Engländerin. Ich sehe, daß du, abgesehen von all deinen anderen Begabungen, auch eine gute Schauspielerin bist. Niemand käme auf die Idee, daß wir uns heute nicht zum ersten Mal sehen, oder?«

Ihre blauen Augen blitzen vor Wut auf, und sie zischte ihn an: »Vielleicht wäre es Ihnen lieber gewesen, wenn ich ihm die Umstände unserer letzten Begegnung geschildert hätte? Ich bin sicher, für ihren Vater und meinen Mann wäre das beim Dinner ein äußerst anregendes Gesprächsthema gewesen.«

Er setzte sich auf den neben ihr stehenden Stuhl und sagte amüsiert: »Anregend dürfte kaum die richtige Bezeichnung dafür sein.«

Ihre Stimme bebte vor unterdrückter Wut, als sie ihn anfauchte: »Sie finden das alles wohl sehr amüsant, nicht wahr?«

Während seine Augen beinahe zärtlich über ihr Gesicht und ihren Busen wanderten, murmelte er: »Ich muß zugeben, daß dieses Schauspiel mir zum Teil Spaß macht.«

Mit Mühe gelang es Elizabeth, den Drang zu unterdrücken, ihm in sein spöttisches Gesicht zu schlagen. Ihre geballten Fäuste waren in den Falten ihres Rockes verborgen, doch ihre Wut konnte sie nicht verbergen, sie war ihrem Gesicht deutlich anzusehen. Glücklicherweise schien niemand etwas aufzufallen, und sie sagte mit verräterisch süßem Lächeln auf den Lippen: »Sie sind ein Schwein, Señor! Ich verachte Sie, und ich rate Ihnen, mir nicht den Rücken zuzukehren – ich könnte sonst versucht sein, ein Messer hineinzustoßen.«

Zu ihrem Ärger bedachte Rafael sie nur mit einem trägen Lächeln. Plötzlich jedoch trat ein leidenschaftlicher Funke in seine Augen, der im seltsamen Gegensatz zum unbekümmerten Klang seiner Stimme stand. »Und ich, Engländerin, begehre dich ... mehr als mir lieb ist.«

Elizabeth spürte, wie eine Woge der Erregung sie bei seinen Worten durchflutete, sie wandte schnell die Augen ab und fragte in ätzendem Ton: »Haben Sie vielleicht einmal daran gedacht, sich einen Wunsch zu versagen? Ich kann Ihnen jedenfalls versichern, daß ich mehr als erfreut wäre, wenn Sie sich ein ... anderes Objekt suchten, um sich von ihrem unerwünschten Verlangen zu befreien.«

Rafael gab ein rauhes Lachen von sich. »Fang in der Öffentlichkeit keinen Streit mit mir an«, drohte er sanft, »sonst würde ich mich gezwungen sehen, ihn auf meine Weise zu beenden, wenn wir allein sind.«

Rafael kam ihrer heftigen Erwiderung zuvor, indem er mit einem kurzen Kopfnicken in die Richtung der anderen fragte: »Dieser eitle Dandy da drüben neben meiner Stiefmutter – ist das dein Mann? Derjenige, der das genaue Gegenteil von mir ist?«

Es war eine eigenartige Feststellung, doch Elizabeth erkannte sofort, wie recht er hatte. Nathan war all das, was Rafael nicht war; freundlich und sanft, wo Rafael energisch und hart gewesen wäre; Rafael von spöttischer Unnachgiebigkeit denjenigen gegenüber, die nicht seiner Meinung waren, während Nathan dazu neigte nachzugeben; Nathan ebenso blond und sanftmütig wie Rafael dunkel und aggressiv; Nathan schwach, wo Rafael stark war. Elizabeth war entsetzt über ihre Gedanken, und sie war noch wütender auf Rafael, weil er sie zu unfairen Gedankengängen verleitete. Rafael mochte ein starker, männlicher Mann sein, aber was für eine Rolle spielte das? Nathan war gut zu ihr, und sie betrog ihn sowohl gedanklich als auch körperlich. Gerade dieses Schuldbewußtsein erweckte den Wunsch in ihr, Nathan zu verteidigen, aber Rafaels Ton ließ sie vorsichtig sein. Ihre Worte sorgfältig wählend, sagte sie in überraschend sanftem Ton: »Er ist nicht eitel. Wenn man jemanden, der besondere Sorgfalt auf sein Äußeres legt, jedoch einen Dandy nennt, dann würde ich zugeben müssen, daß Nathan ein Dandy ist.« Sie hatte den Blick auf Nathan gerichtet, und zufällig sah dieser jetzt auf und lächelte ihr zu. Sie merkte nicht, wie Rafaels Augen sich verengten, als er das weiche, warme Lächeln bemerkte, das sie ihrem Mann schenkte, und fügte leise hinzu: »Ein sehr guter, lieber Dandy.«

Plötzlich stampfte Rafael wütend mit dem Fuß auf, und Elizabeth starrte ihn verwundert an. »Ist irgend etwas nicht in Ordnung?« fragte sie naiv.

Er zog die schweren schwarzen Augenbrauen zusammen und erwiderte in beißendem Ton: »Nein! Sollte es das sein?« Ohne ihre Antwort abzuwarten, packte er ihr Handgelenk und herrschte sie an: »Gehen wir zu ihnen hinüber – ich würde diesen Tugendbold sehr gern kennenlernen.«

Doch das brauchten sie nicht, denn Nathan kam bereits auf sie zu. Elizabeth konnte Rafael gerade noch ihre Hand entziehen und ein Stück von ihm wegtreten, ehe Nathan bei ihnen war. Mit einem höflichen Lächeln auf den Lippen sagte Nathan: »Sie müssen Rafael sein, Don Miguels Sohn. Wir kennen uns noch nicht. Ich bin Madame Ridgeways Mann Nathan.«

Die drei boten ein interessantes Bild. Elizabeth saß in der Falle – Nathan stand vor ihr, während Rafael sich beinahe beängstigend neben ihr aufbaute –, und sie fühlte sich auch wie ein in der Falle sitzendes Tier. Aus Angst, daß Nathan auf falsche Gedanken kommen könnte, sagte sie schnell: »Wir wollten gerade zu euch kommen. Señor Santana bat mich gerade, ihn dir vorzustellen.«

Es war ein lahmer Versuch, aber Nathan schien nichts aufgefallen zu sein. »Oh«, sagte er und sah Rafael an, »gibt es dafür einen besonderen Grund?«

Elizabeths Herz schien stehenzubleiben, während sie, wütend und angsterfüllt zugleich, angespannt auf Rafaels Antwort wartete. Falls Nathan ahnte, wer dieser große, selbstbewußte Mann war... Unbewußt hingen ihre Augen beinahe flehentlich an Rafaels dunklem Gesicht.

In dem Augenblick, als Nathan auf sie zugekommen war, hatte Rafael die heftigen Empfindungen wieder unter Kontrolle gebracht, die in ihm hochgeschossen waren, als Elizabeth ihrem Mann so herzlich zugelächelt und mit so seltsamer Zärtlichkeit von ihm gesprochen hatte. Die anderen merkten nichts von seinem inneren Kampf, Rafael jedoch war sich dessen mehr als bewußt, und er verspürte den übermächtigen Drang, Nathan die Kehle durchzuschneiden – und ihm seine Frau zu entführen! Unlogischerweise richtete sich seine Wut gegen Elizabeth, weil sie der Grund für diesen häßlichen Konflikt in ihm war, und er spielte flüchtig mit dem Gedanken, so unhöflich wie nur möglich zu sein. Die stumme Bitte in Elizabeths Augen hielt ihn jedoch davon ab; er reagierte instinktiv und sagte höflich: »Ja, es gibt tatsächlich einen Grund dafür – Ihren Schneider. Ich *muß* seinen Namen haben. Gerade sagte ich zu Ihrer –«, er zögerte bei dem Wort, »hm – Frau, wie sehr ich den Schnitt Ihrer Jacke bewundere.«

Nichts hätte Nathan mehr gefallen können, und ein erfreutes Lächeln breitete sich auf seinem Gesicht aus. »Oh, vielen Dank! Ich bin auch der Meinung, daß man einen guten Schneider braucht, und ich würde mich glücklich schätzen, Ihnen seinen Namen geben zu dürfen. Er ist wirklich sehr gut.« Plötzlich trat ein besorgter Ausdruck auf sein Gesicht, und er fügte hinzu: »Ist Ihnen klar, daß er in Natchez lebt? Ich fürchte, Sie würden zu ihm fahren müssen, und nicht umgekehrt.«

Rafael lächelte träge. »Selbstverständlich. Wie könnte es auch anders sein? Sobald ich Ihre Jacke sah, wußte ich, daß sie östlich des Mississippi geschneidert sein mußte.«

Elizabeth stand vollkommen perplex zwischen den beiden Männern, ihr hübscher Mund stand weit offen vor Verwunderung, als Rafael, sehr zu Nathans Freude, fortfuhr, über Männermode zu reden, als sei das seine größte Leidenschaft. Glücklicherweise erwartete keiner der beiden Männer, daß sie sich an der Unterhaltung beteiligte, und Nathan bemerkte ihre Überraschung nicht.

Sebastians Auftauchen schien Elizabeth aus ihrem tranceähnlichen Zustand zu reißen, und sie stieß einen heimlichen Seufzer der Erleichterung aus. Es war nicht anzunehmen, daß Rafael in Sebastians Gegenwart allzu peinliche Bemerkungen machen würde ... zumindest hoffte sie das.

Sebastian war ebenso verblüfft über Rafaels plötzliches Interesse an modischen Extravaganzen, und Rafael, der seine Gedanken erriet, stöhnte innerlich auf. Er mußte wirklich der allergrößte Idiot sein, um der flehentlichen Bitte in Elizabeths falschen blauen Augen willen solch dummes Zeug zu reden. Doch es dient dem Zweck, dachte er dann entschlossen. Nathan war entwaffnet, und er hatte Gelegenheit, ihn in aller Ruhe zu begutachten. Sein Urteil über Nathan war nicht berauschend, doch er begann allmählich, ein wenig Verständnis für Elizabeths Vorliebe, sich in die Arme anderer Männer zu werfen, zu entwickeln. Nathan war ein schwacher, geckenhafter Mensch, der sich mehr Gedanken um seine Garderobe als um seine Frau machte, und Rafael stellte mit Entsetzen fest, daß ihm die Engländerin fast ein wenig leid tat. Vielleicht ist sie doch nicht so schlecht, wie ich glaube, dachte er. Plötzlich wollte er unbedingt mehr über das Zusammenleben der beiden wissen, und er begann, Nathan beiläufige Fragen über Briarwood und Natchez zu stellen. Und Nathan, der sich riesig amüsierte, plapperte, sehr zu Elizabeths Leidwesen, glücklich über die Plantage und darüber, wie hervorragend Elizabeth sie leitete.

Elizabeth war natürlich nicht wohl dabei, Nathan und Rafael zusammen zu sehen. Während zwanzig Minuten versuchte sie mindestens ein halbes Dutzendmal, das Thema zu wechseln oder Nathan wegzulocken, aber er ließ sich durch nichts stören. Er war, so schien es Elizabeth, wild entschlossen, ihr Leben am Mississippi vor Rafael auszubreiten, von ihren Erfahrungen mit dem Anbauwechsel bis zu seiner Spielleidenschaft und seinen Spritztouren nach Natchez. Sie war ebenso entschlossen, Rafael so wenig wie möglich über ihr Leben erfahren zu lassen, aber Nathan fiel ihr jedesmal ahnungslos in den Rücken, und Rafael zeigte ein beinahe unanständiges Interesse an Dingen, die ihn nichts angingen. Als sie schließlich alle zusammen zum Dinner ins Haus gingen, war Elizabeth mit einem elenden Gefühl im Magen klar, daß es nur wenig gab, was Rafael nicht über sie wußte.

Als sie in dem geräumigen Speisezimmer saß, sah sie Rafael immer wieder wachsam an, fragte sich, was er wohl von Nathans Eröffnungen hielt und warum er sich so benommen hatte – er hätte so leicht Nathans Mißtrauen wecken können, indem er Andeutungen über ihre Beziehung machte. Statt dessen hatte er absichtlich ihren Mann mit Höflichkeit und Charme überschüttet, und das trug nicht gerade dazu bei, den Knoten, der in ihrem Hals saß, zu lösen. Rafaels schmales Gesicht verriet nichts, doch sie merkte, wie er sie mit einem träge abschätzenden Blick ansah, und das erhöhte noch ihr Unbehagen. Was hatte er vor?

17

Elizabeth wäre erstaunt gewesen, wenn sie Rafaels Gedanken gekannt hätte. Zum ersten Mal in seinem Leben fühlte er sich verwirrt, doch das hatte nichts mit dem zu tun, was Nathan ihm gesagt hatte. Viel mehr verblüffte und beunruhigte ihn seine Reaktion auf Nathan. Er hatte noch nie einen Menschen auf Anhieb gehaßt, nicht einmal Don Felipe, und er hatte auch noch nie ernsthaft in Erwägung gezogen, einem anderen Mann die Frau wegzunehmen. An diesem Abend jedoch tat er, verborgen hinter einem kühlen, höflichen Gesicht, beides, und das machte ihn gereizt.

Infolge seines Lebens bei den Komantschen und seines Mangels an dauerhaften Beziehungen zu einer Frau hatten Frauen Rafael nie viel bedeutet. Er hatte nie Mutterliebe kennengelernt, und seine Ehe hatte sicher keine liebevollen Gefühle für seine Frau erweckt. Für ihn erfüllten Frauen zwei Zwecke: Sie schenkten einem Mann körperliche Freuden, und sie brachten Kinder zur Welt. Darüber hinaus besaßen sie nicht viel Wert für ihn. Er hatte sich nie für länger als ein paar Wochen eine Geliebte gehalten und nie einer Frau nachgestellt. Zu viele von ihnen waren so bereitwillig in sein Bett spaziert, daß es ihn anekelte. Unter diesen Frauen waren auch einige verheiratete gewesen, doch für ihre Männer hatte er nur Verachtung empfunden ... bis jetzt. Bis er dem Mann der Frau begegnet war, die ihn in seinen Gedanken und Träumen mehr verfolgte, als er sich eingestehen mochte.

Seine heftige Reaktion auf Nathan Ridgeway beunruhigte ihn, ebenso die Tatsache, daß er, wenn von Elizabeth als Nathans Frau gesprochen wurde, dem Sprecher am liebsten die Zunge herausgerissen hätte. Er konnte an sie nicht als Elizabeth denken – Elizabeth war Nathans Frau, aber die Engländerin gehörte *ihm!* Die Vorstellung, wie sie in Nathans Armen lag, erfüllte ihn mit Wut und Schmerz und machte ihn hilflos vor Verwirrung. Er war nicht in der Lage zu akzeptieren, daß ein anderer Mann ein Anrecht auf diesen schlanken weißen Körper und auf ihre Liebe hatte.

Woran liegt es? fragte er sich wütend, während er sie über den Tisch hinweg verstohlen beobachtete. Er hatte viele schöne Frauen gekannt – vielleicht nicht ganz so schöne, wie er sich widerwillig eingestand, denn keine von ihnen hatte Haare wie sie und so unglaublich veilchenblaue Augen gehabt oder einen so vollkommenen Körper besessen. Doch die anderen Frauen in seinem Leben waren auch schöne, verführerische und leidenschaftliche Geschöpfe gewesen, die seine Zärtlichkeiten hingebungsvoll erwidert hatten, bis er ihrer und ihrer Ansprüche an seine Zeit überdrüssig geworden war. Nicht so die Engländerin. Sie hatte ihn von Anfang an zurückgewiesen. Doch es war nicht ihre abweisende Haltung, die diese seltsamen Gefühle in ihm erweckte, die durch sein Blut rauschten, und auch nicht die Erinnerung an diesen seidigen Körper, der sich unter ihm wand. Leidenschaft und Zurückgewiesenwerden hatten nichts mit dem heftigen Bedürfnis zu tun, sie zu beschützen und zu verwöhnen. Warum um alles auf der Welt ausgerechnet sie? fragte er sich wütend. Sie war ein Flittchen – das wußte er genau; sie betrog ihren Mann bei jeder sich bietenden Gelegenheit und betörte unvorsichtige, romantische junge Männer wie Sebastian. Und doch – er verzog erbittert den Mund – und doch begehrte er sie, wie er noch nie in seinem Leben etwas begehrt hatte. Wütend trank er einen großen Schluck von dem schweren Rotwein, der zum Dinner serviert wurde, und starrte grollend auf Elizabeths Sebastian zugewandten Kopf. Wie konnte sie es wagen, ihn derart durcheinanderzubringen? Er spielte seine Wut und seinen Ärger bewußt hoch, rief sich wieder und wieder die Situation in Erinnerung, aufgrund derer er sich seine schlechte Meinung über ihren Charakter gebildet hatte. Als das Dinner zu Ende war, war es Rafael gelungen, sich selbst zu überzeugen, daß er Elizabeth Ridgeway haßte und daß ihn nur ihr schöner Körper interessierte. Aber auch dadurch konnte er sie nicht völlig aus seinen Gedanken verdrängen, doch er konnte zumindest glauben, eine vorübergehende Schwäche überwunden zu haben. Keine Frau würde je den Weg zu seinem Herzen finden!

Während des Essens war niemandem aufgefallen, wie in sich gekehrt Rafael war, obwohl Sebastian ihn ein-, zweimal, verwundert über sein plötzliches Schweigen, angesehen hatte. Aber auch Sebastian selbst war nicht sehr guter Dinge und seine Unterhaltung mit Elizabeth gelegentlich etwas steif, vor allem dann, wenn Rafaels Blick gerade prüfend auf ihnen ruhte.

Sebastian hatte sich vor seiner nächsten Begegnung mit Elizabeth gefürchtet, doch es fiel ihm dann trotz seines Liebeskummers leichter, als er befürchtet hatte. Daß Elizabeth keine Ahnung von seinen frischgewonnenen Erkenntnissen hatte, war ihm eine große Hilfe. Und nach den ersten bedrückenden Augenblicken stellte Sebastian zu seiner Überraschung und Freude fest, daß sich zwischen ihnen nicht viel geändert hatte. Elizabeth behandelte ihn wie immer, neckte ihn sanft und lachte über sein Geplauder, und wenn sie gelegentlich ein bißchen zerstreut wirkte, so führte er das auf ihr sie zweifellos anstrengendes Bemühen zurück, die Ruhe zu bewahren, während ihr Ehemann und ihr Geliebter Seite an Seite am selben

Tisch saßen. Trotzdem war Sebastian mehr als froh, als das Dinner beendet war. Erstaunlicherweise war Nathan die leicht gespannte Atmosphäre nicht aufgefallen; mehr noch, sein Instinkt, der ihm in bezug auf Sebastian so gute Dienste geleistet hatte, schien ihn ausgerechnet in dem Moment verlassen zu haben, als er mit der ersten wirklichen Gefahr für sein Glück konfrontiert wurde.

In einem Punkt jedoch verließ ihn sein Instinkt nicht. Nathan spürte die Kraft hinter Rafaels vornehmen Manieren und die unter der eleganten Oberfläche lauernde Gnadenlosigkeit. Und weil er sich durch Rafaels aggressive Männlichkeit leicht eingeschüchtert fühlte und ihn auch nicht besonders attraktiv fand, beging er den Fehler zu glauben, daß eine Frau ebenso empfinden müsse. So hatte er keine Ahnung, daß er gerade mit dem gefürchteten Nebenbuhler gespeist hatte, mit einem Mann, der in der Lage war, Elizabeths Herz zu stehlen, noch ehe sie selbst begriff, was geschah.

Elizabeth zögerte den Augenblick, wo sie ihre Abreise am nächsten Morgen verkünden wollte, immer wieder hinaus. Sie konnte sich nicht an den Gedanken gewöhnen, wegzufahren und Rafael nie wiederzusehen. Sie konnte sich noch so viele Vorwürfe machen, daß sie ein charakterloses, schwaches Wesen sei, sie konnte sich wieder und wieder ihren ehelichen Treueschwur in Erinnerung rufen – nichts konnte den Schmerz lindern, den der Gedanke, Rafael nie wiederzusehen, in ihr auslöste. Sie war hin- und hergerissen zwischen ihrer Pflicht gegen Nathan und ihrer, wie sie fürchtete, einzigen Chance, je die Liebe zu erleben. Sie wußte, daß es töricht war, im Zusammenhang mit Rafael überhaupt an Liebe zu denken, doch sie war sicher, daß sie und ihn etwas verband, Gefühle, die zu vertiefen und dauerhafter zu gestalten sie gerne in der Lage gewesen wäre.

Sie hatte gehofft, daß Nathan auf ihre Abreise zu sprechen kommen würde, doch er schien darauf zu warten, daß sie es tat. Und als es immer später wurde und sie noch immer nichts gesagt hatte, bemerkte sie mehr und mehr die Frage in seinen Augen, wenn ihre Blicke sich trafen. Schließlich konnte sie es nicht länger vor sich herschieben, denn sie wußte, daß ihr nur die Möglichkeit blieb, Rafael zu verlassen, und so zwang sie sich, als sie das letzte Glas Wein vor dem Schlafengehen tranken, fröhlich zu sagen: »Der Aufenthalt bei Ihnen war wunderschön! Nathan und ich bedauern es sehr, wenn wir Ihnen morgen früh auf Wiedersehen sagen müssen. Sie waren so nett zu uns, daß wir auf unserer Rückreise nach Natchez noch oft an Sie denken werden.«

Einen Augenblick herrschte Stille, eine unheilvolle Stille, wie es Elizabeth schien. Dann plötzlich wurde wild durcheinandergeredet, als Don Miguel und Doña Madelina ihrem Bedauern und dem Wunsch Ausdruck gaben, daß die Ridgeways länger bleiben möchten. Doch Elizabeth lehnte ihre Bitten entschieden ab, und Nathan kam ihr zu Hilfe, indem er ohne Umschweife erklärte, daß sie nun einmal morgen früh abreisen müßten.

Auch Sebastian blieb einen Augenblick stumm und erklärte dann mit erzwungener Ruhe: »Es tut mir sehr leid, daß Sie nicht länger bleiben können, aber seien Sie nicht erstaunt, wenn Sie mich irgendwann in diesem Jahr einmal in Natchez sehen. Wenn ich alle Dokumente, die ich für den Kauf des Landes, das ich mir mit Rafael angesehen habe, beisammen habe, werde ich nach New Orleans zurückkehren, um einige Einkäufe zu erledigen. Vielleicht werde ich Ihnen von dort aus einen Besuch abstatten. Das heißt, falls Ihre Einladung noch gilt.«

Nathan versicherte halbherzig, daß das natürlich der Fall sei, und lud dann auch die Santanas nach Briarwood ein, wenn sie einmal in der Gegend seien. Das ging alles sehr höflich vonstatten, alle gaben die Höflichkeitsfloskeln von sich, die gesagt werden, wenn eine Abreise bevorsteht – alle, bis auf Rafael.

Sein Körper war erstarrt, als Elizabeth ihre Abreise ankündigte, und ein gefährliches Glitzern trat in seine rauchig-grauen Augen. Er wartete, bis die allgemeinen Äußerungen des Bedauerns vorüber waren, setzte dann sein Brandyglas ab und murmelte: »Was für ein Zufall!« Elizabeth aus schmalen Augen ansehend, fuhr er fort: »Auch ich muß morgen früh nach San Antonio reisen, und mit Ihrer Erlaubnis werde ich mich Ihnen anschließen.«

Elizabeths Zunge schien an ihrem Gaumen kleben zu bleiben, und ihr Herz begann zu hämmern. Sie hatte gewußt, daß es riskant war, ihm die Stirn zu bieten, und daß er sich dafür rächen würde, aber nicht einmal in ihren wildesten Träumen hätte sie gedacht, daß er auf die Idee kommen könnte, sie nach San Antonio zu begleiten. Jetzt erkannte sie, daß sie auf der Hazienda mit all den anderen viel sicherer gewesen wäre als in ihrer jetzigen Lage. Wenn die Hazienda erst einmal außer Sichtweite war, würden sie und Nathan, abgesehen von den Dienern, mit ihm allein sein, und einen flüchtigen, furchterregenden Augenblick mußte sie an Consuelas Tod denken. Hatte er ihn arrangiert? Und haßte er sie so sehr, daß er eine Wiederholung arrangieren würde? Sie konnte oder wollte das nicht von ihm glauben, aber sie wollte ganz sicher nicht, daß er mit ihnen nach San Antonio fuhr.

Nathan jedoch hatte diese Bedenken nicht und nahm Rafaels Vorschlag freundlich an. »Oh, das wäre toll! Es ist immer angenehm, jemanden bei sich zu haben, der sich im Land auskennt.«

Rafael verneigte sich und sagte aalglatt: »Gut. Und da ich annehme, daß Sie ein paar Tage in San Antonio bleiben wollen, hoffe ich, daß Sie mir die Ehre geben werden, bei mir in meinem dortigen Haus zu wohnen.«

Elizabeth hätte sich gern eingemischt und seine Einladung abgelehnt, aber Sebastians überraschter Kommentar schnitt ihr das Wort ab. »Du hast ein Haus in San Antonio?«

Don Miguel war es, der die Antwort gab. In leicht gereiztem Ton erklärte er: »Sein Großvater Hawkins hinterließ ihm, als er vor ein paar Jahren starb, ein ansehnliches Vermögen, und dazu gehört auch dieses Haus.« An Nathan gewandt, fügte er hinzu: »Ich wollte Ihnen schon vorschlagen, in unserem kleinen Haus in den Außenbezirken von San Antonio zu wohnen, aber mein Sohn ist mir zuvorgekommen. Sein Haus wird Ihnen aber sicher ebenso gut gefallen – es ist ein sehr schönes Haus, Señor. Es ist sicher gemütlicher als ein Hotel.«

»Nun, dann wäre das geregelt«, rief Nathan spontan. »Natürlich nehmen wir Ihre Einladung an, Señor.«

Es ging alles so schnell, daß Elizabeth keine Möglichkeit hatte zu widersprechen, und sie war niedergeschlagen und den Tränen nahe, als sie sich wenig später für die Nacht ankleidete. Sie hätte damit rechnen müssen, daß Rafael ihre Pläne in irgendeiner Weise durchkreuzen würde, doch sie hatte nicht geglaubt, daß ihm das so wichtig war. Es stimmte, er hatte ihr eindringlich geraten, auf der Hazienda zu bleiben, doch nach eingehendem Nachdenken hatte sie geglaubt, daß er nur ... Nun, sie hatte keine Ahnung, was in seinem Kopf vorging, aber sie war einfach sicher gewesen, daß er sie nicht aufhalten würde. Bei der Meinung, die er von ihr hatte, mußte er doch glücklich sein, wenn sie verschwand. Oder?

Nach einer unruhig verbrachten Nacht kam der Morgen und schließlich die Stunde der Abreise. In hektischer Geschäftigkeit waren ihre Koffer gepackt und in der Kutsche verstaut worden, als Nathan Elizabeth mit einer Bemerkung erschreckte. »Es ist eine Schande, daß wir so Hals über Kopf aufbrechen müssen. Es gibt doch wirklich keinen zwingenden Grund für uns, nicht noch ein paar Tage länger zu bleiben, oder?«

Elizabeth starrte ihn beinahe angsterfüllt an, doch in seinem Gesicht war nichts zu erkennen, was sie hätte beunruhigen müssen, und sie sagte schnell: »Nein, es gibt keinen Grund. Aber nachdem wir uns einmal dazu entschlossen haben, nahm ich an, du wolltest so bald wie möglich abreisen.«

Nathan sah sie einen Augenblick an, seine grauen Augen nahmen die tiefen Schatten unter ihren Augen und den angespannten Zug um ihren Mund war. Auch wenn er in Rafael Santana keinen Rivalen sah, so war ihm doch nicht entgangen, daß seine Frau sich merkwürdig benahm, seitdem sie auf der Hazienda waren, und insbesondere, seitdem Don Miguels Sohn aufgetaucht war. Er kannte Elizabeth recht gut, und er hätte blind sein müssen, um nicht zu merken, daß etwas sie bedrückte. Er hatte ein paarmal versucht, sie zum Reden zu bringen, doch sie war ihm immer ausgewichen – genau wie jetzt.

Als es Zeit zum Abschiednehmen war, war Elizabeth seltsam aufgewühlt. Sie haßte es, Sebastian adieu zu sagen, denn er bedeutete ihr inzwischen sehr viel, und Don Miguel und Doṇa Madelina waren so nett und gastfreundlich gewesen, daß sie sich geradezu gemein vorkam, weil sie so schnell wieder abreisten. Doṇa Madelinas Augen waren verdächtig feucht, als sie Elizabeth auf Wiedersehen sagte und sie lange an sich drückte. Don Miguel hatte sie sanft auf die Stirn geküßt und leise gemurmelt: »Ich werde Sie in guter Erinnerung behalten, niña.« Und mit einem warmen Lächeln fügte er hinzu: »Man sollte meinen, daß ich mit meinen fünf hübschen Töchtern genug habe – aber für eine Tochter wie Sie würde ich Gott dankbar sein.«

Es war ein großes Kompliment, und Elizabeth mußte gegen die Tränen ankämpfen. Die Hazienda verschwamm vor ihren Augen, und »Vaya con Dios!«-Rufe hallten ihr in den Ohren, als die Kutsche sich langsam in Bewegung setzte.

Don Miguel hatte darauf bestanden, ihnen zwei Mäner zu ihrem Schutz mitzugeben, und so verließ eine gutbewaffnete Gruppe die Hazienda. Rafael ritt auf seinem großen, scheckigen grauen Hengst, das Gesicht unter der breiten Krempe seines Sombreros verborgen, wie ein Zentaur hinter dem Wagen her und erinnerte Elizabeth mit seiner dynamischen Gegenwart daran, daß sie der Gefahr, die er darstellte, noch nicht entronnen war. Und der Anblick seines Colts und des langen schwarzen Gewehrs der Vaqueros rief ihr erneut die Gefahren dieser so unbekümmert unternommenen Reise in Erinnerung. Plötzlich sehnte sie sich heftig nach den stillen, von Jasmin umsäumten Straßen von Natchez.

Nathan war ungeheuer erleichtert über ihre plötzliche Abreise. Mit derselben trägen Armut, mit der er drei Tage zuvor aus der Kutsche gestiegen war, war er an diesem Morgen wieder hineingestiegen und hatte – obwohl er nichts gegen einen längeren Aufenthalt bei den Santanas gehabt hätte – die Hazienda voll Freude kleiner und kleiner werden sehen.

Schweigend saßen sie in der Kutsche, jedes von ihnen in seine eigene Gedanken versunken. Hin und wieder sah Elizabeth Nathan nachdenklich an. Sie hatte nicht gelogen, als sie ihm an diesem Morgen gesagt hatte, daß sie ihn liebe – sie mochte ihn wirklich sehr. Und obwohl sie wußte, daß er nie diese wilden, leidenschaftlichen Gefühle in ihr erwecken würde, die Rafael so mühelos auslöste, war sie plötzlich sehr entschlossen, sich um eine Verbesserung ihrer Ehe zu bemühen. Zu Hause würde sie in der Lage sein, Rafael Santana und seine dunkle Anziehungskraft auf ihr Herz zu vergessen.

Trotzdem redete sie sich weiterhin hartnäckig ein, daß sie Rafael nicht liebe. Man kann sich nicht so schnell und gegen seinen eigenen Willen verlieben, dachte sie verzweifelt. Liebe war das, was sie und Nathan füreinander empfanden, dieses behutsame und langsame einander Kennenlernen, dieses sich Tag für Tag ein Stück Näherkommen und nicht dieser Donnerschlag aus heiterem Himmel. Nicht dieses Gefühl, das ihr Herz ins Stolpern brachte, wenn sie Rafaels hochgewachsene Gestalt erblickte, und auch nicht die seltsame, ängstlich-freudige Erregung, die ihren Körper durchströmte, wenn sie daran dachte, wie sie in seinen Armen lag und sein Mund sie küßte. Nein, das war keine Liebe – das war nur törichte, blinde Leidenschaft, sagte sie sich energisch. Irgenwie würde sie die schlimmen nächsten Tage überstehen, und dann würden sie und Nathan auf dem Heimweg nach Briarwood sein und Rafael und alles, was mit ihm verbunden war, hinter sich lassen.

Doch das war leichter gesagt als getan, wie sie feststellen mußte, als sie an jenem Abend anhielten, um ihr Lager aufzuschlagen. Sie hatten das Lager ziemlich früh an einem einsamen Ort in der Nähe eines Wasserfalls aufgeschlagen, der einen klaren kleinen See bildete, und unter anderen Umständen wäre Elizabeth bezaubert von diesem Ort gewesen. Doch es gab zwei Gründe, warum ihr das jetzt nicht gelang; zum einen die bedauerliche Tatsache, daß Nathan, der ihre Rückkehr in die Zivilisation ein bißchen zu überschwenglich und beinahe ungeziemend feierte, dem Brandy, den er aus Natchez mitgebracht hatte, allzu reichlich zusprach und binnen kurzer Zeit so betrunken in einem der Wagen schlief, wie Elizabeth ihn noch nie erlebt hatte. Es war ein Schock für sie. Sie hatte zwar immer gewußt, daß Nathan trank, und zwar nicht gerade wenig, aber er hatte es noch nie in ihrer Gegenwart getan, und sie fand es schrecklich. Der andere Grund war natürlich Rafaels aufdringliche Gegenwart.

Den ganzen Tag über war er von eiskalter Höflichkeit gewesen, und sie hatte nichts mit ihm zu tun gehabt, ganz einfach, weil er mit seinem Pferd hinter der Kutsche herritt. Rafaels Benehmen ihr gegenüber war von so steifer Korrektheit gewesen, daß Elizabeth sich schon fragte, ob sie seine Gründe, sie zu begleiten, falsch interpretiert hatte. Sie versuchte, nicht an ihn und nicht an die Gründe zu denken, die ihn dazu bewogen hatten, sie zu begleiten, doch sie versagte kläglich.

Die Gründe für Rafaels überkorrektes, kühles Verhalten waren unkompliziert. Er war so wahnsinnig wütend auf Elizabeth, daß er gar nicht anders konnte, als sie mit übertriebener Höflichkeit zu behandeln. Sie hatte ihn mit ihrer Trotzreaktion nicht nur vollkommen überrumpelt, er war auch nicht in der Lage gewesen, sie aus seinem Leben verschwinden zu lassen, wie er es bei jeder anderen Frau gemacht hätte. Und was tue ich? dachte er böse, ich tappe hinter ihr her wie ein liebeskranker Idiot!

Er hatte wirklich in San Antonio zu tun und tatsächlich vorgehabt, an diesem Morgen dorthin zu reisen. Doch er war sich klar darüber, daß er, wenn Elizabeth nicht gewesen wäre, Cielo bei Anbruch der Dämmerung verlassen hätte und mehr als einen halben Tag vor den Ridgeways dort angekommen wäre. Und es verbesserte seine Laune nicht, daß er genau wußte, warum er es nicht getan hatte. Die Engländerin! Zur Hölle mit ihrem schönen Gesicht!

Rafael hatte sich betrunken, aber Nathans beständiges Saufen beunruhigte ihn, und einmal war er nahe daran gewesen, Nathan vorzuschlagen, seine Trinkgelüste zurückzuhalten, bis sie in passender Umgebung waren, dann jedoch hatte er sich achselzuckend abgewandt. Ridgeway war ein erwachsener Mann.

Das beim flackernden Licht des Lagerfeuers eingenommene Abendessen verlief denkbar unerfreulich. Nathan war schon viel zu betrunken, um ein annehmbarer Gesprächspartner zu sein, und es war peinlich, wie ungeschickt er mit dem Besteck umging. Und zwischen Elizabeth und Rafael herrschte ein unfreundliches, angespanntes Schweigen.

Erleichtert suchte Elizabeth schließlich die Stille des Wagens auf, in dem sie schlafen würde. Doch nachdem sie sich eine Zeitlang nervös im Bett hin- und hergeworfen hatte, hatte sie das blaßgrüne Gewand aus bedrucktem Satin übergezogen, das Charity am Fußende des Bettes liegengelassen hatte, und kletterte mit anmutigen Bewegungen aus dem Wagen.

Bis auf das Knistern des ersterbenden Feuers und die leisen Geräusche der sich unruhig bewegenden Pferde und Ochsen herrschte

Stille im Lager. Alle schienen zu schlafen bis auf die beiden beim Feuer sitzenden Männer, und Elizabeth konnte die Umrisse eines dritten Mannes ausmachen, der in der Nähe des Wagens Wache hielt. Rafael war nirgends zu sehen. Elizabeth wußte, daß es nicht ratsam war, sich allzu weit vom Lager zu entfernen, doch einem kurzen Spaziergang zu dem in der Nähe liegenden Wasserfall konnte sie nicht widerstehen.

Im Licht des Halbmondes war es hell genug, um den Weg erkennen zu können. Beim Wasserfall angelangt, blieb sie stehen, und während sie dem leisen Plätschern des sich über die Felsen in den kleinen See ergießenden Wassers lauschte, war sie von einem Gefühl der Ruhe und des Friedens erfüllt.

Es währte nicht lange. Sie hatte gerade die Hand ausgestreckt, um eine Handvoll des köstlichen Wassers zu probieren, als Rafaels Stimme sie herumwirbeln ließ.

Er lehnte lässig an einem Baum, sein Sombrero verbarg seine Augen, aber der spöttische Zug um seinen Mund war im Licht des Mondes deutlich zu sehen.

»Du hast doch nicht erwartet, daß du so einfach davonkommst, Engländerin, oder?«

Elizabeth zögerte, war nicht sicher, in welcher Laune er war. Er schien nicht wütend zu sein, und doch lag ein Ton in seiner Stimme, der sie mißtrauisch und wachsam sein ließ. Doch erschöpft von dem heftigen Kampf in ihrem Inneren, hatte sie ihm nichts entgegenzusetzen und sagte, die Achseln zuckend, leise: »Nein . . . aber ich habe gehofft, Sie würden einsehen, wie töricht eine Fortsetzung unserer Beziehung ist. Es kann nichts Gutes daraus erwachsen, das sehen Sie doch sicher ein.«

Er lächelte, ein gefährliches, attraktives Lächeln, und stieß sich mit einer einzigen fließenden Bewegung von dem Baumstamm ab. Während er mit einem Finger seinen Sombrero zurückschob, wanderten seine Augen mit unverhohlener Leidenschaft über ihren Körper. »Das würde ich nicht sagen, meine Süße. Ich kann mir eine ganze Menge guter Dinge vorstellen, die zwischen uns passieren können . . . und zwischen uns passiert sind.«

Elizabeth verstand die Anspielung, und sie preßte die Lippen zusammen. Es war schwierig, kühl zu bleiben, schwierig, alle Vorsicht in den Wind zu schlagen und ihrem ganzen inneren Aufruhr freien Lauf zu lassen, indem sie sich auf ihn stürzte und ihn mit Händen und Füßen attackierte. Oh, welche Befriedigung es für sie sein würde, ihm dieses spöttische Lächeln aus dem Gesicht zu schlagen, dachte sie hitzig und ballte unbewußt eine Hand zur Faust.

Rafael bemerkte die unbewußte Bewegung, und sein Lächeln wurde auf provozierende Weise noch breiter. Im Näherkommen sagte er sanft: »Das würde ich nicht tun, wenn ich du wäre, Engländerin. Faß mich an, und du weißt, was passieren wird.«

Elizabeth schluckte, wünschte, er wäre ihr nicht so nahe, wünschte, sich seines warmen Körpers nicht auf so beschämende Weise bewußt zu sein. Nervös wich sie zurück und fühlte den kühlen Felsen im Rücken.

Gefangen zwischen dem Felsen und Rafael hob sie trotzig das Kinn und murmelte, um Fassung bemüht: »Ich glaube nicht, daß wir noch etwas zu besprechen haben. Wenn Sie mir also bitte aus dem Weg gehen würden, damit ich wieder zum Wagen zurückkehren kann.«

»Allein?« höhnte er.

In diesem Augenblick nahm sie den schwachen Whiskygeruch in seinem Atem wahr und stellte, seine Frage ignorierend, entrüstet fest: »Sie sind betrunken!«

»Nein. Dein Mann ist betrunken«, entgegnete Rafael kühl, und seine grauen Augen blitzten belustigt auf. »Ich habe vielleicht etwas mehr getrunken, als ich sollte, aber ich bin nicht betrunken.«

Rafael sagte die Wahrheit. Er würde nie eine solche Dummheit begehen und sich betrinken, wenn er in Indianergebiet unterwegs war. Es stimmte zwar, daß er mehr Whisky getrunken hatte, als es unter den gegenwärtigen Umständen klug war, doch er war auf jeden Fall mehr Herr seiner Sinne als Nathan, und in seiner augenblicklichen Verfassung war er eher noch verwegener als sonst, weniger vorsichtig zwar, aber unendlich viel gefährlicher ... Seine Wut war verflogen, an ihre Stelle war eine seltsame Verletzlichkeit getreten, und er streckte unbewußt die Hand aus und berührte leicht ihre Wange. »Du bist sehr schön, Engländerin, so schön, daß ich ...« Er hielt inne, sah sie eindringlich an, als suche er nach einer Antwort auf sein Dilemma in der Tiefe ihrer blauen Augen.

Die sanfte Berührung seiner Hand war ein süßer Schmerz, und ihr Körper erbebte unter der Gewalt der Empfindungen, die er erweckte. Elizabeth wußte, daß sie die wachsende Vertrautheit zwischen ihnen unterbrechen mußte, aber sie stand zu sehr im Bann seiner kraftvollen Männlichkeit.

Kläglich begann sie: »Rafael, bitte ...« Aber ihr Protest erstarb unter seinen Lippen.

Er hatte sie noch nie so wie jetzt geküßt, der Whisky schien alles Harte und Sarkastische in ihm vertrieben und den zärtlichen Liebhaber bloßgelegt zu haben, der tief in ihm verborgen war. Eine ungeheure Zärtlichkeit lag in seinem Kuß, als sein Mund sanft über ihre Lippen wanderte, und hilflos spürte Elizabeth, wie ihr Widerstand dahinschmolz. Sie drängte sich an ihn und umschlang voll Verlangen seinen Hals.

Sie hatten die Welt um sich herum vergessen, und Rafael genoß Elizabeths köstliche Hingabe. Elizabeth wiederum das erregende Gefühl, in seinen Armen zu liegen. Wie Feuer lag sein Mund auf ihren Lippen, während er sie enger und enger an sich zog, bis sie seine wachsende Erregung deutlich spüren konnte.

Ihr ganzer Körper erschauerte, als sie den süßen Schmerz der Erregung in sich aufsteigen fühlte. Als errate er ihre Gedanken, schob Rafael schnell ihr seidenes Gewand von ihrer Brust und liebkoste sie mit seinen Lippen. Elizabeth stöhnte leise auf vor Lust, ihr Kopf sank gegen den Felsen, während sich ihm ihr Körper voll Verlangen entgegenwölbte.

Das plötzliche Schnauben eines in der Nähe stehenden Pferdes riß Rafael abrupt in die Realität zurück. Schwer atmend hob er den Kopf und lauschte angespannt, wurde sich plötzlich der Gefährlichkeit ihres Handelns bewußt. Jetzt war nicht die Zeit und der Ort, um das mit ihr zu machen, wonach er sich sehnte, und er erkannte mit dumpfer Wut, daß die richtige Zeit und der richtige Ort für ihn und die Frau in seinen Armen womöglich nie kommen würde ... es sei denn, er sorgte dafür.

Als Rafael von ihr abließ, wurde Elizabeth von einer Woge der

Enttäuschung überflutet. Psychisch mochte sie zwar versuchen, ihm zu widerstehen, aber ihr Körper ließ sie im Stich.

Nach einem Augenblick angespannten Lauschens war Rafael sicher, daß das Schnauben des Pferdes keine ernste Ursache hatte. Mit einem bedauernden Lächeln sah er auf Elizabeth hinunter. »So sehr ich dich auch begehre, ich werde dafür nicht das Risiko eingehen, deinen schönen Skalp oder den eines anderen an der Lanze eines Komantschen baumeln zu sehen. Tut mir leid, Süße, ich glaube, du bist jetzt am besten in deinem Wagen augehoben. Allein.«

Elizabeth fühlte sich gedemütigt, durch ihre Reaktion auf ihn und dadurch, wie leicht er von ihr abließ, und sie versteifte sich in seinen Armen. Mühsam stieß sie hervor: »Würden Sie mich dann bitte gehen lassen?«

Rafael verfluchte sich selbst, als ihm klar wurde, wie plump seine Worte gewesen waren. Er umschloß ihre Schultern und brummte: »Ich habe es nicht so gemeint.« Und mit einem gequälten Lächeln fügte er hinzu: »Wenn ich bei dir bin, kann ich mich anscheinend nur auf dich konzentrieren ... und hier draußen kann das tödlich sein. Ich bin es nicht gewohnt, Erklärungen abzugeben, Engländerin, aber ich will das, was gerade geschehen ist, nicht herabwürdigen. Es ist sicherer für dich im Wagen, und anstatt dich zu küssen, hätte ich dir den Hintern versohlen sollen, weil du so leichtsinnig in der Dunkelheit herumspazierst.«

»Warum lassen Sie mich dann nicht gehen?« fragte Elizabeth herausfordernd.

Das fragte Rafael sich auch, doch er konnte sich einfach nicht von ihr trennen. Leise aufstöhnend zog er sie erneut an sich und küßte zärtlich ihren Mund. Elizabeth berauschte ihn wie ein edler Wein und brachte ihn dazu, Dinge zu sagen, die er sonst nie gesagt hätte.

Während seine Lippen ihr Ohrläppchen liebkosten, fragte er plötzlich mit belegter Stimme: »Wußtest du, daß ich nach Natchez gekommen bin, weil ich dich wiederfinden wollte?« Er verzog den Mund und fügte rauh hinzu: »Aber dort erfuhr ich, wie glücklich du verheiratet bist, und so ging ich wieder weg.«

Elizabeths Augen weiteten sich, sie stieß ihn von sich und rief: »Sie waren das?«

Er hob den Kopf und sah, offensichtlich verwirrt, auf sie hinunter. »Was meinst du damit?«

Ohne ihn anzusehen, gestand sie: »Etwa ein Jahr, nachdem ... nachdem wir uns trafen, sagte mir jemand, daß ein großer dunkelhaariger Fremder nach mir gefragt habe.«

Er hob eine Augenbraue und murmelte boshaft: »Und du hast angenommen, ich sei das gewesen? Es hätte ebensogut Lorenzo sein können.«

»Lorenzo ist nicht groß«, stieß sie hitzig hervor und biß sich dann erschrocken auf die Lippen, denn das hatte sie nicht sagen wollen. »Lorenzo hätte nie nach mir gesucht! Zwischen uns ist nichts, auch wenn Sie das nicht glauben wollen.«

Rafael zuckte gleichgültig die Schultern und erwiderte teilnahmslos: »Über Lorenzo diskutiere ich nicht.« Sein Blick wanderte über ihr vom Mond beleuchtetes Gesicht, und er fügte leise hinzu: »Ich rede viel lieber über uns.«

»Es gibt kein uns!« erwiderte Elizabeth störrisch und wußte selbst, daß das nicht der Wahrheit entsprach.

»Du lügst, meine Süße! Du magst ja mit dieser Andeutung von einem Mann verheiratet sein, aber du gehörst mir, ob du es nun zugeben willst oder nicht«, sagte er gedehnt, und der Blick seiner Augen war plötzlich hart und eindringlich.

Elizabeth befürchtete, daß er recht haben könnte, und entwand sich krampfhaft seinem Griff. »Ich gehöre niemandem!« fauchte sie ihn an. »Nicht Ihnen, nicht Nathan, niemandem!«

Rafael grinste sie nur provozierend an und murmelte: »Das wird sich zeigen, glaubst du nicht auch?«

Eine Erwiderung unterdrückend, warf Elizabeth ihm einen wütenden Blick zu, drehte sich auf dem Absatz um und stürmte auf ihren Wagen zu. Arrogantes Biest.

Das Haus in San Antonio, das Rafael von seinem Großvater mütterlicherseits geerbt hatte, lag am Stadtrand in der Nähe des seichten San Antonio Creek. Und obwohl Abe Hawkins, seit er erwachsen war, in Texas gelebt hatte, zeugte die Bauweise des Hauses deutlich von seiner virginischen Herkunft. Es besaß zwei Stockwerke, eine Seltenheit in einer aus einstöckigen Lehmhäusern bestehenden Stadt, an der Vorderseite erhoben sich hohe, anmutige Pfeiler, die an eine Plantage in dem kühleren grünen Land erinnerten, in dem Abe geboren war.

Das Haus war nicht sehr groß, aber äußerst gemütlich, die Räume groß und erstaunlich verschwenderisch eingerichtet. Eine geschäftige kleine Mexikanerin in weiter weißer Bluse und buntem weitem Rock führte Nathan und Elizabeth nach oben in ihre Zimmer.

Die Freude und Aufregung, die Rafaels Ankunft auslöste, ließen erkennen, daß er nicht oft in diesem Haus war. Die Diener begrüßten ihn mit überschwenglicher Herzlichkeit und überschlugen sich fast, seine Anweisungen auszuführen. Elizabeth hatte das bestimmte Gefühl, daß sie ihn sehr mochten.

Von Elizabeths Zimmer aus war der sich dahinschlängelnde blaue Fluß zu sehen. Das Zimmer war ebenso elegant eingerichtet wie das übrige Haus. Ein creme- und rosafarbener Teppich bedeckte den Boden, zarte grüne Vorhänge umrahmten die breiten Fenster, und ein schön gemustertes Sofa sowie zwei Queen-Anne-Stühle standen neben der auf den Balkon führenden Tür. An der gegenüberliegenden Seite des Raumes stand ein mit feinen Schnitzereien verziertes Bett aus Rosenholz, daneben ein kleiner Nachttisch. Vor einer Wand stand ein massiver Mahagoni-Kleiderschrank, ein Frisiertisch mit einem hohen, in Gold gerahmten Spiegel und ein mit einer Marmorplatte versehener Waschtisch. Wenn sie es nicht besser gewußt hätte, hätte Elizabeth glauben können, sie befände sich in einem der eleganten Häuser in Natchez.

Das Zimmer gefiel ihr, vielleicht weil es sie an Natchez erinnerte. Doch die Freude verschwand, als sie erkannte, daß Nathan und sie getrennte Zimmer hatten – es gab nicht einmal eine Verbindungstür. Nathan und sie hatten zwar seit Jahren kein gemeinsames Schlafzimmer mehr gehabt, aber das wußte Rafael nicht, und es war äußerst befremdend, wenn ein Gastgeber einem verheirateten Paar in seinem Haus getrennte Schlafzimmer zuwies.

Obwohl sie wenig später in schönster Eintracht mit Nathan die breite, geschwungene Treppe hinunterging, wollte die bohrende Sorge wegen der getrennten Zimmer nicht von Elizabeth weichen, und plötzlich kam ihr der schreckliche Gedanke, daß Rafael das ganz bewußt so arrangiert hatte, um die Situation auszunutzen.

Doch mit dieser Vermutung tat sie Rafael Unrecht. Er mochte zwar durchaus in der Lage sein, die Frau eines anderen Mannes zu verführen, aber niemals, wenn es sich bei dem Paar um seine eigenen Gäste handelte. Trotzdem war es kein Zufall, daß er Nathan in einen so weit von Elizabeths Zimmer entfernten Raum einquartiert hatte. Wenn er schon selbst Elizabeth nicht in den Armen halten konnte, so würde er wenigstens dafür sorgen, daß auch Nathan nicht in den Genuß ihres Bettes und ihrer Reize gelangte.

Das Dinner verlief ziemlich schweigsam. Elizabeth konzentrierte sich darauf, Rafaels dunkle, magische Gegenwart am Kopf des Tisches zu ignorieren, und Rafael war sich des süßen, bezaubernden Bildes, das Elizabeth in dem lavendelfarbenen Seidenkleid bot, zu sehr bewußt, um mehr als ein oberflächliches Geplauder mit Nathan zustande zu bringen. Nathan spürte die vor Spannung knisternde Atmosphäre zwischen den beiden nicht, er war voll und ganz damit beschäftigt, sich zu entspannen und die elegante Umgebung zu genießen.

Es war ihm nicht entgangen, daß Elizabeth ihrem Gastgeber gegenüber sehr höflich und reserviert war, und das bestätigte ihn nur in seiner Meinung und erregte nicht sein Mißtrauen – die wenigsten Frauen fühlten sich von Santanas einschüchternder Persönlichkeit und seinen harten Zügen angezogen, und seine Frau bewies nur ihren guten Geschmack, wenn ihr Gastgeber ihr nicht gefiel.

Doch Nathan hatte ein schlechtes Gewissen wegen dieser häßlichen Gedanken, und so war er so charmant wie nur möglich, und das Essen verlief ohne Zwischenfall. Als es jedoch beendet war, fühlte er sich schrecklich gelangweilt, dachte mit Grauen an den vor ihm liegenden Abend und suchte nach einer Möglichkeit, sich zu amüsieren.

Wenn er mit Elizabeth allein gewesen wäre, würde er ihr freundlich eine gute Nacht gewünscht haben und fortgegangen sein, um sich in den diversen Salons und Tavernen auf gewohnte Weise zu amüsieren. Doch auch wenn er Rafaels Anziehungskraft auf Elizabeth so gründlich unterschätzte, so mochte er Elizabeth doch nicht allein in seinem Haus lassen. Er fürchtete zwar nicht, daß Rafael sich Elizabeth gegenüber ungeziemend benehmen könnte, doch er hatte das seltsame Bedürfnis, an der Seite seiner Frau zu bleiben. Nachdem er sich also eine ganze Weile den Kopf darüber zerbrochen hatte, wie er den Abend so angenehm wie möglich verbringen könnte, kam ihm plötzlich die rettende Idee – sie konnten Kontakt zu Sam und Mary Malverick aufnehmen.

Sein Vorschlag wurde freudig angenommen, Rafael ging sogar so weit vorzuschlagen, die Malvericks sofort zum Kaffee einzuladen, den man in dem großen Innenhof an der Rückseite des Hauses einnehmen könnte. Elizabeth hätte ihren Mann vor Erleichterung küssen können – sie würde sich riesig freuen, die Malvericks wiederzusehen. Trotzdem konnte sie ihre Neugier nicht unterdrücken. »Sie kennen sie?« fragte sie Rafael.

Rafael verzog spöttisch die Lippen. »Ja, Sam und Mary gehören zu meinen wenigen Freunden in San Antonio. Für sie spielt es nie eine Rolle, daß mein Großvater sich mit einem Komantschenhalbblut liierte. Sie waren nett zu meinem Großvater, und sie waren auch nett zu mir.«

In dem Gefühl, einen groben Fauxpas begangen zu haben, wandte Elizabeth schnell den Kopf zur Seite und sagte leise: »Oh.«

Zum Glück traf Rafaels Diener die Malvericks zu Hause an, und sie nahmen seine spontane Einladung erfreut an. Eine Stunde später saßen sie im Innenhof und genossen die Nachtluft.

Die Unterhaltung verlief von Anfang an sehr gelöst und flüssig. Die Malvericks gaben ihrer Freude, die Ridgeways wiederzusehen, Ausdruck und auch ihrem Bedauern darüber, daß sie ihre Reise nach Santa Fé nicht fortgesetzt hatten.

»Stella wird sehr enttäuscht sein!« hatte Mary gerufen, als sie hörte, warum sie wieder in San Antonio waren, und Elizabeth kam sich wie die größte Närrin vor.

Rafael ließ Elizabeth eine Weile ihre lahmen Entschuldigungen vorbringen, wechselte dann jedoch, fast als täte sie ihm leid, das Thema. Er setzte sein Brandyglas ab und wandte sich an Sam Malverick: »Ist das Treffen mit den Pehnahterkuh-Häuptlingen immer noch für morgen angesetzt?«

Sam nickte schnell, sah Rafael forschend an und fragte: »Bist du deshalb hier? Um dem Treffen beizuwohnen?«

Rafael zündete sich eine dünne schwarze Cheroot an und sah Elizabeth kurz an, ehe er zugab: »Ja. Vor ein paar Tagen habe ich mich mit Houston getroffen, und er hielt es für eine gute Idee, wenn ich hier wäre. Er möchte, daß ich das Treffen ›beobachte‹.«

Elizabeth spürte, wie ihr heiß vor Verlegenheit wurde, und sie war plötzlich dankbar für die barmherzige Dunkelheit. Was für eine Närrin sie doch war zu denken, daß er ihretwegen nach San Antonio gekommen war! dachte sie und fühlte sich gedemütigt.

Und sie war hin- und hergerissen zwischen Trauer und Erleichterung, einerseits froh darüber, daß Rafaels Reise nichts mit ihr zu tun hatte, andererseits...

Eine Zeitlang unterhielten sich Rafael und Sam Malverick über die Komantschen, während die beiden Damen mit unverhohlenem Interesse zuhörten.

Als eine kurze Pause im Gespräch eintrat, fragte Nathan, der diese gefürchteten Burschen unbedingt einmal mit eigenen Augen sehen wollte, Rafael beiläufig: »Ist es wohl möglich, daß ich Sie morgen zu dem Treffen begleite? Ich würde zu gerne einen Komantschen sehen, ehe ich Texas wieder verlasse.«

Wie viele Weiße sprach Nathan von einem Komantschen wie von einem Wesen von einem anderen Stern, und eine Woge der Wut stieg in Rafael hoch. Doch ehe er etwas erwidern konnte, was ihm vielleicht leid getan hätte, mischte sich Sam Malverick lachend ein. »Wenn irgend jemand Sie morgen in das Rathaus bringen kann, dann Rafael Santana – er kommt auf ausdrücklichen Wunsch von Sam Houston!«

An Rafael gewandt, fragte er neckend: »Warum nimmst du ihn nicht mit? Man bekommt nicht alle Tage risikolos einen Komantschen zu sehen. Nimm ihn mit.«

Widerwillig stimmte Rafael zu. Nathan war der letzte, den er morgen hätte mitnehmen wollen, aber er sah keine Möglichkeit, es ihm abzuschlagen.

Mary wandte sich ruhig an Elizabeth: »Ich gehöre zu den Frauen, die sich morgen um die freigelassenen Gefangenen kümmern werden. Wir wissen nicht, wie viele es sein werden und in welcher Verfassung sie sind, aber wir könnten sicher noch ein paar hilfreiche Hände gebrauchen, wenn Sie bereit dazu wären.«

»Aber natürlich«, antwortete Elizabeth herzlich, erfreut darüber, daß Mary glaubte, sie könne von Nutzen sein.

Man redete noch eine Weile darüber, wann und wo sie sich treffen würden. Schließlich wandte sich Malverick nach einem weiteren Schluck Brandy an Rafael: »Glaubst du, daß es Ärger geben wird? Ich weiß, daß Colonel Fisher mit drei Kompanien hier ist.«

Rafael zuckte die Achseln. »Das hängt von unseren Angeboten ab und wie sie präsentiert werden. Man darf nicht vergessen, daß die Komantschen ein stolzes Volk sind – sie hielten dieses Land zuerst gegen die Spanier und dann gegen die Mexikaner, und sie sind es gewohnt, wenn nicht mit Ehrfurcht, so doch zumindest mit sehr viel Achtung behandelt zu werden.«

Sams Gesicht verfinsterte sich. »Wenn du glaubst, daß wir uns einer Horde dreckiger, raubender –« Er brach unvermittelt ab, als er sich daran erinnerte, daß etwas von diesem »dreckigen, raubenden« Blut auch in Rafaels Adern floß. Doch als Rafael stumm blieb und nur auf die Spitze seiner Cheroot hinunterstarrte, fuhr er in ruhigerem Ton fort: »Colonel Fisher hat Colonel Karnes' Forderungen mit Nachdruck wiederholt – es wird keinen Vertrag geben, wenn morgen nicht alle texanischen Gefangenen freigelassen werden.«

Rafael holte tief Luft, und sein vom schwachen Licht der Laterne beleuchtetes Gesicht zeigt keine Regung, als er langsam sagte: »Wenn das so ist, kann es allerdings Ärger geben, denn ich glaube nicht, daß sie alle Gefangenen mitbringen werden. Mehr als einen oder zwei auf einmal dürftest du nicht zu sehen bekommen. Sie werden sie freilassen, aber nicht sofort. Ich kenne die Komantschen, und ich kann dir sagen, daß sie um jede einzelne Frau und jedes Kind feilschen wollen, und sie werden erwarten, daß sie gut dafür bezahlt werden.«

In drohendem Ton erwiderte Malverick hitzig: »Und wir Texaner haben nicht vor, einen Penny Tribut zu zahlen! Wir werden niemanden freikaufen, der widerrechtlich gefangengenommen worden ist.«

Lange Zeit rauchte Rafael schweigend seine Cheroot, schließlich sagte er: »Dann, Amigo, kann es sehr wohl Ärger geben!«

DRITTER TEIL

Die verhängnisvolle Jahreszeit

FRÜHJAHR 1840

17

Der 19. März 1840, ein Donnerstag, begann freundlich und klar, der Himmel war ein blauer See, die Sonne ein goldener Feuerball. Elizabeth wachte früh auf; sie war dankbar, daß sie den gestrigen Tag hinter sich gebracht hatte, ohne etwas falsch gemacht zu haben. Das Eintreffen von Sam und Mary Malverick war ungeheuer hilfreich gewesen, und als sie sich schließlich wieder auf den Heimweg machten, war es schon sehr spät, und sie konnte Nathan unbesorgt gute Nacht sagen und dabei sicher sein, daß er sofort schlafen gehen und es zu keiner privaten Unterhaltung zwischen ihm und seinem Gastgeber mehr kommen würde. Über das, was Rafael tun könnte, mochte sie nicht lange nachdenken. Wichtig war nur, daß er sie nicht in ihrem Schlafzimmer aufgesucht hatte.

In diesem Augenblick betrat Charity mit einem großen, mit einer Kaffeekanne, einer schönen Porzellantasse, einem Krug Sahne und einem Teller pan dulce beladenen Silbertablett das Schlafzimmer. Elizabeth lehnte sich bequem in die mit Spitzen besetzten Kissen zurück, genoß den starken dunklen Kaffee und knabberte gedankenverloren an dem pan dulce.

Nathans Vorhaben, Rafael zu dem Treffen mit den Komantschen zu begleiten, gefiel ihr nicht, und wenn sie daran dachte, war ihr entschieden unbehaglich zumute. Aber schließlich ging es ihr immer so, wenn Nathan allein mit Rafael war!

Zum Glück würde sie vollauf damit beschäftigt sein, Mary und den anderen Frauen zu helfen. Das sollte sie eigentlich vor unliebsamen Gedanken an Nathan und Rafael bewahren! Sie würden den Tag schon hinter sich bringen, ohne in irgendwelche sich plötzlich auftuende Fallen zu stolpern. Zumindest betete sie inständig darum, und ihr Gesicht hellte sich ein wenig auf, als sie daran dachte, daß es, wenn das Treffen mit den Komantschen den ganzen Tag dauern sollte, nur noch einen gefährlichen Tag geben würde, bevor sie ihrem Gastgeber »Vaya con Dios« sagen und die Heimreise antreten konnte. Nur noch achtundvierzig Stunden, dachte sie freudig und verdrängte bewußt die Angst vor dem Augenblick, wo sie Rafael zum letzten Mal sehen würde.

Da sie nicht genau wußte, was für Aufgaben sie erwarteten, wählte sie ein praktisches Kleid aus pinkfarbenem Gingham und ließ sich das Haar von Charity zu Zöpfen flechten, die zu einem hübschen Knoten hoch oben auf ihrem Kopf festgesteckt wurden. Sie kam sich in dieser Aufmachung ziemlich matronenhaft vor und war sich gar nicht bewußt, daß ihr die silberblonde Haarkrone ein fast königliches Aussehen verlieh.

Als Rafael sie die Treppe herunterkommen sah, glaubte er sie noch nie schöner gesehen zu haben, und traurig spürte er, wie sich sein Herz bei ihrem Anblick schmerzhaft zusammenzog. Das wiederum machte ihn wütend, wie jedes Gefühl, das er nicht kontrollieren konnte; seine Vernarrtheit in Elizabeth Ridgeway paßte ihm ganz und gar nicht.

Rafael hatte nicht gut geschlafen, hatte sich die ganze Nacht ruhelos im Bett hin- und hergewälzt, und seine Gedanken waren immer wieder zu Elizabeth hinübergewandert. Er konnte sie sich nur zu gut vorstellen, wie sie, das herrliche Haar auf den Kissen ausgebreitet, in dem Bett aus Rosenholz lag. Elizabeth und sich selbst verfluchend, hatte er schließlich jeden Gedanken an Schlaf aufgegeben und den Rest der Nacht wie ein eingesperrter Panther im Zimmer auf und ab gehend verbracht.

Nie zuvor hatte eine Frau eine derartige Macht über ihn besessen. Jetzt jedoch schienen Elizabeths veilchenblaue Augen und ihr verlockender Mund ihn zu verfolgen und halb zum Wahnsinn zu treiben, egal, wie sehr er sich auch auf das Treffen mit den Komantschen zu konzentrieren versuchte oder wie erbittert er an die Konsequenzen eines möglichen offensiven Aktes der Texaner gegen die Komantschen dachte. Als die Sonne aufging, war er von eiskalter Wut erfüllt, daß eine Frau es auf so heimtückische Weise geschafft hatte, ihn nahezu um den Verstand zu bringen.

Elizabeth bemerkte ihn erst, als sie die Treppe schon halb heruntergestiegen war. Als sie seine hochgewachsene dunkle Gestalt plötzlich in der Mitte der weitläufigen Halle erblickte, blieb sie stehen und verfluchte sich selbst, weil ihr Mut sofort sank, als ihre Blicke sich trafen. Einen Augenblick zögerte sie, um ihre Fassung ringend, zwang sich dann zu einem Lächeln und sagte höflich: »Guten Morgen, Señor Santana.«

Rafael sah sie schweigend an. Ein verzerrtes Lächeln kräuselte seine Lippen, als er trocken entgegnete: »Ich glaube nicht, daß soviel Förmlichkeit angebracht ist, Engländerin – du kennst meinen Vornamen, und ich würde vorschlagen, du benutzt ihn auch!«

Elizabeth versteifte sich, als helle Wut sie überkam, und sie stürmte die restlichen Stufen hinunter. Mit angriffslustig funkelnden Augen fauchte sie ihn an: »Ich wünschte bei Gott, Ihr Name wäre das einzige, was ich von Ihnen kenne.«

Das schiefe Lächeln verschwand sofort, er starrte in ihr schönes, gerötetes Gesicht und sehnte sich beinahe schmerzhaft danach, sie in seine Arme zu ziehen und zu küssen. Trotzdem erwiderte er in verletzendem Ton: »Ich nicht minder, meine liebe Dame.«

Ihre Wut ließ sie unvorsichtig werden, und sie entgegnete hitzig: »Fein! Ich glaube, wir verstehen uns ... und ich sehe keinen Grund, diese häßliche Unterhaltung fortzusetzen. Alles, was ich Ihnen zu sagen habe, kann in Gegenwart der anderen gesagt werden.«

Mit einem boshaften Lächeln auf den Lippen höhnte Rafael: »Auch deines Mannes?«

Außer sich vor Wut, weil er zu so gemeinen Mitteln griff, und ihre Umgebung vollkommen vergessend, rief sie: »Das brächten Sie fertig? Einem Mann bewußt wehtun, nur um Ihrer billigen Rache willen?« Verächtlich fügte sie hinzu: »Aber was sonst kann man von einem Mann Ihres Charakters erwarten?«

Seltsamerweise brachten ihre Worte ihn nicht in Wut, sondern er erwiderte nur ruhig: »Ich bin keine Klatschtante!« Er ließ seinen Blick verächtlich über ihren schlanken Körper gleiten, als er hinzufügte: »Dein Mann hat eine hohe Meinung von dir, er hält dich offensichtlich für rein und makellos. Und falls all das, was er mir an jenem Abend erzählte, wahr ist, scheint er allen Grund zu haben, stolz auf dich zu sein – auf eine Frau mit allen Tugenden, die ein Mann sich nur wünschen kann.« Seine Stimme war wie ein Peitschenhieb, als er ihr entgegenschleuderte: »Mit allen Tugenden bis auf eine – nämlich Treue!«

Ehe sie über die Folgen ihres Tuns nachdenken konnte, schlug Elizabeth ihm mit der flachen Hand ins Gesicht. Der Schlag schien in der Halle widerzuhallen, und entsetzt über ihre Handlung, starrte Elizabeth auf den Abdruck ihrer kleinen Hand in seinem dunklen Gesicht. Ihre Wut versickerte, und sie trat instinktiv einen Schritt zurück.

Sein Mund war ein dünner, wütender weißer Strich, als Rafael kalt, zu kalt, sagte: »Du tust gut daran zurückzuweichen, Engländerin, denn im Augenblick wäre ich in der Lage, dir den Hals umzudrehen.«

Aber Elizabeth wollte nicht klein beigeben. Er hatte sie schwer beleidigt und verdiente, was sie ihm gegeben hatte. In drohender Haltung starrte sie finster zu ihm empor, als wolle sie ihn dazu herausfordern, seine Drohung wahrzumachen.

Doch zu seinem eigenen Erstaunen dachte Rafael darüber nach, ob sie nicht vielleicht Grund gehabt hätte, ihn zu schlagen. Und außerdem hätte er ihr nie weh tun können, er sehnte sich viel zu verzweifelt danach, sie wieder warm und anschmiegsam in seinen Armen zu spüren. Mit einer verletzlichen Geste rieb er sich mit einer Hand den Nacken und überraschte sie dann mit den Worten: »Ich werde mich nicht entschuldigen, aber ich gebe zu, daß ich das vielleicht nicht hätte sagen sollen. Wollen wir es vergessen und neu anfangen?«

Elizabeth spürte, wie ihr die Tränen in die Augen stiegen. Sie nickte und wußte, daß sie diesen Augenblick nie vergessen würde. Mit kleiner Stimme sagte sie: »Da ist nichts neu anzufangen. Nathan und ich werden so schnell wie möglich abreisen, vielleicht schon morgen.«

Ein Anflug von Schmerz huschte über sein Gesicht, doch er war so schnell verflogen, daß Elizabeth ihn nicht genau deuten konnte. Und seine Stimme verriet nichts, als er leise sagte: »Nun, dann werden wir wenigstens nicht im Bösen auseinandergehen.«

Sie sah ihn mit einem schwachen Lächeln an und wünschte sich traurig, daß es wirklich so einfach wäre, wie er sagte. Ihre Stimme schwankte, als sie sagte: »Ich glaube, wir haben alles gesagt, was zu sagen ist.« Die ihr in die Augen schießenden Tränen zurückhaltend, fügte sie stammelnd hinzu: »S . . . Sie . . müssen mich entschuldigen. Ich muß zu Mary und den anderen.«

Mit tränenblinden Augen wandte sie sich ab, aber Rafael hielt sie am Arm fest. »Es ist nicht nötig, daß du hilfst«, sagte er langsam mit gerunzelter Stirn. »Tatsächlich –« Er brach ab, als einer der Dienstboten die Halle betrat, und als würde er sich plötzlich bewußt, wo sie waren, stieß er einen unterdrückten Fluch aus, zerrte Elizabeth in ein angrenzendes Zimmer und schloß die Tür hinter sich.

Rafael hatte sie nicht in die kleine Bibliothek gedrängt, weil er ein Tête-à-tête mit ihr suchte, er wollte nur sicher vor weiteren Störungen sein. Trotzdem spürten beide in dem Augenblick, als er die Tür schloß, eine neue, beunruhigende Spannung.

Als sie stumm in sein ausdrucksvolles, bronzefarbenes Gesicht mit den hohen Wangenknochen und den rauchig-grauen Augen sah, fühlte Elizabeth, wie ihr Herz sich schmerzhaft zusammenzog, als ihr bewußt wurde, wie unglaublich lieb ihr diese Züge geworden waren – und daß sie sie für den Rest ihres Lebens verfolgen würden! So werde ich ihn immer in Erinnerung behalten, dachte sie schmerzerfüllt, während sie das sich an seinen Schläfen lockende blauschwarze Haar betrachtete, die langen, seinen Augenausdruck verbergenden Wimpern, seine Art zu lächeln, wenn er so wie jetzt lächelte.

Entsetzt über ihre wilde Reaktion auf seine Nähe, drehte sie ihm den Rücken zu und fragte leise: »W-was sagen Sie da?«

Auch Rafael war nicht gefühllos gegen Elizabeths Gegenwart, und es bedurfte seiner ganzen Willenskraft, sie nicht in seine Arme zu reißen und bis zur Bewußtlosigkeit zu küssen; er war beinahe dankbar, daß sie sich von ihm abgewandt hatte. Wenn er noch länger in ihr schönes, bezauberndes Gesicht gesehen hätte, hätte er sich nicht mehr unter Kontrolle halten können. Als er sich etwas gefangen hatte, sagte er leichthin: »Es war nichts Wichtiges, nur daß es mir lieber wäre, wenn du Mary nicht hilfst.«

Elizabeth starrte ihn verblüfft an. »Warum?« fragte sie dann.

»Weil ich glaube, daß du nicht stark genug dafür bist«, antwortete er zögernd und ließ seinen Blick über ihre zierliche Figur gleiten. »Mary wird alle Hände voll zu tun haben, auch ohne daß du ohnmächtig vor ihr zusammenbrichst.«

Gekränkt, daß er sie für so schwach und hilflos hielt, schnappte Elizabeth wütend: »Vielen Dank, Señor Santana! Aber seien Sie versichert, daß ich viel stärker bin, als ich aussehe, und daß ich nicht so dumm wäre, im kritischen Augenblick ohnmächtig zu werden!«

Mit schnellen, ungeduldigen Schritten kam er auf sie zu, packte mit beiden Händen ihre Schultern, schüttelte sie sanft und sagte müde: »Beruhige dich, du kleiner Hitzkopf! Ich wollte damit nicht sagen, daß du dich unter dir vertrauten Umständen nicht behaupten kannst. Aber es ist kein schöner Anblick, jemanden zu sehen, der von den Komantschen gequält und gefoltert wurde.«

Wenn Rafael nicht eine schlaflose Nacht hinter sich gehabt hätte und sich ihres den seinen fast berührenden schlanken Körpers nicht so bewußt gewesen wäre, würde er seine Worte vielleicht sorgfältiger gewählt haben, und Elizabeth hätte seinen Rat vielleicht befolgt. Seine herablassende Anordnung konnte sie jedoch nicht so einfach hinnehmen, und im Gefühl, sich und ihm etwas beweisen zu müssen, sagte sie eigensinnig: »Ich habe Mary gesagt, daß ich ihr helfen werde, und ich habe vor, es auch zu tun.«

»Du eigensinnige kleine Närrin!« stieß er wütend hervor. »Ich will dich da nicht haben, verdammt noch mal! Es könnte Ärger geben, und ich möchte dich in Sicherheit wissen.«

Plötzlich trat ein ängstlicher Ausdruck in ihre Augen, und sie flüsterte: »Nathan? Es wird doch nicht gefährlich für ihn werden?«

Das war der Funke, der all seine mühsam unterdrückte Enttäuschung entfachte, und er schimpfte, ohne nachzudenken: »Zum Teufel mit Nathan! Meinetwegen können die Komantschen ihn skalpieren!«

»Wie können Sie so etwas sagen?« rief Elizabeth entrüstet und versuchte, sich seinem Griff zu entwinden. »Er ist lieb und gut und —« Doch die hitzigen Worte blieben ihr in der Kehle stecken, als sie den gequälten Ausdruck seines Gesichts sah.

Plötzliches Schweigen senkte sich über den Raum, während sie einander anstarrten. Wie hypnotisiert sah sie in seine grauen Augen, in denen für einen kurzen Augenblick seine innersten Gefühle unverhohlen aufflackerten. Es war eine Stille des Abwartens, und sie dauerte eine ganze Weile, bis Rafael schließlich hervorstieß: »Por Dios! Warum mußt du immer gegen mich sein!« Dann konnte er sich nicht mehr länger beherrschen, er zog sie leidenschaftlich in seine Arme und küßte sie.

Es war ein bitter-süßer Kuß voll zärtlicher Eindringlichkeit. Wäre sein Kuß brutal gewesen, hätte sie ihm vielleicht widerstehen können, aber er war warm und berauschend, und anstatt sich zu wehren, schlang sie ihre Arme um seinen Hals und erwiderte seinen sich vertiefenden Kuß. Fast schwindelig vor Verlangen hätte sie ihm alles gewährt, hätte sie nicht plötzlich an Nathan und ihre Ehe gedacht. Mit einem beschämten Aufschluchzen riß sie sich von ihm los und wich, einen Arm von sich streckend, als wolle sie ihn zurückhalten, einen Schritt zurück.

Beide atmeten schwer, und Rafael stieß heiser hervor: »Würdest du mir sagen, was um alles auf der Welt passiert ist?«

Trotz ihres inneren Aufruhrs hielt sie seinem Blick stand und erwiderte dumpf: »Ich glaube, Sie wissen sehr gut, was passiert ist. Falls Sie es vergessen haben sollten – ich habe mich daran erinnert, daß ich einen Mann habe. Einen Mann, der mich sehr liebt.«

»Ah, ich verstehe«, sagte er höhnisch. »Dein Erinnerungsvermögen scheint sehr anpassungsfähig zu sein! Eben noch liegst du in meinen Armen, dann fällt dir dein Mann ein!« Beinahe vorwurfsvoll schleuderte er ihr entgegen: »Als du mit Lorenzo zusammen warst, konntest du ihn ohne Mühe vergessen.«

»Das ist nicht wahr! Wenn Sie mir nur endlich einmal zuhören würden, könnte ich Ihnen alles erklären, und Sie würden erkennen, daß Sie von Anfang an eine falsche Meinung von mir hatten«, erwiderte Elizabeth hitzig und wünschte ... O Gott, sie wußte nicht, was sie wollte!

Rafael starrte sie benommen an, begehrte sie mit einem fast an Wahnsinn grenzenden, unerträglichen Schmerz und fragte sich dabei gleichzeitig, wie er so ein Narr sein konnte. Wütend über seine widerstreitenden Gefühle, fragte er böse: »Was könntest du mir schon sagen, was ich nicht bereits weiß? Daß Lorenzo dich verführt hat? Möglich. Doch zuvor mußt du ihn verdammt deutlich dazu ermuntert haben! Und du hattest ja nicht einmal genug mit ihm – danach gabst du dich auch noch mir hin!« Plötzlich war seine Stimme heiser vor Schmerz und Wut, und er schrie sie an: »Glaubst du, ich habe das vergessen?«

Elizabeth erbleichte, als sie die nackte Verachtung in seiner Stimme erkannte. Sie hatte das Gefühl, innerlich zusammenzuschrumpfen, und zwang sich, ihn anzusehen und kühl zu sagen: »Ich verstehe nicht, warum Sie mich verurteilen – Sie haben nicht viel Zeit verschwendet, um Lorenzos Platz einzunehmen.«

Einen schrecklichen Augenblick glaubte Elizabeth, daß er sie schlagen werde; er ballte die Fäuste so fest, daß die Knöchel weiß hervortraten, aber er rührte sie nicht an. Niedergeschlagen wegen der häßlichen Dinge, die sie sich ins Gesicht geschleudert hatten, sagte sie sanft: »Nathan und ich müssen morgen abreisen. Ich glaube, es ist das beste, wenn wir es bis dahin vermeiden, allein miteinander zu sein.«

Rafael sagte nichts, sah sie nur unentwegt an. Dann verbeugte er sich mit eiskalter Höflichkeit und erwiderte mit ausdrucksloser Stimme: »Sehr klug. Ich entschuldige mich nicht, denn mir tut nichts von dem leid, was zwischen uns passiert ist. Das einzige, was ich bedaure, ist, daß ich töricht genug war, mich von der Schwäche eines Augenblicks leiten zu lassen – etwas, was ein Mann nie tun sollte.« Sie dachte, daß er nun gehen werde, doch er überraschte sie, indem er die Hand ausstreckte und leise ihre Wange streichelte. Ein Hauch von Traurigkeit lag in seiner tiefen Stimme, als er murmelte: »Es ist ein Jammer, kleiner Engel, daß wir uns nicht schon vor langer Zeit begegnet sind, zu einer anderen Zeit und an einem anderen Ort. Vielleicht wäre unser beider Leben dann anders verlaufen.«

Tief bewegt und den Tränen nahe, nickte Elizabeth. Der Kloß, der in ihrem Hals saß, verhinderte eine Entgegnung. Einen Augenblick noch sah Rafael sie eindringlich an, dann drehte er sich auf dem Absatz herum und ging mit steifen Schritten aus dem Raum. Mit tränenblinden Augen starrte Elizabeth auf die Tür und fragte sich, ob man wirklich an gebrochenem Herzen sterben konnte, denn das ihre war soeben mit Sicherheit in tausend Stücke zersprungen.

Sie sank auf einen neben ihr stehenden Stuhl und starrte dumpf um sich. Was hatte er nur an sich, daß er diese Macht besaß, ihr gleichzeitig weh zu tun und ihr solche Freude zu bereiten? Schon sein bloßer Anblick brachte ihr Herz dazu, unvernünftig zu schlagen, und trotzdem sagten sie so dumme Sachen zueinander – er dachte so schlecht von ihr.

Trotz ihrer jämmerlichen Verfassung gelang es Elizabeth, sich normal zu benehmen, als sie Nathan wenig später im Speisezimmer zum Frühstück traf. Sie stocherte nur in ihrem Essen herum, das pan dulce und der Kaffee, die sie bereits zu sich genommen hatte, genügten ihr vollkommen, und die Szene mit Rafael hatte ihr ohnehin den Appetit verdorben.

Als sie schon fast mit dem Frühstück fertig waren, gesellte sich Rafael zu ihnen und entschuldigte sich kühl für die Verspätung, gab jedoch keine Erklärung dafür ab. Ohne ein einziges Mal zu Elizabeth hinüberzusehen, trank er zwei Tassen Kaffee, während er sich höflich mit Nathan unterhielt. Aber Elizabeth fühlte, wie sehr er sich ihrer Gegenwart bewußt war, sie spürte es an seinem krampfhaften Bemühen, sie nicht anzusehen oder mit ihr zu reden.

Nathan schien nichts aufzufallen, und Elizabeth war dankbar dafür. Als sie mit dem Frühstück fertig waren, fragte Rafael sich böse, wie er es nur fertigbringen sollte, Nathans Gesellschaft mehrere Stunden lang zu ertragen. Elizabeth hatte er konsequent aus seinem Kopf gestrichen und verschloß jegliche Gefühle, die sie erweckt haben mochte, tief in seinem Inneren, bis er selbst nicht mehr sicher war, daß es sie überhaupt gab.

Sich von seinem Stuhl erhebend und die Serviette auf den Tisch werfend, sah er Elizabeth an und sagte mit aalglatter Höflichkeit: »Nathan und ich werden Sie zu den Malvericks bringen, sobald Sie aufbruchbereit sind. Ich würde Ihnen jedoch raten, sich zu beeilen – die Komantschen sind schon gesichtet worden, und Sie möchten sie vielleicht ankommen sehen.«

Elizabeth riskierte einen Blick in sein Gesicht und wünschte dann sofort, es nicht getan zu haben. Seine Augen waren so eiskalt, so leer und fern, daß sie trotz der Wärme des Tages erschauerte. Mit gleichgültiger Stimme erwiderte sie: »Ich hole nur meinen Schal und bin sofort fertig.«

Kurz darauf machten sich die drei auf den Weg zu den Malvericks. Sie waren nicht die einzigen, die unterwegs waren, denn die Nachricht von dem Treffen der Komantschen hatte die Runde gemacht, und nicht wenige Siedler aus der Umgebung waren nach San Antonio geritten, um diesem, wie sie glaubten, historischen Treffen beizuwohnen. Jeder, so schien es, wollte die gefürchteten Komantschen sehen.

Rafael und die Ridgeways waren gerade beim Haus der Malvericks angekommen und tauschten Begrüßungsfloskeln aus, als Mary, die auf die weite Ebene um San Antonio hinaussah, aufgeregt rief: »Seht! Die Komantschen kommen!«

Wie alle anderen drehte auch Elizabeth sich um. Doch was sie sah, war nicht besonders aufregend, denn die Komantschen waren noch ein ganzes Stück von der Stadt entfernt, und anfangs konnte sie nur eine Staubwolke erkennen.

»Warum sind es so viele?« fragte Nathan mit leichtem Unbehagen. »Ich dachte, es wären nur etwa ein halbes Dutzend – nicht ein ganzer Stamm! Schließlich, wie viele braucht man, um einen Vertrag zu schließen?«

Rafael bedachte ihn mit einem verächtlichen Blick. »Jeder einzelne Krieger des Stammes muß ihm zustimmen. Diejenigen, die es nicht tun, sind nicht daran gebunden – sie können weiterhin überfallen und plündern. Was ihre große Zahl angeht – die Häuptlinge und Krieger, die an dieser Versammlung teilnehmen, haben ihre Frauen und Familien mitgebracht. Sie werden ihre Hütten errichten und eine Zeitlang bleiben.« Sein Blick wurde hart, als er zu den Truppen hinübersah, die um den Hauptplatz der Stadt herum Aufstellung genommen hatten, und er fügte hinzu: »Sie erwarten auch keinen Wortbruch. Sie wollen handeln, und wenn es zu keiner Einigung kommt, erwarten sie, in Frieden abziehen zu können.«

Sam Malverick bewegte sich unruhig hin und her, sein Blick war besorgt. »Aber ich glaube nicht, daß die Kommissare sie ziehen lassen werden, wenn sie nicht alle Gefangenen mitbringen.«

Mit grimmiger Miene blinzelte Rafael in die Sonne, ohne jedoch die Indianer aus den Augen zu verlieren. »Darüber bin ich mir klar. Ich werde Colonel Fisher vor dem Treffen noch einmal sprechen. Wenn ich ihn davon überzeugen kann, daß er das Leben aller Gefangenen gefährdet, wenn er in irgendeiner Weise Gewalt gegen die Komantschen anwendet, die zu dem Treffen gekommen sind, kann eine Katastrophe vielleicht vermieden werden.«

Inzwischen waren die Komantschen nahe genug herangekommen, daß man sie deutlich erkennen konnte, und Nathans erstauntes »Mein Gott!« drückte die Meinung der meisten Beobachter aus.

Die Komantschen boten einen großartigen Anblick. Die Krieger mit den Büffelhörnern am Kopf und den bemalten Gesichtern saßen groß und selbstbewußt auf ihren Pferden, die sie mühelos unter Kontrolle hielten. Die Männer trugen nur Lendenschurze und Mokassins, die Fußbedeckung und hohe Gamaschen zugleich waren. In einigen Fällen war diese praktische Kleidung blau angemalt und mit bunten und silbernen Perlen verziert. Alle Krieger trugen ihr Haar in dicken Zöpfen, die oft bis zur Taille herunterreichten und mit Federn und anderem Putz geschmückt waren – silbernem Schmuck, bunten Bändern und Perlen. Die Pferde waren nicht weniger prächtig anzusehen; Hals und Beine waren scharlachrot angemalt, und Adlerfedern waren in Mähne und Schwanz geflochten.

Die Komantschen boten ein Bild des Stolzes, saßen hochaufgerichtet und mit hochmütigen Gesichtern im Sattel, während sie über die Menge blickten. Als Elizabeth sie sah, wußte sie, warum man sie die Herren der Ebenen nannte – sie sahen wirklich königlich aus.

Die Frauen wirkten kaum anders, und obwohl sie vollständig mit ausgefransten und mit Perlen besetzten Fellen und langen, weiten Röcken bekleidet waren, wirkten sie ebenso hochmütig und saßen ebenso anmutig und leicht im Sattel wie die Männer.

Elizabeth sah zu Rafael hinüber und erkannte, daß er wahrscheinlich einen Teil seiner Arroganz von seinen Komantschen-Vorfahren geerbt hatte. Als sie sein bis zum Kragen herunterreichendes, dichtes schwarzes Haar betrachtete, fragte sie sich beiläufig, ob er es wohl auch einmal zu dicken Zöpfen geflochten und mit Federn geschmückt getragen hatte.

Er spürte ihren Blick und sah sie fragend an. Als sie errötend den Blick senkte, grinste er und sagte: »Ja.« Dann wandte er sich an Sam Malverick und murmelte: »Ich glaube, es ist Zeit für mein Treffen mit Colonel Fisher. Wenn ihr mich also entschuldigen wollt.« Er tat ein paar Schritte, blieb dann noch einmal stehen, als wäre ihm etwas eingefallen, und wandte sich an Nathan. »Ich komme rechtzeitig zurück, um Sie ins Verwaltungsgebäude zu bringen«, sagte er. »Bis dahin warten Sie am besten hier.«

Es war ein strahlender Tag, ein schöner Frühlingstag ohne irgendein Vorzeichen für die grausamen Ereignisse, die in den nächsten Stunden eintreten sollten. Wenn die Sonne an diesem Tag untergehen würde, würde es nie wieder einen wirklichen Frieden zwischen den Weißen und dem Volk der Ebenen geben!

18

Das Treffen mit Colonel Fisher und den beiden anderen Kommissaren, Colonel Cooke, dem Stellvertretenden Heeresminister, und Colonel MacLeod, dem texanischen Generaladjutanten, verlief nicht sehr freundlich und war, was Rafael betraf, auch nicht besonders erfolgreich. Die drei Männer waren alle Militärs und auf den Rat des Heeresministers von Texas, Johnston, von Präsident Lamas ernannt worden. Alle drei spiegelten die Haltung von Lamas und Johnston den Indianern gegenüber wider: Alle Indianer sind wilde Bestien und sollten ausgerottet werden.

Rafael kannte Colonel Fisher flüchtig – er war im Jahre 1838, während der Amtszeit von Präsident Houston, Heeresminister gewesen –, und Rafael wandte sich meist an ihn. Wie sehr Fisher Sam Houston jedoch auch bewunderte, er war vollkommen einer Meinung mit Lamas und Johnston, was deren Plan für die Erledigung des Indianerproblems betraf: Zeige den Indianern Macht und Stärke und mach ihnen unmißverständlich klar, daß die Texaner sich ihnen nicht unterwerfen, wie die Spanier und die Mexikaner es getan hatten.

Rafaels Treffen mit den drei Kommissaren fand im Verwaltungsgebäude statt, wo auch die Ratsversammlung mit den Komantschen abgehalten werden sollte. Während Rafael vor den drei Männern stand, die hinter einem Eichenschreibtisch saßen, kam er sich vor, als stünde er vor Gericht. Alle drei waren zähe, verbissene Militärs, und während er in ihre unversöhnlichen Gesichter sah, die ihn mit kaum verhohlener Feindseligkeit anstarrten, wuchs seine Angst vor dem Ausgang des Treffens mit den Komantschen. Wenn sie diese Haltung den Häuptlingen gegenüber einnahmen ... Daß er nicht die Beherrschung verlor, überraschte ihn selbst, denn es war schwer, gelassen zu bleiben, wenn sie ihre Entscheidung offensichtlich bereits getroffen hatten. Aber ich habe es wenigstens versucht, sagte er sich hoffnungslos.

Eindringlich trug er seine Bitte vor, sie sollten den Waffenstillstand einhalten und versuchen, die Komantschen zu verstehen; es dürfe auf neutralem Boden nicht zu einer Demonstration von Gewalt kommen. Doch an ihren ausdruckslosen Mienen erkannte er, daß er auf taube Ohren stieß. Erregt rief er schließlich: »Ich kann Sie nur eindringlich davor warnen, die Komantschen draußen nicht mit derselben Höflichkeit und Achtung zu behandeln, die Sie der Abordnung eines fremden Landes erweisen würden. Sie repräsentieren eine ausländische Nation und sind mit dem guten Willen, Frieden zu schließen, gekommen.«

Colonel MacLeod, ein dickköpfiger Mann mittlerer Größe, schimpfte ungläubig: »Ausländische Nation! Sie sind nichts als eine Horde Wilder – Unbefugte auf unserem souveränen Territorium. Sie sind genausowenig eine Nation, wie es eine Büffelherde ist.«

Rafaels Augen wurden schmal, und er konnte nicht mehr an sich halten. »Und Sie, Sir, werden diese Worte hoffentlich nie zu bereuen haben!« rief er. Dann jedoch hatte er sich wieder in der Gewalt und wandte sich, MacLeods hochrotes Gesicht ignorierend, an Fisher. »Sir, wenn Sie in irgendeiner Weise gegen die Häuptlinge vorgehen, die hierher gekommen sind, zerstören Sie die Heiligkeit des Rates. Mehr noch, Sie gefährden das Leben der Gefangenen und werden jede Hoffnung auf Frieden mit den Komantschen für immer zerstören.«

Fisher bemühte sich, das Gespräch in weniger explosive Bahnen zu lenken, und murmelte leichthin: »Was glauben Sie, was ich vorhabe – sie ermorden, wenn sie in ihren Wigwams schlafen? Kommen Sie, Mann, seien Sie vernünftig.«

»Also gut«, meinte Rafael gedehnt. »Aber ich glaube, Sie könnten dumm genug sein, zu versuchen, sie gefangenzuhalten, bis sie alle Gefangenen hergebracht haben.«

Die drei Militärs wechselten einen Blick. Fisher hantierte mit ein paar auf dem Tisch vor ihm liegenden Papieren und sagte schließlich, ohne Rafael anzusehen: »Gut, dann danke ich Ihnen für Ihren Rat. Ich weiß, daß Ihnen ihre Lebensweise sehr vertraut ist, und wir begrüßen Ihre Ratschläge, aber dies ist eine militärische Angelegenheit, und wir haben unsere Anweisungen vom Präsidenten.« Seine Stimme hatte einen endgültigen Klang, als er sagte: »Wir werden vorgehen, wie wir es für das Beste halten.«

Einen Augenblick dachte Rafael daran, weitere Argumente vorzubringen, doch da er es für sinnlos hielt, verbeugte er sich steif und verließ schnell das Verwaltungsgebäude. Geistesabwesend zündete er sich eine dünne schwarze Cheroot an und ging nachdenklich über den Platz auf das Haus der Malvericks zu. Er befand sich in einem schrecklichen Gewissenskonflikt – sollte er die Komantschen-Häuptlinge warnen, daß die Texaner mit falschen Karten spielten? Oder sollte er schweigen und beten, daß er sich irrte?

Heute war ein so bedeutsamer Tag in der Geschichte von Texas, ein Tag, der die Zukunft des Landes entscheidend verändern konnte. Noch nie zuvor hatte sich die Mehrheit unter den Komantschen bereit erklärt, Frieden mit den Texanern zu schließen, obwohl sich Houston das ganze Jahr 1837 hindurch um Gespräche bemüht hatte. Sowohl für die Komantschen als auch die Texaner gab es zwingende Gründe, einen Waffenstillstand, wenn nicht gar einen dauerhaften Frieden anzustreben. Vielleicht würden die in ständige Auseinandersetzungen mit Mexiko verwickelten Texaner mehr dabei gewinnen als die Komantschen – Texas würde auf jeden Fall die dringende Gelegenheit erhalten, seine Grenzgemeinden ohne Störung durch die Komantschen zu konsolidieren.

Und die Komantschen brauchten sich nur bereit zu erklären, ihre

Überfälle auf Texas einzustellen und einige der zweihundert weißen Gefangenen freizulassen und eine fiktive texanische Souveränität anzuerkennen, die nicht mehr Auswirkungen auf sie haben würde als die spanische. Ihr Vorteil würde sein, daß Jack Hays und seine Rangers sie nicht länger in den Canyons belästigen würden. Der Friede würde auch den Handel zwischen den Texanern und den Komantschen ermöglichen, etwas, was beide Seiten anstrebten. Alles hing von diesem Treffen ab.

Rafael traf eine der schwersten Entscheidungen seines Lebens – er würde den Komantschen nichts sagen. Da er nicht mit Sicherheit wußte, ob Fisher wirklich vorhatte, alles zu riskieren, indem er es auf eine Kraftprobe ankommen ließ, falls die Komantschen nicht alle Gefangenen mitgebracht hatten, wagte er es nicht, zu den Komantschen zu gehen und, indem er ihnen seinen Verdacht mitteilte, jede Chance auf einen Friedensvertrag zunichte zu machen.

Als er wieder beim Haus der Malvericks ankam, war Rafael nicht in der besten Laune. Es war ihm zuwider gewesen, den Diplomaten zu spielen, auch wenn Houston ihn dazu gedrängt hatte. Er war ein Mann der Tat, nicht der Worte, dachte er grimmig. Mit finsterer Miene betrat er, ohne anzuklopfen, das Haus, und als er dort nur Elizabeth und Mary antraf, bellte er: »Wo, zum Teufel, ist Ihr Mann? Ich meine, ich hätte ihm gesagt, er solle hier auf mich warten.«

Trotz des starken Bedürfnisses zurückzuschlagen, brachte Elizabeth es fertig, höflich und gelassen zu bleiben. Mit kühlem Lächeln erwiderte sie: »Mr. Malverick wollte Nathan eins seiner Pferde zeigen. Sie müßten jeden Augenblick zurück sein.«

Ein gespanntes Schweigen legte sich über den Raum, das allerdings ziemlich schnell von Mary unterbrochen wurde, indem sie ängstlich fragte: »Deine Verabredung verlief nicht allzu gut?«

»Nein. Ich glaube, es war reine Zeitverschwendung. Ich kann nur hoffen, daß ich zu pessimistisch bin.«

In diesem Augenblick kehrten Sam Malverick und Nathan zurück, und sie unterhielten sich über Rafaels Treffen mit den Kommissaren. Rafael gab eine kurze Schilderung und endete mit den Worten: »Wenn Sie bereit sind, Ridgeway, schlage ich vor, daß wir uns auf den Weg zum Verwaltungsgebäude machen – es werden wahrscheinlich viele Menschen da sein, und wenn Sie gut sehen möchten, sollten wir früh da sein. Kommst du mit, Sam?«

Sam Malverick schüttelte den Kopf. »Nein. Ich habe noch etwas anderes zu erledigen. Ich nehme an, Mary wird mir alles Interessante berichten.«

Mary lächelte ihrem Mann zu und wandte sich nach einem schnellen Kuß auf seine Wange an Elizabeth: »Nun, meine Liebe, ich glaube, auch wir sollten jetzt zu den anderen Frauen gehen.«

Auf ihrem Weg dorthin trafen sie zwei andere Damen, die auch zu dem in der Nähe des Verwaltungsgebäudes liegenden Haus unterwegs waren, wo die Gefangenen hingebracht werden sollten. Auf ihrem Weg entdeckte Elizabeth Lorenzo Mendoza, der vor einem Haus stand. Sie verlangsamte den Schritt, ging dann jedoch schnell weiter und neigte auf Lorenzos »Buenos dias, Señora Ridgeway« hin nur leicht den Kopf.

Als sie an ihm vorbei waren, sagte Mary mit unterdrückter Stimme: »Ich bin froh, daß er mich nicht bemerkt hat! Ich weiß, er ist mit den Santanas verwandt, aber ich kann ihn nicht leiden. Es ist gut, daß Sie kein Gespräch mit ihm angefangen haben – er genießt keinen sehr guten Ruf.«

Als Elizabeth und Mary ankamen, befand sich mindestens ein halbes Dutzend anderer Frauen in dem Haus. Alle wirkten bedrückt, wußten nicht recht, was sie erwartete – wie viele freigelassene Gefangene es sein und in welcher Verfassung sie sein würden.

Wie Rafael vorhergesagt hatte, brachten die Pehnahterkuh nur zwei Gefangene mit – einen mexikanischen Jungen und Matilda Lockhart, ein sechzehnjähriges Mädchen, das im Jahre 1838 zusammen mit ihrer dreijährigen Schwester geraubt worden war. Matilda Lockhart mitzubringen, war nicht sehr klug von den Komantschen gewesen; es wäre besser gewesen, sie hätten gar keine Gefangenen mitgebracht.

Matildas Aussehen hätte auch dem stärksten Mann den Magen umdrehen können, und zwei der anwesenden Frauen mußten den Raum verlassen. Elizabeth gehörte nicht zu ihnen. Während sie half, den Schmutz von Jahren von dem dünnen, mit Narben übersäten

Körper zu waschen, blutete ihr das Herz vor Mitleid mit dem armen Mädchen, und eine tiefe Wut gegen die Kreaturen, die so etwas einem halben Kind angetan hatten, stieg in ihr auf.

Matildas Kopf, Gesicht und Arme waren mit Narben bedeckt und voll tiefer Schrammen und offener Wunden. Ihre Nase war bis auf den Knochen weggebrannt worden, die Nasenflügel ohne jedes Fleisch, und stand weit offen. Matilda Lockhart war ein grauenhaftes Beispiel dafür, was es bedeutete, ein Gefangener der Indianer zu sein, und die Frauen dankten insgeheim Gott, daß sie verschont geblieben waren.

Das Mädchen wußte, was für ein schrecklicher Anblick sie war, und sie flehte inständig darum, nicht neugierigen Blicken ausgesetzt zu werden. Mary, Elizabeth und einige der anderen Damen versuchten sie zu beruhigen, doch Matilda schrie weinend: »Sie verstehen das nicht! Sie werden es nie verstehen! Ja, sie haben mir Fackeln ins Gesicht gedrückt, damit ich schrie – sehen Sie mich an, mein ganzer Körper ist voller Brandnarben! Aber da ist noch mehr – man hat mich furchtbar geschändet! Die Krieger vergingen sich an mir, als wäre ich eine Hure!«

Unkontrolliert schluchzend wandte sie das zerstörte Gesicht ab. »Ich werde niemandem mehr in die Augen sehen können – ich bin für immer entehrt.«

Elizabeth war vollkommen erstarrt. Sie fragte sich, wie das Mädchen all das hatte überleben können, während sie von den weiteren Greueln erzählte, die sie hatte erleiden müssen, wie die Frauen sie geschlagen hatten und wie man sie nachts aus dem Schlaf gerissen hatte, indem man ihr brennende Späne an den Körper hielt, und wie sie gelacht und gejohlt hatten, wenn sie schrie und sich vor Schmerzen krümmte. Sie brachte es nicht fertig, von den sexuellen Demütigungen zu sprechen, die sie hatte erleiden müssen, und als sie schließlich angekleidet war, waren die Frauen hin- und hergerissen zwischen Mitleid und ohnmächtiger Wut.

Zum Unglück für die Komantschen war Matilda Lockhart ein äußerst intelligentes Mädchen, und während der Jahre ihrer Gefangenschaft hatte sie ihre Sprache erlernt. Und so hatte sie mitanhören können, wie einige der Krieger ihre Strategie für die Freilassung der

Gefangenen besprachen. Mary ließ sofort Colonel Fisher benachrichtigen, und er hörte sich mit wachsender Wut Marys Schilderungen der Qualen an, die das Mädchen erlitten hatte, ehe er ruhig mit ihr selbst sprach. Von ihr erfuhr er, daß es noch mindestens fünfzehn weitere weiße Gefangene gab und daß die Komantschen vorhatten, sie so teuer wie möglich zu verkaufen. Ein entschlossener, erbitterter Ausdruck lag auf seinem Gesicht, als Colonel Fisher Matilda für die Informationen dankte, sich dann auf dem Absatz umdrehte und aus dem Haus stürmte.

Rafael und Nathan standen neben der Tür, als die zwölf Häuptlinge, angeführt von dem glatzköpfigen, alten Mook-war-ruh, in arroganter Haltung im Gänsemarsch hereinkamen. Ihre bronzefarbenen Gesichter waren zu Ehren des feierlichen Anlasses bunt und grell bemalt, und Nathan starrte sie fasziniert an. Als die Tür sich hinter dem letzten Indianer schloß, wurde Rafael unruhig – Komantschen liebten es nicht, in geschlossenen Räumen zu sein, und das war ein Gefühl, für das er Verständnis hatte.

Die Häuptlinge hockten sich auf den schmutzigen Boden und tauschten mit Hilfe eines Dolmetschers mit den texanischen Beamten Begrüßungsworte aus. Draußen vor dem Verwaltungsgebäude schien alles ruhig und friedlich zu sein – die Komantschen-Frauen saßen geduldig neben dem Haus, die Krieger starrten geistesabwesend in die Ferne, die kleinen Jungen spielten Kriegsspiele in den staubigen Straßen. Die Zuschauer, eine buntgewürfelte Menge aus Texanern und Einheimischen aus San Antonio, hatten sich vor dem Gebäude versammelt. Elizabeth und Mary, deren Hilfe bei der Versorgung Matildas nicht mehr gebraucht wurde, waren auch darunter.

Jeder in der neugierigen Menge schien die gefürchteten Komantschen sehen zu wollen. Elizabeths Neugier jedoch war inzwischen wesentlich geringer geworden. Sie würde Matilda Lockharts Anblick noch lange in Erinnerung behalten, und sie war noch immer außer sich über das, was vielleicht sogar einige dieser in der Sonne sitzenden Indianerinnen ihr angetan hatten. Und beim Gedanken an die sexuellen Mißhandlungen durch die Krieger wurde ihr beinahe körperlich übel. Als sie an die harten, furchterregenden Gestalten der

Krieger, an ihre kräftigen, gedrungenen Körper dachte, erschauerte sie.

Drinnen im Verwaltungsgebäude hatte Colonel Fisher den beiden anderen Kommissaren hastig berichtet, was Matilda Lockhart ihm erzählt hatte. Er hatte keine Einzelheit ausgelassen, und während die Geschichte die Runde machte, begann die Stimmung im Raum vor Wut und Haß gegen die Indianer zu schwelen. Die meisten Texaner stammten aus dem Süden, und obwohl sie alle hin und wieder schon einmal in Kämpfe mit Indianern verwickelt gewesen waren, hatte noch niemand die Grausamkeit der Komantschen erlebt. Die halbzivilisierten Stämme des Ostens waren zwar auch zu Grausamkeiten fähig, aber niemals in den letzten hundert Jahren hatte man erlebt, daß sie weiße Frauen entführt, vergewaltigt oder getötet hatten, und die an Matilda Lockhart begannenen Greueltaten lösten eine beinahe hysterische Wut unter den Texanern aus.

Die Komantschen selbst hatten keine Ahnung von der Reaktion der im Raum befindlichen Texaner – Matilda Lockhart war nicht schlimmer behandelt worden als jede andere Gefangene. Jede von den Komantschen entführte Frau wurde von allen am Überfall Beteiligten automatisch vergewaltigt, sobald sie ihr Lager für die Nacht aufgeschlagen hatten. Es war ein Ritual, das sich als sehr wirksames Mittel zur totalen Unterwerfung der Gefangenen erwiesen hatte. Außerdem teilten sie auch ihre Frauen mit ihren Brüdern. Warum also sollte es einer Gefangenen anders ergehen?

Als die Indianer schließlich alle im Raum versammelt und die üblichen Begrüßungsworte ausgetauscht waren, verlor Colonel Fisher wenig Zeit mit weiteren Formalitäten. Vor den mit gleichgültigen Gesichtern vor ihm auf dem Boden sitzenden Komantschen stehend, ließ er durch einen Dolmetscher fragen:

»Warum wurden nur zwei Gefangene zurückgebracht? Wir wissen, daß ihr noch mindestens fünfzehn andere Gefangene habt – wo sind sie?«

Die schwarzen Augen unverwandt auf Fisher geheftet, antwortete Mook-war-ruh, der Anführer der Häuptlinge, durch den Dolmetscher: »Es stimmt, daß es noch viele andere Gefangene gibt – aber die befinden sich in Lagern der Nermernuh, über die wir keine

Kontrolle haben.« Das entsprach zum Teil der Wahrheit, aber keiner der Texaner glaubte ihm.

Ein paar Minuten sprach Mook-war-ruh wortgewandt, während ein junger Mexikaner, ein ehemaliger Komantschen-Gefangener, schnell ins Englische übersetzte. Vieles von dem, was Mook-war-ruh zu sagen hatte, interessierte die im Raum versammelten Texaner nicht, schließlich jedoch sagte er etwas, worauf alle gewartet hatten. Sich mit einem Blick durch den überfüllten Raum vergewissernd, daß er die allgemeine Aufmerksamkeit besaß, sagte er langsam: »Aber ich glaube, daß alle Gefangenen für einen hohen Preis freigekauft werden können – für Waren und Munition, für Decken und viel rote Farbe.«

Die Komantschen hatten ihre Strategie gut durchdacht, doch sie waren einem schweren Irrtum erlegen, wenn sie glaubten, daß die Texaner – wie die Mexikaner – Frieden mit ihnen schließen und ihre Gefangenen um jeden Preis zurückhaben wollten. Die Komantschen betrachteten die Gefangenen einfach als Kriegsbeute, und es war ihnen unverständlich, daß die Texaner glaubten, ein Recht auf sie zu haben.

Mook-war-ruh war überzeugt, daß die Texaner die Logik ihrer Forderungen erkennen würden; er blickte zuversichtlich in die Runde und beendete seine Rede mit der Frage: »Wie gefällt dir diese Antwort?«

Wütendes Gemurmel über die Unverschämtheit seiner Antwort erhob sich unter der Menge, und Rafaels Körper versteifte sich. Unauffällig schätzte er die Entfernung bis zur Tür ab und begann, Nathan unsanft dorthin zu dirigieren. Nathan jedoch erwies sich als störrisch; er versuchte Rafaels Hand abzuschütteln und fragte ärgerlich: »Was, zum Teufel, soll das? Ich will mir nichts entgehen lassen, und ich kann mich nicht konzentrieren, wenn Sie an mir herumzerren.«

Rafael biß die Zähne zusammen und zischte ihm, kaum fähig, seine Wut zurückzuhalten, leise zu: »Ich versuche Ihnen das Leben zu retten! Hier kann jetzt alles passieren, und Sie werden jetzt mit mir hinausgehen, ob Sie wollen oder nicht!«

Doch sie hatten bereits wertvolle Sekunden verloren. Colonel Fishers Gesicht war bei den unverschämten Worten Mook-war-ruhs erstarrt, und er zeigte finster, wie ihm die Antwort gefiel, indem er mit knappen Worten Anweisung gab, einen Trupp Soldaten hereinzuholen. Schnell nahmen die Soldaten an den Wänden entlang Aufstellung, und auch die Tür, auf die Rafael zustrebte, war jetzt bewacht. Rafael preßte die Lippen zusammen und schob den sich sträubenden Nathan unerbittlich in diese Richtung. Sie hatten die Tür fast erreicht, und Rafael wollte schon erleichtert aufatmen, als Nathan ihm mit einem Ruck seinen Arm entwand und in spitzem Ton sagte: »Ich gehe nicht! Aber Sie können ja gehen, wenn Sie wollen.«

Flüchtig dachte Rafael daran, Nathan seinem Schicksal zu überlassen, doch dann fiel ihm Elizabeths angstvoller Blick ein, und er blieb, sich selbst verwünschend, resignierend hinter Nathan stehen. Es würde Ärger geben, er konnte es förmlich riechen, und seine leisen Hoffnungen, daß das Treffen ein Erfolg werden könnte, waren in dem Augenblick gestorben, als Colonel Fisher die Soldaten in den bereits überfüllten Raum kommen ließ. Die Wut und der Haß, die die beiden Völker füreinander empfanden, waren beinahe greifbar, und Rafael griff nach seiner Pistole.

Als die Soldaten in den Raum marschierten, begannen die Häuptlinge unruhig zu werden, einer oder zwei von ihnen erhoben sich, andere umklammerten ihre Messer, Pfeile und Bogen noch aggressiver als zuvor. Als Colonel Fisher sah, daß seine Männer Aufstellung genommen hatten, erklärter er knapp: »Deine Antwort gefällt mir ganz und gar nicht! Wir haben euch gesagt, daß ihr nicht zu der Versammlung kommen braucht, wenn ihr nicht *alle* Gefangenen mitbringt. Eure Frauen und Kinder dürfen in Frieden nach Hause gehen, und auch eure Krieger dürfen gehen, damit sie deinem Volk sagen können, daß sie die anderen Gefangenen herbringen sollen. Wenn alle Gefangenen hier sind, können wir über Geschenke reden, und die hier versammelten Häuptlinge können gehen. Bis dahin seid ihr unsere Gefangenen!«

Rafael erstarrte, und er drängte sich, Nathan völlig vergessend, durch die Menge, entschlossen, einen letzten Versuch zu unternehmen, ein Blutvergießen zu verhindern. Doch es war zu spät, denn der Dolmetscher übersetzte bereits Colonel Fishers Antwort.

Einen Augenblick schienen die Häuptlinge wie erschlagen, als ihnen jedoch die Bedeutung seiner Worte klar wurde, sprangen sie fast gleichzeitig auf, und furchterregende Kriegsschreie erfüllten den Raum. Einer der Häuptlinge stürzte auf die Tür zu und stieß dem dort postierten Soldaten sein Messer in den Leib, doch der Mann schlug, obwohl schwer verwundet, zurück und machte dem Komantschen mit seinem Revolver den Garaus.

Jemand schrie, daß die Soldaten schießen sollten, und sofort war der Raum von Gewehrrauch und den Schreien und Klagen der Verwundeten erfüllt. Für niemand gab es ein Entrinnen, und sowohl Komantschen als auch Texaner wurden von der Salve getroffen. Der Raum war ein einziges Chaos; Schreie und Rufe und das Knattern des Musketenfeuers zerrissen die Luft, der Geruch nach Rauch und warmem Blut erfüllte schnell jede Ecke des Raumes.

Es war ein tödlicher Tumult, und Rafael war mittendrin gefangen. Er kämpfte einen defensiven Kampf, schlug sich mit dem Knauf seiner Pistole zu Nathan und der Tür durch. Wie viele andere war auch Nathan nicht bewaffnet und vollkommen unvorbereitet; seine grauen Augen quollen ihm vor Angst fast aus dem Kopf, während er wie erstarrt an der Stelle stand, wo Rafael ihn verlassen hatte.

Der neben Nathan stehende Ranger Matthew Caldwell, ebenfalls unbewaffnet und nur Zuschauer, wurde von einer Kugel ins Bein getroffen, riß jedoch mit tödlicher Schnelligkeit die Muskete eines Häuptlings an sich und schoß den Indianer in den Kopf. Beim Anblick des vielen Blutes wäre Nathan beinahe ohnmächtig geworden, doch wie ein Kaninchen, das wie hypnotisiert in die Augen einer Klapperschlange starrt, konnte er nicht wegsehen.

Mook-war-ruh kämpfte, vor Wut und Zorn brüllend, mit dem Messer gegen einen Ranger-Captain und stieß ihm das Messer in die Seite. Dessen Säbel erwies sich in dem engen Raum als wirkungslos, aber es gelang ihm, Mook-war-ruhs Hand zu packen und einem Soldaten zuzurufen, auf ihn zu schießen. Eine Sekunde später lag der alte Häuptling tot auf dem schmutzigen Boden.

Soldaten und unbeteiligte Zuschauer kämpften um ihr Leben. Das Verwaltungsgebäude hallte wider von Schüssen und den

Schreien der Verwundeten und Sterbenden, die Luft war erfüllt von Pulverrauch.

Rafael war es schließlich gelungen, ohne jemanden zu töten, zu Nathan durchzudringen. Er stieß ihn brutal gegen die Wand und stellte sich vor ihn und zischte über seine Schulter hinweg: »Rühren Sie sich nicht von der Stelle, oder ich schlitze Ihnen eigenhändig den Bauch auf!«

Nathan tat wie geheißen, starrte mit hervorquellenden Augen auf den breiten Rücken vor ihm und hatte beinahe noch mehr Angst vor Rafael als vor jedem Komantschen im Raum. Doch der Anblick einer wilden, buntbemalten Gestalt, die plötzlich aus dem Rauch und der Menschenmenge auftauchte und sich auf Rafael stürzte, ließ ihn vor Entsetzen aufstöhnen und sich noch dichter an die Kalksteinwand pressen.

Rafael fing den Angriff des Komantschen ohne Mühe ab und packte seinen erhobenen Arm mit dem blutverschmierten Messer. Nathan hörte ihn etwas in der harten Sprache der Komantschen sagen und sah dann, als er nervös über Rafaels breite Schulter spähte, wie die Augen des Komantschen vor Überraschung weit wurden.

»Stalking Horse!« rief der Komantsche beinahe erfreut, dann plötzlich sank er unter dem ohrenbetäubenden Knall eines Schusses zu Boden. Einer der Soldaten hatte ihn in den Rücken getroffen. Rafael starrte mit fassungslosem Blick den jungen Soldaten, der noch immer die rauchende Muskete in der Hand hielt, dann den auf dem Boden liegenden Komantschen an. Er sagte nichts, er konnte es nicht.

Die Häuptlinge kämpften einen blutigen, tapferen Kampf, aber sie waren in der Minderheit. Einer nach dem anderen wurde gnadenlos niedergemäht, nur einige wenige schafften es schließlich, zur Tür zu gelangen und ins Freie zu stürzen. Als sie laut schreiend aus dem Gebäude stürmten, gerieten die draußen wartenden Komantschen vor Wut und Enttäuschung schier außer sich.

Die draußen stehenden weißen Zuschauer begriffen nicht, was geschah, und standen anfangs wie benommen da, als die Frauen und Kinder der Krieger sich an dem Kampf ums Überleben beteiligten. Jede Waffe, derer sie habhaft werden konnten, ergreifend, stürzten sich die Indianer mit ohrenbetäubenden, gellenden Schreien auf die unglücklichen Bürger von San Antonio. Ein Indianerjunge schoß einen Spielzeugbogen in das Herz eines zu Gast weilenden Bezirksrichters und tötete ihn auf der Stelle, nur eine Sekunde, bevor die im Hintergrund wartenden Reservisten das Feuer eröffneten. In dem allgemeinen Durcheinander erlitten beide Seiten Verluste.

Irgendwie waren Mary und Elizabeth getrennt worden. Als die Schüsse und Schreie plötzlich die Luft erfüllten, war Elizabeth in der Menge gefangen. Sie versuchte verzweifelt zu entkommen, doch in der wogenden Menge hatte sie keine Chance.

Die Komantschen wollten nur noch weg von diesem Ort des Verrats. In ihrer Angst vor geschlossenen Räumen stürzten sie, wahllos um sich schießend, davon. Die meisten rannten zum Fluß. Einige versuchten verzweifelt Pferde zu stehlen, wieder andere versuchten sich in den umliegenden Häusern zu verstecken, doch jetzt beteiligte sich fast jeder Bewohner von San Antonio an dem Kampf – und da sie gewöhnlich bewaffnet aus dem Haus gingen, wurde der Kampf gegen die in der Minderheit befindlichen Komantschen zu einem Gemetzel.

Rafael, der, Nathan hinter sich herzerrend, als einer der ersten aus dem Verwaltungsgebäude stürzte, sah sich sofort suchend nach Elizabeth um und betete inständig, daß sie im Haus der Malvericks in Sicherheit sein möge. Angestrengt starrte er auf die flüchtende Menschenmasse und hoffte verzweifelt, Elizabeth nicht darunter zu entdecken. Er wollte schon erleichtert aufatmen und daran denken, wie er Nathan an einen sicheren Ort bringen konnte, als er Elizabeths blonden Kopf in der wogenden Masse entdeckte. Als er sie sah, wie sie fieberhaft versuchte, aus dem Gewühl herauszukommen, als er die die Luft erfüllenden Schüsse hörte, die Pfeile und Lanzen sah, die in die Menge schwirrten, spürte er zum ersten Mal in seinem Leben den trockenen Geschmack von Angst in seinem Mund. Alles war vergessen – Nathan, das Zischen der Geschosse, die hin und her springenden kupferfarbenen Gestalten mit ihren im Licht der Sonne aufblitzenden Messern, die Männer von San Antonio mit ihren rauchenden Gewehren, alles war ausgelöscht für ihn bis auf die helle kleine Gestalt, die von der zersprengten Masse dahingerissen wurde. Ohne zu überlegen, stürzte er mit gezogener Pistole, den Finger am Abzug, die Straße hinunter.

Von Angst und Entsetzen erfüllt, sah Elizabeth plötzlich eine Öffnung in der Menge und stürzte sich verzweifelt hindurch. Völlig außer Atem und mit hämmerndem Herzen preßte sich sich an die Wand eines Hauses, spürte kaum, wie sie von den vorbeistürzenden Menschen gestreift wurde.

Sich mit den Händen gegen die Mauer stützend und das Gesicht dagegen pressend, hatte sie der Straße den Rücken zugekehrt, und ihr pinkfarbenes Kleid hob sich leuchtend von der braunen Wand ab. Ihre Haarkrone hatte sich im Gedränge gelöst, und ihre Zöpfe hingen lose über ihren Rücken herunter. Sie konnte nicht wissen, daß ihr leuchtendes blondes Haar eine gefährliche Versuchung für die Komantschen war, die sie vielleicht als Gefangene haben oder ihren Skalp an einer Zeltstange aufhängen wollten.

Plötzlich fühlte sie sich von brutalen Händen herumgerissen und starrte entsetzt in das grausame, wildbemalte Gesicht eines Komantschen, der ein Messer in der Hand hielt.

Die Todesangst verlieh ihr ungeahnte Kräfte, und sie kämpfte einen verzweifelten, aber aussichtslosen Kampf. Die das Messer haltende Hand des Mannes schoß auf sie zu, als Elizabeth von einer scheinbar aus dem Nichts kommenden, starken Hand durch die Luft gewirbelt wurde. Sie flog der Länge nach auf die Straße, und der Aufprall nahm ihr fast den Atem, während ihre Ohren vom Knall eines Schusses schrillten, der direkt neben ihr losgegangen war. Mit weitaufgerissenen Augen sah sie den Komantschen mit einer blutenden, klaffenden Wunde in der Brust und im Todeskampf wild hin- und herzuckend neben sich auf die Erde sinken.

Im nächsten Augenblick wurde sie von zwei starken Händen hochgerissen und an eine feste, warme Brust gepreßt. Und dann hörte sie Rafaels atemlose Worte: »O mein Gott! Ich dachte schon, ich käme zu spät!«

Seine Arme drückten sie beschützend an sich, und ihre Kraft erfüllte sie mit einem wunderbaren Gefühl der Geborgenheit in einer verrückt gewordenen Welt. Er atmete schwer, sie konnte das an ihre Wangen hämmernde Schlagen seines Herzens hören, und sie schlang unwillkürlich ihre Arme um ihn. Vage nahm sie die leichten, begierigen Küsse auf ihrem Kopf und an ihren Schläfen und die leisen spanischen Worte wahr, die ihr ins Ohr geflüstert wurden. Sie verstand nicht, was er sagte, aber es erfüllte sie mit Geborgenheit und ließ sie sehnlich wünschen, daß diese köstliche Umarmung nie enden möge.

Schließlich jedoch lösten sich seine Arme von ihr, und er schob sie ein Stück von sich. Forschend wanderten seine grauen Augen über ihr Gesicht, und er fragte mit belegter Stimme: »Du bist nicht verletzt? Er hat dir nicht weh getan?«

Etwas von den Schrecken des Tages begann zu schwinden, und ihre Augen waren vor Rührung verschleiert, als sie zu ihm aufsah und leise sagte: »Sie haben mir das Leben gerettet!«

Rafael sah sie mit einem bitteren Lächeln an und schüttelte den Kopf. Trocken antwortete er: »Ich glaube wohl eher, mir selbst.«

Sie runzelte die Stirn, war zu aufgewühlt von den grausamen Ereignissen des Tages, um die Bedeutung seiner Worte zu verstehen. Allmählich kehrte die Realität zurück; sie trat, seinen Blick meidend, von ihm zurück und konzentrierte sich darauf, den Schmutz und Staub von ihren Röcken zu wischen. Widerstrebend fiel ihr wieder ein, wer sie waren, und sie sagte steif: »Ich danke Ihnen sehr, Señor Santana, für Ihr Eingreifen zum mehr als passenden Zeitpunkt. Sie haben mir das Leben gerettet, und dafür kann ich mich nie angemessen erkenntlich zeigen. Bitte nehmen Sie meinen aufrichtigen Dank entgegen.«

Rafaels Gesicht verschloß sich, und seine Augen wurden gefährlich schmal. Leise stieß er hervor: »Fang nicht mit diesem abgeschmackten Gerede an – nicht jetzt!«

Ihre Augen funkelten in plötzlicher Wut, und sie fragte in scharfem Ton: »Was meinen Sie damit?«

Er sah sie mit einem unergründlichen Blick an und sagte dann böse: »Ich glaube, daß es an der Zeit ist, das Gespräch zu führen, das wir schon vor vier Jahren hätten führen sollen!«

19

Sprachlos starrte Elizabeth ihn an. Sie sagte zögernd: »Ich glaube nicht, daß —«, als Nathans Stimme sie unterbrach.

»Beth! Was machst du hier?« rief er vorwurfsvoll. Er hatte gründlich die Nase voll von Texas und insbesondere von Komantschen. Und genau gesagt, auch von seinem Gastgeber.

Es hatte so viele Gewalttätigkeiten gegeben, so viele Greuel waren direkt vor seinen Augen passiert, daß er eine Weile gebraucht hatte, bis er herausfand, wohin Rafael gegangen war. Als er den Mann, den er allmählich für eine wilde, unberechenbare Bestie zu halten begann, mit seiner Frau zusammen sah, erfreute ihn das natürlich auch nicht. Mit mürrischem Blick kam er auf Elizabeth und Rafael zu.

Inzwischen war das Schlimmste der Kämpfe vorbei, obwohl man noch immer Schüsse und gelegentliche Schreie hören konnte. Immer mehr Leute begannen, vorsichtig aus ihren Verstecken herauszuspähen, und ein paar besonders Mutige traten auf die Plaza hinaus und kümmerten sich um die Verwundeten und Toten, die überall verstreut lagen.

Entschlossen, Elizabeth sicher von hier fortzubringen, sah Rafael auf sie hinunter und sagte unvermittelt: »Dies ist kein Platz für Sie!« Plötzlich flammten seine Augen zornig auf, und er schimpfte: »Was, zum Teufel, haben Sie hier überhaupt zu suchen? Sie hätten getötet werden können, Sie kleine Närrin!«

Nathan, der jetzt bei ihnen angekommen war, war natürlich verärgert über den vertraulichen Klang seiner Stimme und die anmaßende Art, wie Rafael mit Elizabeth sprach. Er straffte die Schultern und sagte herausfordernd: »Ich glaube, Sie vergessen sich, Santana! Immerhin ist Beth meine Frau, und ich mag es nicht, wenn jemand so mit ihr redet!«

Rafael fuhr herum, sein Gesicht war dunkel vor kaum unterdrückter Wut, und einen schrecklichen Augenblick lang fürchtete Elizabeth, daß er Nathan schlagen werde. Seine Augen war nur noch graue Schlitze, als er Nathan anherrschte: »Und wo, zum Teufel, waren Sie, als sie um ihr Leben kämpfte? Haben Sie sich irgendwo außerhalb der Schußlinie versteckt?«

Die drei standen fast mitten auf der Straße, und bei Rafaels Worten überzog sich Nathans helle Haut mit einer ungesunden Röte. Die Spitzen seines Schnurrbarts bebten vor Empörung, und er stieß, außer sich vor Wut, hervor: »Wie – wie können Sie es wagen, so mit mir zu reden?«

Rafael bedachte ihn mit einem verächtlichen Blick, doch ehe er etwas erwidern konnte, erregte eine leichte Bewegung auf dem Dach eines der Lehmhäuser direkt hinter Nathans Schulter seine Aufmerksamkeit. Ohne lange zu überlegen, zog Rafael seine Pistole und warf Elizabeth zu Boden, als ein Komantschenkrieger mit vor Wut zur Fratze verzerrtem Gesicht, eine tödliche Lanze in der Hand haltend, sich auf dem Dach des Hauses aufrichtete. Dann passierten zwei Dinge gleichzeitig: Der Krieger schleuderte seine Lanze auf ihre tödliche Reise, und Rafael schoß. Beide fanden ihr Ziel. Der Komantsche umfaßte seine Kehle und stürzte vom Dach herunter, und Nathan starrte fassungslos auf den leuchtenden Blutfleck auf seiner Weste herunter, während die Spitze der Lanze aus seinem Bauch herausragte.

»Ich bin verwundet«, sagte er verwundert, ehe er mit dem Gesicht nach unten auf die staubige Straße fiel.

Mit vor Entsetzen weiten Augen sah Elizabeth auf den leblosen Körper ihres Mannes hinunter, und ein stummer Schrei hallte in ihrem Kopf. Nein! Er konnte nicht tot sein! Nicht auf diese Weise, nicht so sinnlos von einem Komantschen abgeschlachtet! Es war alles ein schrecklicher Traum.

Nichts schien ihr mehr wirklich zu sein, seitdem Rafael sie umgestoßen hatte, nicht der Knall des Schusses und nicht der Anblick ihres mit einer in seinem Rücken steckenden Lanze auf der Erde liegenden Mannes. Benommen starrte sie weiter auf Nathan hinunter und sah, wie der Blutfleck sich weiter ausbreitete.

Rafael kniete neben Nathan und sagte einen Augenblick später leise: »Er lebt noch, Engländerin! Er ist nicht tot!«

Elizabeth fühlte, wie eine Woge der Dankbarkeit ihren Körper überflutete. Er lebte! Gott sei Dank! Doch der Schock und die

Schrecken des Tages waren zuviel für sie, und außer der Tatsache, daß Nathan lebte, ergab nichts einen Sinn für sie. Selbst als Rafael ihr sanft auf die Beine half und Nathan zu seinem Haus getragen wurde und der Arzt eintraf, erlebte sie alles wie in einem nebelhaften Traum.

Der Arzt schien stundenlang mit Nathan beschäftigt zu sein, und als er schließlich das Zimmer betrat, in dem Elizabeth still und mit bleichem Gesicht saß, waren seine Worte nicht sehr optimistisch. »Er ist schwer verwundet, Mrs. Ridgeway. Ich habe alles in meinen Kräften Stehende getan. Mit viel Ruhe und Pflege wird es durchaus möglich sein, daß er sich wieder erholt, aber . . .« Seine Stimme verlor sich. Es war eine häßliche Wunde gewesen, und er hatte sich verzweifelt bemüht, die Lanze zu entfernen, ohne Nathan weiteren Schaden zuzufügen. Er hatte ihm eine hohe Dosis Opium verabreicht, und Nathan schlief jetzt, aber erst die kommenden Tage würden zeigen, ob er die Verletzung überleben würde. Sanft fügte der Arzt hinzu: »Es gibt Hoffnung, meine Liebe. Sein Fall ist nicht hoffnungslos.«

In den folgenden Tagen klammerte Elizabeth sich an seine Worte wie an einen Strohhalm, und sie wiederholte sie wieder und wieder – es gibt Hoffnung, es gibt Hoffnung! Doch die Umwelt trat in den Hintergrund – sie aß, wenn man es ihr sagte, schlief, wenn man es ihr sagte, und trug die Kleider, die man ihr hinlegte. Die übrige Zeit saß sie in Nathans Zimmer, hielt seine Hand und starrte mit leeren Augen ins Zimmer, bis Nathan vor Schmerzen zu stöhnen anfing und sie ihm sanft über die Stirn strich und ihm zärtliche, beruhigende Worte zuflüsterte. Was sie sagte, war ihr gar nicht bewußt, meist waren es belanglose kleine Nettigkeiten, die ihn vorübergehend zu beruhigen schienen.

Kurz nachdem man Nathan ins Haus getragen hatte und der Arzt gekommen war, hatte Rafael einen schnellen Reiter mit einer Nachricht über die Ereignisse des Tages nach Cielo entsandt. Jetzt, da Elizabeths Mann verwundet und bettlägrig war, erschien es ihm wichtig, eine Frau ins Haus zu holen, damit kein Gerede aufkam und Elizabeths Ruf nicht gefährdet wurde. Für seine eigene Person war ihm das verdammt egal, aber um Elizabeths willen trieb er schließlich eine spanische Verwandte auf, eine etwa sechzigjährige Witwe, die alsbald ins Haus einzog.

Außer Nathan hatte es zahlreiche andere Verwundete gegeben, und in der folgenden langen Nacht hatte der Arzt, der einzige Chirurg in San Antonio, bis zur Erschöpfung gearbeitet, um ihr Leben zu retten.

Die Verluste der Komantschen waren wesentlich größer. Von den fünfundsechzig Indianern, die zu der Versammlung gekommen waren, waren dreiunddreißig Häuptlinge, Frauen und Kinder in dem Massaker getötet worden. Die übrigen zweiunddreißig, alles Frauen und Kinder, viele von ihnen verwundet, waren gefangengenommen und ins Gefängnis geworfen worden. Nur sieben Weiße waren getötet worden, der Sheriff von San Antonio inbegriffen.

Es war ein Blutbad gewesen, das letztlich zur Menschenjagd ausartete, da die Weißen die Stadt nach Indianern absuchten und jeden der verängstigten Komantschen töteten, der sich nicht sofort ergab. Keinem einzigen Komantschen gelang es, aus der Stadt zu fliehen.

Rafael hatte über die Auswirkungen des Gemetzels nachgedacht. Es waren keine schönen Gedanken gewesen. Und so schickte er schließlich einen weiteren Reiter in die Nacht hinaus. Sein Ziel war Austin und Sam Houston.

Seine Nachricht an Sam Houston war kurz, nur eine Auflistung der Ereignisse und die Mitteilung, daß er auf unbestimmte Zeit in San Antonio bleiben werde. Falls Houston ihn brauche, wisse er ja, wo er zu finden sei. Erst am Schluß seiner Nachricht kamen seine Wut und seine Enttäuschung durch. »Falls Fisher und die anderen geplant haben, die Komantschen direkt in die Arme der Mexikaner zu treiben«, schrieb er in dicken schwarzen Buchstaben, »so hätten sie keinen besseren Weg finden können. Gott steh uns allen bei!«

Mit den drei Militärs hatte er nichts mehr zu besprechen – die Zeit zum Reden war vorbei –, aber ihn interessierte, was sie vorhatten. Früh am nächsten Morgen, während Elizabeth unter der Einwirkung eines Schlafmittels traumlos schlief und San Antonio noch unter Schock stand, ritt er zum Gefängnis. Er kam gerade dazu, als die Kommissare mit unnachgiebigen, versteinerten Gesichtern die

Frau eines der getöteten Häuptlinge holten und auf ein Pferd setzen ließen. Feindselig schweigend gaben sie ihr Wasser und etwas zu essen und befahlen ihr: »Reite zu deinem Lager und sag deinen Leute, daß die Überlebenden des Kampfes getötet werden, wenn nicht alle Gefangenen, von denen Matilda Lockhart gesprochen hat, freigelassen werden.« Die Frau hörte mit ausdrucksloser Miene zu, nichts in ihrem Gesicht verriet ihren Schmerz und ihre Wut. Mehr wurde nicht gesagt, und während er ihr nachblickte, wußte Rafael mit einem Gefühl der Hoffnungslosigkeit, daß sie das Ultimatum zwar überbringen, die hilflosen Gefangenen jedoch unter den folternden Messern der klagenden Squaws sterben würden, zum Tode verurteilt, durch den Verrat eben der Männer, die sie hatten befreien wollen.

Unfähig, die Männer anzusehen, die mit so rechtschaffener Arroganz jede Hoffnung auf Frieden zwischen Komantschen und Weißen zerstört hatten, drehte Rafael sich um und stürmte wütend davon. Er war leicht erregbar, aber jetzt hatte er sich unter Kontrolle. Das war nicht der richtige Zeitpunkt und nicht der richtige Ort, um seiner Wut und seinem Abscheu Ausdruck zu geben.

Er hatte getan, was er konnte. Er hatte sich bemüht, den Kommissaren klarzumachen, welche Bedeutung gerade diese Versammlung hatte. Doch das war ein schwacher Trost für ihn, insbesondere, wenn er an die Zahl der mächtigen Männer der Pehnahterkuh dachte, die gestorben waren und den größten Teil der Komantschen führerlos zurückließen. Nur ein Häuptling, der große Buffalo Hump, hatte dem Massaker entfliehen können. Wenigstens ihn haben sie noch, dachte er bitter.

Rafael hatte etwas getan, wozu er sich nie für fähig gehalten hätte – er hatte nicht nur einen, sondern zwei Komantschen getötet. Sie hatten zwar nicht zu den Kwerhar-rehnuh gehört, bei denen er aufgewachsen war, doch sie waren Komantschen gewesen, und er hatte sie mit voller Absicht getötet. Er hatte viele Männer getötet – Apachen, Weiße und Mexikaner –, aber nie einen Komantschen, und das ließ ihn erkennen, wie sehr er sich inzwischen mit den Weißen verbunden fühlte und wie sehr Elizabeth Ridgeway seine Gefühle und sein Handeln beeinflußte.

Er hatte die wütenden Worte: »Von mir aus können die Komantschen ihn skalpieren!«, die er Elizabeth vor Nathans Verwundung ins Gesicht geschleudert hatte, nicht vergessen. Jetzt, da Nathan vielleicht sterben würde, wurde Rafael sich voller Ingrimm bewußt, daß sein Tod eine noch größere Barriere darstellen würde. Aber eins wußte er verdammt genau – er hatte nicht vor, sich den Rest seines Lebens von dem Bild eines blauäugigen Flittchens mit dem Gesicht eines Engels verfolgen und quälen zu lassen! Sie würden sich aussprechen müssen, und bis dahin würde sie hier bleiben!

Wenn es um Elizabeth ging, war Rafael ein Bündel widerstreitender, heftiger Gefühle – Eifersucht, Wut, Ungewißheit und Leidenschaft kämpften um die Oberhand. Im einen Augenblick war er von Eifersucht erfüllt, im nächsten von Leidenschaft und dazwischen von einer seltsamen Zärtlichkeit, die ihn mehr als alle anderen Gefühle beunruhigte. Mit der Wut konnte er fertig werden, die Eifersucht konnte er ignorieren, die Ungewißheit beenden, und sein Verlangen konnte er stillen, aber die Zärtlichkeit . . .?

Er war kein zärtlicher Mann, war es nie gewesen, außer vielleicht seiner kleinen Halbschwester Arabela gegenüber. Folglich verwirrten ihn diese Gefühle, ließen ihn auf der Hut sein vor der Person, die sie erweckte, und so dachte er, während er auf sein Haus zuging, in kalter Wut: Was zum Teufel kümmert es mich, was mit ihr geschieht? Es wäre leichter gewesen, sie dem verdammten Komantschen zu überlassen.

Doch so einfach war es nicht, und das wußte er auch. Aus verschiedenen Gründen beschloß er schließlich, ihr in seinem Haus aus dem Weg zu gehen – ihr Mann war schwer, vielleicht tödlich verwundet, und jetzt war nicht der geeignete Zeitpunkt, um mit ihr zu reden. Und er konnte es nicht ertragen mitanzusehen, wie sie Nathan pflegte und hegte. Auch wenn der Mann schwer verwundet war, es gefiel Rafael nicht, daß er im Mittelpunkt ihrer Aufmerksamkeit stand. Also hielt er sich im Hintergrund und sorgte lediglich dafür, daß alles getan wurde, was getan werden mußte.

Am vierten Abend nach dem Massaker trafen Don Miguel, Doña Madelina, Sebastian mit mehreren Dienstboten und Vaqueros in San Antonio ein. Elizabeth hatte nichts von ihrer Ankunft gewußt, bis Señora López, Rafaels »Anstandsdame«, sie in einer Mischung aus Spanisch und gebrochenem Englisch von Nathans Bett wegzerrte und darauf bestand, daß sie etwas esse.

Als sie das Speisezimmer betrat und die Ankömmlinge sah, blieb Elizabeth überrascht stehen und murmelte leicht benommen: »Oh! Ich habe nicht erwartet, daß Sie hier sind! Wann sind Sie angekommen?«

Die Männer erhoben sich sofort, und Don Miguel und Sebastian kamen mit besorgten Gesichtern und soviel Herzlichkeit auf sie zu, daß ihr plötzlich die Tränen in die Augen schossen. Doch sie gewann schnell ihre Fassung wieder und setzte sich neben Doņa Madelina, die ihre Hand ergriff und sie drängte, doch wenigstens eine Kleinigkeit zu essen. Alle waren sehr rücksichtsvoll; man versuchte sie abzulenken und erwähnte Nathans Namen so wenig wie möglich.

Als sie nach dem Essen wieder an Nathans Bett saß, wachte er endlich auf und erkannte sie auch. Der Arzt hatte ihm starke Schmerzmittel gegeben, und gegen elf Uhr wollte Elizabeth schon ins Bett gehen, als Nathan das Bewußtsein wiedererlangte. Seine Augen waren noch immer trüb von dem Medikament, doch sein Kopf schien erstaunlich klar zu sein, und als er Elizabeth an seinem Bett sitzen sah, lächelte er sie mit einem sanften, herzzerreißenden Lächeln an. »Was machst du hier, Liebes?« flüsterte er.

Sie kämpfte gegen die aufsteigenden Tränen an, zwang sich, sein Lächeln zu erwidern, und sagte liebevoll: »Ich hab dir nur ein wenig Gesellschaft geleistet.«

Er schloß kurz die Augen und murmelte: »Ich bin so müde, aber es ist schön, aufzuwachen und dein hübsches Gesicht zu sehen.« Plötzlich bemerkte er den Verband um seinen Leib und schien wieder Schmerzen zu haben. Er sah sie ängstlich an und fragte: »Es ist doch alles in Ordnung mit mir, oder?«

Ein zuversichtlicher Ausdruck lag auf Elizabeths Gesicht, als sie schnell erwiderte: »Natürlich bist du in Ordnung, Liebster! Aber du bist schwer verwundet und mußt dich jetzt ausruhen.«

Er entspannte sich, umfaßte unbeholfen ihre Hand und stieß mühsam hervor: »Welch ein Jammer! Sobald es mir wieder gutgeht, werden wir nach Hause fahren – und, Beth, wenn es dir nichts ausmacht, möchte ich so bald nicht wieder durch diese Wildnis reisen.«

Sie lächelte zaghaft. »Du sprichst mir aus der Seele, Liebling«, entgegnete sie und fügte bekümmert hinzu: »Ich hätte von Anfang an auf dich hören sollen, Nathan.«

»Oh, hör auf, soviel Demut! Das paßt nicht zu dir, Beth! Du warst immer ein bißchen eigensinnig, und ich möchte nicht, daß du dich änderst«, neckte er sie sanft. Er sah sehr jung aus, wie er da in den weißen Kissen lag und seine blonden Haare sich an seinen Schläfen kringelten, und Elizabeths Herz zog sich schmerzhaft zusammen.

Er schien Schmerzen zu haben, und Elizabeth fragte schnell: »Ist etwas nicht in Ordnung?«

Nathan schüttelte den Kopf und küßte zärtlich ihre Fingerspitzen. »Ich glaube, ich werde ein wenig ruhen, wenn du nichts dagegen hast, Liebes«, sagte er und schlief ein.

In dieser Nacht erlangte er etwa eine halbe Stunde später noch einmal kurz das Bewußtsein. Er sah sie an und sagte deutlich: »Ich liebe dich, Beth, auf meine Weise.«

Elizabeth erwiderte sanft: »Ich weiß, Liebster«, und küßte ihn auf die Stirn.

Er seufzte leise, wie zufrieden mit ihrer Antwort, und glitt wieder in die Bewußtlosigkeit, ohne jedoch ihre Hand loszulassen. Wie lange Elizabeth so dasaß, wußte sie nicht, und auch nicht, wann genau Nathan von ihr ging. Eben noch waren sie zusammen, jetzt war sie allein im Zimmer mit dem Leichnam ihres Mannes.

Die anderen saßen noch bei einer letzten Erfrischung, die Herren nippten an ihrem Whisky, die Damen tranken Kaffee mit einem Schuß Brandy, als Elizabeth den Raum betrat. Die Unterhaltung brach ab, und alle drehten sich nach ihr um. Sie stand leichenblaß in der Tür, starrte sie benommen an und sagte dumpf: »Mein Mann ist tot.«

Allgemeines, mitleidiges Gemurmel erhob sich, aber Rafael, der sich abgewandt hatte, hätte sie am liebsten in die Arme genommen und getröstet. Im Augenblick hätte er sogar gewünscht, daß Nathan lebte, falls das ihren Schmerz linderte.

Die Damen umarmten sie, drückten leise ihr Beileid aus. Doņa

Madelina legte den Arm um sie und drängte sie zu dem langen grünen Sofa. »Kommen Sie, mein Kind, Sie müssen sich setzen«, sagte sie sanft und tätschelte ihren Arm. Dann wandte sie sich an Señora López: »Läuten Sie nach einem Diener und lassen Sie etwas Milch warm machen und tun Sie das Schlafmittel hinein, das der Arzt hiergelassen hat.«

Gehorsam setzte Elizabeth sich auf das Sofa und trank die Milch mit dem Schlafmittel, die man ihr brachte. Sie sagte nichts, sie weinte auch nicht, sie saß nur stumm auf dem Sofa, und ihre Gedanken waren weit weg von der Realität. Sie war innerlich so vollkommen erstarrt, daß sie nichts empfand, nur grenzenlose Leere.

Zu der am Nachmittag des nächsten Tages stattfindenden Beerdigung Nathans kamen nicht viele Leute, nur Rafael, die übrigen Santanas, die Malvericks, Sebastian und der Arzt, der versucht hatte, ihm das Leben zu retten. Es waren noch andere Leute da, aber Elizabeth war zu erstarrt, um sie wahrzunehmen. Ihr Blick war ausdruckslos, ihre Bewegungen langsam und wie in Trance, ihre Stimme leise. Und als Rafael sie beobachtete, wie sie die erste Schaufel Erde auf Nathans Sarg fallen sah, hätte er sie am liebsten bei den Schultern gerüttelt, hätte sie am liebsten geschlagen oder irgend etwas anderes mit ihr gemacht, um sie aus diesem Zustand der Erstarrung und Abgestumpftheit zu reißen.

Sie war eine wunderschöne Witwe. Das schwarze Seidenkleid, das in einer ehemals spanischen Stadt wie San Antonio leicht zu bekommen gewesen war, unterstrich noch ihre zierliche Gestalt und stand in beinahe sinnlichem Kontrast zu ihrer alabasterfarbenen Haut und der blonden Haarmähne.

Erst als sie den kleinen Friedhof verließen, zeigte sie wieder eine Regung. Sie ging noch einmal zu dem halbzugeschütteten Grab zurück, blieb am Rand stehen und starrte lange auf den goldenen Ring an ihrem Finger hinunter. Dann zog sie ihn unendlich langsam ab und ließ ihn ins Grab fallen.

Die Zeit verging, aber nichts schien Elizabeth aus ihrem tranceähnlichen Zustand reißen zu können. Sie schlief Stunden um Stunden, bei Tag und in der Nacht, haßte es, aus der barmherzigen Betäubung durch das Schlafmittel aufzuwachen, das sie mit beängstigender Regelmäßigkeit einnahm. Durch das Schlafmittel lag alles wie im Nebel und hielt die häßliche, unwillkommene Realität von ihr fern, die sie erwartete, wenn sie zuließ, daß seine Wirkung nachließ.

Die meisten Leute nahmen großen Anteil an ihrem Schmerz; sie glaubten, daß sie und Nathan einander sehr geliebt hatten. Rafael ließ seine Familie gewähren – sollten Doṇa Madelina und Don Miguel sie doch unter ihre Fittiche nehmen –, genau das brauchte sie jetzt.

Rafael glaubte nicht eine Sekunde, daß sie Nathan so sehr geliebt hatte, daß sie den Gedanken an eine Zukunft ohne ihn nicht ertragen konnte. Das wollte er nicht als Grund für ihre Teilnahmslosigkeit akzeptieren. Er machte vielmehr die Schrecken des Massakers für ihren Zustand verantwortlich. Er zweifelte nicht daran, daß sie um Nathan trauerte, aber er mochte nicht glauben, daß allein sein Tod sie in eine schöne Zombie verwandelt hatte.

Rafael kam der Wahrheit näher, als er ahnte. Elizabeth litt unter niederschmetternden Schuldgefühlen, und um ihnen zu entfliehen, betäubte sie sich mit Schlafmitteln. Es war *ihre* Idee gewesen, Stella zu besuchen. Es war *ihr* Wunsch gewesen, die südliche Route zu nehmen, anstatt sich der Frühjahrskarawane nach Santa Fé anzuschließen. *Sie* war es gewesen, die den Rancho del Cielo besuchen wollte. *Sie* war es gewesen, die beschlossen hatte, nach San Antonio zurückzukehren. Und sie schrieb dem toten Nathan alle möglichen Tugenden zu, die der lebende nie besessen hatte. Aber da war noch ihre Verliebtheit in Rafael Santana, und das quälte sie mehr als alles andere. Nathans Tod, dachte sie eines Nachts dumpf, ehe die Wirkung des Schlafmittels einsetzte, war Gottes Strafe für ihre sündige Beziehung zu Rafael Santana.

In ihrer Orgie von Schuldgefühlen und Selbstverdammung schien Elizabeth vergessen zu wollen, daß Nathan nicht gezwungen gewesen war mitzukommen, und auch, daß er es gewesen war, der darauf bestanden hatte, dem verhängnisvollen Treffen zusammen mit Rafael beizuwohnen. Und sie wollte auch nicht an seine selbstsüchtigen Gründe, sie zu heiraten, denken, an sein Herumgetändel, seine Spielleidenschaft und seine Trinkorgien. Sie erinnerte sich nur an seine guten Seiten – seine Sanftmut und seine Sorge um ihr Wohlbefinden –, und sie machte ihn zu einem Heiligen, der keinerlei Ähnlichkeit mit Nathan Ridgeway hatte. Irgendwann würde ihr gesunder Menschenverstand wieder einsetzen, im Augenblick jedoch war sie gefangen in einem Netz des Elends und der Trauer und nie ganz frei von der Wirkung des Schlafmittels.

Während Elizabeth in dem sich selbst auferlegten jammervollen Zustand dahindämmerte, war Rafael nicht untätig. Am Tag nach der Beerdigung erhielt er zu seiner Überraschung die Aufforderung, zur Mission San José zu kommen, wohin sich Colonel Fisher mit seinen Soldaten und den gefangenen Komantschen zurückgezogen hatte. Während er Colonel Fishers kurze Nachricht las, hatte er beinahe schon vor, den Befehl zu ignorieren, doch schließlich siegte seine Neugier. Was konnte Colonel Fisher von ihm wollen?

Die Mission San José lag in den Außenbezirken der Stadt, und Rafael brauchte nicht lange, um sein Pferd zu satteln und dorthin zu reiten. Nachdem ihn ein junger Mann mit grimmiger Miene in das Quartier des Colonels geführt hatte, stellte er beunruhigt fest, daß der Colonel ernsthaft krank war. Doch als er sich entschuldigte und sagte, er würde wiederkommen, wenn es dem Colonel bessergehe, herrschte Fisher ihn an: »Meine Gesundheit geht Sie nichts an! Ich wollte Sie sprechen, und zwar jetzt!«

Es war nicht gerade eine sehr versöhnliche Eröffnung des Gesprächs. Aber Colonel Fisher war auch nicht in versöhnlicher Stimmung. Er war ziemlich krank, so krank sogar, daß er dem jungen Captain Redd das Kommando über die Garnison übergeben hatte. Außerdem war er sich klar darüber, daß er bei dem Treffen mit den Komantschen hätte diplomatischer vorgehen können. Er verschwendete keine Zeit mit höflichem Gerede, sondern kam sofort zur Sache. »Sie sind vertraut mit den Gepflogenheiten der Komantschen. Glauben Sie, daß sie die Gefangenen zu uns bringen, wenn die zwölf Tage Frist, die wir ihnen gegeben haben, um sind?« fragte er von seinem Bett aus.

Rafael, der den angebotenen Stuhl abgelehnt hatte, stand in der Mitte des Raumes, und er antwortete ohne Umschweife: »Nein. Warum sollten sie? Sie haben ihre Häuptlinge ermordet, die in friedlicher Absicht gekommen waren, um Frieden zu schließen, und für sie sind die Leute, die Sie gefangenhalten, so gut wie tot. Was wollen Sie ihnen für die Rückgabe der Gefangenen bieten?«

»Wir haben keine Veranlassung zu handeln. Sie hatten kein Recht, unsere Frauen und Kinder zu entführen – und wir lassen uns nicht einschüchtern.«

Rafael zuckte die Achseln. »Dann gibt es nichts zu diskutieren, würde ich sagen. Wenn Sie mich bitte entschuldigen wollen – ich habe noch andere Dinge zu erledigen.« Damit drehte er sich auf dem Absatz um und eilte auf die Tür zu, als Fishers Stimme ihn zurückhielt.

»Warten Sie!«

Sich mit unnachgiebiger Miene zu Fisher umdrehend, fragte Rafael: »Ja?«

Fisher lag erschöpft in den Kissen und gab müde zu: »Wir hatten unsere Befehle, und wir haben sie befolgt. Ganz gewiß glaubte keiner von uns, daß es zu so einem Massaker kommen würde.«

»Ach? Sie haben wirklich erwartet, daß sich die Häuptlinge der Komantschen so ohne weiteres gefangennehmen lassen?« höhnte Rafael.

»Verdammt, es waren nur Indianer! Alles, was wir wollten, waren unsere Gefangenen. Wir hatten ihnen gesagt, daß sie nicht zu kommen brauchen, wenn sie nicht alle mitbringen – Ihre edlen Komantschen haben ebenso Fehler gemacht wie wir.« Hastig stellte er klar: »Nicht, daß es auf unserer Seite irgendwelche Fehler gegeben hätte – schließlich haben die Komantschen mit dem Kampf angefangen.«

Mit zornigem Blick herrschte Rafael ihn an: »Ich sehe nicht viel Sinn in dieser Unterhaltung. Wenn Sie mich also entschuldigen wollen . . .«

»Gehen Sie nicht, Santana!« Widerstrebend fügte Fisher hinzu: »Ich brauche Ihre Hilfe. Texas braucht Ihre Hilfe. Wir brauchen die Informationen, die Sie uns geben können. Sie kennen die Komantschen wahrscheinlich besser als jeder andere in Texas. Was also müssen wir jetzt erwarten?«

Es gab einmal eine Zeit, und die lag nicht einmal so weit zurück, da Rafael sich geweigert hätte, solch eine Frage zu beantworten. Er wäre sich wie ein Verräter vorgekommen. Jetzt jedoch, da er selbst zwei Komantschen getötet hatte, erkannte er, daß sein Platz bei den Weißen war. Trotzdem hatte seine Stimme einen harten Klang, als er den anderen anfuhr: »Zunächst einmal rate ich Ihnen, alle Hoffnungen aufzugeben, die Gefangenen lebend wiederzusehen! Alle weißen Frauen und Kinder, die nicht offiziell in eine Komantschen-Familie aufgenommen worden sind, sind jetzt wahrscheinlich bereits tot. Sobald die Indianerin, die Sie losgeschickt haben, das Lager erreichte, war ihr Schicksal besiegelt.« Seine Augen waren hart und unnachgiebig, als er fortfuhr: »Ist Ihnen, als Sie die Heiligkeit der Ratsversammlung brachen, nicht ein einziges Mal der Gedanke gekommen, daß Sie damit unschuldige Frauen und Kinder opferten?«

Fisher wich seinem Blick aus, und Rafael schnaubte verächtlich. Mit Mühe gelang es ihm, die in ihm aufsteigende Wut zu unterdrücken, und er setzte sich jetzt doch auf den Stuhl, auf dem Platz zu nehmen er zuvor abgelehnt hatte. Sein Ehrgefühl ließ ihn sagen: »Ich weiß zwar nicht genau, was passieren wird, aber ich kann Ihnen sagen, was sie meiner Meinung nach tun werden.« Er runzelte die Stirn und sah den anderen hart an. »Ich nehme an, daß früher oder später ein Trupp Krieger am Horizont auftauchen und nach dem Blut eines jeden Texaners schreien wird. Und auf den zwölftägigen Waffenstillstand, den Sie so großmütig angeboten haben, würde ich mich nicht verlassen. Die Komantschen werden wütend sein und sich zu Recht verraten fühlen. Andererseits dürften sie auch verunsichert sein, und das könnte uns zum Vorteil gereichen..., zunächst einmal jedenfalls.« In gleichgültigem Ton fügte er hinzu: »Sie haben alle ihre großen Häuptlinge getötet, und ich glaube nicht, daß es sehr viele Krieger in den Stämmen gibt, die in der Lage sind, sie zu einer großen Streitmacht zu vereinen. Später einmal vielleicht, aber im Augenblick nicht. Doch das wird sie nicht davon abhalten, sich zu rächen.« Sein grimmiger Gesichtsausdruck vertiefte sich, als er fortfuhr: »Sie können davon ausgehen, daß die Überfälle und das Morden an der Grenze Ausmaße annehmen werden, die Sie sich nie hätten träumen lassen, nicht einmal in Ihren schlimmsten Alpträumen! Jetzt haben sie keinen Grund mehr, sich zurückzuhalten! Sie haben ihnen den Grund geliefert, uns mit all der Glut und Unerbittlichkeit, derer sie fähig sind, zu hassen. Es ist Ihnen doch sicher klar, daß sie nie mehr zu Friedensgesprächen bereit sein werden. Sie werden uns das Massaker nie vergessen oder vergeben. Und schlimmer noch, Sie, Lamas, Johnston und die anderen haben ihnen einen Grund geliefert, der möglicherweise zur Vereinigung aller Komantschenstämme führen kann. Kurz gesagt, Sir, Sie können mit einen Krieg mit den Komantschen rechnen, der erst zu Ende sein wird, wenn der letzte Texaner aus der Republik gejagt ist oder alle Komantschen getötet worden sind.«

20

Wütend und enttäuscht verließ er die Mission San José. Er hatte es beinahe genossen, Colonel Fisher diese letzten Worte ins Gesicht zu schleudern, trotzdem fühlte er sich tief in seinem Inneren elend. Alles, was er und die anderen zu vermeiden versucht hatten, würde geschehen, und alles nur wegen eines sinnlosen Ausbruchs von Gewalt.

Seine schlechte Laune hielt den ganzen Tag über an, und er mied das Haus, denn er war nicht in der Stimmung für höfliche Konversation. Statt dessen ritt er zu den Kalksteinbergen hinaus und verbrachte dort den Nachmittag, um in der Schönheit der Natur etwas Ruhe zu finden.

Es war spät, als er schließlich zurückkam. Die Damen hatten sich vor einiger Zeit zurückgezogen, und sogar sein Vater war schon zu Bett gegangen. Nur Sebastian und zwei Diener waren noch auf.

Rafael war zwar nicht auf der Suche nach Gesellschaft, doch als er Sebastian mit einem Brandy in dem kleinen Arbeitszimmer an der Rückseite des Hauses sitzen sah, freute er sich beinahe.

Bei seinem Eintritt sah Sebastian auf und fragte: »Was hast du getrieben? Wir haben uns Sorgen gemacht, als du beim Dinner nicht da warst.«

Rafael schnitt eine Grimasse. »Ich vergesse immer, jemandem Bescheid zu sagen, wohin ich gehe. Das muß wohl daran liegen, daß ich immer allein gelebt habe.«

Sebastian lächelte mitleidig. Ein paar Minuten tranken sie schweigend. Rafael räkelte sich lässig in einem Sessel und streckte die langen Beine von sich, bis Sebastian von seinen Zukunftsplänen zu reden begann, insbesondere von dem Land, um das er sich am nächsten Tag bewerben wollte.

Anfangs hörte Rafael ihm nur mit nachsichtigem Wohlwollen zu, doch allmählich erweckte die Vorstellung, wildes Land zu zähmen, ein Gefühl in ihm, das tief in seinem Innern geschlummert hatte. Während er mit großem Interesse auf seine Stiefelspitze hinuntersah, empfand er plötzlich etwas wie Neid auf Sebastians Zukunft. Nein, Neid war nicht das richtige Wort – Rafael hatte noch nie jemanden beneidet –, doch er wurde sich plötzlich bewußt, daß er sich inbrünstig danach sehnte, genau das zu tun, was Sebastian vorhatte: wildes, unberührtes Land zu zähmen und darauf seine Träume Wirklichkeit werden zu lassen.

Rafael war sich immer klar darüber gewesen, daß seine Gleichgültigkeit gegenüber Cielo zum Teil daher kam, daß – wenn man von Indianern und mexikanischen Bandidos absah – mit der Ranch keinerlei Herausforderung verbunden war. Cielo war zweifellos wunderschön, aber das Land war vor langer Zeit urbar gemacht worden, und er war nicht stolz auf die anmutige Hazienda mit ihrer gediegenen Einrichtung und auch nicht auf die Millionen Morgen Land mit den Vieh- und Pferdeherden. Auch sein in seiner bei den Komantschen verbrachten Jugend begründeter Haß auf Don Felipe war ein Grund für seine Gleichgültigkeit gegenüber der Ranch.

Doch seine Komantschen-Zeit war vorbei, und Rafael stellte fest, daß er sich nicht mehr nach ihr zurücksehnte. Er hatte sich wie sein amerikanischer Großvater als Trapper und durch den Verkauf der von ihm eingefangenen Wildpferde ein ansehnliches Vermögen geschaffen, ein Vermögen, das er nicht Cielo und Don Felipe zu verdanken hatte. Das Geld und das Land, daß er von Abe Hawkins, seinem Großvater mütterlicherseits, geerbt hatte, hatte Rafael zu einem wirklich wohlhabenden Mann gemacht. Und während er sich jetzt mit Sebastian unterhielt, mußte er an das einige Meilen nördlich von Houston im östlichen Teil der Republik gelegene Land denken, das ihm gehörte, Land, das er nur widerwillig gekauft hatte, nachdem Texas seine Unabhängigkeit erlangt hatte, und das er nur erworben hatte, weil Abe es für die Krönung seines eigenen Besitzes hielt.

Als er an die Nadelwälder und Seen dachte, an die blühenden Hartriegelsträucher, an die Wälder von Laubbäumen und Fächerpalmen, wußte er plötzlich mit überwältigender Klarheit, daß dies das Land war, wo er leben wollte – nicht in Cielo mit all seinen schmerzlichen Erinnerungen, nicht in den Ebenen, die die Erinnerung an etwas bargen, das nie sein konnte, sondern in Enchantress, wie sein Großvater das Land vor etwa dreißig Jahren, als Black Fawn, seine Frau, noch lebte, genannt hatte.

Fast ein bißchen verlegen erwähnte Rafael das Land, erzählte Sebastian, wie er es erworben hatte und wie sein Großvater es nach seiner indianischen Frau benannt hatte. Ein paar Minuten sprachen sie über seine Möglichkeiten, ehe Sebastian in beiläufigem Ton fragte: »Was hast du damit vor? Willst du es verkaufen? Oder willst du es bewirtschaften?«

Rafael starrte gedankenverloren auf den Whisky in seinem Glas. »Ich weiß es nicht. Es hängt davon ab, ob . . .« Er hielt inne, als ihm bewußt wurde, wie weit er in seinen Gedanken bereits ging. Schließlich sagte er nachdenklich: »Ich denke, ich werde irgendwann in den nächsten Wochen hinaufreiten und nachsehen, in welchem Zustand die alte Hazienda ist, und vielleicht werde ich ein paar Männer anheuern, die das Land roden sollen. Es ist gutes Land, sowohl für die Viehzucht als auch für den Ackerbau, doch zuerst muß es urbar gemacht werden.« Mit einem Lächeln fügte er hinzu: »Es wird Monate harter Arbeit erfordern, ehe man etwas damit anfangen kann. Aber dann . . .« Ein seltsamer Klang lag in seiner Stimme, der Sebastian aufblicken und Rafael scharf ansehen ließ.

»Ziehst du das ernsthaft in Erwägung?« fragte er überrascht. »Wenn ich nicht wüßte, daß das unmöglich ist, würde ich glauben, du hast vor, seßhaft zu werden, und dazu noch in Enchantress!«

»Nichts ist unmöglich, Amigo«, entgegnete Rafael leichthin. »Manchmal allerdings dauert es eine Weile, bis ein Mann erkennt, was er wirklich vom Leben erwartet. Enchantress ist nicht schlechter als jeder andere Platz, wenn ich zu der Erkenntnis komme, daß ich ein bürgerliches Leben führen will.«

Zwei Tage später kamen die Komantschen. Doch führerlos, wie sie waren, waren sie eher ratlos, anstatt todbringend über die Texaner herzufallen, wie sie es gekonnt hätten; sie schwärmten nur voll Zorn und Unsicherheit über die Berge im Nordwesten der Stadt aus. Es waren nahezu dreihundert Mann, und jeder schrie seinen Zorn und seinen Haß heraus, doch sie hatten niemand, der einen Angriff hätte leiten können.

Isimanco, ein Unterhäuptling, mutiger und vielleicht tollkühner als die anderen, galoppierte verwegen in die Mitte der Plaza und ritt, wilde Verwünschungen ausstoßend, zusammen mit einem anderen Indianer mehrere Minuten lang um sie herum. Vor Bluck's Saloon an der nordöstlichen Ecke des Platzes hielt er sein Pferd an. Die schwarze Bemalung seines Gesichts verzerrte seine stolzen Züge auf groteske Weise, und seine nackte Brust hob und senkte sich vor Erregung, während er in den Steigbügeln stand, drohend die geballte Faust schüttelte und, entschlossen, mit jemandem zu kämpfen, die erstaunten Zuschauer anschrie und bedrohte. Zum Glück schienen alle eher amüsiert als verängstigt, und nach einer Weile teilte ein Dolmetscher dem Komantschen mit, daß er, wenn er kämpfen wolle, zur Mission San José reiten solle, wo Colonel Fisher und seine Männer ihm sicher gern zur Verfügung stünden. Mit vor Wut blitzenden Augen starrte er die Leute einen Augenblick an, nickte dann kurz und ritt mit seinem Gefährten, wilde Schreie ausstoßend, in halsbrecherischem Tempo davon.

Captain Redd und seine Männer waren überrascht, als kurz darauf etwa dreihundert schreiende und wild drohende Komantschen auf die Mission zudonnerten. Die Soldaten wollten sofort schießen, aber Captain Redd, der wußte, daß der offizielle Waffenstillstand noch drei Tage dauerte, befahl ihnen, es nicht zu tun. Murrend befolgten die Soldaten seine Anweisung, während die Komantschen, wilde Verwünschungen und Drohungen ausstoßend, mit erhobenen Lanzen und zum Teil angelegten Pfeilen wie wild vor der Mission herumgaloppierten. Doch trotz ihres feindseligen Verhaltens trauten sich die Komantschen nicht, ein Gefecht mit den sicher hinter den hohen Mauern der Mission verschanzten Männern anzufangen, und ritten schließlich enttäuscht davon.

Die Männer des ersten Texanischen Regiments waren wütend über das Angriffsverbot, und Captain Lysander Wells ging sogar soweit, Captain Redd Feigheit vorzuwerfen. Hitzige Worte wurden gewechselt, und bei zwei heißblütigen Südstaatlern war ein Duell die einzige Möglichkeit, einen Streit zu beenden. Mit grimmigen Mienen taten sie die zwanzig Schritte und verwundeten einander schwer. Die Komantschen hätten ihre Freude gehabt.

Von all dem hatte Elizabeth keine Ahnung, doch als Nathan eine Woche unter der Erde lag, sagte ihr ihr gesunder Menschenverstand, daß sie nichts erreichte, wenn sie weiterhin in diesem tranceähnlichen Zustand verharrte. Ihre Schuldgefühle waren nicht kleiner geworden, und auch wenn sie tagsüber auf die Schlafmittel verzichtete, konnte sie nachts ohne sie einfach nicht schlafen. Ihr war klar, daß sie etwas tun, sich bemühen mußte, die Scherben ihres Lebens aufzulesen, doch im Augenblick schien sie zu nichts anderem fähig zu sein, als die Teilnahme und Freundlichkeit der Santanas anzunehmen. Daß es Rafaels Gastfreundschaft war, die sie genoß, wollte sie sich nicht eingestehen.

Niemand schien es eilig damit zu haben, die kleine Gemeinschaft in San Antonio aufzulösen. Sebastian war mit seinem Landerwerb beschäftigt und mit dem Kauf verschiedener Arbeitsgeräte. Doña Madelina genoß es ohnehin immer, in der Stadt zu sein und stattete ihren sämtlichen Bekannten Besuche ab. Don Miguel, der sie häufig begleitete, schien ihre Heimreise nach Cielo ebenso gern wie sie hinauszuzögern. Und Señora López war mehr als glücklich darüber, weiterhin ihren nicht sehr anstrengenden Pflichten als Elizabeths Gesellschafterin nachzukommen. Sie mochte nicht so gern in die Einsamkeit ihres stillen kleinen Hauses zurückkehren und hoffte insgeheim vielleicht sogar, daß Rafael ihr erlaube, für immer zu bleiben.

Rafael hatte seine eigenen Gründe, dazubleiben. Es verlieh ihm ein Gefühl der Zufriedenheit, seine Familie in dem leeren Haus in San Antonio zu haben. Zum ersten Mal in seinem ganzen Leben erlebte er ein Gefühl der Zusammengehörigkeit, und er stellte fest, daß es ein gutes Gefühl war, das er nicht zerstören wollte. In der letzten Woche hatte er sich mit seinem Vater mehr als in vielen Jahren unterhalten, und selbst Doña Madelina, die ihn jetzt als charmanten und umsichtigen Gastgeber kennenlernte, schien ihre Scheu vor dem großen Stiefsohn mit dem einschüchternden Wesen verloren zu haben, und bewegte sich in seiner Gegenwart lebhaft und entspannt.

Die Möglichkeit, daß Elizabeth nach Natchez zurückkehren könnte, schien niemand in Erwägung zu ziehen außer ihr selbst. Irgendwie war man in den auf Nathans Tod folgenden Tagen zu der Ansicht gelangt, daß sie für immer in San Antonio bleiben werde. Sie wurde, mit Absicht oder nicht, sanft, aber unausweichlich von der Familie Santana vereinnahmt.

Sebastian hatte allen Grund zu glauben, daß Elizabeth nie nach Natchez zurückgehen werde. Rafaels Märchen von ihrer langjährigen Beziehung ließ ihn natürlich vermuten, daß Rafael sich nach dem Tod ihres Mannes um ihre Zukunft kümmern würde – und wo wäre sie besser aufgehoben als in San Antonio? Der Gedanke an ihr Verhältnis gab ihm zwar noch immer einen schmerzhaften Stich ins Herz, doch die Zeit begann tatsächlich die Wunden zu heilen, und er hatte Elizabeth Ridgeway entschieden aus seinen Zukunftsplänen gestrichen.

Anders als Sebastian hatte Don Miguel völlig irrationale Gründe für seinen Wunsch, daß Elizabeth in San Antonio bleiben möge. Er wollte, daß sie seinen Sohn heirate, nicht nur ihres Liebreizes wegen, sondern auch, weil sie eine reiche Witwe und die Tochter eines englischen Lords war. Warum also sollte diese bezaubernde, ungeheuer passende Frau nicht ein Mitglied der Familie Santana werden? Er hatte die Hoffnung, daß sein Sohn jemals wieder heiraten würde, eigentlich schon aufgegeben, doch alles, was Rafael getan hatte, seit Elizabeth in sein Leben getreten war, vermittelte Don Miguel die optimistische Idee, daß diese Frau das störrische, harte Herz seines Sohnes erobert hatte. Allein die Tatsache, daß er Elizabeth und Nathan in sein Haus eingeladen hatte, war ein deutliches Anzeichen dafür, daß sein Sohn mehr als nur ein bißchen interessiert war. Don Miguel konnte sich nicht erinnern, daß Rafael jemals irgendwelche Leute in sein Haus eingeladen hätte, nicht einmal die Familienangehörigen. Doch das sicherste Zeichen war das Schreiben, mit dem Rafael seine Familie nach Nathans Verwundung gebeten hatte, nach San Antonio zu kommen – dieses Verhalten war das eines Mannes, der den Schmerz der geliebten Frau lindern wollte. Rafael zeigte seine Gefühle zwar nicht – im Gegenteil, er schien Elizabeths Gegenwart zu ignorieren –, doch Don Miguel war sehr wohl aufgefallen, mit welchen Blicken sein Sohn Elizabeth häufig ansah. Auch Doña Madelina hatte es bemerkt. Und während sie nachts wie zwei Verschwörer im Bett lagen und einander die kleinen Hinweise aufzählten, wagte es Don Miguel, Pläne zu schmieden und zu hoffen, daß aus der Tragödie Glück erwachsen könne.

Elizabeth war zwar erst seit knapp einer Woche Witwe, aber in einem Land, wo der Tod zur Tagesordnung gehört, war man auch schnell bei der Gründung eines neuen Lebens. Und so schien Don Miguel und Doña Madelina ein Zeitraum von ein paar Monaten zwischen dem Tod des Ehemanns und einer neuen Heirat vollkommen ausreichend. Dies war nicht Spanien mit seiner strengen, endlosen, schwarzgekleideten Ehrfurcht vor dem Tod – dies war Texas, wo jede Sekunde eines jeden Tages gelebt wurde!

Ganz so weit war Rafael in seinen Gedanken nicht gekommen; tatsächlich lag ihm nichts ferner als der Gedanke an Heirat. Doch er machte konkrete Pläne, nach Enchantress zu übersiedeln. Es mußten Männer eingestellt werden; Vorräte, Wagen, Vieh mußten gekauft werden, und tausend andere Dinge mußten erledigt werden.

Als er am Abend mit Sebastian auf einen Whisky zu Bluck's Saloon hinüberging, fragte Sebastian, dem Rafaels in sich gekehrtes Gesicht nicht entgangen war: »Enchantress bedeutet dir sehr viel, nicht wahr?«

Ernst antwortete Rafael: »Ja, vielleicht weil es für mich der Inbegriff von Freiheit ist, Freiheit von Cielo und allem.«

Sebastian konnte ihn verstehen. War nicht auch er hierher gekommen, um dem beinahe übermächtigen Einfluß seines Vaters zu entfliehen?

Als sie den Saloon betraten und zur Bar gingen, wurde Rafael von einigen der Männer gegrüßt, doch Sebastian entging nicht, wie einige von ihnen beim Auftauchen seines Vetters nervös wurden und ihn ansahen, als erwarteten sie, daß er sich vor ihren Augen in einen blutrünstigen Komantschen verwandelte.

Sie tranken schweigend. Rafael lehnte sich lässig mit Rücken und Ellbogen gegen die hölzerne Bar und ließ den Blick gleichgültig durch den Saloon wandern. Auch Sebastian sah sich um und glaubte, im Schatten einen Mann zu erkennen, der ihm vage bekannt vorkam. Sich an Rafael wendend, fragte er: »Ist das Lorenzo, der da in der Nähe der Tür neben dem blonden Burschen mit dem roten Hemd sitzt?«

Rafael ließ seinen Blick angelegentlich durch den Raum wandern. Als er den Mann entdeckt hatte, erwiderte er: »Wahrscheinlich. Lorenzo ist wie eine Schlange, die immer dann auftaucht, wenn man es am wenigsten erwartet.«

Sebastian stieß einen unterdrückten Pfiff aus. »Ihr seid wirklich verfeindet, nicht wahr? Ich dachte, Lorenzo habe an jenem Abend in Cielo übertrieben, als er sagte, er müsse abreisen, bevor du ankämst.«

Rafaels Augen wurden schmal, und er fragte: »An welchem Abend in Cielo?«

»Nun, an dem Abend, an dem ich mit den Ridgeways ankam«, erwiderte Sebastian leicht überrascht. »Ist es wichtig?«

Die rauchgrauen Augen waren plötzlich ausdruckslos, als Rafael achselzuckend antwortete: »Nein, aber ich finde es interessant.« Dann fragte er geradeheraus: »Hast du zufällig bemerkt, ob Lorenzo Mrs. Ridgeway seine Aufmerksamkeit geschenkt hat?«

Der drohende Unterton seiner Stimme gefiel Sebastian nicht. Er hatte das Gefühl, über ein Feld voller Fußangeln zu stolpern, und sagte langsam: »Nicht daß ich wüßte.« Er runzelte die Stirn, versuchte, sich zu erinnern, und fügte hinzu: »Wenn mir überhaupt etwas aufgefallen ist, dann vielleicht, daß Beth ihn nicht zu mögen schien. Es war nichts, auf das man den Finger hätte legen können, sie schien lediglich seine Gesellschaft zu meiden und ihm nicht viel zu sagen zu haben.«

Rafael lächelte grimmig. »Das glaube ich gern.«

Sebastians junges Gesicht wirkte bekümmert, als er feststellte:

»Ich will dich nicht bedrängen, aber du scheinst etwas über Lorenzo und Beth zu wissen, das ich nicht weiß. Stimmt's?«

»Nein!« rief Rafael. »Sagen wir einfach, daß ich in meinem fortgeschrittenen Alter jedem Mann gegenüber mißtrauisch bin, der sich meiner . . . Geliebten nähert.«

Doch Sebastian wollte mehr über die Gründe für Rafaels feindselige Haltung Lorenzo gegenüber wissen. »Es muß ziemlich schwierig für eure Familien sein, wenn ihr so verfeindet seid. War das immer so?«

»Wahrscheinlich. Seit ich ihn kenne, ist Lorenzo in skrupulose Geschäfte verwickelt, aber ich habe keine Lust, darüber zu sprechen, insbesondere, wo ich der Meinung bin, daß die Welt ohne Lorenzo besser wäre.«

»Kein Wunder, daß er verschwindet, wenn man mit deinem Erscheinen rechnet.«

Rafael lächelte, kein schönes Lächeln, und er nickte in Lorenzos Richtung. »Natürlich. Und du wirst feststellen, daß er auch dieses Mal bereits verschwunden ist.«

Am nächsten Tag brach Sebastian auf, er ritt im Morgengrauen mit seinen Männern und seiner Ausrüstung los. Mit Don Miguels Segen hatte er vor, vorübergehend in Cielo zu wohnen, bis er sich auf seinem eigenen Grund und Boden eine Behausung errichtet hatte. Sein Fortgang hinterließ eine Lücke; selbst Elizabeth, die noch immer in ihren Schmerz versunken war, vermißte ihn, denn er hatte stets für Leben im Haus gesorgt.

Und auch Rafael war in diesen Tagen selten zu Hause und überließ seine Gäste weitgehend sich selbst. Jeden Morgen stand er bei Anbruch der Dämmerung auf und war unterwegs, lange bevor die anderen nach unten kamen, und häufig kehrte er erst spät nachts zurück, wenn alle bereits schliefen. Doch durch seine rege Geschäftigkeit gelang es ihm, den Gedanken an Elizabeth und seine Zukunft zu verdrängen, und am 1. April hatte er alles beisammen, was er für seine erste Reise nach Enchantress brauchte. Er hatte vor, San Antonio am nächsten Mittwoch mit zehn Männern zu verlassen, und ordnete an, daß die übrigen fünfzehn Leute mit den langsameren, schwer beladenen Wagen und dem Vieh nachkommen sollten.

Bis zum 1. April hatten sie nichts mehr von den Komantschen gehört oder gesehen. Dann erschien zu aller Überraschung ein rangniedriger Häuptling namens Piava zusammen mit einer Frau in San Antonio. Die Texaner hatten früher schon mit Piava zu tun gehabt und allen Grund, ihm zu mißtrauen – er war als hinterhältig und verschlagen bekannt. Wie auch immer, er erklärte, daß die Pehnahterkuh viele weiße Gefangene hätten und bereit seien, sie gegen die von den Texanern gefangengehaltenen Komantschen auszutauschen.

Es war eine unfreundliche Zusammenkunft, und Rafael, der die Szene aus einiger Entfernung verfolgte, fragte sich, ob Piava die Wahrheit sagte und es wirklich noch lebende Gefangene gab.

Als Piava und die Frau gegangen waren, ging Rafael schnell zu Colonel Fisher hinüber und sagte: »Wenn ich Sie wäre, würde ich einige meiner besten Rangers losschicken und das Lager der Komantschen auskundschaften lassen. Ich persönlich glaube nicht ein Wort von dem, was er gesagt hat.«

Fisher nahm Rafaels Rat an, und tatsächlich gelang es einem Trupp etwas mutigerer Rangers, das Lager ausfindig zu machen. Als sie zurückkamen, berichteten sie, daß sie – wenn überhaupt – nur wenige Weiße gesehen hätten. Den Colonel mitleidig ansehend, sagte Rafael ohne Spott: »Ich habe Sie gewarnt – geben Sie alle Hoffnung auf, was die Gefangenen betrifft. Sie sind alle schon lange tot.«

Doch Rafael schien sich geirrt zu haben, denn am Samstag, dem 4. April, brachte Piava einen mexikanischen Gefangenen und ein fünf Jahre altes Mädchen mit Namen Putnam zur Mission. Das weiße Kind war ebenso schrecklich zugerichtet wie die arme Matilda Lockhart. Es konnte kein Englisch und schrie mitleiderregend nach seiner Komantschen-»Mutter«.

Die Soldaten standen mit schußbereiten Gewehren hinter ihm, als Fisher Piava streng ansah und fragte: »Und die anderen? Du sagtest, ihr habt viele Gefangene.«

Piava und die übrigen Krieger, die ihn begleitet hatten, starrten Fisher mit hochmütigen, haßerfüllten Blicken an. Einige von ihnen hatten die Pfeile angelegt, während sie, bereit, beim ersten Anzeichen eines Angriffs der Texaner den Kampf zu eröffnen, auf ihren Ponys saßen.

Piava wollte Fishers Frage nicht beantworten, sondern starrte die Weißen nur mit ausdruckslosem Gesicht an. Fisher konnte die in ihm aufsteigende Wut nicht verbergen und bedrängte Piava mit weiteren Fragen nach den Gefangenen. Doch Piava weigerte sich, etwas über sie zu sagen, erklärte aber schließlich, daß sie noch ein weißes Kind bringen würden.

Die Komantschen durften zwei der von den Texanern festgehaltenen Indianer mitnehmen, und Fisher versprach Piava schließlich wütend, daß sie noch einen Gefangenen ihrer Wahl mitnehmen dürften, wenn sie das weiße Kind herbrächten.

Als Piava dann mit einem weiteren mexikanischen Gefangenen und Booker Webster, einem weißen Jungen, zurückkam, erfuhren die Texaner schließlich, welches Schicksal die übrigen Gefangenen erlitten hatten. Nachdem Piava seinen Austauschgefangenen ausgewählt und in großer Eile mit ihm weggeritten war, begannen die Texaner, dem Jungen Fragen zu stellen, und sie erfuhren das grausame Schicksal der weißen Gefangenen.

Booker war etwa zehn Jahre alt. In seinen Augen stand das ganze Entsetzen und Leid, das er erlebt hatte, und seine Stimme schwankte, als er, mühsam die Tränen zurückdrängend, erzählte. »Sie haben sie zu Tode gequält, alle!« schrie er. »Sie haben ihnen bei lebendigem Leibe die Haut abgezogen und sie zerstückelt. Ich und das kleine Mädchen sind die einzigen, die nicht getötet wurden. Alle anderen, egal, ob Kinder oder Frauen, wurden langsam, grausam gefoltert und zu Tode gequält.«

Rafael hatte kommentarlos zugehört, sah dann in Fishers schokkiertes Gesicht und stieß voll Erbitterung hervor: »Und es hätte alles so ganz anders enden können. Ich nehme an, Sie sind zufrieden mit dem Ergebnis.« Damit drehte er sich auf dem Absatz um und eilte davon, zu wütend und enttäuscht, um die Gegenwart der Männer ertragen zu können, die unter dem Mäntelchen der Rechtschaffenheit jede Hoffnung auf einen Frieden mit den Komantschen zerstört hatten.

21

Rafael kehrte in ein stilles Haus zurück. Don Miguel und seine Frau waren früh am Morgen zu einem zweitägigen Besuch bei entfernten Verwandten von Doṇa Madelina aufgebrochen, die mehrere Meilen von San Antonio entfernt lebten. Rafael war aus verschiedenen Gründen gegen diesen Besuch gewesen, wobei der Hauptgrund die Möglichkeit eines Indianerangriffs war. Aber Don Miguel ließ sich nicht umstimmen, und als er darauf hinwies, daß sie mit gutbewaffnetem Begleitschutz reisten, mußte Rafael seine Einwände schließlich aufgeben. Ein weiterer Grund war natürlich Elizabeth Ridgeway.

Es war zwar immer noch Seṇora López im Haus, aber es gefiel Rafael trotzdem nicht. Bis zur Rückkehr von Don Miguel und Doṇa Madelina würden nur die Dienstboten bei den beiden Frauen sein, wenn er selbst abgereist war. Doch auch wenn er Bedenken hatte, Elizabeth ohne männlichen Schutz zurückzulassen, so blieb er bei seinem Entschluß, die Reise nicht bis zur Rückkehr Don Miguels zu verschieben. Und so hatte er sich auch schon von seinem Vater verabschiedet.

Als er alle Vorbereitungen für seine Abreise am nächsten Tag getroffen und plötzlich nichts mehr zu tun hatte, wurde Rafael die Zeit auf einmal sehr lang. Nach einem einsamen Mittagessen im Speisezimmer – Elizabeth und Seṇora López hatten sich ihr Essen aufs Zimmer bringen lassen – ging er noch einmal alle Punkte durch; doch damit war er schnell fertig, und er stellte zu seiner höchsten Verärgerung fest, daß seine Gedanken wieder und wieder zu der Engländerin wanderten.

Er hatte sie bewußt nicht über seine Reise nach Enchantress informiert, doch er war sicher, daß sie wußte, daß er am nächsten Morgen aufbrechen würde. Und während er sich bis zum Anbruch der Nacht von allen verabschiedet hatte, Seṇora López inbegriffen, hatte er Elizabeth noch immer nichts gesagt.

Er hatte sie kaum gesehen, war zu beschäftigt mit seinen Reisevorbereitungen gewesen, und sie verbrachte noch immer den größten Teil ihrer Zeit auf ihrem Zimmer. Es gefiel Rafael nicht, aber zum ersten Mal in seinem Leben wußte er nicht, was er tun sollte. Er hätte sie am liebsten aus ihrer Lethargie wachgerüttelt, doch er spürte, daß sie mehr Zeit als andere brauchte, um mit dieser Tragödie, die sie so plötzlich zur Witwe gemacht hatte, fertig zu werden. Allmählich verließ ihn die Geduld. Nathan war jetzt seit über zwei Wochen tot, und er hielt es für an der Zeit, daß sie aufhörte, sich abzukapseln, und versuchen mußte, die Scherben ihres Lebens zusammenzukittten. Wie genau das vor sich gehen sollte, wußte er selbst nicht – er wußte nicht einmal, ob er überhaupt wollte, daß sie im Augenblick irgendeine Entscheidung traf –, er wollte nur, daß sie nicht länger still und blaß und mit traurigen Augen herumlief. Er wollte sie wiederhaben, wollte sie zurückhaben aus der Welt der Geister, in die sie sich zurückgezogen hatte, selbst wenn das bedeuten sollte, daß sie sich wieder fauchend und schimpfend gegen ihn zur Wehr setzte.

Als er in jener Nacht, lange nachdem die letzten Walfischtranlampen gelöscht und der letzte Diener sein Quartier aufgesucht hatte, schlaflos in seinem Bett lag, erkannte Rafael, daß er nicht fortgehen konnte, ohne noch einmal mit Elizabeth geredet zu haben. Es gab Dinge zwischen ihnen, die ausgesprochen werden mußten, und das konnte er ebenso gut auch jetzt tun. Bis auf Señora López waren sie allein im Haus, und diese hatte einen festen Schlaf und war zudem schwerhörig. Es war also ziemlich unwahrscheinlich, daß jemand einen möglichen Streit zwischen ihnen mitanhören würde.

Nackt schlüpfte er aus dem Bett und zog sich einen weinroten seidenen Hausmantel über, dessen Gürtel er lose um seine schmale Taille band. Er überlegte flüchtig, ob er sich richtig anziehen sollte, verwarf diesen Gedanken jedoch wieder. Was er Elizabeth zu sagen hatte, würde nicht viel Zeit in Anspruch nehmen.

Auch Elizabeth konnte nicht schlafen, und sie kämpfte gegen die Versuchung an, durch das Schlafmittel Vergessen zu finden. In den letzten Nächten war es ihr gelungen, ohne Schlafmittel zu schlafen, und sie hoffte, daß sie nicht mehr abhängig davon war.

Es war eine schöne Nacht, die Luft war kühl, aber nicht kalt. Elizabeth ging zu der auf den kleinen Balkon führenden Tür hinüber, trat auf den Balkon hinaus und sog die beruhigende Stille der Nacht in sich auf. Sie trug ein zartes, durchsichtiges Nachthemd in blassem Pink, und der Vollmond über ihr zeichnete die Konturen ihres schlanken, verführerischen Körpers deutlich ab. Er verwandelte ihr blondes, sich über ihren Rücken herunterlockendes Haar in pures Silber, lag liebkosend auf ihrem Busenansatz. Das Gewand war ärmellos, und auf ihren nackten Armen und ihren feinen Zügen lag ein silberner Hauch, während sie auf dem Balkon stand und ins Leere starrte.

Rafael klopfte leise an die Tür, doch die in ihre trüben Gedanken versunkene Elizabeth hörte ihn nicht. Rafael stand im Gang und runzelte nachdenklich die Stirn; er überlegte kurz, ob er wieder in sein Zimmer zurückgehen sollte. Doch etwas, das stärker als alle Konventionen war, trieb ihn, und so öffnete er die Tür und betrat den vom Mondlicht durchfluteten Raum.

Erst als Rafael die Tür hinter sich schloß, bemerkte Elizabeth, daß jemand ihr Zimmer betreten hatte. Erschrocken wirbelte sie herum, und als sie Rafael auf sich zukommen sah, begann ihr Herz wie verrückt in ihrer Brust zu hämmern.

Sie stand im Licht des Mondes, und ihre ganze bezaubernde Schönheit war deutlich zu erkennen. Als das Verlangen seinen Körper wie ein Feuerschwall durchschoß, konnte er plötzlich nur noch an eines denken. Er war ein sehr leidenschaftlicher Mann und besaß nicht die Willensstärke, die in ihm aufsteigende Erregung zu unterdrücken.

Elizabeth blickte ihm aus weitaufgerissenen, wachsamen Augen entgegen. Sie wollte weglaufen, wollte schreien, gleichzeitig jedoch wollte sie stehen bleiben, wo sie stand, und sich von der ihm deutlich anzusehenden Leidenschaft umhüllen lassen.

Wenige Schritte von ihr entfernt blieb er, das Gesicht im scharfen Kontrast von Licht und Schatten, stehen. Sein weinroter Hausmantel wirkte dunkel im Licht des Mondes, so dunkel, daß seine Farbe kaum zu erkennen war. Der Mantel stand bis zur Taille offen, und seine dunkle Brust leuchtete silbern auf. Doch sein blauschwarzes Haar blieb dunkel, dunkel wie die Nacht.

Schweigend starrten sie einander an. Elizabeth wußte, daß sie verloren war, wenn sie das Schweigen nicht brach, und fragte in plötzlichem Zorn: »Was denken Sie sich eigentlich, mitten in der Nacht in mein Zimmer zu kommen? Sind Sie verrückt geworden?«

Rafael lächelte, ein Lächeln, das fast nur ein Kräuseln der Lippen und ohne jeden Humor war. »Wahrscheinlich. Aber ich wollte mit dir reden, bevor ich morgen früh abreise, und da du nicht im Morgengrauen aufzustehen pflegst, scheint mir dies ein angemessener Zeitpunkt.« Mit böser Miene fügte er hinzu: »Weißt du überhaupt, daß ich morgen früh für mehrere Wochen verreise?«

Elizabeth nickte, von plötzlicher Angst erfüllt. Die Schuld- und Reuegefühle, die Nathans Tod in ihr ausgelöst hatten, durchfluteten sie erneut, erregten sie fast bis zum Wahnsinn, als sie sich wütend sagte, daß es sie nichts anging, was Rafael Santana tat oder nicht tat, und daß all das nicht geschehen wäre, wenn sie ihm nicht begegnet wäre – Nathan würde noch leben. Es ist alles *seine* Schuld, dachte sie mit der Logik eines Menschen, der vor Kummer und Schuldgefühlen halb wahnsinnig war, und all ihre Wut, all die in ihrer Brust angestauten Schuldgefühle zusammennehmend, stieß sie hervor: »Ja! Und von mir aus können Sie zur Hölle gehen!«

Sie war selbst entsetzt über ihre Worte, doch ihre Gedanken waren so verworren, daß die Worte aus ihr heraussprudelten, ehe sie nachdenken konnte. Rafael war der Funke in all den in ihr brodelnden Schuldgefühlen. In diesem Augenblick haßte sie ihn wirklich, und sie fuhr eigensinnig fort: »Sind Sie gekommen, um sich an meinem Unglück zu weiden? Glauben Sie, daß ich jetzt, da mein Mann tot ist, Ihresgleichen wehrlos ausgeliefert bin?« Ihre Stimme wurde schrill und hysterisch, und sie schrie: »Nun, dann muß ich Sie eines Besseren belehren! Ich habe Ihnen nichts zu sagen, nicht jetzt und zu keiner anderen Zeit! Und wenn sie nicht sofort aus meinem Zimmer verschwinden, werde ich... werde ich...« Sie hielt inne, ihr Kopf war plötzlich leer, während sie nach dem Gemeinsten suchte, was sie ihm antun konnte.

»Du wirst was tun?« fragte Rafael sanft. »Mich erschießen? Erstechen?« Seine Augen hingen an ihrem weichen Mund, während er flüsterte: »Oder mich zu Tode lieben?« und sie in seine Arme zog.

Er küßte sie voll Verlangen, er spürte ihren kaum verhüllten Körper, und das war mehr, als er ertragen konnte. Seine Zunge drängte sich in ihren Mund, forderte eine Erwiderung der tiefen, heißen Gefühle, die seinen Körper durchzogen.

Einen verrückten, wilden Augenblick lang gab Elizabeth sich ihm hin, ließ sich fallen in seinen leidenschaftlichen Kuß und den köstlichen Schmerz, wieder in diesen starken Armen zu liegen. Sie konnte seine Erregung spüren, die sich hart und fordernd gegen ihren Leib drängte. Dann jedoch riß sie sich mit einem wütenden Aufschrei von ihm los, sah ihn mit funkelnden Augen an und rief hitzig: »Wie können Sie es wagen! Mein Mann ist erst zwei Wochen tot, und...« Ihre Brust hob und senkte sich vor Erregung, und plötzlich sprach sie den Gedanken aus, vor dem sie die ganze Zeit Angst gehabt hatte. »Sie haben sich seinen Tod gewünscht!« warf sie ihm vor. »Ja, ja, das haben Sie! Sie haben es an jenem schrecklichen Tag sogar auch gesagt!« Vollkommen die Kontrolle über sich verlierend, hämmerte sie mit ihren kleinen Fäusten in sein Gesicht und auf seine Brust. »Sie haben seinen Tod gewollt!« schrie sie wieder und wieder.

Rafael war um einiges größer als sie, doch ihre Wut verlieh Elizabeth Kräfte, die sie beide überraschte, und sie versetzte ihm mehrere schmerzhafte Schläge auf Gesicht und Hals, ehe es ihm gelang, ihre Hände festzuhalten.

Sie starrte ihn trotzig an, der Schimmer ungeweinter Tränen verlieh ihren Augen einen verführerischen Glanz. Während er in ihr schönes Gesicht hinuntersah, gab er spröde zu: »Ich wollte, daß er aus deinem Leben verschwindet, aber nicht unbedingt, daß er stirbt.«

»Warum?« fauchte sie. »Damit Sie mich zu Ihrer Geliebten machen können? Haben Sie wirklich geglaubt, daß ich so leicht zu erobern bin?« Mit einer blitzschnellen Bewegung entwand sie sich seinem Griff, starrte ihn an und sagte mit vor Wut bebender Stimme: »Niemals! Nie, nie, nie! Verstehen Sie? Ich hasse Sie! Ich hasse Sie, und eher sterbe ich, ehe ich mich von Ihren dreckigen Komantschen-Händen berühren lasse!« Es war das Gemeinste, was sie zu ihm sagen konnte, doch sie war wie vom Teufel geritten, und sie tat sich damit ebenso weh wie ihm.

Sein Gesichtsausdruck blieb unverändert, und plötzlich außer sich vor Wut, schlug Elizabeth ihm mit der flachen Hand kräftig ins Gesicht. Einen Augenblick sah Rafael sie schweigend an, dann schlug er sie seinerseits. Nicht mit ganzer Kraft, doch immerhin hart genug, daß Elizabeths Kopf nach hinten flog, während das Geräusch des Schlags wie ein Pistolenschuß im Raum widerhallte.

Der Abdruck seiner Hand brannte auf ihrer Wange. Leise aufschluchzend rannte Elizabeth von ihm weg und warf sich mit dem Gesicht nach unten auf das Bett – und plötzlich strömten all der Schmerz und all die Tränen, die sie bei Nathans Tod und auch bei seinem Begräbnis nicht hatte vergießen können, wie bei einem Dammbruch ungehemmt aus ihr heraus. Sie weinte lange Zeit, und Rafael, dessen Erregung verflogen war, betrachtete sie mit leerem Blick, bis er es nicht länger ertragen konnte.

Er war nie ein sanfter oder zärtlicher Mann gewesen, doch jetzt, als er ihre Verzweiflung nicht mehr mitansehen konnte und neben sie aufs Bett sank und die zitternde, schluchzende Elizabeth in seine Arme schloß, war er es plötzlich. Endlose Sekunden lang hielten sie sich umschlungen, während Elizabeth all die bitteren Tränen der Reue und Schuld weinte, die sie so lange unterdrückt hatte, und Rafael sie sanft und zärtlich in seinen Armen hielt, seine Lippen beruhigend über ihr Haar gleiten ließ, seine Hände tröstend ihre Arme und Schultern streichelten und er die ganze Zeit leise, tröstende Worte murmelte, vielleicht sogar, ihm selbst nicht bewußt, Worte der Liebe.

Allmählich versiegten ihre Tränen, und Elizabeth lehnte erschöpft ihr tränennasses Gesicht gegen Rafaels warme, nackte Brust. Sie war innerlich vollkommen ausgebrannt, das ganze Leid, das sich so lange in ihr angestaut hatte, hatte sich entladen, ließ sie mit nichts als einer ungewissen, einsamen Zukunft zurück. Und während ihr Kopf langsam wieder normal zu arbeiten begann, wurde sie sich plötzlich bewußt, in welch vertraulicher Situation sie und Rafael sich befanden.

Sie lagen auf dem Bett, Rafael hielt sie umschlungen, Elizabeth preßte ihr Gesicht an seine nackte Brust, und er streichelte, im Augenblick ziellos, mit einer Hand ihre Hüften und Schenkel. Es war nur eine leichte Berührung, doch jetzt, da sie sich ihrer bewußt wurde, schien sie wie eine Flamme durch den dünnen Stoff ihres Nachthemds hindurch auf ihrer Haut zu brennen. Seine andere Hand streichelte sanft ihren Kopf und ihre Schultern, schob ihr wirres Haar zurück, während er sie sanft auf Stirn und Schläfen küßte. Sie lag still da, wollte diesen Augenblick auskosten und für alle Zeiten bewahren – sie lag in seinen Armen, und er erwies ihr all die Zärtlichkeit und Zuwendung, all die liebevolle Besorgnis und den Trost, die eine Frau sich nur wünschen konnte.

Den Augenblick, als er aufhörte, sie zu trösten, als die Berührungen seiner Hände zielgerichteter wurden, würde Elizabeth nie vergessen. Sie sah in sein Gesicht hinauf, wollte sich entschuldigen für ihre Unbeherrschtheit, doch der Blick, mit dem er sie ansah, nahm ihr den Atem und ließ ihr Herz freudig und angstvoll zugleich schlagen.

Rafael sah sie feierlich an, wollte sich ihre feinen, schönen Züge für immer einprägen. Elizabeth gehörte zu den glücklichen Frauen, die eher noch schöner waren, wenn sie geweint hatten, und Rafael wußte, daß er nicht in der Lage war, von ihr abzulassen.

Er versuchte es, doch alles schien dagegen zu sein. Sie lag so warm und weich in seinen Armen, und als er sie widerstrebend von sich schob, eröffneten sich seinem Blick noch weitere ihrer Reize, die durch das Nachthemd hindurchschimmerten – der anmutige Schwung ihrer Hüften und ihre schlanken Schenkel hoben sich unter dem zarten Stoff deutlich ab. Gebannt starrte er auf ihren so verführerisch dargebotenen, schlanken Körper, einen endlosen Augenblick lang blieben seine Augen an dem kaum wahrnehmbaren goldenen Dreieck zwischen ihren weißen Schenkeln hängen. Dann zog er sie aufstöhnend wieder an sich, sein Mund suchte den ihren, und die Berührung seiner Hände war kein bißchen ziellos mehr.

Bei den anderen Malen, als Rafael sie geliebt hatte, hatte ihrem Liebesakt eine gewisse Grausamkeit angehaftet, heute nacht jedoch nicht. Heute nacht war er der aufregende Liebhaber, nach dem sich jede Frau sehnte.

Trotz seines Verlangens nahm Rafael sich Zeit, entfernte langsam, aber entschieden den Hauch von einem Nachthemd, das die Schönheit ihres Körpers nebelhaft vor seinen hungrigen Augen verhüllte. Und Elizabeth machte, wie hypnotisiert von dem nackten Verlangen in seinen grauen Augen, keine Bewegung, um ihn aufzuhalten; ihr Körper wölbte sich ihm entgegen, wollte weiter von seinen dunklen Händen berührt werden.

Doch er berührte sie nicht sofort, sondern hob den Kopf und starrte ihren zartgliedrigen Körper an. Sie war ungeheuer begehrenswert, ihr Körper ein rosa-alabasterfarbener Altar, dem er seine Huldigung erwies, während seine Männlichkeit hart wurde vor Verlangen, sich in ihren heißen, seidigen Tiefen zu verlieren.

Er senkte den Kopf, küßte sie leidenschaftlich und schlüpfte, ohne seine Lippen von ihrem Mund zu lösen, aus seinem Hausmantel, bis er nackt und warm neben ihr war. Kühn ließ Elizabeth ihre Hand über seinen festen Bauch gleiten, und sie erschauerte vor Wonne, als er aufstöhnte und leicht in ihren Hals biß.

Rafaels Hände erforschten ihren Körper, glitten ihren Rücken hinunter, umschlossen besitzergreifend ihren festen Hintern und zogen sie enger an sich heran. Sein Mund schien überall zu sein, auf ihren Lippen, ihren Schultern und Brüsten, und Elizabeth erschauerte unter der Gewalt der Leidenschaft, die er erweckte, sehnte sich danach, seinen festen Körper auf dem ihren zu spüren.

Ungestüm begann auch sie, seinen Körper zu erforschen, sie wollte herausfinden, warum gerade dieser Mann sie dazu bringen konnte, die Kontrolle über sich zu verlieren und sie in ein sinnliches Wesen zu verwandeln, das nichts anderes wollte, als von ihm in Besitz genommen zu werden. Schamlos wanderten ihre Hände über seine muskulöse, glatte Brust hinunter, genossen die Berührung seiner seidigen Haut. Doch damit nicht zufrieden, ließ sie eine Hand tiefer hinuntergleiten, bis sich ihre zitternden Finger schließlich um seine Männlichkeit schlossen. Ihre Größe und Hitze entlockten ihr ein überraschtes Aufstöhnen der Lust, und ihre Finger schlossen sich enger. Rafael fühlte sich von einer derartigen Woge der Leidenschaft durchströmt, daß er einen qualvollen Augenblick lang fürchtete, daß für ihn alles zu früh vorbei sein werde. Aufgewühlt stieß er hervor: »Mein Gott, Engländerin! Faß mich nicht an! Ich begehre dich zu sehr!«

Doch Elizabeth stand zu sehr im Bann ihrer sinnlichen Entdekkungsreise, sie wollte unbedingt herausfinden, was den Körper eines Mannes von dem einer Frau unterschied, und sie streichelte, erregt, weil sie ihn dort berühren durfte und ihm damit ebensoviel Lust schenkte, wie seine erfahrenen Hände ihr verliehen, sanft seine erregte, pulsierende Männlichkeit.

Das war zuviel für Rafael. Er riß sich mit einem unterdrückten Aufstöhnen von ihr los und starrte mit vor Erregung beinahe schwarzen Augen auf sie hinunter. »Hör auf«, stieß er mit belegter Stimme hervor, »wenn du nicht willst, daß ich mich auf dich anstatt in dich ergieße!«

Die Worte verliehen ihr ein Gefühl des Triumphes, und die Erkenntnis, daß sie ihn derart erregen konnte, daß er die Kontrolle über sich verlor, daß sie ihn mit ihren Händen ebenso zum Wahnsinn treiben konnte wie er sie, erregte sie fast noch mehr. Mit einem zufriedenen Lächeln auf den Lippen wölbte sie sich ihm entgegen, und ihre Brustwarzen brannten wie zwei Feuerspitzen an seiner Brust, als sie ihn wieder berührten.

Der letzte Rest an Selbtbeherrschung, den er noch aufgebracht haben mochte, verschwand. Fordernd preßte er seinen Mund auf ihre Lippen, und die Leidenschaft seines Kusses ließ Elizabeth das berauschende Spiel vergessen, das sie entdeckt hatte. Wie ein Verschmachtender hing er an ihrem Mund, riß die weichen Lippen auf, und Elizabeth erwiderte seinen Kuß mit der gleichen Leidenschaft, ihre neuentdeckte Sinnlichkeit ließ sie mutiger werden, und sie drängte hungrig ihre Zunge in seinen Mund.

Sie hatte keine Möglichkeit, ihm zu sagen, welch faszinierende Dinge sie in dieser Nacht entdeckte. Er würde ihr nie glauben, daß sie noch nie einen Mann so geküßt hatte, noch nie auf diese Weise den Körper eines Mannes erforscht und noch nie die seidige Härte eines männlichen Glieds gespürt hatte. Sie war berauscht, und beinahe schwindlig von ihren neuen Entdeckungen, ließ sie sich von der heißen Woge der Leidenschaft mitreißen, kannte keinerlei Hemmungen mehr.

Rafael hatte viele Frauen geliebt, aber keine hatte ihn so wie die Engländerin erregt und gefesselt – sie war wie ein starkes Narkotikum in seinem Blut, während er ihren schlanken Körper erforschte.

Alle anderen Frauen, die er gekannt hatte, waren vergessen – es gab nur noch die Engländerin für ihn.

Jetzt genügte es ihm nicht mehr, nur ihre glatte Haut zu streicheln. Seine Hände suchten das kleine Dreieck zwischen ihren Schenkeln, und er begann sie dort behutsam mit dem Finger zu berühren, was Elizabeth aufstöhnen und in wachsender Erregung hin- und herzucken ließ. Ihre Brüste sehnten sich beinahe schmerzhaft nach der Berührung seiner Lippen, und als spüre Rafael es, umspielte er mit Lippen und Zähnen ihre Brustwarzen und sandte damit heiße Flammen der Lust durch ihren ganzen Körper.

Sein Mund wanderte von einer Brust zur anderen, dann plötzlich glitt er langsam über ihren flachen Bauch hinunter, bis seine Lippen sich in den weichen goldenen Löckchen über ihren Schenkeln vergruben. Elizabeth erstarrte, und Rafael, der ihre Unsicherheit spürte, sah mit fiebrigen Augen zu ihr hoch. »Laß mich«, stieß er heiser hervor. »Du bist dort ebenso schön wie an allen anderen Stellen deines Körpers, und ich möchte dich schmecken, deinen Duft trinken. Laß mich!«

Sanft schob er ihre Beine auseinander, und sein Mund glitt mit schmerzhafter Langsamkeit über die goldenen Löckchen. Elizabeth glaubte, ihr Herz werde zerspringen, so schnell raste es. Es war eine köstliche Qual, als seine Zunge sie dort berührte, und als sie wie eine züngelnde Flamme in sie eindrang, wurde Elizabeths Körper starr vor übermächtiger Erregung. Ein schluchzender Seufzer der Lust entschlüpfte ihr, sie wußte nicht, ob sie wollte, daß er aufhöre oder weitermache. Doch in diesem Punkt hatte sie keine Wahl. Rafael sog den erregenden Duft ihres Körpers in sich auf, und sanft und ausgiebig erforschte er all die verborgenen Freuden dieses goldenen Dreiecks.

Dann schob er eine Hand unter ihre Hüften, hob ihren Körper, falls das überhaupt möglich war, noch näher zu sich heran, preßte ihn fest an seine Lippen und trieb sie mit seinen Lippen und seiner Zunge zur Ekstase. Sie schrie laut, wollte Rafael berühren, um ihm dieselbe wilde Freude zu schenken, doch sie konnte nur, gefangen in der alles betäubenden Lust, die Rafaels tastende Zunge erweckte, sich wild auf dem Bett hin- und herwerfen.

Keuchend wand sie sich unter seinen Lippen, stieß ihren Körper in an Wahnsinn grenzender Erregung gegen seine Lippen. Und dann geschah es. Woge um Woge der unglaublichsten Lust überflutete ihren Körper, und sie konnte nicht anders, als ihre Befriedigung herauszuschreien, während ihr Körper unter der Gewalt der Empfindungen, die Rafaels Zärtlichkeiten freigesetzt hatten, unkontrolliert zitterte und bebte.

Ihre Schreie und Bewegungen erregten und entflammten Rafael nur noch mehr. Leise aufstöhnend vor Zufriedenheit wanderte sein Mund langsam über ihren Körper zu ihren Lippen hinauf, und seine Zunge wühlte sich in die Süße ihres Mundes.

Wieder glitten seine Hände zwischen ihre Schenkel, und zu ihrer Verwunderung fühlte Elizabeth mit überwältigender Intensität erneutes Verlangen in sich aufsteigen.

Rafael bewegte sich leicht auf ihr, schob sanft ihre Beine auseinander, und mit einem Aufstöhnen schierer Lust fühlte Elizabeth ihn in sich eindringen. Ohne Hast bewegte er sich auf ihr, doch Elizabeth hungerte nach mehr, wollte, daß er schneller mache und ihr erneut die Lust schenke, die nur er ihr geben zu können schien.

Ihre Hände glitten über seinen breiten Rücken, umfaßten seinen Hintern; sie liebte es, seine angespannten Muskeln zu fühlen, während sein Körper den Rhythmus steigerte: »Ja, ja!« keuchte sie an seinem Mund. »Ja, ja!«

Unfähig, sich noch länger zurückzuhalten, stöhnte Rafael auf, und sein Körper stieß hart und schnell in den ihren, gab ihnen beiden die Lust, die sie ersehnten, bis Rafael mit einem tiefen Aufstöhnen auf ihr zusammenbrach. Als Elizabeth fühlte, wie er sich in ihr ergoß, wurde ihr ganzer Körper von einer Explosion flammender Lust durchschossen, bis sie, glühend und naß, zitternd unter ihm liegen blieb.

Ineinander verschlungen blieben sie liegen, keines schien die Atmosphäre inniger Intimität zerstören zu wollen, die sie umhüllte. Rafaels Mund war unsagbar zärtlich, als er ihr Gesicht küßte, auf ihren Augenlidern und ihrer Nase verweilte, bis er ihren Mund mit soviel Zärtlichkeit küßte, daß es Elizabeth die Tränen in die Augen trieb.

Rafael brachte es nicht fertig, sie zu verlassen, und blieb die Nacht bei ihr, und bis Anbruch der Dämmerung liebten sie sich noch zweimal. Als Elizabeth jedoch aufwachte, stand die Sonne bereits hoch am Himmel, und sie war allein.

22

Rafael hatte es eilig, nach Enchantress zu kommen, und trieb seine Männer zu größtmöglicher Eile an. Er hatte Elizabeth nicht allein lassen wollen, nicht jetzt, nicht, wo noch so viel Unausgesprochenes zwischen ihnen stand. Doch als er sich im kalten Licht der Dämmerung widerwillig aus dem warmen Bett erhob, hatte er beschlossen, seinen ursprünglichen Plan weiterzuverfolgen. Vielleicht war es das beste, sie eine Weile allein zu lassen, um ihnen beiden die Möglichkeit zu geben, sich über ihre Gefühle klarzuwerden.

An Heirat dachte er noch immer nicht, doch als er jetzt auf das halbverfallene Enchantress starrte, wußte er, daß er ihm seine alte Schönheit wiedergeben würde, Schönheit für seine eigene »bezaubernde Frau«. Und so schickte er seine Männer an die Arbeit, ließ sie die üppige Flora lichten, die die alte Hazienda umwucherte und ihre ehemalige Schönheit verbarg. Es war Schwerstarbeit; an die dreißig Jahre Urwald, die das Haus beinahe vollkommen umschlossen, mußten entfernt werden, bevor irgend etwas getan werden konnte.

Enchantress war einmal schön gewesen: ein kleines, im spanischen Stil erbautes Haus inmitten eines Tannenwaldes, der sich schützend über dem grünen Zimtfarn und den roten Heckenkirschen erhob, die sich hungrig um die Tannen wanden. Der die Hazienda umgebende Wald wimmelte von Leben, es gab da hübsche, zarte Azaleen, gelbumrandete Orchideen und eigenartig aussehende Sarazenien, Rotwild, Enten, Schweine, Pumas und Luchse, aber auch die gefährlichen Klapperschlangen und die tödlichen Korallenottern.

Das Haus war vor fast hundert Jahren erbaut worden, und wenn die Kletterpflanzen erst einmal entfernt waren, würde es von stattlicher Schönheit sein. Zwei Stockwerke hoch, mit feinen, schmiedeeisernen Balkonen, die um die gesamte zweite Etage herumliefen, und mit oben gerundeten Fenstern gefiel Rafael das Haus. Es besaß das typisch spanische rote Ziegeldach, und auch wenn die alten Ziegel dringend der Reparatur bedurften, so verliehen sie dem Haus doch seinen eigenen Charme. Es mochte vielleicht halb so groß sein wie die Casa grande in Cielo, doch als Rafael jetzt begierig durch die halbverfallenen Räume ging, war er recht zufrieden. Die Räume waren groß. Wenn das Haus neu möbliert, die Fenster geputzt, die Wände geschrubbt, gestrichen und tapeziert waren, der Boden repariert und mit Teppichen bedeckt war, würde es ein Zuhause sein, auf das jeder Mann stolz wäre und in dem jede Frau gern leben würde.

Sobald das Haus bewohnbar war, wollte er seine Männer dort schlafen lassen, bis die Wagen mit den Vorräten eingetroffen waren und passable Hütten für sie errichtet werden konnten. Mit Renaldo Sánchez war er durch den Wald beim Haus gegangen, um Plätze für den Bau einer neuen Scheune, der Gehege, der Hütten für die Männer auszusuchen, und wo der Garten angelegt werden sollte.

Er arbeitete hart und konzentriert, wollte keine Minute länger als nötig hier bleiben, denn Elizabeth und ihre ungeklärte Zukunft gingen ihm nicht aus dem Sinn. Fünf Tage nach seiner Ankunft war er soweit und ritt, nachdem er Renaldo alle notwendigen Instruktionen gegeben hatte, so schnell er konnte zu Elizabeth zurück.

Als sie aufgewacht war und feststellte, daß Rafael weg war, dachte sie zuerst, daß sie alles nur geträumt habe, doch das zerwühlte Bett belehrte sie eines Besseren. Rafael hatte die Nacht in ihren Armen verbracht, und sie hatte sich ihm leidenschaftlich hingegeben.

Beschämt über ihre Schwäche verließ Elizabeth schließlich ihr Schlafzimmer, wußte noch immer nicht, was sie zu Rafael sagen sollte, wenn sie sich das nächste Mal begegneten. Die Mitteilung von Señora López, daß er abgereist war, traf sie wie ein Keulenhieb. Sie wußte zwar selbst nicht, was sie erwartet hatte, ihr war nicht einmal klar, welche Bedeutung die letzte Nacht für ihre Zukunft hatte, doch daß er fortgeritten war, ohne ihr etwas zu sagen, ohne ihr wenigstens eine Nachricht zu hinterlassen, tat ihr weh. Es hat ihm nichts bedeutet! sagte sie sich bitter. Er wollte nur den Körper einer Frau, und meiner war zufällig da!

Jetzt erkannte sie, wie töricht sie gewesen war zu glauben, daß ihre zärtliche Liebesnacht ihm mehr bedeutet hatte als die Befriedigung seines Verlangens.

Grimmig faßte sie daher den Entschluß, daß es an der Zeit sei, San Antonio zu verlassen. Ihr Leben mußte weitergehen, auch wenn ihr das Herz brach.

Als Don Miguel und Doña Madelina am nächsten Tag von ihrem Besuch zurückkehrten, kam ihnen eine aufgelöste Señora López entgegen. »Sie fährt weg!« jammerte sie. »Sie hat es mir heute morgen gesagt! Sie hat ihre Diener angewiesen, ihre Wagen und Tiere reisefertig zu machen, damit sie am Samstag nach Natchez aufbrechen können.«

Beunruhigt, weil sie all ihre Hoffnungen auf eine Heirat dahinschwinden sahen, eilten die beiden Santanas in den kleinen Salon, wo Elizabeth damit beschäftigt war, die Liste all der Dinge durchzugehen, die vor ihrer Abreise erledigt werden mußten. Als die beiden mit bestürzten Mienen den Raum betraten, blickte Elizabeth überrascht auf und lief besorgt auf sie zu.

»Ist irgend etwas nicht in Ordnung?« fragte sie ahnungsvoll und fürchtete, daß sie schlechte Nachrichten über Rafael bringen könnten.

Don Miguel faßte sich als erster. Sein Gesicht nahm einen strengen Ausdruck an, und er sagte ernst: »Etwas nicht in Ordnung? Allerdings! Haben Sie wirklich vor, ohne Begleitschutz nach Natchez zurückzureisen? Sie können die lange Reise nicht ohne männlichen Schutz antreten!«

Elizabeth sah sehr hübsch und sehr zerbrechlich in ihrem schwarzen Kleid mit den zu Schaukeln über den Ohren festgesteckten Zöpfen aus. Sie schenkte ihm ein Lächeln. »Jetzt, wo mein Mann tot ist, Señor, habe ich keine andere Wahl. Ich muß nach Hause zurück. Ich kann nicht immer hier bleiben und Ihre Gastfreundschaft...« Sie zögerte und fuhr fort: »... und die Ihres Sohnes in Anspruch nehmen. Ich kann Ihnen gar nicht genug für all Ihre Freundlichkeiten danken, aber es ist an der Zeit, daß ich mich daranmache, mein Leben selbst in die Hand zu nehmen und einen neuen Anfang zu machen.«

»Aber das dürfen Sie nicht!« rief Doņa Madelina. »Wir hatten so gehofft, daß Sie und . . .« Ihre Stimme verlor sich, als sie den warnenden Blick ihres Mannes auffing. Dann fuhr sie in ruhigerem Ton fort: »Es besteht kein Grund zur Eile für Sie. Warten Sie, bis mein Stiefsohn zurück ist. Er kann Sie in Ihre Heimat bringen.«

Dieser Vorschlag gefiel Don Miguel über die Maßen, und er stimmte seiner Frau eifrig zu. Doch das war das letzte, was Elizabeth wollte. Ihr Blick war überraschend hart, als sie ruhig erwiderte: »Nein. Es tut mir leid, aber ich kann nicht länger bleiben. Ich weiß, es schickt sich nicht für eine junge Frau wie mich, ohne den Schutz eines Verwandten oder Familienfreundes zu reisen, aber ich habe keine andere Wahl.«

Sie ließ sich nicht umstimmen und blieb bei ihrem Entschluß, am Samstag abzureisen. Und sie würde es auch getan haben, wenn sie nicht am Freitagabend von einem dieser mysteriösen Fieber befallen worden wäre, die in dieser Gegend so häufig und ohne jede Vorwarnung auftreten.

Anfangs fühlte sie sich nur ein wenig schlapp und bekam bohrende Kopfschmerzen, die sie als psychisch begründet abtat, doch als sie am Samstagmorgen aufwachte, hatte sie hohes Fieber und war nicht in der Lage aufzustehen. Es war ein besonders heftiger Anfall, und ein paar Tage lang sah es so aus, als würde sie ihrem Mann bald in sein einsames Grab folgen.

Die nächsten paar Wochen verbrachte sie im Bett. Sie war so geschwächt durch das hohe Fieber, daß sie kaum in der Lage war, den Kopf zu heben, um den ihr von Seņor López und Doņa Madelina gereichten Gerstenschleim zu essen. Das Fieber nahm sie derart mit, daß sie erst in der ersten Maiwoche zum ersten Mal ihr Bett verlassen konnte.

Zwei Tage später kehrte Sebastian braungebrannt und mit wettergegerbtem Gesicht zurück, und er war schockiert über ihr Aussehen. In ihrer schwarzen Witwenkleidung wirkte sie ungeheuer winzig und zerbrechlich, und ihre durchscheinende, blasse Haut, die deutlich sichtbaren blauen Adern an Schläfen und Hals und die tiefen Schatten unter ihren veilchenblauen Augen sagten ihm deutlich, daß sie schwer krank gewesen war.

Alle behandelten sie wie eine kostbare Porzellanpuppe, umsorgten und verwöhnten sie, und dank dieser Pflege und ihres eigenen Willens ging es ihr bald wieder besser. Die ersten paar Tage, nachdem sie das Krankenbett verlassen hatte, verbrachte sie meist im Garten im Schatten eines riesigen Baumwollbaumes und ruhte sich aus, um wieder zu Kräften zu kommen. Als sie sich wieder kräftiger zu fühlen begann, die tiefen Schatten unter ihren Augen verblaßten und sie wieder zugenommen hatte, machte Sebastian mit ihr in einem offenen Gig Spazierfahrten in die Umgebung von San Antonio – aus Angst vor den Komantschen entfernte er sich allerdings nie zu weit von der Stadt.

Diese Ausfahrten an der frischen Luft taten ihr gut. Die Sonne verlieh ihren blassen Wangen einen goldenen Hauch, die frische Luft regte ihre Lebensgeister an, und ihre Augen bekamen wieder Glanz. Froh über ihre Genesung, begann sie wieder an ihre Abreise nach Natchez zu denken, denn Rafael konnte jeden Tag zurückkommen.

Als sie eines Nachmittags wieder eine Spazierfahrt mit Sebastian unternahm, sagte sie in beiläufigem Ton: »Ich werde diese Spazierfahrten mit Ihnen sehr vermissen, wenn ich wieder in Natchez bin – die Spazierfahrten, die herrliche, abwechslungsreiche Landschaft und natürlich die liebe Señora López und Don Miguel und Doña Madelina.«

Den Blick auf das glänzende Hinterteil der kleinen kastanienbraunen Stute geheftet, fragte Sebastian in betont gleichgültigem Ton: »Sie wollen uns verlassen?«

Mit bekümmerter Miene antwortete sie wahrheitsgemäß: »Ich muß. Ich habe Nathans Eltern von seinem Tod benachrichtigt, und auch meinen Vater, aber ich habe eine Reihe von Dingen zu erledigen. Ich kann nicht ewig in San Antonio bleiben. Mein Zuhause ist in Natchez, und ich muß hinfahren, und zwar bald.«

Sebastian runzelte die Stirn. Seine unglückliche Liebe zu Elizabeth hatte er schließlich überwunden, doch seitdem war er ungewöhnlich zynisch geworden. Was für ein Spiel hatte sie jetzt im Sinn? Rafael wollte doch sicher, daß sie in San Antonio blieb? Hatten sie sich gestritten, bevor sein Vetter nach Enchantress reiste, und wollte sie ihn jetzt mit ihrer Abreise bestrafen?

Skeptisch sah er sie an, mochte nicht so recht glauben, daß sie zu soviel Heimtücke fähig war. Andererseits, warum eigentlich nicht? So etwas würde doch zu einer Person wie ihr passen!

Doch er hatte das Gefühl, sie von ihren Reiseplänen abbringen zu müssen, und sagte vorsichtig: »Halten Sie das für klug? Was sagt Rafael dazu?«

Unwillkürlich schloß sich Elizabeths Hand fester um den Griff ihres Sonnenschirms. Ist mir die dunkle Anziehungskraft, die Rafael auf mich ausübt, so deutlich anzumerken? dachte sie gequält. Trotzdem erwiderte sie ruhig: »Ich glaube kaum, daß meine Pläne Señor Santana etwas angehen.« Dann plötzlich wunderte sie sich, wieso Sebastian überhaupt solch eine Frage stellte, und sie fragte scheinbar unbekümmert: »Warum sollte ihn das denn überhaupt interessieren?«

Sebastians Lippen wurden schmal bei soviel Verlogenheit. Wie konnte sie dasitzen und so tun, als sei nichts zwischen ihr und Rafael? Wieviel Verdorbenheit lag hinter diesen schönen Augen und diesen süßen Zügen!

Er hielt es für höchste Zeit, ihr zu sagen, daß er ihren wahren Charakter kenne, und entgegnete erbittert: »Sie brauchen mir nicht mehr die Unschuldige vorzuspielen!« Sie böse ansehend, fügte er in beinahe vorwurfsvollem Ton hinzu: »Rafael hat mir alles über Sie erzählt.«

Elizabeth erstarrte und fragte dann mit ebenso bösem Blick: »Was wollen Sie damit sagen? Was könnte er ihnen über mich erzählt haben?«

Sebastian bemühte sich nicht, seine Gefühle zu verbergen. Er gab ein häßliches Lachen von sich und erwiderte beißend: »Auf jeden Fall mehr, als ich je erwartet hätte, das dürfen Sie mir glauben!« Als er ihre entsetzte Miene sah, fügte er bitter hinzu: »Sie brauchen mir nichts mehr vorzuspielen, verdammt noch mal! Auch wenn ich jetzt weiß, wer Sie sind, werde ich es niemandem erzählen. Sie brauchen also keine Angst zu haben, daß die feinen Damen von San Antonio es erfahren.«

Mit gefährlich leiser Stimme fragt Elizabeth: »Und was genau hat Rafael Ihnen erzählt? Wie lautet das düstere Geheimnis?«

Sebastian warf ihr einen schnellen Blick zu; zum ersten Mal seit Wochen begann er, an dem, was Rafael ihm erzählt hatte, zu zweifeln. Doch er schob diese Gedanken schnell wieder beiseite und sagte müde: »Ich habe Sie in jener Nacht in Cielo gesehen, als Sie und Rafael sich im Hof umarmten, und ich habe ihn deswegen später zur Rede gestellt. Da ich es mit eigenen Augen gesehen hatte, mußte er wohl oder übel zugeben, daß Sie seine Geliebte sind, und zwar seit Jahren.« Und in beinahe verächtlichem Ton schloß er: »Sie sind seit Jahren seine Geliebte – warum also wollen Sie nach Natchez zurück? Jetzt, wo Ihr Mann tot ist, brauchen Sie sich doch nicht mehr heimlich zu treffen.«

Elizabeth war so erschlagen von Sebastians Eröffnung, daß sie einen Augenblick sprachlos war. Als ihr dann die volle Bedeutung seiner Worte klarwurde, schoß eine ungeheure Wut in ihr hoch, und sie herrschte ihn an: »Was für Klatschtanten Männer doch sind! Ich war also seine Geliebte, ja? Sehr schön, dann danke ich Ihnen, daß Sie es mich wissen ließen! Und Sie dürfen versichert sein, daß ich mich bei Ihrem liebenswerten Vetter bei unserer nächsten Begegnung für diesen Rufmord bedanken werde.« Ihre Augen waren voll Verachtung, als sie ihm zornig ins Gesicht schleuderte: »Und Sie Narr haben ihm geglaubt! Dabei dachte ich, Sie wären mein Freund!«

Gereizt erwiderte Sebastian: »Ich *bin* Ihr Freund! Daß Sie Rafaels Geliebte sind, ändert nichts daran. Ich wollte nur, daß Sie wissen, daß ich von Ihrer Beziehung weiß, damit Sie mir nicht länger vorzuspielen brauchen, Rafael sei fast ein Fremder für Sie. Ich hasse Heuchelei mehr als alles andere, und ich hätte Ihnen so etwas nie zugetraut, Beth.«

Elizabeth war nahe daran, die Beherrschung zu verlieren. Wie konnte er es wagen? dachte sie wütend. Wie konnte er Sebastian solche Lügen über sie erzählen? Ich bringe ihn um, dachte sie fast hysterisch. Nicht genug, daß er ihre Schwäche für ihn ausnutzte, er behauptete auch noch, daß sie eine Frau ohne Moral sei, und das anderen gegenüber! Was für eine Gemeinheit! Und Sebastian hatte ihm geglaubt! Verzweifelt, zutiefst verletzt und außer sich vor Wut starrte Elizabeth wie versteinert nach vorne, und sie legten die Rückfahrt zum Haus in San Antonio in eisigem Schweigen zurück.

Es war kein schöner Tag für Elizabeth. Sie war zutiefst verletzt, daß Sebastian Rafaels Lügen über sie Glauben geschenkt hatte, und außer sich vor Wut auf Rafael selbst. Sie war gerade aus dem Gig gestiegen und hatte kaum die Eingangshalle betreten, als Doṇa Madelina ihr mit der Nachricht entgegenkam, daß Charity an diesem Morgen mit einem jungen Mexikaner davongelaufen sei. Ebenso traurig über den unnötigen Vertrauensbruch ihres Mädchens wie auch darüber, daß sie Charitys fröhliches Gesicht nicht mehr sehen würde, nahm Elizabeth ihren Strohhut ab und sagte müde: »Warum mußte sie denn gleich aufs Äußerste gehen? Sie hätte doch wissen müssen, daß ich sie freigebe, wenn sie einen Mann heiraten will, der nicht zu meinen Sklaven gehört. Bin ich ein so unmenschliches Monster, daß meine eigenen Diener Angst haben, mich um etwas zu bitten?«

Doṇa Madelina schüttelte mitfühlend den Kopf. »Sicher nicht, niña. Ich glaube, der Grund dafür war nur, daß sie wußte, daß Sie mit dem, was sie tun wollte, nicht einverstanden sein würden. Jesus hat bereits Frau und Kind in Mexiko, müssen Sie wissen, und Charity wußte es. Sie wußte genau, was sie tat, als sie heute früh mit ihm fortritt. Wollen Sie eine Belohnung auf ihre Ergreifung aussetzen?«

Beth schüttelte den Kopf. »Nein. Ich bin nie eine Freundin der Sklaverei gewesen, und sie zu zwingen zurückzukommen, wenn sie es offensichtlich nicht will, würde nichts Gutes bewirken – sie würde nur wieder weglaufen und mich hassen.«

Es gab noch mehr unangenehme Neuigkeiten, doch die erfuhr sie erst nach dem Mittagessen. Don Miguel, der befürchtete, daß sie mit fortschreitender Genesung wieder daran denken würde, die Heimreise nach Natchez anzutreten, hatte beschlossen, derartige Pläne, zumindest bis zur Rückkehr seines Sohnes, im Keim zu ersticken, und er hatte während ihrer Spazierfahrt mit Sebastian heimlich ihre sämtlichen Dienstboten nach Cielo geschickt. Mit argloser Miene erklärte er: »Ich hoffe, Sie haben nichts dagegen, mi cara, aber heute früh traf ein Bote aus Cielo mit der Nachricht ein, daß es dort große Probleme gebe. Und da ihre Diener hier in San Antonio nichts zu tun haben, habe ich mir erlaubt, sie mir auszuborgen. Sie dürften nicht länger als ein paar Wochen weg sein.« In unschuldigem Ton fragte er: »Sie brauchen sie doch im Augenblick nicht, oder?«

Elizabeth, die seine Motive zu kennen glaubte, preßte verärgert die Lippen zusammen. Es war ungewöhnlich anmaßend von Don Miguel gewesen, so etwas zu tun, ohne vorher mit ihr zu sprechen, und es war auch ziemlich eigenartig, daß die Probleme in Cielo zwar angeblich so groß waren, daß die sofortige Hilfe von zehn starken Männern erforderlich war, daß Don Miguel selbst es jedoch keineswegs eilig damit hatte, selbst nach Cielo zu fahren und nach dem Rechten zu sehen.

Elizabeth fühlte sich hintergangen, und Wut stieg in ihr auf. Don Miguel schien leider vorausgeahnt zu haben, daß sie wieder an die Heimreise nach Natchez dachte, und die Erkenntnis, daß man sie sauber ausgetrickst hatte, brachte das Faß zum Überlaufen. Sie bekam Kopfschmerzen, ihre Nerven waren aufs äußerste angespannt, und so erhob sie sich vom Tisch und sagte in entschieden unfreundlichem Ton: »Nun, natürlich nicht! Warum sollte ich auch? Sie waren so freundlich zu mir, daß ich Ihnen selbstverständlich in der Stunde der Not helfe. Und wenn ich Ihnen meinen Dank dadurch zu erweisen habe, daß Sie mir ohne mein Wissen und ohne meine Erlaubnis meine Diener entführen, dann muß es mir auch recht sein!«

Es war vielleicht nicht sehr dankbar von ihr, und unter anderen Umständen hätte sie nie in solch einem Ton mit jemandem gesprochen, schon gar nicht mit einem Menschen, den sie mochte und der in den schweren Wochen viel für sie getan hatte. Ein unbehagliches Schweigen folgte ihren Worten, und Don Miguel rutschte schuldbewußt auf seinem Stuhl hin und her. Doch Elizabeth war nicht in der Stimmung, höflich zu sein, sondern verabschiedete sich kühl und rauschte aus dem Raum. Den Rest des Tages verbrachte sie, von bösen Kopfschmerzen geplagt, allein auf ihrem Zimmer.

Als die Übelkeit in ihrem Magen und die fast unerträglichen Kopfschmerzen endlich nachließen, war es bereits Abend, und wenn sich ihre Wut auf Don Miguel auch um keinen Deut gelegt hatte, so fühlte sie sich doch leicht beschämt wegen ihres Ausbruchs im Speisezimmer. Sie war die undankbarste Person der Welt, einem Mann, der ihr nichts als großzügige Gastfreundschaft und überwältigende Rücksichtnahme erwiesen hatte, so häßliche Dinge an den Kopf zu werfen.

Sie stand auf und klingelte nach Charity, doch im selben Moment fiel ihr ein, daß diese ja nicht mehr da war. Sie nahm an, daß Judith auf ihr Läuten hin erscheinen werde, und war ziemlich überrascht, als Manuela anklopfte und ihr Zimmer betrat.

Einen Augenblick lang starrten sie sich schweigend an, diese beiden Frauen mit ihrem unfreiwillig geteilten Geheimnis, bis Elizabeth schließlich resigniert sagte: »Du brauchst mir nichts zu sagen – Doņa Madelina hat dich angewiesen, Charitys Platz einzunehmen.«

Manuela lächelte zaghaft und nickte. »Si, Seņora. Sobald man entdeckte, was passiert war, informierte mich Doņa Madelina, daß ich bis auf weiteres Ihre Zofe sein solle. Haben Sie etwas dagegen?«

Elizabeth schüttelte langsam den Kopf und lächelte gequält. »Es sieht so aus, als sei es uns beiden beschieden zusammenzubleiben. Ich glaube, ich sollte aufhören, mich dagegen zu wehren, und dem Schicksal seinen Lauf lassen.«

Manuela zuckte hilflos die Achseln. »Das glaube ich auch, Seņora.«

Geschickt, als wäre sie schon seit Jahren Elizabeths Zofe, machte Manuela sich daran, ihre Herrin für den Abend herzurichten. Sie bereitete ihr ein Sitzbad, und nachdem Elizabeth gebadet und sich gepudert hatte, nahm sie etwas widerwillig das Kleid entgegen, das Manuela ihr für den Abend ausgesucht hatte.

Es war ein schönes schwarzes Satinkleid mit schwarzer Spitze an Hals und Ärmeln, doch bereits jetzt, da Nathan erst knapp sechs Wochen tot war, begann Elizabeth Schwarz zu hassen. Wie sie die vor ihr liegenden Monate in Trauerkleidung ertragen sollte, wußte sie selbst nicht.

Das Kleid stand ihr zweifellos sehr gut. Der hautenge Sitz und perfekte Schnitt betonten ihren hochangesetzten Busen und die schmale Taille, ehe das Kleid in weiten, üppigen Röcken bis zu ihren zierlichen Sandalen hinunterfiel. Ein Korsett brauchte sie nicht – nach Nathans Tod und ihrer Krankheit war sie noch schlanker geworden, und mit ihren auf dem Kopf zusammengefaßten silbernen Locken und der schimmernden alabasterfarbenen Haut sah sie bezaubernd aus.

Enschlossen, sich bei Don Miguel zu entschuldigen, stieg sie die Treppe hinunter. Sie fand ihn im großen Salon und entschuldigte sich liebenswürdig und aufrichtig. Er nahm ihre Entschuldigung freundlich an, und binnen Sekunden war die ganze Affäre vergessen, und alles war wieder wie immer.

Man hatte sich im Salon versammelt, als Lorenzo Mendoza angekündigt wurde. Unwillkürlich versteifte sich Elizabeths Körper. Sie fragte sich, was er wohl hier wollen könne, denn er mußte doch wissen, daß Rafael seine Anwesenheit in seinem Haus nicht dulden würde.

Aber Don Miguel tat es, sehr zu Elizabeths Verdruß. Während sie krank war, schien er ein häufiger Gast gewesen zu sein, denn er wußte, daß Rafael nicht da war. Mit der Anmut einer Giftschlange hatte er sich wieder in Don Miguels Gunst eingeschlichen, und den Gesprächsfetzen, die Elizabeth auffing, konnte sie entnehmen, daß Don Miguel entschlossen war, der Entfremdung zwischen seinem Sohn und einem Mann, der für ihn zur Familie zählte, ein Ende zu bereiten.

»Das Ganze ist doch lächerlich!« erklärte Don Miguel mit Nachdruck. »Du kannst nur kommen, wenn mein hitzköpfiger Sohn nicht da ist. Ich begrüße zwar dein Bemühen, eine häßliche Szene zu vermeiden, bin aber trotzdem der Meinung, daß ihr eure Differenzen bereinigen solltet. Der Tag wird kommen, an dem ich nicht mehr lebe, und dann wirst du meinem Sohn bei der Bewirtschaftung der Ranch unentbehrlich sein.«

Die Zeit nach Elizabeths Ankunft in San Antonio war für Lorenzo ungeheuer enttäuschend gewesen. Als Elizabeth ein ums andere Mal gerade noch einem tragischen Tod entkam, hatte er ein Wechselbad der Gefühle erlebt. Hoffnung wurde genährt, um gleich darauf wieder zerstört zu werden. Er hatte zutiefst bedauert, daß die Lanze des Komantschen, die ihren Mann getötet hatte, sich nicht auch in ihren weichen Busen gebohrt hatte. Als sie dann am Fieber darniederlag, hatte er wieder Hoffnung geschöpft, insbesondere, als es sie an die Schwelle des Todes führte – und ihr möglicher Tod war schon beinahe zu einer Zwangsvorstellung für Lorenzo geworden.

Er hatte Angst vor ihr, denn er wußte, daß sie mit einem einzigen Satz all das, was er sich in vielen Jahren erarbeitet hatte, zerstören konnte, und weil er sie fürchtete, haßte er sie auch. Er wollte ihren Tod, doch er durfte nicht in den Verdacht geraten, an ihrem Tod schuld zu sein. Er traute sich nicht, einen bezahlten Mörder anzuheuern, und war sich gleichzeitig klar darüber, daß Elizabeth sich von ihm nicht in irgendeinen einsamen Winkel weglocken lassen würde, so daß er die Tat selbst begehen konnte. Und so verhielt er sich wie ein zusammengerollt auf seine Beute wartendes tödliches Reptil.

Solange sie bei den Santanas war, war sie sicher, doch jeder weitere Tag, den Elizabeth bei ihnen war, erfüllte Lorenzo mit Angst. Wie leicht konnte sie durch ihre zunehmende Vertrautheit mit ihnen über seine Rolle in Consuelas Komplott sprechen! Er wollte das Haus der Santanas meiden, denn je seltener Elizabeth ihn sah, desto geringer war seiner Meinung nach die Wahrscheinlichkeit, daß sie reden würde. Doch er besuchte die Santanas häufig, denn er mußte wissen, ob er ihre Gunst noch besaß.

Als Elizabeth krank war, hatte keine Gefahr bestanden, doch mit ihrer zunehmenden Genesung stiegen auch Lorenzos Wut und Angst. Sie mußte zum Schweigen gebracht werden! Er hatte nicht vor, den Rest seines Lebens in Angst und Schrecken zu verbringen.

Und die Zeit arbeitete für ihn. Früher oder später würde Elizabeth San Antonio verlassen, und wenn sie erst einmal die Geborgenheit verließ, die ihr das Haus und die Santanas boten – wer konnte wissen, was dann geschah?

VIERTER TEIL

Duelle, Teufel und Liebende

23

Während Elizabeth krank darniedergelegen hatte, hatten die Komantschen, erfüllt von einer bisher nie gekannten Erbitterung, die Grenzen mit Blitzüberfällen verwüstet. Sie schlugen überall zu, von Austin, der neuen Hauptstadt im Norden, bis hin zur mexikanischen Grenze, griffen ohne Vorwarnung und erfüllt von furchterregender Rachsucht an. Die Texas Rangers, die zahlenmäßig nie sehr stark gewesen waren, waren nicht in der Lage, die Überfälle und Raubzüge aufzuhalten oder einzudämmen.

Rauchende, ausgebrannte Häuser, verkohlte und verstümmelte Leichen wurden etwas Alltägliches, und der verzweifelte Jack Hays forderte ein Aufgebot von Männern aus San Antonio zur Unterstützung seiner total überlasteten Rangers an. Diese »Minutemen«, wie die Freiwilligen genannt wurden, waren ständig im Einsatz, ihre Pferde, ihre Waffen und ihr Proviant wurden ständig einsatzbereit gehalten. Die Signale, die sie zu ihren Pferden rennen ließen, waren das Aufziehen einer Fahne auf dem Verwaltungsgebäude oder das klagende Läuten der Kirchenglocken von San Fernando.

Andere Gemeinden, die ebenso unter den Überfällen zu leiden hatten, stellten ihre eigenen »Minutemen« auf, doch die Angriffe und Überfälle der Komantschen waren nicht zu stoppen. Sie waren zu dem Alptraum geworden, den Rafael vorhergesagt hatte.

Obwohl sie fast täglich im Einsatz waren, konnten die »Minutemen« gegen die Komantschen nicht viel ausrichten. Sie wagten es nicht, den Indianern zu weit zu folgen, und da sie immer erst nach einem Überfall herbeigerufen wurden, konnten sie meist nur noch die Toten begraben, die im Kielwasser der Komantschen zurückblieben.

Die reguläre Armee der Republik war im Kampf gegen die Indianer beinahe nutzlos. Im Kampf gegen eine feindliche Infanterie waren die Soldaten gefürchtet und, hinter Steinmauern verschanzt, fast unschlagbar, doch gegen die umherziehenden Komantschen waren sie ebenso wirkungslos, wie es vor ihnen die spanischen Truppen gewesen waren. Die erbarmungslosen Überfälle schienen durch nichts zu stoppen zu sein.

Nur Jack Hays Rangers, die wie die Indianer selbst durch das Land streiften, waren in der Lage zurückzuschlagen, doch sie waren eine zu kleine Streitmacht gegen die konzentrierten Angriffe der Pehnahterkuh.

Elizabeth erfuhr nur wenig darüber, meistens wurde in Anbetracht der Umstände von Nathans Tod in ihrer Gegenwart nicht darüber gesprochen.

Als wäre der gnadenlose Krieg mit den Komantschen nicht Leids genug, breitete sich im Mai wie ein Lauffeuer das Gerücht aus, daß eine drohende Invasion der Mexikaner bevorstehe. Schlimmer noch, es hieß, daß die Indianer sich mit den Mexikanern verbündet hätten.

Als Rafael diese Gerüchte auf seinem Heimweg nach San Antonio zu Ohren kamen, wurde seine Miene immer grimmiger. Alles war so gekommen, wie er befürchtet hatte. Zum Teufel mit diesen dummen Kerlen, die auf die Idee gekommen waren, die Komantschen-Häuptlinge gefangenzunehmen!

Die Überfälle und Gerüchte waren es auch, die die kleine Gemeinschaft in Rafaels Haus in San Antonio schließlich auflösten. Sebastian war bereits am Tag nach seiner unglückseligen Unterhaltung mit Elizabeth aufgebrochen, um, falls es Ärger geben sollte, bei seinen Männern zu sein. Und Don Miguel hatte schließlich widerstrebend beschlossen, mit Doña Madelina nach Cielo zurückzukehren. In der Stadt war Elizabeth sicher, und da waren immer noch Lorenzo oder die Malvericks, die ihr helfen konnten, falls es wirklich Probleme gab.

So war das Haus in beängstigend kurzer Zeit leer geworden, und nur Elizabeth, Señora López und die Dienstboten, zu denen auf Doña Madelinas Vorschlag hin auch Manuela gehörte, waren geblieben. Entschlossen, einer möglichen Werbung Rafaels keine Hindernisse in den Weg zu legen, hatte Doņa Madelina Seņora López vor ihrer Abreise beiseite genommen und ihr freundlich nahegelegt, ihren Pflichten als Elizabeths Anstandsdame nicht allzu streng nachzukommen. Mit einem verständnisinnigen, verschwörerischen Lächeln auf den Lippen hatte sie leise hinzugefügt: »Schließlich ist Seņora Beth kein unerfahrenes Mädchen mehr, und Seņor Rafael ist ein richtiger Mann, si?« Seņóra Lopez hatte zustimmend gelächelt, auch sie hielt diese Heirat für ungeheuer passend.

Unglücklicherweise war da jemand, der nicht so dachte wie sie, und fatalerweise hatte Don Miguel in seiner Begeisterung für diese Heirat zwei katastrophale Fehler gemacht. Der eine war sein Brief an seinen Vater, den er ihm kurz nach Nathans Tod geschrieben hatte und in dem er seine Hoffnung auf diese Heirat zum Ausdruck brachte; und der andere Fehler war es, daß er Lorenzo Mendoza in seine Pläne eingeweiht hatte.

Seinen Haß und seine Verbitterung verleugnend, hatte Lorenzo lächelnd genickt, als freue er sich über diese Neuigkeit. Doch mehr als jeder andere wußte er, daß diese Pläne und Hoffnungen durchaus Realität werden konnten. Er erinnerte sich nur zu gut an Consuelas Gewißheit, daß die kleine Engländerin mehr als nur ein flüchtiges Interesse an Rafael habe, und auch an Rafaels Gesichtsausdruck, als er ihn mit Elizabeth im Bett vorgefunden hatte. Falls er je in Erwägung gezogen hatte, Elizabeth unversehrt nach Natchez zurückreisen zu lassen, so wurde ihr Tod durch diese Neuigkeit zur absoluten Notwendigkeit. Rafael durfte nicht heiraten und Erben in die Welt setzen, wenn sich seine Pläne erfüllen sollten! Aber solange seine eigene Position nicht gesichert war, wagte er es nicht, ihn zu töten, nicht, nicht bevor seine Vermählung mit Arabela gesichert war, womit Rafael sicher nicht einverstanden sein würde. Doch wenn er erst einmal Don Felipes Erlaubnis hatte, seiner jüngsten Enkelin den Hof zu machen, würde immer noch Zeit genug sein, Rafaels tragisches Ableben zu arrangieren.

Elizabeth hatte keine Ahnung von all den Ränkespielen um sie herum. Sie war sehr traurig gewesen, als Don Miguel und Doņa Madelina wegfuhren, denn sie mochte die beiden sehr, und wenn sie sich auch den Anschein gaben, als sei es nur eine vorübergehende

Trennung, so wußte sie doch tief in ihrem Inneren, daß sie, sobald Don Miguel ihre Dienstboten zurückschickte, nach Natchez reisen würde. Während sie ihrer sich über die staubigen Straßen von San Antonio entfernenden Kavalkade nachsah, füllten sich ihre Augen mit Tränen. Der Rest des Tages zog sich für sie endlos hin, während sie lustlos durch das unerträglich stille Haus wanderte.

Auch für Rafael, dessen Gedanken ständig bei Elizabeth waren, schleppten sich die Stunden endlos hin. Die Möglichkeit, daß Elizabeth nach Natchez zurückfahren könnte, war ihm nie in den Sinn gekommen. Auch er hielt es für viel zu gefährlich, daß sie in diesen unsicheren Zeiten allein durch die Republik reisen wollte. Und als er an die Schrecken der Indianerangriffe entlang der Grenze dachte, wünschte er sich einmal mehr, daß Enchantress bezugsfähig wäre. Dort würde sie in Sicherheit und wohlbehütet sein. Im Osten der Republik gelegen und eingebettet in die Nadelwälder, war Enchantress weit entfernt vom Kriegspfad der Indianer, die in den weiten, flachen Ebenen blieben, die sie so gut kannten.

Elizabeths Bild war immer bei ihm. Während er, so schnell er konnte, zu ihr zurückritt, sich wenig Schlaf gönnte, nur wenige, kurze Pausen einlegte und die Pferde, die er an einer Leine mit sich führte, wie die Komantschen beim Reiten wechselte, ritt sie mit ihm, und ihr schönes Gesicht und ihr leuchtendes Haar waren ihm ein gleißendes Fanal am Ende eines langen, dunklen, einsamen Weges.

Da er nie zuvor geliebt hatte, konnte er die Gefühle, die ihn durchströmten, nicht einordnen – er wußte nur, daß Elizabeth zu ihm gehörte und nichts sie würde trennen können! Er spürte, daß ein geheimnisvolles Band zwischen ihnen existierte, seitdem er sie bei der Soiree der Costas, wo sie so scheu neben Stella gestanden hatte, zum ersten Mal gesehen hatte, und er verfluchte die verlorenen Jahre. *Ich hätte sie damals, als sie mich darum gebeten hatte, mitnehmen sollen,* dachte er, hin- und hergerissen zwischen Wut und Bedauern, denn so sehr er sich auch bemühte, er hatte sie nie vergessen können.

Sie hatte ihren Mann betrogen, und für ihn bestand kaum ein Zweifel, daß sie auch Sebastians Geliebte geworden wäre, wenn er es nicht verhindert hätte. *Mir wird sie das nicht antun,* dachte er grimmig. Ich werde sie so verdammt beschäftigt halten, daß sie nicht einmal Zeit haben wird, auch nur einen Gedanken an einen anderen Mann zu verschwenden. Und wenn ich sie jemals mit einem anderen erwische . . .!

Doch sie würde keine Gelegenheit haben, ihm Hörner aufzusetzen, entschied er energisch. Ich werde ihren bezaubernden Körper bis zur Erschöpfung lieben und sie schwängern. Die Vorstellung, daß Elizabeth sein Kind in sich tragen könnte, war ein neuer, verwirrender Gedanke, und er fühlte sich von einer derartigen Woge der Zärtlichkeit überflutet, daß er sich ganz wehrlos fühlte.

Ich brauche sie einfach nur zu heiraten, dachte er in wütender Verzweiflung.

Trotzdem war ihm der Gedanke an Heirat zuwider – seine Ehe mit Consuela war ihm eine Lehre gewesen! Und weil er sie trotzdem in Erwägung zog, wurde er wütend, nicht nur auf sich selbst, sondern auch auf Elizabeth. Er hatte nicht vor, sich noch einmal in eine Falle locken zu lassen, ganz gleich, wie verzweifelt er diese Frau begehrte. Doch sein ganzes Verhalten in den letzten Wochen war das eines Mannes gewesen, der an Heirat denkt, und er wußte es. Seine Lippen wurden schmal bei dieser Erkenntnis, und seine Augen waren wütend und seltsam traurig zugleich.

Hin- und hergerissen von seinen widerstreitenden Gefühlen, traf Rafael schließlich Mitte Mai, verunsichert und in düsterer Stimmung, in San Antonio ein. Und es verbesserte seine Stimmung nicht, als er feststellte, daß seine Widersacherin nicht da war. Die Diener berichteten ihm über die Veränderungen im Haushalt und sagten ihm, daß Señora Ridgeway und Señora López den Malvericks einen Besuch abstatteten.

Die Abreise der anderen nahm er gleichgültig zur Kenntnis, doch seine Augen verengten sich, und sein Mund verzog sich häßlich, als Santiago, sein persönlicher Diener in San Antonio, beiläufig erwähnte, daß Señor Mendoza während seiner Abwesenheit häufig zu Gast gewesen sei. In ernstem Ton hatte Santiago mit den Worten geendet: »Als Don Miguel abfuhr, war er sehr dankbar für Señor Mendozas Angebot, sich bis zu Ihrer Rückkehr um die Damen zu kümmern.« Rafael gab eine unterdrückte, häßliche Bemerkung von sich und wies Santiago an, ihm ein Bad zu bereiten und frische Kleider zu bringen.

Der Besuch bei den Malvericks dauerte erstaunlich lange, und Rafael hatte Zeit, zu baden und sich in Ruhe anzukleiden. Er zog ein Paar enganliegende schwarze, mit silberner Spitze und silbernen Knöpfen besetzte Calzoneras und ein feines weißes Hemd mit langen, weiten Ärmeln an, das fast bis zu der scharlachroten Schärpe, die er um seine Taille gewunden hatte, offenstand und seine glatte braune Haut sehen ließ. Und mit seinem durch die Sonne noch dunkleren Gesicht, den frischgewaschenen, krausen blauschwarzen Haaren und seinen rauchgrauen Augen sah er so ungeheuer vital aus, daß sogar die Luft um ihn herum durch die Ausstrahlung seiner kraftvollen Gegenwart zu knistern schien.

Als er mit schnellen Schritten die Treppe herunterkam, waren Elizabeth und Señora López noch immer nicht zurück. Er war schrecklich hungrig nach dem anstrengenden Ritt nach San Antonio, und so ließ er sich etwas zu essen bringen. Erst als er die von mehreren Gläsern Tequila begleitete Mahlzeit aus Tortillas rellenas und den allgegenwärtigen Frijoles verzehrt hatte, kehrten Elizabeth und Señora López zurück.

Rafael hatte es sich im großen Salon bequem gemacht, als er draußen in der Halle ihre Stimmen hörte. Er hatte getrunken, nicht übermäßig viel, aber beständig, und er hatte nachgedacht – und es waren keine sehr schönen Gedanken gewesen. Daß Elizabeth, kaum daß er ihr den Rücken gekehrt hatte, Lorenzos Gesellschaft gesucht hatte, hinterließ einen häßlichen Geschmack in seinem Mund, und die verlockenden Träume der letzten Zeit schienen verflogen zu sein. Ich bin ein Idiot, dachte er böse. Lasse ich mich doch beinahe von diesem schönen Gesicht blenden! Und unglückseligerweise wurden die Damen ausgerechnet von Lorenzo nach Hause gebracht.

Lorenzo hatte sich mit dem Zeitpunkt von Rafaels Rückkehr nach San Antonio schwer verrechnet. Als Don Miguel ihm von Rafaels Plänen mit Enchantress erzählt hatte, hatte er sie als Augenwischerei abgetan. Er war überzeugt davon gewesen, daß Rafaels wahres Ziel die Ebenen und ein Treffen mit den Komantschen waren, um sie davon abzubringen, sich den Mexikanern anzuschließen. Und weil er Rafael weit weg vermutete, hatte er ihn noch nicht zurückerwartet. Als er ihn jetzt gemütlich im Salon sitzen sah, versetzte ihm das einen bösen Schock.

Lorenzo und die beiden Damen hatten, nichts von Rafaels Rückkehr ahnend, den Salon betreten, und Senora López bedrängte Lorenzo höflich, doch noch auf einen Drink zu bleiben, als Rafael sich ohne Hast aus seinem Sessel erhob. Lorenzo sah ihn zuerst. Er erstarrte, denn er befand sich im Haus seines Feindes, und es war kein Don Miguel da, der hätte vermitteln können.

Elizabeth und Senora López bemerkten ihn eine Sekunde später, und Senora López aufgeregte Begrüßung gab Elizabeth und Lorenzo Zeit, ihre Fassung wiederzugewinnen. Für Lorenzo war das einfach – er brauchte sich nur schnell zurückzuziehen, was er auch tat. Er verschwand so schnell, daß Senora López ihm überrascht und voller Mißbilligung über seinen Mangel an gutem Benehmen nachsah. Für Elizabeth war es nicht so einfach, denn Rafaels unerwartetes Auftauchen veranlaßte ihr Herz, sich vollkommen unvernünftig zu benehmen, denn es sank erst in ihre Knie hinunter, um gleich darauf in ihren Hals zu hüpfen. Sie verspürte ein wildes, schwindelerregendes Gefühl in ihrem Magen und den fast unwiderstehlichen Drang, sich in seine Arme zu werfen und ihn zu küssen. Eine winzige Sekunde lang empfand sie nichts als Freude über seine Rückkehr, doch diese Freude schwand, als sie an jene letzte, schmachvolle Nacht dachte, die sie miteinander verbracht hatten, und an die Lügen, die er Sebastian erzählt hatte.

Für Rafael gab es niemanden außer Elizabeth im Raum. Seine umwölkten Augen wanderten hungrig über ihren schlanken Körper. Für ihn waren ihre veilchenblauen Augen, die ihn jetzt so eisig anstarrten, wie zwei leuchtende Amethyste zwischen den dunklen Wimpern. Sie ist wütend, stellte er wachsam und leicht verwirrt fest – und ihre Wut schien sich gegen ihn zu richten! Aber warum? fragte er sich. Ich bin es doch wohl, der Grund hat, wütend zu sein, du gemeines, schönes Flittchen!

Elizabeth war böse. Die erste, törichte Freude darüber, ihn wiederzusehen, war unter Kontrolle, und jetzt empfand sie nur noch den Schmerz und die Wut, die, seitdem Sebastian ihr gesagt hatte, daß Rafael sie als seine Geliebte bezeichnet hatte, ihre ständigen Begleiter gewesen waren. Sie wußte, daß Rafael nicht viel von ihr hielt – alles, was er tat, war ein Beweis dafür! Doch es war ungeheuer bitter, daß er sie Sebastian gegenüber bewußt verleumdet hatte. Und wie vielen anderen hat er diese Lügen wohl noch erzählt, fragte sie sich düster. Jetzt, wo sie ihm Auge in Auge gegenüberstand, war sie von nie gekannter Wut erfüllt, und sie mußte all ihre Willenskraft aufbieten, um nicht auf ihn zuzustürzen und ihm in sein kaltes, lächelndes Gesicht zu schlagen.

Sie begrüßten sich mit steifer Höflichkeit. Señora López stellte enttäuscht fest, daß wohl alle die Situation verkannt haben mußten; doch dann fing sie ein kurzes Aufflackern in Rafaels Augen auf, und sie lächelte. Sie ist ihm also doch nicht gleichgültig, dachte sie glücklich.

Selbst mit ihren zweiundsechzig Jahren war Señora López noch immer romantisch. Sie war seit mehr als zwanzig Jahren Witwe, doch sie konnte sich noch gut an die Tage des Verliebtseins erinnern – die Stürme, Mißverständnisse und Versöhnungen. Sich an Doña Madelinas Rat erinnernd, zog sie sich unter einem Vorwand diskret zurück.

Als Señora López den Raum verlassen hatte, wandte Rafael sich ab, goß sich noch einen Tequila ein und sagte höhnisch über seine Schulter hinweg: »Ich sehe, es ist dir und Lorenzo gelungen, eure Bekanntschaft aufzufrischen. Sag mir, ist er ein ebenso guter Liebhaber wie ich? Oder stellst du noch Vergleiche an?« Sie mit einem verächtlichen Blick bedenkend, warf er sich auf das Sofa und starrte sie böse an. Als sie stumm blieb, fragte er in häßlichem Ton: »Also? Hast du keine Antwort? Oder soll dein Schweigen eine Antwort sein?«

Wie eine Elfenbeinstatue starrte Elizabeth ihn an, und ihre Wut stieg ins Unermeßliche. Diese Beleidigung war einfach zuviel. In diesen Sekunden, während sie ihren Peiniger anstarrte, ging eine Veränderung in ihr vor, und sie sah Rafael voll Wut, Trotz und Verachtung an. Die alles verzehrende Wut in ihr weckte die Tigerin, die tief in ihrem Inneren geschlummert hatte, und das scheue, ängstliche Mädchen, das nur geheiratet hatte, um einem gleichgültigen

Vater und einer kalten Stiefmutter zu entfliehen, war für immer verschwunden, ebenso wie das sanfte, gutmütige Mädchen, das stets bemüht war, ihren egoistischen, impotenten Ehemann bei Laune zu halten. Sogar die zurückhaltende, äußerlich gelassene junge Frau, die Rafael in Cielo kennengelernt hatte, war verschwunden. Geblieben war nur noch diese trotzige, leidenschaftliche Frau, die jetzt vor ihm stand. Elizabeth war sich dieser Veränderung in ihrem Inneren nicht bewußt, zumindest im Augenblick nicht. Im Augenblick war all ihre Energie auf Rafael gerichtet, der lässig und arrogant im Sessel saß, und sie starrte ihn durch einen roten Schleier der Wut drohend an. Sie suchte nach Worten, mit denen sie ihn verletzen konnte, doch sie war zu erregt, um vernünftig denken zu können.

Ohne nachzudenken, stürzte sie auf ihn zu, packte die neben ihm stehende Tequila-Karaffe und hielt sie ihm drohend entgegen. »Sie unerträgliches Biest!« schrie sie ihn mit sich überschlagender Stimme an. »Sie wagen es, mich zu verurteilen, ohne die Wahrheit zu kennen, und verbreiten wissentlich die gemeinsten Lügen über mich!«

Er warf einen vorsichtigen Blick auf die Kristallkaraffe, die sie so drohend in der Hand hielt, und fragte dann ebenso wütend wie sie: »Was, zum Teufel, willst du damit sagen?« Er hob drohend die Augenbrauen, und seine Wut war beinahe greifbar. »Ich verbreite über niemanden Lügen«, preßte er schließlich hervor, »nicht einmal über dich!«

»Lügner!« entgegnete Elizabeth hitzig, und ihre blauen Augen blitzten. »Sie haben Sebastian angelogen, als Sie sagten, daß ich seit Jahren Ihre Geliebte sei.«

Ein freudloses Lächeln huschte über sein schmales Gesicht, und er murmelte provozierend: »Ach, das meinst du!«

Elizabeth glaubte, an ihrer Wut ersticken zu müssen, dann jedoch holte sie tief Luft und lächelte plötzlich – ein süßes Lächeln, das ihn hätte warnen müssen, doch unglücklicherweise fand er Gefallen an dieser neuen Elizabeth, diesem bezaubernden Hitzkopf, und das ließ ihn unvorsichtig werden. »Ja, das meine ich!« sagte sie schließlich und zerschmetterte mit all ihrer Kraft die Kristallkaraffe auf seinem Kopf.

Der Aufschlag der Karaffe auf Rafaels Kopf war ein köstliches Geräusch für Elizabeth, ehe das empfindliche Kristall zerbrach und Glasscherben und Tequilaspritzer in alle Richtungen flogen. Mit äußerster Befriedigung betrachtete sie sein erstauntes Gesicht. Glassplitter glitzerten in seinem dichten blauschwarzen Haar, das jetzt naß an seinem Kopf klebte. Auch sein weißes Seidenhemd war naß und klebte an seinen Schultern, als er aus schmalen Augen in ihr unverhohlen schadenfrohes Gesicht hinaufstarrte.

Doch nur eine Sekunde lang. Dann schoß er wie ein wütender schwarzer Panther aus dem Sessel hoch und schüttelte fluchend den Kopf, so daß Elizabeth von Tequilatropfen und sogar Glassplittern getroffen wurde. »Du verdammte Teufelskatze! Ich sollte dich erwürgen, damit ich dich endlich los bin!« herrschte er sie mit drohendem Blick an.

Aber dieses Mal ließ Elizabeth sich nicht einschüchtern, und auch als er sich drohend vor ihr aufbaute, wich sie nicht vor ihm zurück. Sie genoß beinahe die Konfrontation, und ein prickelndes Gefühl der Erregung durchflutete ihren Körper, als sie ihn mit in die Hüfte gestemmten Händen ansah und drohend sagte: »Versuchen Sie es doch! Wagen Sie es, mich anzurühren, und ich kratze Ihnen die Augen aus!«

Düster starrte er sie an. Weiß Gott, ich will sie nicht umbringen, sie ist einfach zu schön, dachte er, als sein Blick auf ihrem schönen Haar, ihrem roten Mund ruhte. Ein Teil seiner Wut verblaßte, und er fürchtete sehr, daß – ganz gleich, was sie tat, ganz gleich, wie viele Liebhaber sie in der Vergangenheit gehabt hatte oder in der Zukunft haben mochte – sie immer die Macht haben würde, an sein Innerstes zu rühren und den kalten Schutzpanzer, mit dem er sich umgab, zu zerstören. Aber der Gedanke, daß eine Frau den so sorgsam errichteten Schutzwall gegen Liebe zerstören konnte, erschreckte ihn. Sofort scheute er vor diesem Gedanken zurück, wollte sich eine solche Torheit nicht eingestehen und war einmal mehr wütend, daß sie ihn dazu bringen konnte, überhaupt an so etwas zu denken.

Einen langen Augenblick starrten sie sich in stummem Kampf an, keiner bereit, den ersten Schritt zu tun oder überhaupt zu wissen, wie dieser Schritt aussehen sollte. Plötzlich wurde sich Rafael der Lächerlichkeit der Situation bewußt, und ein amüsierter Funke blitzte in seinen Augen auf.

Elizabeth aber war viel zu wütend und empfand zuviel gerechten Zorn, um etwas an ihrer Auseinandersetzung lustig zu finden. Als sie das belustigte Aufblitzen seiner Augen sah, explodierte sie erneut. Mit einem Wutschrei stürzte sie sich auf ihn und hämmerte mit den Fäusten gegen seine Brust. »Wagen Sie es nicht, mich auszulachen!« Sie weinte fast vor Wut und Hilflosigkeit. »Sie haben mich vom ersten Augenblick an benutzt, und jetzt lachen Sie darüber! Sie haben Sebastian Lügen über mich erzählt, und er hält mich für ein Biest, und Sie lachen! Ich bin nicht Ihre Geliebte!« Ihre Fäuste hämmerten und schlugen, wo sie ihn treffen konnten, und sie schrie: »Ich bin nicht Ihre Geliebte! Nein, nein, nein!«

Mit demütigender Mühelosigkeit umfaßte er ihre Handgelenke und riß sie an sich. Er blickte in ihr aufgewühltes Gesicht hinunter und sagte in eigenartigem Ton: »Aber bist du das denn nicht? Bist du nicht die Geliebte meines Herzens?«

Er hatte so leise gesprochen, daß Elizabeth ihn in ihrer Wut kaum verstand, doch Rafael ließ ihr keine Zeit, lange darüber nachzudenken, denn sein Mund fand den ihren in einem heißen, leidenschaftlichen Kuß, der alles andere ausschaltete außer diesem dunklen Zauber, den er so mühelos auf sie ausübte. Sie kämpfte dagegen an und wäre vielleicht auch erfolgreich gewesen, wenn er sie nur leidenschaftlich geküßt hätte. Doch in seinem Kuß lagen auch Zärtlichkeit und eine drängende Sehnsucht, die Elizabeths Wut allmählich verblassen ließen, bis sie nicht einmal mehr wußte, warum sie überhaupt wütend gewesen war – sie wußte nur noch, daß sie in Rafaels Armen lag und daß sie sich das mehr als alles andere auf der Welt ersehnt hatte.

Er umfaßte mit einer Hand ihren Kopf und hielt ihn still, während sein Mund über ihre Wangen und ihre Augenbrauen glitt, ehe er wieder ihren Mund fand.

Leise aufstöhnend drängte Elizabeth sich an ihn; sie war nicht in der Lage, der Sehnsucht ihres Herzens länger zu widerstehen. Als er ihre Hingabe spürte, veränderte sich sein Kuß unmerklich, das unterdrückte Verlangen schoß in ihm hoch, und sein Kuß wurde fordernd und leidenschaftlich.

Gefangen in einem Taumel der Gefühle, erhob Elizabeth keine Einwände, als er sie hochhob und zu dem breiten Samtsofa hinübertrug. Wie eine Puppe aus kostbarem Porzellan legte er sie, ohne seine Lippen von ihrem Mund zu lösen, auf das Sofa. Dann kniete er sich neben sie und begann zärtlich ihre Brüste zu streicheln, und Elizabeth fühlte sich beinahe schwindelig vor Verlangen.

Auch Rafael war ungeheuer erregt, und er nestelte fieberhaft am Verschluß ihres Kleides. Und diese Berührung seiner Hand war es, die Elizabeth in die Realität zurückriß und sie mit einem elenden Gefühl im Magen erkennen ließ, wie leicht er sie dazu bringen konnte, sich wie eine Dirne zu benehmen.

Mit einem leisen Aufschrei der Wut und Angst stieß sie ihn zurück und sprang auf. »Nein!« rief sie, halb befehlend, halb flehentlich. Ihre Augen schimmerten hinter einem Tränenschleier, als sie hervorstieß: »Tun Sie mir das nicht an! Im einen Augenblick werfen Sie mir meine Fehler vor, und im nächsten nutzen Sie genau die Fehler aus, wegen der Sie mich verurteilen! Hören Sie auf, mich zu benutzen!«

Mit traurigem Blick erhob sich Rafael und sagte leise: »Es tut mir leid. Aber wenn du in meiner Nähe bist, scheine ich gegen meine eigenen Prinzipien zu handeln.«

Elizabeth ließ ein bitteres Lachen hören. »Ich frage mich manchmal, ob Sie überhaupt irgendwelche Prinzipien haben! Zumindest ist es mir bisher noch nicht aufgefallen.«

Mit gefährlich leiser Stimme entgegnete er: »Wirklich nicht? Und warum sonst habe ich dich damals in New Orleans zurückgelassen? Gewollt habe ich es sicher nicht. Doch ich wollte dir das Leben, das ich dir damals hätte bieten können, nicht zumuten – das einer treulosen Ehefrau mit einem verheirateten Mann, der nicht gerade den besten Ruf genießt –, also bin ich ohne dich fortgegangen.« Elizabeths Gesicht war bleich geworden, doch Rafael gab ihr keine Gelegenheit, etwas zu erwidern, und fuhr mit ausdrucksloser Stimme fort: »Und als dein Mann starb, habe ich dich eine Zeitlang in Ruhe gelassen, obwohl ich alles andere lieber getan hätte.« Plötzlich lag ein eisiger Ausdruck in seinen grauen Augen, als er in beißendem Ton leise sagte: »Du weißt gar nicht, wieviel Glück du gehabt hast, Engländerin – seit unserer ersten Begegnung hätte ich dich viele Male ruinieren können, aber ich tat es nicht. Oh, ich habe dich begehrt, das darfst du mir glauben! Ich wollte dich – zum Teufel mit dem Skandal! – deinem Mann wegnehmen, und ich hätte dich zum Tagesgespräch von New Orleans, wenn nicht gar ganz Louisianas, machen können, indem ich dich entführte. Kannst du dir das Gerede, den Skandal vorstellen, den es gegeben hätte? Nun, ich kann es, also denke beim nächsten Mal, wenn du mir vorwirfst, keine Prinzipien zu haben, daran, daß ich deinen Ruf jederzeit hätte zerstören können. Doch ich habe es nicht getan – warum, weiß ich selbst nicht.«

Elizabeth sah ihn an und erkannte beschämt, daß er es ehrlich meinte. Sie war verunsichert, rief sich jedoch schnell wieder zur Ordnung. Was sollten die Worte, daß er sie begehrte? Das wußte sie selbst! Und sie hätte nichts als Abscheu für ihn empfinden dürfen. Doch auch wenn tausend widerstreitende Gefühle sie erfüllten, Abscheu war nicht darunter. Ihn unsicher ansehend, klammerte sie sich an die einzige Tatsache. »Sie haben Sebastian angelogen. Sie haben ihm gesagt, ich sei Ihre Geliebte, obwohl Sie wußten, daß das eine Lüge war!«

Rafael zuckte die breiten Schultern. Seine Geduld war erschöpft, und er wollte diesem Wortgefecht ein Ende bereiten. Sie gehörte ihm, und es wurde Zeit, daß sie das begriff – begriff und erkannte, daß er, wenn es um sie ging, all seine Prinzipien vergessen konnte. Mit vor der Brust verschränkten Armen starrte er sie einen an den Nerven zerrenden Augenblick lang an und sagte dann böse: »Ich habe dich nie direkt meine Geliebte genannt, ich habe nur gesagt, daß wir eine langjährige Beziehung haben – und das ist wahr.« Er betrachtete sie mit unergründlichem Blick und sagte barsch: »Du gehörst mir, Engländerin – du gehörst mir von dem Augenblick an, da ich dich zum ersten Mal gesehen habe, und du weißt es – wenn du ehrlich zu dir bist.« Mit zynischem Lächeln fügte er hinzu: »Etwas, was die meisten Frauen nicht sind. Du gehörst mir, ob als meine Geliebte oder als meine Frau.«

24

Mit einem an das Fauchen einer Katze erinnernden Wutschrei stürzte Elizabeth aus dem Raum. Sie war sicher, daß sie etwas Unüberlegtes tun würde, wenn sie noch einen Augenblick länger blieb. Wie kann er es wagen! dachte sie wütend, als sie die Treppe hinauf in die Geborgenheit ihres Zimmers flüchtete. Ich gehöre ihm! Ha, ha! Das werden wir ja sehen, du arroganter Kerl!

Im Zimmer angelangt, ging sie mehrere Minuten lang ruhelos auf und ab und zerbrach sich den Kopf nach einer Möglichkeit, Rafael herauszufordern, ihn an seinen Worten ersticken zu lassen. Und erst, als Manuela hereinkam, um ihr ein Bad zu richten und ein Kleid für den Abend zurechtzulegen, kam ihr eine Idee.

Manueal war gerade damit beschäftigt, das Badewasser einzufüllen, als Elizabeth plötzlich sagte: »Manuela, ich möchte, daß du mir ein Kleid besorgst.«

»Aber natürlich, Señora. Welches möchten Sie heute abend anziehen? Das schwarze Seidenkleid oder vielleicht das neue aus schwarzem Musselin?« fragte Manuela ruhig.

Ein harter Glanz lag in ihren sonst so sanften Augen, als Elizabeth knapp erklärte: »Keins von beiden. Ich will das Kleid einer Dirne haben.«

»Einer Dirne!« stieß Manuela verblüfft hervor, und die großen braunen Augen quollen ihr beinahe aus dem Kopf.

Elizabeth lächelte ein grimmiges kleines Lächeln und nickte. »Und ich will es noch heute abend. Kannst du mir eines besorgen?«

Manuela breitete hilflos die Hände aus, ihr zerfurchtes Gesicht war ein Bild der Mißbilligung. »Ich weiß nicht. Ich muß mich erkundigen.« Und leicht pikiert fügte sie hinzu: »Ich pflege im allgemeinen nicht mit solchen Frauen zu verkehren.«

»Ich auch nicht«, entgegnete Elizabeth scharf. Dann jedoch bat sie, beschämt über sich selbst: »Bitte, Manuela, es ist wichtig für mich! Sehr wichtig, und ich brauche es heute abend – es ist mir egal, was es kostet, nur besorg mir eins.« Und mit Nachdruck endete sie: »Und je abscheulicher, desto besser!«

Manuela kam schließlich zu der Erkenntnis, daß die amerikanische Senora immer noch unter den Nachwirkungen des Fiebers leiden müsse, und erklärte sich einverstanden. Was hätte sie auch tun sollen? Sie war von Kindheit an Dienstmädchen gewesen, und es war ihr nie in den Sinn gekommen, etwas anderes als das zu tun, was ihre Herrin verlangte. Und so suchte sie mit größtem Widerwillen einen jungen Mann auf, der in den Ställen arbeitete und von dem sie die erforderlichen Informationen bekam. In den Jahren im Dienste Consuelas hatte sie Diskretion gelernt, und so übernahm sie die Erledigung des Auftrags selbst und erzählte niemandem den Grund für ihren Gang durch die Stadt.

Das Bordell war ein Schock für Manuela, aber nichts im Vergleich zu dem Erstaunen der Madame, als sie erfuhr, was dieses ordentliche, anständige Dienstmädchen von ihr wollte. Doch der Anblick des Geldes ließ sie die fleischigen Schultern zucken, und nachdem sie verschiedene Kleider begutachtet hatten, eins ordinärer und unverschämter als das andere, wurden sie schließlich handelseinig.

Das Kleid kostete mehr, als Manuela hatte ausgeben wollen. Ihre sparsame Seele sträubte sich dagegen, einen so horrenden Preis für das billige Kleid zu zahlen, aber Elizabeths Worte hallten ihr in den Ohren, und so zahlte sie schließlich widerwillig den Betrag.

Als sie mit ihrem Bündel zurückkam, hatte Elizabeth bereits gebadet und lag nervös auf ihrem Bett. Bei Manuelas Eintritt sprang sie auf und fragte ungeduldig: »Warst du erfolgreich?«

Manuela nickte und verzog mißbilligend das Gesicht. »Sí, Senora. Ich konnte eins kaufen, aber . . .«

»Schimpf nicht mit mir«, bat Elizabeth. »Ich weiß, du findest das skandalös, und das ist es auch, aber laß mich jetzt nicht im Stich, Manuela.«

»Gut, gut, Senora, aber ich glaube, Sie spielen ein gefährliches Spiel«, sagte sie bedrückt. »Senor Rafael wird Ihr Plan nicht gefallen.«

»Zeig es mir«, unterbrach Elizabeth sie trotzig. Als Manuela das Kleid schließlich ausbreitete, hielt Elizabeth, schockiert und voll Bewunderung zugleich, den Atem an. »O Manuela!« stieß sie hervor und wußte nicht, ob sie über ihren Wunsch, solch ein Kleid anzuziehen, lachen oder ob sie Manuela befehlen sollte, es sofort zu vernichten.

Als sie es kurze Zeit später angezogen hatte und vor dem Spiegel stand, starrte sie sich mit großen Augen an und fragte sich, ob sie wirklich die Nerven hatte, sich öffentlich in solch einem Kleid zu zeigen. Es ist tatsächlich ein Hurenkleid, dachte sie und gab ein leises, unbehagliches Lachen von sich. Es war rückenfrei, und von den kleinen Puffärmeln bis zur Taille war sie buchstäblich nackt. Der schwarze Satin umschloß hauteng ihren Po, ehe er in einer Vielzahl langer Volants bis zum Boden hinunterfiel. Aber die Vorderseite! Das Kleid war wirklich unverschämt. Es war wahnsinnig tief ausgeschnitten, und ihre Brüste waren praktisch nackt, denn sie waren nur von einem durchsichtigen Einsatz, der bis unter ihren Bauchnabel reichte, bedeckt. Durch den roten Tüll erhielt ihre alabasterfarbene Haut einen rötlichen Schimmer, und er ermöglichte betörende Einblicke bis an die Grenze der Schicklichkeit.

Sie hatte sich sogar von Manuela schminken lassen. Ihr Mund war eine schwellende knallrote Blüte, durch die getuschten schwarzen Wimpern wirkte das Blau ihrer Augen noch geheimnisvoller und intensiver, und der kleine schwarze Schönheitsfleck neben ihrem Mundwinkel lud zum Küssen ein. Ihr silberblondes Haar war auf ihrem Kopf zu einem anmutigen Lockengewirr zusammengebunden und rieselte über ihre Schultern herunter. Alles in allem gefiel sie sich in diesem rot-schwarzen Kleid und mit den geschminkten Lippen. Dennoch war sie nervös, wenn sie an Rafaels Reaktion dachte.

Manuela gefiel Elizabeths Aufmachung ganz und gar nicht. Die Hände ringend, fragte sie verzweifelt: »Sie wollen doch nicht so zum Dinner hinuntergehen, Señora?«

Mit einem leicht gequälten Lächeln auf den Lippen und mit entschlossenem Blick, der ihre Bedenken verbarg, sagte Elizabeth mit gespielter Ruhe: »Aber natürlich! Warum sonst habe ich dich das Kleid kaufen lassen?« Als sie die ehrliche Besorgnis in Manuelas Gesicht sah, fügte sie in sanfterem Ton hinzu: »Mach dir keine Sorgen, Manuela, niemand wird dir einen Vorwurf machen – schließlich habe ich dir befohlen, das Kleid zu kaufen.«

Ich kann ihr leicht sagen, daß sie sich keine Sorgen machen soll, dachte Elizabeth nervös, als sie wenig später die Treppe hinunterstieg. Rafael in diesem Aufzug gegenüberzutreten war jedoch etwas ganz anderes. Einen Augenblick bedauerte sie, die große schwarze Stola abgelehnt zu haben, die zu tragen Manuela sie nahezu angefleht hatte. Als sie jetzt an sich hinuntersah, wünschte sie, die Stola bei sich zu haben. Das Kleid ist wirklich unanständig, dachte sie mit wachsendem Unbehagen. Vielleicht hätte sie einen anderen Weg wählen sollen, um Rafael zu verletzen, und sie dachte ernsthaft daran, umzukehren und sich umzuziehen, ehe es zu spät war. Doch die Entscheidung wurde ihr abgenommen, denn die Tür zum Speisezimmer ging auf, Rafael betrat die Halle und sah sie auf der Treppe stehen.

Er war eigens hinausgegangen, um sie zu holen. Als er vor dem Dinner mit Señora López in dem großen Salon gesessen hatte, hatte er sich nicht viele Gedanken darüber gemacht, doch als der erste Gang serviert wurde und Elizabeth noch immer nicht aufgetaucht war, dachte er, sie schmolle in ihrem Zimmer.

Das erste, was er bemerkte, war der schwarze Fleck neben ihrem Mund; als er jedoch unten an der Treppe stand und zu ihr hinaufsah, verschlug ihr Anblick ihm fast den Atem. »Heilige Mutter Gottes!« stieß er hervor, als seine Augen über den roten Tülleinsatz wanderten. Ihm war sofort klar, was sie damit bezweckte, und er war wütend und amüsiert zugleich. Du kleine Hexe! dachte er.

Mit trotzig erhobenem Kinn starrte sie zu ihm hinunter und wartete mit aufgeregt klopfendem Herzen auf seinen nächsten Schritt. Als er jedoch nichts unternahm, fragte sie dramatisch: »Gefällt es Ihnen? Bei der Meinung, die Sie von mir haben, hielt ich dieses Kleid für angemessen.«

Jetzt war er nicht mehr wütend, sondern fragte böse: »Und du wolltest mit dieser Demonstration alle Welt auf unser Verhältnis aufmerksam machen? Ist es das, was du im Sinn hast?«

»Ja! Und es heißt *will* und nicht *wollte*!«

»Verzeih, wenn ich anderer Meinung bin, mi cara«, widersprach er, und seine Augen leuchteten vor Verlangen. »Du gehst in diesem Kleid nirgendwohin, außer dorthin, wo es hingehört, in ein Bordell oder ins Schlafzimmer. Ich werde ganz gewiß nicht zulassen, daß du Señora López mit diesem Anblick beleidigst, und ich werde auch nicht zulassen, daß meine Dienstboten das zu sehen bekommen, was mir gehört.«

»Sie können mich nicht daran hindern!« zischte sie.

Rafael trat zwei Schritte näher an sie heran. Ihre Gesichter waren jetzt auf gleicher Höhe, und sie spürte seinen warmen Atem auf ihren Lippen, als er murmelte: »Ich kann es nicht? Das werden wir ja —« Er hielt inne, als Paco, sein Butler, die Halle betrat.

Elizabeth war durch Rafael verdeckt, und Paco spürte auch nicht die zwischen den beiden herrschende Spannung. »Der Aperitif ist serviert, Señor, Señora«, verkündete er.

Ohne den Blick von Elizabeth abzuwenden, sagte Rafael unbekümmert: »Sag Señora López, daß wir heute abend nicht mit ihr speisen. Sag ihr, es täte uns leid.«

»Nein!« platzte Elizabeth heraus, die das Verlangen in Rafaels Augen erkannte.

Plötzlich grinste Rafael. »Aber ja, querida, aber ja!« sagte er heiser und streckte die Arme nach ihr aus. »Dafür hast du das Kleid ja schließlich gekauft!«

»Das ist nicht wahr!« schrie sie wütend und begann, kaum daß Rafaels Hände ihre Schultern umschlossen, sich mit Händen und Füßen gegen ihn zu wehren.

Rafael lachte nur. Und vor Pacos bewundernden, amüsierten Augen schwang er sie über seine Schultern und wandte sich, ihre wütend auf seinen Nacken hämmernden Fäuste und ihre wild gegen seinen Körper tretenden Füße ignorierend, unbekümmert an Paco: »Die Señora fühlt sich nicht wohl, und ich muß sie ins Bett bringen. Du verstehst doch?«

Mit einem breiten, verständnisinnigen Lächeln auf dem braunen Gesicht nickte Paco und sagte beifällig: »Si, Señor, si!«

Elizabeth gab einen unterdrückten Wutschrei von sich, als Rafael sich ohne ein weiteres Wort umdrehte und die Treppe hinaufstieg. Als er oben an der Treppe angelangt war, ging er nicht in Richtung ihres Zimmers, sondern in die entgegengesetzte, und Elizabeth war klar, daß er sie in sein eigenes Zimmer brachte.

Entschlossen, ihm zu widerstehen, auch wenn ihre Sehnsucht nach ihm dagegensprach, fauchte sie ihn an: »Lassen Sie mich runter, Sie Bastard!« und landete ein paar besonders kräftige Schläge neben seinem Ohr, während sie versuchte, auf die Füße zu kommen.

»Was für eine Sprache für eine Dame, noch dazu für eine englische! Ich bin erstaunt über deinen Mangel an guten Manieren, Engländerin«, neckte Rafael sie unverkennbar amüsiert.

Vor einer ein gutes Stück von ihrem Zimmer entfernten Tür blieb er stehen, stieß sie mit dem Fuß auf und ging hinein. Er durchquerte mit schnellen Schritten den Raum, der wohl das Wohnzimmer war, und stieß eine Doppeltür auf, die in sein Schlafzimmer führte. Schnell ging er zu einem großen Bett mit altmodischen blauen Samtvorhängen und setzte Elizabeth unsanft darauf ab.

Ein seltsames Licht lag in seinen Augen, als er lächelnd auf sie hinuntersah und murmelte: »Ich habe oft genug davon geträumt, dich hier liegen zu sehen, aber ich stelle fest, daß die Wirklichkeit wesentlich schöner ist als meine Träume.«

»Das wird Ihnen noch leid tun!« schleuderte Elizabeth ihm entgegen. Ihre kunstvolle Frisur hatte sich aufgelöst, und ihre silbernen Locken ringelten sich in schöner Unordnung um ihr Gesicht.

Seine Chaqueta und sein weißes Leinenhemd beiseite werfend, erwiderte Rafael unbekümmert: »Das glaube ich kaum! Es gibt kaum etwas in meinem Leben, das mir leid tut, und das hier ganz bestimmt nicht, es sei denn ... wenn ich es nicht täte.«

Elizabeth kämpfte gegen die ihren Körper durchströmende, wachsende Erregung an und sah sich verzweifelt nach einer Fluchtmöglichkeit um. Sie befand sich in einem großen, eleganten Raum mit drei Doppeltüren. In der Hoffnung, daß sie nicht verschlossen seien, stürzte sie auf eine von ihnen zu.

Mit wild hämmerndem Herzen zerrte sie an dem kristallenen Türknauf – ohne Erfolg. Von hinten hörte sie Rafaels spöttische Stimme: »Sie sind verschlossen, Engländerin.«

Sie wirbelte zu ihm herum und sah ihn aus weitaufgerissenen, wütenden Augen an. Er war vollkommen nackt. Und während sie ihn wie hypnotisiert näher kommen sah, fragte sie sich flüchtig, warum sie je geglaubt hatte, ihm widerstehen zu können.

Rafael blieb unmittelbar vor ihr stehen und hob mit einer Hand sanft ihren Kopf. Zart küßte er sie und murmelte an ihrem Mund: »Es ist ein hübsches Kleid, und ich mag es nicht kaputtmachen – aber der Körper, den es bedeckt, ist noch viel betörender.« Und ehe sie begriffen hatte, was er meinte, riß er das Kleid mit einem Ruck in der Mitte entzwei. Es fiel auf den Boden, und Elizabeth stand nackt vor ihm, und der rote und schwarze Stoff lag in bauschigen Wolken um ihre Knöchel herum.

Einen langen Augenblick starrten sie sich stumm an, dann zog Rafael sie aufstöhnend in seine Arme und begann sie zum Bett zurückzutragen. Die Berührung seiner Arme ließ sie vor Lust erschauern, doch sie wollte sich nicht so leicht geschlagen geben und verwandelte sich plötzlich in eine fauchende, kratzende Katze.

Elizabeth wußte nicht, daß ihre Gegenwehr seine Erregung nur noch steigerte. Sie zappelte und wand sich in seinen Armen, hämmerte gegen seine Schultern. Sie hatte nicht gewollt, daß das geschah – sie hatte ihn nur verletzen, ihn wütend machen, sich in irgendeiner Weise äußern wollen, um ihm zu beweisen, daß sie nicht das süße, willfährige, dumme Ding war, für das er sie hielt. Und trotzdem reagierte ihr Körper auf seine Nähe, und sie weinte fast deswegen.

Für Rafael gab es nur noch diesen weichen, seidigen, hin- und herzappelnden Körper in seinen Armen, und er küßte sie voll Leidenschaft. Die Wochen ohne sie hatten sein Verlangen noch gesteigert, und jetzt, da er sie in den Armen hielt, da er ihren nackten Körper spürte, schien er beinahe den Verstand zu verlieren. Früher hätte er sie ohne Rücksicht und nur an seine eigene Befriedigung denkend genommen. Doch seine Beziehung zu ihr hatte sich vertieft, und die Erinnerung an ihre süße Hingabe, ihre letzte gemeinsame Nacht ließ ihn zögern. Als er plötzlich salzige Tränen auf ihrem Mund schmeckte, hob er den Kopf und sah sie forschend an.

Elizabeth war sich ihrer Tränen nicht bewußt. Sie spürte nur die Qual, ihm so nahe zu sein, die durch seine Zärtlichkeit in ihr wachsende, unkontrollierbare Erregung und gleichzeitig zu wissen, daß er nichts als Verachtung für sie empfand. Ihr Körper mochte zwar in

Flammen stehen, doch in ihrem Kopf war nichts als Verzweiflung und Schmerz.

Rafaels graue Augen waren fast schwarz vor Erregung, als er in ihr Gesicht hinuntersah und fragte: »Engländerin! Warum weinst du? Habe ich dir weh getan?«

Aufgewühlt und fast flehentlich sah Elizabeth ihn an und stieß mit tränenerstickter Stimme hervor: »Sie tun mir jedesmal weh, wenn Sie mich nehmen und mich dabei für eine Hure halten. Jedesmal, wenn Sie mich berühren und dabei glauben, daß ich mit Lorenzo geschlafen habe, daß ich es jederzeit auch mit Sebastian tun würde, tun Sie mir weh.«

Ein angespannter Ausdruck trat auf sein Gesicht, und seine Erregung erstarb. Sein Mund wurde schmal in jäh aufflammendem Zorn, und er erwiderte unwirsch: »Was sonst soll ich glauben? Ich habe mir ja nicht nur eingebildet, daß du mit Lorenzo geschlafen hast, oder? Das weiß ich mit Bestimmtheit.« Beinahe widerwillig fügte er hinzu: »Mit Sebastian ist es etwas anderes – er selbst hat zugegeben, daß nichts zwischen euch war und daß das nicht daran lag, daß er es nicht gewollt hätte. Aber verlange nicht, daß ich das, was ich mit eigenen Augen gesehen habe, in Frage stelle.«

Elizabeth seufzte gequält auf, und ihre Fäuste hämmerten unbewußt gegen seine Schultern. »Darum geht es nicht! Sagt Ihnen Ihr Gefühl denn gar nichts? Waren Sie nicht schockiert, als Sie mich in Lorenzos Armen fanden? Wir waren uns vorher nur einmal begegnet. Fanden Sie es nicht merkwürdig, daß ich – nachdem ich mich geweigert hatte, Sie heimlich zu treffen – nur so kurze Zeit später nackt in den Armen eines anderen Mannes liegen sollte? Haben Sie sich nie gefragt, wieso Consuela so genau wußte, wo wir zu finden waren?« Sie schluchzte leise auf, und die Tränen flossen ungehemmt über ihre blassen Wangen, während sie verzweifelt gegen seine Schultern trommelte und fast hysterisch schrie: »Consuela hat es geplant, Sie verdammter Idiot! Sie schickte mir eine Nachricht, und ich dummes, grünes Mädchen hoffte, einen Skandal vermeiden und sie beschwichtigen zu können, und ging zu dem von ihr vorgeschlagenen Treffpunkt. Sie setzte mich unter Drogen, Rafael!« Sie weinte haltlos, ihr Atem ging in kurzen, abgehackten Stößen, und sie sagte unglücklich: »Sie waren im Tee – und sie bezahlte Lorenzo dafür, daß er da war! Die beiden haben sich das ausgedacht. Consuela glaubte, Sie hätten sich bei der Soiree bei den Costas zu sehr für mich interessiert, und sie sagte, sie wolle sichergehen, daß Sie mich vergessen, daß ich nicht zu einer Gefahr für ihre Ehe würde.«

Rafael hatte sich versteift, als sie zu sprechen begonnen hatte. Und als sein Gesicht, nachdem sie geendet hatte, immer noch ohne jede Regung blieb, sah sie ihn in wachsender Verzweiflung an. »Sie glauben mir nicht, nicht wahr?« fragte sie dumpf, und Resignation überschwemmte sie wie eine schwarze unbarmherzige Woge.

Er tat nichts, um sie zu trösten, obwohl er erbittert gegen den Drang, es zu tun, angekämpft hatte, und sagte mit ausdrucksloser Stimme: »Es ist eine ziemlich unwahrscheinliche Geschichte, oder? In unserer Ehe gab es nichts zu retten, und Consuela wußte das. Ich kann mir also kaum vorstellen, daß sie zu solchen Mitteln gegriffen haben soll, wie du behauptest. Was konnte sie mit solch einem Spiel gewinnen? Wir lebten praktisch seit Jahren getrennt, und sie wußte, was ich für sie empfand.«

Elizabeth unternahm einen zweiten, verzweifelten Versuch. »Also gut, vergessen wir diesen Teil der Geschichte fürs erste, und sagen Sie mir, was sie dachten, als Sie mich bei der Soiree bei den Costas zum ersten Mal sahen. Sah ich wie eine Frau aus, die ihren Mann betrügt? Als wir miteinander tanzten, was dachten Sie da?«

»Ich hielt dich für das bezauberndste Wesen, das ich je sah«, stieß er hervor, »und das wußtest du verdammt genau! Warum sonst wäre ich dir in die Garderobe gefolgt, und warum sonst hätte ich dich um ein Rendezvous gebeten?« Seine Augen wurden gefährlich dunkel, und er herrschte sie an: »Aber du hattest andere Pläne, querida, nicht wahr? Pläne mit Lorenzo?«

Wut schoß wie eine Flamme in ihr hoch, und sie schrie ihn an: »Natürlich! Und daß Sie verheiratet waren, spielte keine Rolle, oder? Mir werfen Sie Ehebruch vor, während Sie es in allen Ehren tun durften. Was für ein Heuchler sind Sie nur, Rafael!«

»Einer der schlimmsten, wie es scheint«, erwiderte Rafael trocken. »Es stimmt, ich bin bereits zu dem Schluß gekommen, daß es nicht so sehr dein Ehebruch an sich war, sondern vielmehr die Tatsache, daß du Lorenzo vor mir den Vorzug gabst ... Ich habe ihn nie gemocht, aber dich in seinen Armen zu sehen brachte mich dazu, ihn zu hassen!«

»Aber ich habe Lorenzo nicht den Vorzug gegeben!« schrie Elizabeth verzweifelt. »Warum wollen Sie mir das nicht glauben? Consuela hat mich unter Drogen gesetzt! Sie hat Lorenzo dafür bezahlt, daß er dort war! Und sie hat dafür gesorgt, daß Sie davon erfuhren!« Als sie den spöttisch-ungläubigen Ausdruck auf seinem Gesicht sah, fügte sie hartnäckig hinzu: »Manuela war auch da. Sie wird Ihnen die Wahrheit sagen. Fragen Sie sie!«

Er verzog zynisch den Mund. »Natürlich wird sie das – sie ist jetzt dein Mädchen, und ich bin sicher, daß sie alles sagen wird, was du von ihr verlangst.«

Elizabeth holte wütend Luft. »Sie glauben, ich würde von meinem eigenen Mädchen verlangen, daß sie lügt?«

Rafael zuckte die Achsel. »Warum nicht? Wenn du selber lügst, ist es nur logisch, daß du dein Mädchen zu deiner Komplizin machst.«

»Wenn ich selber lüge!« Elizabeth brach ab, sie war so außer sich vor Wut, daß sie nicht weitersprechen konnte. Sie wollte sich von ihm losreißen, aber Rafael hielt sie unerbittlich fest.

»Hör auf!« befahl er, als sie wieder wie wild versuchte, sich von ihm loszureißen. »Ich habe dir zugehört – jetzt hörst du mir zu!« Er hielt ihren Blick fest und sagte ernst: »Ich weiß nur, was ich damals gesehen habe – wie du mit Lorenzo im Bett lagst. Du behauptest, Consuela habe dich unter Drogen gesetzt und Lorenzo dafür bezahlt, und ich gebe zu, daß es so gewesen sein könnte, aber es fällt mir verdammt schwer, es zu glauben.«

»Warum?« schrie sie. »Weil Consuela solch ein Tugendbold war? Oder weil Sie mich für ein Flittchen halten?«

Rafael unterdrückte einen Fluch und warf Elizabeth aufs Bett. Dann hielt er ihre Hände zu beiden Seiten ihres Kopfes fest. »Weder noch!« sagte er scharf. »Es ist nur eine so unwahrscheinliche Geschichte, daß ich sie unmöglich glauben kann, Engländerin – insbesondere, wenn man Consuela kennt. Egal, wie ich es auch betrachte, ich sehe nichts, was sie dabei hätte gewinnen können.«

Resigniert wich Elizabeth seinem Blick aus und sagte leise: »Es spielt sowieso keine Rolle mehr.« Sie sah ihn wieder an und sagte mit bitterem Lächeln: »Jetzt bin ich also auch noch eine Lügnerin.«

Das schien ihm aus irgendeinem Grunde weh zu tun, denn sein Gesicht verdunkelte sich, und er biß die Zähne zusammen. »Das weiß ich nicht«, stieß er hervor. »Ich weiß nur, daß nichts mehr für mich zu zählen scheint, wenn ich dich in meinen Armen halte – nicht dein Verhältnis mit Lorenzo, nicht, ob du eine Lügnerin bist –, nichts zählt... außer diesem!« Und er preßte seine Lippen auf ihren Mund.

Mit einem unterdrückten Seufzer der Freude und Verzweiflung versuchte Elizabeth sich zu wehren, doch es war zwecklos – sie hatte bis jetzt jeden Kampf verloren, und diese Nacht war keine Ausnahme. Trotz all ihrer Wut und übermächtigen Enttäuschung über seine Reaktion auf ihr Geständnis, was damals in New Orleans passiert war, erkannte sie in diesem Augenblick, daß sie ihn liebte – vielleicht sogar gerade wegen seines Wesens, das es ihm unmöglich machte, ihr zu glauben. Und weil sie ihn liebte, begehrte sie ihn ebenso leidenschaftlich, wie er sie zu begehren schien. In den Wochen seiner Abwesenheit hatte sich ihr Körper nach ihm gesehnt, und als sie jetzt seinen Körper an ihrer nackten Haut spürte, seine ihren Körper liebkosenden Hände, konnte sie ihm nicht widerstehen. Sie lag in seinen Armen, und er erweckte eine Leidenschaft in ihr, die sie nicht länger unter Kontrolle halten konnte. Sie streichelte seinen Kopf, der über ihren Körper glitt, während sein Mund, wo er sie berührte, flammende Erregung in ihr erweckte. Eine bittersüße Sehnsucht nach seinem Körper wallte in ihr auf, bis sie von der gleichen Leidenschaft erfüllt war wie er.

Er ließ ihr keine Chance, nachzudenken oder ihm zu entfliehen. Er küßte sie voll Verlangen und erzwang sich ihre Hingabe – sie liebte ihn und konnte ihm ebenso wenig widerstehen, wie sie aufhören konnte zu atmen. Nachdem sie den Kampf mit sich selbst einmal verloren hatte, war sie groß in der Niederlage. Ihr Mund, ihr Körper, ihre Arme, jede Faser ihres Wesens reagierte inbrünstig und erregend auf Rafaels Zärtlichkeiten.

Zitternd unter der Gewalt der Empfindungen, die seinen Körper durchliefen, konnte Rafael sich kaum noch beherrschen. Verzweifelt kämpfte er gegen den schier übermächtigen Drang an, sich in ihre samtenen Tiefen zu ergießen, hielt sich aber zurück, bis er wußte, daß auch sie Befriedigung erlangen würde. Und als er eine Sekunde später spürte, wie ihr Körper erschauerte, und ihr leises Aufstöhnen vernahm, reagierte sein Körper sofort, und mit tiefem Aufstöhnen erfuhr auch er die köstliche, überwältigende Lust, die in ihrem Körper explodierte.

25

Nichts außer ihren schweren Atemzügen war im Raum zu hören. Rafael ließ sie nicht gleich los, sondern hielt sie noch immer an sich gepreßt, während er sich auf den Ellbogen stützte und beinahe zärtlich in ihr gerötetes Gesicht starrte.

Selbst jetzt noch, nach dieser leidenschaftlichen Umarmung, wich Elizabeth seinem Blick verlegen aus und fragte sich traurig, wie sie ihn lieben und gleichzeitig beinahe hassen konnte. Nachdem sie den ersten Schock der Erkenntnis, daß sie ihn liebte, überwunden hatte, akzeptierte sie diese Liebe, ganz gleich, wieviel Leid sie ihr bringen mochte. Aus welchen Gründen auch immer, wie verrückt es auch sein mochte, sie liebte Rafael Santana!

Als Rafael sanft mit dem Finger ihr Kinn berührte, fuhr sie erschrocken zusammen und sah mit weitaufgerissenen Augen in sein dunkles Gesicht. Ein gequältes Lächeln lag um seinen Mund, als er murmelte: »Komm zurück. Du warst weit weg von mir.«

Sie konnte sich nicht beherrschen und fragte mit plötzlicher Bitterkeit: »Wie können Sie so etwas sagen, während Sie meinen Körper noch immer festhalten?«

Sein Blick wurde hart, doch er erwiderte ruhig: »Ja, ich habe deinen Körper, aber ich will auch deine Seele. Du warst sehr weit fort von mir – woran hast du gedacht?«

»An unsere erste Begegnung während der Soiree bei den Costas«, antwortete sie ehrlich.

»Dort fing alles an, nicht wahr?« Es war mehr eine Feststellung als eine Frage. »Diese Sache zwischen uns, diese Sache, die keiner von uns beiden wollte oder will und trotzdem seit diesem Augenblick existiert.«

Erstaunt darüber, daß er so etwas zugab, starrte sie ihn mit offenem Mund an.

Unsicher fragte sie: »Sie fühlen es auch?«

Sein Gesicht nahm einen bösen Ausdruck an, er rückte ein Stück von ihr ab und antwortete: »Warum nicht? Wenn ich nichts für dich empfände, hätte ich nicht so reagiert, als ich dich in Lorenzos Armen fand, und ich hätte mich auch nicht so gefreut, als ich dich in Cielo wiedersah.«

Mehr konnte und wollte er im Augenblick nicht gestehen, doch seine Worte erfüllten Elizabeth mit einem wilden Gefühl der Freude. Sie schluckte mühsam, stieß dann mit schmerzhaft klopfendem Herzen hervor: »Und was machen wir jetzt?«

Der Druck seiner Finger auf ihrem Kinn verstärkte sich, und seine Augen ruhten auf ihrem Mund, als er sanft erwiderte: »Ich weiß es nicht. Wollen wir jeden Tag so nehmen, wie er ist, und abwarten, was geschieht?«

»Ich weiß es nicht«, antwortete Elizabeth wahrheitsgemäß und fügte besorgt hinzu: »Ich möchte nicht Ihre Geliebte sein. Meinen Sie nicht, daß es sinnlos ist, so wie bisher weiterzumachen? Sie halten mich für eine Lügnerin und Ehebrecherin, und ich –« Sie hielt inne, als ihr bewußt wurde, daß sie nahe daran war, ihm ihre Liebe zu gestehen.

»Und du was?« fragte Rafael, sie eindringlich ansehend.

Elizabeth biß sich auf die Lippen und blickte zur Seite. »Nichts.« Schmerzerfüllt stieß sie hervor: »Ich sollte nach Natchez zurückgehen.«

Die Möglichkeit, daß sie aus seinem Leben verschwinden könnte, versetzte ihm einen Stich im Herzen. Ein unergründlicher Ausdruck lag in seinen dunklen Augen, als er leise hervorstieß: »Bleib, Engländerin. Bleib und laß uns so tun, als habe es die Vergangenheit nie gegeben.« Er wandte den Blick ab, starrte ins Leere und fügte hinzu: »Ich möchte dich nicht zwingen, bei mir zu bleiben. Aber gib uns

Zeit herauszufinden, was wir füreinander empfinden, und laß mir Zeit, über deine Worte nachzudenken.«

Elizabeth holte tief Luft. Sie wollte ihm ja Zeit lassen, fürchtete jedoch gleichzeitig, daß sie sich nur noch mehr in ihn verlieben werde, je länger sie zusammen waren, und daß er es schließlich merken werde. Wieviel Macht er damit über sie besitzen würde!

Als er ihre Unentschlossenheit bemerkte, zog er sie plötzlich an sich und küßte sie tief, zärtlich und hungrig, und Elizabeth erwiderte seinen Kuß hingebungsvoll. »Bleib bei mir«, murmelte er an ihrem Mund. »Bleib, und laß den Dingen ihren Lauf, ja?«

Benommen nickte sie, unfähig, ihm irgend etwas abzuschlagen. Wieder küßte er sie, anfangs leicht und sanft, doch bald schon mit wachsender Leidenschaft, und wieder wurden sie in die sinnliche Welt körperlichen Verlangens davongetragen.

Es war sehr spät, nur wenige Stunden vor Anbruch der Dämmerung, als Rafael sich anzog und Elizabeth, nachdem er sie in einen seiner Hausmäntel gehüllt hatte, schnell durch den dunklen Gang zu ihrem Zimmer trug. Nachdem er sie an der Tür sanft abgesetzt hatte, küßte er sie noch einmal voll Verlangen und sagte halb neckend, halb im Ernst: »Bis wir zu einer Entscheidung kommen, werde ich versuchen, dich nicht mehr zu kompromittieren. Von der heutigen Nacht werde ich... eine Zeitlang zehren müssen.«

Gedankenverloren sah Elizabeth ihn in der Dunkelheit verschwinden. Dann betrat sie, erschöpft von der heißen Liebesnacht und ihren wilden Gefühlen, ihr Zimmer und sank auf ihr Bett. Der Schlaf stellte sich schnell ein, und in dieser Nacht schlief sie zum ersten Mal seit Monaten tief und traumlos und ohne quälende Alpträume.

Rafael hingegen fand keinen Schlaf. Er lag in seinem einsamen Bett, sehnte sich nach Elizabeths Wärme und starrte blind in die Dunkelheit. Er hatte den ersten Schritt in Richtung einer Bindung getan, gegen die er sich noch immer wehrte. Und trotzdem hatte er gerade in dem Augenblick, als es so leicht gewesen wäre, die zwischen ihnen existierenden Bande zu verleugnen, ein Geständnis gemacht. Schlimmer noch, er hatte begonnen, sich zu fragen, ob sie in bezug auf jenen Nachmittag in New Orleans nicht doch die Wahrheit gesagt hatte ... Fluchend setzte er sich auf, schob die Bettdecke zurück, stand auf und lief splitternackt im Zimmer herum.

Er stand an der auf den kleinen Balkon führenden Glastür und starrte mit blinden Augen in die Strahlen der über dem Horizont aufgehenden Sonne. Es war ihm unbegreiflich, daß eine Frau in der Lage sein konnte, die eiskalte Barriere einzureißen, die er zum Schutz gegen Schmerz und Enttäuschung um sich herum errichtet hatte. Er kam sich ebenso verletzlich vor wie ein dummer, liebeskranker Junge von sechzehn Jahren. Anderen gegenüber war er stets kühl und reserviert, doch der Engländerin gegenüber war er hilflos; er begehrte sie, brauchte sie ... liebte sie?

Vor diesem Gedanken schreckte er zurück. Ich will sie nicht lieben, befahl sein Verstand, doch sein Herz protestierte, sehnte sich nach Elizabeths Süße und ihrer Wärme, wollte die Eiseskälte verjagen, die immer um ihn gewesen war.

Der Kampf tobte unaufhörlich in ihm. Hatte sie die Wahrheit gesagt oder nicht? Spielte das überhaupt eine Rolle? Würde sie ihn in der Zukunft betrügen? Hatte sie andere Liebhaber gehabt? Spielte das eine Rolle?

Verwirrt suchte er schließlich wieder sein Bett auf und wußte nur eins mit Bestimmtheit, nämlich, daß er wollte, daß Elizabeth bei ihm bliebe.

Während die Tage vergingen, fragte sich Elizabeth, ob er ihr jetzt glaubte. Sein Verhalten ihr gegenüber hatte sich eindeutig geändert. Wäre sie älter und erfahrener gewesen oder hätte sie Gelegenheit gehabt, andere junge Männer kennenzulernen, anstatt in die Ehe mit dem ersten jungen Mann gedrängt zu werden, der die Szene betrat, würde sie erkannt haben, daß er ihr den Hof machte.

Das war in allem, was Rafael tat, zu spüren. Nicht ein einziges Mal brachte er sie in Gegenwart anderer in eine verfängliche Situation oder nahm sich ungebührliche Freiheiten heraus. Nur seine Augen hatte er nicht unter Kontrolle, und mehr als einmal sah Elizabeth, wenn sich ihre Blicke trafen, das in den Tiefen seiner grauen Augen brennende Verlangen, und dann begann ihr Herz zu rasen.

Daß er sich selbst kasteite, ließ sie ihn nur noch mehr lieben, und diese Zeit war die glücklichste ihres Lebens. Der Mann, den sie liebte, war immer in ihrer Nähe, war aufmerksam, und die Zukunft sah plötzlich sehr rosig aus. Sie dachte kaum noch daran, nach Natchez zurückzukehren, und begann zu glauben, daß Rafael ernsthaft an Heirat denke.

Anfangs gingen beide äußerst behutsam miteinander um, keiner von ihnen wollte ihre langsam wachsende Beziehung zerstören. Und während die Tage vergingen, sonnig, warm und schön, vertiefte sich auch ihre Beziehung, wurden ihre Gespräche gelöster, entspannter, erfuhren sie mehr und mehr voneinander.

Zum ersten und einzigen Mal in seinem Leben war Rafael verliebt in eine Frau; der so oft gehörte, bittere Unterton in seiner Stimme fehlte, und er stellte fest, daß es noch andere Möglichkeiten gab, sich einer Frau zu erfreuen – Elizabeths bezauberndes Lächeln zu sehen oder wie ihre Augen aufleuchteten, wenn er etwas tat, das ihr besonders gefiel, ihre Art zu lachen, ihr Gang. All das steigerte seine Verliebtheit. Trotzdem zögerte er, diese endgültige Bindung einzugehen aus Angst, daß die Engländerin, die ihn so betörend anlächelte und sein Herz mit Freude erfüllte, ein Trugbild sein könnte und ihn eines Tages betrügen werde. Grimmig weigerte er sich, über jenen Nachmittag in New Orleans nachzudenken; er wollte Elizabeth glauben und den kalten Zynismus in sich unterdrücken, der nichts Glauben schenkte, was eine Frau sagte. Es war nicht leicht für ihn, Jahre des Mißtrauens und der Verachtung für das andere Geschlecht beiseite zu schieben, doch während die Wochen vergingen, gelang es ihm allmählich, und Elizabeths warmes, sanftes Wesen ließ die kalte Gleichgültigkeit dahinschmelzen, die so sehr ein Teil von ihm war.

Halb San Antonio beobachtete gebannt die Zähmung Rafael Santanas, und etwa Mitte Juni erwartete ein jeder die Ankündigung seiner Hochzeit. Abel Hawkins' Haus in San Antonio war in diesen Tagen von lachenden, fröhlichen Gästen erfüllt. Es gab Einladungen zum Dinner und Reitpartien; die Damen schlossen Elizabeth ins Herz, und die Herren lernten den neuen Rafael Santana kennen und schätzen.

Elizabeth blühte auf wie eine weiße Rosenknospe, die sich begierig öffnet, um die Wärme der Sonne aufzunehmen. Als sie eines Tages von einem frühen Morgenritt zurückkehrten, warf Rafael ihr einen bewundernden Blick zu. Sie schien ihm schöner denn je zu sein. Doch dann bemerkte er plötzlich einen leicht gequälten Zug auf ihrem Gesicht, einen Zug, den er in den letzten drei Tagen schon mehr als einmal bemerkt hatte. Er runzelte die Stirn und fragte unvermittelt: »Ist irgend etwas nicht in Ordnung? War die Hitze zuviel für dich?«

Elizabeth schenkte ihm ein gequältes kleines Lächeln. »Nein. Es geht mir heute morgen nur nicht allzu gut, und ich hätte wahrscheinlich besser im Bett bleiben sollen, als diesen Ausritt zu unternehmen.«

Señora López, die sie natürlich begleitete, sah Elizabeth besorgt an. »Sie werden doch nicht wieder einen Fieberanfall bekommen?« fragte sie besorgt.

»Nein, bestimmt nicht. Mein Magen scheint nur nach all den köstlichen Speisen, die ich in letzter Zeit gegessen habe, ein bißchen zu rebellieren«, erwiderte Elizabeth unbekümmert und wechselte schnell das Thema.

Den Rest des Tages war sie sorgsam darauf bedacht, sich sorglos zu geben. Doch unglücklicherweise war das alles nur Schauspielerei, denn es gab etwas, was ihr tatsächlich Sorgen bereitete.

Als sie an diesem Abend allein in ihrem Zimmer war, saß sie auf ihrem Bett, biß sich auf die Unterlippe und versuchte, sich an ein bestimmtes Datum zu erinnern, das ihr nicht hätte entfallen dürfen. In den letzten Monaten war so viel auf sie eingestürmt, daß sie nicht über so etwas Natürliches wie die Funktionen ihres Körpers nachgedacht hatte. Als sie jetzt jedoch an die Übelkeit dachte, die sie an den letzten fünf Morgen überkommen hatte, war sie wohl oder übel gezwungen, darüber nachzudenken. Nicht mehr seit März, seit Nathans Tod, dachte sie wieder, hin- und hergerissen zwischen wachsender freudiger Erregung und schierem Entsetzen.

Sie stand auf, zündete eine kleine Walfischtranlampe an und trat vor den Spiegel. Mit zitternden Händen zog sie ihr feines Leinennachthemd aus und betrachtete prüfend ihren schlanken Körper. Kein Zweifel, ihre Brüste waren voller, und sie hatte auch schon bemerkt, daß manche ihrer Kleider in der Taille spannten. Andere Anzeichen zur Bestätigung ihres wachsenden Verdachtes gab es nicht. Ihr Bauch war flach wie immer. Aber waren ihre Hüften nicht ein wenig runder, fast so, als paßten sie sich dem in ihrem Leib wachsenden ...?

Unfähig, den Gedanken zu Ende zu denken, zog sie mit zitternden Händen ihr Nachthemd wieder an, löschte die Lampe und kletterte ins Bett. Sie war albern. Nur weil der April, der Mai und ein Teil des Junis vergangen waren, ohne daß ... Entschieden wandte sie ihre Gedanken anderem zu, wehrte sich gegen das, was offensichtlich war, war aber zugleich von glücklichem Erstaunen erfüllt.

Am nächsten Morgen war sie richtiggehend krank und mußte der Wahrheit ins Gesicht sehen. Sie trug Rafaels Kind in sich!

In einer Mischung aus Freude und Entsetzen gestattete sie Manuela benommen, sie anzukleiden. Die Vorstellung, ein Kind zu bekommen, war ungeheuerlich, und die Realität begann, ihre wachsende Freude zu zerstören.

Was, um Himmels willen, sollte sie tun? Es Rafael sofort sagen? Schließlich kam sie zu dem Schluß, es nicht zu tun, und zwar aus zwei Gründen. Ihre Beziehung hatte sich in diesen letzten Wochen so positiv entwickelt, daß sie sie durch nichts zerstören wollte. Ganz egal, was passieren mochte, sie wollte, daß eine Entscheidung nur auf ihren Gefühlen füreinander basierte, nicht auf der Geburt eines Kindes. Wenn sie es ihm sagte und er ihr dann sofort einen Heiratsantrag machte, würde sie nie genau wissen, ob er sie wegen des Kindes geheiratet oder sich schließlich doch in sie verliebt hatte. Es würden stets nagende Zweifel bleiben. Und wenn sie es ihm sagte und er ihr nicht die Ehe anbot ...

Seltsamerweise hatte sie keine Angst vor dem Skandal und der Verachtung, die man ihr entgegenbringen würde. All ihre Sorgen und Ängste kreisten um den Vater ihres ungeborenen Kindes. Was würde er dazu sagen? Und wann oder wie sollte sie es ihm sagen?

Es war ein langer, zermürbender Tag für Elizabeth. Ich werde noch eine Woche warten, beschloß sie schließlich, als sie an diesem Abend im Bett lag. Wenn sich bis dahin nichts zwischen uns geändert hat, werde ich ... was? Es ihm sagen und meine Chance bekommen oder mich wie ein geprügelter Hund davonmachen und meine Wunden lecken? Sie fand keine Antwort darauf, während sie sich ruhelos in ihrem Bett herumwälzte, und am nächsten Morgen lagen tiefe Schatten unter ihren Augen.

Trotzdem sah sie bezaubernd aus, als sie in einem schmeichelndem Kleid aus schwarzer Köperbaumwolle mit Glockenärmeln das Speisezimmer betrat. Als sie sich Rafael, nachdem sie Seņora López begrüßt hatte, mit einem Lächeln zuwandte und ihm einen guten Morgen wünschte, begann Rafaels Puls zu jagen, und sein ganzer Körper reagierte allein schon auf ihren Anblick hin. Es war eine köstliche Qual, ihr so nahe zu sein und doch auf das eine zu verzichten. Ich bin nicht für die platonische Liebe geschaffen, sagte er sich böse, während seine Augen unbewußt ihre Lippen und Brüste liebkosten, und er wußte, daß er – ganz gleich, was er versprochen hatte – sich nicht mehr lange würde beherrschen können.

Er hatte es eigentlich nicht vorgehabt, doch an diesem Abend war er mit Elizabeth zufällig allein, und sie unternahmen einen Spaziergang an dem hinter dem Haus fließenden Bach entlang.

Rafael bemerkte den leicht gequälten Ausdruck auf Elizabeths Gesicht, und als sie im silbernen Licht des Mondes dahinschlenderten und dem Plätschern des Baches lauschten, fragte er plötzlich: »Bist du glücklich, Engländerin?«

Elizabeth, deren Gedanken sich um das ungeborene Kind und die Gewißheit, es ihm früher oder später sagen zu müssen, gedreht hatten, sah ihn überrascht an. »Ich bin nicht unglücklich hier, aber –«, erwiderte sie und fügte mit schmerzerfülltem Blick hinzu: »Ich muß zugeben, daß mit San Antonio häßliche Erinnerungen für mich verbunden sind. Ich kann nicht vergessen, daß mein ... daß Nathan hier getötet wurde.«

Rafael unterdrückte eine heftige Bemerkung. Sie hatten das Thema Nathan stets gemieden, zum einen, weil Elizabeth es nicht fertigbrachte, über ihre seltsame Ehe zu reden, zum anderen, weil Rafael noch immer nicht die wilde Eifersucht unter Kontrolle hatte, die seinen Körper durchschoß, wenn er an all die Jahre dachte, in denen Nathan ihre Süße genossen hatte, und die vielen Nächte voller Zärtlichkeit und Leidenschaft, die der andere in ihren Armen erlebt haben mußte. Doch ihre Antwort beunruhigte ihn auch in anderer Hinsicht, und er fragte bedrückt: »Magst du die Republik nicht?«

Froh, daß er das Thema gewechselt hatte, erwiderte Elizabeth leichthin: »Doch, vieles hier mag ich. Besonders die Tannenwälder, sie sind so kühl und einladend.«

Ihre Antwort gefiel ihm, und mit einem seltsamen Glitzern in den rauchgrauen Augen fragte er gespannt: »Könntest du hier leben?«

Rafael hatte sich auf sehr dünnes Eis begeben, und wenn Elizabeth nicht durch die Gedanken an das ungeborene Kind abgelenkt gewesen wäre, hätte sie es vielleicht bemerkt und das Thema weiterverfolgt. So jedoch entging ihr die Bedeutung seiner Frage, und sie antwortete geistesabwesend: »Oh, ich glaube schon. Wenn man will, kann man überall leben.«

Sie waren in der Nähe eines dichten Gebüschs stehengeblieben, durch das sie vom Haus aus nicht gesehen werden konnten, und beide starrten eine Zeitlang schweigend auf das im Mondlicht silbern glitzernde Wasser. Beide waren in ihre eigenen Gedanken versunken, beide rangen innerlich um eine Entscheidung, und beide drehten sich, in der Absicht zu sprechen, beinahe gleichzeitig zueinander um.

All ihren Mut zusammennehmend, sah Elizabeth in das schmale, dunkle Gesicht über sich. Sie konnte den Ausdruck seiner Augen nicht erkennen, und das Mondlicht betonte noch seine scharfen Züge. »Rafael, ich bin –« Sie hielt inne, brachte es nicht über sich, ihm diese Mitteilung so ohne jede Einleitung zu machen. Sie schluckte, suchte nach überleitenden Worten, bevor sie auf das Kind zu sprechen kam, nach Worten, die ihn auf das, was kommen würde, vorbereiteten.

Sie war wunderschön im Licht des Mondes. Ihre Augen wirkten dunkel und geheimnisvoll, das blonde Haar nahm die Strahlen des Mondlichts auf, das sich über sie ergoß, und die Worte, die er hatte sagen wollen, erstarben ihm beim Anblick ihrer Schönheit in der Kehle. Seine Augen hingen unverwandt an ihrem weichen, ihm so nahen Mund, und ohne nachzudenken, zog er sie in seine Arme und küßte sie.

Es war Wahnsinn, sie zu küssen, und er erkannte es in dem

Augenblick, als seine Lippen die ihren berührten, denn plötzlich durchschoß die seit Wochen unterdrückte Leidenschaft seinen Körper, und es gab nichts mehr für ihn außer ihren weichen, hingebungsvollen Körper. Er preßte sie an sich, küßte sie hungrig und voll Leidenschaft.

Elizabeth gab sich seiner fast brutalen Umarmung glücklich hin, genoß die beinahe schmerzhafte Freude, wieder seine starken Arme, die schmerzhafte Lust zu spüren, die ihren Körper durchströmte, während sein Mund von ihren Lippen zu ihren Augen und wieder zu ihren Lippen wanderte, ehe er zum Ansatz ihrer Brüste, die sich über dem tiefen Ausschnitt ihres Kleides wölbten, hinunterglitt.

Señora López' vom Haus herüberhallende Stimme war wie ein Schwall eiskalten Wassers, und Rafael wußte nicht, ob er der Frau dankbar sein oder zu ihr gehen und ihr auf der Stelle den Hals umdrehen sollte. Er hob den Kopf und rief: »Wir sind gleich da, Señora Ridgeway bewundert gerade den im Mondlicht glitzernden Bach.«

Im Gefühl, ihre Pflicht getan zu haben, drehte Señora López sich um und kehrte lächelnd zu ihrer Handarbeit zurück. Wie herrlich, jung und verliebt zu sein, dachte sie verträumt.

Schweigend glättete Rafael Elizabeths Kleid und verweilte mit den Fingern auf ihrer weichen Brust, während er den Stoff darüberzog. Dann sah er in ihr gerötetes Gesicht und stieß mit belegter Stimme hervor: »Wahrscheinlich ist es ganz gut, daß sie gerufen hat, denn in der nächsten Sekunde hätte ich dich auf die Erde geworfen und mir selbst bewiesen, daß ich nicht der Eunuch bin, den ich in den letzten Wochen gespielt habe.«

Elizabeths Körper brannte noch immer vor Verlangen, und sie konnte nur stumm nicken, während sie sich insgeheim leicht beschämt wünschte, daß Señora López noch ein paar Minuten gewartet hätte, ehe sie sie unterbrach. Der versäumten Gelegenheit, ihm von dem Kind zu erzählen, nachtrauernd und wegen des abrupten Endes ihrer Umarmung leise aufseufzend, ging sie mit Rafael zum Haus zurück.

Kurz nach dem Frühstück trafen am nächsten Morgen ein paar von Rafaels Männern aus Enchantress ein, die einen ziemlich langen schriftlichen Bericht von Renaldo mitbrachten. Rafael entschuldigte sich bei den Damen und sagte zu ihnen, daß er wahrscheinlich den ganzen Tag über beschäftigt sein werde – ob die Damen sich wohl allein unterhalten könnten? Elizabeth begrüßte den Aufschub; sie war froh, ein paar Stunden allein zu sein, um ihre immer verworrener werdenden Gedanken ordnen zu können.

Rafael war zugleich erfreut und verärgert über die Ankunft der Männer aus Enchantress – erfreut über die Fortschritte, von denen Renaldo ihm berichtete, und verärgert, weil er nicht mit Elizabeth zusammensein konnte. Wie befürchtet, wurde es ein sehr hektischer Tag für ihn. Er mußte Lebensmittel, Werkzeug und verschiedene andere Dinge, die Renaldo angefordert hatte, bestellen. Dieses Mal gab es noch mehr hinüberzutransportieren als beim ersten Mal, denn jetzt, da die Unterkünfte der Männer fertig waren, würden ihre Familien zu ihnen ziehen. Es wurde ein langer, anstrengender Tag für ihn, und es war fast schon dunkel, als er schließlich nach Hause zurückkehrte.

Nachdem Rafael das Haus verlassen hatte, hatte sich der Tag für Elizabeth endlos hingezogen, und sie lief eine ganze Weile ziellos von einem Zimmer ins andere, ehe sie beschloß, die Morgensonne zu genießen, ehe es zu heiß wurde.

Eine ganze Weile blieb sie im Schatten eines riesigen alten Baumwollbaumes sitzen. Schließlich jedoch wurde es ihr zu heiß, und sie war gerade aufgestanden, um ins kühle Haus zu gehen, als von der Vorderseite des Hauses her Pferdegetrappel und Stimmengewirr an ihr Ohr drangen. Sie erkannte Pacos Stimme, aber nicht eine andere, herrische. Dann glaubte sie, Don Miguels besänftigende Stimme zu hören. Doch er schien keinen Erfolg mit seinen Bemühungen zu haben, denn die herrische Stimme begann in schnellem Spanisch erregte Drohungen auszustoßen, denen Elizabeth nicht folgen konnte. Auch Señora López' Stimme war kurz zu hören, doch sie ging in den knappen Kommandos der harten Stimme unter.

Neugierig ging sie ins Haus und war ganz und gar nicht überrascht, als Señora López ihr mit ängstlicher Miene entgegenkam.

»Ah, Señora Beth, kommen Sie schnell zur vorderen Veranda!« rief die Spanierin aufgelöst, als sie Elizabeth sah.

Wachsam und mit leichtem Unbehagen folgte Elizabeth ihr. Als sie die Haupthalle betrat, fiel ihr als erstes die Hektik auf, die das Haus überkommen zu haben schien. Zwei Dienstmädchen liefen mit verwirrten Gesichtern die Treppe hinauf, und vier Diener trugen Gepäck herunter, das verdächtig nach ihrem eigenen aussah. Elizabeth starrte ihnen eine Sekunde verwirrt hinterher, dann wandte sie sich der Vorderseite des Hauses zu.

Die weißen Doppeltüren waren weit geöffnet, und Paco stand mit einem finsteren Ausdruck auf dem sonst meist lächelnden Gesicht neben dem Eingang. Als Elizabeths Blick über die breite Veranda wanderte, entdeckte sie erschrocken einen ansehnlichen Trupp berittener Spanier.

Als ihr verwirrter Blick über die etwa ein Dutzend Männer wanderte, erkannte sie zunächst nur den sich offensichtlich sehr unbehaglich fühlenden Don Miguel und Lorenzo, auf dessen dunklem Gesicht ein erfreuter Ausdruck lag. Die anderen, lauter gutbewaffnete Vaqueros, waren ihr alle fremd, wie auch der schlanke alte Mann mit der Adlernase in der Mitte der Gruppe.

Er saß mit der ganzen Arroganz und dem Stolz eines Konquistadors auf einem herrlichen, unruhig umhertänzelnden schwarzen Hengst, dessen mit Silber besetzter Sattel und ebenso geschmücktes Zaumzeug in der Sonne funkelten. Sein schwarzer Sombrero war mit üppiger Silberstickerei versehen, ebenso die rote Stoff-Chaqueta und die schwarzen Calzoneras, die er trug. Übertrieben wirkende Silbersporen ragten aus feinen Lederstiefeln, und die Hände, die die Zügel des großen Hengstes so mühelos hielten, steckten in schwarzen Lederhandschuhen.

Er strahlte Selbstbewußtsein und Arroganz aus und starrte Elizabeth ohne den Versuch, sie zu grüßen oder wenigstens höflich an seinen Sombrero zu tippen, hochmütig an. Sein zerfurchtes Gesicht ließ noch immer erkennen, was für ein atemraubend gutaussehender Mann er einmal gewesen sein mußte, doch es zeigte auch Grausamkeit und Egoismus. Seine Augen waren schwarz, schwarz wie Ebenholz, und sie waren eiskalt, als sie über Elizabeths schlanke Gestalt wanderten. In stark akzentuiertem Englisch fragte er: »Sind Sie Señora Ridgeway?«

Elizabeth versteifte sich; ihr gefiel weder sein Ton noch die Art, wie seine Augen abschätzend über ihren Körper wanderten. Sie mochte sich nicht von unhöflichen Fremden ausfragen lassen. Also behandelte sie ihn mit der gleichen Verachtung, nickte kurz und fragte kühl: »Und wer sind Sie?«

»Ich?« fragte der Mann überrascht, als könne er nicht fassen, daß sie ihn nicht kannte. »Ich bin Don Felipe!«

26

Das ist also der schreckliche, herrschsüchtige Don Felipe! dachte Elizabeth, als sie ihn betrachtete. Was für ein kaltes, gebieterisches Gesicht er doch hat, dachte sie, selbst sein Schnurrbart schien sich vor Verachtung für seine Begleiter zu kringeln.

Doch nicht nur sein Gesicht war gebieterisch, auch seine Manieren waren es. Seine schwarzen Augen nicht von ihrem Gesicht abwendend, informierte er sie barsch: »Die Diener haben Anweisung, Ihre Sachen zu packen. Ich finde es nicht in Ordnung, daß Sie, nur mit Señora López als Anstandsdame, im Haus meines Enkels wohnen. Und da ich und die anderen Mitglieder meiner Familie uns nicht die Füße schmutzig machen werden, indem wir Abel Hawkins' Haus betreten, werden Sie heute nachmittag mit uns kommen.« Als Elizabeth ihn in fassungsloser Wut anstarrte, fügte er herablassend hinzu: »Doña Madelina erwartet Sie auf der Hazienda, die die Familie benutzt, wenn sie in San Antonio übernachtet.«

Eine hitzige Erwiderung hinunterschluckend, fragte Elizabeth süß: »Auch Ihr Enkel Rafael?«

Don Felipes Lippen wurden schmal. »Nein! Er zieht es vor, im Haus eines Gringo-Trappers zu wohnen!« schimpfte er. Dann fügte er, seinem Sohn einen vielsagenden Blick zuwerfend, hinzu: »Zu meiner Empörung mußte ich allerdings feststellen, daß noch andere in meiner Familie anders denken – aber seien Sie versichert, es wird nicht wieder vorkommen!« Er räusperte sich und fuhr fort: »Aber das hat nichts mit Ihnen zu tun – Sie kommen mit uns. In Kürze trifft eine Kutsche ein, aber Sie haben genügend Zeit, um sich auf ihre Abreise vorzubereiten.« Als Elizabeth wütend protestieren wollte, starrte er sie mit funkelndem Blick an und polterte: »Und ich dulde keine Widerrede – ich habe keine Lust, meine Zeit an eine Diskussion mit einer Frau zu verschwenden.«

Elizabeth rang um ihre Fassung, holte tief Luft. Mit trotzig erhobenem Kinn hielt sie Don Felipes Blick stand und sagte kühl: »Ich danke Ihnen sehr für Ihr freundliches Angebot, aber ich ziehe es vor, hier zu bleiben. Wenn ich es nicht für schicklich halte, hier zu bleiben, werde ich in ein Hotel ziehen.« Verächtlich schloß sie: »Sie mögen vielleicht Ihre Familie einschüchtern können, mich jedoch beeindrucken Sie nicht besonders.«

Die schwarzen Augen wurden schmal, und ein freudloses Lächeln huschte über sein altes Gesicht. »Sie hat Mut«, sagte er beifällig, als wäre Elizabeth gar nicht anwesend. »Ich begrüße ein gewisses Maß an Mut bei einer Frau – sie müßte auch mutige Söhne gebären, die des Namens Santana würdig sind.« Wie zu sich selbst fügte er hinzu: »Ein Jammer, daß sie eine Gringa ist, aber sie sollte genügen. Immerhin ist ihr Vater ein Lord, auch wenn ich mir einen Herzog gewünscht hätte.«

Elizabeths empörter Ausruf verlor sich, als einer ihrer Koffer und eine kleine Reisetasche von Rafaels Dienern an ihr vorbeigetragen wurde. Die Diener wirkten bedrückt. Es war offensichtlich, daß sie es zwar ablehnten, von diesem arroganten alten Mann herumkommandiert zu werden, daß sie jedoch nicht den Mut hatten, ihm den Gehorsam zu verweigern. Nicht so Elizabeth. Ihre Augen funkelten vor Wut, als sie wütend rief: »Einen Augenblick, bitte, verdammt noch mal! – Stellt die Sachen hin! – Ich gehe nirgendwo hin!« Mit schnellen Schritten überquerte sie die Veranda und blieb auf der zweiten Stufe stehen. »Zuerst einmal haben Sie kein Recht, fremde Diener herumzukommandieren!« fauchte sie Don Felipe an. »Und zweitens haben Sie mir überhaupt nichts zu sagen! Sie können Ihre Idee, mich von hier wegzubringen, also getrost vergessen!«

Don Felipe sah sie prüfend an. Sie wollte seine Anweisungen offensichtlich nicht befolgen und brav in die Kutsche klettern. Er würde also zu anderen Mitteln greifen müssen. Er schnippte mit gelangweilter Miene mit den Fingern, und ehe Elizabeth begriff, was geschah, wurde sie die Treppe hinuntergezerrt und fand sich in Lorenzos Armen wieder. Sein Pferd scheute leicht unter ihrem plötzlichen Gewicht, und das Sattelhorn stieß unsanft gegen ihre Hüften, als sie versuchte, sich Lorenzos brutaler Umklammerung zu entwinden.

Don Miguel, der bis dahin geschwiegen hatte, ergriff plötzlich das Wort. Er erhob wütende Einwände gegen das Vorgehen seines Vaters, doch eine scharfe Erwiderung in schnellem Spanisch brachte ihn zum Schweigen. Er warf Elizabeth einen bedauernden Blick zu, doch machte er keinen Versuch, die offensichtliche Entführung zu verhindern. In diesem Augenblick erkannte Elizabeth, daß Don Miguel sich einem stärkeren Mann immer beugen würde.

Don Felipe sagte etwas zu Paco und Seņora López, was – wie Elizabeth später erfuhr – eine Nachricht für Rafael über ihren Aufenthaltsort und Anweisungen für den Transport ihrer restlichen Sachen war. Dann gab er seinen Männern ein Zeichen, wendete sein Pferd, und die Gruppe folgte ihm sofort, während Paco und Seņora López Elizabeths blonden Kopf in der von den Pferden aufgewühlten Staubwolke verschwinden sahen.

Kaum eine Sekunde später schickte Paco einen Diener in die Stadt, der Rafael suchen und ihm berichten sollte, was passiert war, während Seņora López und Manuela sich an die notwendigen Vorbereitungen für den Umzug auf die Hazienda machten, wo Elizabeth hingebracht wurde. Don Felipe hatte ihnen großmütig mitgeteilt, daß sie mit Elizabeths und ihrem eigenen Gepäck zur Hazienda kommen sollten, sobald die Kutsche eingetroffen war.

Da sie wußte, daß es sinnlos und außerdem unter ihrer Würde war, sich weiterhin zur Wehr zu setzen, hatte Elizabeth sich schließlich in erbittertes Schweigen gehüllt, als die Stadt ihren Blicken entschwand. Die Sonne brannte auf ihren ungeschützten Kopf herunter, und sie hatten noch keine Meile zurückgelegt, als sie Kopfschmerzen bekam – ebenso sehr vor Wut als von der sengenden Sonne.

Don Miguel lenkte sein Pferd neben das Lorenzos und murmelte Elizabeth zu: »Es tut mir leid, daß das passiert ist, cara, aber mein Vater ist ein eigensinniger alter Mann. Er ist nicht immer höflich, und unglücklicherweise hat er sein Leben lang das getan, was er wollte.«

Elizabeth blieb reserviert und erwiderte: »Und wahrscheinlich ist es noch nie jemandem in den Sinn gekommen, sich ihm zu widersetzen? Warum haben Sie vorhin nichts unternommen, um ihn an seinem Vorhaben zu hindern? Sie wissen, daß Sie es gekonnt hätten.«

Ihrem Blick ausweichend, räusperte sich Don Miguel unbehaglich und sagte leise: »Lebenslange Gewohnheiten lassen sich schwer ändern, Señora. Ich gehorche ihm, weil man mich so erzogen hat. Er duldet keinen Widerspruch – und ich habe festgestellt, daß mein Leben viel leichter ist, wenn ich tue, was er will, als wenn ich mich gegen seine Wünsche auflehne. Ich mag anderer Meinung sein als er, aber ich bringe es nicht fertig, seinen Wünschen zu widersprechen.«

»Ich verstehe«, murmelte Elizabeth gedehnt. Sie spürte die Schwäche, die er bisher mit seinem Charme überdeckt hatte. Don Miguel war in der Tat ein charmanter Mann, doch anders als sein Vater und sein Sohn würde er sich einer stärkeren Persönlichkeit stets unterordnen. Jetzt sah sie ihn mit anderen Augen und sagte unvermittelt: »Ein Wunder, daß Sie es gewagt haben, Rafaels Mutter zu heiraten.«

Er errötete und erwiderte steif: »Das hat nichts damit zu tun.«

Sie nahm die Zurechtweisung widerspruchslos hin und starrte nach vorn auf die Ohren von Lorenzos Pferd. Von da an hielt Don Miguel sein Pferd an ihrer Seite, während Don Felipe wie ein im Triumphzug heimkehrender König vor seiner Armee an der Spitze der Kavalkade ritt. Seit ihrem Aufbruch hatte er Elizabeth weder angesehen noch ein Wort an sie gerichtet. Er pflegte keine Worte zu verschwenden – schon gar nicht an eine Frau.

Don Miguel jedoch war tief bekümmert wegen der Vorfälle, und als er Elizabeths verschlossenes Gesicht sah, sagte er leise: »Denken Sie nicht zu schlecht von mir, Señora Beth. In einem Punkt hat mein Vater allerdings recht – es war wirklich nicht ganz in Ordnung, daß Sie in San Antonio geblieben sind. Doña Madelina und ich hätten Sie mitnehmen sollen, als wir nach Cielo zurückkehrten, oder wir hätten in San Antonio bleiben sollen, bis ...« Er hielt inne.

Elizabeths Augen blitzten gefährlich auf, und sie drängte: »Bis was?« Als Don Miguel nicht bereit zu sein schien, sich auf gefährlichen Boden zu begeben, fragte sie: »Woher hat Ihr Vater die lächerliche Idee, daß ich Santana-Söhne gebären könnte? Und ich würde sehr gern wissen, was ihn meine Herkunft angeht.«

Don Miguel schien sich jetzt noch unbehaglicher zu fühlen. »Es ist meine Schuld«, gab er schließlich zu, und als er Elizabeths entschieden unfreundliche Miene sah, fuhr er ernst fort: »Ich weiß, es war voreilig von mir, aber ich schrieb meinem Vater von Ihnen und meiner Hoffnung, daß Sie und mein Sohn eines Tages heiraten würden. Es war ein Fehler, das sehe ich jetzt ein – aber ich habe nicht erwartet, daß mein Vater sich in dieser Art und Weise einmischen würde.« Seine Augen baten um Vergebung, als er mit kaum hörbarer Stimme fortfuhr: »Sie sind so bezaubernd, so schön, und Rafael schien Ihren Reizen gegenüber nicht unempfindlich zu sein. Es wäre eine Lösung für so vieles gewesen – Sie brauchten nicht als Witwe nach Natchez zurückkehren, und mein Sohn wäre vielleicht glücklich geworden.« Don Miguel seufzte. »Als ich meinem Vater schrieb, hatte ich vergessen, wie rücksichtslos er sein kann, wenn er sich etwas in den Kopf gesetzt hat. Er wünschte sich schon lange, daß Rafael wieder heiratet, und als ich ihm von Ihnen berichtete, nahm er die Sache sofort in die Hand – insbesondere nachdem er sich durch einen Freund bei der britischen Botschaft Ihre Herkunft hatte bestätigen lassen.«

Elizabeth blieb bei ihrem Schweigen, doch ihr Zorn auf Don Miguel schwand. Er war nun einmal ein schwacher Mann, und er und seine Frau waren sehr nett zu ihr gewesen. Don Felipe war es, der ihr Feind war – Don Felipe, der mit seiner eigenmächtigen Arroganz womöglich jede Chance zerstört hatte, daß sie und Rafael jemals ihre wahren Gefühle füreinander entdeckten.

Er hatte ganz offensichtlich vor, ihre Heirat zu erzwingen. Und er würde Rafael mit allen Mitteln nötigen, eine Entscheidung zu treffen, für die er vielleicht noch nicht bereit war. Für sie selbst gab es keinen Zweifel, daß sie Rafael liebte und ihn heiraten wollte, aber nur, wenn auch er sie liebte und heiraten wollte – ganz gewiß nicht auf den Befehl eines Tyrannen wie Don Felipe!

Sie und Rafael waren sich so nahegekommen, waren vielleicht nahe daran, einander zu gestehen, was sie empfanden, und jetzt machte dieser alte Mann alles kaputt. Ihre veilchenblauen Augen waren plötzlich sehr hart und starrten böse auf Don Felipes kerzengeraden Rücken, der ein paar Reihen vor ihr herritt. Zum Teufel mit ihm!

Lorenzo hingegen war mehr als erfreut über die Entwicklung der Dinge. Es spielte keine Rolle für ihn, daß die befürchtete Heirat von Elizabeth und Rafael in den Bereich des Möglichen gerückt war. Für ihn zählte nur die Tatsache, daß Don Felipe vorhatte, Elizabeth aus San Antonio wegzubringen – heraus aus dem Schutz der Stadt, heraus aus ihrem sicheren Unterschlupf.

Nachdem er das Treffen mit dem Oberhaupt der Familie verlassen hatte, hatte Lorenzo keine Zeit verschwendet. Er war nach Westen zu den Kalksteinbergen geritten, hatte Zweige und Äste aufgelesen, und binnen Minuten zogen grauweiße Rauchwolken über den strahlend blauen Himmel. Der Rauch war meilenweit zu sehen, und er lächelte ein böses Lächeln der Zufriedenheit, als er bald darauf in der Ferne die Antwort auf sein Signal sah. Gut! Die Komantschen waren nicht weit.

Elizabeths ihm so naher, schlanker Körper brachte Lorenzo wieder in die Gegenwart zurück. Heißes Verlangen stieg in ihm auf, und er wußte, daß er sie, ehe er sie ihrem Schicksal bei den Komantschen überließ, besitzen würde. Sein Verlangen, diese weiße seidige Haut zu spüren, war das einzige, was Elizabeth einen Augenblick länger als notwendig am Leben erhalten würde. Zuerst würde er sein Vergnügen haben, dann würde er zusehen, wie die Komantschen das ihre hatten, bevor ...

Das Haus der Santanas lag etwa sechs Meilen von San Antonio entfernt in einem kleinen Tal in der Nähe eines Seitenarms des San-Antonio-Flusses, und obwohl es nur selten benutzt wurde, war immer Personal da, und das Haus also immer bezugsbereit. Es ist nicht annähernd so groß wie Cielo, doch ebenso komfortabel und luxuriös eingerichtet, dachte Elizabeth, als man sie in ihr Zimmer führte.

Das Zimmer war zwar groß und hübsch, trotzdem war es ein Gefängnis, und während sie unbeteiligt zusah, wie eine Mexikanerin in buntgestreiftem Rock und weißer Bluse die Kleider aus ihrem Koffer aufhängte, fragte sie sich, was wohl als nächstes passieren würde. Auch wenn er sie gewissermaßen gefangenhielt, glaubte sie nicht, daß Don Felipe sie mißhandeln werde – solange sie nichts tat, was den Despoten verärgerte.

Als man sie kurze Zeit vorher nicht allzu sanft im Innenhof abgesetzt hatte, war sie von Doņa Madelina herzlich begrüßt worden, und trotz ihrer Wut und ihres Grolls brachte Elizabeth es nicht fertig, ihr die kalte Schulter zu zeigen. Doņa Madelina hatte geschimpft, als sie Elizabeths von der Hitze gerötetes Gesicht sah, und sie unverzüglich auf ihr Zimmer bringen lassen, damit sie sich von den Strapazen der überraschenden Reise erholte.

Allmählich wurde Elizabeth klar, daß Don Miguel und Doņa Madelina zwar vielleicht nicht einverstanden mit Don Felipes Vorgehen sein mochten, daß sie aber nichts gegen die Ziele, die er damit verfolgte, einzuwenden hatten. Und ihr wurde auf schockierende Weise klar, daß die ganze Familie Santana beschlossen hatte, daß sie und Rafael heirateten, und daß zumindest Don Felipe sich seine Pläne durch nichts durchkreuzen lassen wollte.

Froh darüber, daß niemand etwas von dem Kind, daß sie in sich trug, wußte, wusch Elizabeth sich Gesicht und Hände in einer Schüssel mit kaltem Wasser. Dann schüttelte sie den Staub aus ihrem schwarzen Musselinkleid, glättete vor dem über einer niedrigen Mahagonikommode hängenden Spiegel ihr Haar und überdachte ihre Lage. Es war offensichtlich sinnlos zu verlangen, daß man sie nach San Antonio zurückbrachte. Auch der Gedanke an Flucht war töricht – sie kannte niemanden, der ihr ein Pferd geben würde, und der Gedanke, allein durch eine Gegend zu ziehen, wo die Komantschen ihr Unwesen trieben, war nicht gerade verlockend. Für den Augenblick würde sie also versuchen müssen, das Beste aus ihrer Lage zu machen.

Kurz darauf sollte sie Gelegenheit erhalten, ihr Mißfallen kundzutun. Es wurde an die Tür geklopft, und ein Diener teilte Elizabeth mit, daß Don Felipe sie unverzüglich in der Bibliothek zu sprechen wünsche. Elizabeth ballte die Hände zu Fäusten, kämpfte gegen den

Drang an, Don Felipe ausrichten zu lassen, er solle sich zum Teufel scheren, und ging hinter dem Diener durch den kühlen Bogengang zur Bibliothek hinunter.

Bei ihrem Eintritt blickte Don Felipe, der sich gerade ein Glas edlen Weins aus einer Kristallkaraffe einschenkte, über seine Schulter und fragte: »Möchten Sie ein Glas Sherry? Ich habe Ihnen eine Flasche aus dem Keller holen lassen.«

Elizabeth stand steif in der Mitte des Raumes, registrierte vage die die Wände umsäumenden, in Leder gebundenen Bücher, das Ledersofa und das Mahagonitischchen, auf dem ein Tablett mit Erfrischungen stand. Don Felipe ansehend, sagte sie gleichmütig: »Nein, danke. Ich nehme keine Erfrischungen von meinem Gefängnisaufseher.«

Er lächelte, doch der Ausdruck seiner schwarzen Augen veränderte sich nicht. Jetzt, da er nicht mehr auf seinem Pferd saß, stellte Elizabeth fest, daß er gar nicht so groß war, höchstens zehn Zentimeter größer als sie selbst; trotzdem strahlte er in großem Maße Stolz und Kraft aus. Er hatte sich umgezogen, aber die Kleider, die er jetzt trug, waren nicht weniger prächtig als die vorherigen. Selbst für sein Alter, das Elizabeth zwischen siebzig und achtzig Jahren schätzte, war er noch eine sehr eindrucksvolle Erscheinung. Sie über den Rand seines Glases hinweg ansehend, sagte er schließlich: »Ich bewundere es, wenn eine Frau Mut hat, aber Aggressivität verabscheue ich. Ich hoffe, Señora, Sie werden nicht den Fehler begehen, diese Grenze zu überschreiten.«

Elizabeth bemühte sich nicht, ihre Verachtung und ihr Mißfallen zu verbergen und schleuderte ihm entgegen: »Es ist lange her, seitdem ich der Schule und meiner Gouvernante ade gesagt habe! Ich habe ganz gewiß nicht vor, mich von Ihnen einschüchtern oder herumkommandieren zu lassen! Ich nehme an, Sie verstehen mich?«

Er nickte mit gesenkten Augen. Dann betrachtete er die wütend vor ihm stehende Elizabeth, staunte über ihr helles blondes Haar und überlegte träge, ob er sie, falls sie sich als störrisch erwies, als seine Geliebte mit nach Mexico City nehmen sollte. Mit seinen vierundsiebzig Jahren begehrte er die Frauen noch immer, und wenn er ihrer überdrüssig wäre, würde er sie mit dieser hellen Haut und dem blonden Haar ohne Schwierigkeiten verkaufen können – zu einem guten Preis. Dann jedoch verwarf er diesen Gedanken wieder – es war wichtiger, daß sein Enkel heiratete und Erben für Cielo in die Welt setzte, als daß er seine vorübergehenden Gelüste befriedigte.

Elizabeths wütenden Blick suchend, murmelte er: »Ich sehe, wir verstehen uns. Und da Sie eine sehr direkte Frau zu sein scheinen, werde ich keine Zeit mit Höflichkeitsfloskeln verschwenden.« Er deutete auf das Sofa: »Wollen Sie sich setzen, während wir darüber reden?«

»Nein«, stieß Elizabeth mit blitzenden Augen und zorngeröteten Wangen hervor.

»Nun gut. Aber wenn Sie nichts dagegen haben, werde ich es tun«, erwiderte er ruhig und setzte sich. Wieder ließ er seinen Blick über sie gleiten, bewunderte die hochangesetzten, vollen Brüste und die unter ihren weiten Röcken andeutungsweise erkennbaren schmalen Hüften. Er trank einen Schluck Sherry und begann leichthin: »Die Situation ist sehr einfach. Sie sind eine junge, sehr schöne Witwe, reich und von guter Herkunft. Ich habe einen gutaussehenden, zeugungsfähigen Enkel, von dem ich mir wünsche, daß er heiratet und Kinder in die Welt setzt, insbesondere Söhne. Das ist doch sehr einfach, si? Sie heiraten meinen Enkel, und Ihre Witwenschaft ist beendet – Sie sind nicht mehr schutzlos und allein. Und ich werde glücklich sein, weil mein einziger männlicher Erbe verheiratet ist und mir, nach angemessener Zeit, Urenkelsöhne präsentieren wird.«

Elizabeth war hin- und hergerissen zwischen dem Drang, über diese unglaubliche Frechheit zu lachen oder einen Wutanfall zu bekommen. Wie konnte er es wagen, ihr Leben so manipulieren zu wollen? Mit in den Hüften gestemmten Händen und wutentbranntem Gesicht schrie sie ihn an: »Ich habe nicht die Absicht, bei einem so kaltblütigen Arrangement mitzumachen! Meine erste Ehe wurde arrangiert, und falls ich jemals wieder heirate, wird es aus Liebe sein – ganz bestimmt nicht aus Vernunftgründen!«

Don Felipe zuckte die Achseln. »Wie edel! Aber trotzdem kindisch. Wenn Sie mir erst einmal Urenkel geschenkt haben, wird es mir egal sein, ob Sie Liebhaber haben. So widerwärtig kann es für

Sie doch gar nicht sein, meinen Enkel zu heiraten. Immerhin haben Sie mehrere Wochen in seinem Haus gelebt und seine Gesellschaft nicht als allzu unangenehm empfunden.«

»Warum gerade ich?« fragte Beth mit harter Stimme. »Wenn es so wichtig für Sie ist, daß Rafael heiratet, warum suchen Sie ihm dann nicht selbst eine passende Braut aus?«

Don Felipe stellte sein Glas ab und zog an seiner Lippe. »Daran hatte ich auch schon gedacht«, gestand er überraschend. »Aber reiche junge Bräute sind nicht leicht zu finden, und dank Rafaels Ruf sind liebende Väter nicht allzu gern bereit, ihre Töchter mit ihm zu verheiraten. Natürlich könnte ich ihn noch einmal in eine Ehe zwingen, aber wenn er die Frau nicht begehrt, hätte ich nichts davon. Sie verstehen? Wenn die Ehe nicht vollzogen wird, werde ich keine Erben für Cielo bekommen, und nach dem, was mein Sohn mir erzählt hat, scheint Rafael etwas für Sie zu empfinden.«

Elizabeth konnte gerade noch ein hysterisches Lachen unterdrükken; sie fragte sich, was dieser arrogante alte Mann wohl tun würde, wenn er wüßte, daß sie Rafaels Kind bereits in sich trug. Entsetzt über seine Worte und neugierig zugleich fragte sie: »Angenommen, ich würde diesem Arrangement zustimmen, wie wollen Sie Rafael dazu bringen, Ihnen zu gehorchen?«

Don Felipe lächelte, und Elizabeth erschauerte. Er erhob sich, ging zu einem samtenen Klingelzug und zog heftig daran. Fast unmittelbar darauf wurde, so als habe der Diener draußen vor der Tür gewartet, geklopft, und Don Felipe rief: »Entre.« Zu dem in der Tür erscheinenden Diener sagte er: »Bring Señorita Arabela zu uns.«

Wieder allein, erklärte er Elizabeth: »Arabela ist das Nesthäkchen der Familie. Ich hatte sie mit nach Mexico City genommen, doch sie machte mir viel Ärger, und als ich Don Miguels Brief erhielt, brachte ich sie wieder mit.« Er trank einen Schluck aus seinem Glas und fuhr fort: »Sie werden feststellen, daß sie ein ganz reizendes Kind ist. Aus einem mir unerklärlichen Grund ist sie die einzige seiner Schwestern, für die Rafael je Zuneigung empfunden hat. Aber warten Sie, bis Sie sie sehen. Dann werden Sie verstehen, was ich meine.«

Keine fünf Minutn später flog die Tür auf, und ein junges Mädchen von höchstens fünfzehn Jahren wirbelte in den Raum. Arabela war in der Tat reizend, doch auf eine Art, die Elizabeth den Atem verschlug, denn sie hatte flammendrotes Haar und leuchtende saphirblaue Augen.

Don Felipe bemerkte Elizabeths Verblüffung und meinte beiläufig: »Eine rothaarige Spanierin ist ungewöhnlich, aber nicht einmalig.«

Arabela beachtete ihren Großvater gar nicht, sondern eilte auf Elizabeth zu. »Oh, wie schön Sie sind! Madre erzählte es mir, aber ich habe ihr nicht geglaubt«, rief sie ungeniert, und ihre warmen blauen Augen strahlten Elizabeth fröhlich an. Sie trug ein einfaches weißes Musselinkleid und einen bestickten Hut. Sie war in der Tat bezaubend.

Schon jetzt war zu erkennen, was für eine schöne Frau sie eines Tages sein würde. Ihr feuerrotes Haar war über den Ohren zu zwei Schnecken zusammengesteckt, und nur ein paar widerspenstige Löckchen ringelten sich an ihren Schläfen; ihre Wimpern und Augenbrauen waren dunkel, ihre mandelförmigen Augen besaßen einen strahlenden Glanz, und ihr Mund war voll und süß geschwungen. Sie war relativ klein für ihr Alter, hatte jedoch schon sich rundende Brüste und eine schmale Taille.

Elizabeth fühlte sich spontan zu Arabela hingezogen. »O danke«, erwiderte sie und fügte freundlich hinzu: »Du bist auch sehr hübsch.«

Arabela brach in ansteckendes Gelächter aus. »Jetzt weiß ich, daß ich Sie mag!« Und sie drückte Elizabeth ungestüm an sich. »Ich bin so froh, daß Rafael Sie heiraten wird! Consuela war eine Hexe, und ich mochte sie überhaupt nicht! Sie war schlecht zu ihm, aber Sie werden gut zu ihm sein.«

Elizabeth versteifte sich, und Arabela sah sie verwirrt an. Doch ehe sie weiterreden konnte, herrschte Don Felipe sie mit eiskalter Stimme an: »Deine Manieren sind beklagenswert, Arabela! Deine Mutter hat dich bestimmt besser erzogen!«

Ein wenig von der Fröhlichkeit und Unbekümmertheit auf Arabelas lebhaftem Gesicht erlosch; sie drehte sich zu ihrem Großvater um, machte einen steifen Knicks und murmelte mit ausdrucksloser

Stimme: »Verzeih, Großvater! Ich vergaß mich.« Eine erstaunliche Veränderung war mit dem fröhlichen jungen Mädchen vorgegangen, und Elizabeth war froh, einen Anflug von Trotz in Arabelas Augen zu erkennen, als diese ihr einen verstohlenen Blick zuwarf. Arabela war also nicht ganz so sehr in Ehrfurcht vor ihrem Großvater erstarrt wie die anderen.

Mit derselben ausdruckslosen Stimme fragte Arabela: »Wolltest du etwas von mir, Großvater?«

»Ich wollte nur, daß Señora Beth dich kennenlernt. Das hat sie jetzt, und du kannst wieder gehen. Und bitte gewöhne dir bessere Manieren an, bis wir uns das nächste Mal sehen.«

Damit drehte Don Felipe sich um, und nur Elizabeth sah die frech herausgestreckte Zunge und den aufmunternden Blick, den Arabela ihr zuwarf, bevor sie aus dem Raum huschte.

In gleichgültigem Ton sagte Elizabeth: »Ein reizendes Kind. Aber was hat sie mit unserem Gespräch zu tun?«

Don Felipe ging zu der Anrichte hinüber und goß sich noch einen Sherry ein. »Alles, Cara, alles.«

Mit seinem nachgefüllten Glas kam er zu Elizabeth zurück. Er trank einen Schluck, lächelte und murmelte: »Arabela ist Rafaels einzige verwundbare Stelle. Er würde einfach alles tun, damit sie glücklich ist. Es ist wirklich sehr einfach, wie ich Ihnen bereits sagte. Entweder Rafael heiratet Sie, oder ich werde dafür sorgen, daß Arabela mit dem ältesten, häßlichsten Wüstling verheiratet wird, den ich auftreiben kann.« Seine Augen waren voll boshafter Schadenfreude, als er fragte: »Glauben Sie, daß er das zulassen wird – insbesondere, wo er nichts anderes zu tun hat, als eine Frau zu heiraten, die ihm ohnehin gefällt?«

Elizabeth erbleichte und spürte, wie es ihr die Kehle zuschnürte. Niemand konnte das glauben. Arabela war zu hübsch, zu fröhlich, um solch ein Schicksal zu verdienen. Sie schluckte mit Mühe und sagte: »Sie gemeiner Kerl! Sie häßliches, herzloses Biest!«

Don Felipe zuckte gleichgültig die Achseln. »Mag sein. Namen sind Schall und Rauch für mich. Nur der Sieg zählt. Und ich glaube, daß ich gesiegt habe.«

»Nicht ganz!« fauchte Elizabeth ihn an. »Sie mögen ja in der Lage sein, Ihren Enkel zu zwingen, aber sagen Sie mir, wie Sie meine Zustimmung zu dieser Heirat erreichen wollen.«

»Ach das! Pah, da brauche ich keinen Finger zu krümmen«, erwiderte er in beißendem Ton. »Das wird Rafael besorgen. Glauben Sie, er würde es hinnehmen, daß Sie sich weigern, wenn das Arabelas Heirat mit einem zittrigen alten Wüstling bedeutet?« sagte Don Felipe lachend.

Elizabeth fühlte sich hundeelend und wußte später nicht einmal mehr, wie sie in ihr Zimmer zurückgekommen war. Don Felipe hatte in jeder Beziehung recht, das war ihr klar. Rafael konnte ebenso rücksichtslos sein wie sein Großvater, und Elizabeth wußte, wie er sich, vor die Wahl gestellt, entscheiden würde. Und ich, was ist mit mir? schrie ihr Herz. Könnte ich es ertragen, mit ihm verheiratet zu sein, wenn er zu dieser Ehe gezwungen würde?

Irgendwie brachte sie den Abend hinter sich, lächelte und unterhielt sich höflich. Und während sie Arabela beobachtete, ihr ansteckendes, fröhliches Lachen hörte, sank ihre Stimmung noch mehr. Durfte sie zulassen, daß dieses zauberhafte Geschöpf so grausam verheiratet wurde? Noch wichtiger, wie würde Rafael auf all das reagieren?

Rafael war außer sich vor Wut. Als er nach Hause zurückkehrte und sich nach einem langen, anstrengenden Tag auf das Wiedersehen mit Elizabeth freute, hörte er sich mit wachsender Wut Pacos Bericht an.

»Ich verstehe«, sagte er schließlich in beängstigend ruhigem Ton. »Und Señora López, ist sie auch weg? Und Manuela, das Mädchen?«

»Si, no«, stammelte Paco, dem die finstere Miene seines Herrn nicht gefiel, voll Unbehagen. »Señora López ist mit der Kutsche gefahren, die Ihr Großvater geschickt hat, aber Manuela ist noch hier. Sie war noch nicht fertig mit dem Packen von Señora Elizabeths Sachen, und man beschloß, daß sie am nächsten Morgen mir Ihnen reiten sollte.«

Es war Absicht gewesen, daß Manuela noch nicht mit dem Packen fertig war, als die Kutsche eintraf. Sie hatte alles ungeheuer langsam getan, bis Señora López schließlich entnervt vorschlug, daß sie Rafael am nächsten Morgen begleiten solle, denn niemand zweifelte daran, daß er, außer sich vor Wut, so schnell er konnte zu Elizabeth reiten würde. In sich hineinlächelnd, erklärte sich Manuela einverstanden. Sie kannte Señor Rafael und glaubte nicht, daß Elizabeth sich sehr lange unter dem Dach seines Großvaters aufhalten werde.

Rafael nahm zwei Stufen auf einmal und stürmte eine Sekunde später in Elizabeths ehemaliges Zimmer, wo Manuela sich halbherzig den Anschein gab, die restlichen Sachen ihrer Herrin einzupakken. Mit einem schnellen Blick auf den Koffer befahl Rafael: »Leg die Sachen zurück! Señora Elizabeth kommt zurück.«

Ein kleines Lächeln spielte um ihre Lippen, als Manuela ihn aus dem Zimmer eilen sah, und einen Augenblick später packte sie die Kleider wieder aus. Wenn sie sich nicht sehr irrte, würde Señora Elizabeth morgen abend in diesem Bett schlafen, und möglicherweise nicht allein.

Rafael war gerade zur Hälfte die Treppen hinuntergelaufen, als Paco die Eingangstür öffnete und einen erschöpft aussehenden Sebastian hereinließ. Rafael blieb stehen und fragte unfreundlich: »Was, zum Teufel, führt dich hierher?«

Sebastian verzog das Gesicht und antwortete scharf: »Bestimmt nicht deine charmante Gesellschaft!« Doch er wußte, daß dies nicht der geeignete Zeitpunkt für einen Streit mit seinem Vetter war, und fügte in normalem Ton hinzu: »Ich erfuhr gestern früh, daß dein Großvater in Cielo ist, und ich bin, so schnell ich konnte, hergeritten, um dich zu warnen, daß er dir wahrscheinlich bald einen Besuch abstatten wird.«

Rafael schnitt eine Grimasse und kam langsam die Treppe herunter. »Ich danke dir. Verzeih mir, daß ich dich so angefaucht habe. Unglücklicherweise kommst du ein paar Stunden zu spät – er war heute morgen hier und hat Beth mitgenommen.« Mit einem sarkastischen Zug auf den Lippen schloß er: »Er schien zu glauben, daß Señora López keine geeignete Anstandsdame sei.«

Trotz des Ernstes der Lage fragte Sebastian lächelnd: »War sie es denn?«

»Nein, wirklich nicht«, erwiderte Rafael, ebenfalls lächelnd, und fuhr mit gerunzelter Stirn fort: »Ich war gerade auf dem Weg zu unserer Hazienda. Ich muß mit Beth reden, bevor mein Großvater die Gelegenheit hat, ihr dummes Zeug in den Kopf zu setzen.«

»Nun, worauf warten wir dann noch?« fragte Sebastian.

27

Es dauerte nur ein paar Minuten, bis Diablo gesattelt und ein frisches Pferd für Sebastian bereitgestellt war. Schweigend ritten die beiden Männer in die Nacht hinaus; Rafael war zu sehr mit seinen eigenen Gedanken beschäftigt, um Konversation zu machen, und Sebastian nach dem Zweitageritt nach San Antonio schlichtweg zu müde.

In dem Augenblick, in dem er die Halle betreten hatte, hatte Rafael gespürt, daß Elizabeth nicht mehr da war. Ein plötzliches Gefühl der Verlassenheit und der Leere hatte ihn überkommen, und er hatte gewußt, daß etwas nicht in Ordnung war, noch bevor Paco mit seinem Bericht begann.

Der Gedanke, daß sie fort war, daß er sie durch seine eigene Unentschlossenheit möglicherweise verloren hatte, versetzte ihn in Wut und Angst. Er kannte seinen Großvater nur allzu gut, wußte, wie rücksichtslos er sein konnte, wenn er seinen Willen durchsetzen wollte, und befürchtete, daß Elizabeth, wenn er sie wiedersah, nicht mehr das süße, hingebungsvolle Wesen der letzten Wochen sein würde. Es würden Monate vergehen, bis er den Schaden behoben hatte, Monate, die er nicht verschwenden wollte.

Es erforderte nicht viel Klugheit, um zu erkennen, was sein Großvater vorhatte und daß er kaltblütig vorgehen würde. Was Rafael nicht wußte, war, womit er Elizabeth drohen oder wie er die Heirat erzwingen wollte. Doch er wußte mit Sicherheit, daß Elizabeth wütend sein würde, und er konnte nicht behaupten, daß er ihr das übelnahm.

Als sie nur noch etwa eine halbe Meile von ihrem Ziel entfernt waren, brach Rafael das Schweigen. Die Lichter der Hazienda waren bereits deutlich zu sehen. Rafael zügelte sein Pferd und sagte: »Ich gehe nicht mit hinein. Ich möchte, daß du so tust, als wolltest du der Familie einen Besuch abstatten. Natürlich wirst du meinem Großvater sagen, daß du mit mir gesprochen hast und daß ich dich und ihn mehr oder weniger zum Teufel geschickt habe.«

Sebastian sah ihn überrascht an. »Wenn du nicht mit mir hineingehst – was hast du dann vor?«

Rafael lächelte, und seine Zähne blitzten in der Dunkelheit auf. »Beth aufsuchen, natürlich.«

»Und wie?« fragte Sebastian resigniert.

»Im Wirbel um deine Ankunft werde ich in die Hazienda schlüpfen. Es dürfte nicht allzu lange dauern, bis ich herausgefunden habe, in welches Zimmer man sie gesteckt hat.« Sich im Sattel zu Sebastian hinüberbeugend, fügte er hinzu: »Falls sie bei den anderen sein sollte, finde bitte einen Weg, um ihr zu sagen, daß ich in ihrem Zimmer auf sie warte.«

Sebastian schnitt eine Grimasse. »Das klingt alles so einfach. Als ob Don Felipe kein bißchen mißtrauisch wäre!«

»Wahrscheinlich wird er es sein. Aber er wird dir gegenüber mißtrauisch sein und nicht erraten, was ich vorhabe, und das allein ist wichtig.«

Ernst fuhr Rafael fort: »Ich *muß* Beth allein sprechen, Sebastian.« Grimmig fügte er hinzu: »Und zwar, bevor ich mit meinen Großvater rede.«

»Schon gut. Sehe ich dich heute abend noch?«

»Ja, ich glaube, wir sollten uns noch einmal sprechen, bevor ich nach San Antonio zurückkehre. Es ist schon ziemlich spät; es wird sich also niemand wundern, wenn du dich früh zurückziehst. Eine halbe Stunde, nachdem man dich in dein Zimmer gebracht hat, gehst du in die Ställe. Ich werde dort sein.«

Elizabeth war tatsächlich noch bei den anderen. Sie begrüßte Sebastian höflich, aber kühl, denn sie hatte nicht vergessen, wie sie auseinandergegangen waren. Schließlich jedoch sagte ihr ein verstohlener Wink von ihm, daß er ihr etwas sagen wolle, und mit hämmerndem Herzen schaffte sie es, einen Augenblick mit ihm allein zu sein. Aus dem Mundwinkel heraus brummte er: »Gehen Sie in Ihr Zimmer – Rafael ist dort.«

Bemüht, gelassen zu wirken, lächelte sie Sebastian charmant an. Wenige Minuten später verabschiedete sie sich für die Nacht und eilte in ihr Zimmer.

Sie hatte kaum die Tür hinter sich geschlossen, als Rafaels dunkle Gestalt sich aus den Schatten löste, und eine Sekunde später lag sie in seinen Armen. Sie küßten sich glücklich; im Augenblick genügte es ihnen beiden, wieder beisammen zu sein.

»Bist du unverletzt?« fragte Rafael rauh.

Elizabeth nickte. »Ja. Ich hatte ein bißchen Angst und war vor allem sehr wütend.«

Plötzlich wurde an die Tür geklopft, und Elizabeth bedeutete Rafael erschrocken, sich zu verstecken. Dann öffnete sie die Tür und war ungeheuer erleichtert, als sie nur die Mexikanerin, die sie bedient hatte, vor der Tür stehen sah. Die Frau wollte ihr beim Auskleiden helfen, aber Elizabeth erklärte ihr hastig, daß das nicht nötig sei und sie schlafen gehen könne.

Wieder allein, war Elizabeth unerklärlich befangen und Rafael seltsam wachsam. Fast war es, als wüßten sie, daß die Zeit der Ausflüchte vorbei war und daß das, was in ihren Herzen war, ausgesprochen werden mußte. Unsicher sah Rafael Elizabeth an. Es war ziemlich dunkel im Raum, der nur von einer Nachttischlampe erhellt wurde.

Rafael hatte viel Erfolg bei Frauen gehabt, doch keine hatte ihm je etwas bedeutet, und nie hatte er einer Frau gesagt, daß er sie liebe. Zärtlichkeit und sanfte Worte waren nie seine Sache gewesen, er hatte lediglich die Hand ausgestreckt und sich genommen, was er wollte. Aber Elizabeth gegenüber war er unsicher und befangen.

Elizabeth, die noch immer an der Tür lehnte, sah ihn eindringlich an. Für sie war dies der Höhepunkt all ihrer Umarmungen, ihrer Auseinandersetzungen. Jede Minute, die sie miteinander verbracht hatten, konzentrierte sich plötzlich auf diesen einen Augenblick. Während sie ihn ansah, glaubte sie, ihr Herz müsse vor Liebe zerspringen. Er war so schön, so lieb, und doch – falls Don Felipe seinen Willen durchsetzte, würde sich ein unüberwindlicher Abgrund vor ihren Füßen auftun. Und die Erinnerung an ihr Gespräch mit Don Felipe ließ sie mit belegter Stimme fragen: »Haben Sie mit Ihrem Großvater gesprochen?«

Rafael gab ein häßliches Lachen von sich. »Nein, amada, und ich habe auch nicht die Absicht, es zu tun.«

Mit schmerzhafter Eindringlichkeit hingen ihre Augen an seinem Gesicht. Sie wollte ihm so gern glauben, aber sie fürchtete, daß Don Felipe am Nachmittag, während sie in ihrem Zimmer war, mit Rafael gesprochen hatte. Er konnte dieses Rendezvous arrangiert haben, um ihr Mißtrauen zu besänftigen und sie glauben zu machen, daß Rafael von sich aus und nicht auf den Wunsch seines Großvaters hin zu ihr kam.

Rafael konnte ihre Gedanken von ihrem Gesicht ablesen. Sein Großvater hatte also bereits erfolgreich auf sie eingewirkt. Seine Augen wurden schmal, und er fragte in gefährlich leisem Ton: »Glaubst du mir nicht?«

Erschrocken über seine Heftigkeit, stammelte sie wahrheitsgemäß: »Ich – ich weiß es nicht.«

Das war der Funke, der die in seiner Brust glimmende Wut aufflammen ließ. Er kam leise fluchend auf sie zu, packte schmerzhaft ihre Schultern und schüttelte sie heftig. »Habe ich dich jemals angelogen?« fragte er. »Warum sollte ich es gerade jetzt tun, jetzt, nachdem ich mich wochenlang bemüht habe, dein Vertrauen zu gewinnen? War das alles umsonst? Hältst du mich für so schwach, daß mein Großvater an einem einzigen Nachmittag all das zerstören kann, was seit jener Nacht bei den Costas zwischen uns gewachsen ist?«

Ihn unverwandt ansehend, schüttelte Elizabeth langsam den Kopf. »Nein, ich glaube Ihnen«, sagte sie leise und fügte, wie als Erklärung, hinzu: »Don Felipe ist ein rücksichtsloser Mann, und er hat mir Angst eingejagt.« Beinahe flüsternd fuhr sie fort: »Er will Sie zwingen, mich zu heiraten.«

Rafaels Griff lockerte sich, und er sagte müde: »Das habe ich geahnt.«

Ihr Herz schien in ihrer Brust zu erstarren, und sie fragte angstvoll: »Sie werden das doch nicht zulassen?«

Ein seltsames Lächeln huschte über sein Gesicht. »Wäre es so schrecklich, mich zu heiraten?« fragte er dann.

Seine Hände streichelten sie jetzt zärtlich, die Grobheit, die sie zuvor gespürt hatte, war verschwunden. Scheu hingen ihre Augen an seinem Hals, sie war nicht fähig, seinem eindringlichen Blick zu begegnen. »Das hängt ganz davon ab«, stieß sie schließlich kaum hörbar hervor.

Er zog sie enger an sich, seine Lippen glitten zärtlich über ihre Schläfen. »Wovon?« fragte er heiser.

»Davon, aus welchem Grund Sie mich heiraten würden«, stammelte sie.

Es war ein köstlicher Augenblick, ein Wortgefecht, das beide hinauszögerten, obwohl sie die Spannung kaum mehr ertragen konnten und jedes von ihnen die Worte herbeisehnte, wissen wollte, was im Herzen des anderen vorging. Sie waren sich sehr nahe – Elizabeths schwarzes Kleid verschmolz mit Rafaels dunkler Chaqueta, ihr Kopf ruhte an seiner Brust, während er den seinen über sie beugte –, und beide waren sich der Bedeutung dieses einzigartigen Augenblicks auf fast unerträgliche Weise bewußt.

Sie lag so warm und weich in seinen Armen, daß er sie nie mehr loslassen wollte, und endlich brachen die Worte, die er Wochen, Monate nicht hatte aussprechen wollen, aus ihm heraus.

»Mein Gott, Engländerin, ich liebe dich! Ist das nicht Grund genug, mich zu heiraten und mich von meinem Elend zu erlösen?«

So hatte er es ihr nicht sagen wollen, und er verfluchte seine Unbeholfenheit. Aber es war alles, was Elizabeth hatte hören wollen, alles und das einzige, was zählte – er liebte sie!

Ihre ganze Liebe stand in ihren Augen, als sie zu ihm aufsah, und Rafael hielt den Atem an, als er in ihren Augen las. Er war erfüllt von einem Gefühl, das stärker und dauerhafter war als alles, was er je erlebt hatte. Ein wenig zögernd, so, als wage er nicht zu glauben, was so deutlich in ihren Augen stand, begann er: »Und du, Engländerin, liebst du . . .?«

Elizabeth nickte heftig, warf ihre Arme um seinen Hals und sagte zärtlich: »Ich liebe dich schon so lange, selbst als du es gar nicht verdientest.«

Sie fühlte, wie sein Körper erzitterte, und dann umarmte er sie so heftig, so leidenschaftlich, daß sie die Realität vergaßen. Elizabeth gab sich glücklich seiner Umarmung hin, erwiderte hingebungsvoll seinen Kuß, wußte, daß sie nur für diesen Augenblick gelebt hatte und daß der Mann ihrer Träume, der dunkle Fremde, der sie in ihren Träumen verfolgt hatte, hier war und sie ihm gehörte.

Schließlich jedoch löste Rafael seine Lippen von ihrem Mund und sagte mit schwankender Stimme: »Wir müssen miteinander reden. Ich möchte es nicht, denn es gibt Dinge, die ich viel lieber tun würde, aber du kennst die Pläne meines Großvaters.« Seine grauen Augen wurden hart, als er energisch sagte: »Engländerin, ich werde nicht zulassen, daß er mir vorschreibt, wo und wann ich heirate. Ich habe mich mein Leben lang nach Liebe gesehnt, und ich werde nicht zulassen, daß er unsere Gefühle beschmutzt – verstehst du das?«

Elizabeth nickte; sie verstand sehr gut, was er meinte. »Was sollen wir tun?« fragte sie ruhig.

Er runzelte die Stirn und küßte sie geistesabwesend, während er fieberhaft nach einer Lösung suchte. »Hättest du etwas dagegen, sehr schnell und in aller Stille zu heiraten? Ich könnte morgen früh die Papiere besorgen, und morgen abend um diese Zeit können wir verheiratet sein.« Er sah sie eindringlich an. »Würde es dich stören, wenn es keine große Hochzeitszeremonie gäbe? Ohne Spitzen und Orangenblüten und Hunderte von Gästen?«

Elizabeth schenkte ihm ein kleines Lächeln. »Das hatte ich schon einmal, und es brachte mir wenig Glück.« Sie zog seinen Kopf zu sich heran und küßte ihn sanft. »Es geht mir nicht um Prunk und Pomp, sondern um den Mann«, erwiderte sie ernst.

Er stöhnte leise auf und zog sie wieder in seine Arme, küßte sie inbrünstig. Mit vor Leidenschaft tiefer Stimme sagte er: »Auch ich hatte eine Hochzeit mit großem Aufwand, und sie brachte mir nichts als Haß und Verbitterung. Wenn ich dich heirate, möchte ich durch nichts an unsere ersten Ehen erinnert werden.« Seine Augen wurden hart, und er sagte: »Du gehörst *mir!* Ich liebe dich und will dich nicht teilen, nicht einmal mit Erinnerungen und schon gar nicht mit Erinnerungen an einen anderen Mann!«

Elizabeth lehnte den Kopf an seine Brust und sagte leise: »Vielleicht werden wir einiges nie vergessen können ... oder wollen.« Sie hielt inne und fragte sich, ob er noch immer glaubte, daß sie freiwillig in Lorenzos Armen gelegen hatte. Plötzlich wollte sie es unbedingt wissen, und sie fragte geradeheraus: »Glaubst du, was ich dir über jenen Nachmittag in New Orleans gesagt habe?«

Vor dieser Frage hatte Rafael sich gefürchtet. Er war sich noch immer nicht klar darüber, doch als er jetzt in ihr zartes Gesicht hinuntersah, in die herrlichen blauen Augen, die ihn unverwandt ansahen, kannte er die Antwort! »Ja«, sagte er schlicht. »Ich begreife zwar noch immer nicht, was Consuela damit bezweckte – aber ich kenne dich, und wenn ich meine dumme Eifersucht beiseite schiebe, weiß ich, daß du dich nie freiwillig auf dieses Treffen mit Lorenzo eingelassen hättest.« Plötzlich wurde seine Stimme leidenschaftlich. »Ich muß dir glauben – wenn ich es nicht täte, würde ich verrückt werden. Ich würde es nicht ertragen können, wenn du einen anderen Mann auch nur ansiehst, aus Angst, du könntest ihn zu deinem Liebhaber machen. Also muß ich dir glauben, um meines eigenen Seelenfriedens und um der Aufrichtigkeit und Wahrheit willen, die ich in deinen Augen sehe.«

Eine Träne lief über Elizabeths Wange, doch sie merkte es nicht, so verzweifelt hatte sie auf seine Worte gewartet. Rafael jedoch bemerkte sie, und er neckte sie zärtlich: »Was ist das, Tränen? Ist das deine Reaktion auf die leidenschaftliche Versicherung meiner Liebe und meines Vertrauens?«

Elizabeth lächelte. »Nein, es bedeutet mir nur so viel, zu wissen, daß du mir glaubst. Ich habe mir sehr gewünscht, daß du die Wahrheit erfährst, und jetzt noch fürchte ich ...«

Er schüttelte den Kopf. »Wie könnte ich dir nicht glauben und trotzdem sagen, daß ich dich liebe? Weißt du nicht, daß es gerade deine Wärme und dein Liebreiz waren, die mich zuallererst zu dir hinzogen? Wenn ich nicht außer mir vor Eifersucht gewesen wäre, wäre ich Consuela nicht so leicht in die Falle gegangen. Vergiß es, Engländerin, und denke immer daran, daß ich trotz allem immer dein Bild in meinem Herzen getragen habe, bis ich dich in Cielo wiedersah. Und da habe ich mich noch einmal hoffnungslos in dich verliebt.« Er lächelte gequält. »Warum, glaubst du, habe ich angefangen, Enchantress herzurichten?« Als Elizabeth ihn überrascht ansah, schüttelte er sie sanft. »Tatsächlich wollte ich dir, als ich von Enchantress zurückkam, einen Heiratsantrag machen, und du hattest nichts Besseres zu tun, als mit Lorenzo hereinzuspazieren.«

»Aber ich wollte nicht, daß er da war«, protestierte Elizabeth ernst. »Ich haßte seine Gegenwart, aber ich konnte nichts dagegen tun.«

Rafaels Mund wurde schmal. »Mach dir keine Sorgen wegen Lorenzo – das erste, was ich als dein Ehemann tun werde, ist, ihn zu töten.«

Leise entgegnete Elizabeth: »Mir wäre es lieber, wenn du es nicht tätest. Wir haben uns gerade erst gefunden – ich möchte dich nicht gleich wieder verlieren. Lorenzo ist heimtückisch. Ich bin zwar überzeugt davon, daß du ihn in einem fairen Kampf töten würdest, aber ich fürchte, er kennt die Bedeutung des Wortes ›fair‹ nicht.«

»Bist du so sicher, daß ich es tue?«

»Wahrscheinlich nicht«, gab Elizabeth spontan zu. »Aber ich möchte seine Leiche nicht als Hochzeitsgeschenk haben.«

Er lachte leise auf und küßte sie. »Genug davon! Sebastian wartet in den Ställen auf mich. Wir beide haben noch eine Menge zu planen. Aber zuerst – keine Geheimnisse, die du mir anvertrauen möchtest, solange ich in so leutseliger Laune bin?«

Rafael hatte sie necken wollen, doch für Elizabeth war es die ersehnte Gelegenheit. Sie spielte mit einem der Knöpfe seiner Chaqueta und murmelte: »Doch, da wäre noch etwas.«

»Oh«, sagte er überrascht, glaubte, sie wolle ihm irgend etwas Belangloses gestehen.

Ohne nachzudenken, platzte sie heraus: »Ich bekomme ein Kind von dir!«

Wie vom Donner gerührt starrte Rafael auf sie hinunter, betrachtete ungläubig ihr ein wenig ängstliches Gesicht. Dann lachte er zu ihrer Überraschung, ein leises, freudiges Lachen, das ihre Ängste dahinschmelzen ließ. »Ehrlich?« fragte er, und ein unglaublich zärtliches Licht stand in seinen rauchgrauen Augen.

Elizabeth nickte glücklich. »Ehrlich«, wiederholte sie und fragte sich, warum sie soviel Angst davor gehabt hatte, es ihm zu sagen. Manchmal bewirkt Liebe Wunder, dachte sie, denn ganz gewiß hatte dieser Mann mit den sanften Händen und liebevollen Augen wenig Ähnlichkeit mit dem kalten Fremden, der ihr an jenem ersten Abend in Cielo entgegengetreten war.

Was für ein Wunder diese Nacht für Rafael war, würde Beth nie ermessen können. Aufgewachsen unter den grausamen Komantschen, dann unterjocht von seinem kalten, berechnenden Großvater, verheiratet mit einer Frau, die ihn haßte und verabscheute, waren ihm Liebe und Zärtlichkeit ein Leben lang versagt geblieben. Und jetzt, jetzt trat er plötzlich aus einem Leben der Kälte und Leere in die Wärme und ins Licht. Zärtlichkeit und Liebe waren immer in ihm gewesen, vielleicht sogar Humor und Fröhlichkeit, doch er hatte sie stets energisch unterdrückt. Jetzt jedoch, da er seine strahlende Engländerin in den Armen hielt, spürte er, wie die letzten Reste seines eisigen Schutzpanzers in der Wärme ihrer Liebe dahinschmolzen. Sanft zog er sie an sich , küßte leicht ihre Lippen und Wangen. Schließlich fand sein Mund den ihren, und er küßte sie warm und zärtlich – ohne Leidenschaft, ohne Verlangen, nur voller Liebe und Zärtlichkeit.

Mit den Lippen an ihrem Ohr flüsterte er leise lachend: »Vielleicht ist es ganz gut, wenn wir morgen heiraten – ich möchte, daß unser Kind wenigstens einen Hauch von Ehrbarkeit hat!« Seine Hand ruhte auf ihrem Baum, und es war eine Geste des Beschützens und Besitzergreifens zugleich. Dann jedoch runzelte er die Stirn und fragte eindringlich: »War es die Nacht in Cielo, oder bevor ich nach Enchantress aufbrach?« Als Elizabeth zögerte, fügte er hinzu: »Doch wohl nicht die Nacht mit dem Hurenkleid?«

Beim Gedanken an jene Nacht errötete Elizabeth, und sie sagte schnell: »Vor deiner Abreise nach Enchantress.«

Er seufzte. »Da bin ich froh. In der Nacht in Cielo wollte ich dir weh tun, und die Vorstellung, daß unser Kind in jener Nacht gezeugt wurde, würde mir nicht gefallen.«

Die Zeit wurde knapp. Rafael schob Elizabeth von sich und murmelte: »Ich muß gehen. Sebastian wartet, und ich habe einiges zu erledigen. Damit mein Großvater dich nicht noch einmal entführen und uns nach seiner Pfeife tanzen lassen kann, muß ich dich heute nacht und den morgigen Tag über noch hier lassen – wirst du das schaffen?«

Sie berührte leicht sein Gesicht, während ihr eigenes vor Glück strahlte. »Ich schaffe es – vorausgesetzt, du läßt mich nicht zu lange mit Don Felipe allein. Ich fürchte, es wird mir schwerfallen, meine Freude vor ihm zu verbergen. Länger als einen Tag kann ich es sicher nicht.« Ihre Augen funkelten belustigt.

»Schütze morgen abend ein Unwohlsein vor und zieh dich früh zurück«, sagte Rafael. »Sobald es dunkel ist, komme ich zu dir. Halte dich bereit.« Er hielt inne und fuhr fort: »Hoffentlich wird niemand dich bis zum Morgen vermissen, und dann kann mein Großvater uns nur noch gratulieren . . . bevor wir nach Enchantress aufbrechen. Ich möchte, daß unser Kind dort zur Welt kommt.«

Elizabeth war im siebten Himmel. Sie klammerte sich an den Gedanken, daß sie morgen abend seine Frau sein würde. Als sie sich wenig später trennten, mußte Rafael an sich halten, sie nicht mitzunehmen. Doch er wußte, daß Don Felipe sie sofort verfolgen würde, wenn er ihr Verschwinden entdeckte, und er wußte auch, daß er die Hochzeit nicht so schnell arrangieren konnte, und so schob er Elizabeth widerstrebend von sich und glitt aus dem Fenster.

Sebastian wartete bereits ungeduldig in den Ställen auf ihn. »Wo warst du so lange?« fragte er leicht verärgert. »Ich werde eine Menge Erklärungen abgeben müssen, wenn mich einer der Wachposten um diese Zeit hier herumlungern sieht, insbesondere, nachdem ich deinem mißtrauischen Großvater erzählt habe, daß ich müde sei und Schlaf brauche. Er hat mir sicher kein Wort geglaubt, und die Art, wie er Beth angesehen hat, als sie ging, gefiel mir ganz und gar nicht. Hast du sie gesehen?«

Rafael nickte und sagte, noch immer leicht benommen von Elizabeths Geständnis ihrer Liebe und daß sie ein Kind von ihm bekam, sanft: »Wünsch mir Glück, Sebastian, denn die Engländerin und ich werden morgen abend heiraten.«

Einen kurzen Augenblick überkam Sebastian ein Anflug von Neid. Dann jedoch freute er sich für seinen Vetter und sagte rauh: »Ich wünsche dir wirklich Glück! Und Beth auch! Aber sag mir, wieso das so schnell geht – Don Felipe will ganz bestimmt keine schnelle Hochzeit.«

Rafaels Gesicht wurde hart, und er teilte Sebastian mit kurzen Worten mit, was er beschlossen hatte. »Kommst du mit uns? Ich würde mich sehr freuen.«

Rafaels Einladung war ehrlich gemeint, und er hatte Sebastian ganz gewiß nicht weh tun wollen, hatte wahrscheinlich schon vergessen, was Elizabeth Sebastian einmal bedeutet hatte. Sebastian wiederum stellte überrascht fest, daß ihm der Gedanke an diese Heirat nichts mehr ausmachte, und nahm die Einladung gern an.

Sie schüttelten sich die Hände, und Sebastian sagte aufrichtig: »Es freut mich für euch beide. Dieses Mal zumindest wird Beth einen richtigen Mann heiraten – da habe ich keine Zweifel.«

Neugierig sah Rafael ihn an und fragte: »Was soll das heißen?«

Sebastian hob eine Augenbraue. »Sie hat es dir nicht gesagt?« Und als Rafael den Kopf schüttelte, erzählte er ihm, wie er Nathan in Mr. Percys Bett überrascht hatte.

Rafael stieß einen Fluch aus, und Sebastian dachte, daß es gut sei, daß Nathan nicht mehr unter den Lebenden weilte.

Nachdem sie auseinandergegangen waren, verlor Rafael keine Zeit damit, sich den Kopf über Sebastians Worte zu zerbrechen. Elizabeth würde ihm eines Tages alles darüber erzählen. Er war noch immer erfüllt von der Wärme und dem Glück ihrer Liebe, und als er sich San Antonio näherte, waren seine Gedanken bei seiner Liebe und dem wunderbaren Leben, das vor ihnen lag.

Auch Lorenzo war an diesem Abend unterwegs, doch er war erfüllt von Haß und Rachegedanken. Der Tag, der so strahlend begonnen hatte, war düster zu Ende gegangen, und während er zu seinem Treffen mit den Komantschen ritt, dachte er an die grausamen Worte, die Don Felipe ihm vor kaum einer Stunde ins Gesicht geschleudert hatte.

Trotz all seines unterwürfigen, katzbuckelnden Benehmens hatte Don Felipe Lorenzo stets nur mit höflicher Verachtung behandelt. Als er gestern abend Don Felipes Botschaft erhielt, war er erleichtert und von freudiger Erwartung erfüllt gewesen; seine Bemühungen um Don Felipes Gunst schienen endlich Früchte zu tragen. Hatte man ihn nicht zu dem vertraulichen Gespräch zwischen Vater und Sohn hinzugezogen, bei dem beschlossen wurde, Elizabeth auf die Familienhazienda zu bringen? Und hatte Don Felipe nicht ihn ausgewählt, seine Befehle auszuführen? Hatte der alte Mann nicht ihm gesagt, was zu tun war, falls die Señora sich als störrisch erwies?

All das entsprach der Wahrheit, und Lorenzo war hochzufrieden, weil Don Felipe endlich seinen Wert erkannt zu haben schien und es vielleicht an der Zeit war, daß er, Lorenzo, seinen Wunsch nach einer engeren Bindung an die Familie Santana zum Ausdruck brachte. Den ganzen Tag über hatte er im Hochgefühl freudiger Erwartung geschwelgt. Bald würden all seine Träume Wahrheit werden – Elizabeth würde binnen weniger Tage tot sein, ermordet von Komantschen. So würde es für sie keine Hochzeit mit Rafael geben, und falls er, Lorenzo, wirklich Don Felipes Gunst besaß, würde er erfolgreich um Arabelas Hand anhalten. Wenn er das erst einmal erreicht hatte, würde ihm nur noch einer im Wege stehen, Rafael, und Rafael konnte so leicht denselben Weg gehen wie die arme Señora Elizabeth!

Unglücklicherweise erhielt seine Euphorie einen schweren Dämpfer, als er, nachdem sich alle zurückgezogen hatten, Don Felipe in der Bibliothek aufsuchte. Lorenzo schlief nicht im Haus, und so war Don Felipe ziemlich überrascht, als Lorenzo die Bibliothek betrat.

Doch Don Felipe, der sicher war, eine Heirat zwischen seinem widerspenstigen Enkel und der ungeheuer passenden Señora Elizabeth erzwingen zu können, befand sich in Gönnerlaune und bat Lorenzo einzutreten. Er ging sogar so weit, ihm ein Glas Sherry anzubieten. Ermutigt durch diesen weiteren Gunstbeweis des großen Mannes, hatte Lorenzo nach einigen Minuten belangloser Konversation den Fehler begangen anzudeuten, in welche Richtung seine Ambitionen gingen.

Don Felipes Körper hatte sich versteift, und er hatte Lorenzo mit kaltem Blick angesehen. Dann hatte er in verächtlichem Ton gefragt: »Korrigiere mich bitte, wenn ich etwas Falsches sage, aber war deine Mutter nicht so töricht, mit ihrem Tanzlehrer durchzubrennen? Und nachdem sie Schande über die Familie gebracht hatte, besaß sie da nicht die Unverschämtheit, zurückzukehren und ihren Vater zu bitten, sie und den Bastard von ihrem Kind aufzunehmen?«

Als Lorenzo ihn erschrocken ansah, hatte Don Felipe mitleidig gelächelt. »Hast du geglaubt, ich weiß nicht, woher du kommst? Hast du geglaubt, ich habe mich nie erkundigt, warum der angebliche Vetter Consuelas so arm war und so schlecht von ihrer Familie behandelt wurde? Und du hast wirklich geglaubt, ich würde auch nur eine Minute in Erwägung ziehen, den unehelichen Bastard eines Tanzlehrers in meine Familie einheiraten zu lassen?« Don Felipe hatte gelacht. »Du bist ein guter Dienstbote, Lorenzo. Du kannst mir nützlich sein – aber nur, solange du da bleibst, wo du hingehörst. Jetzt laß mich allein. Ich bin müde und habe noch einiges zu überlegen.«

Lorenzo war nichts anderes übriggeblieben, als zu gehen. Er ging mit tödlichem Haß auf Don Felipe, und als er zu einem Treffen mit den Komantschen ritt, plante er nicht nur Elizabeths Tod, sondern auch den Don Felipes. Morgen, dachte er böse, morgen werden sie beide auf ewig stumm sein!

Elizabeth, die von dieser Bedrohung natürlich keine Ahnung hatte, wachte am nächsten Morgen früh auf und reckte sich genüßlich. Ein wunderbares Wohlgefühl durchlief ihren schlanken Körper. Heute abend würde sie Rafaels Frau sein! Seltsam, sich vorzustellen, daß sie noch gestern voll Ungewißheit und unglücklich gewesen war.

Mit einem verklärten Ausdruck auf dem Gesicht ließ sie sich von dem Dienstmädchen Maria baden, und sie fand erst wieder in die Realität zurück, als Maria hartnäckig fragte, welches Kleid sie heute anziehen wolle. Langsam begann Elizabeth, ihre Garderobe durchzusehen. Ich hasse Schwarz! dachte sie, während sie die im Kleiderschrank hängenden schwarzen Kleider betrachtete, und ihr Blick wanderte sehnsüchtig zu den in der hinteren Ecke des großen Schrankes hängenden blaßrosa, lavendelfarbenen und leuchtendgelben Kleidern; diese gefielen ihr wesentlich besser als die Witwenkleidung, die sie noch tragen mußte.

Widerwillig wählte sie ein schlichtes Kleid aus schwarzem Musselin aus, dessen mit breiter Spitze eingefaßter, tiefer Ausschnitt dem nüchternen Kleid einen fast frivolen Anstrich verlieh. Ich werde nicht in Schwarz heiraten! entschied sie. Und verstohlen wanderte ihr Blick zu einem wunderschönen Kleid aus malvenfarbenem Satin, das unter einem weiten schwarzen Mantel versteckt hing...

Leise vor sich hinlächelnd, wandte sie sich ab und sah gleichgültig zu, wie Maria ihr Haar auf ihrem Kopf zu einem großen runden Knoten zusammensteckte. Maria besaß zwar nicht Manuelas Geschick, doch Elizabeth war zufrieden mit der Wirkung der strengen Frisur.

Sie stand auf und zog ihr Kleid glatt. Jetzt war sie bereit, der Welt, insbesondere Don Felipe, gegenüberzutreten. Sie warf einen letzten Blick in den Spiegel und ärgerte sich erneut über das triste Schwarz. Dann jedoch verzog sie das Gesicht. Wie schlecht sie doch war! Nathan war kaum drei Monate tot, und schon trug sie das Kind eines anderen Mannes in sich und freute sich auf die Hochzeit mit ihm. Gott vergebe mir, dachte sie, aber ich bin glücklich!

28

Für Rafael flog die Zeit vorbei und kroch zugleich im Schneckentempo dahin. Die Papiere zu besorgen dauerte nur eine Minute, dann machte er bei den Malvericks halt, schilderte ihnen, was geschehen war, und fragte sie, ob sie seine Trauzeugen sein wollten. Ihre Freude nicht verbergend, sagten die Malvericks sofort zu.

Fröhlich kehrte er nach Hause zurück und trieb die Dienstboten mit seinen Anweisungen zum Wahnsinn. Das Zimmer neben dem seinen mußte gelüftet und gereinigt werden – heute nacht würde seine Braut dort schlafen. Und Blumen mußten her – Blumen in ihren Räumen, Blumen im ganzen Haus. Und Wein und Speisen, alles mußte dem Anlaß angemessen sein. Seine Wünsche schienen kein Ende zu nehmen, und alles geschah um Elizabeths willen.

Für diese verlief der Tag recht erfreulich. Die meiste Zeit war sie mit Doña Madelina, Señora López und Arabela zusammen, und es fiel ihr schwer, ihre Freude zu verbergen und ihr Geheimnis nicht preiszugeben. Die Stunden der Siesta waren hart für sie, denn sie konnte nichts anderes tun als daliegen und an Rafael denken.

Gegen vier Uhr nahm die Familie ein paar leichte Erfrischungen im kleinen, offenen Hof ein, und bei dieser Gelegenheit machte Don Felipe den Vorschlag, die beiden jungen Damen sollten ihn auf einem Nachmittagsausritt begleiten. Zuerst erhob Elizabeth Einwände, gab jedoch nach, als Arabela sie herzlich darum bat, und Sebastian, der einen harten Tag mit Don Felipe verbracht hatte, sich ihrer Bitte anschloß.

Von seinem Beobachtungsposten in der Nähe des Hauses sah Lorenzo zu, wie die kleine Gesellschaft den Schutz der hohen Mauern verließ – Don Felipe, Don Miguel, Elizabeth, Sebastian, Arabela und etwa ein halbes Dutzend bewaffneter Reiter. Er runzelte die Stirn. Solange er keine Möglichkeit hatte, Arabela und Don Miguel von den andern zu trennen, wagte er es nicht, die Komantschen angreifen zu lassen.

Doch das Schicksal spielte ihm in die Hände, denn die Gesellschaft war kaum eine halbe Meile weit geritten, als ein junges Kaninchen plötzlich vor die Füße von Arabelas Pferd sprang und dieses sich aufbäumte. Da Arabela in eine lebhafte Unterhaltung mit Sebastian vertieft gewesen war und nicht auf ihr Pferd geachtet hatte, wurde sie prompt abgeworfen. Sie war nur erschrocken, doch Don Miguel, der ohnehin nicht so gerne mitgeritten war, erbot sich, mit ihr zurückzureiten. Großmütig gab Don Felipe ihm die Erlaubnis dazu. Und da er die Gesellschaft einer schönen Frau gern allein genießen wollte, entschied er, daß Sebastian mit ihnen reite, um seiner Base Gesellschaft zu leisten. Schießlich war er schuld daran, daß Arabela nicht aufgepaßt hatte.

Knurrend akzeptierte Sebastian Don Felipes Anordnung, und Elizabeth hätte ihm das Ohr abreißen können, weil er sie mit dem selbstherrlichen Alten allein ließ.

Als Lorenzo das sah, lächelte er böse. Er stieg den Abhang, auf dem er gelegen hatte, hinunter und lief zu einer Gruppe von etwa fünfzehn ungeduldig wartenden Komantschen.

Lorenzo und die Komantschen wählten die Stelle für den Überfall sehr sorgfältig aus. Tier- und Vogelschreie verrieten den Komantschen, wo Don Felipe war, und sie konnten ihre Positionen für den Überfall einnehmen.

Der Weg Don Felipes und seiner Gesellschaft führte durch ein kurzes, schmales, in einer Schlucht gelegenes Flußbett, und für die Komantschen war es ein leichtes, an den Enden der Schlucht Krieger zu postieren, während sich andere zu beiden Seiten des Flußbettes in den Büschen versteckten. Sobald die Kavalkade an den beim Eingang versteckten Komantschen vorbei war, würde die Falle zuschnappen.

Elizabeth hatte keine Freude an dem Spazierritt. Don Felipe stellte ihr sehr persönliche Fragen und versuchte mit ihr zu flirten. Sie wünschte, sie hätte den Mut gehabt, sich ihm zu widersetzen und mit den anderen zurückzureiten. »Reiten wir noch viel weiter?« fragte sie ungeduldig und besann sich dann ihrer weiblichen Waffen. »Ich werde langsam müde, und ich fürchte, ich bekomme Migräne.«

Don Felipe drehte sich im Sattel zu ihr um und öffnete gerade den Mund, um ihr zu antworten, als die Komantschen von allen Seiten angriffen. Es war ein Gemetzel. Überrumpelt, umzingelt und in der Minderzahl, hatten die Männer keine Chance, sich zu verteidigen. Die Pfeile und Lanzen der Komantschen fällten sie, ehe sie auch nur ihre schwerfälligen Vorderlader ziehen konnten.

Entsetzt hörte Elizabeth die schrillen Kriegsrufe der Komantschen und sah, fast gelähmt vor Entsetzen, wie sie von allen Seiten heranstürzten. Der Reiter neben ihr gab auf einmal einen gurgelnden Laut von sich und starb, mit einem Pfeil in der Kehle, vor Elizabeths Augen. Der Mann zu ihrer Rechten wurde von einer Lanze im Rücken getroffen – überall um sich herum hörte sie die Schreie der Sterbenden und das erschrockene Wiehern der Pferde. Es war ein wildes Durcheinander sich aufbäumender, dahinrasender Pferde und aus dem Sattel stürzender, tödlich getroffener Männer. In panischer Angst versuchte sie, aus dem Getümmel zu entfliehen, doch sie war mittendrin gefangen und kam durch pures Glück nur mit einer zerkratzten Wange davon.

Plötzlich legte sich eine gespenstische Stille über die Szene, und Elizabeth erkannte, daß sie die einzige Überlebende der kleinen

Reitgesellschaft war. Furchterfüllt starrte sie auf den Ring grausamer Indianer, der sich um sie schloß. Alles, was Matilda Lockhart damals in San Antonio erzählt hatte, fiel ihr wieder ein, und einen schrecklichen Augenblick glaubte sie, vor Angst ohnmächtig zu werden. Dann jedoch kamen ihr ihr Lebenswille und ihr Stolz zu Hilfe, und sie begegnete, ihre Angst verbergend, trotzig den Blicken der Komantschen.

Sie sahen furchterregend aus; auf den dunklen Gesichtern mit den breiten Nasen und der Kriegsbemalung lag ein grausamer, erbarmungsloser Ausdruck. Einige trugen Büffelhörner auf dem Kopf, andere nur ein paar Federn. Alle waren nackt bis auf einen Lendenschurz, und alle trugen langes Haar, das entweder zu Zöpfen geflochten war oder lose über ihre Schultern herunterhing. Eine leichte Brise strich durch die Federn an ihren Lanzen, sonst herrschte Stille, eine tödliche Stille.

Das Aufstöhnen eines auf dem Boden liegenden Mannes unterbrach die Stille, und zu ihrem Entsetzen sah Elizabeth, wie einer der Komantschen seine Lanze hob, um dem Mann – es war Don Felipe – den tödlichen Stoß zu versetzen. Der Indianer lenkte sein Pferd bereits in diese Richtung, als eine Stimme ihn anhalten ließ.

»Nein!« rief Lorenzo, der Don Felipe ebenfalls erkannt hatte, energisch. »Hebt ihn für die Frauen auf. Es wird mir ein Vergnügen sein, ihn unter ihren Messern schreien zu hören.«

Angewidert schleuderte Elizabeth ihm entgegen: »Sie! Sind Sie so wenig Mensch, daß Sie sich mit diesen Kreaturen gegen Ihre Landsleute zusammentun?«

Lächelnd lenkte Lorenzo sein Pferd in den Kreis der Komantschen. »Aber natürlich! Sie sollten eigentlich wissen, daß ich für Geld fast alles tue.« Sein Gesicht verzerrte sich. »Sogar meine eigenen Leute töten.«

In diesem Augenblick wurde ihr vieles klar. »Sie waren es!« schrie sie. »Sie haben Consuela getötet!«

Lorenzo schien tatsächlich stolz auf sich zu sein. »Natürlich! Es war kinderleicht. Consuela war dumm. Wußten Sie, daß sie sich geweigert hat, mich für meine Rolle bei dem Spiel in New Orleans zu bezahlen?« Er wartete ihre Antwort nicht ab, sondern fuhr in beiläufigem Ton fort: »Ich habe ihr nie gesagt, wie wütend ich auf sie war, und sie war eingebildet genug zu glauben, daß sie mit mir machen könne, was sie wollte. Ha! Ich habe ihr gezeigt, wie sehr sie sich geirrt hat. Es war mir ein großes Vergnügen zu sehen, was die Komantschen mit ihr machten.«

Beim Klang seiner Stimme erschauerte Elizabeth unwillkürlich. Lorenzo bemerkte es und lächelte. Dann sagte er etwas zu einem der Komantschen, und einen Augenblick später wurde Don Felipes blutender Körper über eins der Pferde geworfen, während ein anderer Krieger Elizabeth die Zügel aus den Händen riß. Dann nahmen sie den toten Weißen die Waffen ab und rafften allen Plunder, der ihnen in die Augen fiel, an sich. Die reiterlosen Pferde vor sich hertreibend und Elizabeth und Don Felipe mit sich führend, jagten sie in halsbrecherischem Tempo davon. Elizabeth konnte sich nur an den Sattelknopf klammern und sich fragen, was sie mit ihr vorhatten.

Es war nichts Gutes, wie sie während der langen, schrecklichen Nacht und dem noch schlimmeren nächsten Tag schmerzhaft erfahren sollte. Sie hielten nicht ein einziges Mal an, und dafür war Elizabeth dankbar – sie wußte, daß sie von allen Kriegern vergewaltigt werden würde, sobald sie ihr Lager aufschlugen. Matilda Lockharts verbranntes Gesicht schien vor ihren Augen zu tanzen. Würde sie diesem armen Wesen bald ähnlich sehen?

Kurz vor Tagesanbruch überfielen sie eine einsame Ranch, und auch das war ein leichter Sieg für die Komantschen. Die Männer wurden abgeschlachtet, als sie aufwachten und nach ihren Waffen griffen, die Frauen vergewaltigt und danach aufgespießt. Lorenzo war bei Elizabeth und dem schwerverletzten Don Felipe geblieben, und als er das Entsetzen auf ihrem Gesicht sah, sagte er höhnisch: »Heute abend bist du an der Reihe. Glaubst du etwa, die Komantschen sind zärtliche Liebhaber?«

Nach den beiden leichten Siegen befanden sich die Komantschen in Hochstimmung. Johlend plünderten sie sämtliche Vorräte der Ranch, töteten zum Spaß ein paar Kühe und trieben die Pferde und Maultiere zu den anderen Pferden.

Nachdem sie ihre Ziele erreicht hatten, wanderten ihre Blicke zu Elizabeth und Don Felipe. Dieser war in der Seite und an der Schulter schwer verwundet. Wie er die gnadenlose Reise durch die Nacht hatte überleben können, begriff Elizabeth nicht. Sie war selbst vor Angst und nach einer Nacht ohne Schlaf vollkommen erschöpft.

Es gab nur einen einzigen Grund, warum sie noch am Leben war – bevor er sie den Komantschen überließ, wollte Lorenzo endlich das voll genießen, was sie ihm an jenem Nachmittag in New Orleans versagt hatte. Flüchtig hatte er die Möglichkeit in Erwägung gezogen, sie sofort zu nehmen und dann zum Haus der Santanas zurückzukehren. Aber nein, er würde warten, ihre Angst und seine Vorfreude auf sie genießen. Davon abgesehen war es ihm ziemlich egal, was mit Elizabeth und Don Felipe geschah, und als einer der Komantschen Elizabeth von ihrem Pferd riß und sie erbarmungslos auszuziehen begann, sagte er nichts, sah nur zu und erfreute sich an dem schönen Körper, der da entblößt wurde.

In der Annahme, daß sie nun vergewaltigt werden würde, kämpfte Elizabeth wie verrückt, trat, biß und kratzte, aber es war zwecklos. Sie wurde ihrerseits geschlagen und getreten, während ihr der Komantsche den letzten Rest ihrer Kleidung vom Leib riß. Ihr langes, herrliches silberblondes Haar hatte sich gelöst und fiel über ihren nackten Körper herunter.

Beinahe ehrfürchtig berührte es der Komantsche, aber Elizabeth stürzte sich, entschlossen, bis zum Letzten zu kämpfen, auf ihn. Der Komantsche packte mühelos ihre Hände und hielt ihren zappelnden Körper fest, während er ihr brutal in die Brust kniff und lachte, als sie vor Wut und Schmerz aufschrie. Dann stieß er sie achtlos von sich und wandte sich Don Felipe zu.

Don Felipe erlitt die gleiche rohe Behandlung, nur hatte der alte Mann keine Kraft mehr, sich zu wehren. Elizabeth, die auf dem Boden lag, mußte zusehen, wie der Komantsche auch ihn auszog und ihn dann ebenso achtlos auf die Erde schleuderte.

Lorenzo sah Elizabeth an, Begierde brannte in seinen Augen. Sie ist unwiderstehlich schön, dachte er, als er den durch den silbernen Haarschleier kaum verhüllten weißen Körper betrachtete. Ihre Brüste schienen stolz durch das Haar zu ragen, und nichts verbarg die schlanke Taille oder ihre schönen Beine.

Nicht nur Lorenzos Augen waren voll Begierde. Mit einem Gefühl der Hilflosigkeit gewahrte Elizabeth den gleichen Ausdruck in all den Gesichtern, die auf sie herunterstarrten. Doch wieder wurde ihr die letzte Demütigung erspart, denn die Komantschen wollten eine möglichst große Distanz zwischen sich und die Orte ihrer Bluttaten legen.

Erst jetzt bekam Elizabeth voll und ganz das Los einer Gefangenen der Komantschen zu spüren – kein Pferd, keine Kleider, keine Schuhe, nur ein um ihren Hals gewundenes Seil, das sich schmerzhaft zusammenzog, wenn sie stolperte oder mit dem Tempo der Komantschen nicht mithalten konnte. Den ganzen Tag mußte sie in der sengenden Hitze laufen, ihr Atem ging in schmerzhaften Stößen, die Sonne verbrannte ihre zarte Haut, der rauhe, steinige Boden riß ihre weichen Fußsohlen auf – aber sie lief, lief und lief!

Schweiß rann über ihren Körper herunter, der in stummem Schmerz zu schreien schien, während die Sonne höher und höher stieg und endlich langsam unterging. Am Nachmittag hielt Lorenzo, der befürchtete, sie könnte sterben, ehe er seine Rache genommen und sein Vergnügen gehabt hatte, sein Pferd neben ihr an und bot ihr seine Hand, um sie für eine Weile vor sich in den Sattel zu heben. Doch Elizabeths Augen sprühten vor Haß und Verachtung; sie stieß mit der ihr verbliebenen Kraft seine Hand zurück und spuckte neben seinem Pferd auf die Erde. Ihre Reaktion löste beifälliges Gemurmel unter den Kriegern aus, denn mehr als alles andere bewunderten sie Mut. Doch Lorenzo war wütend, und er trat ihr mit voller Wucht in Brust und Magen, so daß sie nach Luft ringend zu Boden stürzte. Lange Zeit blieb sie liegen, war fast bereit, aufzugeben, einfach liegen zu bleiben und unter der glühenden Sonne in der Weite der Prärie zu sterben. Doch langsam, unter größten Schmerzen, rappelte sie sich wieder hoch, ihr Lebenswille war stärker als der Wunsch nach Erlösung von den Schmerzen, die ihren geschundenen, gequälten Körper zerrissen.

Als die Komantschen anhielten, um ihre Pferde zu tränken, lag Don Felipe neben Elizabeth und murmelte durch die geschwollenen Lippen: »Das war dumm, Señora, mutig, aber dumm. Wenn Sie überleben wollen, nehmen Sie das nächste Mal seine Hand.«

Ohne ihn anzusehen, fragte sie grimmig: »Würden Sie es tun?«

Don Felipe lag im Sterben, und er wußte es. Er schüttelte den Kopf und sagte: »Nein.«

Als die Pferde getränkt waren und die schreckliche Reise von neuem begann, rührte Don Felipe sich nicht mehr, und Elizabeth stellte fest, daß sie Mitleid empfand. Einer der Komantschen sah ihn einen Augenblick an und stieß ihm dann gleichgültig seine Lanze in den Körper, ehe er weiterritt.

Eine Stunde später fand Rafael den Leichnam seines Großvaters. Mit einem furchterregenden Ausdruck in den grauen Augen war er der Spur der Komantschen gefolgt.

Am Abend zuvor war er voll Ungeduld zum Haus Don Felipes geritten, darauf brennend, seine Braut zu entführen. Er wollte in den nahegelegenen Bergen warten, bis es Zeit war, die Mauern des Hauses zu durchbrechen, doch er hatte erst gut eine Meile zurückgelegt, als ihm ein grimmig aussehender Sebastian entgegenkam. In dem Augenblick, als er Sebastian erkannte und den Ausdruck auf seinem Gesicht gewahrte, hatte Rafaels Körper sich voller böser Vorahnungen versteift. Erregt fragte er: »Was ist los? Ist Beth in Sicherheit?«

Sebastian hielt sich eigentlich für einen mutigen Mann, doch als er in Rafaels dunkles Gesicht sah und daran dachte, was er ihm sagen mußte, zögerte er. Aber Rafael packte sein Handgelenk und herrschte ihn an: »Rede, verdammt noch mal! Rede!«

Sebastian tat es. So kurz und ruhig wie er konnte, erzählte er ihm, wieso nur Don Felipe und Elizabeth in Begleitung einiger Wachen weitergeritten waren und wie die Zurückgekehrten, als es später und später wurde, begonnen hatten, sich Sorgen zu machen, wie Don Miguel mit einem Suchtrupp losgeritten war und was sie gefunden hatten. Schließlich brach Sebastians Stimme, und er stieß in hilfloser Wut und Angst hervor: »Die Komantschen haben sie, Rafael! Mein Gott, was sollen wir tun?«

Rafaels Gesicht sah schrecklich aus. Angst, Entsetzen und ein Ausdruck tödlicher Entschlossenheit lagen in den grauen Augen. Einen qualvollen Augenblick lang herrschte Stille, während Rafael zu den Bergen hinüberstarrte, wo Elizabeth verschwunden war.

Dann grub er mit dem Aufschrei eines verwundeten Tieres seine Sporen in Diablos Seiten und ritt, dicht gefolgt von Sebastian, wie ein Wahnsinniger zum Haus der Santanas.

Die mit Decken zugedeckten Leichen der bei dem Überfall ums Leben gekommenen sechs Männer lagen direkt hinter der Mauer, und aus einer der Hütten war das leise Klagen einer Frau zu hören. Mit erzwungener Ruhe begrüßte Rafael Don Miguel. Sein Gesicht war kalt und hart, ausdruckslos, und wenn Sebastian den Schmerz in Rafaels Gesicht nicht mit eigenen Augen gesehen hätte, würde er geglaubt haben, die Ereignisse hätten ihn völlig unberührt gelassen. Innerlich war Rafael von Schmerz und Angst zerfressen, doch nach außen hin zeigte er nur eisige Entschlossenheit und Unerbittlichkeit, und mehr als einer der Mexikaner, denen er in dieser Nacht begegnete, machte bei seinem Anblick das Zeichen des Kreuzes.

Don Miguel trat neben den unruhigen Hengst Rafaels.

»Mein Sohn«, begann er sanft, doch Rafael schnitt ihm das Wort ab.

»Ich brauche vier Pferde und einen Packesel«, befahl er. »Ich brauche Decken, Lebensmittel und weichen Verbandsstoff – und Kleidung.«

Don Miguel riskierte einen Blick in Rafaels beherrschtes Gesicht und gab dann den Befehl weiter. »Wie viele Männer sollen dich begleiten?«

Rafaels Augen sprühten vor Wut. »Weißt du, was die mit ihr machen, wenn sie angegriffen werden?« herrschte er ihn an. Dann erkannte er, daß sein Vater es nur gut gemeint hatte, und fuhr in normalem Ton fort: »Ich gehe allein, und wenn ich die Hunde finde, werde ich ihr Lager als Komantsche betreten.« Er gab ein häßliches Lachen von sich. »Jetzt bin ich dankbar für meine doppelte Herkunft! Ein Komantsche ist für sie immer ein Komantsche, und sie werden mich als solchen akzeptieren. Wenn ich ihnen klarmachen kann, daß Beth meine Frau ist, müßte es mir gelingen, sie – falls sie noch lebt – ohne allzuviel Ärger freizubekommen. Es wird mich vielleicht ein, zwei Pferde kosten, aber sie werden sie freigeben.«

Leise frage Don Miguel: »Und mein Vater?«

Rafael sah ihn nachdenklich an. »Sie haben keine Verwendung

für einen alten Mann«, sagte er dann gedehnt. »Sie werden ihn eher freigeben als Beth.«

Kurz darauf ritt Rafael, die Pferde und den Esel an einem Strick hinter sich herführend, allein in die Dunkelheit hinaus.

Sebastian blickte ihm nach, bis er ihn nicht mehr sehen konnte, und fragte sich dumpf, ob er seinen Vetter wohl zum letzten Mal lebend gesehen hatte. »Entweder ich bringe sie lebend zurück, oder ich komme nicht mehr zurück – ohne sie gibt es kein Leben mehr für mich. Also sei versichert, amigo, daß ich alles tun werde, was in meinen Kräften steht, um sie zu finden ... tot oder lebendig!« hatte Rafael zu Sebastian gesagt.

Auch im fahlen Licht des aufgehenden Mondes fiel es Rafael nicht schwer, der Fährte zu folgen, denn dank seiner Zeit bei den Komantschen war er ein guter Fährtenleser. Er hatte den Vorteil, ihr Verhalten zu kennen, zu wissen, daß sie ohne Pause reiten würden, bis sie sich vor Verfolgern sicher fühlten. Und er wußte auch, in welche Richtung sie zogen, denn die Spuren von vierundzwanzig Pferden ließen sich schwer verbergen, ganz abgesehen davon, daß die Komantschen sich auch gar nicht darum bemühten – das taten sie, überzeugt davon, daß niemand ihnen zu weit in ihr Gebiet folgen würde, nie.

Nach seinen Berechnungen waren sie nicht viel mehr als drei Stunden vor ihm, und gnadenlos trieb er sich und seine Pferde durch die Nacht. Bei Tagesanbruch jedoch mußte er erkennen, daß er nur eine Stunde Zeit wettgemacht hatte.

Die rauchenden Trümmer der Farm gaben ihm neue Hoffnung. Damit hatten sie Zeit verloren, und durch die etwa fünfzig Pferde und Maultiere, die sie auf der Farm gestohlen hatten, wurde es noch leichter für ihn, ihren Spuren zu folgen. Zum ersten Mal, seitdem Sebastian ihm gesagt hatte, was passiert war, flackerte Hoffnung in ihm auf. Daß er weder auf Elizabeths Leiche noch die seines Großvaters gestoßen war, nährte seine Hoffnung, sie retten zu können, weiter.

Es war ein schrecklicher Augenblick für ihn, als er auf Elizabeths und Don Felipes zerrissene, blutige Kleider stieß, und als er die Stelle verließ, zitterte er am ganzen Körper. Doch er zwang sich, nicht daran zu denken, was Elizabeth durchmachte und was die Komantschen mit weiblichen Gefangenen zu tun pflegten. Wichtig war nur, daß er sie fand ... lebend!

Völlig unerwartet stieß er auf Don Felipes nackten Körper, und einen schrecklichen Augenblick lang glaubte er, es sei Elizabeth, bis er sich wieder unter Kontrolle hatte, richtig hinsah und seinen Großvater erkannte. Er stieg vom Pferd und näherte sich der Leiche. Vorsichtig drehte er den geschundenen Körper um und war verblüfft, als er sah, daß Don Felipes Augenlider flatterten. Plötzlich starrten ihn die schwarzen Augen an, und Don Felipes Lippen verzogen sich zu einem Lächeln. »Ich wußte, daß du kommen würdest«, krächzte er. »Nicht meinetwegen, sondern wegen der Frau. Sie ist mutig, und sie lebt. Sehr mutig und bis jetzt unversehrt.«

Rafael wäre fast zusammengebrochen vor lauter Erleichterung. Er wollte zu seinem Wassersack gehen, aber Don Felipe schüttelte den Kopf. »Es wird mir nicht mehr helfen«, sagte er. »Ich wußte, daß ich sterben werde, und ich rührte mich nicht mehr und hoffte, daß sie mich für tot halten würden.« Er sprach langsam, unter Schmerzen. »Ich wollte wenigstens so lange am Leben bleiben, um dich noch einmal zu sehen und es dir zu sagen.«

Er hustete, und Blut rann aus seinem Mundwinkel. »Es war Lorenzo, Lorenzo hat das alles getan.« Er umklammerte Rafaels Arm und stieß rasselnd hervor: »Töte ihn, Rafael, töte ihn!«

Das waren Don Felipes letzte Worte, und Rafael sah wohl, daß sein Großvater sich bis zu seinem letzten Atemzug treu geblieben war. Der Alte hatte am Leben bleiben wollen, nicht, weil er auf Rettung hoffte oder weil er Elizabeth helfen wollte, sondern nur, um sicherzugehen, daß sein Mörder bestraft werden würde.

Gleichgültig betrachtete Rafael den Leichnam Don Felipes. Er konnte sich nicht die Zeit nehmen, ihn zu begraben, aber er konnte auch nicht mit seinem Leichnam ins Komantschenlager reiten. Also legte er ihn kurzentschlossen in den Schatten eines Mesquitostrauches und galoppierte davon.

Bei Einbruch der Dunkelheit schlugen die Komantschen ihr Lager auf. Sie wählten dafür einen an einem breiten, klaren Bach gelegenen Platz, wo sie ihre vielen Pferde tränken konnten. Von Schmerzen gequält, sank Elizabeth neben einem Dornbusch auf die Erde; sie wußte, daß die wahnsinnigen Krämpfe in ihrem Leib nicht weggehen würden und daß sie ihr Kind verlor. Zum ersten Mal liefen Tränen über ihre von der Sonne verbrannten Wangen. Sie weinte, unbemerkt von den das Lager aufschlagenden Komantschen, nicht um sich selbst, nicht um Don Felipe, sondern um das winzige Leben in ihr, das nicht mehr weiterwachsen würde. Sie spürte, wie an ihren Schenkeln Blut herunterrann, und sie litt unaussprechlich.

Die Komantschen waren ausgesprochen guter Laune. Ihre Überfälle waren ungeheuer erfolgreich gewesen, und sie waren weit weg von jedem Verfolger. Und da war natürlich die Frau...

Vor lauter Schmerz und Trauer hatte Elizabeth nicht gemerkt, daß es dunkel geworden war und die Komantschen, nachdem sie gegessen und die Pferde versorgt hatten, begannen, mit begehrlichen Augen zu ihr herüberzusehen. Lorenzo, der beim Feuer saß, bemerkte die Blicke; er spürte sein eigenes Verlangen wachsen und machte einen derben Witz, der die Komantschen in lautes Gelächter ausbrechen ließ.

Auch Elizabeth hörte das Gelächter, und ihr wurde plötzlich klar, daß aller Augen an ihr hingen. Ihre Tränen versiegten, und sie sah sich in panischem Entsetzen nach einer Fluchtmöglichkeit um. Sie raffte sich auf und begann zu laufen, doch Lorenzo war sofort bei ihr, packte sie und zog ihren sich heftig zur Wehr setzenden, nackten Körper an sich.

In diesem Augenblick ritt Rafael langsam aus der Dunkelheit ins Licht des Lagerfeuers. Gespenstisch stand sein grauer Hengst im Schein des Feuers: Rafael selbst sah wie ein Todesengel aus. Alle schwiegen verblüfft, dann erkannten ihn einige der Komantschen, und der Name »Stalking Spirit« wanderte von Mund zu Mund.

Lorenzo erstarrte, und Elizabeth schloß aufschluchzend vor Erleichterung die Augen. Langsam stieg Rafael vom Pferd, jede seiner Bewegungen war kühl und wohlüberlegt. Drohend sagte er: »Laß sie los, Lorenzo!« Dann wandte er sich den Komantschen zu, begrüßte sie in ihrer Sprache und erzählte ihnen mit überschwenglichen Worten von seinem Schmerz und seiner Verzweiflung wegen der Entführung seiner Frau, von seiner verzweifelten Suche nach ihr und von der Rache, die er an Lorenzo Mendoza nehmen wolle.

Rafael wählte seine Worte sehr sorgfältig, er wußte, daß er die Komantschen nicht nur davon überzeugen mußte, daß Elizabeth ihm gehörte, sondern auch davon, daß Lorenzo sie ihm gestohlen hatte und es eine alte Fehde zwischen ihnen gab, eine Fehde, die nur durch seinen oder Lorenzos Tod beendet werden konnte. Die Indianer hörten ihm zu. Auch wenn Stalking Spirit jetzt bei den Weißen lebte, so war er doch einmal einer von ihnen gewesen, während Lorenzo . . .

Die Komantschen mochten sich zwar, wenn sie einen Vorteil davon hatten, mit Lorenzo verbünden, doch sie hatten wenig Achtung vor ihm. Er hatte viele gewinnbringende Überfälle für sie organisiert, aber im Kampf tat er sich nicht sehr hervor, und seine Feigheit war nicht unbemerkt geblieben. Sie brauchten niemanden, der ihnen sagte, welche Siedler oder welche Wagenkarawanen sie überfallen sollten, doch seine Informationen hatten sich stets als nützlich erwiesen, und so hatte sich ihre Partnerschaft recht gut bewährt. Wenn die Krieger sich jedoch für einen der beiden, die sich jetzt als Feinde gegenüberstanden, entscheiden mußten . . . Selbst jetzt sprachen die älteren in ihrem Lager immer noch von den Fähigkeiten des jungen Kriegers Stalking Spirit, seiner Tapferkeit und seinem Mut in der Schlacht.

Der Stimmungswandel ging fast unmerklich vor sich, doch Lorenzo spürte ihn, und er schleuderte Elizabeth mit vor Wut und Haß verzerrtem Gesicht von sich. »Heute nacht wirst du sterben, Santana!« schrie er. »Und dann werde ich deine Frau auf deinem noch warmen Leichnam lieben, ehe ich ihr die Kehle aufschlitze!«

»Tatsächlich?« fragte Rafael mit tödlicher Ruhe. Gerade hatte er Elizabeths zusammengekrümmte Gestalt entdeckt und in kaltem Zorn ihre Schrammen und Wunden gesehen. Heute nacht hätte sie seine Frau werden sollen, und sie wäre es auch geworden und Don Felipe wäre noch am Leben, wenn nicht diese elende Kreatur dazwischengekommen wäre.

Langsam und mit geschmeidigen Bewegungen löste Rafael seinen breiten Ledergürtel und warf ihn zusammen mit dem Revolver von sich. Der Sombrero folgte, dann seine Chaqueta und sein Hemd und zuletzt seine Stiefel. Die um das Feuer versammelten Komantschen sahen teilnahmslos zu, als Rafael sein Bowiemesser zog, dessen breite Stahlklinge im Schein des Feuers aufblitzte.

Auch Lorenzo begann sich bis auf seine Calzoneras auszuziehen, doch seine Bewegungen waren hektisch, die Bewegungen eines von Wut und Angst erfüllten Mannes. Er hatte kein Messer, doch einer der Krieger warf ihm widerwillig einen langen spanischen Dolch zu.

Wachsam umkreisten die beiden Männer einander. Lorenzo brannte nicht darauf, mit dem Bowiemesser in Berührung zu kommen, und Rafaels kühles, spöttisches Lächeln trug nicht gerade dazu bei, sein Selbstvertrauen zu stärken.

Rafael war wieder ein Komantsche. Das Feuer, die Pferde, sogar der Geruch des Sieges war da, und die Frau wartete außerhalb des Feuerscheins auf ihn. Das Messer lag gut in seiner Hand, die Kühle der Prärienacht war wie Balsam auf seiner Brust, und die Erde unter seinen Füßen war fest und hart. Sogar die Mordlust war da – er brannte darauf, Lorenzo zu töten. Er sehnte sich danach, das Messer in den Körper seines Feindes zu stoßen und das warme Blut des Sterbenden auf seiner Haut zu spüren.

Geschickt hielt Rafael das Bowiemesser in der rechten Hand, während er Lorenzo mit der linken heranwinkte. »Komm näher, amigo! Wir können diese Angelegenheit nicht bereinigen, wenn du dich damit zufriedengibst, um das Feuer herumzutanzen. Komm näher«, höhnte er.

Wütend stürzte Lorenzo sich auf ihn, doch Rafael wich ihm geschmeidig wie eine Katze aus und versetzte Lorenzo eine tiefe, lange, blutende Wunde am Arm, als dieser hinter ihm herstürzte. Wie von Sinnen wirbelte Lorenzo herum und sprang wieder und wieder auf Rafael zu, aber Rafael wich ihm jedesmal geschickt aus, brachte ihm jedoch jedesmal eine weitere Wunde bei. Leises, erfreutes Gemurmel erhob sich unter den Indianern.

Lorenzo wußte, daß er Blut verlor, und zum ersten Mal von echter Angst erfüllt, änderte er seine Taktik und versuchte, Rafael zu überlisten. Er stürzte auf ihn zu und trat ihm heimtückisch zwischen die Schenkel.

Rafael taumelte, stürzte zu Boden, reagierte jedoch mit der Behendigkeit eines wilden Tieres. Im Fallen drehte er sich herum, so daß er auf den Rücken fiel und bereit war, Lorenzos Angriff zu parieren. Lorenzo sprang auf Rafaels Brust, zielte mit seinem Dolch auf seinen Bauch. Mit übermenschlicher Kraftanstrengung wehrte Rafael ihn ab und bekam nur einen dünnen roten Kratzer auf seinem nackten Oberkörper ab.

Voll Entsetzen beobachtete Elizabeth von ihrem Platz im Schatten die beiden Männer, und das Herz schlug ihr bis in den Hals hinauf, als sie Rafael auf die Erde stürzen sah.

Lorenzo drückte Rafael auf den Boden, mit dem Knie preßte er Rafaels das Messer haltenden Arm auf die Erde, während er den Dolch zum tödlichen Stoß auf Rafaels Kehle hob. Aber Rafael konterte, indem er die linke Faust in Lorenzos Gesicht knallte. Als Lorenzo unter der Wucht des Schlages zurückzuckte, schleuderte Rafael ihn von sich.

Lorenzos Mund blutete, als er verzweifelt zur Seite kroch. Es gelang ihm, sich aufzuraffen und dabei eine Handvoll Erde zu ergreifen. Rafael war direkt hinter ihm und packte ihn.

Lorenzo wußte, daß er kein Gegner für den kräftigeren, beweglicheren Rafael war, und er schleuderte die Erde in seine Augen. Rafael wich zurück und versuchte fieberhaft, die Erde aus seinen Augen zu wischen und sich zugleich vor seinem Gegner zu schützen.

Jetzt lächelte Lorenzo zum ersten Mal und bewegte sich in tödlicher Absicht auf Rafael zu. Doch in diesem Augenblick griff Elizabeth mit wildentschlossener Miene selbst in den Kampf ein, indem sie sich von hinten auf Lorenzo stürzte, ihn kratzte und biß und alles tat, um ihn von Rafael wegzubringen. Fluchend wirbelte Lorenzo herum, um dem neuen Angriff zu begegnen.

In dem Gedanken schwelgend, sie vor Rafaels Augen zu töten, schleuderte er sie auf die Erde und trat mit vor grausamem Vergnügen leuchtenden Augen auf sie zu. Das war ein Fehler, der letzte, den er machen sollte.

Rafaels plötzlicher Aufschrei hinter ihm lenkte ihn einen Augenblick ab. Erschrocken drehte er sich um, und Rafaels Messer traf ihn voll in der Brust. Mit dem Gesicht nach unten fiel Lorenzo zu Boden.

Alles um sich herum vergessend, warf Elizabeth sich in Rafaels Arme, die sie sanft umschlossen. Die Komantschen begannen bereits, sich um Lorenzos Habseligkeiten zu streiten, aber Rafael kümmerte sich nicht um sie, sondern redete tröstend auf Elizabeth ein, hob sie dann hoch und trug sie zu dem wartenden Diablo.

Die Komantschen unternahmen nichts, um ihn aufzuhalten. Sie hatten einen guten Kampf gesehen, und Stalking Spirit hatte sich seine Frau und seine Ehre zurückgeholt. Sie war seiner würdig, diese silberblonde Frau – sie kämpfte wie eine Komantschen-Squaw um ihren Mann, und das erregte den Beifall der Krieger.

Elizabeth und Rafael ritten nicht weit, nur wenig mehr als eine Meile den Bach hinauf bis zu der Stelle, wo er die anderen Pferde mit dem Proviant zurückgelassen hatte. Und dort entdeckte er, daß sie ihr Kind verloren hatte. Sein Gesicht verzerrte sich in stummem Schmerz. Dann säuberte er Elizabeths geschundenen Körper behutsam im klaren Wasser des Baches, sagte leise, zärtliche Worte, die keinen Sinn ergaben, die sie jedoch zu trösten schienen. Dicht aneinandergepreßt und eingehüllt in einen langen Mantel verbrachten sie die Nacht.

Bei Anbruch der Dämmerung wachte Rafael auf und wußte einen Augenblick nicht, wo er war. Dann spürte er die Wärme von Elizabeths Körper, und ein Schauer durchrieselte ihn. Er wäre fast zu spät gekommen. Und wenn sie sich nicht auf Lorenzo gestürzt und ihm diese kostbaren Sekunden verschafft hätte ...

Jetzt war sie in Sicherheit, und er würde dafür sorgen, daß sie es immer blieb, das schwor er sich, während er auf ihr schlafendes Gesicht hinunterstarrte. Es war von der Sonne verbrannt, die vollen Lippen aufgesprungen, ihr Haar eine wirre Masse. Doch für ihn war sie die schönste Frau der Welt.

Sie brauchte Ruhe, und sie brauchte Pflege; beides würde sie in San Antonio bekommen. Trotzdem zögerte er. Es war ein langer Weg dorthin. Sie hatte ihr Kind verloren, und sie hatte Blut verloren und würde noch mehr verlieren. Er runzelte nachdenklich die Stirn. Es war besser, zur nächsten Siedlung zu reiten und von dort aus nach Enchantress. Er wollte sie wegbringen von all dem Elend und Entsetzen, das sie erlitten hatte, und in der frischen, nach Tannen duftenden Luft von Enchantress würde sie sicher sein und verwöhnt und geliebt werden.

EPILOG

Enchantress

Enchantress lag in der warmen Oktobersonne, das neue rote Ziegeldach leuchtete hell über dem weichen Gelb der Mauern der Hazienda. Der frische schwarze Anstrich der Balkone und des Gitterwerks stand in hübschem Gegensatz zu dem weichen Farbton des Gebäudes. Eine Atmosphäre neugewonnener Kraft lag über dem alten spanischen Haus; die Fenster blitzten und blinkten, die Gärten waren liebevoll gepflegt, und von drinnen war Geschäftigkeit, Stimmengewirr und Gelächter zu hören.

Um das Haus herum standen vereinzelt hohe Tannen, doch zwischen den Baumstämmen hindurch waren Anzeichen von Bautätigkeit zu sehen – Zaunpfähle und Geländer, frischgeschlagene, helle Holzstämme, in der Ferne die Scheune. Nur die in einiger Entfernung hinter der Scheune liegenden Hütten waren weiß gestrichen worden, und ihre Wände leuchteten in der Sonne.

An der Rückseite der Hazienda befand sich ein hübscher Hof. Er lag im Schatten einer riesigen Platane, deren Blätter sich bereits zu färben und herunterzufallen begannen. Doch die Klettertrompeten, die sich quer über den hinteren Balkon rankten, trugen noch orangefarbene und gelbe Blüten, und der wilde Wein, der einen Flügel der Hazienda überwucherte, war noch immer von kühlendem Grün.

Zwei Frauen saßen im Hof und genossen die angenehme Wärme des Spätnachmittags. Die eine war Stella Rodriguez, die andere Elizabeth Santana. Sie sahen zu den beiden Männern hinüber, die sich lachend unterhielten, während sie ihre dünnen schwarzen Zigarillos rauchten.

Stella und ihre Familie waren vor zwei Wochen in Enchantress eingetroffen, und Elizabeth war außer sich vor Freude gewesen, ihre liebe Freundin wiederzusehen. Stella war es ebenso ergangen, und sie war aus der Kutsche gesprungen, noch ehe diese richtig angehalten hatte. Und dann mußten die Kinder in Augenschein genommen werden, die fröhliche kleine Elizabeth und der stämmige dreijährige Pablo, der das Ebenbild seines Vaters Juan war.

Die letzten beiden Wochen waren wie im Flug vergangen. Elizabeth und Stella hatten sich unendlich viel zu erzählen, und Rafael und Juan inspizierten das Anwesen und verbrachten viele Stunden damit, über Rafaels Pläne für Enchantress zu schwatzen. Die Monate, nachdem Rafael Elizabeth von den Komantschen errettet hatte, waren fast noch schneller vergangen. An die Reise zu der kleinen Grenzsiedlung, wohin Rafael sie gebracht hatte und wo sie ein paar Tage blieben, bis Elizabeth sich ein wenig erholt hatte, konnte sie sich kaum noch erinnern. An ihre Ende Juli in Houston stattgefundene Hochzeit hingegen erinnerte sie sich sehr gut.

Es war eine sehr intime Feier gewesen, nur Sebastian, Don Miguel, Doṇa Madelina und Arabela waren als Trauzeugen von San Antonio angereist. Elizabeth hatte das malvenfarbene Kleid getragen, und ihre blonden Haare schimmerten durch die weiße Mantilla hindurch, die Doṇa Madelina ihr aufgedrängt hatte. Rafael sah sehr gut aus in einem reich verzierten, tiefroten spanischen Anzug.

Enchantress war noch nicht ganz fertig gewesen, aber Elizabeth hatte sich mit Feuereifer darangemacht, es zu einem richtigen Zuhause zu machen. Die harte Arbeit und die Befriedigung darüber, es Gestalt annehmen zu sehen und natürlich die wunderbaren, leidenschaftlichen Nächte in den Armen ihres Mannes trugen sehr dazu bei, daß sie die Schrecken und Schmerzen ihrer Zeit als Gefangene der Komantschen allmählich vergaß. Über den Verlust ihres Kindes konnte nichts sie hinwegtrösten, doch sie wollte nicht zurücksehen, sondern sich ganz auf die Zukunft konzentrieren.

Manuela war mit den alten Santanas herübergereist, und sie war, glücklich, Elizabeths Zofe zu sein, dageblieben. Auch Mary Eames und die meisten ihrer Diener aus Briarwood waren nach Enchantress gekommen, und sie hatten auf Elizabeths Wunsch hin einige ihrer Lieblingsmöbel mitgebracht, denn Briarwood sollte verkauft werden. Über den Erlös aus diesem Verkauf war es zu ihrem ersten ernsten Streit gekommen. Elizabeth wollte das Geld für Enchantress verwenden, aber Rafael widersprach ihr heftig. Schließlich schlossen sie einen Kompromiß – sie konnte mit dem Geld machen, was sie wollte, und wenn sie irgendwelche Sonderwünsche für Enchantress hatte, so wollte Rafael seinen Stolz überwinden und zulassen, daß sie sie sich mit ihrem eigenen Geld erfüllte. Das Geld aus dem Fonds, den ihr Vater für sie angelegt hatte, sollte ihren – hoffentlich zahlreichen – Kindern zukommen.

Das Leben meint es wirklich gut mit mir, dachte Elizabeth, als sie gedankenverloren zu ihrem Mann hinübersah. Sie ließ sich von Manuela zum Dinner ankleiden und mußte daran denken, wie sehr sich ihre zweite Ehe doch von der ersten unterschied. Nathan war immer nett zu ihr gewesen, aber er hatte sie nie geliebt, und jetzt, da sie den Unterschied kennengelernt hatte, fragte sie sich, wie sie diese vergeudeten Jahre hatte ertragen können, und ein kleiner Seufzer entrang sich ihrer Kehle.

Die Señora sieht wunderschön aus, dachte Manuela, als sie den Rock des pinkfarbenen zarten Satinkleides zurechtzupfte, das Elizabeth für diesen Abend gewählt hatte. Ihre zarten weißen Schultern erhoben sich stolz über dem tiefen Dekolleté des Abendkleides, dessen enganliegendes Mieder ihre schlanke Taille betonte. Manuela beglückwünschte sich gerade selbst zu ihrem Werk, als sie ihre Herrin seufzen hörte. »Ist etwas nicht in Ordnung, Señora? Gefällt es Ihnen nicht, wie der Rock fällt?« rief sie.

Elizabeth lächelte sie an. »Nein, nein. Ich habe nur einigen unangenehmen Gedanken nachgegangen – was ich nicht hätte tun sollen.« Sie ließ den Blick über den luxuriösen Ankleideraum wandern und wußte, daß sie für vieles dankbar sein mußte. Durch die halbgeöffnete, in ihr Schlafzimmer führende Tür konnte sie Rafael sehen, der ruhelos auf und ab ging und auf sie wartete, um mit ihr ins Speisezimmer zu den Rodriguez' hinunterzugehen. Sie lächelte. Nein, sie wollte nie mehr an die Vergangenheit denken – die lag hinter ihr.

Doch ihr Gewissen quälte Manuela. »Sie machen sich doch keine Gedanken mehr über das, was Consuela getan hat, oder?« fragte sie besorgt. »Er kennt die Wahrheit doch, nicht wahr?«

»Ja, er kennt sie«, beruhigte Elizabeth sie.

Rafael, der sich fragte, was seine Frau so lange machte, wollte gerade das Ankleidezimmer betreten, als Manuelas Stimme ihn stehenbleiben ließ.

»Weiß er alles? Auch, daß Sie noch Jungfrau waren, als er Sie das erste Mal nahm?«

Erschrocken begann Elizabeth: »Woher wußtest du –?« Und Manuela erwiderte: »Sie vergessen, daß ich Sie hinterher gewaschen habe, Señora. Ich sah das Blut und die blutbefleckten Laken.« Sie zuckte die Schultern und endete: »Sie waren nicht zu übersehen.«

Elizabeth schüttelte langsam den Kopf. »Rafael hat sie übersehen. Doch ist es eine so verworrene, unwahrscheinliche Geschichte, daß ich sie ihm wahrscheinlich nie erzählen werde. Aber es ist auch nicht mehr wichtig, Manuela. Er liebt mich, und es ist an der Zeit, die Vergangenheit ruhen zu lassen. Es fällt mir auch schwer, ihm meine Ehe mit Nathan zu erklären, und wenn ich es ihm sage, muß ich über beides reden. Lassen wir es dabei, wir sind glücklich und brauchen nicht mehr über die Geschehnisse jenes Nachmittags zu sprechen.«

Rafael war leichenblaß geworden, und er wandte sich schnell von der Tür ab. Er brauchte ein paar Minuten, um sich von dem Schock zu erholen. Großer Gott! Sie war Jungfrau gewesen! Und er erinnerte sich daran, wie er diese Möglichkeit selbst einmal flüchtig in Erwägung gezogen hatte. Er atmete tief durch, und eine Woge der Freude durchflutete ihn. Doch bald gewann Reue die Oberhand, weil er sie damals auf so grobe Weise zur Frau gemacht hatte. Sollte er ihr sagen, daß er es wußte? Sie hatte gesagt, sie wolle nicht über die Vergangenheit sprechen ... Eines Tages, dachte er, werden wir darüber reden.

Als sie sich in jener Nacht nackt aneinanderschmiegten, dachte Elizabeth glücklich, daß er sie noch nie so sanft, so zärtlich und so leidenschaftlich geliebt hatte. Sie wäre ungeheuer gerührt gewesen, wenn sie gewußt hätte, daß er auf seine Weise versucht hatte, wie dergutzumachen, was er ihr vor so langer Zeit angetan hatte. Ihr Kopf ruhte auf seiner Schulter, und sie seufzte zufrieden auf.

Als Rafael den Seufzer hörte, umarmte er sie noch inniger. Mit belegter Stimme murmelte er in ihr Haar hinein: »Bist du glücklich? Keine Alpträume mehr?« Schläfrig schüttelte Elizabeth den Kopf. »Nein, nein«, murmelte sie, und dann sagte sie halb neckend, halb im Ernst: »Solange ich nicht aufwache und feststelle, daß alles ein Traum ist. Oder du mich nicht mehr liebst.«

»Niemals!« sagte er mit Nachdruck. »Niemals, solange ich lebe«, murmelte er an ihrem Mund, und dann küßte er sie voll drängender Zärtlichkeit. »Nie!« Sein Kuß wurde fordernd, und während sie sich dem Rausch der Leidenschaft hingab, dachte sie: Morgen werde ich es ihm sagen. Morgen werde ich ihm sagen, daß ich wieder schwanger bin.